ज़नानी ड्योढ़ी

[उपन्यास]

ज़नानी ड्योढ़ी

पर्ल एस. बक

अनुवादक

यशपाल

राजकमल प्रकाशन

ISBN : 978-81-267-1795-8

मूल्य : ₹995

पहला संस्करण : 2009
पहली आवृत्ति : 2024

प्रकाशक : राजकमल प्रकाशन प्रा.लि.
1-बी, नेताजी सुभाष मार्ग, दरियागंज
नई दिल्ली-110 002

शाखाएँ : अशोक राजपथ, साइंस कॉलेज के सामने, पटना-800 006
पहली मंजिल, दरबारी बिल्डिंग, महात्मा गांधी मार्ग, प्रयागराज-211 001
1, अनमोल सोराबजी संतुक लेन, धोबी तलाव, मरीन लाइंस, मुम्बई-400 002
वेबसाइट : www.rajkamalprakashan.com
ई-मेल : info@rajkamalprakashan.com

मुद्रक : राजकमल प्रेस
नई दिल्ली-110 002

ZANANI DYODHI
by Perl S. Buck
Translated by Yashpal

एक

रानी साहिबा वू सिंगारदान के सामने आ बैठी। आईने को उँगली के इशारे से ज़रा उकसाया और अपने शान्त चेहरे का प्रतिबिम्ब ध्यान से देखने लगीं। मन ही मन तुलना कर रही थी; चौबीस वर्ष पूर्व एक दिन, इसी आईने में, उन्होंने अपना चेहरा ऐसे ही ध्यान से देखा था। तब वू सोलह वर्ष की नववधू थी। खूब तड़के अपनी पहली सुहाग-सेज से उठकर घर के भीतर पहनने का ढीला-ढाला-सा चोगा शरीर पर डाल लिया था और सिंगार की मेज़ के सामने ऐसे ही आ बैठी थी। खूब तड़के नींद खुल जाने की आदत उन्हें बचपन से ही थी। उस सुबह भी आईने के सामने ऐसे ही निश्चल, शान्त और उद्वेगरहित बैठी नवयौवन से खिले अपने मुखड़े को ध्यान से देख सोचती रही—मेरे चेहरे में कल से आज क्या अन्तर आ गया...?

चौबीस वर्ष पूर्व विवाह की पहली रात की अगली सुबह वे बहुत देर तक अपना चेहरा ध्यान से देखती रही थी। उनके चौड़े माथे पर कुँआरेपन की सूचक केशों की सीधी कटी लटें अब नहीं थी, परन्तु लम्बी-लम्बी फाँकों-सी आँखें, कोमल नाक, खुर्मानी जैसे गाल, गुँथी हुई ठुड्डी और छोटे-छोटे पतले लाल होंठ वैसे ही थे। होंठ कुछ अधिक लाल जान पड़ रहे थे। उनकी नई नौकरानी इंग उस कमरे में चली आई थी और मालकिन को वहाँ वैसे बैठी पाकर चौंक गई थी।

"बिटिया...रा...अ...रानी साहिबा", इंग ज़रा अटक-अटक कर बोली—"मैंने समझा था अभी तो आप बिस्तर में होंगी...इतने तड़के...?" इंग के चेहरे पर झेंप की सुर्खी आ गई थी।

वू के गालों की बादामी खुर्मानी की-सी झलक में कोई अन्तर न आया था। उनके छोटे लाल होठों ने शान्त, मधुर स्वर में उत्तर दिया था—"जल्दी ही उठ जाने की आदत है।"

गत रात वही स्वर, जिसे सुनकर पहली भेंट में ही उनके जीवन के नौजवान साथी वू साहब ने गद्‌गद होकर कहा था—"तुम्हारा बोल तो कोयल जैसा है।"

चौबीस वर्ष बाद अवसरवश इंग आज भी कमरे में मौजूद थी। वह मालकिन की कुर्सी के पीछे खड़ी उनके कोमल, काले, चमकीले केशों में कंघी कर वेणियाँ बना रही थी। बरसों से प्रति प्रातः यह काम करते-करते उसके हाथ इतने सध गए थे कि आँखें

इधर-उधर रहते भी हाथ वेणियाँ गूँथते जाते थे। इंग आईने में मालकिन के शान्त, सुन्दर मुख की ओर देख कर बोल उठी—"हुजूर, चौबीस बरस में जरा भी तो अन्तर नहीं आया आपके चेहरे में।"

"अच्छा, तुझे उस दिन की बात याद है ?"—वू ने उत्तर दिया और सामने आईने में अपने पीछे खड़ी इंग की स्नेहार्द्र आँखों में देखा। बीस वर्ष पहले हवेली के बड़े बावरची से इंग का भी ब्याह हो गया था। इतने समय में इंग पर काफ़ी मोटापा चढ़ गया था, परन्तु मालकिन का शरीर अब भी वैसा ही छमक-छरहरा और कोमल बना था।

"हुजूर, उस दिन सुबह इस ख़याल से कि आप सरकार के पास से आई हैं, मैं तो शरम के मारे मर गई।"—इंग ने कहा, "पर हुजूर, उसमें क्या था; मर्द-औरत में तो यह होता ही है।...तब तो ऐसा लगता था जाने क्या हो जाएगा।" रानी मुस्करा कर रह गई। इंग मालकिन के मुँह लगी थी। वू इंग को बढ़ावा न देना चाहतीं तो होठों पर आई मुस्कान हलकी ही रहती और कुछ न बोलती। इंग चुप रह गई और मालकिन की गुँथी हुई वेणियों को खोल फिर से सँवारकर गूँथने लगी। नए सिरे से वेणियाँ गूँथकर उसने जूड़ा बाँध दिया और सब्जा जड़े दो काँटे दोनों ओर से जूड़े में खोंस दिए। हाथों पर थोड़ा-सा सुगन्धित तेल लगाकर इंग ने मालकिन के चमकते केशों पर हाथ फेर दिए।

"सब्जेवाली बालियाँ भी पहना दे।"—वू ने स्पष्ट सुरीले स्वर में कहा। उनके स्वर की सुरीली स्पष्टता में भी रहस्य की ऐसी झंकार थी कि कान सुनकर भी कुछ और समझ पाने के लिए प्रतीक्षा में रह जाते।

"हुजूर, सब्जे की बालियाँ ही निकाली हैं। मैं जानती थी, हुजूर आज वही पहनेंगी।"—इंग ने अपनी सूझ के लिए गर्व किया और फूलदार रेशम से मढ़ी एक छोटी डिबिया से बालियाँ निकालकर सावधानी से मालकिन के कोमल कानों में पहना दी।

इंग को याद आया—चौबीस वर्ष पहले, उस दिन सुबह-सुबह उसने मालकिन को खूब खुली आस्तीनों की लाल साटिन की लम्बी कुर्ती और काले साटिन का लहँगा पहनाया था। लहँगे के खूब दाब देकर सिये पल्लों पर फूलों और पक्षियों की सोज़नकारी की हुई थी। इंग ने मालकिन को पोशाक पहनाई ही थी कि वू साहब कमरे में चले आए थे। साहब की रसीली आँखों में अभी नींद की खुमारी भरी थी। हाथ में यही, फूलदार रेशम से मढ़ी डिबिया थी। नौकरों के सामने मालकिन से कैसे बोलते ? डिबिया इंग की ओर बढ़ाकर साहब ने कहा था—"अपनी मालकिन के कानों में पहना दो।"

बालियों में जड़े सुन्दर सब्जे को देखकर इंग मुँह खोले विस्मित रह गई थी। उसने बालियाँ मालकिन की आँखों के सामने करके दिखाई। रानी की पलकें पल भर को साहब की आँखों की ओर उठीं और लाज के लावण्य से झुक गईं। होंठ धीमे से हिले—'धन्यवाद'।

साहब ने स्वीकृति में सिर हिलाया और इंग को मालकिन के कानों में बालियाँ पहनाते देखते रहे। मालकिन आईने में पड़ते साहब के स्पष्ट प्रतिबिम्ब में उनकी सुन्दर,

गर्वीली और स्वच्छ छवि को निहारती रही।

बहू के कानों में सब्जे की बालियों की छटा देख वू साहब के मुँह से निकल गया—"ओह !" उनकी नज़र आईने की ओर गई। आईने में दोनों की आँखें चार हो गईं और दोनों ही एक-दूसरे को आईने में देखते रह गए। वू साहब चौंके और बोल उठे—"ज़रा हमारे लिए गरम चाय लाओ।" इंग तुरन्त कमरे से निकल गई।

रानी साहब के साथ अकेली रह गई, जैसे पिछली रात दोनों थे। वू साहब ने झुककर अपना हाथ बहू के कन्धे पर रख दिया और आईने में उनके चेहरे पर आँखें गड़ाए बोले—"तुम कुरूप होतीं तो मैंने रात तकिए पर ही तुम्हारा गला घोंट दिया होता।...कुरूप स्त्रियों को मैं सह नहीं सकता।"

पति का हाथ न हिले इसलिए बहू वैसे ही खड़ी रहीं, परन्तु मुस्करा कर उत्तर दिया—"गला घोंट देने की क्या जरूरत थी ?" बहू का स्वर अब भी तरल, मधुर और स्पष्ट था—"मुझे मायके लौटा देने से ही काम न हो जाता ?"

बहू का चेहरा प्रकट में तो पानीदार मोती की तरह शान्त ही था पर मन भीतर ही भीतर चिन्ता से मुँह को आ रहा था, सोच रही थी—इतने रूपवान और दर्शनीय पति में क्या उतनी ही बुद्धि भी होगी ?...क्या इतना रूप और बुद्धि एक साथ सम्भव है ? और अगर हो तो...?

चौबीस वर्ष बाद उस दिन इंग फिर बोल उठी—"हुजूर, कहने को उम्र चाहे चालीस की कह लो पर देख लीजिए सब्जा अब भी आपकी रंगत पर कैसा खिल रहा है। चालीस की उम्र की किसी और स्त्री के बदन पर यह नग ऐसे खिल सकता है ? तभी तो साहब को दूसरा ब्याह करने का ख़याल कभी नहीं आया।"

"आहिस्ता नहीं बोल सकती ?"—रानी ने टोक दिया, "साहब अभी सो रहे हैं।"

"हाय, आज तो मालिक को उठ जाना था; हुजूर की चालीसवीं बर्षगाँठ है।"—इंग ने स्वर दबाकर अपना असन्तोष प्रकट कर ही दिया।

चौबीस वर्ष में इंग मालिक को खूब पहचान गई थी। जानती थी साहब मालकिन को बहुत चाहते हैं पर फिर भी वैसा नहीं जैसा कि चाहिए था। हवेली के दूसरे सब लोग जैसी कदर मालकिन की करते थे, वैसी इंग को साहब की नजरों में दिखाई नहीं दी। हवेली में रहनेवाले साठ प्राणियों में रानी साहिबा की बूढ़ी सास से लेकर दुधमुँहे पोते और अदना से अदना नौकर तक सब ही मालकिन पर न्योछावर थे। कभी कोई नए नौकर-नौकरानी किसी बात पर बड़बड़ा देते तो इंग स्वर चढ़ाकर डाँट देती—"होश सँभालो ! क्या समझ रखा है ? यह 'हुंआ' या 'वांग' लोगों की हवेली नहीं है। यह वू लोगों की हवेली है।"*

इंग के पति हवेली के बड़े बावरची को भी इस बात का असन्तोष था कि इंग अपनी मालकिन के सामने उसे भी कुछ नहीं गिनती थी। रानी वू का ढंग और व्यवहार

---

* आस-पास के ग्राम और नगरों में वू-परिवार का स्थान बहुत ऊँचा था। वे कई गाँवों के मालिक थे और नगर में भी सम्पत्ति और कारोबार फैला हुआ था। आदर से राजा पुकारे जाते थे।

ऐसा था कि उनकी दोनों बहुओं को भी सास के विरुद्ध शिकायत का अवसर न था। मालकिन के फूल की पंखुड़ियों जैसे छोटे-छोटे कोमल हाथ, निष्क्रिय रहने के कारण प्रायः ही शिष्टाचार से आपस में बँधे रहते। वे हाथ चाहे जितने कोमल रहे हों उनके नियन्त्रण से बाहर निकल पाने का सामर्थ्य किसी में न था।

"नाश्ता ले आ।"—वू ने इंग की ओर देखे बिना ही धीमे से कह दिया, "नाश्ते के बाद बड़े बेटे को बुलवा लेना। कपड़े दोपहर में ही दावत से पहले पहनूँगी। उधर भी ध्यान रखना। साहब उठें तो हमें बता देना।"

"बहुत अच्छा हुजूर।"—इंग ने उत्तर दिया। मालकिन की वेणी गूँथते समय कंघी फर्श पर गिर गई थी। कंघी चन्दन की थी। वू अपने केशों के लिए चन्दन की सुगन्ध का ही व्यवहार करती थीं। इंग ने कंघी में फँसे दो-तीन लम्बे केशों को अपनी उँगलियों पर लपेटकर गुच्छा-सा बनाया और कोने में रखे चीनी के सुन्दर नीले मर्तबान में डाल दिया। मालकिन के सिर से झड़े केशों को इंग दूरदर्शिता के विचार से इस मर्तबान में जमा करती जा रही थी। सम्भव है, बुढ़ापे में मालकिन के भी केश इतने झड़ जाएँ कि वेणियों में दूसरे बाल जोड़कर जूड़ा बाँधना पड़े। रानी तैयार होकर कुर्सी से उठ गई।

चीन के समृद्ध और पुरातन परम्परा माननेवाले परिवारों में महिलाओं की चालीसवीं वर्षगाँठ असाधारण अवसर माना जाता था। बाईस वर्ष पूर्व वू की सास ने ऐसे ही अवसर पर भरे-पूरे घरबार का प्रबन्ध और शासन बहू को सौंप दिया था। पिछले बाईस वर्ष से वू बहुत चतुरता से पारिवारिक पुरातन परम्पराओं को बनाए रखकर हवेली का प्रबन्ध निबाहे चली आ रही थी। सास को तो कभी कोई परिवर्तन दिखाई नहीं दिया, परन्तु वास्तव में बहुत कुछ बदल चुका था। पूरब के बरामदे के सामने जाने कब से लगे गेंदी के झाड़ों से वू का मन ऊब उठा था। एक साल पाले में गेंदी के झाड़ सूख जाने पर हवेली का माली क्यारी में पानी देना भूल गया। इस उपेक्षा की ओर वू का ध्यान गया पर वह चुप रहीं। बसन्त आया पर गेंदी के झाड़ों में नए कल्ले न फूटे। तब वू ने सास का ध्यान क्यारी की ओर दिलाया—"अम्मा जी, यह क्या हो गया बेचारे फूलों को ?"

सास बोलीं—"कितने पुराने भी तो हो गए ! क्या जान रह गई होगी इनमें ? कोई और फूल लगवा दो न ? फसल की बदली से जमीन भी अच्छी रहती है।"

"अम्माजी, जो आप कहें। गुलाब लगवा देने के लिए कह दूँ ?"—वू ने कहा और फिर धीरे से आर्किड का नाम लेकर पूछा, "आप कहें तो कोई दूसरा फूल कह दूँ ?"

बहू ने पहले गुलाब का नाम लिया था और फिर आर्किड का। सास बहू को चाहती तो जरूर थी, परन्तु अपनी बात रखने का भी ख़याल होता ही है। सास ने गुलाब से इनकार कर आर्किड लगाने की ही अनुमति दी। यही वू चाहती थी। आर्किड के फूलों का उन्हें बहुत शौक था। हर मास जड़ों से नए कल्ले फूटकर नए रंग के झीनी पारदर्शी पंखुड़ियों के फूल निकल आते। पहले गहरे बैंगनी रंग के, फिर हलके नीले और फिर हलके भूरे। पिछले पाँच वर्ष से 'वू' हवेली की बराबरी के आर्किड शहर में कहीं देखने

में नहीं आए थे।

वू आर्किड की क्यारी की ओर गई और हलके नीले आर्किड के दो फूलों की टहनियाँ लेकर अपनी बैठक में लौट आई। बैठक में चौकी पर नाश्ता रख दिया गया था। मालकिन सुबह नाश्ता हल्का ही लेती थीं। चाय थी, चाँदी मढ़ी लकड़ी की चमकदार छोटी-सी बाल्टी में कांजी (चावल का रस), दो-तीन छोटी-छोटी तश्तरियों में नमकीन मांस। वू नाश्ते की चौकी के समीप आ बैठीं और खाना खाने की हाथी दाँत की पतली कमचियाँ उठा ली। चीनी प्रथा में भोजन चम्मच से नहीं, दो पतली महीन कमचियों से खाया जाता है। कमचियों को उँगलियों में चिमटी की तरह साधकर खाने की चीज़ें उठाकर मुँह में ले ली जाती हैं। हाथी दाँत की दोनों कमचियाँ चाँदी की महीन-सी जंजीर में बँधी थीं।

एक नौकरानी दोनों हाथों में बड़ा थाल सँभाले बैठक में आई। मालकिन के सामने विनय से झुक नौकरानी ने मुस्कराकर भारी गले से कहा—"बधाई हो हुजूर, मालकिन जुग-जुग जिएँ। मालकिन नाश्ते में मीठा नहीं पसन्द करतीं सो तो सभी जानते हैं, पर हुजूर, हम नौकर लोगों को तो बरसगाँठ की रसम पूरी करनी ही है। हुजूर, बड़े बावरची ने अपने हाथों बनाई हैं ये रोटी।" थाल पर नाशपाती के आकार की बहुत बड़ी लाल रंग से छींटी हुई पाव रोटी रखी थी। चीन में नाशपती का फल दीर्घजीवन और अमरता का प्रतीक माना जाता है। ताजी गरम रोटी से उठती महक कमरे में भर गई।

"भला हो तेरा, तुम सब का भला हो। तुम सब जुग-जुग जियो !"—वू ने मुस्कराकर उत्तर दिया और नौकरारी का दिल रखने के लिए पाव रोटी को तोड़ डाला। रोटी के भीतर तरह-तरह की मिठाइयाँ भरी थीं। वू ने मिठाई का जरा-सा टुकड़ा ले दाँत से काटते हुए प्रशंसा की—"बहुत अच्छी बनी है। बहुत स्वाद है।"

नौकरानी का हौंसला बढ़ा। वह मालकिन के समीप झुक आई और फुस-फुसाकर बोली—"हुजूर, लोग तो कहेंगे कि मुझे क्या मतलब, पर मालकिन इस घर का ख़याल तो सब नौकरों को होना चाहिए। बड़े बावरची ईंधन के तिगने-तिगने दाम लगा रहे हैं। हाँ हुजूर, बाजार में नया ईंधन नहीं आ रहा है, ईंधन महँगा तो है पर ऐसी लूट थोड़े ही मच रही है हुजूर ? इंग हुजूर की खिदमत में है सो बड़े बावरची समझते हैं कि उनसे कुछ पूछने-कहनेवाला कौन है ?"

"हूँ !" मालाकिन की आँख नौकरानी की ओर से फिर गई—"जब वह हिसाब लाएगा तो देख लिया जाएगा।" नौकरानी ने पल भर मालकिन की ओर देखा, परन्तु अपनी ओर ध्यान न पाकर बाहर चली गई।

वू ने मीठी पाव रोटी का टुकड़ा हाथ से रख दिया और तली हुई मछली का एक टुकड़ा कमचियों से उठा लिया। मछली का टुकड़ा मुँह में ले अपने विचारों में डूब गई। अपनी चालीसवीं वर्षगाँठ के अवसर पर घर का उत्तरदायित्व और प्रबन्ध अपनी बड़ी बहू मेंग के हाथ सौंप देने का इरादा नहीं था। वू अपनी सास की अकेली बहू थी। उनके अपने चार बेटे थे। दो की बहुएँ आ चुकी थीं। बहुओं में ईर्ष्या और स्पर्धा का बीज

बो देने से क्या फायदा होता ? बड़े बेटे लिआंगमो का विवाह पुरातन प्रथा के अनुसार कम उम्र में ही हुआ था। बहू वू ने स्वयं ही चुनी थी। मेंग वू की पुरानी सहेली कांग सेठानी की बेटी थी। उम्र अभी उसकी कम ही थी। आयु में तो बल्कि छोटी बहू रूलन ही बड़ी थी। वू को विवश होकर लिआंगमो का विवाह बेटे के उन्नीसवें वर्ष में ही जल्दी से बहू ढूँढ़कर कर देना पड़ा था। इस झंझट का कारण था छोटा बेटा त्सेमो।

छोटे बेटे त्सेमो को पढ़ने के लिए शंघाई के स्कूल में भेज दिया गया था। शंघाई में वह अपने से दो बरस बड़ी एक लड़की के प्रेम में फँसकर अठारह की आयु में तुरन्त विवाह कर लेने की जिद्द कर बैठा। परम्परा के ख़याल से विवाह पहले बड़े भाई का ही होना चाहिए था। त्सेमो पर उचित नियंत्रण न रखने और उसे उच्छृंखलता का अवसर देने का सन्ताप सदा ही रानी के मन में बना रहता था। इसे वह अपनी चूक समझती थी, अस्तु, अब बहुओं के सम्बन्ध में विषमता आ गई। मेंग पद में बड़ी पर आयु में छोटी थी, रूलन पद में छोटी पर आयु में बड़ी। वू को यही उचित जँचा कि अभी मामला न उठाया जाए। समय स्वयं ही समस्याओं को सुलझा देता है।

वू ने निश्चय किया कि इस मामले में चुप ही रहेगी। वर्षगाँठ के भोज की तैयारी है, सो हो जाए। लोग जो कुछ उपहार वगैरा दें, ले लिए जाएँ। पोते-पोतियाँ आएँगे, उन्हें प्यार कर लेगी। अभी तो अपनी सास भी हैं। बिस्तर से उठ नहीं पाती हैं पर दोपहर के भोज में तो वे भी होंगी। कोई बात उठे भी तो उनसे पूछ लेने के लिए टाल दी जाए।

कई दिन से रानी वू को जब भी चालीसवीं वर्षगाँठ का ध्यान आता था मन तरह-तरह के विचारों में डूब जाता; उत्तरदायित्व पूरा कर विश्राम के सन्तोष की आशा और साथ ही निष्क्रियता की उदासी की आशंका। जीवन का पहला भाग पूरा कर दूसरे में प्रवेश होगा। बुढ़ापे के आरम्भ की भावना; परन्तु उसके साथ ही प्रौढ़ता का आदर और अधिकार, दिनोदिन परिवार और समाज में प्रतिष्ठा से ऊँचे उठते जाना। बीतती जवानी के साथ सौन्दर्य का आकर्षण खो देने का आतंक उतना नहीं था। आयु बढ़ने के साथ-साथ गाम्भीर्य और रोब की छाया वू के चेहरे पर ज़रूर आ गई थी, परन्तु अपनी आयु के विचार से वे अब भी अपूर्व सुन्दरी थी। अपरिचित मान ही नहीं सकते थे कि चालीसवाँ पूरा कर चुकी है। चढ़ती जवानी के समय के भड़कीले और फूलदार कपड़े उन्होंने स्वयं ही छोड़ दिए थे, परन्तु हलके, नीले, धानी, बादामी या मोतिया रंग के कपड़े अब उन पर और भी अधिक फब रहे थे। आकर्षण की शक्ति खोकर तिरस्कृत हो जाने या ठुकरा दिए जाने का भय नहीं था। अपने सौन्दर्य और आकर्षण का आत्मविश्वास अक्षुण्ण था, इसीलिए वे एक नई बात करने जा रही थीं। ईर्ष्या के सन्ताप में जलती स्त्री के लिए उतना साहस सम्भव ही नहीं था।

रानी वू नाश्ता कर चुकीं। हवेली में नन्हे बच्चों को छोड़कर परिवार के शेष लोग अभी सो ही रहे थे। दाइयाँ नन्हे बच्चों की माँओं के उठने की प्रतीक्षा में बच्चों को आँगनों में या हवेली की फुलवाड़ियों में बहला रही थीं। वू को किसी के बैठक की ओर

आने की आहट जान पड़ी। कुछ विस्मय हुआ, जब तक वे स्वयं ही किसी को न बुलवातीं, बच्चों को भी उनके यहाँ नहीं लाया जाता था। तभी आवाज़ सुनाई दी—

"ऐसा दिन रोज़ थोड़े ही आता है। आज मेरी प्यारी सहेली की चालीसवीं वर्षगाँठ है। मैं ज़रा जल्दी ही आ गई तो क्या ?"

वू अपनी बड़ी बहू मेंग की माँ, अपनी पुरानी सहेली सेठानी कांग की आवाज़ पहचान गईं। तुरन्त छोटे गोल दरवाज़े की ओर बढ़ आईं। "आइए, आइए !"—स्वागत में बाँहें फैलाकर पुकारा। उन्होंने आर्किड के हलके नीले फूल चौकी पर से उठा लिए थे। वे फूल अब भी उनके हाथों में थे।

कांग अपने ढीले भारी शरीर को घसीटती चली आ रही थीं। उम्र में चाहे वह रानी वू से कुछ कम ही रही होगी पर शरीर फैलकर बेबस हो गया था। वू अब भी छमक-छड़ी बनी थीं, पर कांग के मन में इसके लिए कोई ईर्ष्या नहीं थी।

कांग दूर से ही पुकार उठी—"एलिन, बधाई है, जुग-जुग जियो ! देख लो, सबसे पहले आई हूँ मैं !"

"हाँ, सबसे पहली तुम ही हो।"—वू ने मुस्कराकर समर्थन किया, "नौकरों की गिनती थोड़े ही होती है।"

कांग त्योरियाँ चढ़ाकर धमकाने के लिए इंग की ओर देखकर बोली—"तो कोई ऐसी जल्दी थोड़े ही आ गई मैं।"

इंग कांग को रास्ते में रोक रही थी कि मालकिन नाश्ता कर लें। बीच में कोई आ जाता था तो वू खा नहीं पाती थीं। कांग की इतनी परवाह कौन करता था ? सुबह-सुबह तो अगर ज़िले का कलक्टर भी आ जाता तो इंग उसे घंटे भर के लिए टाल देती। इंग के लिए तो सुबह के समय अपनी मालकिन की शान्ति ही बड़ी बात थी।

वू ने कांग के फूले-फूले हाथ पकड़कर कहा—"बहुत अच्छा हुआ, तुम सबसे पहले आ गई।" और उन्हें आर्किड की क्यारी की ओर ले गईं। क्यारी के समीप ही मजनू के एक पेड़ के नीचे छोटे जल-कुंड के किनारे बाँस की कुर्सियाँ पड़ी थीं। कुंड में नीली कुमुदनी के फूल तैर रहे थे। वू को कमल के फूल नहीं भाते थे। कमल उन्हें बहुत बड़े लगते थे और उनकी सुगन्ध भी बहुत भारी। कुमुदनी के फूलों के नीचे छोटी-छोटी सुनहरी मछलियाँ बिजली-सी चमक जाती थीं।

"तुम्हारे बड़े का नन्हा अब कैसा है ?"—वू ने पूछा। वू के चार पुत्र थे। तीन चली गई सन्तानों में भी लड़की एक ही हुई थी। कांग के ग्यारह बच्चे हुए थे, इनमें से छह लड़कियाँ थीं। कांग की हवेली में वू परिवार की शान्ति की कल्पना भी नहीं की जा सकती थी। सेठानी स्वभाव की बेचारी बड़ी भली थीं परन्तु प्रबन्ध और व्यवस्था उनके बस के नहीं थे। हवेली में दिन भर बच्चों और नौकर-नौकरानियों का कोहराम-सा मचा रहता। वू कांग को बहुत मानती थी। दोनों की माताएँ भी सहेलियाँ रही थीं। जब कभी आपस में आती-जातीं, बेटियों को भी साथ ले जातीं। माताएँ तो साथ बैठीं दिन भर या कभी रात में भी जुआ खेलती रहतीं, दोनों लड़कियाँ आपस में बात करती या खेलती

रहतीं। दोनों में गहरा सहेलपना और बहनापा हो गया था।

वू के प्रश्न से कांग के चेहरे की प्रसन्नता उड़कर चिन्ता की छाया आ गई। "हाल क्या पूछती हो, वैसा ही है।"—उन्होंने उत्तर दिया, "सोच रही हूँ, बच्चे को फिरंगियों के अस्पताल में ले जाकर दिखाऊँ ?...क्यों क्या कहती हो तुम ?"

"क्यों, क्या कुछ अधिक भय की बात लगती है ?"—वू ने भी चिन्ता से पूछा।

"क्या मालूम; कुछ दिन बाद हालत बस में ही न रहे।"—कांग ने गहरी साँस ली, "पर लोग कहते हैं कि फिरंगी डॉक्टर नाड़ी-वाड़ी देखना कुछ नहीं जानते। बस बदन को फाड़कर ही बीमारी देखते हैं। तुम जानती हो, नन्हा पाँच ही वर्ष का तो है। उसका बदन चीर-फाड़ कैसे सहेगा ?"

"खैर, आज तो यह बात छोड़ो।"—वू बोली, पर सहसा ख़याल आया स्वार्थीपन की बड़ी कड़वी बात मुँह से निकल गई। तुरन्त बात सम्हाली—"एक नुस्खा है। मैं काढ़ा बनाकर इंग के हाथ भेज दूँगी। एक-दो दिन वही पिलाकर देखो। खाँसी ही तो है न ! मेरे बड़े को और सबसे छोटे से बड़े को भी तो खाँसी आती थी। मैंने तो यही नुस्खा दिया था। साहब भी तो दो साल जाड़ों में खाँसी से परेशान रहे। उन्हें भी उसी नुस्खे से आराम आ गया था।"

"एलिन तुम बड़ी भली हो, कितना ख़याल करती हो"—कांग ने कृतज्ञता से धन्यवाद दिया। फुलवाड़ी में अभी धूप नहीं आई थी परन्तु कांग ने अपने थैले में से छोटी पंखी निकाल ली। पंखी से हवा लेती हुई हँसकर बोली—"क्या बताऊँ, बड़ी गरमी लगती है बहिन। बस जाड़ों की बरफ़ पिघली कि मुझे गरमी सताने लगी।"

कुछ पल दोनों सहेलियाँ चुप रहीं। कांग वू के रूप और स्वास्थ्य को आँखों-आँखों में सराहती रही और बोली—"एलिन, मैं कई दिन से सोच रही थी कि तुम्हारे लिए क्या उपहार ले जाऊँ ?" उन्होंने अपने ढीले-ढाले चोगे में हाथ डालकर एक डिबिया निकाल वू के हाथ पर रखकर कहा—"बस, यही ले आई हूँ।"

डिबिया वू की पहचानी थी। "हाय मिशेन, यह क्या ?...अपने इतने कीमती मोती दे डालोगी ?"

"हाँ, यही ले आई हूँ"—कांग ने सँभलकर उत्तर दिया, परन्तु हृदय की कसक चेहरे पर भी छलक आई।

"पर क्यों ?"—वू ने विस्मय प्रकट किया।

कांग पल भर को झिझकी और बोल उठीं—"मैं क्या करूँगी अब इनका ? दो वर्ष पहले एक दिन पहन लिए थे तो लड़के के पिता ने देखकर कहा—"मोती तेरे मुँह पर ऐसे लग रहे हैं जैसे कद्दू पर ओस पड़ी हो।" कांग की आँखों में आँसू छलक आए पर उन्होंने परवाह नहीं की। आँसू गालों पर से ढलककर उनके चिकने साटिन के चोगे पर आ गिरे। आँसुओं की परवाह नहीं की गई थी तो उन्हें भी छिप जाने की जल्दी नहीं थी। आँसू चिकनी साटिन पर खड़े चमकते रहे।

वू डिबिया हाथ में लिए निश्चल बैठी आँखें बचाए रहीं। कांग अपने पति की

बहुत-सी बातें प्रायः उन्हें सुनाती रहती थीं। पति-पत्नी में तनातनी चलती ही रहती थी। कभी सेठ भी सेठानी की शिकायत रानी से कर जाते। वू साहब तक यह बातें नहीं पहुँचती थीं। शायद ही कभी रानी ने बात-बात में कुछ कह दिया हो तो दूसरी बात थी।

कांग प्रायः ही बात करती रहती थीं—"बहिन एलिन, तुम्हारे राजा साहब कितने भले आदमी हैं ! उनके बारे में तो कभी कोई वैसी बात नहीं सुनी। हमारे सेठ तो... खैर भले ही हैं पर...'' कांग गहरी साँस लेकर चुप रह जातीं।

कई वर्ष पहले रानी वू ने एक बार कांग को समझाया था—"...क्या है, उन्हें अपने मन की कर ही लेने दो। आखिर तो लौटकर घर ही आते हैं न।"

वू की बात से कांग की आँखों में आँसू आ गए थे। बहुत विह्वल हो कर कांग ने कहा था—"क्या करूँ बहिन, मुझसे यह जलन सही नहीं जाती,...तन-बदन में आग लग जाती है।"

वू को तो ऐसी जलन का अनुभव नहीं था। वे चुप रह गईं। अपनी सहेली की इस पीड़ा को वे कभी समझ ही नहीं पाईं। सेठ की बाबत सोचने लगतीं तो सहेली की वह पीड़ा और भी रहस्य बन जाती। कांग अच्छा-खासा पैसेवाला व्यापारी ही तो थे, देखने-सुनने में भी कुछ खास नहीं। अपने कारोबार में खूब चुस्त पर ऐसे कुछ बुद्धिमान भी नहीं। ऐसे आदमी के लिए इतना घुल-घुलकर मरने की बात क्या...?"

कुछ देर चुप रहकर कांग फिर बोलीं—"कई बार मन में आया कि तुम से बात करूँ। पहले सोचती थी कि शायद तुम्हीं उन्हें समझाने का कोई उपाय बता सको; तुम से ही पूछूँ। पर अब तो समझ लिया कि उनका कोई उपाय हो ही नहीं सकता।"

कांग बात करते-करते चुप हो गई और अपनी पंखी से हवा लेती रही। पंखी की हवा से आँसू सूख गए, परन्तु चेहरे पर धारी का चिह्न बना रह गया। वू के सामने उन्हें कोई संकोच या हेठी अनुभव नहीं होती थी। वे अपने आपको न के बराबर मानती थीं न उनसे ईर्ष्या करती थीं; क्या रूप में, क्या गुण और सम्मान में। हवेली कांग-परिवार की भी वैसी ही बड़ी और सुन्दर बनी हुई थी, पर दोनों में क्या समानता ? कांग के यहाँ न ऐसी सफ़ाई थी न ऐसी शान्ति। वह सब यत्न कर हार गई परन्तु नौकरों की मनमानी चलती ही रही। अदब-कायदे का भी वैसा कोई ख़याल नहीं था। बस जैसे निभ जाए। अपने यहाँ की अव्यवस्था कांग को खलती नहीं थी। आदत ही ऐसी बन गई थी, परन्त वू के यहाँ आतीं तो अन्तर दिखाई देता। वू के यहाँ की सुरुचि और ढंग अच्छा लगता ही था। मन पर अच्छा प्रभाव पड़ता इसलिए, वू चाहे उनके यहाँ छठे-छमाहे कभी ही जा पाती पर सेठानी प्रायः यहाँ हो जाती।

कुछ देर चुपचाप प्रतीक्षाकर कांग पूछ बैठी—"कुछ तो कहो, मैं क्या करूँ ?"

वू ने उस ओर आँखें उठाईं। कच्चे दूध-से सफेद, बड़े-बड़े कोयों में काली पुतलियाँ; इन आँखों में आयु का बोझ कहाँ था ? बिलकुल स्वाभाविक स्वर में वू बोली—"मेरा इरादा है आज साहब से कह दूँ कि अब एक रखेल अपने लिए रख लें।"

कांग का मुँह विस्मय में खुला रह गया। बहुत गहरी साँस लेकर बोली—"क्या...वो भी;...क्या कहा ?"

"नहीं, उन्होंने तो कुछ नहीं कहा,"—वू ने उत्तर दिया, "वैसे मैंने कभी परवाह भी नहीं की कि बाहर क्या करते हैं। उससे मुझे या घर को मतलब ? पर अब मैं उनका ख़याल करके...अपना भी ख़याल है ही, सोचती हूँ कि अब यह ही ठीक रहेगा।"

" 'अपने ख़याल' से क्या मतलब ?"—कांग ने तुरन्त ही प्रश्न किया। मन में एक सान्त्वना-सी भी जान पड़ी कि कम से कम उसके घर में ऐसी नौबत तो कभी नहीं आई। उसके मर्द ने भी कभी ऐसी बात कहने का साहस नहीं किया।...घर में एक दूसरी औरत; घर के आदमी की ही तरह ?...उसके भी बच्चे हो जाएँ और फिर अपने बच्चों से लड़ें-झगड़ें ? वह औरत घर की मालकिन का सामना करने का साहस करे ? इससे तो बाबा मर्द का बाहर चकले में झक मार आना कहीं अच्छा !

"मैं तो चाहती हूँ साहब किसी को रख लें।"—आँखें जलकुंड में गड़ाए, बिलकुल निश्चल रहकर वू बोलीं। उनकी गोदी में पड़े आर्किड के कोमल फूल अभी तक बिलकुल ताज़े थे। वू के शरीर से फूटती ताज़गी फूलों को भी मुर्झाने नहीं देती थी।

"पर तुम्हारे साहब ऐसी बात मान जाएँगे ?"—सन्देह से कांग ने पूछा, "वे तो कितना चाहते हैं तुम्हें !"

"मान क्या जाएँगे; समझाना पड़ेगा।"—वू ने आँखें उठाए बिना ही उत्तर दिया।

इस नई बात से कांग उत्तेजित हो उठी। पंखा हाथ से घास पर गिर पड़ा। विस्मय से ठुड्डी पर उँगली रख पूछा—"वे जो चाहें लड़की ले आवें या तुम खुद पसन्द करोगी ?...और उसके बच्चे हुए तो ?...फिर क्या करोगी ? सोच लो, सदा सौत सिर पर बनी रहेगी !"

"जब मैं ही उसे रखने के लिए कह रही हूँ तो फिर क्या है।"—वू ने संक्षिप्त-सा उत्तर दे दिया।

"बहिन, सोच लो !" कांग ने पिघले-से-स्वर में अनुरोध किया। "मैंने उन्हें कभी किसी बात के लिए मजबूर तो किया नहीं।"—वू ने कहा।

किसी के खाँसने का स्वर सुनाई दिया। दोनों की आँखें आँगन के गोल दरवाज़े की ओर उठ गईं। दरवाजे में इंग खड़ी थी, चेहरे पर शरारत भरी मुस्कान लिए। वू समझ गई, बोली—"क्यों, क्या आज भी कहीं वह...हिसा तो नहीं आ गई ?" चेहरे पर परेशानी मिली हँसी का भाव आ गया।

इंग हँस पड़ी—"हुजूर, वही तो है" और फिर मुँह पर हाथ रख, घूमकर बोली—"हाय भगवान्, कहीं सुन न रही हो। मालकिन करूँ क्या ?...बात ही नहीं समझती। मैंने समझाया—मेहमान आई हुई हैं। उसके कुछ पल्ले ही नहीं पड़ता।"

"आज तो यों भी फुर्सत कहाँ है ?"—वू ने उलझन प्रकट की, "वैसे भी मैं उसे बुलवाना नहीं चाहती।"

"जानती हूँ मालकिन"—इंग ने स्वर दबाकर कहा, "इसीलिए मैंने उसे कहा कि

कांग-हवेली से सेठानी आई हुई हैं। पर वे समझे तो।"

"बहिन मैं चल दी"—कांग ने उठने के लिए सँभलते हुए कहा, "इंजील की चकल्लस सुनने की मुझे फुर्सत कहाँ ? घर का सब काम पड़ा हुआ है। मैं सब छोड़कर जल्दी ही चली आई थी कि पहले तुम्हें बधाई दे आऊँ।"

"तुम क्यों जा रही हो बहिन ?"—वू ने अपना कोमल हाथ कांग को रोकने के लिए उठाकर कहा, "थोड़ी देर हम दोनों सुन ही लेंगी तो क्या है। बेचारी का दिल क्या तोड़ना ? आधे घंटे में चली जाएगी। न गई तो तुम चाहे चली जाना, क्यों ?"

कांग मान गईं। सदा ही वू की बात मान जाती थीं। वू के लिए मन में इतना स्नेह जो था। इंग बाहर गई और पादरी मेम हिसा को साथ लिवा लाई।

मिस हिसा ने आते ही पुकारकर विस्मय और आह्लाद प्रकट किया—"आहा, वू रानी साहिबा ! ओह, कांग सेठानी साहिबा।"

हिसा ज़रा कुछ अधिक लम्बी और सूखी-सी, तीस बरस की कुमारी थीं। केश राख की रंगत लिए झीने और उड़े-उड़े से, आँखें झिपी-झिपी, पतली-सी ऊँची नाक, होंठ सिकुड़े और नीले से। उनका जन्म-स्थान इंग्लैंड था। भूरे धारीदार कपड़े की फ्राक में और भी बुढ़िया लगती थीं। नगर में घूम-घूमकर, घर-घर जाकर भगवान् मसीह का सन्देश चीनी स्त्रियों को सुनाती रहती थीं। लोग उनके आ जाने पर कोई बहाना बनाकर उन्हें टाल देते। वू और कांग को भी उनसे मिलने का कोई चाव नहीं था, परन्तु यह सोचकर कि बेचारी लोक-सेवा के लिए अपने देश और समाज से दूर उनके नगर में पड़ी हुई है, वे हिसा से सौजन्य का ही बर्ताव करती थीं। इस समय मिस हिसा का आ पहुँचना दोनों को ही खला। हिसा कुमारी थी, इसलिए उसके सामने पति के लिए रखेल रखने या ढूँढ़ने की चर्चा कैसे की जा सकती थी ?

"बैठिए, बैठिए, मिस साहिबा" वू ने मिस को एक कुर्सी की ओर संकेत किया और पूछा—"आप नाश्ता करेंगी ?"

मिस हिसा को चीन में कई बरस बीत गए थे, परन्तु वे चीनी महिलाओं से हिलमिल नहीं पाई थी। बात करते समय अपने ख़याल में, शिष्टाचार में बेमतलब हँसती रहती। हँसकर ही उसने उत्तर दिया—"जैसा आपकी मरज।"

हिसा बहुत परिश्रम से नित्य चीनी भाषा पढ़ती थी, परन्तु चीनी भाषा का क्लिष्ट उच्चारण उससे बन नहीं पाता था। लोग कुछ का कुछ समझ लेते। उनके उत्तर से विस्मित होकर वू ने कांग की ओर और कांग ने वू की ओर देखा।

"मर्ज़ ?"—कांग ने समझने के लिए दोहराया। "कैसा मर्ज़ ?" ''शायद मर्ज़ी कहना चाहती है।'' वू ने धीमे से सुझाया, "दोनों शब्दों का स्वर कुछ एक जैसा ही है न ?"

हिसा का चेहरा झेंप से लाल हो गया—"माफ़ी माँगता। हम ग़लती हो जाता।"

"ठीक है, ठीक है, कोई बात नहीं।"—वू ने बात समाप्त कर इंग की ओर देखा, "चाय और बिस्कुट ले आओ। वर्षगाँठ की पाव रोटी भी ले आना।" मुस्कराकर उन्होंने हिसा की ओर देखा—"आज मेरा जन्मदिन है।"

"ओह, जन्मदिन ?"—हिसा ने विस्मय और प्रसन्नता प्रकट की, "हम नहीं जानता था।"

"हाँ, आपको कैसे मालूम होता।"—वू बोलीं, "आज मेरी चालीसवीं वर्षगाँठ है।"

"चालीस !...चालीस !"—मिस हिसा की आँखें विस्मय से गोल हो गईं और फिर वह हँस पड़ी, "ओह, आप तो बीस दीखता।"

कांग ने पूछ लिया—"मिस, आप कितने वर्ष की हैं ?"

इस प्रश्न से हिसा चुप रह गई।

"उहूँ ना"—वू ने धीमे से कांग को टोका, "मिशेन, अंगेज़ों में स्त्री की उम्र नहीं पूछी जाती, पूछना बुरा समझते हैं। तुम नहीं जानती। मेरी छोटी बहू शंघाई में फिरंगियों के साथ रही है, उसी ने मुझे बताया है।"

"क्या आयु पूछना बुरा मानते हैं ?"—कांग के विस्मय की सीमा नहीं थी, "होगा; हमें क्या मालूम।"

हिसा फिर खिलखिला उठी—"नहीं, नहीं, कोई बात नहीं। हम तो बौट दिन से चीन में है। हम बूरा नहीं मानता।"

कांग को सन्तोष हुआ कि अशिष्टता के अपराध से बच गईं और फिर हिसा से पूछ बैठीं—"तो बताओ न, कितने बरस की हो ?"

हिसा फिर चुप हो गई और साहस करके उत्तर दिया—"यही समझटा टीस और...।"

कांग ने हिसा की ओर झुककर अनुमान प्रकट किया—"छत्तीस ?"

कांग का अनुमान हिसा को अच्छा नहीं लगा। होंठ बिचकाकर विरोध किया—"नाई, नाई" और फिर झेंप मिटाने के लिए हँस दी।

"अच्छा, अच्छा"—वू को फिर बोलना पड़ा, "उसमें क्या है, जाने दो। यों तो उम्र जितनी बढ़ जाए सन्तोष ही होना चाहिए कि इतने बरस जी लिए, इतने बरस तक सुख पा लिया।" मन ही मन भाँप गई कि आयु की चर्चा हिसा को भली नहीं लग रही, क्योंकि इतनी आयु तक भी उसका विवाह नहीं हो पाया। बुढ़िया होने को आई, पर बेचारी रही कुँआरी ही। उनकी अपनी नानी की छोटी बहिन उम्र भर कुँआरी रह गई थीं, क्योंकि उनकी सगाई जिस आदमी से हुई थी वह ब्याह से पहले ही मर गया था। यों धर्म निबाहने के लिए परिवार में सब लोग उनका बहुत आदर करते थे, पर घर में कुँआरी बुढ़िया की बातों से मन ही मन कुढ़ते भी रहते थे। आखिर बेचारी तंग आकर साधनी बन गई। वू ने अनुमान किया, जाने यह फिरंगिन भी अपने यहाँ की साधनी ही हो।

हिसा का मन रखने के लिए वू ने कहा—"हिसा बहिन, आज हमारे यहाँ मेहमान आनेवाले हैं। अभी दस-पन्द्रह मिनट हैं। उतनी देर हमें इंजील सुना दो न।" वे जानती थीं, हिसा इसीलिए आई थी, इसी में उसे सब से बड़ा सन्तोष होता था।

हिसा ने कृतज्ञता से वू की ओर देखकर तुरन्त अपना बैग खोला। चमड़े की पुरानी

काली जिल्द की एक पुस्तक निकाली और चश्मे की डिबिया। अपनी ऊँची, पतली नाक पर चश्मा टिकाकर पुस्तक खोलते हुए बोली—"रानी साहिबा, आज हम आपको उस आदमी का बात बोलेगा जो रेती में गर बनाया था।"

कांग अपने शरीर का भारी बोझ यत्न से सँभालकर उठ खड़ी हुईं—"मैं इजाज़त लूँगी। सुबह घर का सब काम ऐसे ही छोड़ आई थी।" ज़रा झुककर उन्होंने आदर प्रकट किया और भारी-भारी पाँव धीरे-धीरे उठाती हुई चल दीं।

कांग को विदाई देने के लिए वू भी खड़ी हो गई थीं। कुर्सी पर बैठते हुए उन्होंने इंग को पुकारा और भूल जाने से पहले ही उसे समझा दिया कि खाँसी के नुस्खे का काढ़ा कांग के छोटे पोते के लिए आज ही ज़रूर पहुँच जाए। यह काम कर हिसा की ओर विनय से मुस्कराकर पूछा—"हाँ, बताइए न, रेत में मकान बनानेवाले आदमी को आपके भगवान् ने क्या सीख दी ?"

"ओ मेरी अच्ची-अच्ची रानी साहिबा"—हिसा ने आँखों में स्नेह भर उत्तर दिया—"वो तो आपका भी बगवान हय। आप उस पर इमान लगाया वो आपका भी हय, सबका हय।"

वू के चेहरे पर मुस्कान आ गई—"यह उनकी बड़ी कृपा है। आप भी भगवान् से हमारी सिफ़ारिश कीजिएगा। अच्छा बहन, कहानी सुना डालो।"

वू का ढंग और चेहरे का व्यवहार कुछ ऐसा था कि हिसा जल्दी में पढ़कर सुनाने लग गई; मानो अध्यापक की आज्ञा पाकर कोई विद्यार्थी पाठ सुनाने लगा हो। हिसा इंजील चीनी भाषा में पढ़कर सुना रही थी। विचित्र उच्चारण समझ में कम ही आ रहा था, पर वू आँखें जलकुंड में नाचती मछलियों की ओर लगाए निश्चल बैठी गम्भीरता से सुन रही थीं। इंग इस बीच में दो बार आई और हिसा के पीछे खड़ी हो संकेत से कुछ समझा गई। वू ने आँखों से ही उसे विघ्न न डालने का इशारा कर दिया। इंजील का पाठ समाप्त होते ही वू उठ खड़ी हुईं। "धन्यवाद बहिन ! बहुत ही अच्छी कहानी थी। फिर कभी आना। जब भी समय मिलेगा और सुनूँगी।" मुस्कराकर उन्होंने हिसा की ओर देखा।

हिसा को भी उठना पड़ा। बेचारी चाहती तो थी, कि इंजील के पाठ के बाद एक छोटी-सी दुआ भी हो जाती। चश्मा उतारकर डिबिया में रखते हुए उन्होंने साहस किया—

"आपको थोरा दू माँगेगा।"

वू विस्मित रह गईं। यह क्या कह रही है ?...,दूध क्या करेगी ? अभी तो चाय पी चुकी है। अनुमान से पूछा—"दुआ ?" हिसा के चेहरे से अनुमान ठीक जान पड़ा। "बहिन, तुम अपने घर पर ही मेरे लिए दुआ माँग लेना। आज हमें बहुत काम है।" और दरवाज़े की ओर बढ़ गईं।

इंग तुरन्त भीतर आ गई और हिसा का बैग उठाकर बाहर ले चली। वू फिर अकेली रह गईं। फिर जलकुंड के किनारे खड़ी आँखें झुकाए सोचती रहीं। कुंड के निर्मल जल

में उनके छरहरे शरीर की परछाईं स्पष्ट दिखाई दे रही थी। आर्किड के फूल अब भी उनके हाथ में थे। कुछ ख़्याल आया, उन्होंने फूल कुंड में फेंक दिए। सुनहरी मछलियाँ फूलों पर टूट पड़ीं। फूलों की पंखुड़ियों को दो-एक बार नोचा और फिर उतनी ही उजलत से लौट गईं।

वू के होठों पर मुस्कान आ गई—ठगी गईं बेचारी। इनकी भूख कभी नहीं मिटती...रेत में मकान बनानेवाले की कहानी ?...रेत में डाली नींव का भरोसा क्या ?...मैं तो ऐसी मूर्खता नहीं कर रही हूँ ?...यह हवेली तो सैकड़ों बरसों से खड़ी है। वू-वंश की बीस पीढ़ियाँ इसमें जन्म लेकर मर भी चुकी हैं।...

"अम्माजी, बरसगाँठ की बधाई। मुझे जरा देर हो गई।"—रानी को दरवाज़े से बड़े बेटे का स्वर सुनाई दिया।

"आओ बेटा !"

"अम्मा मुबारक हो ! जुग जुग जिओ।"—वू के बड़े बेटे लिआंगमो ने स्नेह भरे स्वर में फिर कहा। वू-परिवार अब उतना रूढ़िवादी नहीं रह गया था। बुजुर्गों की वर्षगाँठ के अवसर पर उनके सामने घुटने टेककर आदर प्रकट करने की प्रथा आवश्यक नहीं समझी जाती थी, परन्तु लिआंगमो माँ को प्रणाम करने के लिए झुक गया।

"जियो बेटा !"—वू ने वत्सलता से कहा, "आओ बैठो, तुमसे एक बात करनी है।" वू फिर कुर्सी पर बैठ गईं। माँ के संकेत पर लिआंगमो दूसरी कुर्सी पर बैठ गया, परन्तु विनय के संकोच से ज़रा आगे बढ़कर कुर्सी के किनारे पर ही अटका रहा।

"आज तो खूब जँच रहे हो बेटा !"—माँ ने पुत्र को स्नेह भरी आँखों से सहलाते हुए कहा। लिआंगमो सुन्दर जवान था। अपनी माँ के सौन्दर्य और कोमलता का भाग पाकर वह पिता से भी बढ़ गया था। अभी सुबह वह धानी रंग के रेशम का ढीला-सा चोगा पहने था। काले केश पीछे कंघी किए हुए थे। चेहरे और त्वचा से ताज़गी, स्वास्थ्य और तृप्ति झलक रही थी, आँखों में शान्ति। वू ने मन ही मन सन्तोष अनुभव किया—बहू भी इसे भली ही मिल गई।

"नन्हा कैसा है ?"—वू ने अपने पोते का हाल पूछा।

"अभी सुबह तो देखा नहीं।"—लिआंगमो ने उत्तर दिया, "ठीक ही होगा, अम्मा !"

माँ की ओर देखकर लिआंगमो के चेहरे पर मुस्कराहट आ गई। उसे माँ पर बहुत श्रद्धा और विश्वास था, उतना ही स्नेह भी। इसीलिए जब छोटा भाई विवाह के लिए उतावला हो गया, माँ ने लिआंगमो को परामर्श दिया—"बेटा, तुम तुरन्त छोटे भाई से पहले ही विवाह कर डालो। छोटे की बहू पहले आने से परिवार के क्रम में गड़बड़ी होगी।" लिआंगमो का उत्तर था—"अम्माजी, जैसा कहो, आप ही लड़की ढूँढ़ लें। मैं आपसे अधिक थोड़े ही समझता हूँ।" अब भी वह पूर्णरूप से सन्तुष्ट था। मेंग सुन्दरी थी और भली भी थी। विवाह के बाद बरस पूरा होने से पहले ही मेंग की गोद में बेटा आ गया था और अब फिर आशा थी।

"अम्माजी, एक खुशखबरी सुनाऊँ ?"—लिआंगमो ने संकोच से कहा।

"हाँ बेटा, ज़रूर ! शुभ दिन है, शुभ समाचार भी सुनाओ !"—माँ ने उत्तर दिया।

"नन्हे का भाई-बहन भी आ रहा है।"—लिआंगमो ने बताया, "नन्हे की माँ कह रही थी कि दूसरा महीना है। कह रही थी, अम्माजी की बरसगाँठ के दिन उन्हें बताऊँगी।"

"बधाई हो, मुबारक हो बेटा !"—माँ ने कहा, "तो फिर आज तो बहू को कुछ उपहार देना होगा।"

वू की आँखें सामने रखी छोटी मेज़ पर पड़ी मोतियों की बालियों की डिबिया की ओर गईं। "बहू के लिए उपहार तो मेरे पास बहुत अच्छा है।"—वू ने कहा और डिबिया मेज़ से उठा ली, और खोलकर बेटे को बालियाँ दिखाकर कहा—"अभी थोड़ी देर पहले बहू की माँ ही यह बालियाँ उसे दे गई हैं, पर मोती तो जवान बहुओं को ही फबते हैं। तुम यह उसके लिए ले जाना...नहीं, नहीं, मैं अपने हाथों ही दूँगी, तुम्हारे साथ चलकर। अच्छा बेटा, आज दावत में बहुत से अतिथि आ रहे हैं। मेरे लायक कोई काम हो तो बताओ।"

"नहीं अम्माजी"—लिआंगमो ने आश्वासन दिया, "हमलोग सब कर लेंगे, आपके बेटे-बहुएँ सब कर लेंगे। आज आपके आराम का दिन है। आपको चिन्ता करने की आवश्यकता नहीं, बस खुश रहिए। पिताजी कहाँ हैं ?"

"अभी उनकी नींद कहाँ खुली होगी।...हो जाएगा, ऐसी क्या बात है।"—वू ने मुस्कराकर बेटे को समझाया, "मैंने ही कह दिया था उनसे कि नींद पूरी करके उठें। जल्दी उठ जाते हैं तो उन्हें दिन भर सुस्ती बनी रहती है। नींद पूरी हो जाएगी तो दावत के समय तबीयत ठीक रहेगी।"

"अम्माजी आपका भी कितना बड़ा दिल है ?"—लिआंगमो की आँखों में माँ के प्रति आदर छलक आया।

वू ने बेटे की ओर स्नेह से देख आँखें झपका लीं, और बोलीं—"बेटा ! एक ज़रूरी बात तुम से कहनी है। फिर समय नहीं मिलेगा, अभी सुनो। तुम बड़े बेटे हो, तुम से बात कर लेना ठीक है। मैंने सोचा है, तुम्हारे पिता से कह दूँ कि अपने लिए एक रखेल रख लें।"

रानी ने बिना किसी उत्तेजना और संकोच के धीमे से कह दिया, मानो कोई खास बात न हो। लिआंगमो ने सुना, पर समझ ही न सका और समझा तो मस्तिष्क में बिजली कड़क उठी। उसके सुन्दर चेहरे पर श्यामलता-सी छा गई।

"अम्माजी"—लिआंगमो ने बड़ी कठिनता से कहा, "अम्मा जी, क्या...पिताजी ...क्या..."

"नहीं नहीं"—वू ने उत्तर दिया। मन में कुछ खिन्नता-सी भी अनुभव हुई कि उनके बेटे को भी ऐसा ही ख़याल आया। क्या लोग 'उन्हें' ऐसा ही समझते हैं...? मन की खिन्नता दबाकर वू बोलीं—"देखो, तुम्हारे पिताजी की अभी उम्र ही क्या है, अभी पैंतालीस के तो हैं। पूरे जवान हैं...पर बेटा, तुमने अपने पिता के विषय में ऐसा क्यों

सोचा ?" वू ने बेटे को विश्वास दिलाया—"नहीं, उन्होंने कुछ नहीं कहा। उन्होंने ऐसा कभी किया भी नहीं।"

वू ने गम्भीरता से बेटे को समझाया—"यह हमने ही सोचा है और यही उचित है। तुम घर के बड़े बेटे हो तुम से इसलिए बात कर रही हूँ कि किसी स्त्री के यहाँ आने पर कोई बात न उठे। घर के लोगों को कोई विस्मय भी न हो। लोग बात तो ज़रूर करेंगे इस बारे में, पर हम वह सब सुनना नहीं चाहते। तुम्हें यह ध्यान रखना चाहिए कि तुम्हारे पिताजी के सम्मान और प्रतिष्ठा के विरुद्ध कोई भी बात कही सुनी न जाए।"

लिआंगमो ने अपने आपको सँभाला। इस अद्भुत प्रस्ताव की चोट को पूर्णरूप से छिपा लेना सम्भव न था। यत्न करने पर भी उसकी भवों पर बल पड़ ही गए। स्वर को सँभालकर बोला—"खैर, पिताजी और आपकी जैसी इच्छा हो। मैं इस बारे में क्या कह सकता हूँ, परन्तु यदि धृष्टता न समझें तो मेरी प्रार्थना है कि पिताजी स्वयं नहीं चाहते तो आपको यह बात उठाने की क्या ज़रूरत ? आप लोगों का रसा-बसा शान्त परिवार है। कौन जाने एक अपरिचित स्त्री के बीच में आ जाने से क्या हो ? यदि उसके बाल-बच्चे हुए तो आपके पोती-पोतों के बराबर होंगे। चाचा और भतीजा एक उमर के हो जाएँगे। यदि बहुत ही कम उम्र की हुई तो बहुएँ बड़ी और सास छोटी हो जाएगी। बहुएँ उसका क्या आदर करेंगी।"

"देखो बेटा, तुम नए ज़माने के आदमी हो। हमलोगों की पीढ़ी में स्त्री-पुरुषों का सम्बन्ध कैसा रहा है, यह तुम शायद नहीं समझ सकते।"—रानी ने पुत्र को समझाया, "तुम्हारे पिताजी के लिए हम दूसरी स्त्री आवश्यक समझते हैं, क्योंकि हमने उनसे बहुत सुख पाया है। उन्होंने हमारे प्रति अपना कर्तव्य पूरा निबाहा है। तुमसे हम सलाह तो नहीं ले रहे। तुम सदा माता-पिता की आज्ञा मानते रहे हो, अब भी वैसा ही करो। तुम सबसे बड़े बेटे हो, सब से समझदार हो। जैसा तुम करोगे वैसा ही छोटे लड़के करेंगे। मेंग को देखकर दूसरी बहुएँ चलेंगी। तुम उसे भी समझा देना।"

माँ की बात से लिआंगमो का मन उबल रहा था, परन्तु सदा आज्ञापालन के अभ्यास के कारण उसने उत्तर दिया—"जैसी आपकी आज्ञा, अम्माजी। परन्तु क्षमा कीजिए, आपकी बात सुनकर आज के शुभ दिन का मेरा उत्साह समाप्त हो गया।"

वू के होठों पर मुस्कान आ गई—"कोई बात नहीं बेटा, अब न बताती तो बाद में तुम्हें और अधिक दुख होता।" बेटे की उदासी देख उन्होंने मन ही मन सोचा कि उनकी बात समझ पाना नई पीढ़ी के इस नवयुवक के लिए सम्भव न होगा। उन्होंने मोतियों की बाली की डिबिया हाथ में ले ली और उठ खड़ी हुईं। "आओ बेटा, चलो, मेंग को देख आएँ और यह उपहार भी दे आएँ।"

लिआंगमो भी कुर्सी से उठ खड़ा हुआ। उसका पिता के समान चौड़ा सीना और लम्बा कद माँ के सिर से हाथ भर ऊँचा उठा हुआ था। वू ने स्नेह और गर्व से बेटे की ओर एक नज़र डाली और पल भर को अपना हाथ उसकी बाँह पर रख दिया। माँ के इस प्यार से लिआंगमो का मन द्रवित हो गया। रानी वू की ऐसी आदत नहीं थी।

दूसरे का शरीर छू जाना दूर रहा, अपने बच्चों का स्पर्श भी उन्हें असह्य था। बेटे ने माँ के उठे हुए नेत्रों में देखा।

"बेटा, तुम इस वंश और परिवार के चट्टान पर जमी दृढ़ नींव हो।"—वू तरल और स्पष्ट स्वर में बोलीं।

बड़ी हवेली के अपने आँगन में मेंग बेटे से खेल रही थी। आँगन में और कोई नहीं था, केवल बच्चे की धाय फर्श पर बैठी माँ-बच्चे का खेल देख कर सराह रही थी। दोनों ही जवान स्त्रियाँ, मेंग और उसके बच्चे की धाय, दिन भर इसी बच्चे में उलझी रहती थीं। बच्चा रात धाय के आलिंगन में ही सोता था। बच्चे के इस साझे प्यार से दोनों स्त्रियों में गहरा सहेलपन हो गया था। दोनों ही बच्चे की ममता में न्योछावर रहतीं। मेंग की प्रकृति सन्तान धारण के योग्य थी। उसके दूध भर-भर जाते थे, परन्तु कोई भी, स्वयं मेंग भी कैसे सोच सकती थी कि बच्चा उसके दूध पीकर और खेंच-खेंचकर उनकी आकृति को गद्दरपन बिगाड़ दे। बच्चे को दूध पिलाने के लिए धाय लेना थी।

लेना का पति वू-परिवार के गाँवों का किसान था। लेना का अपना भी गोद का लड़का था, पर उसका दूध मालिकों के बच्चे के लिए बिका हुआ था। लेना के बच्चे को उसकी दादी, भात की माँड़ या आटे का घोल पिलाकर पाल रही थी। लेना का बेटा दुबला-पतला और मुर्झाया हुआ रहता और उसके दूध पर पलनेवाला बच्चा खूब मोटा, गल-गुथना और गुलाब की तरह ताज़ा। लेना को महीने-महीने एक दिन के लिए छुट्टी मिलती थी। वह घर जाती तो अपने बच्चे की अवस्था देख रो पड़ती। उसे छाती से चिपटा अपने दूध उसके मुँह में दे देती। लेना की तनी हुई छातियों से दूध टपक पड़ता, परन्तु उसका बच्चा मुँह मोड़ लेता। उसने माँ का दूध पिया ही नहीं था। दूध चूसना उसे आता ही नहीं था। लेना की तनी हुई छातियाँ दूध के बोझ से पिराने लगतीं और उसे छुट्टी के दिन भी मालिकों की हवेली में लौट आना पड़ता। वह लौटती तो मेंग का बेटा उसके लिए भूख और क्रोध में चीख रहा होता।

लेना अपने दूध-बेटे को पाकर अपने पेट के मुरझाए हुए बेटे को भूल जाती। वह हँसकर मेंग के बच्चे के लिए बाँहें फैला देती और वह मुटल्ला चीखकर माँ की गोद से लेना की ओर लपक पड़ता। लेना छाती से कुर्ती हटा उसकी ओर झपट आती और मेंग की बगल में घुटने टेक बैठ जाती। बच्चा दोनों हाथों से उसका दूध पकड़ मुँह मार-मारकर बड़े-बड़े घूँट भरने लगता। बच्चे को देखकर मेंग और लेना दोनों सन्तोष से उमग उठतीं। उन्हें देखकर अनजान आदमी के लिए समझ पाना कठिन था कि माँ कौन है ? बच्चे के लिए दोनों में कोई अन्तर नहीं था। वह दोनों को ही देखकर किलक उठता। वह अभी चलना सीख रहा था। वह एक की गोद से हँसता हुआ दूसरी की गोद में जा गिरता और फिर लौटकर पहली की गोद में।

मेंग स्वभाव से ही प्रसन्नचित्त थी। पिछले कुछ दिनों से उसकी प्रसन्नता और भी बढ़ गई थी। नई सन्तान की आशा की बात उसने अभी पति के सिवा किसी को नहीं

बताई थी और न किसी को मालूम ही थी। नौकरों की बात दूसरी थी, उन्हें तो मालूम हो ही जाता है। उसकी नौकरानी ने ही उसे बताया था कि कपड़ों से हुए दो महीने हो गए। नौकरानियों को तो सब कुछ मालूम था और इस बात से बहुत उत्साहित भी थीं। पर नौकरों का क्या है, बड़े घरों में उनकी परवाह कौन करता है, ऐसे ही समझो जैसे ढोर-डंगर या काम की चीज़-बस्त।

लेना को भी मालकिन के विषय में मालूम था और खुश थी। परिवार में जितनी अधिक धायें हों, उतना ही सौभाग्य। धीरे-धीरे अपने बेटे का प्यार लेना के मन से मिटता जा रहा था। उसका पूरा स्नेह और ममता अपने दूध-बेटे पर ही उमड़ पड़ी थी। उसके अपने घर में न पेट भर खाने को था, न पहनने को और न आराम। सास बड़ी कड़वी, लोभी और सदा लेना को हवेली से मिली तनख्वाह झपटने की चिन्ता में रहती थी। पहले लेना को अपने घर से बहुत प्यार था। पहले-पहल जब उसे सास ने धाय की नौकरी के लिए हवेली में भेजा वह दिन-रात अपने बच्चे और घर के लिए रोती रहती, पर अब दूसरी बात थी। उसे अच्छे खाने-पहनने का चस्का लग गया। बच्चे को दूध पिलाने, खिलाने के सिवाय और कोई काम न था। दिन भर ऊँघा करती। मेंग उसे सदा अच्छा खाने-पीने और खूब सोने के लिए कहती रहती कि दूध बढ़े। लेना को वू-हवेली अच्छी क्यों न लगती और मेंग के बच्चे के लिए ममता क्यों न होती ?

उस दिन सुबह लेना भी बहुत उत्साहित और प्रसन्न थी। मन चाह रहा था कि मालकिन को दूसरी सन्तान आने की बधाई दे, पर झिझक रही थी। बड़े आदमियों के मिजाज़ का क्या ठिकाना ! कभी कैसी भी बात हँसकर टाल दें और कभी बेमतलब बात पर डाँट दें। लेना को साहस न हुआ। वह हँस-हँसकर मेंग के मुन्ने को दुलारती रहीं—"आ मेरे राजा, आ मेरे लाल।"

लेना ने मेंग की ओर देखकर गर्व से कहा—"मालकिन, ऐसा होनहार लड़का चारों खूँट दुनिया में नहीं मिलेगा।"

मेंग लेना की बात से सन्तुष्ट होकर मुस्करा भी न पाई थी कि आँगन के दरवाज़े से कदमों की आहट सुनाई दी। बच्चा लपककर लेना की गोद में जा छिपा और दरवाज़े से आते अपनी दादी और पिता की ओर विस्मय से देखने लगा। मेंग आदर में खड़ी हो गई।

"कहो मेंग रानी !"—वू बोलीं, "बैठो बिटिया, तुम्हें आराम करना चाहिए।" उन्होंने मुन्ने को पुचकारा—"आ मेरे पोते, मेरे पास आ !"

लेना ने मुन्ने को दादी की ओर बढ़ाया और खुद भी थोड़ा आगे सरक गई कि नन्हे के समीप रहे। बच्चा दादी की गोद में खड़ा अपनी गोल-गोल आँखों से उनके मुँह की ओर घूर रहा था। बच्चे ने अपनी उँगलियाँ मुँह में भर लीं। वू ने प्यार से उसकी उँगलियाँ मुँह से हटा दीं और मुस्करा कर बोलीं—"कितना प्यारा है !" और लिआंगमो की ओर देखा, "इसके लिए कोई नाम सोचा तुमने ?"

"अभी क्या जल्दी है"—लिआंगमो ने उत्तर दिया, "जब स्कूल भेजना होगा तभी

तो नाम की ज़रूरत पड़ेगी।"

बच्चा सब लोगों के बीचोबीच खड़ा था। वही इस परिवार का केन्द्र था। वू मन ही मन कल्पना कर रही थीं—यह बच्चा एक लड़का ही नहीं बल्कि परिवार के भविष्य का अवलम्ब है। भगवान् न करे यदि यह जाता रहे तो इसकी जगह दूसरा लड़का हो जाएगा। सन्तान परिवार और जीवन का सूत्र है। उसी पर हमारे भविष्य की आशाएँ निर्भर करती हैं। उन्हें याद आया कि वे किस मतलब से आई थीं। उन्होंने बहू की ओर देखा—

"मेंग, बेटा बधाई ! खुश रहो ! लिआंगमो से सुनकर बड़ी खुशी हुई। हम तुम्हें बधाई देने ही आई थीं और यह एक चीज़ तुम्हारे लिए है।"

मेंग का चेहरा लज्जा से लाल हो गया और आँखें झुक गईं। मेंग थी तो सुन्दर परन्तु उसके सौन्दर्य में एक दोष था। उसके केश घुँघराले थे। बड़े यत्न से चन्दन का तेल लगा वह उन्हें सीधा बनाए रखती थी, परन्तु कभी कोई लट छूटकर घूम ही जाती। मेंग के मन में उस समय यही आशंका थी कि रानी अकस्मात् आ गई हैं; कहीं उसकी कोई लट उलझी हुई न हो। रानी वू के सिर में कभी किसी ने एक केश उलझा हुआ छूट हुआ नहीं देखा। मेंग अपनी सास से स्नेह करती थी, परन्तु स्नेह से अधिक आदर। मेंग ने उपहार स्वीकार करने के लिए अपने दोनों हाथ बढ़ा दिए।

डिबिया खोलकर मेंग बोल उठी—"यह बालियाँ तो मेरी माँ की हैं।"

"हाँ बेटी, आज ही उन्होंने हमें उपहार में दी थीं। हम इस उम्र में मोती क्या पहनेंगी ?"—वू बोलीं। "देखो न घर के लिए कैसा शुभ शकुन हुआ आज ! तुमने शुभ बात सुनाई और हमारे पास तुम्हारे लिए उपहार पहले से आ गया।"

"यह मोती मुझे बड़े अच्छे लगते हैं।"—मेंग चाव से बोली, और बहुत देर तक बालियों को सन्तोष से देखती रही।

"इन्हें पहन लो न।"—लिआंगमो ने कहा।

मेंग पति की आज्ञा से बालियाँ पहनने लगी। उसका चेहरा और भी सुर्ख हो गया। सभी, उसका नन्हा भी, उसकी ओर देख रहे थे, परन्तु उसने अपनी सधी हुई पतली सुन्दर उँगलियों से बालियाँ कानों में पहन लीं।

"मैं छोटी थी तो यह बालियाँ पहन लिया करती थी। और माँ से जिद्द करती थी कि उतारो मत।"

"चलो आखिर तुम्हारी ही हो गई।"—वू बोलीं और अपने पुत्र की ओर देखा, "देखो तो, यह सफ़ेद मोती इसके गालों की झलक से गुलाबी हो गए।" बात ठीक ही थी। मेंग की कोमल गुलाबी त्वचा पर मोती सचमुच गुलाबी लग रहे थे।

"हाय रे"—लेना बोल पड़ी, "मालकिन ऐसा न करो। तुम ऐसी सुन्दर लगोगी तो फिर लड़की ही होगी।"

लेना की बात पर सब लोग हँस पड़े। रानी खड़ी होकर बोलीं—"मैं तो चाहती हूँ अबकी बिटिया ही हो। लड़के ही लड़के हों तो दुनिया कैसे चलेगी। ठीक हैं न मेंग ?"

इस बात का उत्तर मेंग क्या देती, उसने लज्जा से सिर झुका लिया।

रानी वू की चालीसवीं वर्षगाँठ की दावत के लिए सब लोग बैठे थे। दावत में सम्मिलित होने के लिए रानी की वृद्धा सास भी अपने आँगन से आई थीं। वृद्धा की आयु और सम्मान के विचार से उन्हें प्रथम स्थान दिया गया था। वू साहब अपनी माँ के दाईं ओर और रानी वू बाईं ओर थीं। वू साहब के साथ लिआंगमो और रानी साहिबा के साथ दूसरा बेटा त्सेमो बैठा था। त्सोमो के बाद तीसरा पुत्र फेंगमो था। येन्मो अभी सात ही बरस का लड़का था। वह पिता के साथ ही रहता था। इस समय भी वह वू साहब के पास ही बैठा था। बेटों के बाद दोनों बहुएँ थीं। मेंग की गोद में उसका बेटा भी था। लेना मालकिन के पीछे खड़ी थी कि बच्चा परेशान करे तो वह उसे बाहर ले जाए। वृद्धा को अपने पड़पोते के लिए गर्व तो बहुत था परन्तु वे बच्चे से परेशान भी जल्दी हो जाती थीं। रानी वू की सहिष्णुता की तो कोई सीमा ही नहीं थी। उत्तेजित होते उन्हें किसने कब देखा था ?

पारिवारिक समारोह में रानी वू बहुत प्रसन्न दिखाई दे रही थीं। परिवार के लोगों के अतिरिक्त दूसरी छह चौकियों पर भी बहुत से अतिथि थे। एक-एक चौकी पर आठ-आठ आदमियों के लिए भोजन परोसा गया था। चाचे-चाचियाँ, भतीजे-भतीजियाँ, सम्बन्धी, मित्र और उनके बच्चे भी आए थे। एक चौकी पर आदर का स्थान कांग सेठ को दिया गया।

सभी लोगों के यहाँ से रानी वू के लिए उपहार आए थे। किसी ने फूलदान भेजे थे, किसी ने खजूरों की टोकरी, किसी ने मिठाइयाँ, किसी ने शगुन के रेशमी रूमाल जिन पर सुनहरे अक्षरों में शुभकामनाएँ लिखीं थीं। वू साहब ने ज़री के काम किए रेशम के दो थान उपहार में दिए थे। सास ने बहुत बढ़िया चाय की दो पेटियाँ दी थीं।

परिवार की ओर से रानी को बहुमूल्य चित्र भेंट किया गया था। यह चित्र नगर के सबसे बड़े कलाकार से बनवाया गया था। चित्र था दीर्घ जीवन की देवी का। सभी अतिथियों ने इस चित्र की बहुत प्रशंसा की थी। चित्र वास्तव में ही बहुत सुन्दर था और उसे भोज के कमरे में सामने दीवार पर लटका दिया गया था। चित्र में दीर्घ जीवन की देवी अमरत्व का प्रतीक नाशपाती का फल हाथ में लिए थीं। देवी के समीप एक सुन्दर बारहसींगा खड़ा था और देवी के सिर के चारों ओर लाल रंग के चमगादड़ उड़ रहे थे। देवी की कमर से अमृत से पूर्ण एक कुप्पी लटकी हुई थी। देवी के दूसरे हाथ में एक लाठी थी। लाठी के सिरे पर प्राण-रक्षा करनेवाली जड़ी-बूटियाँ बँधी थीं।

रानी साहिबा के आसन के पीछे दीवार पर लाल रंग की साटिन के टुकड़े पर काले मखमल के दीर्घ जीवन का चिह्न काटकर लटका दिया गया था। रानी का उत्फुल्ल चेहरा और चिकने काले केश लाल साटिन के आगे खूब खिल रहे थे।

प्राचीन प्रथा के अनुसार रानी की ओर से परिवार का बड़ा पुत्र लिआंगमो और बड़ी बहू मेंग सब चौकियों के पास जा-जाकर अतिथियों का स्वागत कर, आगमन के

लिए धन्यवाद दे रहे थे। अतिथियों की बधाइयों का उत्तर भी रानी साहिबा की ओर से वे ही दे रहे थे।

सब काम और व्यवहार बहुत शान्ति और शिष्टाचार से चल रहा था। इसमें सन्देह नहीं था कि वू-परिवार पुरातन परम्परा का आदर करता था और नए रंग-ढंग से भी परिचित था। जब-तब रानी साहिबा स्वयं भी उठकर मेहमानों की चौकियों पर नज़र डालकर देख आतीं कि सब काम उचित ढंग से हो रहा है। रानी अपने आसन से उठतीं तो अतिथि भी उनके सम्मान में उठ खड़े होते और उनसे कष्ट और चिन्ता न कर बैठ जाने का अनुरोध करने लगते। रानी अतिथियों से पहले बैठ जाने का अनुरोध करतीं।

रानी दो बार विनय और अतिथियों के प्रति सत्कार के लिए उठ चुकी थीं। वे तीसरी बार उठने लगीं तो वू साहब ने आगे झुककर अनुरोध किया—"न, न, लिआंगमो की माँ, अब तुम बैठो तकलीफ़ न करो। शेष मैं स्वयं देख लूँगा। तुम चिन्ता न करो।"

रानी वू ने ज़रा सिर झुकाकर झीनी-सी मुस्कान और कृतज्ञता भरी नज़र से पल भर पति की ओर देखा, तभी उसका ध्यान वृद्धा सास की ओर गया। वृद्धा मुर्गी का एक बहुत बड़ा टुकड़ा उठाकर मुँह में लेने का यत्न कर रही थीं। टुकड़ा इतना बड़ा था कि उनके मुँह में आ नहीं सकता था। शोरवा ठुड्डी पर बह गया था और गाउन पर भी टपक रहा था। वू ने तुरन्त अपनी कमचियों से मुर्गी के टुकड़े को सास के मुँह के सामने सँभाल लिया और खा सकने में उन्हें सहायता देने लगीं। सास मुँह का कौर ख़त्म कर पाईं तो बिगड़कर पुकार बैठी—"इंग !"

इंग मालकिन की सेवा के लिए सदा ही समीप प्रस्तुत रहती थी। तुरन्त वृद्धा के सामने आ गई। वृद्धा ने क्रोध से डाँटा—"उस गधे, तेरे मर्द का दिमाग़ खराब हो गया है ? मुर्गी के इतने बड़े-बड़े टुकड़े पकाकर रख देता है। क्या समझता है बेवकूफ़, हम आदमी हैं या शेर-चीते ?"

"अम्माजी, मैं उनसे कह दूँगी।" इंग ने पति के अपराध के लिए वृद्धा के सामने सिर झुका दिया।

वृद्धा को जितना क्रोध शोरवा ठुड्डी पर बह जाने से आया था उससे अधिक सन्तोष स्वादिष्ट मांस से मिला था। वे अपनी ऊँची और भर्राई हुई आवाज़ में इधर-उधर देखकर बात करने लगीं—"लोग कहते हैं, फिरंगी साबित मुर्गियाँ और सूअर या भेड़ का चार-पाँच सेर का पूरा का पूरा टुकड़ा भूनकर मेज़ पर रख लेते हैं और छुरियों से गोश्त काट-काटकर खाते जाते हैं। बाबा रे ! कैसे जाहिल होंगे ! हमने देखा तो नहीं, सुना है कि फिरंगी हाथ से नहीं खाते। छुरियों और सीखों से छेद-छेद कर गोश्त मुँह में लेकर खा जाते हैं।"

सभी लोगों ने हँसकर वृद्धा का समर्थन किया। वू साहब बोले—"हाँ ठीक तो है, अम्माजी ठीक तो कह रही हैं।" साहब माँ की बात कभी नहीं टोकते थे। वृद्धा की बात

से बनता-बिगड़ता तो कुछ था नहीं, फिर उन्हें खिन्न करने से लाभ क्या होता ?

इसी समय परोसनेवाला, बहुत बड़ा थाल आठ मेवों के साथ पके मीठे पुलाव का लेकर भीतर आया। मेहमानों ने मुस्कराकर प्रसन्नता प्रकट की। मीठा पुलाव आने का अर्थ था कि दावत अभी आधे तक पहुँची है। इंग को पर्दे की आड़ में बाहर खड़ा बावरची, अपना पति, दिखाई दिया; समझ गई कि उसका पति मेहमानों से अपनी रसायन की प्रशंसा सुनने के लोभ में आया है। रानी की दृष्टि भी आड़ में खड़े बावरची पर पड़ गई। उन्होंने इंग की ओर देखा। इंग ने मालकिन की बात सुनने के लिए सिर झुका दिया।

"बावरची को भीतर बुला लो।"—रानी बोलीं। इंग का चेहरा गर्व से चमक उठा, परन्तु उसने पति के प्रति अभिमान न करने के शिष्टाचार से उत्तर दिया—

"मालकिन क्या तकलीफ़ करेंगी; वह क्या करेगा यहाँ आकर।"

"तुम बुलाओ तो।"

इंग ने मुँह बनाकर पति को भीतर आने का संकेत किया। मानो व्यर्थ ही उसे भीतर बुलाया जा रहा हो। बावरची मालकिन के सामने पेश हुआ। उसने चिकनाई और मसालों से भरे हाथ अपने ऐप्रन से पोंछ लिए। ऐप्रन बिलकुल चीकट हो रहा था। बावरची को अपने चीकट ऐप्रन के लिए सन्तोष और गर्व था। वह कोई मामूली घर का बावरची तो था नहीं कि उसके ऐप्रन पर चिकनाई और मसाले के दाग़ कम होते।

"मेवों का मीठा पुलाव तो तुमने कमाल का बनाया है।"—रानी साहिबा ने प्रशंसा की। खाना तो तुम हमेशा ही बढ़िया बनाते हो, लेकिन आज तो बहुत ही अच्छा है। तुम्हारी इस सेवा और मेहनत का हमें बहुत ख़याल है। शाम को तुम फिर आना।"

उसे मालूम ही था कि ऐसे अवसरों पर नौकरों को इनाम-इकराम दिए ही जाते हैं; परन्तु उसने विनय से सिर झुकाकर निवेदन किया—"हुजूर, सेवक किस लायक है ? आप लोगों के लायक खाना बनाना क्या जानूँ। जैसे-तैसे खिदमत करता हूँ। आपकी कृपा है।"

"अच्छा, अब जा !"—इंग ने धीमे से, परन्तु सब को सुनाकर पति को धमकाया। मानो ऐसे पति के लिए उसे कोई अभिमान नहीं, परन्तु आँखें गर्व से चमक रही थीं।

इस बार वू साहब अपने आसन से उठे और मेहमानों के समीप जाकर जैसा-तैसा बन सका खाना, कृपाकर स्वीकार करने का अनुरोध करने लगे। रानी की नज़रें उनकी ओर ही थीं। वू साहब उस चौकी पर भी पहुँचे जहाँ कांग-परिवार बैठा था। कांग की तीसरी सुन्दर बेटी—मेंग की छोटी बहिन—माँ के पास बैठी थी। रानी ध्यान से देख रही थीं कि साहब उस लड़की की ओर ध्यान देते हैं या नहीं।

"फिरनी, फिरनी !"—वृद्धा सास चिल्ला उठीं। रानी साहिबा ने तुरन्त अपनी चौड़ी आस्तीन सँभालकर चाँदी के एक बड़े चम्मच से सास के प्याले में फिरनी भर दी।

"चम्मच, मेरा चम्मच कहाँ गया !"—सास फिर चिल्ला उठीं।

रानी साहिबा ने तुरन्त एक छोटा चम्मच सास के झुर्रियों से भरे हाथ में दे दिया।

अतिथि बढ़िया मीठे पुलाव के स्वाद में मग्न थे। रानी की नज़रें साहब को भाँप रही थीं। वे अपनी बहू मेंग की छोटी बहन के समीप जाकर ठिठक गए थे। लड़की नए रंग-ढंग की थी। केश गरदन तक छाँटकर घुँघराले बनाए हुए थे, जैसे विलायती लड़कियाँ रखती हैं। जब अभी शंघाई शत्रु के हाथ में नहीं गया था तो यह लड़की वहाँ बरस भर स्कूल में पढ़ी थी। अब इस देहाती नगर में उसका मन नहीं लगता था। वह माँ-बाप के लिए कोई न कोई मुसीबत खड़ी किए रहती थी।

रानी ने देखा, वू साहब ने लड़की से कुछ कहा। लड़की हाज़िर जवाब थी। वू साहब हँसकर आगे बढ़ गए थे। अपना ध्यान भोजन की ओर दिखाने के लिए रानी ने एक चम्मच पुलाव ले लिया। साहब अपनी चौकी पर लौटे तो रानी ने प्यार से मुस्कराकर उनकी ओर देखा। "अब आप बैठ जाइए, इतनी तकलीफ़ हुई आपको !"

दावत चलती रही। पुलाव के बाद कई तरह के मांस परोसे गए और फिर छह तरह की सेवैयाँ प्यालों में लाईं गईं। वर्षगाँठ का भोज था, इसलिए बावरची ने भात न बनाकर महीन और ख़ूब लम्बी सेवैयाँ ही तैयार की थीं। सेवैयां चीन में दीर्घ जीवन का प्रतीक मानी जाती हैं, इसलिए जन्मदिन के भोज में अवश्य रहती हैं। रानी आहार हलका और कम ही करती थीं। मांस उन्होंने नहीं लिए थे। परन्तु वर्षगाँठ के अवसर पर सेवैयाँ खाना तो आवश्यक था। चतुर बावरची ने सेवैयाँ इतनी लम्बी बनाई थीं कि उनका ओर-छोर न मिलता था। रानी ने बड़ी सुघड़ता से सेवैयों को अपनी भोजन की कमचियों पर लपेट लिया।

वृद्धा में इतना सन्तोष कहाँ था। उन्होंने सेवैयों का प्याला बाएँ हाथ से होठों तक उठा लिया। कमचियों से सेवैयाँ होठों में ले बच्चों की तरह मुँह में भरने लगीं। उन्हें अधिक खा जाने का व्यसन-सा था। खाते-खाते थककर कहती जातीं—"आज मेरी तबीयत ज़रूर ख़राब हो जाएगी, पर क्या करूँ; बेटी तुम्हारी चालीसवीं वर्षगाँठ रोज़ थोड़े ही आएगी।"

"नहीं अम्माजी, अभी आपने खाया ही क्या है, कुछ तो और लीजिए !"—रानी वू सान्त्वना देती जाती।

अतिथि सन्तुष्ट होकर एक-एक कर उठने लगे। शुभ कामनाओं के लिए पान करने का अवसर आया। अतिथि छोटे-छोटे प्यालों में शराब लेकर खड़े हो गए और शुभ कामनाएँ कर प्याले पीने लगे। रानी चुप रहीं। अधिक बोलने की ओर उनकी प्रवृत्ति नहीं थी। वू साहब अतिथियों की शुभ कामनाएँ स्वीकार कर और उन्हें धन्यवाद देकर उनके साथ पीते रहे। इस कोलाहल में कांग सेठानी ने तिरछी नज़रों से रानी वू की ओर देखकर एक छोटा प्याला उठाया। रानी ने भी एक छोटा प्याला ले लिया। दोनों ने किसी रहस्य के प्रति परस्पर अनुमति में प्याले पी लिए। वृद्धा अब तक सामर्थ्य भर खा चुकी थीं और थककर सहारे के लिए कुर्सी की पीठ पर सिर टिका दिया था। उड़ती-उड़ती नज़रों से उन्होंने अपने परिवार के लोगों को देखा और बोलीं—"अरे लिआंगमो मुरझाया हुआ क्यों लग रहा है ?"

सबकी आँखें लिआंगमो की ओर फिर गईं। नौजवान का चेहरा कुछ मुरझाया-सा ज़रूर लग रहा था, परन्तु उसने मुस्कराकर कहा—"नहीं, बड़ी अम्माजी, अच्छा भला हूँ।"

मेंग ने चिन्ता से पति की ओर देखकर कहा—"नहीं, सुबह से तुम कुछ उदास-से तो हो, क्या बात है ?"

मेंग की बात सुन दूसरे भाई और बहुएँ सभी लिआंगमो की ओर देखने लगे। रानी ने यह सब देखा परन्तु चुप रहीं। वह जानती थीं कि लिआंगमो सुबह से उनकी बात सुनकर ही उदास है। लिआंगमो ने अपनी उदासी प्रकट हो जाने के अपराध के लिए क्षमा-सी माँगते हुए माँ की ओर देखा। माँ ने मुस्कराकर निग़ाहें नीची कर लीं। रानी वू की नज़रें छोटे बेटे त्सेमो की बहू की नज़रों से मिलीं। आँखें चार होते ही रानी रुलन की तीखी निगाहें भाँप गईं। रुलन बहुत तेज़ और दूर की कौड़ी लानेवाली थी। भोज में प्रायः वह चुप ही रही थी, परन्तु देख सब कुछ रही थी। लिआंगमो के चेहरे का भाव, माँ-बेटे की निग़ाहों का मिलना भी उससे बच नहीं पाया था। त्सेमो का ध्यान इन सब बातों की ओर नहीं था। वह था स्वभाव का बेपरवाह और अपने में मग्न जीव। वह भोज में इतनी देर तक बैठने से उकता गया था। कुर्सी पर करवटें ले रहा था कि कब उठ पाएगा।

मेहमानों का कोई एक बच्चा बहुत अधिक खा गया था। बहुत ज़ोर से वमन कर बैठा। नौकर सफ़ाई करने के लिए परेशानी में दौड़ पड़े।

"अरे क्या है, एक कुत्ते को ले आओ न।"—कांग सेठानी ने सुझाया। इंग दुर्घटना के स्थान पर पहुँच चुकी थी। उसने कांग की ओर देखकर क्षमा माँगी—"माफ़ कीजिए हुजूर, रानी साहिबा खाना खाने की मेज़ के पास कुत्ता लाने से नाराज़ होंगीं।"

"क्या करती हो अम्मी !"—कांग सेठानी की तीसरी सुन्दरी बेटी ने मुँह बनाकर विरोध किया, "क्या पुरानी गन्दी बातें करती हो। ऐसा आजकल कौन करता है ? तुम घर पर भी ऐसा करती हो तो मुझे बड़ी शरम आती है।"

"अच्छा अच्छा," सेठानी ने बेटी को धमकाया, "चुप रह, यहाँ बकने की क्या ज़रूरत ?"

"ये लड़कियाँ बहुत बोलने लगी हैं।"—कांग सेठ ने भी इतराज़ किया। परन्तु लीनी की ओर देखा तो मुस्करा भी दिया ! लीनी पर उनका बहुत प्रेम था। वह उनकी सबसे सुन्दर बेटी थी।

वृद्धा सास नौकरानी का कन्धा पकड़कर उठ खड़ी हुईं। "हम बहुत थक गए, ज़रा लेट जाएँ।"—उन्होंने कहा, "हमारी तबीयत खराब हो रही है जाकर आराम करें।"

रानी ने उठकर समर्थन किया—"हाँ अम्माजी, आप अब आराम कीजिए। हमलोग अतिथियों के साथ दूसरे कमरे में बैठ रहे हैं।"

सब अतिथि वृद्धा के आदर के लिए खड़े हो गए। दो नौकरानियाँ वृद्धा को

सहारा देती हुई ले गईं। रानी साहिबा ने साहब की ओर देखकर अनुरोध किया—"आप अतिथियों को दीवानख़ाने में ले चलिए। महिलाएँ मेरे कमरे में आ जाएँगी।" वे स्त्रियों को लेकर अपनी बैठक की ओर चल दीं। पुरुष राजा साहब के साथ दीवानख़ाने की ओर चल दिए। दाइयाँ ऊँघते, सोते बच्चों को लेकर आँगन और फुलवारी की ओर चली गईं।

रानी बैठक के दरवाज़े पर ज़रा ठिठकीं। दाई बीमार बच्चे को लिए पीछे-पीछे आ रही थी। बच्चे को पुचकारकर उन्होंने कहा—"उसे फुलवारीवाले ठंडे कमरे में ले जाओ। वहाँ ठंड है, उसे नींद आ जाएगी।" बच्चा रो रहा था, परन्तु उनका वत्सल स्वर सुनकर चुप हो गया।

भोज तो समाप्त हो चुका था परन्तु रानी अब भी शिष्टाचार के संयम में प्रायः चुप ही थीं। वे बोलती ही कम थीं, इसलिए उनकी चुप्पी की ओर ध्यान नहीं जा रहा था। स्त्रियों में बात-चीत चल रही थी। किसी प्रश्न का निपटारा करने की आवश्यकता होती तभी वह रानी वू की ओर देखतीं। सभी जानते थे कि इतनी बड़ी हवेली और परिवार की समस्याओं का निबटारा वे ही करतीं थीं। और रानी साहिबा संक्षेप में निर्णय दे देतीं। उस समय भी उनके तरल, कोमल स्वर में उत्तेजना न आती।

मनोरंजन के लिए भांड़ों और नक्कालों की टोली भी बुलाई गई थी। बच्चे उनकी नकलें और खेल देखने में मग्न थे। अतिथि भी बरसात से पहले की चुनी हुई सुगन्धित चाय की चुस्कियाँ लेते इस मनोरंजन को देख रहे थे। बहुओं की उपस्थिति में प्रौढ़ाओं के लिए निस्संकोच बात-चीत करना सम्भव नहीं था। इसलिए कांग सेठानी नींद का ठुमका ले रही थीं। रानी वू ने एक बार इंग को बुलाकर कहा—"जाओ ज़रा देख आओ, अम्माजी की तबीयत अब कैसी है।"

इंग हँसती हुई लौटी। "अम्माजी का खाया-पिया सब उलट गया।" नौकरानी ने बताया, "पर कह रही हैं कि दावत का बड़ा मज़ा आया।"

इंग की बात सुन सब हँस पड़ीं। हँसी से सेठानी कांग की नींद उचट गई। "ओफ़ बहुत देर हो गई, अब घर चलें।" सेठानी ने रानी साहिबा की ओर देखा। "अब तुम भी आराम करो न बहन, अब तुम्हारी उमर आराम करने की है।"

अतिथि महिलाएँ एक-एक करके उठने लगीं। रानी वू ने सभी अतिथियों को बारी-बारी से उठकर विदा किया। अतिथि हवेली के नौकरों-चाकरों के लिए मिठाइयाँ, उपहार और इनाम-इकरार दे गए थे। इंग यह सब चीज़ें ले आई। नौकर बारी-बारी से पेश हुए। नौकरों ने झुक-झुककर सलामी दी। रानी साहिबा उन्हें इनाम देकर दो-चार आशीर्वाद और सान्त्वना के भी कहती जातीं। नौकर भी रसोई घर में अपनी दावत कर चुके थे।

रानी वू बैठक में अकेली रह गईं। कुछ पल शिथिल हो विश्राम के लिए लेट गईं। उनके शरीर की कोमल परन्तु तनी हुई मांसपेशियाँ, कोमल ग्रीवा, स्तन और कमर

कुछ पल के लिए प्रौढ़ता से शिथिल हो गए। उन्होंने अपने कोमल गोल कन्धों को झटका दिया और सीधी होकर बैठ गईं। अभी विश्राम का समय नहीं था।

रानी वू एक घंटे विश्राम करने के बाद उठ खड़ीं हुईं। अपनी बैठक के सात चक्कर लगाए और फिर खिड़की के सामने जा बाहर देखने लगीं। खिड़की खूब बड़ी थी। बस्तेदार किवाड़ बाहर की ओर खुले हुए थे। खिड़की से फुलवारी दिखाई दे रही थी। सुबह उसी फुलवारी में रानी साहिबा सेठानी कांग और लिआंगमो से बात कर रही थीं। उन्हें याद आया, उनकी बात सुनकर दोनों ही कैसे विस्मय से घबरा गए। उनके कोमल होठों पर फीकी मुस्कान आ गई।

सामने के गोल दरवाज़े से इंग भीतर आई। मालकिन की मुस्कराहट की ओर उसका ध्यान गया, और बोल पड़ी—"मालकिन इन चाँदनी में तो तुम सचमुच छोकरी ही लग रही हो।"

रानी वू ने इंग की बात की ओर ध्यान नहीं दिया। खिड़की से हटकर सिंगार की मेज़ के सामने कुर्सी पर बैठ गईं। इंग ने आकर उनके कपड़े बदलवा दिए, श्वेत महीन रेशम के भीतरी कपड़े भी। मालकिन के लम्बे केश खोलकर वह चन्दन के महीन कंघे से कंघी करने लगी। सामने बड़े आईने में वू का शान्त चेहरा दिखाई दे रहा था। चेहरे पर बड़ी-बड़ी काली आँखें। आँखों में आज और भी अधिक चमक थी।

"मालकिन थक गई होंगी ?"—इंग ने पूछा।

"नहीं तो"—वू ने उत्तर दिया।

इंग ने आग्रह किया—"नहीं मालकिन, आज दिन भर आपको आराम कहाँ मिला। चालीस की हो गईं। अब तो आपको आराम चाहिए ही। हवेली और दुकानों की देखभाल कुँवर साहब कर सकते हैं। रसद और रसोइयाँ बड़ी बहू देख लेंगी। छोटी बहू नौकरों-चाकरों पर आँख रख सकती हैं। अब आपको तो चाहिए कि आराम से अपने आँगन में लेटकर कुछ पढ़ लिया करें या फूलों से दिल बहलाया करें। कभी पोते-पोतियों की ख़ैर-ख़बर ले ली।"

"ठीक ही कह रही हो तुम !"—वू ने स्वीकार किया, "हाँ, हम ऐसा ही कुछ सोच रहे हैं। इंग, आज राजा साहब से कहेंगे कि एक दूसरी जवान लड़की से ब्याह कर लें।"

रानी वू ने बात इतने साधारण ढंग से कही थी, मानो उसमें विस्मय और घबराहट का कोई कारण नहीं था, परन्तु इंग क्षण भर के लिए वू के केशों को सहारे के लिए पकड़े स्तब्ध रह गई। कंघी का चलना रुक गया।

"ख़ैर, इस बात से तुम्हें क्या ?"—वू बोलीं। इंग जल्दी-जल्दी कंघी करने लगी। "केश क्यों खेंच रही हो ?"—वू ने टोका।

इंग के हाथ से कंघी फर्श पर गिर पड़ी। "मैं किसी दूसरी मालकिन की खिदमत

नहीं करूँगी, कहे देती हूँ।"—इंग ने कह डाला।

"तुमसे कौन पूछ रहा है ?"—रानी साहिबा बोलीं।

इंग रानी साहिबा के समीप फर्श पर घुटने टेककर बैठ गई। दोनों हाथों में मुँह छिपा फूट-फूटकर रो पड़ी। आँसू बह गए। उत्सव के दिन पहने साटिन के नए कुर्ते के दामन से आँसू पोंछकर इंग ने पूछा—"मालकिन क्या राजा साहब दूसरा ब्याह करने को कह रहे हैं ? आपका-सा रूप और आपकी-सी नेक मालकिन उन्हें दुनिया में कहाँ मिलेगी। आप ही की बदौलत तो यह सब कुछ चल रहा है..."

"हम ही तो कह रही हैं।"—वू बोलीं, "उठो क्या कर रही हो। साहब आ जाएँ तो यही समझेंगे कि मैंने तुम्हें पीटा है..."

"हुजूर के लिए ऐसी बात कौन सोच सकता है ?"—इंग ने हिचकी भरते हुए कहा, "आपने तो कभी बदन का खून चूसते मच्छर को भी अपने हाथ से नहीं मारा।" इंग ने कंघी फर्श से उठा ली और डबडबाई आँखों से ही मालकिन के केश सँवारने लगी। रानी ने इंग को समझाया—"सुनो, तुम्हें पहले ही बता रही हूँ कि तुम दूसरे नौकरों-नौकरानियों को भी समझा दो कि जब नई बहू आए तो कोई शोर-गुल या तूफ़ान न उठे। कोई कुछ कहे-सुने नहीं, और न किसी को दोष दे..."

"कौन, कहाँ से आ रही है ?"—इंग ने पूछा।

"अभी क्या कह सकते हैं।"—वू ने उत्तर दिया।

"कब कर रहे हैं, शादी ?"—इंग ने फिर पूछा।

"अभी तो यह नहीं सोचा,"—वू ने समझाया, "लेकिन जो भी कोई आए तो उसके साथ घर के आदमी की तरह आदर का व्यवहार किया जाए। हमारे बाद उसी को समझना। बहुओं को भी उसकी इज्जत करनी चाहिए। कोई एक्ट्रेस या नाचने-गानेवाली नहीं होगी; अच्छी खानदानी लड़की ही होगी। अदब-कायदे का पूरा ख़याल रखा जाना चाहिए। साहब या नई मालकिन के बारे में कोई उल्टी-सीधी बात न हो। यह ब्याह हम ही करा रही हैं।"

इंग चुप न रह सकी। गिड़गिड़ाकर बोली—"हुजूर की खिदमत में बाँदी की उमर बीत गई। मुझे तो बताइए, यह क्या कर रही हैं ?"

"तुझे क्या बताएँ; यही ठीक है।"—रानी वू ने धीमे से उत्तर दे दिया।

इंग चुप रह गई। मालकिन के केशों में चन्दन का तेल लगा चोटियाँ गूँथ, स्नानागार में जाने के लिए केशों को समेट दिया और मालकिन के स्नान का प्रबन्ध करने लगी। स्नानागार के बाहर खुलनेवाले दरवाज़े से दो भिश्ती काठ की बड़ी-बड़ी बालटियों में गर्म और ठंडा पानी लेकर आए। इंग ने चीनी मिट्टी की हरे रंग की बड़ी-सी नाँद में गर्म और ठंडा पानी मिलवाकर अपने बदन पर डालकर देखा। भिश्ती बाहर चले गए। इंग ने एक बोतल से पानी में सुगन्ध डाल दी। साबुन की नई बटिया और रेशमी तौलिए यथास्थान रख दिए, और जाकर मालकिन को सूचना दी—"हुजूर गुस्ल तैयार है।"

रानी ने भीतर के अन्तिम महीन वस्त्र भी उतार दिए और स्नानागार की ओर चलीं। उनका शरीर अठारह वर्ष की लड़की की तरह कोमल और छरहरा लग रहा था। इंग ने हाथ का सहारा देकर उन्हें गुनगुने पानी की नाँद में बैठा दिया और सावधानी से नहलाने लगी। जैसे किसी सुकुमार बच्चे का शरीर धो रही हो। दर्पण की तरह स्वच्छ जल से भरी हरे रंग की नाँद में उनका कन्धों तक डूबा गोरा शरीर हाथी दाँत की मूर्ति जैसा लग रहा था। जल में बैठे-बैठे अपने शरीर को देख वह सोचने लगीं, उनके शरीर की कोमलता, सौन्दर्य और सुघड़ता में कोई अन्तर न आया था; न शिथिलता, न भारीपन। सात सन्तानें तो हुई थीं, परन्तु साहब ने उन्हें किसी सन्तान को उनके स्तनों को मुँह नहीं लगाने दिया था। जल में डूबे स्तन अब भी कमल की कलियों के आकार और रंग के थे।

वू जल से बाहर निकलीं तो इंग ने उनका शरीर रेशमी तौलियों में लपेटकर सुखा दिया और फिर रात में पहनने के ताज़े रेशमी कपड़े पहना दिए। कुर्सी पर बैठाकर उनके हाथ-पाँव के नखों को सँवार दिया। स्नान समाप्त हो जाने पर इंग ने सेज-कमरे का दरवाज़ा खोल दिया। साहब अभी नहीं आए थे। वे सदा ही देर से इंग के चले जाने के बाद ही आते थे; कभी-कभी तो रात भर भी न आते; पर ऐसा कभी ही होता। रानी रेशमी मसहरी से ढकी ऊँची सेज के नीचे साथ रखी सुन्दर कामदार चौकी पर पाँव रख सेज पर चली गईं।

इंग ने पूछा—"हुज़ूर, मसहरी गिरा दूँ; बाहर चाँदनी का उजाला बहुत तेज़ है।"

"नहीं रहने दो"—वू ने उत्तर दिया, "चाँदनी अच्छी लग रही है।"

इंग ने मसहरी के रेशमी परदे चाँदी की महीन जंजीरों में अटके रहने दिए। सेज के समीप की गोल मेज़ पर उसके ताज़ी चाय से भरी चायदानी और चाँदी का तम्बाकू पीने का पाइप भी रख दिया।

रानी कभी नींद खुल जाने पर तम्बाकू पी लेती थीं। जलती मोमबत्ती के साथ इंग ने माचिस की डिबिया भी रख दी।

"अच्छा अब तू जा, आराम कर।"—वू बोलीं। इंग सिर झुकाकर बाहर चली गई।

सरदी नहीं थी। रानी वू रेशमी चादर पर कच्चे रेशम की हल्की रजाई ओढ़े लेटी हुई थीं। शयनागार की बड़ी खिड़की से आती चाँदनी में सेज के समाने की दीवार चमक रही थी। चाँदनी ऐसी उजली थी कि सामने दीवार पर लटके चित्र की रूप-रेखा स्पष्ट दिखलाई दे रही थी। देखने में साधारण ही था परन्तु कुशल कलाकार की कृति थी। चित्रकार ने गिनी-चुनी रेखाओं में ऊँचे पर्वत-शिखर पर चढ़ने के लिए जूझते मनुष्य की अस्पष्ट आकृति बना दी थी। यह निश्चय करना कठिन था कि चढ़नेवाला नर है अथवा नारी। वह केवल मनुष्य का प्रतीक था।

वू प्रायः ही टकटकी बाँधकर इस चित्र को देखती रहती थीं। कभी जान पड़ता कि आरोही बहुत ऊँचा पहुँच गया है। कभी जान पड़ता कि वह फिसलकर कई मील

नीचे आ गया है। वू जानती थीं कि यह भ्रम खिड़की से आते प्रकाश के ऊँचे-नीचे होने के कारण ही हो जाता है। उस रात खिड़की से आते प्रकाश ने चित्र को आधोआध काट दिया था। आरोही लगभग शिखर तक पहुँचा हुआ जान पड़ता था। वू चित्र की ओर देखकर सोच रही थीं, आज आरोही शिखर तक पहुँचा जान पड़ रहा है; जान ही तो पड़ रहा है, है तो वह वहीं जहाँ सदा से है, न आगे न पीछे।

वू लेटी हुई थीं। वे न कुछ सोच रही थीं और न याद ही कर रही थीं। केवल सजीव होने की अनुभूति-मात्र थीं। साहब के आने की चिन्ता अथवा प्रतीक्षा भी नहीं थी। आ गए तो भला न आ सके तो फिर सही। उतावली क्या है, बात फिर हो जाएगी। स्वयं आया अवसर ही उचित होता है, उतावली तो केवल बात को बिगाड़ती है।

रानी को आँगन से साहब के क़दमों की आहट सुनाई दी। आहट आँगन से बाहर के कमरे में, फिर बैठक में पहुँची। शयनागार का द्वार खुला और साहब दिखाई दिए। रानी के नाज़ुक नथुनों ने गरम मदिरा की गन्ध अनुभव की। वे समझ गईं कि साहब खूब पिए हैं। उनके पीने से रानी को कभी परेशानी नहीं हुई थी। साहब पीने में बह नहीं जाते थे, उस सन्ध्या तो अतिथियों के साथ पीना ही था। दावत के बाद तो यह होता ही है। साहब मुँह में थमा पाइप मेज़ पर रखने के लिए झुके, लेकिन सहसा रुक गए।

"क्या बहुत थकी हुई हो ?"—साहब ने पूछा।

"नहीं तो, बिलकुल भी नहीं।"—वू ने उत्तर दिया।

राजा साहब ने पाइप मेज़ पर रखकर चाँदी की ज़ंजीरों से अटके मसहरी के परदे गिरा दिए और सेज पर आ गए।

चौबीस वर्ष से जीवन का एक अभ्यास और क्रम चला आ रहा था। रानी ने यह क्रम समाप्त कर देने का निश्चय कर लिया था। साहब के साथ यह अन्तिम रात्रि थी। भविष्य के विषय में ख़याल आया कि सम्भवतः राजा साहब को उनका विचार अच्छा न लगे। ऐसी अवस्था में उन्हें समझाना पड़ेगा। यदि राजा साहब को बात अच्छी लगी तो झंझट ही क्या ! यदि उन्होंने जिद्द ही बाँध ली तो अवश्य कुछ परेशानी होगी। पर मानेंगे क्यों नहीं, आखिर मान ही जाएँगे।

रानी को इस बात का ध्यान था कि उस रात कोई असाधारण बात या व्यवहार न हो, न उदासी, न अधिक उत्सुकता। किसी बात की कमी न खटके और न ही जान पड़े कि वह बही जा रही हैं। उनकी प्रकृति उचित सन्तोष की सीमा लाँघकर अति से ऊब की ओर कभी नहीं जाती थी। अलबत्ता साहब का व्यवहार कुछ दूसरा-सा लग रहा था; उखड़ा हुआ-सा।

रानी चौड़े तकिए पर सिर रखे लेटी थीं। वू साहब ने उनकी आँखों में आँखें डालकर कहा—"क्या बात है ? आज तुम बहुत ही सुन्दर लग रही हो। दूसरे लोग भी यही कह रहे थे।" रानी के पतले होठों पर अभ्यस्त मुस्कान खेल गई। उनकी

आँखों में नित्य की तरलता थी, परन्तु साहब की आँखें गहरी हो रही थीं। समीप मेज़ पर जलती मोमबत्ती के मध्यम प्रकाश में उनकी आँखों की सुर्खी कुछ अधिक ही जान पड़ रही थी। रानी ने आँखें मूँद लीं, हृदय धड़कने लगा। ख़याल आया अपने निश्चय के लिए पछताना तो नहीं पड़ेगा...।

दो घंटे बाद भी वे सेज पर उसी प्रकार लेटी हुई थीं। उनका शरीर डाल से तुरन्त तोड़े फूल की तरह ताज़ा और सुगन्धित था। वही प्रश्न मन में बार-बार उठ रहा था। दो घंटे तक सोचकर उन्होंने निश्चय कर लिया, नहीं, पछताऊँगी नहीं।

साहब के सो जाने पर रानी आहिस्ता से उठीं और स्नानागार में चली गईं। एक बार फिर ठंडे जल से स्नान किया। स्नानागार से आकर वह सेज पर नहीं गईं। मेज़ पर से छोटा पाइप ले तम्बाकू सुलगा लिया और खिड़की के सामने जाकर पाइप पीती हुईं आकाश की ओर देखती रहीं। चाँद सामने हवेली की बड़ी इमारत की छत को छू रहा था। कुछ पल के लिए ही वह आँखों के सामने था। रानी ने सन्तोष और निश्चय से एक गहरी साँस ली, इस कमरे में यह अन्तिम रात है, अपने लिए दूसरी जगह भी उन्होंने निश्चित कर ली थी; अपने स्वर्गीय ससुर के आँगन में रहने का निश्चय कर लिया था। कह देगीं, वहाँ रहने से वे दिन या रात में सभी समय वृद्धा की देखभाल कर सकेंगी। ससुर के कमरे और आँगन अच्छे, बड़े और सुन्दर थे। वहाँ एकान्त में वे अपने जीवन का नया क्रम शान्ति से निबाह सकेंगी।

सेज पर लेटे हुए साहब ने एक अँगड़ाई लेकर आँखें खोल दीं। रानी की ओर देखकर बोले—"तुम्हें नींद नहीं आ रही ? दिन भर की थकी हो तुम लेटो। मैं अपने कमरे में सो रहूँगा।" ऐसी बात वू साहब प्रायः ही कहते थे। विनय उनका स्वभाव था, कारोबार में हो अथवा स्नेह में। वू साहब की बात के उत्तर में रानी उत्तर देती थीं—"तुम क्यों जाओगे; लेटो ना, मैं सो तो रही हूँ।"

परन्तु उस रात उनका उत्तर दूसरा ही था। बोलीं—"बहुत अच्छा, हाँ मैं थक गई हूँ, अब सोऊँगी।"

रानी का उत्तर सुन राजा साहब भौंचक रह गए। तुरन्त सेज पर उठकर बैठ गए और सेज के नीचे फर्श पर अपने स्लीपर टटोलने लगे। उनके पाँव स्लीपर पा नहीं सके। रानी सेज के समीप आ गईं। झुककर स्लीपर उठा लिए और पति के पाँवों में पहना दिए। साहब ने बालक की तरह अधीर होकर बाँहें रानी के कन्धों पर रख दीं और उन्हें समेट लिया।

"आज तुम कितनी सुन्दर लग रही हो, नई खिली चमेली की तरह ताज़ी और सुवासित।"—साहब बोले।

रानी मुस्करा दीं और स्नेह से पूछा—"क्या नशा अभी उतरा नहीं ?"

"नशा ?"—साहब ने विस्मय से दोहराया, "नशा ?"

वू साहब ने रानी को फिर अपनी ओर खींच लिया। "सुनिए"—रानी ने टोका, "उठा दूँ आपको ?" वे सहसा खड़ी हो गईं और सशक्त कोमल बाँहों से सहायता

देकर साहब को खड़ा कर दिया।

"क्या तुम कुछ परेशान हो ?" उनके स्वर और आँखों से चिन्ता और विस्मय प्रकट हो रहा था।

"नहीं", "नहीं तो।"—रानी ने उत्तर दिया, "परेशान क्या होऊँगी ? चौबीस वर्ष तक परेशान नहीं हुई, पर सुनिए अब और नहीं।"

"अब और नहीं ?"—साहब ने रानी की ही बात को दोहराकर प्रश्न किया।

"हाँ अब और नहीं। मैं चालीस वर्ष की हो गई।"—रानी ने उत्तर दिया। मन में निश्चय कर लिया—यही उचित अवसर है। जब सब लोग सो रहे हैं, मैं अपनी बात कह डालूँ। वू साहब को सेज पर बैठाकर वे मेज़ की ओर गईं। मेज़ पर रक्खी तीन मोमबत्तियों को उन्होंने जला दिया। कमरा प्रकाश से भर गया। रानी सेज के समीप रखी चौकी पर बैठ गईं। साहब से आँखें मिलाकर उन्होंने कोमल परन्तु निश्चय के स्वर में कहा—"कई वर्ष पहले से मैंने यह निश्चय कर लिया था कि चालीस वर्ष की हो जाने पर यह क्रम समाप्त कर दूँगी।" साहब ने कुछ झुक अपने घुटनों का सहारा लेते हुए रानी की आँखों में विस्मय से देखा।

"आपके प्रति स्नेह या सेवा में तो मैंने कभी त्रुटि नहीं की।"—रानी ने पति की दृष्टि का उत्तर दिया।

"क्या कभी मैंने तुम्हारे प्रति अवहेलना या अन्याय किया है ?"—साहब ने पूछा।

"नहीं, कभी नहीं।"—रानी ने उत्तर दिया, "हमलोगों से अधिक सुख और सन्तोष का जीवन शायद ही दूसरे किसी पति-पत्नी का हो सकेगा। परन्तु मैं तो आज अपने जीवन के आधे में पहुँच गई।"

"आधे में ही तो !"—वू साहब बोले।

"परन्तु तुम तो अभी आधे में नहीं पहुँचे।"—रानी ने कहा, "तुम्हारे आधे तक पहुँचने में अभी बहुत समय है। स्त्री-पुरुषों के जीवन में यह अन्तर विधाता ने ही बना दिया है।"

साहब पत्नी की बात ध्यान से सुन रहे थे। उनकी बात की उपेक्षा उन्होंने कभी नहीं की थी।

"आप अभी जवान हैं।"—रानी ने समझाया, "आपके शरीर में अभी शक्ति और इच्छा भी है। अभी आपके दो-चार सन्तानें और होनी चाहिए। मैं तो हो चुकी। अब मेरे बस का नहीं।"

साहब सँभलकर बैठ गए, चेहरा गम्भीर हो गया। "क्या कह रही हो तुम ? हम समझे नहीं।"—उन्होंने पूछा।

"आप ठीक समझ रहे हैं, मैं यही कह रही हूँ।"—रानी ने उत्तर दिया।

कुछ पल के लिए पति-पत्नी एक-दूसरे की ओर देखते सन्नाटे में रह गए। चारों ओर रात के तीसरे पहर का मौन छाया हुआ था। विशाल हवेली में उनके पुत्र और बहुएँ सोई हुई थीं। साहब की वृद्धा माँ भी ऊँघती हुई अपने अन्तिम दिन की प्रतीक्षा

कर रही थीं। पति-पत्नी मौन एक-दूसरे की ओर देखते रहे। चौबीस वर्ष तक एक साथ बिताए जीवन का पारदर्शी पर्दा उनके बीच लटक रहा था।

"नहीं, मैं और ब्याह नहीं करूँगा।"—साहब के स्वर में कुछ भर्राहट-सी थी। ''हमने किसी दूसरी स्त्री की बात कभी सोची ही नहीं। हमारे लिए तुम्हीं सब कुछ रही हो और तुम ही रहोगी।"

वू साहब की आँखें झुक गईं। अपने हाथों की ओर देखते हुए उन्होंने कहा—"आज उस लड़की को हमने देखा था,...हमें तो वह कुछ जँची नहीं। तुमसे किसी का क्या मुक़ाबिला।"

रानी समझ गईं, साहब किस लड़की की बात कर रहे हैं। "नहीं, लीनी है तो बहुत सुन्दर।"—उन्होंने कहा। परन्तु मन ही मन यह भी सोच लिया कि पति के लिए दूसरी स्त्री वे स्वयं ही चुनेंगी। कई बातों का ध्यान रखना होगा। ऊपर-नीचे की पीढ़ियों में उलझन न पड़ने पाए। लीनी की बड़ी बहन ही तो उनके बड़े बेटे लिआंगमो की बहू थी। लीनी और उनकी बहू मेंग दोनों ही रानी की अपनी सहेली की बेटियाँ थीं।

राजा साहब ने सिर हिलाकर दृढ़ निश्चय से इनकार किया—"नहीं, यह नहीं होगा। दूसरा विवाह मैं कैसे कर सकता हूँ। लोग सुनेंगे तो क्या कहेंगे। किसी दूसरी स्त्री की बात मैंने कभी सोची ही नहीं।"

राजा साहब की बात से रानी के होठों पर हल्की मुस्कान आ गई। उन्होंने सोचा, लोगों के कहने-सुनने की बात कर रहे हैं। लोगों की राय पर चलेंगे तो इन्हें दूसरा विवाह करने में संकोच ही क्या होगा। इस बात से एक मीठी-सी चुभन भी हृदय में अनुभव हुई।

"आप ही सोचिए, चालीस वर्ष की स्त्री के बाल-बच्चे होना क्या अच्छा लगता है।"—रानी ने पति की ओर देखकर कहा, "तब तुम्हारे मित्र ही तुम पर हँसेंगे।"

"पर तुम्हारे और बच्चे होने की ज़रूरत ही क्या है ?"—साहब बोले।

"यह अपने बस तो होता नहीं...हो ही जाएँ ?"—रानी ने उत्तर दिया, "इसलिए मैं अब बचना चाहती हूँ। तुम्हारी हँसी क्यों हो ?"

कुछ देर पति-पत्नी में बात चलती रही। साहब अपने मित्रों की नज़रों में गिर जाने की बात कहते रहे और रानी उस उम्र में सन्तानवती होकर अपना और पति का परिहास न बनाने की बात समझाती रहीं। रानी के मन में निश्चय था कि तर्क चाहे जो हो, अपने जीवन का क्रम वे बदल ही डालेंगी।

रानी के आग्रह से खिन्न होकर साहब ने पूछा—"सच बताओ, क्या तुम्हारा मन हमसे फिर गया है ?"

रानी पति की ओर तनिक झुक गईं। कुछ आर्द्र स्वर में उत्तर दिया—"क्या कह रहे हैं आप ? क्या शरीर में प्राण रहते यह सम्भव है ? आपके सुख के लिए ही यह चाहती हूँ।"

"ऐसी बात से क्या मुझे सुख होगा ?"—साहब ने एक गहरी साँस ली।

"आपको सुखी रखने के लिए जो कुछ भी कर सकती थी मैंने किया।"—रानी ने अपने दोनों सुन्दर हाथ फैलाकर पति की आँखों में देखकर कहा, "आपकी सेवा में जिस दिन से आई हूँ किसी बात में मैंने चूक नहीं होने दी। जब तक शरीर में प्राण हैं; चूक होने भी न दूँगी, आपको सुखी ही रखूँगी।"

"हमारा सुख तुम पर निर्भर करता है।"—वू साहब ने उत्तर दिया, "तुम नहीं रहोगी तो हमारा सुख भी नहीं रहेगा। तुम्हारे बिना मैं शरीर में प्राण रहते भी मुर्दा ही बन जाऊँगा।"

"न, ऐसा न कहिए। स्वयं मर जाने से पहले मैं आपके सुख की व्यवस्था कर जाऊँगी। मैं स्वयं आपके लायक स्त्री ढूँढ़कर आपका सुख उसके हाथों में सौंप जाऊँगी।"—रानी ने विश्वास दिलाया। साहब ने निरुत्तर हो सिर झुका लिया। रानी अनुभव कर रही थीं, पति उनकी बात की अवहेलना नहीं कर सकेंगे। अभी तक ऐसा उन्होंने कभी नहीं किया। रानी दोनों हाथों की अंजली पति के सम्मुख बढ़ाकर बोलीं—"आपने सदा मेरा विश्वास किया है, अब भी मेरा विश्वास कीजिए।"

"हमारा तो तुम पर अटूट विश्वास है।"—साहब ने उत्तर दिया।

रानी ने सन्तोष का साँस लिया।

साहब चौंककर बोल उठे—"नहीं, दूसरा ब्याह हम नहीं करेंगे, देखो मैंने कोई वचन नहीं दिया है..."

"मैं आपने वचन नहीं माँग रही हूँ।"—रानी बोलीं, "आपकी इच्छा के विरुद्ध कुछ नहीं करूँगी, कभी किया भी नहीं। आप ही बताइए, कभी मैंने ऐसा किया भी है ? खैर, अभी जल्दी ही क्या है फिर सही। आप लेट जाइए। लिहाफ़ उढ़ा दूँ, हवा में ठंडक हो गई है। अब आप सोइए सुबह होने को आ रही है। नींद पूरी होने से पहले न उठिएगा।"

रानी ने पति को सेज पर लिटा दिया। उन कोमल हाथों का विरोध साहब कर नहीं सके। वे सदा उनके अनुगत रहे थे, परन्तु उस समय उनका मन विद्रोह कर रहा था। अपना असन्तोष प्रकट करने के लिए वह बोल उठे—"देखो मैंने कोई वचन नहीं दिया, याद रहे।" उन्होंने अपनी बात एक बार फिर दुहराई।

"हाँ मैं कब वचन माँग रही हूँ ?"—रानी बोलीं और पति को लिहाफ़ उढ़ा दिया। मसहरी के पर्दे गिरा दिए।

साहब ने पत्नी का हाथ पकड़कर पूछा—"तुम कहाँ सोओगी ?"

"आप सोइए, मेरे लिए दूसरे कमरे में सेज लगी है।"—रानी ने मुस्कराकर आश्वासन दिया, "अब सुबह बात करेंगे, चिन्ता और परेशानी की बात कोई नहीं। हवेली का सब प्रबन्ध और ढंग वैसे ही चलेगा, कोई नई बात नहीं होगी। मैं भी सेवा में रहूँगी, आप घबराइए नहीं।"

रानी कुछ देर सेज के समीप चौकी पर बैठी रहीं। पत्नी के सामीप्य के आश्वासन

से साहब को नींद आ गई। उनके सो जाने पर रानी उठीं और आहट किए बिना अपने आँगन से निकलकर ससुर के आँगन को ओर चली गईं। ससुर का स्वर्गवास हो जाने पर भी इन कमरों और आँगन की उपेक्षा कभी नहीं की गई थी। कुछ दिन पहले रानी ने सेज के गद्दे और चादरें भी बदलवा दी थीं। वे जाकर उसी सेज पर लेट गईं। बहुत दिन से अनुपयोग से यह शयनागार और सेज ठंडे पड़ गए थे। रानी के शरीर ने ठंड की एक सिहरन-सी अनुभव की, जैसे वे अभ्यस्त जीवन को छोड़कर किसी शून्य स्थान में आ गई हों। तुरन्त ही उन्हें नींद आ गई।

दो

रात की घटनाएँ और विचार सुबह होने पर ही पूर्ण होते हैं। इन घटनाओं और विचारों का औचित्यानौचित्य सुबह होने पर ही स्पष्ट हो सकता है। चालीसवीं वर्षगाँठ के अगले सुबह रानी वू की नींद खुली तो जान पड़ा कि कोई बोझ कन्धों पर से टल गया हो। उनकी दृष्टि नए कमरे की दीवारों की ओर गई। गत चौबीस वर्ष के लगातार बिलकुल दूसरे ही वातावरण में रही थीं। उनका यह शयनागार और सेज बड़े घराने की सास ने, अपने एकमात्र पुत्र की नववधू के लिए सजाए थे। सब ओर समृद्धि और बढ़ती के चिह्न थे। बहू वंश-वृद्धि के कार्य के लिए ही घर में आई थी। सेज की मसहरी के पर्दों में फलों और फूलों की सोजनकारी हुई थी। सेज की छत का कपड़ा और पर्दे सब बहुत ही बढ़िया साटिन और रेशम के थे। चौबीस वर्ष बाद भी उनके रंग तक में भी कोई अन्तर नहीं आया था। उन्हें बदलने का कारण या नई चीज़ ला सकने की गुंजाइश ही नहीं थी। रानी वू ने केवल एक ही चीज, पर्वत-शृंग पर जूझनेवाले आरोही का चित्र लाकर वहाँ लगा दिया था। उसी चित्र की उन्हें याद आई। सोचा दिन में अपने कपड़े और शृंगार का सामान यहाँ मँगवाएँगीं तो वह चित्र भी मँगवा लेंगी। शेष यह नई जगह उनके मन की नई स्थिति के अनुकूल थी। समृद्धि और सृजन के प्रतीकों, फलों और फूलों, की सजावट से गंजा हुआ उनका पुराना शयनागार अब उनके अनुकूल नहीं था। वह शयनागार और सेज पति की नई आनेवाली बहू या नवयुवती रखेल के लिए उपयोगी होगा। नींद खुल जाने पर भी रानी कुछ देर सेज पर लेटी ही रहीं। यह सेज उनके पुराने शयनागार की सेज से कुछ बड़ी ही थी। सोच रही थीं उनकी सुहागरात की सेज की लाल-गुलाबी साटिन की छत के नीचे जब दूसरी नवयुवती स्त्री आकर उनके पति के साथ लेटेगी तो कैसा लगेगा। यह कल्पना सुखद तो नहीं थी, परन्तु वह विक्षिप्त भी नहीं हुईं। भाग्य में जो कुछ बदा है उसके प्रति व्यक्ति के असन्तोष से क्या लाभ ? यदि उनके पति की आयु अथवा स्वास्थ्य ऐसा होता कि उन्हें भी भविष्य में मौन-आकर्षण और आवश्यकताएँ न रहतीं तो बात दूसरी होती। पति-पत्नी दोनों एक ही साथ ही जीवन के उत्तरार्द्ध का क्रम आरम्भ करते तो अच्छा ही था। पर ऐसी बात तो थी नहीं।

वे और कुछ देर सोचती रहीं। विधाता का यह क्या विधान है कि स्त्रियों का यौवन और सौन्दर्य पुरुषों के तृप्त और सन्तुष्ट हो जाने से पहले ही समाप्त हो जाता है। पत्नी

के थककर जीर्ण होने पर भी पुरुष की कामना-पूर्ति की शक्ति बनी ही रहती है। यदि स्त्रियों का यौवन और शक्ति भी पुरुषों के सामर्थ्य और कामना के साथ-साथ निभ सकता तो अच्छा ही होता। पर ऐसा है तो नहीं, इसलिए उन्होंने सोचा–स्त्रियों को अपने जीवन में वैराग्य स्वीकार कर लेने की मजबूरी हो ही जाती है। वह उन्हें स्वीकार करना ही पड़ेगा। विधाता का विधान ऐसा ही है।

गहरी साँस लेकर रानी वू ने सोचा–इस निरर्थक उधेड़बुन से क्या लाभ ? विधाता के विधान में परिवर्तन सम्भव नहीं। विधाता का प्रयोजन है सृष्टि करना। इस प्रयोजन से विधाता ने पुरुष को बीज सौंपकर कर्ता बना दिया है और स्त्री को धरती। धरती की तो कमी नहीं है, परन्तु बीज के बिना धरती निष्फल है। कौन नहीं जानता कि पुरुष के अंग शिथिल हो जाने पर और रक्त निःशक्त हो जाने पर भी उसकी वासना मर नहीं जाती। पुरुष की यह प्रकृति स्वाभाविक है, क्योंकि विधाता ने उसे सृष्टा बनाया है। पुरुष के शरीर में विधाता जितना बीज सौंप देते हैं, उसका अन्तिम अंश भी उपयोगी और सफल होना ही चाहिए। पुरुष वृद्ध और जर्जर होकर भी श्रेष्ठ और सबल सृष्टि कर सके, इसके लिए उसे और भी अधिक उर्वरा और सशक्त धरती की आवश्यकता होती है। किसी स्त्री के शिथिल और सृजन के अयोग्य हो जाने पर भी अपने पति से चिपटे रहना विधाता के विधान की अवज्ञा करना है। कुछ समय तक विधाता के विधान से निश्चित अपने भविष्य के विषय में सोचकर रानी वू के मन का उद्वेग जाता रहा। पीड़ा में अन्त से मिली शान्ति में पीड़ा की स्मृतिमात्र रह गई, जिससे स्वयं सन्तोष मिलता है। मुक्ति की भावना भी अनुभव हुई। जान पड़ा पत्नी के दायित्व से मुक्त होकर वे फिर कुमारी बन गईं। वे अपनी इच्छा से निश्चित सेज पर अकेली मन चाहे ढंग से सोती रहने की कल्पना करने लगीं। नींद न आने पर स्वच्छन्दता से जागते रहने का सुख। इस बात की कोई आशंका नहीं कि उनका सोना या जागना दूसरों के असन्तोष का कारण बन जाएगा। अनुभव हुआ जैसे उन्होंने अपने आपको फिर पा लिया। अपनी ढीली आस्तीन हटाकर उन्होंने अपनी बाँह पर नज़र डाली। उनके अंग अब भी वैसे गोल कोमल और गदराए हुए थे। नई पाई स्वतन्त्रता की भावना से उनमें नई ही स्फूर्ति अनुभव हुई। सोचा...चिन्ता से मुक्त विश्राम का जीवन पाकर वे खूब वृद्धा अवस्था तक जीती रहेंगी, परन्तु जीवन में कलख न आने देने के लिए पति से अपने सम्बन्ध और आकर्षण को भी शिथिल न होने देना होगा। पति का सामीप्य बनाए ही रखना होगा। शारीरिक सम्बन्ध समाप्त हो जाने पर केवल भावना से ही आकर्षण और सामीप्य बनाए रखना उतना सहल तो न होगा। ऐसा उपाय करना ही होगा कि उनके प्रति पति का भरोसा और निर्भरता शिथिल न हो सके। और शायद आनेवाली नई स्त्री को साहब को पूर्णरूप से अपना लेने का अवसर न देना उसके प्रति अन्याय भी होगा।

जैसे भी हो मुझे तो सभी के प्रति अपना कर्तव्य निबाहना होगा–गहरी साँस लेकर रानी वू ने अपने आपको समझाया और अपनी कोमल बाँह आस्तीन से ढँक ली।

...कौन स्त्री राजा साहब के लिए उपयुक्त होगी...कई दिन से रानी साहिबा के मन

में यह समस्या थी। अब फिर वे वही बात सोचने लगीं...नई बहू मुझसे कुछ दूसरे ही ढंग की हो तो ठीक रहेगा। जवान तो होनी ही चाहिए परन्तु उम्र बहुओं से कम न हो, वरना झंझट होगा। बाइस-तेईस वर्ष की हो तो ठीक रहेगा। कुछ पढ़ी-लिखी भी हो...रानी स्वयं पढ़ी-लिखी थीं। अपने से अधिक शिक्षित स्त्री का घर में आ जाना उन्हें पसन्द नहीं था। आधुनिक ढंग की स्त्री नहीं चाहिए, वह रखेल बनकर कभी सन्तुष्ट न होगी। वह मुझे भी ढकेलकर पति और घर की मालकिन बनना चाहेगी। यह बेटों और बहुओं के सामने क्या अच्छा लगेगा ? कोई प्रौढ़ भला आदमी उचित ढंग से रखेल रखे तो ठीक ही है, परन्तु रखेल का मालकिन बन जाना तो ठीक नहीं। सुन्दर तो होनी चाहिए, पर इतनी मोहक भी नहीं कि जवान लड़के ही उसके पीछे पागल होने लगें, या साहब ही उसके लिए अपनी सुध-बुध खो बैठें। बस थोड़ा-बहुत रूप चाहिए, हाँ जवान हो। रानी स्वयं बहुत सुन्दर थीं। इस स्त्री की सुन्दरता दूसरे ही ढंग की हो; ज़रा भरा हुआ गदबदा शरीर। बदन की काठी चाहे कुछ चौड़ी ही हो।

रानी जैसी स्त्री साहब के लिए चाहती थीं, शहर की अपेक्षा देहात में ही मिलती। देहात की स्त्री बदमिज़ाज़ नहीं होगी। स्वास्थ्य अच्छा होगा, और बच्चे स्वस्थ होंगे। बच्चे तो होने ही चाहिए। सन्तान के बिना स्त्री का मन नहीं भरता। सन्तान न होने से स्त्री चिड़चिड़ी हो जाती है और सदा पति के सिर पर सवार रहती है। रखेल लाकर राजा साहब के लिए मुसीबत ही न हो जाए, कुछ सीधी-साधी होना अलबत्ता अच्छा रहेगा।...अपनी अवस्था से सन्तुष्ट रहेगी। मुझसे ईर्ष्या तो नहीं करेगी।

रानी ने पति के लिए उपयुक्त रखेल की रूपरेखा निश्चित कर ली–देहात के साधारण परिवार की लड़की, स्वस्थ चेहरा-मोहरा। सुन्दर कुछ बुद्धू-सी, खाने-पीने का चाव। सुभाव की जिद्दी और घमंडी न हो। साधारण परिवार की होगी तो इस घर के रंग-ढंग का रोब उसके मन पर बना रहेगा। ऐसी लड़कियों की क्या कमी है, रानी ने सोचा।

रानी ने सेज से उठते हुए निश्चय कर लिया कि घर-बार की आवश्यक बातों से अवकाश मिलते ही वे बूढ़ी नाइन लूमा को बुला भेजेंगी। लिआंगमो से मेंग की सगाई रानी ने इसी बुढ़िया नाइन से करवाई थी। सेठानी कांग रानी की पुरानी सहेली थीं। परन्तु उनकी लड़की से अपने लड़के के विवाह की बात उन्होंने नाइन से ही चलवाई। उन्होंने सोचा कि कांग शायद संकोचवश या मित्रता के नाते लड़की के उचित दाम न माँग सके और बाद में इसी बात पर दोनों परिवारों में अनबन हो जाए। उन्होंने सोचा लूमा को बुलाकर बता दिया जाए। वह लड़की ढूँढ़ लेगी। ठीक दाम दिए जाएँगे तो लड़की क्यों नहीं मिलेगी।

पति के लिए आवश्यक जवान स्त्री के बारे में निश्चय कर रानी वू अपने नए स्थान की बाबत सोचने लगीं। यहाँ वे अधिक परिवर्तन नहीं करना चाहती थीं। स्वर्गीय ससुर राजा साहब के लिए उन्हें बहुत आदर और श्रद्धा थी। वृद्ध की अपनी कोई बेटी नहीं थी। बहू के सुन्दर होने के अतिरिक्त, शिक्षित और प्रतिभावान् पाकर वे बहू को ही

बेटी की तरह स्नेह करने लगे। परम्परा के अनुसार बहू का ससुर से बातचीत करना शिष्टाचार नहीं था, उन्होंने इस प्रथा को तोड़ दिया था। प्रायः ही बहू को अपने पुस्तकालय में बुला लेते और पुरातन ग्रन्थों में से पढ़कर उसे सुनाते। रानी ससुर के जीवनकाल में पुस्तकालय में आने लगी थीं, उनके स्वर्गवास के पश्चात् भी आती रहीं। वृद्ध ने कुछ पुस्तकों को अलग एक ओर रख दिया था और समझा दिया था कि यह पुस्तकें स्त्रियों के पढ़ने-योग्य नहीं। रानी ने उन पुस्तकों को कभी न छुआ था। अब गृहस्थ का समय पूरा हो चुका था। उन्हें एकान्त जीवन बिताना था। अब यह पुस्तकें भी पढ़ी जा सकती थीं।

पिछले कई वर्षों से रानी को पढ़ने का अवसर बहुत कम मिला था। वू साहब की पढ़ने-लिखने में बहुत कम रुचि थी। पत्नी को पुस्तक में ध्यान लगाए देखकर भी उन्हें बहुत अच्छा नहीं लगता था, इसलिए रानी मन मारकर पुस्तकों से दूर ही रहती थीं। अब वह बन्धन नहीं था। उनका शरीर और मस्तिष्क वर्षों तक पति के निमित्त रहकर अब फिर अपना हो गया था। अब वे यथेष्ट पढ़ सकेंगी। पुस्तकालय में चारों ओर पुस्तकें भरी देखकर उनका मन मानसिक आनन्द की सम्भावना से विभोर हो गया।

कुछ ही घंटों से रानी वू को अपने नए स्थान से मोह हो गया। ससुर को मरे बहुत वर्ष बीत चुके थे। उनके शरीर की आकृति भूलकर उनकी बुद्धिमत्ता और गम्भीर शान्त स्वर की स्मृति ही शेष रह गई थी। स्थान को पूर्णतःअपना लेने के लिए पुरानी स्मृति के चिह्नों को मिटाने की आवश्यकता नहीं थी। सेज की मसहरी के नीले रेशम के झीने पर्दों पर ज़री का काम बना था। उसमें न शृंगार का संकेत था, न सृजन की भावना। दीवारों की सफ़ेद पुताई में कुछ बादामीपन आ गया था। दरवाज़ों और खिड़कियों के किवाड़, मेज़, कुर्सियाँ और चौकियाँ सब गहरे कत्थई रंग की खूब भारी-भारी थीं। फ़र्श पर हल्की नीला शतरंज बनी हुई थी। फ़र्श पर समय के प्रभाव से दरवाज़े और सेज के समीप की जगहें घिसकर कुछ गहरी पड़ गई थीं। शयनागार के एक ओर पुस्तकालय और दूसरी ओर कुछ बड़ी-सी बैठक थी। बैठक के सामने आँगन था। अलबत्ता आँगन में कुछ ठीक करवाना ज़रूरी था। पेड़ बहुत घने हो जाने से धूप नहीं आ पाती थी और उनके नीचे पत्थरों पर सीलन से काई जम गई थी।

दरवाज़े पर दस्तक सुनाई दी। "आ जाओ !"–रानी ने उत्तर दिया।

इंग भीतर आई। वह सहमी हुई थी। "हुजूर को अपने कमरे में नहीं देखा तो मैं घबरा गई। सभी जगह खोजती फिरी। आपके कमरे में जाकर देखा तो साहब की नींद टूट गई। वह बहुत बिगड़े !"

"अब हमारी जगह यहीं है, यहीं मरेंगे भी।"–रानी वू ने शान्त स्वर में बता दिया।

ज्यों-ज्यों दिन चढ़ता जा रहा था रानी साहिबा के अपना स्थान बदल लेने की ख़बर फैलती जा रही थी। बड़े बेटे ने अपनी बहू से कहा, बड़ी ने छोटी बहू से। इंग ने अपने पति बड़े बावरची को बताया, बड़े बावरची ने रसोईघर में काम करनेवाले दूसरे लोगों

को। सन्ध्या तक हवेली में बात सभी लोगों तक पहुँच गई। वृद्धा सास की नौकरानी ने सुना तो अपनी मालकिन तक बात पहुँचा दी। सास को इस बात पर विश्वास न हुआ। रानी साहिबा ने सास से स्वयं बात न करना ही उचित समझा। जानती थीं कि नौकरानी सास को बता ही देगी। जो पहले समाचार देगा, सास उसी पर बरस पड़ेंगी। उनका गुस्सा नौकरों पर ही उतर जाए सो भला। वृद्धा का क्रोध एक बार बरस लेगा, तो फिर सोचने लगेंगी कि ग़लती किसकी है। मेरी ग़लती समझेंगी तो पहले मुझे ही बुला लेंगी। यदि साहब को बुलाया तो क्रोध उन पर ही उतरेगा।

दोपहर के समय रानी साहिबा अपनी नई बैठक में महीने के खर्चे का हिसाब देख रही थीं। आँगन में दिखाई दिया कि वृद्धा सास एक हाथ से अपनी नौकरानी की बाँह का सहारा लिए, दूसरे हाथ से अपनी लाठी टेकती चली आ रही थीं। आँगन में पेड़ों की छँटाई और फर्श के पत्थरों की सफ़ाई तब तक हो चुकी थी। वृद्धा की निगाह उस ओर गई और उन्होंने क्षण भर ठहरकर उस परिवर्तन को देखा।

रानी उठकर सास के आदर के लिए आँगन में आ गईं। वृद्धा ने बहू की ओर देखकर असन्तोष प्रकट किया–"यह क्या, इतने बढ़िया पेड़ कटवा डाले, सब बरबाद कर दिया।"

"अम्माजी यह तो जंगली पेड़ हैं, आँगन में खुद ही उग आए थे, ज़रा छँटवा दिए हैं। फिर घने हो जाएँगे।"–रानी ने उत्तर दिया। वृद्धा आँखें झुकाए आँगन में बने जलकुंड की ओर देखती रहीं। पानी पर धूप आ जाने के कारण मछलियाँ तल पर जा बैठी थीं। रानी ने वृद्धा को सहायता देने के लिए कोहनी से थाम लिया। "बस रहने दे, हमें मत छुओ। हम तुझसे नहीं बोलेंगी।"–कहकर वृद्धा बैठक की ओर बढ़ गईं।

रानी चुपचाप सास के पीछे-पीछे बैठक में आ गईं। सास उनकी ओर घूम गईं। "तुमने मुझसे तो नहीं कहा कि तुम इस जगह आ गई हो।"–बुढ़ौती के कारण चिंचियाती हुई आवाज़ में उन्होंने कहा, "हमसे तो कोई कुछ पूछता ही नहीं। हमें तो कोई कुछ गिनता ही नहीं।" वृद्धा थककर चौकी पर बैठ गईं।

"अम्माजी बड़ी भूल हुई मुझसे, पूछ नहीं पाई आपसे, क्षमा कर दीजिए।"–रानी वू ने अपना अपराध स्वीकार किया।

वृद्धा ने क्रोध में पूछा–"आख़िर हुआ क्या ? लड़के से किस बात पर झगड़ा हो गया ?"

"नहीं अम्माजी"–रानी ने उत्तर दिया, "झगड़ा तो किसी बात पर नहीं हुआ।"

"हमारे सामने बातें न बनाओ।"–वृद्धा ने धमकाया। "हमें सब मालूम है। हम सब जानती हूँ।"

"नहीं अम्माजी, बात नहीं बना रही हूँ।"–रानी ने विश्वास दिलाया, "कल मैं पूरे चालीस की हो गई। बहुत दिन से सोच रही थी कि चालीसवाँ पूरा हो जाएगा तो अलग रहूँगी। साहब के लिए दूसरी स्त्री हो जाएगी। वे तो अभी जवान हैं, अभी पैंतालिस के ही तो हैं।"

वृद्धा अपने दोनों हाथ लठिया की मूठ पर टेके विस्मय से बहू की ओर देखती रह गईं और बोलीं–"लड़का यह क्या करने जा रहा है ?...क्या उसे तमाशबीनी का शौक लगा है ? हम...हम..."

"नहीं अम्माजी, ऐसी कोई बात नहीं।"–रानी ने समझाया, "साहब तो बहुत भले आदमी हैं। उनमें कोई ऐब नहीं। पर अम्माजी अब मेरा अपना जी नहीं है। साहब तो मुझे वैसे ही चाहते हैं, पर मेरी इस उम्र में बाल-बच्चा होते अच्छा नहीं लगता। ऐसा डर बना रहे, यह भी अच्छा नहीं लगता। चाहती हूँ हमलोगों की प्रीति और चाह बनी रहे। वे अभी जवान हैं। मैं बिलकुल ही ढल जाऊँ तो उन्हें क्या अच्छा लगेगा..."

"लोग यह थोड़े ही समझेंगे।"–वृद्धा ने विरोध किया, "सब कहेंगे, वह इस उमर में बिगड़ गया, तुम लोगों से लड़ाई हो गई। हम क्या कहें, तुम ही जानो..."

"नहीं अम्माजी, हमलोगों में कोई लड़ाई नहीं हुई। अब भी वैसा ही प्यार है।"–रानी ने अपनी बात दोहराई।

"मर्द-औरत जुदा-जुदा रहें तो उनका प्यार क्या ?"–वृद्धा झुँझला उठीं।

रानी वू चुप रह गईं और सोचकर बोलीं–"अम्माजी, क्या कहूँ...मैं नहीं जानती।"

वृद्धा ने चेतावनी दी–"नहीं,यह सब झगड़ा-झंझट नहीं होगा, ख़बरदार ! किसी दूसरी औरत के आने की ज़रूरत नहीं है।"

"अम्माजी, उसमें तो मेरा अपना ही नुक़सान है।"–रानी वू ने स्वीकार किया।

"मुझसे अब नहीं निभता तो मैं किसी को क्या दोष दूँ।"

"कौन है यह नौजवान औरत ?"–वृद्धा ने खिन्नता से पूछा, परन्तु अब उनका क्रोध बह चला था। वह स्वयं जानती थीं कि चालीस पूरे हो जाने पर सन्तान होना स्त्री के लिए मुसीबत हो जाती है। वे स्वयं यह झेल चुकी थीं। बच्चा जन्म के समय ही जाता रहा था, तो उनकी जान बची थी, पर तीस वर्ष पहले की यह बात उन्हें खूब याद थी, जैसे कल-परसों की ही बात हो। उस उम्र में सन्तान होने की लज्जा के दुख के कारण पति से नित्य ही झगड़ा हो जाता था। वे पति पर बिगड़ उठतीं–"जा किसी रंडी के यहाँ मुँह काला कर आ !...मेरी जान छोड़, कोई रंडी ढूँढ़ ले अपने लिए।"

इस घटना से स्वर्गीय राजा साहब को भी प्रबल मानसिक आघात पहुँचा था। उन्होंने अपमान और आत्मग्लानि भी अनुभव की थी। वे पत्नी से अलग रहने लगे थे। आपस में बोलचाल भी कम हो गई थी। उन्हें पढ़ने का व्यसन था, पुस्तकों में ही रमे रहते। अध्ययन की लगन को वृद्धा क्या समझतीं ? वृद्धा का यही अनुमान था कि पति रूठ गया है। पर अब वे समझती थीं कि यह एक आकस्मिक घटनामात्र थी। सन्तान की इच्छा तो दोनों में से किसी को न थी। स्वर्गीय राजा साहब के प्रति अपनी कटुता यादकर उन्हें खेद भी होता कि एक आकस्मिक घटना के लिए वे पति को इतना खिन्न करती रहीं।

वृद्धा ने एक गहरी साँस ली और पूछा–"कौन है वह औरत ?" उन्हें याद नहीं था कि यह प्रश्न वह एक बार और पूछ चुकी हैं।

"अम्माजी अभी सोच रही हूँ, देख-भाल कर ही किसी को आने दूँगी।"–रानी वू ने उत्तर दिया।

वृद्धा की नौकरानी आँखें फिराए कभी मालकिन को पंखा झलने लगती, कभी उनके लिए प्याली में चाय ढालने लगती, कभी दरवाज़े से आती धूप रोकने के लिए पर्दा खींच आती। मानो मालकिन की बातचीत की ओर उसका ध्यान नहीं था। कान उसके बातचीत की ही ओर थे। रानी यह समझ रही थीं और सोच रही थीं; ठीक ही है नौकरों चाकरों को पता लग जाएगा कि यह काम मेरी स्वीकृति से ही हो रहा है।

"कहाँ मिलेगी तुम्हें ऐसी औरत ?"–वृद्धा ने फिर अपना असन्तोष प्रकट किया।

"अम्माजी, ढूँढ़ना तो पड़ेगा।"–रानी ने उत्तर दिया, "किसी ऐसी-वैसी को तो मैं आने देना नहीं चाहती।"

"हम जानते हैं, यह सब लड़के की ही करतूत है।"–वृद्धा ने क्रोध में कहा।

"नहीं अम्माजी,"–रानी वू ने अनुरोध किया, "इसमें उनका कोई दोष नहीं, उनका मन बहुत कोमल है। ऐसी बात सुनेंगे तो उन्हें बहुत दुख होगा, आत्मग्लानि होगी। मेरी आयु अधिक हो गई है, इसमें उनका क्या दोष !"

"हे विधाता, स्त्री-पुरुष में तुमने यह क्या अन्तर बना दिया ?"–वृद्धा ने विवशता प्रकट की।

"अम्माजी विधाता को चाहे जितना दोष दें पर यह अन्तर तो है ही।"–रानी ने मुस्करा दिया।

वृद्धा चुप रह गईं। कहने को और था भी क्या ! वे अपनी उस आयु की समस्या की बात सोच रही थीं, वे भी पति से घबराने लगी थीं; पर यदि उनके पति कोई जवान स्त्री रख लेते तो वह सह न सकतीं। मन ही मन सोच रही थीं–कौन जाने बहू की ही बात ठीक है।

उस आयु में वृद्धा के लिए देर तक कोई भी बात सोचते रहना कठिन था। बात बदलकर उन्होंने पूछा–"तो क्या यहाँ सभी कुछ बदलवा दोगी ?"

"नहीं अम्माजी, बदलवाना क्या है ?"–रानी ने उत्तर दिया।

"बस एक तस्वीर वहाँ से साथ ले आई हूँ, वह मुझे बहुत अच्छी लगती है।" यह तस्वीर उनलोगों के सामने ही दीवार पर लटकी हुई थी। सुबह नाश्ते के बाद पहला काम रानी ने इंग को भेजकर वह तस्वीर मँगा लेने का ही किया था। तस्वीर शयनागार की अपेक्षा उन्होंने बैठक में ही लगवाई, क्योंकि शयनागार में अब जागते रहकर सोचने की आवश्यकता न होगी। वहाँ वे अब सोएँगी।

वृद्धा उस चित्र के सामने जा खड़ी हुई और अपनी लाठी की मूठ पर दोनों हाथों से सहारा ले ध्यान से देखकर उन्होंने पूछा–"यह कौन पहाड़ पर चढ़ रहा है; मर्द है कि औरत ?"

"ख़याल नहीं किया अम्माजी।"–वू ने उत्तर दिया, "कोई भी होगा।"

"बेचारा कैसा अकेला पड़ गया है पहाड़ पर !"–वृद्धा ने विचार प्रगट किया, "हमें

तो पहाड़ों से बहुत भय आता है।"

"यह अकेलेपन से डरता तो पहाड़ों पे जाता ही क्यों ?"–वू बोलीं।

वृद्धा को जहाँ उदासी अनुभव हुई कि भूख भी मालूम होने लगती थी। एकाएकी आरोही के चित्र ने उन्हें उदास कर दिया था। वू की ओर देखकर बोलीं–"भूख-सी मालूम हो रही है। जाने कितनी देर से कुछ खाया नहीं।"

रानी ने नौकरानी को आदेश दिया–"अम्माजी को उनके आँगन में पहुँचा दो और तुरन्त जो कहें खाने के लिए लाओ।"

सास लौट गईं तो रानी वू फिर हिसाब देखने लगीं। सन्ध्या तक कोई दूसरा नहीं आया। नए परिवर्तन से हवेली में उदासी छाई हुई थी। उन्हें ख़याल आया शायद साहब भी इस जगह उन्हें देखने आवें ? इस ख़याल से कुछ संकोच-सा अनुभव हुआ। स्वयं ही सोचा इसमें संकोच की क्या बात। पर साहब आए नहीं। हवेली में क्या हो रहा होगा, वू जानती ही थीं। उनके बेटों और बहुओं ने आपस में चर्चा की होगी कि अब क्या किया जाना चाहिए और फिर यही चर्चा भतीजों, भाँजों और उनकी बहुओं ने की होगी। इस विषय में वे लोग क्या निश्चय कर सकते थे ? कुछ निश्चय कर पाते तो उनसे कहने आते। बड़े और जवान उनके आँगन की ओर नहीं गए तो बच्चे उधर कैसे जा सकते थे। हवेली में उलझन और तनाव का वातावरण था, इसलिए नौकर लोग भी चुप थे। इंग अलबत्ता दिन भर वहीं थी। पर आज वह भी चुप थी, आँखों में लाली ! जब-तब मालकिन की नज़र बचाकर दामन से आँसू पोंछ लेती। रानी उस ओर से आँखें चुराए रहीं। दिन हिसाब में ही बीत गया। बहुत दिन का हिसाब देखने को था।

हिसाब के कई खाते थे। पहले उन्होंने कारिन्दे का घरेलू हिसाब देखा, फिर कपड़ों का, इसके बाद हवेली और फर्नीचर की मरम्मत का। उतने बड़े परिवार में यह खर्चा भी कम नहीं था। इसके बाद जमीनों की आमदनी का खाता। वू-परिवार की बहुत बड़ी पैतृक भू-सम्पत्ति थी। जमीनें खूब उपजाऊ थीं। जमीनों और नगर की दुकानों की आय से ही खानदान का निर्वाह होता था। राजा साहब अथवा उनके पुत्र कोई दूसरा काम नहीं करते थे। दूर के कुछ भतीजे-भाँजे अलबत्ता निर्वाह के लिए दूसरे नगरों में जाकर व्यापार या नौकरी-चाकरी करने लगे थे। यह लोग कभी संकट में आ जाते तो कुछ दिन के लिए हवेली की शरण ले लेते। सम्पत्ति और हवेली का सब प्रबन्ध रानी के ही हाथ में था।

कई बरस से साहब केवल वर्ष के अन्त में सालाना हिसाब पर सरसरी नज़र भर डाल लेते थे। परन्तु रानी घर के हिसाब की हर पन्द्रह दिन और ज़मीनों के खातों की हर महीने जाँच-पड़ताल करती थीं। चावल, गेहूँ, सब्जी, तरकारियों और अंडे, मुर्गियों की पैदावार का लेखा-जोखा उन्हें ही मालूम रहता था। ज़मीनों के कारिन्दे सब बातों की सूचना उन्हें देते रहते। ज़रूरत समझतीं तो वे साहब से कह देतीं या न भी कहतीं। प्रायः ही उलझन बचाने के लिए स्वयं ही निर्णय कर लेतीं।

वह दिन हिसाब में ही गया। बस, आँगन के पेड़ों की छँटाई देखने के लिए और

चित्र लगवा लेने के लिए ही ज़रा देर को उठी थीं। हवेली में ऐसी स्तब्धता छाई हुई थी कि रानी साहिबा के सिवा दूसरा कोई प्राणी वहाँ न हो। उन्हें तो ऐसी शान्ति खूब भाती थी। परन्तु ऐसी स्तब्धता की आशा नित्य तो की नहीं जा सकती थी। निरन्तर स्तब्धता तो मृत्यु से हो सकती है। फिर भी चालीस वर्ष पूरे कर लेने पर एक दिन की ऐसी स्तब्धता से उन्हें सान्त्वना ही मिली। किसी ने भी कोई भी, बात पूछने के लिए उनकी शान्ति भंग नहीं की। हिसाब सब चौकस था, ख़र्च आमदनी की अपेक्षा कम। खत्तियों में अभी पिछले साल का गल्ला भी काफ़ी था और नई फसल तैयार थी। मांस का भंडार भी भरा हुआ था। तरबूज पक चुके थे और ठंडे करने के लिए कुओं में लटका दिए गए थे।

कारिन्दे ने अपने खाते में महीन अक्षरों में लिखा हुआ था–"उन्नीस बड़े तरबूज, सात पीले और बारह लाल गूदे के उत्तर के दोनों कुवों में..." रानी ने सोचा–आज सन्ध्या एक तरबूज़ मँगवा लेंगी। तरबूज़ गुर्दे की स्वच्छता के लिए उपयोगी रहता है।

हिसाब के खाते भुगताकर रानी बिलकुल निश्चल लेट गईं। इस एकान्त और विश्राम से जान पड़ रहा था कि शरीर से थकावट बूँद-बूँद कर बहती जा रही है और मधुर शान्ति उसका स्थान ले रही है। इस थकावट को पहले उन्होंने कभी अनुभव नहीं किया था, परन्तु वह अचेतन में शरीर को जड़ और शिथिल बनाए दे रही थी। आज उन्होंने पहचाना कि यह थकावट शरीर के अंगों में थी या मस्तिष्क में; वे जान न पाती थीं। आज स्पष्ट जान पड़ा कि मस्तिष्क में थकावट बिलकुल नहीं थी, बल्कि मस्तिष्क उपयोग का अवसर ही नहीं पा रहा था। खातों के हिसाब की पड़ताल, घरेलू झगड़ों और बच्चों को इस स्कूल में भेजा जाए या उस स्कूल में; इसके अतिरिक्त मस्तिष्क के लिए कोई काम ही नहीं था। वू ने आज पहचाना कि यह थकावट मस्तिष्क में नहीं बल्कि उनके अन्तरतम में, उनके उदर और गर्भाशय में भरी थी। चौबीस वर्ष से उनका गर्भाशय सृजन-कार्य में लगा हुआ था। सन्तानों के जन्म से पहले उन्हें अपने शरीर में रखने और जन्म के बाद उन्हें बनाते रहने का उत्तरदायित्व उन पर ही था। अब उनकी सन्तानें स्वयं सन्तानों का सृजन कर रही थीं। वू से पहले वू की दादी और माँ यही काम करते-करते थक गई थीं और अब वे स्वयं भी थक गई थीं।

कदमों की आहट सुनाई दी। फर्श के पत्थरों पर यह आहट चमड़े के जूतों की थी, लकड़ी के जूतों की नहीं। रानी ने सोचा यह कौन होगा ? क़दम जनाने थे। स्त्रियों में चमड़े के जूते रुलन, दूसरे बेटे त्सेमो की शंघाई में रह चुकी बहू, ही पहनती थी। रानी वू को अच्छा नहीं लगा कि कोई आकर उनके नीरव एकान्त में विघ्न डाले। परन्तु उन्होंने स्वयं ही अपनी प्रतारणा की–लोग यह क्यों समझें कि मैं सबको छोड़कर अलग हो बैठी हूँ ? अब तो इस आँगन में ही सबको आना होगा; मैं जो यहाँ आ गई हूँ।

"आओ रुलन, यहाँ आओ।" स्वर में स्नेह की मधुर झंकार दे रानी वू ने पुकारा। रुलन दरवाज़े में आकर ठिठक गई। विस्मय से रानी की ओर देखती रही। रुलन लम्बे छरहरे शरीर पर विलायती काट का कमर पर चुस्त गाउन पहने हुए थी। शंघाई में ऐसे

गाउन का ही रिवाज़ था। उसके सीने सपाट-से और गालों की हड्डियाँ उभरी हुई थीं। चेहरा भवों पर अधिक चौड़ा और ठुड्डी बिलकुल नुकीली। होंठ कुछ अधिक मोटे और रूखे-से। रानी के परम्परागत सौन्दर्य के अनुरूप अंडाकार, सुचिक्कण मुखमंडल और रुलन के चेहरे में कोई साम्य नहीं था।

रानी ने रुलन की उदासी और विस्मय की उपेक्षा कर फिर पुकारा–"यहाँ आ जाओ, बैठो। हम हिसाब के खाते देख रहे थे। फसलें अच्छी ही हुई हैं। विधाता की कृपा समझो...।"

रुलन रानी के समीप आ दूसरी कुर्सी पर बैठ गई। वू उसकी ओर देखकर सोच रही थीं, लड़की सुन्दर न सही पर चेहरे पर अपने ढंग की फबत ज़रूर है। उसका ढंग भी अपना ही है। रुलन के व्यवहार में परिवार की दूसरी स्त्रियों-जैसा शिष्टाचार, विनय और सलीका नहीं था। विपरीत इसके वह जान-बूझकर कुछ रूखा और अहंमन्यता का ही व्यवहार करती थी। रानी कौतूहल से रुलन को भाँपने का यत्न कर रही थीं। रुलन पहली बार ही उनके यहाँ अकेली आई थी।

"बेटी, तुम्हारे होंठ बड़े सुन्दर हैं पर तुम इनका ध्यान रखना।"–वू चेतावनी और दुलार के मिले-जुले ढंग से बोलीं।

"क्या मतलब आपका ?"–रुलन उतावली में हकला बैठी और उसके होंठ थिरकते रह गए।

"तुम्हारे थिरकते हुए होंठ बड़े प्यारे लगते हैं।"–वू बोलीं, "उम्र बढ़ती है तो लड़कियों के मुँह का ढब बदल जाता है। तुम्हारे होंठ तो हमारा ख़याल है और भी सुघड़ हो जाएँगे, पर ख़्याल न किया तो बिगड़ भी सकते हैं।"

रानी वू की बात का ढंग ऐसा था कि अपना कुछ मतलब न रहने पर भी उन्होंने सब बात सुझा दी हो। यदि इस बात में उनकी कोई आसक्ति जान पड़ती तो रुलन अवश्य ही टका-सा उत्तर दे देती–"होगा, मुझे परवाह नहीं।" लेकिन रानी के निरपेक्ष ढंग से रुलन भवें सिकोड़कर, लाल होंठ दबाए निरुत्तर ही रह गई।

रानी वू सीधी पीठ की कुर्सी पर बैठी हुई थीं। उठकर वे मेज़ के पास दूसरी आरामदेह कुर्सी पर बैठ गईं। पीठ उनकी अब भी वैसी ही सीधी तनी हुई थी। उन्होंने मेज़ पर रखे अपने छोटे पाइप में तम्बाकू भरकर सुलगा लिया। अभ्यास के अनुसार दो कश खींचे, पाइप मेज़ पर रख दिया और फिर रुलन की ओर देखा–"कहो बेटी, कुछ कहना चाहती हो ?"

"अम्माजी !..."–रुलन तुरन्त बोल उठी, परन्तु और कुछ कह न सकी। समझ नहीं पा रही थी क्या कहे।

"हाँ बेटी ?"–रानी ने उसे उत्साहित किया।

"अम्माजी !"–रुलन ने दुबारा साहस किया, "यह आपने, क्या गड़बड़ कर डाला... ?"

"क्या कर डाला हमने बेटी ?"–रानी ने बहुत शान्ति से विस्मय प्रकट किया।

"गड़बड़ तो हो ही रहा है।"–रुलन उत्तेजना से बोली, "आपके बेटे कह रहे हैं कि मैं बीच में न बोलूँ। बड़े भाई हैं। जो बात करनी होगी वही करेंगे। बड़े कुछ बोलने को तैयार नहीं । वह कहते हैं, हमारे किए कुछ नहीं होगा। भाभी तो बस बैठकर रोना जानती है। मुझे तो रोना-धोना आता नहीं। मैंने कहा किसी को तो जाकर बात करनी चाहिए।"

"बहुत अच्छा किया बेटी, तुम आ गईं।"–रानी तनिक मुस्करा दीं।

रुलन प्रत्युत्तर में मुस्करा न सकी। उसके चेहरे की आयु से अधिक गम्भीरता में झेंप और साहस खेल रहे थे। "अम्माजी !"–वह फिर बोली, "मैं जानती हूँ, आप तो मुझसे यों ही नाराज़ रहती हैं। कोई दूसरा ही आकर बात करता तो अच्छा होता।"

"क्या कहती हो बेटी, हमें तुमसे क्या नाराज़गी ?"–रानी बोलीं, "हम तो किसी से भी नाराज़ नहीं, उस बेचारी ग़रीब मिस हिसा से भी मैं नाराज़ नहीं हूँ।"

"मैं जानती हूँ आप मुझसे नाराज़ हैं।"–रुलन ने अपनी बात दोहराई, "मेरी उम्र आपके पुत्र से अधिक है, इसलिए आप मुझसे नाराज़ हैं। आपको यह अच्छा नहीं लगता कि शंघाई में हमलोगों का प्यार हो गया और उन्होंने मुझसे विवाह कर लिया। आप अपनी पसन्द की बहू उनके लिए लातीं तभी आपको अच्छा लगता।"

"बेटी जो जो गया, ठीक है।"–रानी वू ने आश्वासन दिया, "हम तो अपने बेटे का सुख ही चाहती थीं। तुम दोनों सुखी हो, मुझे और क्या चाहिए। लड़के की उम्र तुमसे ज़रा कम है तो इसमें तुम्हारा क्या कसूर ? पुराने लोगों को यह ज़रा अजीब-सा लगता है। पर ऐसी क्या बात है ? मतलब तो निबाहने से है। आदमी करे तो सब निभ जाता है।"

"अम्माजी, भाभी और पुराने ख़्याल के लोगों की बात दूसरी है। वे तो सब कुछ सह सकती हैं, लेकिन मैं तो कहूँगी कि ऐसा कभी नहीं होने देना चाहिए। पिताजी हवेली में कोई दूसरी औरत कैसे ला सकते हैं ?"

"उनके ला सकने का प्रश्न नहीं।"–रानी ने मुस्कराकर धीमे से कहा, "हमारा ही ख़याल है कि उनके लिए दूसरी स्त्री आनी चाहिए।"

रुलन की आँखें फटी ही रह गईं। "अम्माजी, जानती हैं आप, आप क्या कर रही हैं ?"

"हाँ, ख़याल तो है कि हम जानती हैं।"

"लोग हँसेंगे हम पर।"–रुलन कुछ ज़ोर से बोली, "यह तो पुरानी कुरीति थी, अब ऐसा कौन करता है।"

"शंघाई में शायद लोग ऐसा नहीं करते होंगे।"–वू निरपेक्ष भाव से बोलीं। मानो शंघाई के लोगों की राय का कोई महत्त्व न हो।

रुलन बेबस रानी की ओर देखती रह गई। सामने बैठी उसके पति की माँ, यह महिला, इस आयु में भी कितनी सुन्दर और स्वस्थ थी और उत्तेजना और प्रतारणा के प्रभाव से निर्विकार। रुलन खूब जानती थी कि उसका पति अपनी माँ की अवहेलना

नहीं कर सकता, माँ की किसी बात का विरोध नहीं कर सकता, माँ की बात ही उसके लिए सर्वोपरि थी।

ससुर के लिए रखेल के आने की खबर से स्त्रियों में हंगामा मचा हुआ था। लिआंगमो उदास होकर एक ओर जा बैठा। त्सेमो भी इस उलझन में पड़ना व्यर्थ समझकर अपने छोटे भाई येनमो के साथ बैठकर शतरंज खेलने लगा। शतरंज पर बैठे हुए उसने केवल इतना कहा–"अम्माजी पिताजी के लिए रखेल बुलवाने के लिए कह रही हैं तो ठीक है। वे सोच-समझकर ही कुछ कहती हैं। हाँ, येनमो अब तुम्हारी चाल है।"

येनमो का ध्यान घर में उठ खड़े हुए बवंडर की अपेक्षा शतरंज में ही डूबा हुआ था। उसके लिए जो त्सेमो कह दे, ठीक था।

"खाक़ सोच-समझकर कहती हैं।"–ऊँचे स्वर में रुलन ने पति का विरोध किया।

"ज़बान सँभालकर बोल !–त्सेमो ने शतरंज की फड़ से आँखें उठाए बिना ही डाँट दिया।

रुलन चुप रह गई। पति चाहे उससे कुछ छोटा ही था पर वह उसकी अवज्ञा नहीं कर सकती थी। त्सेमो के व्यवहार में माँ की अविचलित शान्ति का ऐसा भाव था कि रुलन के विक्षोभ को उसके आने परास्त हो जाना पड़ता। इसलिए रुलन ने निश्चय किया कि वह जाकर रानी साहिबा से स्वयं ही बात करे।

रुलन बहुत जोश और उत्तेजना में सास से बात करने आई। थी। अब भी विक्षोभ से उसके हाथ पसीज रहे थे, कुछ कहते नहीं बन रहा था। बहुत सोचकर बोली–"अम्माजी आपको मालूम नहीं है, रखेल रखना अब कानूनन भी अपराध है।"

"कैसा कानून ?"–रानी वू ने पूछा।

"नया कानून"–रुलन ने ऊँचे स्वर में उत्तर दिया, "क्रान्तिकारी पार्टी के कानून के अनुसार वेश्यावृत्ति और रखेल रखना अपराध है।"

"यह नए कानून,"–रानी साहिबा ने कहा, "यह सब नए कानून तो नए विधान की तरह अभी काग़ज़ी चीज़ें ही हैं।"

रानी साहब ने भाँपा कि उनके मुख से 'विधान' शब्द सुनकर रुलन को कुछ विस्मय-सा हुआ। जैसे उनके मुख से यह शब्द सुन पाने की आशा बहू को न थी।

"वेश्यावृत्ति ग़ैरकानूनी करार दी जाने के लिए हमलोगों ने इतना बड़ा आन्दोलन किया था,"–रुलन ने अभिमान से बताया, "शंघाई के बाज़ारों में हमलोग गर्मियों की आग बरसाती धूप में हज़ारों लोगों के बड़े-बड़े जुलूस निकालते थे, चोटी का पसीना एड़ी तक बह जाता था। हमलोगों ने नारा लगाया कि चीन में यूरोप की तरह बहु-विवाह ग़ैरकानूनी हो ! मैं नीला झंडा लेकर जुलूस में आगे-आगे चलती थी। झंडे पर बड़े-बड़े सफ़ेद अक्षरों में लिखा था। 'वेश्यावृत्ति का नाश हो !' और अब हमारे अपने ही घर में, मेरे पति की माँ, वही कुरीति, वही अन्याय,...हाँ, अन्याय ही तो है यह !..."

"सुनो बेटी"–रानी वू ने स्नेह से समझाया, "अच्छा बताओ, अगर त्सेमो कुछ दिन

बाद एक और ब्याह करना चाहे; मेरा मतलब है कि लड़का तुम्हारी अपेक्षा कम पढ़ी-लिखी स्त्री से, जो इतनी चुस्त न हो, ज़रा सीधी-सादी हो, उसकी हर बात चुपचाप मान ले; ऐसी लड़की से विवाह करना चाहे तो तुम क्या करोगी ?"

"मैं उसे उसी समय तलाक दे दूँगी।"–रुलन ने विरोध में सिर ऊँचा कर उत्तर दिया, "मैं सौत कभी नहीं झेल सकती।"

रानी वू ने अपना पाइप फिर सुलगा लिया। दो कश खींचे और बोलीं–"देखो बेटा, इनसान की ज़िन्दगी में बहुत-सी बातें आती-जाती हैं। ज्यों-ज्यों उम्र बढ़ती है, बहुत-सी नई बातें समझ में आने लगती हैं।"

"हम तो कहते हैं कि जैसे पुरुष, वैसी स्त्रियाँ, दोनों बराबर हैं।"–रुलन ने आग्रह किया।

"हाँ ठीक कहती हो बेटी।"–रानी वू ने स्वीकार किया, "स्त्री-पुरुष बराबर तो हैं पर स्त्री-पुरुष एक ही चीज़ तो नहीं हैं। दोनों का महत्त्व है। जीवन न स्त्री के बिना चल सकता है, न पुरुष के बिना। पर स्त्री पुरुष नहीं है और पुरुष स्त्री नहीं है। दोनों एक-दूसरे से भिन्न हैं। ठीक है न ?"

"हमलोग यह नहीं मानते,"–रुलन ने विरोध किया, "स्त्री यदि एक पुरुष से सन्तुष्ट रहती है तो पुरुष को भी एक स्त्री से सन्तुष्ट रहना ज़रूरी है।"

रानी वू ने अपना पाइप मेज़ पर रख दिया और विचार की मुद्रा में रुलन की ओर देखा–"बेटी अभी तुम्हारा खून गर्म है। तुम्हें कैसे समझा सकूँगी। बेटी, सन्तोष सबसे बड़ी चीज़ है। सोचो, क्या यह उचित होगा कि यदि एक आदमी सन्तुष्ट हो जाए तो वह दूसरे पर बन्धन लगा दे–"मैं सन्तुष्ट हो गई हूँ, इसलिए तुम्हें भी सन्तुष्ट हो जाना चाहिए।"

"पर बड़े भाई तो कह रहे हैं कि पिताजी ने तो दूसरी स्त्री की बात नहीं की।"–रुलन ने तर्क किया।

रानी वू सोचने लगीं–इसका मतलब है कि लिआंगमो साहब से बात करने गया होगा। वू के मन में अपने पति के लिए सहानुभूति अनुभव हुई–बेटे उन्हें परेशान कर रहे होंगे। चौबीस वर्ष तक किसी पुरुष की पत्नी बनकर जीवन बिता लेने के बाद जानने के लिए शेष क्या रह जाएगा ? वू ने रुलन को समझाया और उठकर खड़ी हो गईं कि रुलन समझ ले कि बात समाप्त हो गई। मन में उन्हें रुलन पहले की अपेक्षा अच्छी ही लगी। माना कि लड़की कुछ ज़िद्दी, मुँहफट और अल्हड़ है परन्तु उसने यहाँ आकर बात करने का साहस तो किया।

"बेटी, मैं तो समझती हूँ यह स्त्रियों के प्रति विधाता की दया ही है।"–रानी वू ने रुलन की ओर झुककर समझाया, "स्त्री जीवन के अन्त तक तो सन्तान धारण नहीं कर सकती। इसलिए स्त्री के चालीस वर्ष की हो जाने पर विधाता दया कर उसे मुक्ति दे देते हैं–जाओ अब विश्राम करो। तुमने अनेक बार अपने शरीर का भाग देकर सृजन किया है। जो कुछ बच रहा है, वह अब तुम्हारा है। जाओ अब विश्राम करो। अब तक

तुम्हारा काम देना ही था। अब तुम्हारे पाने का समय आया है। अब हमारे जीवन में विश्राम और शान्ति का सन्तोष पाने का अवसर आया है। अब हम अपने स्वास्थ्य और शरीर की रक्षा करेंगी, परन्तु अब हमें किसी दूसरे को सन्तोष देने की चिन्ता न होगी। अब यह शरीर हमारा अपना है। हमारे अपने सन्तोष का साधन है। अब यह हमारे अपने लिए है।"

"इसका मतलब है आप हमलोगों से घृणा करती हैं ?"–रुलन ने अपना दृढ़ निश्चय प्रगट किया। उसकी आँखें स्थिर हो गईं। रानी ने देखा लड़की की आँखें सुन्दर थीं।

रानी वू ने आश्वासन दिया–"नहीं, हम तुम सबसे स्नेह करती हैं...और सदा करेंगी।"

"क्या पिताजी से भी ?"–रुलन ने विस्मय से पूछा।

"क्या पूछती हो ?"–रानी ने मुस्कराकर विस्मय प्रकट किया, "उन्हें तो सबसे अधिक। इसीलिए तो हम उनकी प्रसन्नता और सन्तोष चाहती हैं।"

"अम्माजी, जाने आप क्या कह रही हैं।"–रुलन ने पल भर सोचकर कहा, "मुझे तो आपकी बात समझ में नहीं आई।"

"बेटी अभी तुम्हारी उम्र ही कितनी है ?"–रानी स्नेह से बोलीं, "बेटी समय अपने आप सिखा देता है। अपने आप ही तुम हमारी बात समझने लगोगी।"

"अम्माजी क्या आप सचमुच अपनी ही इच्छा से यह सब कर रही हैं।"–रुलन ने आँखें फैलाकर सन्देह प्रकट किया।

"हाँ बेटी, विश्वास करो, अपनी ही इच्छा से।"–रानी ने अनुरोध के स्वर में उत्तर दिया।

"आप कहती हैं तो मैं जाकर उन लोगों से कह दूँगी। परन्तु ऐसी बात पर कोई कैसे विश्वास करेगा ?"–रुलन ने चलते-चलते कहा।

"तुम उन लोगों से कहना धैर्य रखें। उन्हें स्वयं ही विश्वास हो जाएगा।"–रानी ने आत्मविश्वास से मुस्कराकर कहा।

"जैसा आप कहती हैं मैं उनसे कह दूँगी।"–रुलन ने सास की ओर देख विवशता प्रकट की।

"बस यही ठीक है।"–रानी ने अन्तिम बात कही।

रुलन के चले जाने के बाद अपने आँगन की नीरवता रानी वू को और भी अधिक शान्तिप्रद मालूम होने लगी। मन ही मन कल्पना करने लगीं कि परिवार के सब लोग इकट्ठे होकर उनके बिना घबराकर कैसे तर्क-वितर्क कर रहे होंगे। अब तक परिवार के लोग सदा उनसे ही निर्देश पाते रहे हैं। उन्होंने कभी कोई बात स्वयं अपने ही लिए नहीं की थी, परन्तु इस घटना का सम्बन्ध केवल उनसे ही था। यह बात सोचते हुए भी शान्ति की एक मुस्कान उनके होंठों पर आ गई।

नहाने के समय में दो घंटे थे। इंग अभी बाहर थी। उठकर उन्होंने स्वयं ही स्नान किया और रात में पहनने के सफ़ेद महीन रेशम के कपड़े पहन लिए। गहरे नीले रंग

की मसहरी में बड़ी सेज पर जा लेटीं। एक घंटे बाद इंग भीतर आई। रानी साहिबा बैठक में नहीं थीं। सब ओर स्तब्धता का सन्नाटा था। इंग डर गई, झपटकर शयनागार में पहुँची। भारी सेज पर मसहरी में रानी वू का दुबला-सा शरीर निश्चल, नीरव पड़ा था। आँखें मुँदी थीं। इंग ने समीप आकर ध्यान से देखा, रानी निश्चल बनी रहीं और उनकी आँखें मुँदी रहीं।

"हाय विधना, रानी साहिबा चल बसीं।"–इंग चीख उठी। रानी वू सो रही थीं, मरी नहीं थीं। इंग ने उन्हें इस तरह गहरी नींद में निश्चल सोते कभी नहीं देखा था। इंग की पुकार से भी उनकी नींद नहीं खुली। इंग ने मसहरी के पर्दे से आँखें सटाकर फिर ध्यान से देखा और समझी। झेंप से उसका श्वास रुक-सा गया। परन्तु विस्मय से सोचा–हाय इनकी नींद तो चिड़ियों के बोलने से ही खुल जाती थी। इंग पल भर रानी के शान्त निर्दोष सौन्दर्य की ओर देखती रही और फिर बिना आहट किए पीछे हट गई।

"हाय, घर भर की चिन्ता और कारोबार के बोझ से कितनी थक गई हैं !"–इंग धीमे से बड़बड़ा उठी, "कैसे न थकतीं, दुनिया भर को सँभाले थीं। और सब तो इनकी गोद में दुधमुँहे बच्चों की तरह निश्चिन्त हैं।"

इंग आँगन के दरवाज़े पर आ खड़ी हुई। चौकसी से उसने सामने और दाएँ-बाएँ देखा। मालकिन की नींद में बाधा डालने वह किसी को नहीं आने देगी, वू साहब को भी नहीं।

रात गहरी हो चुकी थी। घड़ी में रात के दो पहर बीत चुके थे। लिआंगमो के आँगन में दोनों बड़े भाई और दोनों बहुएँ अब भी समस्या पर विचार कर रहे थे। दोनों भाई प्रायः चुप ही थे। अपने पिता के सम्बन्ध में विचार करते उन्हें झेंप अनुभव हो रही थी। यह भी ख़याल था कि वह दोनों जवान हो चुके हैं। अधेड़ अवस्था आने पर सम्भव है उनकी भी ऐसी ही स्थिति हो जाए। ऐसी ही समस्या उनके बारे में भी उठ खड़ी हो, कोई क्या कह सकता है !

बड़ी बहू मेंग भी कम ही बोल रही थी। उसके जीवन में कोई असन्तोष नहीं था। वह किसी से किस बात के लिए क्या झगड़ा करती ! उसकी कल्पना में लिआंगमो संसार का आदर्श पुरुष था। लिआंगमो की पत्नी बन जाने से बड़े सौभाग्य और महत्त्वाकांक्षा की कल्पना वह कर ही न सकती थी। मेंग को लिआंगमो का सबल, सुघड़ शरीर, उसकी सहृदयता, धैर्य, बुद्धिमत्ता, हँसमुख स्वभाव, उनके घने चमकीले काले बाल, चौड़ा माथा, लम्बा चेहरा, होंठों की सुन्दर आकृति, उसके समर्थ परन्तु कोमल हाथ सभी कुछ सौन्दर्य और पूर्णता के प्रतीक जान पड़ते थे। लिआंगमो ही उसका संसार था और स्वप्न भी। पति से पृथक् उसका कोई अपना अस्तित्व नहीं था, न वह चाहती ही थी। उसकी बातों में बेसुध हो जाने, उसके लिए स्वयं भोजन परोसने, उसके लिए चाय बनाने, उसके लिए सिगरेट सुलगा देने, उसके कपड़े तहा कर रखने, उसके लिए गर्म मदिरा अपने हाथ से पिलाने और उसके प्रत्येक शब्द को ध्यान से सुनने से बड़ा सुख मेंग के लिए हो ही

नहीं सकता। इन सबसे बड़ा सुख मेंग के लिए लिआंगमो की सन्तानों को जन्म देना था। मेंग की महत्त्वाकांक्षा थी कि अधिक से अधिक सन्तानें हों। वह अपने आपको लिआंगमो की वंश-परम्परा को अमर बना देने का साधन समझती थी।

उस रात गहरी समस्या पर विचार के समय अपनी आदत के अनुसार मेंग पति के ही ध्यान में डूबी हुई थी। बेसुधी के उस माधुर्य में वह दूसरों की बात क्या सुनती। ससुर रखेल रखने जा रहे थे, मेंग मन ही मन कल्पना कर रही थी कि ससुर की तुलना में उसका पति कितना सच्चरित्र और निष्ठावान् है। बुद्धिमत्ता और सच्चरित्रता में लिआंगमो के पिता भी उसकी बराबरी नहीं कर सकते, और लिआंगमो उसे कितना प्यार करता है।

जब रुलन उत्तेजित होकर अपनी बात कह रही थी, मेंग लिआंगमो की ही बात सोच रही थी। रुलन ने पूछा–"आप बड़ी बहू हैं, आप बताइए आपकी क्या राय है ?" मेंग ने लिआंगमो की ओर देखा कि क्या उत्तर दें।

रुलन को मेंग के बुद्धूपन से बहुत खीझ आती थी। अपने पति को तो वह भी प्यार करती थी। एकान्त में कभी-कभी त्सेमो से कह भी देती कि तुम बड़े भाई की तरह बुद्धू होते तो मेरी मुसीबत हो जाती। मन ही मन असन्तोष था कि उसका पति छोटा भाई है। रुलन के विचार में त्सेमो कहीं अधिक बलवान, समर्थ, बुद्धिमान और व्यवहार-कुशल था, परन्तु बेचारा था छोटा भाई। लिआंगमो की प्रकृति पिता पर और त्सेमो की माँ पर गई थी। रुलन प्रायः ही त्सेमो से झगड़ने-उलझने के बावजूद उसे प्यार करती ही थी। झगड़ा हो जाने पर रुलन उत्तेजना में बावली हो उठती परन्तु बाद में पछताती भी। रुलन के मन में आशंका का कीड़ा कुरेदता रहता–मैं पति से आयु में बड़ी हूँ, त्सेमो ने मेरा प्यार देखकर ही मुझसे प्यार किया था, स्वयं नहीं। एक लज्जा-सी मन में खटकती रहती। शंघाई के स्कूल में रुलन का मन त्सेमो की ओर खिंच गया था। वह बेबस हो गई थी। कभी कोई पुस्तक माँगने के बहाने, कभी कुछ समझने के लिए, कभी यह कहकर कि उसकी लेक्चर के नोट लिखने की कापी गुम हो गई है, त्सेमो से कापी माँगने पहुँच जाती। उसने ही पहले स्नेह और मित्रता का संकेत दिया था और उसने ही पहले त्सेमो का हाथ छुआ था।

रुलन का विचार था, ऐसी बातों में हर्ज़ ही क्या है।–मैं क्या रूढ़ियों में फँसी हुई अनपढ़ लड़की हूँ ? मैं पढ़ी-लिखी समझदार हूँ। मेरे विचार आधुनिक हैं, मैं क्या मर्दों से डरती हूँ ? स्त्री और पुरुष सब तरह बराबर हैं।–रुलन यह भी जानती थी, त्सेमो भोला लड़का था, उसे प्रेम का अनुभव नहीं था, तब वह अछूता था। उसे प्यार तो करता था परन्तु उतना नहीं...। वह त्सेमो को उलाहना देती थी–"...तुम तो अपनी संकीर्ण विचार माँ से इतना डरते हो।"

त्सेमो रुलन की बात का उत्तर देता–"मैं माँ से डरता नहीं, उनका आदर करता हूँ क्योंकि वे ठीक बात कहती हैं।"

"ऐसा कौन है जिससे कभी भूल न हो ?"–रुलन ने असन्तोष प्रकट किया था।

"तुम अम्माजी को जानती नहीं,"–त्सेमो ने मुस्कराकर उत्तर दिया था, "कभी उनकी बात अच्छी नहीं लगती तब भी मानना पड़ता है कि बात उनकी ही ठीक है। संसार में उनसे बढ़कर बुद्धिमती स्त्री हो नहीं सकती।"

त्सेमो ने अपनी माँ की बात भोलेपन में कह दी थी, परन्तु रुलन के हृदय में बरछी-सी गड़ गई और वह घाव कभी न भरा। रुलन बहू बनकर वू-परिवार में आई तो मन सास के प्रति क्रोध और ईर्ष्या से भर गया। वह क्रोध और भी बढ़ता गया क्योंकि सास के प्रति क्रोध और ईर्ष्या प्रकट करने का कोई अवसर ही न आया। रानी वू की सहृदयता और निष्पक्षता का विरोध कैसे किया जाता ! रानी छोटी बहू के व्यवहार में अहंकार और उद्दंडता भाँपकर भी न देखतीं। रुलन परास्त होकर सोचने लगी–...इन्हें तो न आदर की परवाह है न निरादर की।

रुलन सास से ईर्ष्या भी किस बात के लिए करती ! खिन्न होकर एक दिन पति के सामने भभक उठी–"...तुम तो अम्माजी के लिए मरे जाते हो, वे तो तुम्हारी ज़रा भी परवाह नहीं करतीं।"

"बहुत ज़्यादा परवाह से मुझे तो उलझन ही होती है।"–त्सेमो ने निरपेक्ष भाव से कहा। पति पर चलाए शब्द-वाण ने पलटकर रुलन का ही हृदय बींध दिया। रुलन किसी भी आघात की उपेक्षा नहीं कर सकती थी। मामूली-सी बात भी उसे घाव कर जाती। बल्कि वह सदा ही आघात की आशंका में रहती और प्रतिकार के लिए उबलती हुई।

"तुम समझते होगे मैं तुम्हारी परवाह में मरी ही जा रही हूँ।"–प्रतिकार में रुलन कह बैठी।

त्सेमो ने उत्तर भी नहीं दिया। ऐसे निर्विकार बना रहा मानो कुछ सुना ही नहीं। उसके शरीर की सुन्दर मुद्रा, पतली-सी कमर से उठता हुआ गज भर चौड़े सीने का त्रिकोण निश्चल ही बना रहा। यूँ तो चारों ही भाई सुडौल और दर्शनीय थे। येनमो की तो ख़ैर अभी उमर ही क्या थी ! लड़कपन की फूली-फूली गोलाइयाँ धीरे-धीरे रूप ले रही थीं। चारों में सबसे बढ़कर था त्सेमो। त्सेमो का यह सौन्दर्य भी रुलन के लिए मानसिक यातना थी। वह सोचती त्सेमो का सुडौल सुन्दर रूप उसकी आत्मा की गरिमा का प्रतिबिम्ब था, अथवा उसके मस्तिष्क की धूर्तता को ढँकने के लिए सुडौल हड्डियों के ढाँचे पर सुचिक्कण सुनहरी रेशम-सी त्वचा चढ़ा दी गई थी। रुलन पति को कभी समझ ही न पाई थी। त्सेमो कभी समझाने का प्रयत्न भी न करता। रुलन समझती यह सब धोखा है।

"क्यों, तुम क्या सोच रहे हो ?"–कभी पति को मौन देख रुलन पूछ बैठती।

कभी तो त्सेमो मौन ही रह जाता और कभी टका-सा उत्तर दे देता–"अभी बात करने की इच्छा नहीं है।"

"असल बात तो यह है तुम मुझे ज़रा नहीं चाहते।"–रुलन झुँझला उठती।

"सचमुच ?"–त्सेमो मुस्कराकर चुप रह जाता। रुलन अपनी झुँझलाहट और जली-कटी बातों के लिए पछताने लगती। कभी ऐसा भी होता कि त्सेमो के इन

हृदय-उद्गारों को भी सम्हाल न पाती। उनका मन व्याकुल होने लगता। क्यों वह इतनी असहाय है ? क्यों वह इस नौजवान पर इतना निर्भर करती है ? परन्तु स्वयं धारण किए बन्धनों से वह कैसे मुक्त होती ? उसका मस्तिष्क असन्तोष के बवंडर से गूँजता रहता। अपने जीवन की जो मधुर कल्पनाएँ उसने बनाई थी, अब टूट चुकी थीं। वह बन्दीगृह में तड़प रही थी। स्वयं उसने ही अपने को बन्दी बनाया हुआ था।

रुलन अपने मन की अशान्ति छिपाए रहने का यत्न करती परन्तु छिपा न पाती। उसकी उग्रता और क्रोध उसके बस के नहीं थे। ज़रा-ज़रा-सी बात पर नौकरों से चिढ़ जाती। वू-परिवार के नौकर भी शिष्टाचार और विनय की आशा करते थे। प्रतिकार में वे रुलन की उपेक्षा करने लगते और पीठ पीछे उसका मज़ाक उड़ाते और किसी ढंग से बात रुलन के कानों तक भी पहुँचा देते। रुलन के लिए वू-परिवार की हवेली की सुव्यवस्था और शिष्टाचार यातना ही थी।

"शंघाई में बिजली और नल की कितनी सुविधाएँ थीं...।" रुलन शंघाई की तुलना में हवेली में स्नान के लिए बाल्टियों से जल ढोए जाने, मोमबत्तियों और तेल के लैम्पों की शिकायत करती। उसकी बात पर कौन ध्यान देता ! हवेली के साठ प्राणियों में वह अकेली थी और अभी उसकी गोद भी सूनी थी।

रुलन आधी रात तक बकती ही रही तो त्सेमो ऊब गया। उसने बाँहें उठाकर जम्हाई ली और खूब हँसकर बोला—"हमारे ग़रीब बाप के पीछे तुम क्यों पड़ी हो। वे किसी का क्या बिगाड़ रहे हैं। नई औरत आएगी तो हमें-तुम्हें महीने-पखवाड़े में दो-चार बार दिखाई ही तो दे जाएगी। रात-दिन तो उन्हीं के सिर पर सवार रहेगी।" त्सेमो ने रुलन की ओर देखा। "अच्छा आ चल आधी रात हो गई। चल सो और मुझे भी सुला।"

त्सेमो उठकर खड़ा हो गया। उसने एक अँगड़ाई ली। दरवाज़े की ओर बढ़ते हुए रुलन को बुलाने के लिए मुँह से सीटी बजाता चला गया मानो कुतिया को पुकार रहा हो। रुलन बेबस हो उसके पीछे चल दी।

तीन

रात भर गहरी नींद और विश्राम के बाद रानी वू की नींद तड़के ही खुल गई। सुबह उनका मस्तिष्क बहुत साफ़ और सुलझा हुआ रहता था। दिन भर का कार्यक्रम उसी समय बना लेती थीं।

"साहब के लिए दूसरी स्त्री का प्रबन्ध तुरन्त ही हो जाना चाहिए।"–वू ने निश्चय किया। जब तक यह काम हो नहीं जाता परिवार में प्रतीक्षा और आशंका बनी ही रहेगी। आज ही बुढ़िया नाइन को बुलाकर किसी देहाती ढंग की स्त्री के लिए बात करनी होगी। जिन दो-चार स्त्रियों को वे स्वयं जानती थीं वे उन्हें जँच न रही थीं। वे या तो बहुत ही ग़रीब घर की थीं या अमीर घर की लड़कियाँ, बहुत ऊँचे मिज़ाज़ की, या अंगरेज़ी स्कूलों में पढ़ी हुईं। यहाँ आकर रानी को ही ठुकराने की कोशिश करतीं। या फिर ऐसी कि जिन्हें भले घरों का शिष्टाचार या क़ायदा समझ ही न आ सकता था, आकर गले की मुसीबत बन जातीं। रानी वू ने सोचा कि मँझली स्थिति की देहाती स्त्री ही ठीक रहेगी। इस हवेली से उसका पहले का कोई परिचय न हो। उसके घरवाले भी अपरिचित ही हों। यहाँ से दूर की हो तो और भी अच्छा, ताकि उसकी सुध अपने घर और लोगों की तरफ़ ही न बनी रहे। यहाँ आए तो पिछले सम्बन्ध तोड़कर और यहाँ की ही बन जाए।

इंग सुबह की चाय लेकर आई। वू ने उससे कहा–"हम नाश्ता कर लें तो बुढ़िया नाइन लू मा से ज़रा बात करेंगे।"

"जैसा हुक्म, हुजूर।"–अभिप्राय समझकर इंग ने कुछ उदासी से कहा।

रानी को बिस्तर में चाय देकर इंग ने उन्हें गुसलखाने में पहुँचाया। उनके कोमल बाल काढ़कर जूड़ा बाँधा और कपड़े पहना दिए। इंग सब काम करती रही परन्तु उदासी के कारण कुछ बोल न सकी। रानी भी चुप थीं। ताज़ी पोशाक में उनका स्वस्थ छरहरा बदन गुड़िया जैसा लग रहा था। इंग उनके लिए नाश्ता ले आई। रानी साहिबा तब भी कुछ न बोलीं। परन्तु नाश्ता उन्होंने अच्छी तरह सन्तोष से किया।

नाश्ते के बाद रानी साहिबा ने चाय समाप्त कर प्याली चौकी पर रखी ही थी कि इंग लू मा को भीतर ले आई। लू मा को सब भेद मालूम था कि उसे क्यों याद किया गया है। सभी बड़े और अमीर घरानों में उसके दूत और दूतियाँ थे, जिन्हें वह इनाम-इकराम देती रहती। कहीं पति-पत्नी में मनमुटाव हुआ कि लू मा तक बात

पहुँचने में देर न लगती थी। देखने में तो लू मा की नाक इतनी बैठी हुई थी कि मालूम ही न पड़ती थी, पर कामातुर स्त्री-पुरुषों की गन्ध उसे मीलों से मिल जाती, जैसे शिकारी कुत्ता छिपे हुए शिकार की गन्ध से नथुने फुलाने लगता है। लू मा को ख़ूब मालूम था कि वू साहब के लिए रखेल की ज़रूरत है। परन्तु वह इतनी मूर्ख तो नहीं थी कि यह बात प्रकट हो जाने देती। आकर उसने अनुमान प्रकट किया कि रानी के तीसरे पुत्र फेंगमो की सगाई के लिए लड़की ढूँढ़ने की ज़रूरत होगी।

रानी वू भी आदमी पहचानती थीं। जानती थीं कि नौकरों से कानों-कान बात निश्चय ही लू मा तक पहुँच चुकी होगी। परन्तु उन्होंने लू मा का पर्दा बना रहने दिया। लू मा ठिंगनी और मुटापे से फूली हुई थी। हाँफती हुई भीतर आई। चढ़ती जवानी में निर्वाह के लिए उसे वेश्याओं के एक अड्डे में रहना पड़ा था, परन्तु जल्दी ही मोटापा चढ़ जाने से वह रसिकों की नज़रों में गिर गई। लू मा ने देखा कि अपने शरीर से लोगों को सन्तुष्ट करने की अपेक्षा रसिकों के लिए दूसरी स्त्रियाँ ला देने से आमदनी कहीं अधिक हो सकती है। लू मा ने बड़े यत्न से बचाकर रखी छोटी-सी रक़म एक मामूली-से दुकानदार को दहेज में देकर उससे ब्याह कर लिया और भले घर की गृहिणी बन गई। उसने बड़े लोगों के लिए दूती और घटकी का व्यवसाय आरम्भ कर दिया था। हाँफते हुए भीतर आकर उसने रानी को प्रणाम किया–"हुजूर ने बहुत सुबह ही याद किया ?"

"हमें कुछ सुबह ही सुविधा रहती है।"–रानी ने मुस्करा दिया। लू मा के आदर के लिए आसन से उठने की आवश्यकता नहीं थी। उन्होंने लू मा को एक चौकी पर बैठने का संकेत किया। इंग ने एक प्याली चाय बनाकर उसके सामने कर दी और बाहर चली गई।

लू मा सुड़क-सुड़क कर चाय पीने लगी। रानी साहिबा के स्थान बदल लेने के सम्बन्ध में उसने कोई बात न कही। अलबत्ता बोली–"क्या कहना हुजूर की तन्दुरुस्ती का; उम्र ज़रा भी मालूम नहीं होती। विधाता साहब को तन्दुरुस्त रखें।"

लू मा ने रानी के यौवन और स्वास्थ्य का प्रसंग इसलिए उठाया था कि वे स्वयं ही कहेंगी कि उनका स्वास्थ्य और यौवन अब किस काम का, साहब तो रखेल चाहते हैं, परन्तु लू मा की आशा के विपरीत रानी ने मुस्कराकर धन्यवाद भर दे दिया।

लू मा ने एक रूमाल निकाल मुँह पर रखा और धीमे से खाँसा। कमरे के फर्श पर थूक देने की धृष्टता नहीं की। सभी लोग जानते थे कि ऐसे मुआमलों में रानी का मिजाज़ अंगरेजों से कम नहीं था।

लू मा फिर बोली–"मैं समझ गई थी कि हुज़ूर छोटे मालिक की सगाई की बात सोच रही होंगी। कुछ लड़कियों की तस्वीरें मेरे पास हैं।"

लू मा नीले रूमाल में लिपटा एक छोटा-सा बस्ता अपनी गोद में रख खोलने लगी। लू मा ने रूमाल में से एक अंगरेज़ी सिनेमा-पत्रिका एक्ट्रेसों के चित्रों से भरी हुई निकाली। पत्रिका में से उसने तीन फ़ोटो निकाल लिए और बोली–"हुज़ूर, इस

समय मेरी नज़र में तीन लड़कियाँ हैं, एक से एक बढ़कर।"

"बस तीन ?"–रानी वू ने मुस्कराकर पूछा।

लू मा खुशामद में ज़ोर से हँस दी। उसका व्यापार स्त्रियों और पुरुषों के शरीरों का था। अपने सौदे का भाव तो लू मा अनाज और तरकारी के मोल-तोल की तरह ही निस्संकोच करती थी।

"हुज़ूर तीन ही नहीं।"–लू मा ने तुरन्त उत्तर दिया।

"जितने रिश्ते मेरे हाथ में हैं, कोई घटक-घटकी ला दे तो मैं जानूँ। मैं तो बड़े लोगों की बात कह रही हूँ। यह खानदानी लड़कियाँ हैं, जिनके यहाँ से मुनासिब दान-दहेज की आशा हो सकती है।"

"वह अंगरेज़ी की किताब तो दिखाओ !"–रानी बोलीं। पति के लिए दूसरी स्त्री चुन लेने का क्षण आ ही पहुँचा तो मन कुछ सहमा। जान पड़ा काम उतना सहज नहीं।

लू मा ने पत्रिका के चित्रों की ओर संकेत कर कहा "हुज़ूर मैं इन लड़कियों की बात नहीं कर रही हूँ। यह तो अमरीका की लड़कियों की बिजली से बनाई हुई छायाएँ हैं।"

"जानती हूँ,"–रानी ने मुस्कराकर कहा, "देखूँ तो अंगरेज़ों में सुन्दरता किसे कहते हैं। रानी ने पत्रिका हाथ में ले ली। पत्रिका मैली जरूर थी पर फटी नहीं थी। लू मा इस बहुमूल्य वस्तु को बहुत सँभालकर रखती थी। अंगरेज़ी दोनों ही नहीं पढ़ सकती थीं इसीलिए एक्ट्रेसों के नाम जान न सकती थीं।

वू ने सिनेमा-पत्रिका के पन्ने उलट-पलट कर खिलखिलाते-मुस्कराते चेहरों पर नज़रें दौड़ाकर विस्मय प्रकट किया–"यह तो सब एक ही-सी लगती हैं।" और फिर बोलीं–"मेमें सब होती भी तो हैं एक ही जैसी;...नहीं क्या ?"

लू मा हो-होकर हँस पड़ी। "हुज़ूर क्या कहती हैं, मिस हिसा भी क्या ऐसी ही लगती है ?" और फिर बोली, पत्रिका के चित्रों की ओर संकेत कर–"इन सबको मैं ठिकाने लगा दूँ, पर हुज़ूर हिसा के लिए ग्राहक ढूँढ़ लेना मेरे बस का नहीं।"

हिसा को पूरा नगर जानता था। सभी घरों, दुकानों, चायख़ानों और बाज़ारों में लोग हिसा पर हँसते थे। यह सब मानते थे कि कुँआरी बुढ़िया भली और दिल की अच्छी है, लेकिन उस पर हँसने से बाज़ नहीं आते थे। हिसा का एक चीनी बूढ़ा नौकर ही मालकिन के प्रति शिष्टाचार निबाहता था।

एक दिन हिसा का बूढ़ा नौकर मालकिन की खिल्ली होती देख बुरा मान गया। कूँजड़ी और भी हँसकर बोली–"मियाँ बनते क्यों हो ? मिस पादरिन की बात तो तुम्हारे पल्ले भी नहीं पड़ती होगी ?"

"पल्ले क्यों नहीं पड़ती ? यह मालूम हो कि मिस साहिबा क्या कह रही हैं तो मैं सब-कुछ समझ जाता हूँ; समझने में दिक्कत ही क्या ?"

रानी वू ने लू मा को उत्तर दिया–"हिसा की बात दूसरी है वह तो साधनी है

बेचारी। मैं तो स्त्रियों की बात कर रही हूँ। ख़ैर, यह पुस्तक तुम्हें मिल कहाँ से गई ?"

"हुज़ूर दाम देकर खरीदी है।"–लू मा ने गर्व से उत्तर दिया, "छह बरस हुए मेरा एक मिलनेवाला शंघाई गया था, उसे समझा दिया था कि ऐसी किताब चाहिए। पूरे बीस रुपए दिए हैं मैंने इसके।"

"यह तो विलायती स्त्रियों की तस्वीरें हैं। तुम्हें इससे क्या फ़ायदा ?" रानी ने पूछा।

"हुज़ूर, कुछ लोगों को यह चेहरे अच्छे लगते हैं।"–लू मा ने समझाया, "इन्हें देखकर लोगों की तबीयत मचल उठती है और अपना काम चलता है। कुछ लोग नए ढंग की औरतें पसन्द करते हैं। तस्वीर देखकर कह देते हैं कि इस-जैसी औरत लाओ। मैं मिलते-जुलते चेहरे की कोई ढूँढ़ लेती हूँ। दूसरे कपड़े-लत्ते पहना दिए, सिर के केश दूसरे ढंग से सँवार दिए। ऐसे ही काम चलता है।"

रानी वू ने किताब बन्दकर लू मा की तरफ़ सरका दी और बोलीं–"अच्छा वह तीन फ़ोटो देखें।" रानी ने लू मा का हाथ न छूने के लिए फ़ोटो कोने से पकड़ लिए।

"यह तीनों भी तो एक ही जैसी लग रही हैं, यह क्या बात है ?"–रानी ने पूछा।

"जवान लड़कियाँ एक ही-सी होती हैं हुज़ूर।"–लू मा ने तुरन्त उत्तर दिया।

"घने काले बाल, भरा हुआ चिकना चेहरा, उभरा हुआ छरहरा बदन ! किसी ने लाल कपड़ा पहन लिया, किसी ने हरा, नहीं तो लड़की-लड़की में क्या फर्क ?"

बहुत ज़ोर के क़हक़हे से लू मा की बड़ी तोंद थलथल हिलने लगी। आँखों में पानी आ गया। समझाने के लिए अँगुली उठाकर बोली–"लेकिन यह बात मर्दों को थोड़े ही बताई जाती है हुज़ूर, नहीं तो अपना कारोबार कैसे चले ? मर्दों को तो यही समझाती हूँ कि औरतें सब जवाहिर हैं, पर कोई मोती तो कोई नीलम। हाय ! मैं बलिहारी जाऊँ..." हँसी से आ गए आँसू लू मा ने रूमाल से पोंछ लिए, परन्तु उसकी तोंद हिलती ही रही।"

लू मा के अट्टाहास के समर्थन में रानी वू के होंठों पर भी फीकी-सी मुस्कान आ गई। उन्होंने जवान लड़कियों के तीनों फ़ोटो मेज़ पर डाल दिए और बोलीं–"कोई ऐसी लड़की बताओ जिसका घर-बार बहुत नज़दीक न हो !"

"हुज़ूर, पहले मालूम तो हो आपको कैसी लड़की चाहिए ?"–रानी की बात की ओर एकाग्र होकर लू मा ने पूछा।

"जैसी लड़की हम चाहती हूँ हमारे ख़्याल में तो हैं।"–रानी ने कुछ झिझकते हुए उत्तर दिया।

"हुकुम कीजिए, हुज़ूर, फिर दिक़्क़त ही क्या है ?"–लू मा ने विश्वास दिलाया, "लड़की धरती पर ज़िन्दा हो, सही आ जाएगी।"

"यही,...कोई जवान लड़की।"–रानी वू बोलीं और रुक गईं। पति के लिए स्त्री के सम्बन्ध में बात करते उन्हें संकोच अनुभव नहीं हुआ था। परन्तु नर-नारियों के शरीरों का सौदा करनेवाली इस खूँसट बुढ़िया के सामने ऐसी बात करते वह झिझक

गईं। लू मा की पैनी आँखें वू के चेहरे पर गड़ी हुई थीं। रानी नज़रें बचाए रहने के लिए आँगन में देखने लगीं। आँगन में उजली धूप फैल गई थी, और पिछले एक दिन पहले साफ़ किए गए फ़र्श के रंग-बिरंगे पत्थर चमक रहे थे।

"स्त्री ख़ूबसूरत होनी चाहिए।"–रानी वू साहस कर बोलीं, "मतलब है देखने में खूब अच्छी हो, नख-शिख चाहे जैसे हों पर फबत खूब हो ! उम्र लड़की की, यानी. ..यानी औरत की, बाईस-चौबीस ठीक रहेगी। मुखड़ा गोल, कोमल और स्वभाव की भोली। ज़िद्दी नहीं चाहिए; मतलब है कि बहल सके, ज़िद्द करके न बैठ जाए। बाल-बच्चों को चाहती हो। स्वभाव की अच्छी हो। घर-बार कहीं दूर ही हो तो अच्छा है, माँ-बाप को ही न बिसूरती रहे..."

"हुज़ूर लड़की तो है, जैसी आप चाहती हैं,"–लू मा प्रसन्नता से बोली और फिर सहसा गम्भीर होकर बोली, "नहीं हूज़ूर, वह लड़की आपके मतलब की नहीं। अनाथ है बेचारी, उनके माँ-बाप का पता नहीं, वह आपकी बहू कैसे बन सकती है। आपके यहाँ तो खानदानी ही लड़की चाहिए।"

रानी वू ने लू मा से आँखें मिलाकर शान्त स्वर में उत्तर दिया–"हम फेंगमो की बहू की बात नहीं कर रहे हैं। उसके लिए लड़की हमारे मन में है। यह औरत तो साहब के लिए चाहिए।"

लू मा की आँखें और होंठ विस्मय से फैल गए। रूमाल आँखों पर रख उसने सिर झुका लिया और फिर सँभलकर बोली–"हा, हाय ! विधना, राजा साहब भी..."

रानी वू ने धीमे से इनकार में सिर हिलाया–"नहीं, यह बात नहीं, साहब यह नहीं चाहते, यह हमारी ही इच्छा है।"

लू मा ने रूमाल आँखों से हटाकर कुर्ते के गिरेवान में खोंस लिया और सम्भलकर बोली–"हुज़ूर ऐसी बात है तो मेरा ख़्याल है कि वह अनाथ लड़की बिलकुल ठीक रहेगी। तन्दुरुस्त है और सब तरह से अच्छी है।"

"नहीं, नहीं, हमें नौकरानी नहीं चाहिए।"–रानी वू ने लू मा को टोक दिया, "हवेली में नौकरों की कमी नहीं। मेरे यहाँ इंग वर्षों से चली आ रही है। वह किसी दूसरी को नहीं सहेगी। नौकरानी नहीं चाहिए।"

"नहीं हुज़ूर, मैं नौकरानी की बात थोड़े ही कर रही हूँ !"–लू मा ने विस्मय से कहा, "लड़की बड़ी भोली-भाली और भली है..."

"नहीं, ऐसा नहीं। औरत तन्दुरुस्त और हँसमुख होनी चाहिए।"–रानी ने आग्रह किया।

"यही तो मैं कह रही हूँ हुज़ूर !"–लू मा ने रानी वू की ओर सरककर समझाया, "जैसा आप चाहती हैं, वैसी ही है। हजारों में एक है। वह तो कभी की ब्याही गई होती, लेकिन बड़े लोग तो ख़ानदानी लड़कियाँ चाहते हैं। उसे ऐरे-गैरे के गले को कैसे मढ़ दूँ। असल में तो बेचारी भले ही घर की लगती है। जीवन के पूरे ज्वार पर है, इसके बाद ढल ही तो जाएगी। तन्दुरुस्त है और चेहरे पर फबत का क्या कहना !

मैं तो इसी ख़याल में थी कि कोई पक्की उम्र का बड़ा आदमी उसे रख ले।"

"यह ही समझिए कि विधना ने ग़रीब को आपके लिए ही रोक रखा था।"

"उसकी फ़ोटो है ?"–रानी ने पूछा।

"उसका फ़ोटो भला मैं क्या लेकर आती, क्या मालूम था उसकी बात उठ सकती है। असल बात तो यह है, उस ग़रीब ने फ़ोटो खिंचवाई कब ?"–लू मा ने रूमाल मुँह पर रखकर खाँसा। "गऊ-सी सीधी है बेचारी ! मैं पहले ही कह दूँ, पढ़ना-लिखना नहीं जानती वह हुज़ूर, यह सब तो नई बातें हैं। पहले भले घरों में भी लड़कियाँ पढ़ती-लिखती कहाँ थीं ? यह तो नया ज़माना है कि अंगरेज़ों की देखादेखी लड़कियाँ भी पढ़ने लगी हैं।"

"पढ़ने-लिखने की ऐसी कोई ज़रूरत नहीं।"–रानी वू बोलीं।

लू मा ने हाथ उठाकर निर्णय के स्वर में कहा–"तो बस हो गया हुज़ूर। इससे बढ़कर औरत आपके लिए नहीं मिलेगी। देहात में एक बुढ़िया के यहाँ है। जब हुक्म जोगा जाकर ले आऊँगी।"

"कौन है वह बुढ़िया ? क्या करती है बुढ़िया ?"–रानी ने पूछा।

"क्या है बेचारी ! ऐसे लोगों की बात आप क्या सुनेंगी।"–लू मा ने उपेक्षा-सी दिखाई।

"यह लड़की उसे सड़क किनारे पड़ी मिल गई थी। बाइस-तेईस वर्ष पहले की बात है। बुढ़िया अपने भाई के साथ ब्याह-कारज में गई थी। अँधेरी रात में दोनों लौट रहे थे। भाई भी उसका ऐसा-वैसा ही है हुज़ूर, क्या सुनेंगी, दुकानदारी करता है। दुकानदारी भी क्या करता है, गाँव-गाँव फेरी लगाया करता है। उन लोगों ने सड़क किनारे अँधेरे में रोते बच्चे की आवाज़ सुनी तो देखा चार-छह महीने की बच्ची कपड़े में लिपटी पड़ी थी। औरत ने कहा हाय ग़रीब मर जावेगी, पर इसे घर ले जाऊँ तो खिलाऊँगी क्या ? मेरे यहाँ तो अपना पेट भरने को भी नहीं। उसके भाई ने कहा, तू इसे पाल ले मैं कुछ मदद कर दूँगा। मेरा लड़का है उसके लिए बहू हो जावेगी। नहीं तो मैं लड़के की बहू के दाम कहाँ से दूँगा। औरत उसे उठा लाई। भाई का लड़का चौदह-पन्द्रह बरस का था तो प्लेग में मर गया। सो लड़की यों ही पड़ी है।"

रानी ने आँखें लू मा के चेहरे पर गड़ाए हुए पूछा–"लड़की वह दे देगी ? बाद में कोई हक़ तो नहीं जताएगी ?"

"दे क्यों नहीं देगी हुज़ूर।"–लू मा ने उत्तर दिया, "बेचारी बड़ी ग़रीब है और लड़की कौन उसके अपने पेट की है !"

रानी साहिबा ने कुर्सी पर करवट बदली और बोलीं–"औरत देख लें।" फिर सोचकर बोलीं–"देखने की क्या ज़रूरत है ? तुम हमारे साथ धोखा थोड़े ही करोगी ! तुम ठीक ही कह रही हो, लड़की जैसी एक वैसी दूसरी, स्वभाव की अच्छी होनी चाहिए।"

"हुज़ूर क्या दे देंगी उसके लिए।"–लू मा ने पूछा।

"कपड़ा-लत्ता तो वह साथ कुछ लाएगी नहीं। उसके लिए हमें ही बनवाना होगा।"–वू ने सोचकर कहा।

"हुज़ूर ठीक फ़रमा रही हैं, पर लड़की बुढ़िया के पेट की तो है नहीं। उसे क्या परवाह कि यहाँ लड़की को क्या दिया जाएगा !"–लू मा ने कहा, "उसे तो अपने लिए पैसा चाहिए।"

"देहात की लड़की है, उसके लिए चार-पाँच सौ रुपया बहुत है।"–वू ने साधारण ढंग से उत्तर दिया, "हम कुछ और दे देंगे, हज़ार रुपया दे देंगे।"

"हुज़ूर दो सौ और बढ़ा दीजिए।"–लू मा ने प्रार्थना की। उसके माथे पर पसीना आ गया। "हज़ार रुपए तो बुढ़िया को ही दे देना होगा। लड़की, हुक्म हो तो, आज ही हाज़िर कर दूँ।"

लू मा के पसीने से चिकने चेहरे और आँखों में याचना का भाव झलक आया। उसने हाथ जोड़ दिए, वू ने सान्त्वना दी।

"वह भी हो जाएगा, तुम्हारा हक़ तुम्हें मिल जाएगा। उसकी चिन्ता मत करो।"

"ग़रीब परवर आपका ही आसरा है।"–लू मा ने सन्तुष्ट होकर धन्यवाद दिया और अंगरेज़ी पत्रिका और फ़ोटो समेटने लगी। और फिर रानी की ओर हाथ जोड़कर बोली–"हुज़ूर, हुक्म हो तो छोटे कुँवर के लिए भी कोई ख़ूबसूरत ख़ानदानी लड़की बताऊँ। दो सौदे एक साथ हो जाएँ तो कुछ सस्ते में बन जाएगा।"

"नहीं, अभी ज़रूरत नहीं है।"–वू ने कुछ रुखाई से उत्तर दे दिया, "फेंगमो की अभी उम्र ही क्या है।"

"ठीक फ़रमा रही हैं आप हुज़ूर," लू मा ने रानी का समर्थन किया, "बिलकुल सही कह रही हैं। लड़कों के लिए क्या जल्दी ! बेचारे बूढ़ों का ही ख़्याल पहले किया जाना चाहिए। क्या कहने हुज़ूर के, हमेशा ठीक ही बात कहती हैं !"

लू मा अपना बस्ता सँभालकर उठ खड़ी हुई और पूछा–"हुज़ूर, हुक्म हो तो लड़की को आज ही पहुँचा दूँ।"

"साँझ सूरज डूबते समय ले आना।"–रानी ने अनुमति दी।

"बहुत ठीक, क्या कहना !"–लू मा ने फिर समर्थन किया।

"सही फरमा रही हैं। दिन में नहा-धो लेगी, सिर और कपड़े भी धो लेगी।"

"उसे अपने साथ कोई चीज़ लाने की ज़रूरत नहीं है।"–वू ने चेतावनी दी।

"कोई सन्दूकची-बक्सा या चीज़-वस्तु कुछ न लाए। बदन पर कपड़ों के सिवा कुछ नहीं।"

"ऐसा ही होगा हुज़ूर, पूरा ख़्याल रखूँगी।"–लू मा ने झुककर बड़बड़ाया और बचपन में बाँधकर बढ़ने न दिए गए अपने छोटे-छोटे लुंजे पैरों पर डगमगाती हुई चली गई।

लू मा के जाते ही इंग ताज़ी चाय लिए भीतर आई। इंग कुछ बोली नहीं, रानी भी चुपचाप देखती रहीं। इंग ने मेज़ को फिर साफ़ किया। जिस कुर्सी पर लू मा बैठी

थी उसे भी झाड़ दिया। लू मा के जूठे प्याले को घृणा से उठाकर इंग लौट रही थी, तो रानी ने कहा,–"साँझ सूरज डूबते समय एक लड़की ड्योढ़ी पर आएगी।" इंग जूठा प्याला हाथ में लिए चुपचाप सुनती रही। "उस लड़की को सीधे हमारे यहाँ ले आना। साथ के कमरे में उसके लिए एक खाट डाल देना।"

"जो हुक्म हुज़ूर।"–इंग रुँधे हुए कंठ से बोली और आँखों में छलक आए आँसू छिपाने के लिए बाहर खिसक गई।

रानी वू दोपहर के भोजन के बाद कुछ देर विश्राम के लिए अपने शयनागार में चली जाती थीं। उस दिन भी जाकर मसहरी के पर्दों में अपनी सेज पर लेट गईं, परन्तु नींद न आई। बेचैनी-सी अनुभव हो रही थी। बेचैनी का कारण नया स्थान नहीं था। स्थान को तो उन्होंने एक ही दिन में अपना लिया था। बेचैनी उनके मन में थी।

"आज हम सोएँगे नहीं।"–वू ने कहा। इंग ने चिन्ता से रानी की ओर देखकर अनुरोध किया–"हुज़ूर सो जातीं तो अच्छा था। रात साथवाले कमरे में यहाँ कोई और भी रहेगा तो हुज़ूर को नींद नहीं आ पाएगी।"

"नींद आ नहीं रही है,"–बू बोलीं। इंग की आँखों में ममता और चिन्ता देख उन्हें कुछ झेंप-सी लगी। इंग की बाँह पर हाथ रख उसे परे हटाते हुए बोलीं–"हट, अब तू जा। मैं कुछ पढ़ूँगी।"

"जो हुक्म हुज़ूर।"–इंग ने उत्तर दिया और कुछ मान में तुरन्त बाहर निकल गई। वू कमरे के बीचोबीच खड़ी रह गईं। एकान्त में उँगली होंठों पर रख ज़रा मुस्कराईं और फिर सँभलकर पुस्तकालय के कमरे की ओर बढ़ गईं। विचार आया–कितने ही लोग पहले यहाँ इन पुस्तकों को पढ़ते रहे होंगे, पर वे सब पुरुष थे। एक बार फिर झीनी मुस्कान होंठों पर आ गई। सोचा, अब मैं अकेली हूँ, स्वतन्त्र हूँ, बिलकुल आत्म-र्भिर और स्वच्छन्द। दृष्टि ससुर द्वारा निषिद्ध पुस्तकें की ओर गई–अब इन्हें भी पढ़ूँगी।

स्वर्गीय ससुर को जब यह मालूम हुआ कि बहू पढ़-लिख भी सकती है तो उन्होंने स्वयं ही नीली जिल्दें बँधी इन पुस्तकों की ओर संकेत कर कह दिया था–"बेटी, यह पुस्तकें तुम्हारे काम की नहीं हैं।" वे पुस्तकें पढ़ना मना करके भी ससुर ने उन्हें ताले में बन्द नहीं कर दिया था। वैसे ही एक ओर पड़ी रहने दिया।

रानी ने पूछा–"क्यों, क्योंकि मैं स्त्री हूँ ?"

"हाँ ! लड़के को भी मैंने लड़कपन में यह पुस्तकें न पढ़ने के लिए कह दिया था।"

"उन्होंने तो शायद अब पढ़ ली होंगी ?"–बहू ने निस्संकोच पूछ लिया।

ससुर को कुछ झेंप-सी अनुभव हुई, परन्तु उत्तर दिया–"हाँ मेरा अनुमान है कि पढ़ ली होंगी। मैंने उससे कभी पूछा तो नहीं, परन्तु सभी नौजवान ऐसी पुस्तकें ज़रूर पढ़ते हैं। पुस्तकें हैं तो पढ़ी ही जाएँगी। मैंने लड़के से कह दिया था–"इन पुस्तकों

को पढ़ना चाहते हो तो सोलह वर्ष की आयु से पहले मत पढ़ना और यहाँ इसी कमरे में बैठकर पढ़ लेना। चोरी से स्कूल की पुस्तकों में छिपाकर पढ़ने की ज़रूरत नहीं है।"

बहू ने एक और टेढ़ा प्रश्न पूछा था–"पिताजी मैं क्या सोलह वर्ष के लड़के-जितना भी नहीं समझ सकती ?"

स्वर्गीय राजा साहब विद्वान् और बुद्धिमान तो थे ही पर स्पष्टवादी भी थे। गम्भीर मुद्रा में उन्होंने उत्तर दिया था–"बेटी समझ की कमी तुम में नहीं है। लाखों स्त्रियों में एक हो। तुम्हारा मस्तिष्क किसी पुरुष का होता तो बड़ी से बड़ी परीक्षा पास कर देश का शासक होता, परन्तु तुम हो तो स्त्री ही। तुम्हारा रक्त स्त्री का है, हृदय स्त्री का है और शरीर स्त्री का है, तुम्हें स्त्री का जीवन बिताना है। स्त्री के शरीर में मस्तिष्क और समझदारी बहुत अधिक बढ़ जाना भी ठीक नहीं रहता।"

और इसके बाद जो प्रश्न रानी ससुर से पूछ बैठी थीं धृष्टता ही मान लिया जाता, परन्तु स्वर्गीय राजा साहब बहू को समझ चुके थे और वत्सलता से सभी कुछ क्षमा कर सकते थे। बहू ने पूछ लिया था–"पिताजी, आपका मतलब है कि नारी के मस्तिष्क की अपेक्षा शरीर का ही महत्त्व अधिक है।"

बहू का प्रश्न सुनकर वृद्ध पुस्तकालय की मेज़ के समीप पड़ी भारी कुर्सी पर बैठ बहुत देर चुपचाप सोचते रहे थे। रानी साहिबा आज उसी कुर्सी पर बैठी हुई थीं। बीस वर्ष पहले की घटना उनकी आँखों के सामने फिर रही थी। वृद्ध ने सहारे के लिए अपनी सफ़ेद दाढ़ी को थाम विचार-मग्न हो जो उत्तर दिया था वह भी उन्हें अक्षरशः याद था। वृद्ध ने कहा था–"जीवन का अनुभव तो यही है। हाँ यह ठीक है कि नारी के मस्तिष्क की अपेक्षा उसके शरीर का ही महत्त्व अधिक है। पुरुष तो मनुष्य को जन्म नहीं दे सकता। नारी के बिना मनुष्य का अस्तित्व कैसे चलता ! विधाता ने नारी-शरीर के पात्र में ही सृजन की शक्ति सौंप दी है। इसीलिए नारी का शरीर मनुष्य के लिए अमूल्य है। पुरुष यदि सृजन न कर सके तो उसका जीवन निरर्थक है। पुरुष बीजमात्र है, नारी-शरीर ही उस बीज से फूल और फल उत्पन्न कर पुरुष की सृष्टि कर सकती है।"

रानी वू को याद आ रहा था–वे उस विद्वान वृद्ध के सामने खड़ी ध्यान से उनकी बातें सुन रही थीं और उन्होंने प्रश्न किया था–"पिताजी मैं तो नारी हूँ, तो फिर मेरे शरीर में मस्तिष्क है ही क्यों ?"

वृद्ध के होंठों पर मुस्कान आ गई। "मैं क्या उत्तर दे सकता हूँ ?"–उन्होंने उत्तर दिया, "तुम इतनी सुन्दर हो, वास्तव में मस्तिष्क की ज़रूरत तो तुम्हें थी नहीं।"

वृद्ध के उत्तर से दोनों एक साथ हँस पड़े थे। नवयुवती बहू की हँसी का जल की कोमल धार के समान स्वर और वृद्ध के गले का थका हुआ और रूखा शब्द एक साथ मिल गए थे। वृद्ध कुछ देर के लिए सोच में पड़ गए।

"बेटी, तुमने जो प्रश्न पूछा उसके बारे में मैं स्वयं भी कई बार सोचता रहा हूँ,

खासकर जब से तुम इस घर में आई हो।"–वृद्ध ने बहू से कहा, "हमलोगों ने लड़के के लिए तुम्हें पसन्द किया था, क्योंकि तुम सुन्दर और सहृदय हो और तुम्हारे दादा इस प्रान्त के गवर्नर थे। यह तो विवाह के बाद ही पता लगा कि तुम इतनी बुद्धिमती भी हो। सोने में सुगन्ध हो गई। पर बेटी तुम बुद्धिमती न होतीं तो भी काम तो चलता ही, कोई नुक़सान नहीं होता। इस घर में तो इतनी ही बुद्धि आवश्यक है कि बहू हिसाब-किताब देख सके, नौकरों-चाकरों पर निगाह रख सके और प्रबन्ध सँभाल सके। परन्तु तुम तो तर्क और विचार करती हो। इनका गृहस्थ में क्या उपयोग हो सकेगा, मुझे तो नहीं मालूम। यदि तुम इतनी गम्भीर और समझदार न होती तो तुम्हारी चेतना और बुद्धि से इस परिवार में झंझट खड़ा हो जाने की सम्भावना रहती, परन्तु तुम गम्भीर और समझदार भी हो इसलिए आशंका नहीं। तुम सीमाएँ पहचानकर अपने आपको वश में रख सकोगी।"

बहू बहुत देर से शिष्टाचार में दोनों हाथों को सामने एक-दूसरे पर रखे वृद्ध के सामने खड़ी थी। वृद्ध का ध्यान उस ओर गया, बोले–"बेटी बैठ जाओ, थक जाओगी। तुम्हारे लिए इस तरह खड़े होना ज़रूरी नहीं है।"

बहू विचार में गहरी डूबी हुई थी। ससुर की बात कान में न पड़ी, वैसे ही खड़ी रही और उन्होंने पूछा–"पिताजी, तो मेरे स्वामी को मेरा बुद्धिमान होना अच्छा नहीं लगेगा ?"

वृद्ध का सिर विचार में झुक गया। अपने दुबले-पतले कोमल सूखे पत्ते की तरह पीले पड़ चुके हाथ से उन्होंने फिर अपनी दाढ़ी थाम ली। गहरी साँस लेकर उन्होंने उत्तर दिया–"हाँ यह समस्या हो तो सकती है। बुद्धि विधाता की बहुत बड़ी देन है परन्तु इस बोझ को सम्हालना भी आसान नहीं है। धनी और निर्धन के भेद से कहीं बड़ा भेद बुद्धिमान् और बुद्धिहीन लोगों में होता है। प्रायः ही लोग अधिक बुद्धिमान् लोगों से द्वेष और ईर्ष्या करने लगते हैं। बुद्धिमान् चाहे कितना उदार बन जाए, कम समझ आदमी में बुद्धिमान् के प्रति कुछ संकोच बना ही रहेगा।"

"क्यों पिताजी ?"–बहू ने सहमकर पूछा। एक आतंक-सा मन पर छा गया–क्या वह पति का आदर और स्नेह नहीं पा सकेगी ? उसकी बुद्धि भी उसका साथ न दे सकेगी ?

"देखो बेटी,"–वृद्ध ने विचार से बोझल दबे शान्त स्वर में समझाया, "मनुष्य वास्तव में अपने आपको ही प्रेम करता है। विधाता मनुष्य को जीवन की प्रेरणा देने के लिए ही उसके हृदय में प्रेम उत्पन्न करता है, ताकि दुःख और सन्ताप में भी जीवन की कामना बनी रहे। जिस बात या कारण से किसी के आत्म-प्रेम या अहंभाव को ठेस लगे उसे मनुष्य सह नहीं सकता। आत्म-प्रेम या अहंभाव पर चोट पड़ने से जीवन की प्रेरणा या इच्छा ही समाप्त हो जाती है। ऐसी वस्तु से प्रेम कर सकना अप्राकृतिक है।"

"पिताजी, तो क्या मेरे स्वामी मुझसे घृणा करने लगेंगे ?"–बहू ने घबराकर पूछा।

स्पष्ट शब्दों में न कहने पर भी ससुर का अभिप्राय स्पष्ट था कि बहू उनके पुत्र की अपेक्षा अधिक बुद्धिमती थी, इसलिए वे उसे चेतावनी दे रहे थे।

"बेटी," वृद्ध ने उत्तर दिया, "पुरुष जिस पत्नी को आश्रय देता है और जिससे सन्तोष पाता है उसे अपने से अधिक समर्थ और बुद्धिमती कैसे स्वीकार कर सकता है। ऐसा मानना पड़ेगा तो पुरुष में हीनता का भाव आ जाएगा। वह पत्नी से श्रद्धा करेगा भी तो प्यार नहीं कर सकेगा। बेटी, जीवन का सन्तोष श्रद्धा से नहीं प्यार से चलता है। लोग मन्दिरों में नहीं घरों में ही रह सकते हैं। पुरुष देवी को आलिंगन में नहीं ले सकता, इतनी सामर्थ्य उसमें नहीं है।"

बहू ने निषिद्ध पुस्तकों की ओर संकेत कर सहसा पूछ लिया–"पिताजी, मैं इन पुस्तकों को क्यों न पढ़ डालूँ ?" वृद्ध पल भर को सहम से गए और उनकी आँखें बहू की ओर उठ गईं, परन्तु चुप ही रहे। उत्तर न देकर वे समीप रखी चाय प्याले में डालने लगे।

बहू ने आगे बढ़कर कहा–"पिताजी मैं बना दूँ ?" और चाय बनाने लगी। वृद्ध ने चाय के दो-तीन घूँट लिए और फिर आँखें झुकाए ही बोले–"बेटी, मेरी बात शायद तुम्हारी समझ में न आए। समझ में न आने पर भी तुम मेरी बात मान लो। यह पुस्तकें न ही पढ़ो तो अच्छा है। नारी भोली और अबोध जान पड़े तो पुरुष या पति को अच्छा लगता है। तुम यूँ ही इस उम्र में भी इतनी समझदार हो, इतना अधिक जानती हो। तुम्हें इन पुस्तकों को पढ़ने की ज़रूरत नहीं। बस, एक बात का ध्यान रखो, पति को सन्तुष्ट रखना है, उससे प्यार करना है। पुस्तकें क्या बताएँगी !"

वृद्ध के उत्तर से बहू का समाधान नहीं हुआ। मेज़ का सहारा लिए खड़ी वह वृद्ध की ओर देखती रही और सोचा–इनसे अधिक समझदार और बुद्धिमान् तो मैंने कोई दूसरा देखा नहीं। मेरी अपेक्षा अधिक ही समझते हैं। जब मैं स्वयं समझूँगी देखा जाएगा, अभी इनकी बात मानूँ।

"पिताजी जैसी आपकी आज्ञा, इन पुस्तकों को नहीं पढ़ूँगी।" रानी वू ने कहा और बीस वर्ष तक उस आज्ञा का पालन किया। परन्तु उस दिन फिर उसी कमरे में ससुर की कुर्सी पर बैठकर रानी वू को अनुभव हुआ कि वे ससुर के समान ही बुद्धिमान और समझदार हो गई हैं। उन्होंने अपनी प्रतिज्ञा भी पूरी कर दी है। आज उन पर किसी का भी नियन्त्रण नहीं–स्वर्गीय वृद्ध का भी नहीं।

रानी वू उठकर निषिद्ध पुस्तकों की ओर बढ़ीं।उनका हृदय धड़क रहा था। उनमें से अनेक उपन्यासों और कहानियों के नाम उन्हें मालूम था। सुना था कि विद्वान् और पंडित लोग ऐसी पुस्तकें नहीं पढ़ते। ऐसी पुस्तकें उनके योग्य नहीं। ऐसी पुस्तकों से केवल असंस्कृत और अपरिमार्जित रुचि के लोगों, जो वास्तविक ज्ञान की गहराई तक नहीं पहुँच सकते, का ही विनोद होता है। परन्तु इन पुस्तकों को पढ़ते सभी लोग हैं–ज्ञानी और विद्वान्। वृद्ध ने स्वयं उन्हें पढ़ा था और अपने पुत्र को भी पढ़ने दिया था। जानते थे कि पुत्र को पढ़ने नहीं देंगे तब भी वह पढ़ ही लेगा।

सब पुरुष जो बात जानते हैं यदि एक स्त्री भी जान जाए तो क्या ?–रानी वू ने सोचा।

कपड़ा मढ़े बक्स में बहुत-सी जिल्दें पड़ी थीं। रानी ने एक जिल्द खींच ली। इस पुस्तक का नाम उन्होंने पहले नहीं सुना था। उनके अपने मायके में और वू-परिवार जैसे बड़े घरानों में सभी तरह के लोग होते हैं, कुरुचि के लोग भी होते ही हैं। 'हसी मेन और छह पत्नियाँ' की कहानी काफ़ी प्रसिद्ध थी। 'बेर के फूलों का गुच्छा' की जिल्द साटिन की थी और नाम बहुत सुन्दर ढंग से लिखा हुआ था। देखने से ही मालूम होता था कि पुस्तकें कई हाथों से गुज़री हैं। वू-परिवार की अनेक पीढ़ियों के पुरुषों ने उन्हें पढ़ा था परन्तु स्त्रियों में केवल रानी वू ही उन्हें हाथ लगा रही थीं। रानी उन पुस्तकों को मेज़ पर ले आईं और एक पुस्तक के पन्ने पलट चित्र देखने लगीं। चित्र कलापूर्ण थे। कलाकार ने रेखाओं द्वारा कामुकता की भावना का प्रदर्शन सफलतापूर्वक किया था। रानी 'हसी मेन' का चेहरा अनेक चित्रों में ध्यान से देखती रहीं। कान-वासना में अत्यन्त आसक्ति से हसी मेन का यौवन से खिला चेहरा उत्तरोत्तर डूबकर मरे आदमी के फूले हुए चेहरे की तरह हो गया था। रानी चित्रों को ध्यान से देखकर कथानक का क्रम समझने का यत्न कर रही थीं। कहानी के पात्र ने अपनी आत्मा और मस्तिष्क की उपेक्षा कर केवल शारीरिक तृप्ति के लिए ही यत्न किया था।

रानी पढ़ने लगीं और घंटों पढ़ती रहीं। सन्ध्या हो गई परन्तु उन्हें सुध न थी। इंग ने कई बार दरवाज़े पर आकर झाँका और विस्मित हो लौट गई। रानी वू को कुछ पता न था। अँधेरा हो जाने पर पढ़ा नहीं गया तो पुस्तक बन्दकर चारों ओर देखा। चारों ओर ऐसे देखा कि अपरिचित स्थान में आ गई हों।

"बाबा के कहने से इन पुस्तकों को इतने दिन नहीं पढ़ा था।"–धीमे स्वर में रानी के होंठों से निकल गया, "पढ़ना ही चाहिए था।" परन्तु उस समय फिर पढ़ने की इच्छा नहीं हुई जैसे मन भर गया हो या कुछ ऊब गया हो। पुस्तकें उठाकर बक्स में रख ताला लगा दिया। उठकर कमरे में टहलने लगीं। सोचा, जवानी में इन्हें न पढ़ना ही अच्छा था; पुस्तक अच्छी नहीं है। लेखक ने इस चतुरता से लिखा है कि पाठक उसमें मनचाही भावना पा सकता है, चाहे तो वासना और चाहे तो वासना के परिणामों की शिक्षा। वू को ख़याल आया वुद्ध का कहना ठीक ही था। पुस्तक नवयुवकों के योग्य नहीं। यदि बीस साल पहले पढ़ ली होती तो क्या सीख लिया होता। शायद पढ़ने का यह प्रभाव होता कि पति के साथ सेज पर जाने के विचार से मन काँप उठता। वृद्ध का कहना ठीक ही था। नौजवान और कम उम्र ऐसी बातों को समझ नहीं सकते। आयु और अनुभव बढ़ने के साथ ही उन्हें ऐसा परिचय भी मिलना चाहिए। ज्ञान भी आयु के अनुसार ही पच सकता है।

भीतर दरवाज़े की ओर से एक छाया पड़ी। रानी का ध्यान उस ओर गया। इंग के पीछे आँगन में कोई और भी था।

"हुज़ूर नाइन लू मा आई हैं...लड़की आ गई।"–इंग ने बताया।

रानी वू ने दोनों हाथों में चेहरे को थाम लिया। पल भर के लिए सन्न रह गईं। फिर तुरन्त हाथ नीचे कर कुर्सी पर बैठ गईं और इंग की ओर देखकर बोलीं–"रोशनी कर दो। लड़की को यहाँ ले आओ, बुढ़िया की ज़रूरत नहीं।"

इंग लड़की को लाकर दरवाज़े पर छोड़ गई। लड़की के चेहरे पर मोमबत्ती का कोमल प्रकाश पड़ रहा था। लड़की का चेहरा और शरीर रानी साहिबा की कल्पना के अनुरूप ही निकला। चेहरे पर स्वास्थ्य की ताज़गी और सुर्खी, बड़ी-बड़ी काली भोली आँखें। काले बाल देहातिनों की तरह चुटिया में गुँथे हुए। रूमाल में बँधी हुई एक छोटी गठरी हाथ में थी।

"यह हाथ में क्या है ?"–रानी वू ने पूछा, "हमने तो कहा था, कुछ साथ लाने की ज़रूरत नहीं।"

लड़की ने बच्चों के-से भोलेपन से उत्तर दिया–"अंडे हैं। मैंने सोचा शायद आपको अच्छे लगें। मेरे पास और कुछ नहीं था। बिलकुल ताज़े हैं।"–लड़की का स्वर मधुर था परन्तु मुद्रा में देहातियों की-सी झिझक थी।

"देखें, कैसे अंडे हैं।"–रानी वू ने उसे बुलाया।

लड़की छोटे-छोटे क़दमों से सहमती हुई आगे बढ़ी कि उसके क़दमों से घर की स्तब्धता भंग न हो जाए। रानी वू ने उसके पैरों की ओर देखा और पूछा–"क्यों, तुम्हारे पाँव नहीं बाँधे गए थे ?"

लड़की शरमा गई। "कोई था ही नहीं बाँधनेवाला।"–उसने उत्तर दिया, "और मुझे तो खेतों में काम करना पड़ता था।"

इंग पीछे से बोल पड़ी–"हुज़ूर देखिए तो कितने बड़े-बड़े पाँव हैं। गँवार बच्चों की तरह नंगे पाँव रही है तभी तो ऐसे भद्दे हैं।"

लड़की चिन्ता से कभी रानी की ओर और कभी इंग की ओर विस्मय से देखती खड़ी रह गई।

"हाँ, अंडे देखें।"–रानी फिर बोलीं। लड़की आगे बढ़ आई, रूमाल मेज़ पर रख दिया। गाँठ खोलकर उसने एक-एक अंडे को उठाकर ध्यान से देखा और बोली–"कोई नहीं टूटा। मैं डर रही थी रास्ते में कोई टूट न जाए। पन्द्रह हैं... ।" लड़की आगे बोल न सकी। वू भाँप गईं–सोच रही है क्या कहकर सम्बोधन करे।

"देखो, हम तुम्हारी बड़ी बहन हैं।"–रानी बोलीं।

लड़की और शरमा गई। रानी को जीजी सम्बोधन करने का साहस उसे न हुआ। उसने केवल इतना कहा–"पन्द्रह अंडे हैं। सभी ताज़े हैं, आपके लिए लाई हूँ।"

"धन्यवाद !"–रानी ने स्वीकार किया, "हाँ ताज़े ही तो लगते हैं।"

रानी ने इतनी ही देर में समीप खड़ी लड़की को बहुत कुछ जाँच लिया। उसके श्वास में प्यारी भीनी गन्ध थी। शरीर से स्वास्थ्य फूट रहा था। दाँत मोतियों जैसे उजले और सुन्दर थे। रूमाल की गाँठ खोलते समय रानी ने देखा कि मेहनती हाथ

कड़े ज़रूर थे परन्तु सुन्दर थे। धुले हुए नीले सूती कुरते और पैजामे के भीतर लड़की के छरहरे शरीर की सुघड़ गोलाइयाँ झलक रही थीं। गर्दन सुथरी और कोमल थी। चेहरा भोला और प्यारा।

रानी वू ने मुस्कराकर पूछा–"तुम यहाँ रहोगी; अच्छा लगेगा। ?" रानी के होंठों पर मुस्कान थी परन्तु मन में लड़की के प्रति सहानुभूति। बेचारी पशु की तरह खरीद कर उस घर में लाई गई थी। लड़की के भद्दे मोटे कपड़े, तथा धूप और कठिन परिश्रम से रूखे शरीर में भी उन्हें नारी का लावण्य और कोमलता की झलक दिखाई दे रही थी।

रानी की सहानुभूति से लड़की का साहस बढ़ा। रानी के प्रति आदर से उसने कहा–"लू मा कह रही थी आप बड़ी मेहरबान हैं। आप दूसरी औरतों-जैसी नहीं हैं। लू मा ने कहा था–आपको खुश रखना। मैं ऐसा ही करूँगी।"–लड़की एक साथ कह गई।

"अच्छा, तुम हमें सब कुछ सच-सच बता दो।"–रानी ने लड़की को सान्त्वना दी, "कुछ छिपाना नहीं। सच बोलोगी तो हम तुम्हारा बहुत ख़याल करेंगे।" अपने प्रति लड़की की श्रद्धा और आदर देखकर रानी को कुछ विस्मय और संकोच-सा अनुभव हुआ।

"मैं सब कुछ सच-सच कह दूँगी,"–लड़की ने वचन दिया, "पहले यह अंडे रसोई घर में दे आऊँ।"

"नहीं रहने दो।"–वू ने कहा। सोचा नौकर-चाकर इसे देखेंगे तो हैरान होंगे। उनके होंठों पर मुस्कान आ गई। "अंडे इंग ले जाएगी। तुम सामने कुर्सी पर बैठ जाओ। हम दोनों बात करेंगे।"

लड़की ने अंडे फिर रूमाल में बाँध दिए और कुर्सी के किनारे पर अटककर बैठ गई। उसके चेहरे पर कुछ परेशानी-सी दिखाई दे रही थी।

"भूख तो नहीं लगी ?"–रानी वू ने पूछा।

"नहीं जी।"–लड़की ने सँभलकर हाथ गोद में रख उत्तर दिया।

"सच बताओ, भूख नहीं लगी ?"–वू ने मुस्कराकर पूछा।

लड़की हँस पड़ी। उसकी हँसी भी भोली और प्यारी थी। "क्या करूँ मुझे बात करनी नहीं आती। लू मा ने कहा था खाने के लिए पूछें तो न कर देना। नहीं तो समझेंगे बड़ी लालची है।"

"क्यों सुबह कुछ खाकर नहीं चली थी ?"–रानी ने पूछा।

लड़की शरमा गई। "हमलोग एक ही बार खाते हैं। माँ ने कहा था कि तुझे वहाँ खाना..."

रानी वू ने उसे टोककर इंग को हुक्म दिया–"खाना लाओ।"

लड़की ने गहरी साँस ली और ज़रा आराम से हो गई, पर आँखें झुकाए रही।

वू सोचती रहीं बस ज़रा लम्बी कुछ ज़्यादा है। कहीं उत्तर की तरफ़ की है। उत्तर

में पीली नदी की बाढ़ या अकाल से भागकर आ रहे होंगे। बच्चों को सँभाल पाना कठिन होगा। इसे लड़की समझकर मरने के लिए छोड़ दिया होगा।

"लू मा कहती है कि तुम्हारे माँ-बाप नहीं हैं ?"–रानी ने पूछा, "तुम्हें कुछ मालूम है उन लोगों का ?"

लड़की ने इनकार में सिर हिलाया। "मुझे होश कहाँ आया था। यह मुझे मालूम है, मुझे कहाँ छोड़ गए थे। हम शहर आते थे तो माँ यह बताती थीं कि तुम्हें यहाँ पड़े पाया था। माँ बताती हैं कि मेरे साथ ऐसी कोई चीज़ ही नहीं थी जिससे मेरे घर-बार का पता चलता। कहती हैं कि मैं चीथड़ों में लिपटी हुई थी। कहते हैं चीथड़े सूती नहीं थे रेशमी थे।"

"वह रेशमी चीथड़े तो तुम्हारे पास हैं न ?"–रानी ने पूछा।

लड़की ने सिर हिलाकर स्वीकार किया और विस्मय से पूछा–"आपने कैसे जाना ?"

"हमने सोचा वह चीथड़े तुम्हारी अपनी चीज़ थे। शायद तुम उन्हें अपने पास रखना चाहो।"–रानी ने लड़की की आँखों में मुस्कराकर उत्तर दिया।

"हैं तो, पर मेरे मन की बात आपने कैसे जान ली ?"–लड़की ने आग्रह किया।

"दिखाओ तो वह कपड़ा !"–रानी ने कहा। यह रहस्य वे कैसे भाँप गई थीं बताना आवश्यक नहीं समझा।

लड़की ने तुरन्त अपने कुर्ते के भीतर हाथ डालकर रेशम का एक साफ़-सुथरा तहाया हुआ टुकड़ा निकालकर बाहर रख दिया। कपड़ा धुला हुआ था। धुलने से उसका रंग फीका गुलाबी हो गया था। वू ने कपड़े की तह खोलकर देखा, ज़नाने कुर्ते का टुकड़ा था। आस्तीनें चौड़ी रही होंगी और पहननेवाली का क़द कुछ लम्बा।

"यह तुम्हारी माँ का होगा। वह भी लम्बी ही थीं।"–रानी ने अनुमान प्रकट किया।

"होंगी, आपको कैसे मालूम हुआ ?"–लड़की ने विस्मय प्रकट किया।

रानी वू कुछ देर रेशमी कुर्ती के टुकड़े के गले और पल्लों की कढ़ाई को ध्यान से देखकर बोलीं–"बहुत महीन कढ़ाई है ! यह तो पेकिंग की कढ़ाई है। कितना महीन टाँका है।"

"मुझे तो नहीं मालूम।"–लड़की ने धीमे से अज्ञान प्रकट किया।

"हमें भी और क्या मालूम।"–रानी बोलीं। रानी ने कपड़े का टुकड़ा तहाकर लड़की की ओर बढ़ा दिया।

"आप रख लीजिए, मैं क्या करूँगी।"–लड़की ने कहा।

"अच्छा मैं रख लूँगी। जब चाहो हमसे ले लेना।"–रानी ने कहा।

"आप मुझे यहाँ रख लेंगी तो मुझे इसका क्या करना।"–लड़की ने फिर कहा।

बात टालकर रानी बोलीं–"तुमने तो अपना नाम भी नहीं बताया।"

लड़की की आँखें झुक गईं। "मेरा कोई नाम ही नहीं है।"–धीमे से उसने कहा,

"वे लोग पढ़े-लिखे तो नहीं हैं। मैं भी कुछ नहीं जानती।"

"पर तुम्हें कुछ पुकारते तो होंगे ?"–रानी ने पूछा।

"कभी पुकारते थे तो 'अनाथ' कहकर पुकार लेते थे।"–लड़की ने कहा।

"यह भी कोई नाम है ?"–रानी ने सहानुभूति प्रकट की, "अच्छा हम तुम्हारा नाम रख देंगे।"

"मेहरबानी है आपकी।"–लड़की की आँखों में कृतज्ञता छलक आई।

इंग खाना ले आई। रानी वू ने तिरछी आँखों से खाने की ओर देख लिया कि इंग नौकरों की रसोई का ही तो खाना नहीं ले आई है। ऐसा होता तो वह तुरन्त खाना लौटा देतीं, परन्तु इंग इतनी मूर्ख नहीं थी। खाना परिवार के योग्य तो नहीं था परन्तु नौकरों का भी नहीं था। मिला-जुला-सा–दलिया, दो तरह का मांस, तरकारी और चावल। खाने की कमचियाँ भी चाँदी मढ़े हाथी दाँत की नहीं; मामूली बाँस की भी नहीं, जैसी नौकरों की दी जाती हैं; बल्कि लकड़ी की लाल रोगन की हुई, जैसी कि बच्चों को दी जाती हैं।

"ठीक ढंग से परोसो !"–रानी ने आज्ञा दी।

इंग को यह सुहाया नहीं। होंठ दबाकर चावलों का कटोरा उसने लड़की की तरफ़ बढ़ा दिया। लड़की ने कुर्सी से उठ, गवईं गाँव के विनय से तनिक सिर झुकाकर प्याला दोनों हाथों से ले लिया। "यह तो बहुत ज़्यादा है।"–लड़की ने सब चीज़ों की ओर देखकर कहा। रानी समझ गईं, लड़की भूखी तो है पर शिष्टाचार के नाते खाने से झिझक रही है। वे उठ खड़ी हुईं। "हम अभी आते हैं।"–रानी ने मुस्कराकर कहा, "तुम अच्छी तरह खाना, और भी मँगवा लेना।"

रानी बैठक में आ गईं। इंग ने लड़की के लिए यहाँ ही खाट पर बिस्तर लगा दिया था। उस ओर देख रानी ने सोचा दो-चार रात यहाँ ही सोए तो ठीक है, बल्कि जब तक लड़की परिवार का रंग-ढंग और अपनी स्थिति ठीक से न समझ ले यहीं रहे। लड़की को वू साहब के यहाँ भेज देने से पहले उन दोनों का आपस में समझ-समझा लेना ठीक होगा, ताकि बाद में मनमुटाव का कारण न हो। रानी के सामने आसान समस्या नहीं थी, अब उसे चतुरता और सद्भावना से सुलझाना आवश्यक था। सूक्ष्मता और साहस दोनों की आवश्यकता थी। वू होंठ को चुटकी में पकड़े विचार में डूबी हुई थीं। याद आ रहा था बचपन में वे घर के गाँव में जाकर शौक़ से रेशम बनाने के काम में सहयोग दिया करती थीं। रेशम का कीड़ा अपने चारों ओर तार लपेटते-लपेटते कब तार पूरा कर लेगा और उसे काट कर स्वयं ही बरबाद कर देगा, ऐसे सन्धि-क्षण को पहचान लेना गहरी सूझ का काम है। उसमें प्रायः ही चूक हो जाती है। रानी बचपन में इस काम में बहुत दक्ष थीं। बड़ी-बड़ी अनुभवी स्त्रियाँ भी उनकी सूझ से चकित हो जाती थीं। आज भी उनके सामने निर्णय की ऐसी ही घड़ी उपस्थित थी; सूक्ष्मता और साहस की आवश्यकता थी। ज़रा-सी चूक से उनका और वू साहब का भविष्य बरबाद हो सकता था।

रानी चिन्ता में सिर झुकाए और निचले होंठ को चुटकी में लिए अपने शयनागार में चली गईं और विचार में डूबी चहलक़दमी करती रहीं। पाँव में साटिन के जूते थे। चिकने फ़र्श पर पदचाप का शब्द स्वयं उनके कानों तक भी नहीं पहुँच रहा था।

लड़की बच्चे की तरह भोली थी। उसे अभी बहुत कुछ सीखने को था। सीखकर जाने क्या रंगत पकड़े ! लड़की मूर्ख नहीं थी। आँखों में बुद्धि की चमक थीं। भरे हुए कोमल होंठ। अगर ज़्यादा ही बुद्धिमान् निकली तो ?–रानी ने सोचा। कढ़े हुए रेशम की कुर्ती के टुकड़े से भी अनुमान होता है कि लड़की किसी अच्छे ख़ानदान की है। सहसा ख़्याल आया यह भी हो सकता है कि किसी अमीर घर की नौकरानी की अपने मालिक से पैदा सन्तान हो। मालकिन ने फटी रेशमी कुर्ती नौकरानी को दे दी हो, या कोई अवारा कुँआरी लड़की इसे फेंक गई हो। निश्चय से तो कुछ भी नहीं कहा जा सकता...। ऐसी अनजानी लड़की को घर में रख लेना उचित होगा ?

कुछ देर बाद रानी वू पुस्तकालय में लौट आईं। लड़की बड़े कमरे में घुटनों पर हाथ रखे अकेली सहमी हुई-सी बैठी थी। खाना खा चुकी थी और इंग बर्तन ले गई थी। वू को देखकर सान्त्वना के भाव लड़की के चेहरे पर झलक आया।

"जीजी, कोई काम बताओ।"–लड़की ने निस्संकोच रानी की ओर देखा। रानी के मन में अपनापन-सा उमड़ आया, परन्तु प्रकट न होने दिया।

"साँझ को घर में तुम क्या करती थीं ?"–रानी ने पूछा।

"खाकर सो जाती थी, रात में दीया जलाने के लिए तेल ही नहीं था।"–लड़की ने उत्तर दिया।

रानी हँस पड़ीं। "तो फिर सो जाओ"–उन्होंने कहा। और उसे साथ ले जाकर बैठक में लगा बिस्तर दिखा दिया। स्नानागार की ओर संकेत कर बताया–"नहाना हो, कपड़े बदलने हों, तो वहाँ जगह है।"

"मैं तो नहाकर ही चली थी, कपड़े तो यही हैं।"–लड़की ने उत्तर दिया।

"तो फिर सो जाओ।"–रानी बोलीं।

"जीजी, रात में कोई काम हो तो मुझे बुला लेना।"–लड़की ने एक बार फिर कहा।

"ज़रूरत होगी तो बुला लेंगे।"–कहकर रानी चली गईं।

रानी बहुत देर तक लेटी रहीं, पर नींद न आई। आधी रात में उठकर उन्होंने एक मोमबत्ती जलाई और बैठक में आ गईं। लड़की गहरी नींद में दाईं करवट सोई हुई थी। एक हाथ गाल के नीचे। साँस धीमे-धीमे चल रही थी। मुँह बन्द था। चेहरा गुलाबी, खर्राटे नहीं ले रही थी। नींद में और भी प्यारी लग रही थी। कुर्ता-पैजामा उतार कर उसने एक ओर रख दिया था, एक सूती बनियाइन पहने थी। नाभि से कुछ ऊपर तक कम्बल ओढ़े थी। गर्दन और छाती उघड़ी हुई थी। रानी ने ध्यान से देखा गर्दन खूब गोरी और कोमल थी और छाती गोल और गद्दर।

लड़की बेसुध सोई हुई थी। देखकर वू को बहुत अच्छा लगा। उनकी अपनी

नींद बहुत कच्ची थी। वू साहब करवट भी ले लेते तो नींद उतर जाती और फिर न आती। सोचा यह गहरी नींद सोएगी तो सुबह तरोताज़ा उठेगी। रानी मोमबत्ती की लौ को हाथ की ओट में कर लड़की के चेहरे पर झुक गईं और ध्यान से देखा। साँस प्यारी लग रही थी। वू अपने शयनागार में लौट गईं और मोमबत्ती बुझाकर लेट गईं।

आहट पाकर रानी की नींद टूट गई। अभी सूर्योदय में काफ़ी समय था। बैठक से खाट के चरचराने और कपड़ों को झाड़ने की आहट आ रही थी। वू ने सोचा–क्या छोकरी सुबह-सुबह भाग जाने की तैयारी कर रही है ? उन्होंने चोगा पहन लिया और मोमबत्ती जलाकर बैठक की ओर गईं। लड़की पूरे कपड़े पहनकर एक स्टूल पर बैठी अपने लम्बे-लम्बे बालों को कंघी कर रही थी।

"कहाँ जा रही हो तुम ?"–लड़की भौंचकी रह गई। लड़की की कंघी हाथ से फर्श पर गिर पड़ी। काले लम्बे बाल दोनों कन्धों पर सामने लटक आए। वह उठकर खड़ी हो गई। मोमबत्ती के प्रकाश से उसकी बड़ी-बड़ी काली आँखें चमक रही थीं।

"कहीं नहीं जा रही,"–लड़की ने उत्तर दिया, "जाग गई हूँ।"

"इतनी जल्दी क्यों जाग गई ?"–रानी ने विस्मय से पूछा।

"सुबह हो गई, मुर्गा बोल चुका।"–लड़की ने भी विस्मय से कहा।

वू हँसी न रोक सकीं। "मुझे क्या मालूम था कि तुम इतनी जल्दी उठ जाती हो। गाँव से आई हो न ? यहाँ इतनी जल्दी उठ जाने की क्या ज़रूरत थी। यहाँ तो नौकर भी अभी घंटे भर बाद उठेंगे। तुम दो घंटे बाद उठना।"

"तो फिर सो जाना होगा ?"–लड़की ने पूछा।

"तो और क्या करोगी ?"–रानी वू ने भी पूछा।

"कमरे बुहार दूँ ?"–लड़की बोली–"या आँगन में झाड़ू लगा दूँ।"

"जो चाहे कर।"–रानी ने उत्तर दिया।

"जीजी तुम सो जाओ, मैं खटपट नहीं करूँगी।"–लड़की ने विश्वास दिलाया। रानी जाकर सेज पर लेट रहीं। बुहारी लगाने का शब्द सुनाई दे रहा था। लड़की इधर-उधर जाती थी तो बहुत दबे पाँव। रानी की फिर आँख लग गई। नींद खुली तो खिड़की से फर्श पर धूप आ रही थी और इंग प्रतीक्षा में सेज के सिरहाने खड़ी थी।

रानी के उठने पर इंग उन्हें कपड़े पहनाने लगी। इंग ने लड़की के विषय में कुछ नहीं कहा। रानी वू भी चुप थीं। सब ओर सन्नाटा था। सन्नाटे को तोड़ने के लिए उन्हें ही बोलना पड़ा–"लड़की कहाँ है ?"

"आँगन में बैठी जूते गाँठ रही है।"–इंग ने उत्तर दिया–"खाली बैठ नहीं पाती। बार-बार पूछ रही थी क्या करूँ ? मैंने बच्चों के जूते दे दिए, इन्हें ठीक कर दे।"

रानी को इंग के स्वर का तिरस्कार अच्छा नहीं लगा। लड़की खाली नहीं बैठ सकती इससे इंग उसे ओछी समझ रही है। इंग के समझने से उन्हें क्या मतलब था।

रानी नाश्ता कर आँगन में आईं। लड़की बाँस के पेड़ों की छाँव में एक छोटी तिपाई पर बैठी कपड़े के जूतों के तले गाँठ रही थी। रानी को देख वह उठ खड़ी हुई और आज्ञा के लिए उनकी ओर देखने लगी।

"बैठो न !"–वू ने लड़की की ओर देखकर कहा और आँगन में बनी संगमरमर की चौकी पर बैठ गईं।

चौकी पर बैठी रानी वू की पीठ आँगन के गोलाई में बने दरवाज़े की ओर थी। लड़की उसी ओर मुँह किए तिपाई पर फिर बैठ गई। उसने फिर सुई सम्हाली ही थी कि एक व्यक्ति दरवाज़े से आता दिखाई दिया। लड़की की बड़ी-बड़ी आँखें पल भर को उठीं और झपक गईं और गालों पर आड़ू की-सी सुर्ख़ी आ गई। यह देखकर रानी ने अनुमान किया शायद बावरची या कोई दूसरा नौकर आया होगा। उन्होंने घूमकर देखा।

दरवाज़े में नौकर नहीं उसका तीसरा पुत्र फेंगमो किवाड़ पकड़े खड़ा एकटक लड़की को देख रहा था।

"कहो फेंगमा क्या है ?"–रानी ने पूछा। पुत्र का अचानक बिना पूछे आ जाना उन्हें अच्छा नहीं लगा। रानी फेंगमो से बहुत प्रसन्न भी न थीं। फेंगमो न तो लिआंगमो और त्सेमो की भाँति समझदार ही था और न छोटे भाई यनमो की तरह भोला-भाला। बचपन में वह नौकरों-चाकरों में ही जमा रहता था। रानी को यह लड़के की मानसिक हीनता का चिह्न जान पड़ता था। यह सब देखकर भी वे प्रकट में उसके साथ भी ठीक दूसरे पुत्रों के समान ही व्यवहार करती थीं। परन्तु फेंगमो अन्तरानुभव करता ही था। पन्द्रह वर्ष का हो जाने के बाद वह बिना बुलाए माँ के पास कभी न जाता।

"बोलो क्या काम है ?"–पुत्र को चुप खड़े देख रानी ने अपना प्रश्न फिर दोहराया।

फेंगमो लड़की की ओर ही देखता रहा। लड़की को फेंगमो की तीखी दृष्टि अनुभव हो रही थी। उसने एक बार और सामने देखने का यत्न किया और फिर पलकें झुका लीं।

"अम्माजी, मैं देखने चला आया कि...कि आपकी तबीयत कैसी है।"–फेंगमो ने झिझककर उत्तर दिया।

"हमारी तबीयत बिलकुल ठीक है।"–रानी बोलीं।

"एक और भी बात है।"–फेंगमो ने कहा।

"तो आओ, पुस्तकालय में आओ।"–रानी फेंगमो को भीतर ले गईं। दोनों खड़े ही थे। फेंगमो ने लड़की की ओर संकेत कर पूछा–"अम्माजी यही हैं वह..."

"फेंगमो, तुम्हें इन बातों से क्या मतलब।"–रानी का स्वर गम्भीर हो गया।

"मतलब क्यों नहीं, अम्माजी।"–फेंगमो ने कुछ आग्रह से कहा, "सभी को मतलब है। मेरे मित्र मेरा मज़ाक बनाएँगे..."

"तुम हमें यही बताने आए थे ?"–रानी ने पूछा।

"ज़रूर,"–फेंगमो ने ऊँचे स्वर में कहा–"हमलोगों को यह नहीं अच्छा लगता। और फिर देखकर तो और भी हैरानी हुई, इस लड़की की उम्र क्या है और पिताजी तो बूढ़े हैं।"

"तुम अपने आँगन में लौट जाओ।"–वू ने रूखे और निरपेक्ष ढंग से कहा–"बिना इजाज़त लिए तुम्हें यहाँ नहीं आना चाहिए। तुम्हारे पिता के लिए क्या उचित और क्या अनुचित है–यह सोचना तुम्हारा काम नहीं है।"

फेंगमो के सुन्दर चेहरे पर सुर्खी आ गई। उसके होंठ फड़क उठे। वह तुरन्त घूम गया और एक बार भी पीछे न देख आँगन लाँघ दरवाज़े से बाहर हो गया। फेंगमो स्वभाव का जिद्दी था। उसे इस प्रकार दब जाते देखकर रानी को आश्चर्य हुआ। रानी वू बहुत-सी प्राचीन प्रथाओं को नहीं मानती थीं, परन्तु जवान लड़के और लड़कियों को आपस में न मिलने देने के नियम की उपेक्षा नहीं करती थीं। इसलिए फेंगमो के बिना पूछे वहाँ चले आने से उन्हें बहुत खिन्नता हुई। हवेली में लड़के और लड़कियों के सात वर्ष के हो जाने पर उन्हें एक-दूसरे से मिलने न देकर अलग-अलग रखने के नियम का पालन कड़ाई से किया जाता था। लड़के-लड़कियाँ आपस में मिलने और साथ खेलने के लिए कारिन्दों और नौकरों से जिद्द करते तो बच्चों को बहला देने के लिए नौकरों को ऊटपटांग बहाने बनाने पड़ते। एक दिन फेंगमो सात वर्ष की आयु में कारिन्दे से उलझ पड़ा–"क्यों ? लड़कियों के साथ हम अब क्यों नहीं खेल सकते ?"

"नहीं भइया, बड़े लड़के-लड़कियाँ साथ खेलें तो उनके पाँव सूज जाते हैं।"–कारिन्दे ने फेंगमो को बहका दिया था।

साधारणतः रानी बच्चों को बहकाने या उनसे झूठ बोले जाने पर बहुत नाराज होती थीं और नौकरों को डाँट देती थीं। परन्तु इस घटना की उपेक्षा कर गईं, क्योंकि लड़के और लड़कियों को अलग-अलग रखने का महत्त्व उनकी दृष्टि में अधिक था।

परिवार में लड़की के अपने उचित स्थान पर जम जाने से पहिले ही उसकी फेंगमो से देखा-देखी हो गई। यों आँखें चार हो जाने के परिणाम में जाने क्या बवंडर उठ खड़ा हो...? रानी चिन्ता में सिर झुकाए पुस्तकालय में चहलक़दमी करती सोचती रहीं। उनकी दृष्टि दरवाज़े से कई बार आँगन में बैठी लड़की पर पड़ी। लड़की सिर झुकाए जूता गाँठने में व्यस्त थी। सहसा रानी ने निर्णय कर लिया–लड़की यहाँ ही रहेगी और उसे अभी ही सब बात समझा देना ठीक होगा। रानी उत्तेजना में तुरन्त आँगन में आ गईं।

"सुनो, हमने तय कर लिया है तुम यहाँ ही रहोगी।"–रानी बोल पड़ीं।

लड़की ने जूते के तले में नया टाँका भरने के लिए सुई उठाई ही थी उसका हाथ वैसे ही रह गया। आँखें रानी की ओर उठ गईं। वह उनके प्रति आदर में तिपाई से उठ खड़ी हुई।

"आपकी बड़ी मेहरबानी।"–लड़की ने धीमे स्वर में सन्तोष प्रकट किया।

"लेकिन तुम्हें जैसे कहा जाए, करना होगा।"–रानी ने कहा, "यह समझ लो कि तुम्हें बड़े मालिक के साथ रहना होगा...उनके अपने आँगन में।"

लड़की रानी की ओर निर्वाक् देखती रही और फिर धीमे से उसने उत्तर दिया–"जी हाँ।"

"एक बात याद रखना,"–रानी ने चेतावनी दी, "हमारे यहाँ पुराने रिवाज चलते हैं। स्त्रियों-पुरुषों का आपस में मिलना नहीं होता।"

"जी, बहुत ठीक।"–लड़की कातरता से रानी की ओर देखती रही ओर उसने विनय से दोनों हाथ एक-दूसरे पर रख लिए।

"तो बस ठीक है।"–वू के व्यवहार में उत्तेजना प्रकट नहीं होती थी, परन्तु उस समय कुछ ऐसा आभास आ ही गया। उन्होंने कह दिया–"तो बस फैसला हो गया।"

"लेकिन आपने मेरा कोई नाम नहीं रखा।"–लड़की ने विनय से कहा–"इस घर में मेरा कोई नाम हो जाता।"

लड़की की कातरता रानी के मन को छू गई। "हाँ, तुम्हारा नाम तो होना ही चाहिए।"–रानी ने उसे आश्वासन दिया–"अच्छा, हम तुम्हें च्यूमिंग बुलाया करेंगे, जानती हो क्या मतलब ? इसका मतलब है, 'सुहावना पतझड़' बड़े मालिक के पतझड़ का समय आ गया, तुम्हें उसे सुहावना बनाए रखना है। यही तुम्हारा काम है। समझ गईं।"

"च्यूमिंग"–लड़की ने अपना नाम बोलकर देखा। होंठों पर झीनी-सी मुस्कान आ गई। "मैं च्यूमिंग हूँ ?

चार

वू साहब रानी से मिलने उनके आँगन में नहीं आए, रानी भी चुप रहीं। इतने वर्षों में रानी वू साहब को ख़ूब समझ चुकी थीं। यदि वू साहब रखेल रखना पसन्द न करते, लड़की बुला ली जाने से नाराज़ होते, तो रानी के यहाँ आए बिना न रहते। चाहे हँसकर, चाहे बिगड़कर इस सम्बन्ध में बात ज़रूर करते। उनके चुप रह जाने से रानी समझ गईं कि उन्हें एतराज नहीं है। चुप इसलिए हैं कि मन ही मन झेंप भी रहे हैं। झेंप भी रहे हैं, पर इतनी दृढ़ता भी नहीं है कि इनकार कर दें।

रानी पति की प्रकृति और भावना से ख़ूब परिचित थीं।

वू साहब उदारता, नैतिकता और संयम का आदर तो बहुत करते थे परन्तु अपनी प्रकृति के कारण निबाह नहीं पाते थे। जैसे बढ़िया मज़ेदार खाना देखकर उनके मुँह में पानी आ जाता था, वैसे ही नवयौवना कामिनी की उपेक्षा करना भी उनके लिए सम्भव नहीं था। दृढ़ता उनकी प्रकृति में थी ही नहीं। उनके दाम्पत्य जीवन में उच्छृंखलता नहीं आई थी। इसके लिए कोई गर्व न प्रकट करके भी रानी खूब जानती थीं कि यदि वे इतनी सुन्दर न होतीं, पति को पूर्णतता सन्तुष्ट करने के लिए इतनी सतर्क न रहतीं, तो वू साहब जाने क्या करते ? रानी पति की सभी आवश्यकताओं और इच्छाओं को सन्तुष्ट रखने के लिए सचेत रहती थीं। पति को कोई साहित्यिक अथवा वैज्ञानिक जिज्ञासा भी हो जाती तो वे स्वयं पुस्तकें पढ़कर उसका समाधान करने का प्रयत्न करतीं। कभी देश-विदेश की किसी बात के प्रति उत्सुकता होती तो उसका भी पता दे सकतीं। चौबीस वर्ष के सहचर्य में उन्होंने पति को कभी विक्षिप्त और असन्तुष्ट नहीं होने दिया था। कभी वू साहब की कोई इच्छा या भावना स्वयं उनके अपने मन या मस्तिष्क में अस्पष्ट रहती तो रानी बातचीत और सुझाव द्वारा उसे स्पष्ट कर देतीं। वू साहब न समझ पाते कि बात क्या थी, और बात पूरी हो जाती।

रानी ने स्वयं भी पति से सन्तोष पाया था। उनके क्षुब्ध होने का अवसर ही नहीं आया। आते ही उन्होंने पति की प्रकृति और प्रवृतियों को समझ लिया था; माँ के इकलौते और बचपन में माँ के लाड़ से बिगड़ा व्यक्ति कैसा हो सकता है। वू साहब के सात भाई-बहिनों में से वे अकेले ही बच रहे थे। माँ उन्हें अपनी आँखों में ही रखे रहना चाहती थीं। स्वर्गीय राजा साहब पुत्र की शिक्षा या अनुशासन के सम्बन्ध में कुछ भी करना चाहते तो माँ कोहराम मचा देतीं।

वू साहब की आयु सात वर्ष की हो जाने पर साधारण नियम के अनुसार स्वर्गीय राजा साहब ने पुत्र को ज़नानी ड्योढ़ी से लाकर अपने साथ रखना चाहा। माँ ने आपत्ति की–"यह कैसे हो सकता है। लड़के को खाँसी है, रात-बिरात उसे सर्दी लग जाएगी। लिहाफ़ बदन से गिर गया तो कौन ओढा देगा।" गला ठीक हुआ तो माँ ने कहा–"लड़के का मेदा खराब है। बाहर नौकर-चाकर उसे जाने क्या खिलाते रहेंगे, अभी हम नहीं जाने देंगे।" स्वर्गीय राजा साहब कड़ाई बरतना चाहते तो वृद्धा रोना-धोना मचा देतीं। स्वर्गीय राजा साहब नाराज़ होते तो वृद्धा उनसे भी अधिक नाराज़ हो जातीं। दो वर्ष ऐसे ही टल गए। बेटे की आयु नौ वर्ष की हो जाने पर स्वर्गीय राजा साहब उन्हें अपने आँगन के साथ के छोटे कमरे में ले ही गए।

भाग्य की बात, वू साहब को जिस छोटे कमरे में रखा गया था उसमें एक दरवाज़ा बाहर भी खुलता था। क़द सुडौल और रूप सुन्दर था, पर स्वभाव वू का मनमौजी और जिद्दी बन चुका था। रात में माँ के पास भाग जाते। पिता तो सन्तोष और प्यार से पुत्र को आत्मसंयम की शिक्षा देते परन्तु माँ लाड़ में उलटी सीख देती। पिता अध्ययन पर ज़ोर देते, माँ खेलने के लिए उकसाती। माँ उन्हें समय-असमय मिठाइयाँ और चटपटी चीज़ें खिलाती रहती। बेटे के पेट में अपच से कष्ट होता या तबीयत ख़राब हो जाती तो माँ चुपके से मदक का दम लगा लेने की सीख दे देती। सौभाग्य की बात, वू साहब का शरीर स्वस्थ और स्वभाव चुलबुला होने के कारण मदक पीने की बात से भी बचे रहे। बेटे के बीस वर्ष के हो जाने पर स्वर्गीय राजा साहब ने समझ लिया कि माँ ने बेटे को इतना बिगाड़ दिया है कि अब समझाना-बुझाना व्यर्थ ही है। एक दिन उन्होंने पुत्र को समझाया–"पुत्र, तुम हमारी सीख न मानकर माँ के लाड़ में ही रमे रहे, पुरुष का मार्ग न अपनाकर स्त्री की राह ही चले, तुम पुरुषार्थी न होकर आरामतलब बन गए हो। जो होना था हो गया, अब इस कुल का कल्याण इसी में है कि तुम्हारे लिए ऐसी पत्नी ढूँढ़ी जाए जो तुम्हें सद्मार्ग पर रखकर सहायक बन सके।"

वू साहब पिता की गम्भीर मुद्रा से घबरा गए। पिता का गम्भीर चेहरा देखकर वे सदा ही घबरा जाते थे। उन्होंने वही किया जो वे सदा ऐसी अवस्था में करते थे। वे माँ के पास जा बैठे।

उपर्युक्त घटना के तुरन्त बाद वू साहब का विवाह हो गया और रानी वू दुलहन बन के परिवार में आ गईं। विवाह के दसवें दिन वृद्ध श्वसुर ने उन्हें अपने पुस्तकालय में बुलाकर समझाया–"हमारे बेटे का बनना-बिगड़ना तुम्हारे हाथ है। कुछ लोग अपने पाँव खड़े हो सकते हैं, परन्तु कुछ स्त्रियों के ही सहारे चलते हैं। तुम उसे यह अनुभव भी न होने देना कि तुम्हीं उसे चला रही हो, वरना वह बिलकुल ही असहाय और निकम्मा हो जाएगा। उसे अपनी निर्बलता अनुभव न करने देकर ही उसे बल देना, ताकि उसका आत्मसम्मान बना रहे। उसमें कुछ अच्छी बातें भी तुम्हें मिल ही जायेंगी। उन्हें प्रोत्साहन देना; ऐसा न हो तो तुम्ही सँभालना, परन्तु वह समझ न पाए। उसका आत्मविश्वास बना रहे..."

उस समय रानी वू नवयौवना की उमंग में थीं। पति सुडौल और रूपवान् था। वे विवाह की मस्ती के खुमार में थीं। साहस से उन्होंने ससुर को उत्तर दिया–"मेरी जान और सब कुछ उनके लिए है।"

वृद्ध ससुर बहू के शब्द सुनकर स्तम्भित रह गए। भले घर की लड़की से उन्हें ऐसे अविनय की आशा नहीं थी, परन्तु बहू के स्वर और मुद्रा में धृष्टता का लेशमात्र भी न था। बिलकुल भोली-भाली बच्ची की तरह वे निश्शंक ससुर के सामने खड़ी थीं।

वृद्ध ने सिर झुका लिया और धीमे से उत्तर दिया–"बेटी, नारी की सबसे बड़ी शक्ति यही है।"

रानी वू सन्तोष, शान्ति और स्नेह से दस वर्ष तक पति को समझ पाने की साधना निबाहती रहीं। इतनी शान्ति और सन्तोष तथा स्नेह था कि पीड़ा और असन्तोष अनुभव करने का कोई अवसर ही नहीं आया। शनैः-शनैः पति की भावनाओं और विचारों के पूरे क्षेत्र पर उनका अधिकार हो गया। आरम्भ में कुछ बातों में पति की जिज्ञासा और कौतूहल देख जान पड़ता था कि वह बहुत बुद्धिमान् हैं और उनकी सूझ गहरी है, परन्तु धीरे-धीरे वे समझ गईं कि यह जिज्ञासाएँ और कौतूहल सब थिथले ही थे। वू साहब किसी भी बात की गहराई में न जा सकते थे।

रानी समझ गई थीं कि पति के मानसिक क्षेत्र की परिधि बहुत सीमित थी। उनकी अपनी पहुँच और दौड़ उनसे कहीं दूर तक थी, पति को यह बता देने की आवश्यकता नहीं थी। बताने से वे समझते भी क्या ! पति के क्षेत्र में उनके सहयोग और सहचर्य के लिए तो वह मौजूद थीं ही, परन्तु अपने सन्तोष के लिए उस सीमा से आगे बढ़ सकने का अवसर उन्हें कैसे मिलता। उन्होंने निश्चय कर लिया था कि यह अवसर आएगा उनके चालीस वर्ष पूरे हो जाने पर। उस समय की कल्पना वह मन ही मन में करती रही थीं।

रानी ने निश्चय कर लिया कि जाकर पति से रखेल आ जाने के सम्बन्ध में बात कर लें। उन्होंने नौकरों से सुन ही लिया होगा, पर स्वयं बात कर लेना भी ज़रूरी है। इस मामले में विलम्ब ठीक नहीं। फेंगमो ने लड़की को देख लिया है। किसी नौजवान के लड़की से आँखें चार हो जाने से चाहे कुछ भी न हो पर बहुत कुछ भी हो सकता है। उठते यौवन में ऐसे भी क्षण आते हैं जब देख लेना और मिल जाना एक ही बात हो जाती है।

वू साहब से बात करने में विलम्ब नहीं होना चाहिए। यदि उचित जँचे तो च्यूमिंग को उनके यहाँ जल्दी ही भेज देना ठीक होगा।

च्यूमिंग उस समय खूब प्रसन्न थी। रानी वू ने इंग को बाज़ार भेजकर बजाज़ को बढ़िया सूती छींट और रेशमी छींट के थान उनके यहाँ ले आने को कहला दिया था। रानी ने च्यूमिंग को दो सूती पोशाकों और एक रेशमी पोशाक के लिए कपड़ा पसन्द करने के लिए कह दिया। रानी को बहुत अच्छा लगा कि च्यूमिंग ने हल्के रंग और छोटे-छोटे फूलों के कपड़े पसन्द किए थे। लड़की तुरन्त ही अपने कपड़े सी डालने के

लिए तैयार हो गई, तो उन्हें और भी सन्तोष हुआ।

च्यूमिंग ने सूती छींट का कपड़ा मेज़ पर फैला दिया और कैंची हाथ में ले काटने लगी थी कि रानी की ओर देखकर पूछ लिया–"जीजी, कैसी काट काटूँ; आपके कपड़ों के फैशन की या देहाती ?"

"इसी घर के फैशन से बनाओ, इंग तुम्हें सब बता देगी।"–रानी ने मुस्कराकर उत्तर दिया।

इंग ने च्यूमिंग के छरहरे शरीर के उतार-चढ़ाव का ध्यान रखकर सावधानी से नाप लेकर सफ़ेद खड़िया से कपड़े पर निशान कर लिए। लड़की विस्मय और प्रसन्नता से यह सब देख रही थी। "नए थान से बना कपड़ा अभी तक मैंने कभी नहीं पहना।"–लड़की के मुँह से निकल गया।

कपड़ा कट चुका तो च्यूमिंग तुरन्त सुई में धागा पिरोकर सीने बैठ गई। उसके प्रफुल्ल चेहरे पर सुख का एक स्वप्न खेल रहा था। इंग ने झुककर देख लिया कि बखिया मोटा या गड़बड़ तो नहीं। रानी भी तिरछी आँख से उस ओर देख रही थीं। पीड़ा की एक बिजली-सी उनके मन में कौंध गई–"हाय इस ग़रीब लड़की के साथ क्या होने जा रहा है ?" मन में दृढ़ निश्चय कर लिया–अभी इसी समय जाकर साहब से बात कर ली जाए। कमरे से निकलते हुए उन्होंने इंग को साथ आने का संकेत किया। कुछ दूर च्यूमिंग के कानों की पहुँच से परे ले जाकर बोलीं–"मदद देकर इसके कपड़े सिलवा दो। भीतर पहनने के कपड़ों के भी दो-एक जोड़े मँगवा दो। हमारा ख़याल है कल ही इसे उधर भेज दें। हम एक बार बात कर लें।"

"जैसा हुकुम हुज़ूर"–इंग अपना स्वर सँभाले रही कि खेद या प्रसन्नता कुछ भी प्रगट न हो।

रानी इस आँगन में आकर पहली बार बाहर निकली थीं। एक बार रारा के यहाँ भी जाना ज़रूरी था। वृद्धा धूप में बैठी पाँवों में तेल की मालिश करवा रही थीं। उनके टखने कुछ सूजे हुए जान पड़ रहे थे, परन्तु वे प्रसन्न थीं। बहू को देखकर बोलीं–"बाई है ! बाई से सूज गए हैं टखने। कबर में पाँव लटकाए बैठी हूँ, बाई को भी जो करना है कर ले। कितनी शराब चढ़ा जाती थी मैं, वह कहीं निकलेगी भी तो ! और टखने सूज ही गए तो क्या है..."

रखेल की बात पर बहू से हुआ झगड़ा वृद्धा भूल चुकी थीं। रानी ने भी याद नहीं दिलाया। उन्होंने झुककर सूजे टखने को ध्यान से देखा और वृद्धा की नौकरानी को समझाया कि मालिश नीचे से ऊपर की ओर करे कि जमा हुआ खून हिल जाए और वे लौट गईं।

रानी का अनुमान था कि वू साहब इस समय बाहर की बैठक के बजाय रानी के भीतर के आँगन में ही होंगे। वे उधर ही गईं। आँगन में उनके लगवाए आर्किड के फूल मुरझाए-से दिखाई दिए। ख़याल आया कि पेड़ों को कीड़ा तो नहीं लग गया। कीड़ा दिखाई नहीं दिया। साहब भीतर के कमरे में बैठे दिखाई पड़े। वे अभी रात के ही कपड़ों

में थे। कमीज़ के बटन भी खुले हुए थे। उनके हाथ में एक छोटा रेशमी पंखा था। पंखे पर हरे रंग में बाँस के पेड़ों का चित्र बना हुआ था। सामने चौकी पर नाश्ते की खाली तश्तरियाँ पड़ी थीं। एक हाथ में चाय का प्याला थामें थे और दूसरे से पंखा हिलाकर हवा ले रहे थे। रानी को उनके भरे-पूरे चेहरे पर कुछ उदासी और चिन्ता-सी दिखाई दी, परन्तु वे अपने सदा प्रसन्नता से किलकते स्वर में बोलीं–"सोच रही थीं आप कहें तो यहाँ आँगन में फिर गेंदी लगवा दें। क्या ख़्याल है आपका ?"

"हमें तो यह रूखे-फीके आर्किड कभी पसन्द आए नहीं।"–साहब ने उत्तर दिया–"रंग ही न हुआ तो फूल क्या !"

"ठीक कहते हैं आप। आज ही गेंदी लगवाए देती हूँ।"–रानी ने समर्थन किया–"बल्कि आप कहें तो खिले-खिलाए फूलों के गमले मँगवाकर रख दिए जाएँ।"

साहब चौकी से उठकर रानी के साथ-साथ बाहर आँगन में आ गए। आर्किड की क्यारी के पास खड़े हो बहुत विचारपूर्ण ढंग से बोले–"लाल और पीली गेंदी ही होनी चाहिए। गेंदी के चार-चार पेड़ों के बाद एक पेड़ सफ़ेद फूल का, तब खिलेगा !"

"बहुत ठीक फरमाया आपने। ऐसे ही लगवा दिए जाएँगे। बहुत सुन्दर लगेगा।"–रानी ने दुबारा समर्थन किया और फिर अपने सबसे छोटे पुत्र के विषय में पूछा, "येनमो नहीं है यहाँ ?"

"लड़के को हमने गाँव भिजवा दिया है।"–साहब ने गम्भीरता से उत्तर दिया, "हवेली में जो झंझट मचा हुआ है, बच्चे पर उसका क्या प्रभाव पड़ेगा !"

"यह आपने बहुत ही उचित किया"–रानी बोलीं–"ठीक ही ख़्याल किया आपने।" रानी ने स्नेह से पति की ओर देखा। तनकर खड़ा उनका ऊँचा बदन भला लग रहा था। खाने-पीने का शौक होने के कारण बदन दोहरा गया था। "तबीयत तो ठीक है न आपकी ?"–रानी ने फिर पूछा।

"ठीक ही है।"–साहब ने उपेक्षा की शिकायत-सी की।

"मैं तो आप ही के लिए फिक्र कर रही थी।"–रानी ने स्नेह से कहा।

"क्या मालूम, ऐसा ही होगा !"–साहब धीमे से गुर्राए। उन्होंने कमीज़ की जेब से विलायती सिगरेट की डिबिया निकालकर सिगरेट सुलगा ली और गहरे-गहरे दो कश खींचकर धुएँ का बादल-सा छोड़ दिया और बटन खुले सीने पर पंखे से हवा लेते हुए बोले–"देखो, हमने तुम्हारा बहुत ख़्याल किया। तुम जाने क्यों चली गईं, तुम अच्छी तरह सोच लो ! एलिन, हमने तो इतना ख़्याल किया, दूसरा कोई यह सब नहीं सह सकता था। हम कह रहे हैं, तुम सोच लो।"

"मैं तो आप ही के लिए फिक्र कर रही थी।"–रानी ने उत्तर दिया, "बहुत ढूँढ़-ढूँढ़ कर आपके लिए एक नौजवान लड़की बुलवाई है।"

साहब के चेहरे पर हल्की-सी सुर्ख़ी आ गई। आँखें फिराकर उन्होंने कहा–"एलिन...यह सब हम नहीं सुनना चाहते।"

"आपने लड़की की बावत सुना तो होगा ?"–रानी ने निस्संकोच पूछा।

"हम नौकरों की गप्पें नहीं सुनते।"–साहब ने उत्तर दिया और उनकी गर्दन कुछ और तन गई। परन्तु सच्चाई रानी साहिबा को खूब मालूम थी। साहब अपने नौकर की खूब सुनते थे, उससे गप्प भी लड़ाते थे। उनका नौकर बड़ा हँसोड़ था। साहब को हँसा-हँसाकर खूब रिझाए रखता था।

रानी एक चौकी पर बैठ गईं। "लड़की बहुत अच्छी है।"–उन्होंने शान्त निरपेक्ष भाव से कहा। उनके दोनों कोमल हाथ घुटनों पर निश्चल थे। फिर बोलीं–"लड़की बहुत सीधी है, स्वास्थ्य अच्छा है और देखने में सुन्दर है।..."

"ऐसी बात से तुम्हें ईर्ष्या नहीं होती ?"–साहब ने कड़े स्वर में पूछा। साहब के काले केश, स्वच्छ सुनहरी त्वचा, भरे हुए होंठ और बड़ी-बड़ी आँखें सुबह की धूप में बड़ी भली लग रही थीं। स्नेह से उनकी ओर देखकर रानी ने मुस्कराकर कहा–"आप का चेहरा कितना रोबदार है ! ऐसे मामले में ईर्ष्या तो मुझे ज़रूर होती पर यह लड़की इतनी सीधी, बिलकुल बच्ची-सी है, मेरा उससे कुछ बिगाड़ नहीं हो सकेगा।"

"हमें तो कुछ समझ नहीं आता तुम्हें जाने क्या हो गया...।"–साहब ने शिकायत की, पिछले हफ्ते तक तो ऐसी कोई बात नहीं थी, बस चार दिन में ही तुम्हें हमसे कोई मतलब ही नहीं रहा।

"अब मैं चालीस पार भी तो हो गई।"–रानी ने मुस्कराकर उत्तर दिया और चौकी पर एक ओर सरककर बोलीं, "अच्छा आइए, बैठिए तो।"

साहब चौकी पर बैठे ही थे कि दरवाजे पर फेंगमो दिखाई दिया। माता-पिता को एक साथ देखकर वह तुरन्त हट गया और क़दम बढ़ाता हुआ निकल गया।

"फेंगमो !"–रानी ने पुकारा, परन्तु लड़का आया नहीं।

"मेरा ख़याल है, इस लड़के का विवाह अब हो जाना चाहिए। आपकी क्या राय है ?"–रानी ने साहब से पूछा–"आप इज़ाज़त दें तो कांग सेठानी से उनकी छोटी बेटी लीनी के लिए कल ही बात कर डालूँ।"

"तुम जानो। दूसरे लड़कों के ब्याह भी तुम्हीं ने किए हैं।"–साहब ने निरपेक्ष उत्तर दिया।

"त्सेमो ने तो अपना ब्याह खुद ही किया है।"–रानी ने याद दिलाया, "मैं नहीं चाहती कि ऐसी नौबत फिर आए।"

"तुम जानो।"–साहब ने बात समाप्त कर दी। रानी को यह जानकर सन्तोष ही हुआ कि साहब को अब लीनी का ध्यान नहीं रहा था। वे उसे भूल चुके थे। उन्हें ध्यान केवल अपना ही रहता था और किसी का नहीं। रानी ने सीधे दो टूक बात करना ही उचित समझा, मानो नए कपड़े या जूता जोड़ा खरीद लेने की बात हो। "आप कुछ और न समझें तो लड़की को कल आपके यहाँ भिजवा दूँ ?"

साहब का चेहरा फिर ज़रा सुर्ख़ हो गया। सिगरेट के दो गहरे कश लेकर बोले–"हम तो जानते हैं तुम बड़ी जिद्दी हो। कोई सिर पटककर मर जाए, तुम अपनी बात से टल नहीं सकतीं। हम अपना सिर क्यों फोड़ें ?"

"क्या कह रहे हैं आप ?...जो कुछ करती हूँ आप ही के लिए।"–रानी ने मुस्कराकर उत्तर दिया।

"ख़ैर, इस सब बात से क्या लाभ ! इस मामले में हम से बात करने की कोई ज़रूरत नहीं।"–साहब ने कह दिया और सिगरेट पीने लगे।

"ठीक है, इस बारे में बहस की क्या ज़रूरत ! कल उसे आपके यहाँ भेज दूँगी।"–रानी ने स्वीकार कर लिया।

आँगन के दरवाज़े से फिर कोई जाता हुआ दिखाई दिया। रानी ने पहचानकर पुकारा–"लिआंगमो !" लिआंगमो भी माता-पिता को एक साथ देखकर भीतर न आया बाहर से ही चला गया।

साहब सहसा उठ खड़े हुए। "हमें याद नहीं रहा था, चायखाने में एक आदमी से मिलना है।"–साहब ने रानी की ओर देखकर कहा–"मुख़्तार ने बताया है कि हमारे गाँव के बीच की ज़मीन, जो हमारे दादा ने एक नौकर को इनाम में दे दी थी;–उस आदमी ने दादा की जान बचाई थी ना ? हाँ, तो वह जमीन अब बिकाऊ है। उसे ले लें तो पूरा चक अपना हो जाए।"

"यह तो बहुत अच्छा है।"–रानी ने समर्थन किया, "लेकिन पचहत्तर रुपए बिस्वा से अधिक दाम नहीं होना चाहिए।"

"नहीं, नहीं"–साहब ने भूल सुझाई, "अस्सी रुपए बिस्वा से कम क्या होगा !"

"अस्सी में हो जाए तो क्या कहना !"–रानी बोलीं–"हमलोगों को लड़कों का भी तो ख़्याल करना है।"

"अस्सी से ज़्यादा तो हम हरगिज़ नहीं देंगे।"–साहब ने दृढ़ निश्चय प्रगट किया और कमरे की ओर चल दिए। रानी भी जाने के लिए उठीं। साहब ने दरवाज़े से घूमकर पुकारा–"एलिन, हम कहे देते हैं, फिर हमें किसी बात का दोष न देना !"

"आपको कौन दोष दे सकता है।"–रानी ने उत्तर दिया, "हाँ, भूल गई, उसका नाम तो आपको बताया ही नहीं; नाम है च्यूमिंग। आपके पतझड़ का सुनहला प्रकाश..."

साहब का मुँह विस्मय में खुल गया। ध्यान आया तो होंठ बन्दकर रानी की ओर देखा और फिर लौट गए।

रानी आर्किड की क्यारी पर आँखें झुकाए सोचती रहीं–शायद बिगड़ना चाहते थे मुझ पर...पर समझ नहीं पाए कहें क्या ?

रानी को सहसा थकान-सी अनुभव हुई। मन चाहा कि अपने आँगन के एकान्त में जा लेटें, परन्तु बारी-बारी से एक बार सब बेटों के यहाँ जाकर देख आना आवश्यक था। वे लोग प्रतीक्षा कर रहे होंगे।

लिआंगमो सपरिवार समीप के ही आँगन में रहता था। उसका परिवार सन्तुष्ट और प्रसन्न था। लिआंगमो का छोटा बेटा धाय के साथ आँगन में खेल रहा था। दादी को देख उनकी ओर आ गया। रानी ने झुककर बच्चे को प्यार कर उसके गालों को सूँघा।

"हाय रे ! कैसा प्यारा लगता है, गुलगुले-जैसा।"–रानी आह्लाद से बोलीं।

माँ का शब्द सुनकर लिआंगमो आँगन में आ गया। वह बाहर जाने के कपड़े पहने था। "आइए अम्माजी, मैं ज़रा बाहर देहात घूमने जा रहा था। देख आऊँ फसल कैसी है। यही तो समय है देख लेने का।"

"ज़रा ठहर के जाना बेटा।"–वू बोलीं। लिआंगमो ने अपनी बाँह माँ की ओर बढ़ा दी और उन्हें सहारा दे छतरी की तरह छाँटे हुए देवदार के पेड़ के नीचे चौकी पर बैठा दिया।

"बेटा, तुम ज़रा साहब के साथ चायखाने तक चले जाओ। साहब ज़मीन का एक टुकड़ा खरीदने जा रहे हैं। वह टुकड़ा अपना ही था। दादा ने इनाम में वांग को दे दिया था। वांग का पोता मदकची आदमी है, इसलिए जमीन बेचे दे रहा है। ख़ैर अच्छा अवसर है, अपना चक फिर पूरा हो जाएगा। तुम साथ जाओ। ख़्याल रखना पहले सत्तर रुपए बिस्वा लगाना। साहब अस्सी रुपए बिस्वा देने के लिए कह रहे हैं, परन्तु सौदा सत्तर में भी हो जाएगा। लोगों का तो ख़्याल है कि हमारे यहाँ बहुत पैसा है, लूट लो। बेटा लुटाने के लिए तो किसी के पास भी नहीं होता।"

"अम्माजी मैं ज़रूर जाऊँगा। हाँ..."–लिआंगमो ने कहा और फिर झिझककर चुप रह गया। रानी भाँप गईं कि बेटा च्यूमिंग की बाबत बात करना चाहता है। वे निश्चय कर चुकी थीं कि रखेल के विषय में लड़कों से बात करने की ज़रूरत नहीं। नई पीढ़ी को पुरानी पीढ़ी के विषय में बहस और विचार करने का अधिकार नहीं।

"मेंग कहाँ है ?"–रानी ने पूछा, "दावत के बाद से वह दिखाई ही नहीं दी। बेटा, तुम दोनों से राय लेनी है कि फेंगमो का ब्याह लीनी से हो जाए तो कैसा रहे ?"

"लीनी ?"–लिआंगमो को कुछ विस्मय हुआ। उसने इस विषय में सोचा ही नहीं था। उसने पूछा–"पर फेंगमो तो अपने मन की करना चाहेगा न ?"

"मन की करना चाहेगा तो अपने मन से ही वह लीनी से ब्याह कर ले।"–रानी ने मुस्कराकर कहा–"हम किसी को मन की करने से कब मना करते हैं !"

मेंग अपने कमरे से आँगन में आ गई। मेंग की बुरी आदत थी कि सुबह उसे देर तक ऊँघ आती रहती और बिस्तर से उठने के घंटे-दो घंटे बाद तक उस पर मनहूसियत छाई रहती। आँगन से सास का स्वर सुनाई दिया तो वह अभी रात के ही कपड़ों में थी, कंघी भी नहीं की थी। तुरन्त उठकर जैसे-तैसे केश सँवारे और कपड़े पहने। बाहर निकली तो गुलाब की अधखिली कली की तरह ताज़ी और टटकी थी। नए गर्भ की शिथिलता के कारण और भी कोमल लग रही थी। आँखें भी कुछ तरल-सी। कानों में सास से उपहार में पाई मोतियों की बालियाँ पहने थी।

"अम्माजी आई हैं !"–मेंग ने स्नेह से सास का स्वागत किया।

"आहा देखो, यह मोती इस पर कैसे फब रहे हैं।"–रानी बोलीं और लिआंगमो की ओर घूमकर उन्होंने कहा–"अच्छा बेटा, अब तुम जाओ।" स्वर में दुलार भी था और अधिकार भी। इसलिए वह अधिकार खटकता न था। "हम मेंग से कुछ बात करेंगे।"–उन्होंने कहा।

बेटा बाहर चला गया तो रानी ने बहू को ध्यान से देखकर स्नेह से पूछा–"सुबह मतली तो नहीं आती ?"

"अभी तो अम्माजी ऐसे मामूली-सी।"–मेंग ने उत्तर दिया–"दिल तो घिरता है परन्तु अभी बाहर नहीं आती।"

"दस-पन्द्रह दिन में आने लगेगी।"–रानी ने समझाया, "बच्चा तन्दुरुस्त हो, ख़ासकर पेट में लड़का हो तो माँ को कम से कम तीन महीने तो बहुत परेशान करता है।"

"इस गुल्लू ने भी तो बहुत परेशान किया था मुझे।"–मेंग ने धाय की पीठ पर सवारी गाँठें अपने मुन्ने की ओर संकेत कर उत्तर दिया।

रानी वू को मेंग से सदा घुमा-फिरा कर ही बात करनी पड़ती थी। कांग सेठानी की सन्तानों ने माँ के शरीर और हृदय की विशालता नहीं पाई थी। मेंग के कोमल गदबदे शरीर, छोटे से चेहरे और हाथ-पाँव की ओर देखकर रानी को लग रहा था कि जैसे वह सेठानी के शरीर से पृथक् किया गया एक अंशमात्र हो। सेठानी की सभी सन्तानें उनका ही अंश थीं। जिन्हें वे अपने शरीर के भाग के रूप में एक-एक करके बनाती गई थीं। अपने बारे में वू को ऐसा नहीं जान पड़ता था। उन्होंने अपनी सन्तानों को अपने शरीर के अंश के रूप में नहीं बल्कि पृथक् वस्तुओं के रूप में बनाया था। उन्हें अपने शरीर से जन्म देकर पृथक् कर दिया था। उनके विचार में मिशेन अपनी सन्तानों का अस्तित्व अपने से स्वतन्त्र कभी नहीं कर पाई, सदा उनसे चिपकी ही रही।

"बेटी मेंग, हम तुमसे एक सलाह करना चाहती हैं।"–वू बोलीं, "तुम्हारी क्या राय है ? तुम्हारी माँ से फेंगमो के साथ लीनी के ब्याह की बात करें तो कैसा रहे ? दोनों की उम्र एक ही-सी है। हमारा ख़्याल है, लीनी फेंगमो से चार महीने छोटी होगी। खूबसूरत भी है। दोनों ही तन्दुरुस्त हैं। हमने अभी उनकी जन्म पत्रियाँ तो नहीं देखीं लेकिन उनके जन्म के मास तो आपस में अनुकूल हैं।"

"अम्माजी, बहन इसी घर में आ जाए तो क्या कहना !"–मेंग हाथों से ताली-सी बजाकर किलक उठी। उसके हाथों की चूड़ियाँ खनक उठीं। सहसा ख़्याल आया, दोनों हाथ फिर लटक गए और बोली–"अम्माजी, एक बात है। लीनी तो फेंगमो को कुछ पुराने ढंग का समझती है।"

"क्या कहती हो ?"–रानी ने विस्मय से पूछा।

"लीनी कहती थी फेंगमो कभी कॉलेज में भी नहीं पढ़ा। वह क्या जानता है !" –मेंग ने उत्तर दिया।

"यह तो तुम्हारी माँ की ही ग़लती थी। उन्होंने खामखाह बरस भर के लिए लीनी को शंघाई के स्कूल में भेज दिया।"–वू के चेहरे और स्वर में गम्भीरता आ गई।

"अम्माजी, फेंगमो को ही कुछ दिन के लिए स्कूल में भेज दीजिए न।"–मेंग ने जम्हाई छिपाने के लिए अपने गुलगुले-से हाथों से मुँह छिपाते हुए सुझाया।

"फेंगमो को इस उमर में स्कूल कैसे भेजा जा सकता है ? उसे इस घर की संस्कृति

सीखनी है या फिरंगियों के स्कूल की ?"–रानी बोलीं।

मेंग कभी तर्क नहीं करती थी। "तो अम्माजी, मैं लीनी से बात करूँ ?"–उसने पूछा।

"नहीं, तुम रहने दो।"–वू ने गम्भीरता से मना कर दिया, "हम स्वयं ही तुम्हारी माँ से बात करेंगे।"

रानी बात समाप्त कर उठना ही चाहती थी कि मेंग दोनों हाथों से अपने पेट को सँभालती हुई विस्मय से बोल पड़ी–"हे भगवान् !"

"क्यों, क्या है ?"–रानी ने पूछा।

"जान पड़ता है अम्माजी, जैसे भीतर हिल रहा है।"–मेंग बोली।

"ज़रूर लड़का है।"–रानी ने मुस्कराकर कहा, "लड़का बहुत जल्दी ही हिलने-डोलने लगता है।"

मेंग की ऐसी अवस्था में उसे कुछ कहना-सुनना उचित नहीं था। जवान स्त्रियों का और काम ही क्या होना चाहिए ! वह अपने काम को निबाह रही हों तो उनसे और क्या आशा की जाए ?

"बेटी, गरम-गरम शोरवा पीओ तुम।"–उठते हुए रानी बोलीं, "बच्चा पेट में घूमे तो समझ लो भूखा है।"

"अभी तो नाश्ता किया है, अम्माजी।"–मेंग ने बताया, "शोरवा भी पी लूँगी। बहुत भूख लगने लगी है। जब देखो, भूख लगी रहती है।"

"खूब खाओ।"–रानी ने समझाया–"जितना खा सको, खाओ। दो जीवों का पेट है न।"

रानी लिआंगमो के आँगन से निकलकर दूसरे आँगनों में से होती हुई चली जा रही थीं। ऐसा अनुभव हो रहा था कि अब उनका अपना कोई अस्तित्व नहीं है। वे वू-परिवार की परम्परा की नदी में बही जा रही हैं। बरसों पहले उनका जीवन विवाह द्वारा इस नदी में आ मिला था। अनेक सन्तानों को जन्म देकर उन्होंने इस नदी को समृद्ध किया था। वही काम अब मेंग कर रही थी। इससे अधिक मेंग कुछ सोच भी तो नहीं सकती थी; उस बेचारी से चिढ़ने का कारण क्या ?...अब उनका काम वू-परिवार की परम्परा की नदी का नियन्त्रण और निरीक्षण ही रह गया था। अपने हिस्से का सहयोग देकर वे स्वतन्त्र हो चुकी थीं।

अभी रानी को त्सेमो के आँगन में भी जाना था। फेंगमो के यहाँ तो लीनी की बाबत मालूम करके ही जाना ठीक होता। येनमो हवेली में था नहीं। त्सेमो और रुलन से मिल लेने पर उनका काम समाप्त हो जाता और वे आराम कर सकती थीं। त्सेमो का आँगन दूसरे आँगनों की तरह नहीं था। जगह कम थी, कमरे भी दो ही थे और दरवाज़े उत्तर की ओर होने के कारण जाड़ों में धूप भी न आ सकती थी। भीतर आते-आते वू के मन में ग्लानि-सी हुई–बेचारे लड़के के अपने मन से ब्याह कर लेने से चिढ़कर उसके साथ ज्यादती ही की।

त्सेमो सामने के बड़े कमरे में था। विलायती स्याही की बोतल से कुछ स्याही गिर गई थी। त्सेमो कपड़े का टुकड़ा लेकर स्याही पोंछ रहा था। कुछ चिढ़ा हुआ-सा लग रहा था। त्सेमो कुछ चिड़चिड़ा था भी। होंठ बल खाए रहते और आँखें घुटी हुई-सी। इस समय भी वैसा ही लग रहा था।

"बेटा,"–रानी ने आते ही पुकारा, "रुलन कहाँ है ?"

"अम्माजी, उसकी तबीयत ठीक नहीं है।"–स्याही भरा चीथड़ा फर्श पर फेंकते हुए त्सेमो ने उत्तर दिया।

"तबीयत ?...हमें तो किसी ने नहीं बताया।"–दरवाज़े में ही रुककर रानी बोलीं।

"अम्माजी, हाँ कुछ ऐसी ही है।"–त्सेमो ने उत्तर दिया–"मैंने उसे कहा कि जाकर लेट रहे।"

"देखूँ तो !" रानी आगे बढ़ीं। भीतर के दरवाज़े पर लटके रेशम के पर्दे को हटाकर अन्दर चली गईं। रुलन के बहू बनकर आने के बाद से वे यहाँ कभी नहीं आई थीं। देखा, बहुत कुछ बदल गया था। मसहरी उतार दी गई थी और खिड़कियों पर पर्दे लगा दिए गए थे। दीवारों पर कई विलायती चित्र लगे हुए थे और किताबों की अलमारी में भी कुछ विलायती किताबें थीं।

सिर बड़े तकिए पर रखे रुलन पलँग पर लेटी थी। गरदन तक छँटे हुए रूखे-से बाल फैले हुए थे। रानी का ध्यान उसके कोमल सीपों जैसे कानों की ओर गया।

"तुम्हारे कान तो बड़े प्यारे हैं बेटी ! पहले देखे ही नहीं। बालियाँ क्यों नहीं पहनती तुम ?"–वू ने रुलन को सम्बोधन किया–"सोने की बालियाँ पड़ी हैं। तुम्हारे लिए भेज दूँगी।"

रुलन ने अपनी बड़ी-बड़ी काली आँखें रानी की ओर फिराईं और विनय से धीमे स्वर में उत्तर दिया–"धन्यवाद अम्माजी।"

धीमे स्वर में और विनय से बोलने की आदत रुलन की न थी। रानी को कुछ आशंका हुई। "बेटी, क्या तबीयत अधिक खराब है ?"–उन्होंने पूछा।

"नहीं अम्माजी, बहुत थक गई हूँ।"–रुलन ने उत्तर दिया।

"क्यों क्या कुछ खुशी की बात है ?"–मुस्कराकर रानी ने पूछा।

रुलन ने सिर हिलाकर इनकार किया–"नहीं अम्माजी, थक गई हूँ।" और गले तक ओढ़ी हुई रेशमी चादर पर हाथ फेरने लगी।

"तो बेटी आराम करो। तुम्हें फिकर ही किस बात की है ? काम-काज के लिए यहाँ लोगों की कमी नहीं है।"–रानी रुलन को सान्त्वना देकर मुस्कराईं और वापिस त्सेमो की ओर चली गईं।

त्सेमो के हाथ में एक विलायती कलम था और वह काग़ज़ पर अंगरेज़ी में कुछ लिख रहा था। माँ को देखकर वह कलम हाथ में लिए उठ खड़ा हुआ।

"क्या लिख रहे हो ?"–रानी ने पूछा।

"अंगरेज़ी का अभ्यास कर रहा हूँ अम्माजी।"–त्सेमो ने उत्तर दिया।

"किससे पढ़ते हो ?"–माँ ने पूछा।

त्सेमो के चेहरे पर सुर्खी आ गई। "रुलन से"–उसने उत्तर दिया। बेटे को झेंपते देखकर रानी ने बात बदल दी।

"रुलन बहुत थक गई है। आराम क्यों नहीं करती ?"–उन्होंने पूछा।

"उसे कहूँगा, अम्माजी।"–त्सेमो ने तुरन्त उत्तर दिया–"दिन भर चैन नहीं लेती। कल शहर की राष्ट्रीय पुनर्निर्माण-समिति की बैठक हुई थी। यह भी वहाँ गई थी। इसे लोगों ने प्रधान चुन लिया है। वहाँ से लौटी तो बहुत थक गई थी।"

"राष्ट्रीय पुनर्निर्माण का आन्दोलन फिर चलने लगा ?"–रानी के स्वर में कौतूहल की खनक थी, "उसमें तो थकेगी ही।"

"मैंने भी इसे यही समझाया है, अम्माजी।"–त्सेमो ने समर्थन किया।

रानी त्सेमो के आँगन से निकल कुछ तेज़ क़दमों से अपने आँगन में लौट आईं।

च्यूमिंग आँगन में तिपाई पर बैठी अपने नए कपड़े सी रही थी। रानी आकर उसके समीप खड़ी हो गईं। लड़की सुई हाथ में थामे आदर के लिए उठने लगी। रानी उसके कन्धे पर हाथ रख उठने न देकर बोलीं–"सी डालो, सी डालो अपने कपड़े। कल तुम्हें उधर जाना भी तो है। सब कुछ तैयार कर लो।"

लड़की के हाथ से सुई छूटकर धागे से लटक गई। मुख से कुछ न बोल सिर झुकाए वह फिर सीने लगी। सधी हुई उँगलियाँ जल्दी-जल्दी बखिया करने लगीं। रानी की बात से झेंप अनुभव कर च्यूमिंग की गरदन और गालों पर खून दौड़ गया। रानी उस ओर देख सोचती रह गईं।

दूसरे दिन सन्ध्या से पहले ही रानी वू ने निश्चय कर लिया कि च्यूमिंग को वू साहब के आँगन में किस तरह पहुँचाना ठीक होगा। उपयुक्त समय रात का ही था। कुछ दिखावा करने की आवश्यकता नहीं थी। यह बुजफ़ुर्ग लोगों के बीच का मामला था, नौजवानों को परेशान करने की ज़रूरत क्या थी !

दूसरे दिन रानी ने इंग को कह दिया कि च्यूमिंग को ढंग से केश बाँधने और तैयार हो जाने का तरीका समझा दे। देहातिन लड़की यह सब बातें क्या जानती ! स्वयं वे पुस्तकालय में बैठी पढ़ती रहीं। निषिद्ध पुस्तकों की ओर मन नहीं गया। वह आकर्षण समाप्त हो चुका था। अब उन्हें मर्दों से क्या लेना-देना था ! इतिहास की एक पुस्तक निकाल ली और सृष्टि की उत्पत्ति का वर्णन–जब अभी आकाश और पृथ्वी पृथक्-पृथक् नहीं हो पाए थे–पढ़ने लगीं।

दिन बीतते पता न लगा। पढ़ते समय वे अपने शरीर से भी बेसुध रहीं। कोई विघ्न डालने भी नहीं आया। वे जानती थीं कि पूरी हवेली विक्षिप्त थी। जब तक रखेल की समस्या का निबटारा न हो जाए कोई आकर उनसे बात कैसे कर सकता था ! दोपहर बाद जमीनों के मुख़्तार ने सलाम भिजवाया। वह नई जमीन की खरीद के बारे में बात करना चाहता था। रानी ने उसे पुस्तकालय में ही बुलवा लिया। उसके आने पर रानी

ने हाथ में थमी पुस्तक मूँदे बिना ही उनकी ओर देखा।

मुख़्तार ने एक काग़ज़ आगे बढ़ाते हुए विनय से कहा–"हुज़ूर यह वांग की ज़मीन की खरीद का काग़ज़ है। हुज़ूर अस्सी रुपए बिस्वे का दाम साहब ने दिलाया है। सेवक तो सत्तर रुपए में ही निबटा देता। साहब ने हुक्म दिया कि यह दान में दी हुई धरती है, बहुत कड़ाई मत करो।"

रानी ने मुख़्तार की शिकायत की ओर ध्यान न दे हाथ बढ़ा दिया–"लाओ काग़ज़ दे दो !"

"कुछ और कहना है ?"–रानी ने पूछा। जानती थीं कि हवेली में उठी हुई समस्या की भनक इसके कान में भी पड़ चुकी होगी। मुख़्तार की दबी हुई नज़रों की उत्सुकता और होंठों और नथुनों का फड़कना भी उनसे छिपा न रहा। एक बार फिर मुख़्तार को सम्बोधन किया–"कुछ और कहना है ?"

मुख़्तार को निरुत्तर देख रानी ने उसे चले जाने का संकेत कर दिया। "बहुत अच्छा," और आँखें पुस्तक पर झुका लीं।

रानी के रोबीले ढंग से मुख़्तार की आँखें झुक गईं। फिर भी उसने साहस किया–"हुज़ूर और तो कोई बात नहीं, पर हुज़ूर इजाज़त दें तो उस जमीन में सेम लगवा दूँ। दूसरी फसल का तो मौका निकल गया।"

"ठीक है, बहुत अच्छा।"–रानी ने स्वीकार कर लिया।

"हाँ हुज़ूर यही ठीक रहेगा।"–मुख़्तार ने रानी की स्वीकृति का समर्थन किया।

रानी ने सिर हिलाकर हामी भरी और सोचा–आदमी इनाम की आशा कर रहा है। किताब मेज़ पर रख वे उठीं। जेब से चाबी निकाल दिवाल के साथ लगी अलमारी खोली और लोहे से मढ़ी एक छोटी सन्दूकची खोली। मुख़्तार के सामने मेज़ पर चाँदी के दस रुपए गिनकर धीमे से कहा–"धन्यवाद, अब आराम करो।"

मुख़्तार ने झिझककर इनाम लेने की अनिच्छा प्रकट की। दोनों हाथों की उँगलियों को आपस में फँसाकर मरोड़ा, मानो उस पर बहुत ज़्यादती हो रही हो। सकुचाते हुए आगे बढ़कर उसने रुपए उठा लिए और कई बार झुक-झुककर धन्यवाद देते हुए पीठ दिखाए बिना झुकते-झुकते बाहर निकल गया।

पुस्तकालय से निकल आँगन में से लौटते समय मुख़्तार की आँखें इधर-उधर खोजती रहीं परन्तु च्यूमिंग को देख न पाईं। लड़की मर्द को आया देख ओट में हो गई थी। लड़की के व्यवहार में यह लाज देख रानी को सन्तोष हुआ। मेज़ पर खुली पुस्तक मूँद और उसे अलमारी में रख वे बैठक में आ गईं। इंग सन्ध्या का भोजन ले आई थी। च्यूमिंग के लिए भी खाना साथ ही था। रानी ने च्यूमिंग के लिए आए खाने को ध्यान से देखा और फिर झुककर सूँघ लिया।

"लड़की के खाने में लहसुन, प्याज या कोई दूसरी वैसी चीज़ तो नहीं डाली ?" –वू ने इंग की ओर देखकर पूछा।

"हुज़ूर, ऐसी भूल नहीं होगी।"–इंग ने विश्वास दिलाया।

"मिर्च तो नहीं है ?"–रानी ने फिर पूछा। "गले में जलन होने लगती है।"

"नहीं हुज़ूर, बच्चों के लायक खाना है।"–इंग ने उत्तर दिया। लड़की की इतनी अधिक चिन्ता की जाने की जलन से इंग का मुँह लटक गया। रानी को इंग के इस क्रोध पर हँसी आ गई।

"इंग तू हमारे साथ इतने दिन से है,"–रानी बोलीं, "अब तक नहीं समझ सकी कि हम न चाहें तो कुछ नहीं हो सकता।"

इंग क्या उत्तर देती ! बोली–"हुज़ूर का खाना दूसरे कमरे में लगा दिया है।"

वू अपने कमरे में शनैः-शनैः जो कुछ खाना था खाती रहीं। भोजन समाप्त कर उन्होंने पाइप सुलगा लिया और आँगन में आ गईं और आर्किड की नई लगाई पौध की ओर ध्यान से देखने लगीं। सुबह ही उन्होंने माली को हुक़्म दे दिया था कि आर्किड के पौधों को पुराने आँगन से यहाँ बदल दे और साहब के आँगन में गेंदी लगा दे।

सन्ध्या का अँधेरा गहरा होकर एक घंटे के लगभग और भी बीत गया तो वू भीतर गईं। च्यूमिंग ने नहा-धोकर नए कपड़े पहन लिए थे। केश भी नए ढंग से कंघी कर, कानों को ढँककर बाँधे हुए थे। चुपचाप दोनों निष्क्रिय हाथों को गोद में रखे अपनी खाट की पटिया पर बैठे कुछ सोच रही थी। उसका भोला स्वस्थ चेहरा बिलकुल भावशून्य था, परन्तु कनपटियों पर से दोनों ओर पसीने की बूँदें चू रही थीं। लड़की की घबराहट देख रानी सहानुभूति से उसके साथ ही खाट पर बैठ गईं।

"घबरा क्यों रही हो ?"–रानी बोलीं–"साहब बहुत भले आदमी हैं।"

लड़की ने आँख उठाकर उनकी ओर देखा और निगाहें झुका लीं।

"देखो, डरो नहीं बहुत भले आदमी हैं। तुम भी उनकी बात रखना।"–रानी ने समझाया, परन्तु मन में लगा कि बेचारी के साथ कितनी निर्दयता हो रही है। स्वयं ही तर्क किया, क्या निर्दयता है ? कोई बच्चा तो है नहीं। इसका मंगेतर मर गया है। बुढ़िया के यहाँ ही रहती तो क्या होता ? कुँआरे से तो इसका ब्याह हो नहीं सकता। दो-चार बच्चोंवाले किसी रंडुए किसान के पल्ले ही तो पड़ती। उससे अब क्या बुरी है ?

रानी मन में तर्क करती हुई कनखियों से च्यूमिंग की ओर देख रही थीं। लड़की ने चुपके से माथे पर आए पसीने को हाथ से पोछकर फ़र्श पर गिरा दिया। यह देख रानी का मन बल खा गया।

"अब इसे उधर पहुँचा दो।"–रानी ने इंग की ओर घूमते हुए आज्ञा दे दी।

इंग ने आगे बढ़कर च्यूमिंग की आस्तीन चुटकी में लेकर धीमे से कहा–"चलो !"

च्यूमिंग खड़ी हो गई। उसके लाल होंठ खुल गए। साँस जल्दी-जल्दी चलने लगी। आँखें फैल गईं। क़दम उठ नहीं रहे थे।

"चलो !"–इंग ने दबे हुए स्वर में कड़ाई से कहा–"यहाँ तुम्हारा और काम ही क्या है !"

लड़की ने इंग की ओर देखा और फिर रानी की ओर। कहीं भी सहायता और शरण

की आशा न थी। उसका सिर झुक गया। वह इंग के पीछे चल दी। कमरे से आँगन में और आँगन का दरवाज़ा लाँघकर बाहर अँधेरे में।

रानी वू बहुत देर तक एकान्त में बैठी रहीं। शरीर निश्चल और मस्तिष्क भी शून्य था। उन्होंने कुछ सोचने का भी यत्न नहीं किया। अब उनके हृदय में सहानुभूति या परिताप की पीड़ा भी नहीं थी। मन बिलकुल निर्विकार था; मानो शून्य में समाकर शून्य हो गया हो।

रानी ने चेतना अनुभव करने के लिए सिर हिलाया। उनके होंठ थिरक उठे–ऐसे शून्य में से भी;...शून्य गर्भ में भी जन्म से पूर्व आत्मा का अंश विद्यमान रहता है। ऐसे ही इस शून्य से भी अब उनका नया जीवन आरम्भ हो सकता है...वे उठकर खुले आँगन में आ गईं और आकाश में घने अंधकार की ओर आँखें लगाए खड़ी रहीं। घने बादलों के कारण तारे दिखाई नहीं दे रहे थे। जान पड़ता था, वर्षा आनेवाली है। वर्षा में उन्हें नींद अच्छी आती थी।

इंग लौटी तो अँधेरे में मालकिन को न देख सीधे भीतर चली गई। उन्हें भीतर न पाकर घबरा गई। "हाय विधाता !"–इंग चीख उठी, "मालकिन कहाँ चली गईं ?...ओ मालकिन !"

"ओ मूर्खा ! यहाँ हैं हम।"–रानी ने दरवाज़े की ओर मुँह कर दबे स्वर में पुकारा, "देख तो, बारिश आ रही है।"

इंग और भी घबरा गई। धड़कते हुए हृदय पर हाथ रख उसने उत्तर दिया–"हाँ हुज़ूर...मैंने सोचा...मैंने समझा... ।"

"तू बहुत न सोचा-समझा कर। सोच-सोच के न मरा कर।"–रानी हँस पड़ीं।

इंग ने गहरी साँस ली और उसका हाथ सीने से नीचे आ गया। "हुज़ूर अब बिस्तरे में जाएँगी ?"

"और नहीं तो क्या !"–रानी ने उत्तर दिया–"बारिश आ रही है, छत पर बूँदों की आहट अच्छी लगेगी।"

रानी ने स्नान किया। रात के महीन रेशम के सफ़ेद कपड़े पहने और सेज पर जा लेटीं। इंग सेज़ के सिरहाने खड़ी फूट-फूट कर रो उठी–"हाय, कौन नवेली दुलहिन भी मेरी मालकिन से बढ़कर सुन्दर होगी !"

रानी ने उसकी ओर करवट लेकर दबे हुए स्वर में धमकाया–"हम नहीं रो रहे हैं तो तुझे क्यों रोना आ रहा है ?"

इंग होंठ दबाकर रुलाई पी गई। उसने मसहरी के पर्दे गिरा दिए। रेशमी मसहरी के एकान्त में रानी बाँहें सीने पर बाँधे लेट गईं और आँखें मूँद लीं। छत की खपरैल पर पड़ती बूँदें उन्हें सुलाने के लिए लोरी दे रही थीं।

रानी के आँगन से अँधेरे में निकलकर च्यूमिंग अज्ञात स्थान की ओर चली जा रही थी। रानी के आँगन में आकर वह बाहर निकली ही नहीं थी। जान पड़ा था कि उसे शरण

मिल गई है। उस आँगन से बाहर भेज दी जाने पर उसे जान पड़ा कि वह अनाथ हो गई है, जैसे एक बार उसकी माँ उसे सड़क किनारे छोड़कर अनाथ कर गई थी। तब वह समझती नहीं थी, परन्तु इस समय समझ रही थी।

च्यूमिंग का जीवन ऐसा ही बीता था कि उसने आरम्भ से ही चुप रहना सीख लिया था। वह यदि बोलती भी तो सुनता कौन ! इंग चुटकी में उसकी आस्तीन पकड़े उसे लिवाए लिए जा रही थी और वह बिना कुछ बोले चुपचाप चली जा रही थी।

इंग भी चुप थी। च्यूमिंग को लिए एक के बाद दूसरा आँगन लाँघती चली जा रही थी। वृद्धा के आँगन में सन्नाटा था। वे सूर्यास्त के समय ही सो जाती थीं। पश्चिम की ओर से किसी बच्चे के रोने की आवाज़ आई। लिआंगमो का बच्चा रो रहा था। उत्तर की ओर से जान पड़ा कोई स्त्री रो रही है। इंग के क़दम रुक गए। "सुनो !" –मुँह से निकल गया–"यह कौन रो रही है रात में ?"

च्यूमिंग ने सुनने के लिए सिर उठाया।

"अब तो नहीं आ रही आवाज़।"–इंग ने अनुमान प्रकट किया, "घुग्घी बोल रही होगी।"

इंग च्यूमिंग को लेकर आगे चली। च्यूमिंग का हृदय धड़क रहा था। रोम-रोम काँप रहा था। वायु के स्पर्श से शरीर में सिरहन दौड़ जाती थी। स्त्री के रोने की आवाज़ इसे भी जान पड़ी थी। लेकिन क्या इस हवेली में भी स्त्रियाँ रोती होंगी ? कौन होंगी ? उसने नहीं पूछा। जान कर भी क्या होता ! उसका मन स्वयं रो देने को हो रहा था। मन चाह रहा था, कुछ बोले, कुछ सुने, कोई उसे सान्त्वना दे। चाहे उसे लिवाए लिए जाती नौकरानी ही बोले।

"मुझे यहाँ क्यों लाए हैं ? यहाँ क्या करूँगी ?"–च्यूमिंग धीमे से बोली–"मालिक के लिए तो बाज़ार की लड़की चाहिए, जिसे आता हो...। मैं तो देहातिन हूँ ?"

"हमारी मालकिन ऐसी लड़की हवेली में कभी आने दे सकती हैं ?"–इंग ने गर्व से समझाया।

च्यूमिंग और कुछ बोल ही नहीं पाई कि इंग उसे साहब के आँगन में ले आई। मेहराब से लटकती लालटेन के प्रकाश में गेंदी के फूल चमक रहे थे।

"यहाँ अभी कोई नहीं है।"–इंग बोली और भीतर के कमरे की ओर बढ़ी। च्यूमिंग उसके पीछे चलती गई। साहब की बैठक च्यूमिंग को बहुत बड़ी लगी। इतना बड़ा कमरा उसने कभी नहीं देखा था। फ़रनीचर भी भारी और क़ीमती था और दीवारों पर चित्र भी लटके हुए थे। दरवाज़ों पर लटके साटिन के भारी-भारी पर्दे सन्ध्या की हवा से हिल रहे थे। च्यूमिंग सहमते-सहमते क़दम रख रही थी। यहाँ ही उसे रहना होगा–अगर साहब को पसन्द आ जाए। साहब वहाँ नहीं थे।

च्यूमिंग ने कुछ नहीं पूछा। इंग भी कुछ नहीं बोली। इंग चुपचाप च्यूमिंग को सेज के लिए तैयार होने में मदद देने लगी। लड़की को तैयार कर सेज के किनारे बैठा दिया तो इंग ने देखा कि लड़की का चेहरा काग़ज़ की तरह पीला पड़ गया था।

"देखो, यहाँ ढंग और क़ायदे से रहना होगा।"–इंग ने कुछ ऊँचे स्वर में समझाया–"ढंग से रहोगी तो किसी बात का डर नहीं है। साहब बहुत भले आदमी हैं। रानी साहिबा-जैसी मेहरबान और समझदार मालकिन तो कहाँ मिलेगी ! तुम्हारी तो समझो क़िस्मत खुल गई। डर किस बात से रही हो ? तुम्हारा कौन-सा घर है जहाँ माँ की गोद में जा बैठोगी !"

च्यूमिंग ने सिर झटककर अपने आपको सम्हाला। चेहरा लाल हो उठा। सेज पर लेट गई और आँखें मूँद लीं। इंग ने मसहरी के पर्दे गिरा दिए और चली गई।

च्यूमिंग मसहरी में लेटी रही। मन भय से बैठा जा रहा था...घंटे-दो घंटे में जाने क्या होनेवाला है। वह विशाल हवेली में बन्दी के समान असहाय थी। कहीं से पासा फेंकने का शब्द आ रहा था। शायद नौकर जुआ खेल रहे थे या घर के दूसरे आदमी खेल रहे थे; हो सकता है साहब मित्रों के साथ खेल रहे हों।...रखेल भला कहीं ऐसे, बिना देखे ही लाई जाती है ? ऐसे लग रहा था कि वह बहू बनकर आई हो। परन्तु बहू तो बड़ी मालकिन थीं, च्यूमिंग नहीं। रानी के सौन्दर्य से उसकी तुलना भी क्या थी ! उनकी जगह आकर उसकी क्या क़दर होगी !

मैं तो देहातिन हूँ।–च्यूमिंग ने सोचा–मेरे हाथ भी कैसे हैं ! अँधेरे में उसने अपने हाथों को उठाया और फिर लिहाफ़ पर रख दिया। लिहाफ़ के चिकने रेशम पर उसके खुरदरे हाथ अड़ रहे थे।

च्यूमिंग को याद आया, इस आँगन की ओर आते हुए किसी स्त्री के रोने की आवाज़ आई थी। सोचा–इस घर में न जाने कौन-कौन लोग होंगे ! घर के लड़के होंगे, उनकी बहुए होंगी। उसे तो किसी से कुछ नहीं कहना। लोग नाराज़ न हो जाएँ। कितने ही नौकर होंगे। जाने कैसे होंगे ! बेचारी इंग तो भली है। नौकरों को जाने कैसे बुलाते होंगे ! उसके पास क्या था जो नौकरों को देती और नौकर उसका काम करते ! उसे खुद अपना काम कर लेने देंगे !

च्यूमिंग का मन रो पड़ा–हाय अपनी जगह लौट जाऊँ। गाँव में वह बुढ़िया की खाट के बग़ल में दो बेंचों पर तख्तियाँ रख, गुदड़ी बिछाकर सो जाती थी। वही उसका बिछावना और ओढ़ना था। समीप बँधे बैल का श्वास और टोकरों के नीचे मुँदी हुई मुर्ग़ियों की फड़फड़ाहट भी सुनाई देती रहती थी। झोंपड़ी की धन्नियों में चिड़ियों ने घोंसले बनाए हुए थे। उसकी नींद प्रायः ही सुबह चेहरे पर चिड़ियों की बीट टपक पड़ने से खुलती थी।

च्यूमिंग को बुढ़िया के भाई के लड़के का ख़्याल आया। बचपन से ही उसे मालूम था कि उस लड़के के साथ ही एक दिन उसका ब्याह होगा। वह बचपन से ही उसे इतना अधिक जानती थी कि उसे प्यार क्या करती ! किसानों के और लड़कों-जैसा लड़का था। गोल-गोल चेहरा, उभरे हुए गाल। फिर वह खूब लम्बा हो गया तो दुबला गया। उसे देखकर वह कुछ लजाने ही लगी थी कि लड़का मर गया। ब्याह की तैयारी की बात भी अभी नहीं उठी थी। च्यूमिंग ने अभी लड़के के प्रति पति की भावना अनुभव करना

आरम्भ भी नहीं किया था। लड़का मर गया तो बुढ़िया च्यूमिंग को कोसने लगी।

"हाय मैं इस डायन को क्यों ले आई ?"—बुढ़िया कहती—"राह पड़ी बला को मैंने अपने गले ले लिया। मेरे लड़के के भाग्य में यही बदा था।"

बुढ़िया की बातों से च्यूमिंग का कलेजा बिंध जाता। संसार में उसका था भी कौन ! बुढ़िया ही उसकी माँ थी और वह झोपड़ी उसका घर। परन्तु वह उस घर की नहीं थी। जब लू मा आई और उसका सौदा हो गया तब भी वह चुप ही रही...यहाँ आने से इनकार कैसे करती ! मेरे बस में ही क्या था !—सेज पर लेटी च्यूमिंग सोचती रही।

च्यूमिंग को क़दमों की चाप सुनाई दी। उसकी साँस रुक-सी गई। लिहाफ़ ठुड्डी तक खींच लिया और मसहरी में से दरवाज़े की ओर झाँका। पर्दा हटा। पक्की उमर का एक भारी-सा सुडौल चेहरा दिखाई दिया। चेहरे पर नशे की लाली थी। शराब की गन्ध मसहरी के भीतर तक आई।

साहब ने मसहरी का पर्दा हटाकर च्यूमिंग की ओर पल भर देखा और फिर पर्दा छोड़ पीछे हट गए। कुछ देर च्यूमिंग को कोई आहट न सुनाई दी। सोचा, शायद साहब चले गए। अँधेरे में मसहरी के अन्दर चुपचाप लेटी रही। हिलने का भी साहस नहीं हुआ। अगर पसन्द न आई तो यहाँ से निकाल दी जाएगी। निकाल दी गई तो जाएगी कहाँ ? निकाल दिया तो कुछ पैसा भी देंगे या नहीं ? रखेलों को निकाल देते होंगे तो क्या करती होंगी ? च्यूमिंग का मन काँपने लगा...हाय निकाल न दी जाऊँ।

च्यूमिंग लेटी न रह सकी। उठकर बैठ गई। मसहरी का पर्दा हटाकर देखा, साहब एक कुर्सी पर निश्चल बैठे थे। कपड़े उतार दिए थे। केवल महीन श्वेत रेशम के भीतर के कपड़े शरीर पर थे। उसे विस्मय हुआ, ज़रा भी तो आहट नहीं आई थी।

दोनों पल भर एक-दूसरे की ओर देखते रहे। च्यूमिंग ने मसहरी का पर्दा छोड़ दिया और लेटकर चेहरा दोनों हाथों में ढँक लिया। मसहरी की ओर आते क़दमों की चाप सुनाई दी...आ रहे हैं। मसहरी का पर्दा झटके से हट गया। दो हाथ चेहरे को ढँके च्यूमिंग के हाथों को हटाने लगे।

पाँच

रानी वू गहरी नींद से उठीं। ऐसी निर्विघ्न गहरी नींद उन्हें कभी ही आई होगी। मसहरी के सिरहाने रात में इंग ने मेज़ पर नई मोमबत्ती लगा दी थी कि आवश्यकता पड़ने पर रानी प्रकाश कर सकें। मोमबत्ती का धागा अब भी सफ़ेद ही था।

रानी के शरीर और मन में पूर्ण विश्राम और हलकेपन की अनुभूति थी। सोचने लगीं–पहले भी तो कभी ऐसा हलकापन और विश्राम अनुभव किया था ? और याद आया कि नौ मास तक गर्भ धारण करने के बाद जब प्रसव से मुक्ति पाती थीं, ऐसा ही विश्राम अनुभव होता था। प्रत्येक प्रसव के बाद अनुभव होता था कि उन्होंने फिर अपने आपको पा लिया। जब प्रसव की उत्कट पीड़ा सहसा समाप्त होकर अपने शरीर से पृथक् शिशु का क्रन्दन सुनाई देता तो उन्हें बोझ से मुक्ति और स्वतन्त्रता की अनुभूति होती। शिशु को नहला-धुला और कपड़ा पहनाकर उनके सामने लाया जाता तो वे स्नेह से उसकी ओर देखतीं, परन्तु उसी क्षण से बच्चे का एक स्वतन्त्र अस्तित्व अनुभव कर, अपने अंश के रूप में नहीं। अपने शरीर के अंश को पृथक् करने की भावना उन्हें अच्छी नहीं लगती थी। वे पूर्ण बनी रहना चाहती थीं।

उस दिन सुबह कुछ ऐसी ही पूर्णता वे अनुभव कर रही थीं, बल्कि कुछ और गहरी और व्यापक। अब वे सदा के लिए मुक्त और पूर्ण रह सकेंगी। उस परिवार में किसी को भी कोई अभाव नहीं था।...सहसा फेंगमो का ध्यान आया–अभी एक कर्तव्य और बोझ शेष था। फेंगमो के विवाह का उत्तरदायित्व उन पर था।

रानी सेज से उठ बैठीं। नीचे चौकी पर रखे काले कढ़े हुए स्लीपर, जिन्हें इंग हमेशा बिस्तर से लगी चौकी पर लगा दिया करती थी, पैरों में पहन लिए। रानी के पाँव बहुत ही छोटे और सुन्दर थे। पाँच ही बरस की अवस्था में उनकी माँ ने पाँव बढ़ने से रोकने के लिए पट्टियाँ बाँध दी थीं। उन दिनों उनके पिता महाराज ली हुंग चांग के साथ विदेश की यात्रा कर रहे थे। समाचार-पत्रों में उनके चित्र छपते रहते थे। नर्स उन्हें वे चित्र दिखाकर पिता की बुद्धिमानी और उदारता की प्रशंसा किया करती थी। माँ भी पिता की प्रशंसा करती और लड़की से कोई भूल-चूक हो जाने पर चेतावनी देतीं–पिताजी सुनेंगे तो तुम्हें क्या कहेंगे ! लड़की वह सुनकर चुप रह जाती और फिर भूल न करने का ध्यान रखती।

एक दिन माँ ने बेटी को बुलाया। माँ के हाथों में लम्बी-लम्बी सफ़ेद सूती पट्टियाँ

देखकर वे रोने लगी थीं। अपनी बड़ी बहन की अवस्था वे देख चुकी थीं। बहन पहले दिन भर प्रसन्नता से किलककर खेलती-कूदती रहती थी, परन्तु पैरों में पट्टियाँ बँध जाने के बाद उदास बैठी कसीदा काढ़ती रहने लगी। पैर पटिट्यों से बँधे होने और सूज जाने के कारण बहन खड़ी भी न हो पाती थी। माँ ने बेटी की ओर घूरकर देखा। "तुम्हारे पिताजी लौटकर देखेंगे कि तुम्हारे पाँव गँवार औरतों की तरह लम्बे-लम्बे हो रहे हैं तो क्या कहेंगे !"

बच्ची ने होंठ भींचकर कलाई दबा ली और सिसकियाँ लेते हुए बाँधे जाने के लिए पैर आगे बढ़ा दिए।

महीना भर तक पैरों में कितना दर्द रहा था, यह रानी वू को आज तक याद था। पत्र आया कि पिताजी लौट रहे हैं। बच्ची पिताजी को प्रसन्न करने के लिए पट्टियों की यातना और पन्द्रह दिन सहती रही। पिता के आने पर वह अपने बाँधे जाकर सूजे हुए पैरों पर लड़खड़ाती हुई पिता की ओर दौड़ चली। बच्ची पिता का चेहरा देखकर उन्हें पुकार भी नहीं पाई थी कि उन्होंने क्रोध में चीख़कर बेटी को गोद में उठा लिया।

"इसके पाँव अभी खोलो !"–पिताजी ने कड़े स्वर में हुक्म दिया। घर में कोहराम मच गया। उस झगड़े का कोई शब्द तो रानी को याद नहीं था, परन्तु वह झगड़ा वे कभी न भूल सकीं। उनकी माँ और दादी विरोध में चीखीं और चिल्लाईं, दादा भी नाराज़ हुए, परन्तु पिता ने किसी की बात नहीं सुनी। उन्हें गोद में लेकर पैरों की पट्टियाँ खोलकर फेंक दीं। पट्टियाँ खुलने से पैरों में तीखी पीड़ा हुई, पर बच्ची का मन आनन्द से किलक उठा। उस पीड़ा के आनन्द को वे कभी न भूल सकीं। पिता बहुत देर तक अपने हाथों बेटी के दोनों पैरों की मालिश करते रहे। क्रोध और दृढ़ निश्चय से उन्होंने हुक़्म दिया–"नहीं, बच्ची के पैर नहीं बाँधे जाएँगे।"

बच्ची पिता के गले में बाँहें डालकर रो पड़ी। उनके सीने में मुँह गड़ाकर सिसकियाँ लेते हुए उसने कहा–"पिताजी अगर आप न आते..." पिता रक्षा के लिए समय पर ही आ गए थे। कुछ मास बाद पैर ठीक हो गए और बच्ची खेलने-कूदने लगी। बड़ी बहन के पैर भी खोल दिए गए, परन्तु उसके पाँव की हड्डियाँ टूट चुकी थीं।

पिता के विदेश से लौटने के बाद तीन वर्ष तक घर में भयंकर तूफ़ान मचा रहा। पिता नए देशों से नई बातें सीखकर आए थे। उन्होंने ज़िद्द पकड़ ली कि बेटी को पढ़ाया-लिखाया जाएगा। तीन वर्ष बाद गर्मियों में हैज़े से पिता का देहान्त हो गया। तब तक बेटी के पैर बाँधे जा सकने का समय बीत चुका था और वह पढ़-लिख भी गई थी। अधिक पढ़ने से उसे रोका भी नहीं गया, क्योंकि उसकी सगाई हो चुकी थी और लड़की के ससुर उसके पढ़ी-लिखी होने और पैर न बाँधे जाने से प्रसन्न ही थे। माँ ने अपना भाग्य सराहा था–"भाग्य ही है हमारा कि लड़की के ससुराल के लोग इतना बड़ा घराना होने पर भी इतने भले हैं।"

अपने छोटे-छोटे पैरों में स्लीपर पहनते समय रानी वू को माँ की बात याद आ गई और उनके होंठ मुस्करा दिए। इंग की आँखें उनकी ओर ही थीं।

"हुज़ूर, बहुत खुश हैं आज।"–औचित्य की परवाह न करके इंग बोल उठी, "क्या सोच रही हैं हुज़ूर ? कोई बात है ज़रूर !"

"तू यह सब सोच-सोच कर क्यों पागल हुआ करती है ?"–रानी ने मुस्कराकर कहा–"इन झगड़ों में न पड़ा कर तू। देख, बादल तो नहीं हैं ?"

"हुज़ूर, बादल का तो कहीं निशान भी नहीं।"–इंग ने उत्तर दिया।

"अच्छा,"–रानी बोलीं–"बाहर जाने लायक कपड़े पहनाना। नाश्ते के बाद हम ज़रा कांग-हवेली जाएँगे। क्या ख़याल है तेरा, हमारे फेंगमो के लिए लीनी कैसी रहेगी ?"

"दोहरा नाता हो जाएगा हुज़ूर।"–इंग ने विचारपूर्ण ढंग से उत्तर दिया–"हुज़ूर बल्कि अच्छा ही है, जाना-पहिचाना ख़ानदान है। बड़े कुँवर की सेठानी की बड़ी बेटी से खूब निभ रही है। छोटे कुँवर साहब ने तो हुज़ूर कल रात बहू को पीट दिया।"

"क्या, त्सेमो ने रुलन को मारा ?"–रानी ने विस्मय से पूछा।

"मैंने सुना, रो रही थीं।"–इंग ने उत्तर दिया–"मार ही पड़ी होगी।"

रानी ने गहरी साँस ली–"क्या यह झगड़े कभी ख़तम न होंगे ?"

रानी ने जल्दी में नाश्ता किया और त्सेमो के आँगन की ओर गईं। त्सेमो उनसे भी पहले उठकर बाहर चला गया था। नौकरानी ने बताया कि रुलन अभी सो रही थी। रानी लड़के और बहू के झगड़े की बात नौकरानी से न पूछ सकती थीं। बोलीं–"लड़के से कहना, रात हमारे यहाँ आएगा।"

रानी ने अपने नियम के अनुसार हवेली के सब भागों, रसोईखानों, भंडारों और आँगनों का निरीक्षण किया। कहीं सराहना की, कहीं ठीक करने के दो शब्द कहे और अपने आँगन में लौट आईं।

दो घंटे बाद रानी वू हवेली के फाटक से निकलीं। साहब ने दो बरस पहले एक मोटरगाड़ी ख़रीद ली थी। शहर के बाज़ार और गलियाँ तंग थीं। उनमें से मोटर पूरा रास्ता रोककर गुज़रती तो पैदल चलनेवालों को दोनों ओर की दीवारों के साथ चिपक कर खड़े हो जाना पड़ता था। रानी को लोगों की यह असुविधा अच्छी नहीं लगती थी। साहब ने एक खुली रिक्शा बहुत दिन पहले उन्हें उपहार में दी थी। रिक्शा की बेपर्दगी भी उन्हें अच्छी नहीं लगती थी। उन्हें तो पुराने ढंग की कन्धों पर ढोई जानेवाली कुर्सीनुमा पालकी ही पसन्द थी। यह पालकी दहेज में ही उनके साथ आई थी। रानी ने इंग को रिक्शा में आने के लिए कह दिया। पालकी ढोनेवाले चार आदमियों में से एक ने आगे बढ़कर पालकी का पर्दा उठाया। रानी भीतर जाकर बैठ गईं। पर्दा गिरा दिया गया। पर्दे में काँच की खिड़की बनी हुई थी। रानी चाहतीं तो बाहर देख सकती थीं, परन्तु उन्हें नहीं देखा जा सकता था। पालकी बहुत सिमटी हुई थी। तंग गलियों और भीड़ में भी कम ही जगह रोकती थी।

रानी का विचार था इस पालकी में चार आदमियों के कन्धों पर कहीं आने-जाने से उनके कारण किसी को असुविधा नहीं होती थी। पालकी को सामने से उठानेवाले आदमी का विनय से पुकारते चलना–"मेहरबान ज़रा रास्ता दीजिए। मेहरबान ज़रा

इजाज़त दीजिए।" उन्हें अच्छा लगता था। उनकी धारणा थी कि अमीर और बड़े आदमियों को ग़रीबों और छोटे आदमियों के सामने विनय दिखाना ही शोभा देता है। रानी को किसी के साथ भी ज़्यादती की जाना पसन्द नहीं था। जब से हवेली का प्रबन्ध उनके हाथ में आया था, किसी दास को पीटा नहीं गया था और न किसी नौकर का अपमान हुआ था। कभी किसी नौकर के बेईमान या निकम्मे होने पर उसे अलग कर देना आवश्यक ही हो जाता। ऐसी अवस्था में भी नौकरी से छुट्टी दे देने का कोई दूसरा ही कारण बना दिया जाता। नौकर समझते तो थे परन्तु उन्हें भी सन्तोष रहता कि दूसरों की आँखों में उनका मान बना रहा। इसलिए जब इंग से सुना कि त्सेमो ने रुलन को मारा है तो उन्हें बहुत वेदना हुई।

"नहीं ऐसा नहीं होगा।"–रानी ने सोचा–"नौकरों की बातों का क्या है, मैं स्वयं पता लूँगी। यह कैसे हो सकता है ! कुछ समय के लिए उन्होंने मन से चिन्ता दूर कर दी।"

वू-हवेली से कांग-हवेली काफ़ी दूर थी। लगभग पूरा नगर लाँघकर जाना होता था। रानी वू को कोई उतावली नहीं थी। उनके स्वभाव में ही जल्दबाजी और उतावलापन नहीं था। रात की वर्षा के बाद खिलखिलाती धूप प्यारी लग रही थी। गलियों और बाज़ारों में धुले हुए फ़र्शों के पत्थर चमक रहे थे। आने-जानेवाले भी अच्छे कपड़े पहने हुए थे। बाज़ार में अच्छी-खासी भीड़ थी। किसान देहातों से ताज़ी सब्ज़ी-तरकारी की डलियाँ, अंडे और ईंधन की घास के बोझ लिए चले आ रहे थे। रानी वू को जीवन की यह धारा देखकर सन्तोष होता था। नगर के हज़ारों परिवारों में एक वू-परिवार भी था। दूसरे परिवारों में भी स्त्री-पुरुषों की सन्तानें और उनकी सन्तानों के सन्तानें होती जा रही हैं। चीन देश में ऐसे हज़ारों ही नगर हैं। पृथ्वी पर चीन देश की तरह सैकड़ों ही देश हैं, जहाँ मानव-जाति अपनी-अपनी विभिन्न संस्कृतियों के अनुरूप जीवन-निर्वाह कर रही है। इतने बड़े विस्तार में उनका अपना भी एक स्थान है। इस निस्सीम विस्तार में किसी एक व्यक्ति के हर्ष अथवा शोक का क्या महत्त्व हो सकता है !

लगभग एक घंटे में रानी वू की पालकी कांग-हवेली में पहुँच गई। इंग ने एक नौकर भेजकर रानी साहिबा के आने की सूचना पहले ही भिजवा दी थी। पालकी पहुँचते ही हवेली का लाल रोगन किया बड़ा फाटक खुल गया। भीतर उनका नौकर प्रतीक्षा कर रहा था। इंग तुरन्त रिक्शा से उतर पालकी की ओर आ गई। इंग रानी का छोटा सिंगारदान उठाए थी कि ज़रूरत पड़ने पर असुविधा न हो। रानी वू-हवेली के पहले ही आँगन में थीं कि सेठानी उनके स्वागत के लिए आ गईं। सहेलियों ने एक-दूसरे के हाथ थाम लिए।

"बड़े भाग हमारे बहिन कि तुम आईं।"–सेठानी बोलीं। सेठानी का मन यह जानने के लिए उत्सुकता से तड़प रहा था कि वू-हवेली में क्या हुआ। वह सब बातें रानी के मुँह से सुनना चाहती थीं। दोनों घरों के नौकरों का आना-जाना था। सेठानी सुन चुकी थीं कि वू-हवेली में रखेल आ गई है और पिछली रात च्यूमिंग साहब के आँगन में भी

चली गई थी।

"बहन तुमसे बहुत-सी बातें करनी हैं,"–रानी वू ने कहा, "लेकिन आज आ गई हूँ बहुत जल्दी ही। तुम्हारे काम में विघ्न पड़ेगा।"

"यह क्या कह रही हो !"–सेठानी ने उत्तर देकर रानी का चेहरा ध्यान से देखा। रानी की शान्त आँखें, चेहरे की प्यारी ताज़गी, मुस्कराते होंठों में कहीं भी परिवर्तन नहीं था।

"बहन तुम्हें देखकर बहुत सन्तोष होता है, कितनी अच्छी लगती हो !"–सेठानी स्नेह से बोलीं। यह भी ख़्याल आया कि उन्होंने अभी कंघी भी नहीं की थी, परन्तु इस बात से कोई ईर्ष्या न हुई।

"मैं सुबह जल्दी ही उठ जाती हूँ।"–रानी बोलीं–"चलो आओ भीतर चलो। तुम कंघी करवा लो, तब तक मैं बैठती हूँ।"

"अरे मेरे कंघी हुई न हुई,"–सेठानी ने बेपरवाही से कहा, "मैं कभी दोपहर बाद भी करवा लेती हूँ। सुबह समय ही कहाँ मिलता है!"

सेठानी ने पीछे घूमकर देखा और हँस पड़ी। लगभग एक दरजन बच्चे उनके चारों ओर इकट्ठे हो गए थे। कुछ अपने बच्चे, कुछ पोते-पोतियाँ, मिले-जुले। वह झुकीं और सबसे छोटे बच्चे को उठा लिया। बच्चा अभी अपने पैरों चलना नहीं सीखा था। एक दासी उसे उँगली पकड़ाकर चला रही थी। बच्चा कुछ मैला-कुचैला ही था, दूसरे भी कुछ वैसे ही थे, अलबत्ता बच्चों के कपड़े क़ीमती थे। सेठानी ने बच्चे को उठाकर चूमा और सूँघ लिया, मानो उसे अभी स्नान कराया गया हो।

दोनों सहेलियाँ आपस में बात करती हुईं दो आँगन लाँघकर सेठानी के आँगन में पहुँच गईं। सेठानी ने गोद में लिए बच्चे को फ़र्श पर खड़ा कर दिया और सब बच्चों और दासियों को सम्बोधन कर बोलीं–"जाओ, भाग जाओ यहाँ से !" बच्चों के मुँह लटक गए। सेठानी विवश हो गईं। अपने कुर्ते की जेब में हाथ डालकर कुछ दाम निकाले। दाम सबसे बड़ी दासी के हाथ में देकर बोलीं–"जाओ, इन्हें मूँगफली ले दो।"

जाते हुए बच्चों को पीछे पुकारकर उन्होंने दासी को चेतावनी दी–"देखो, साबित मूँगफली लेकर देना, नहीं तो सब फाँककर फिर सिर पर आ खड़े होंगे।"

बच्चों को दासियों के पीछे भागते जाते देखकर वह प्रसन्नता और सन्तोष से हँस पड़ीं। सेठानी ने फिर रानी वू का हाथ थाम लिया, अपने कमरे में ले गईं और किवाड़ बन्द कर लिए।

"यहाँ कोई दूसरा नहीं है।"–सेठानी ने कहा। रानी को बैठाकर स्वयं बैठीं और ज़रा झुककर रहस्य के स्वर में पूछा–"हाँ बताओ तो क्या हुआ !"

रानी ने सहेली की ओर कुछ विस्मय से देखा, मानो प्रश्न समझीं न हों।

"हाँ बात तो कुछ अजीब-सी ही है,"–क्षणभर सोचकर वह बोलीं–"पर उसमें कहने की क्या बात है !"

"क्या कह रही हो ?"–सेठानी ने ऊँचे स्वर में विस्मय प्रकट किया। "मैं तो कुछ

समझ ही नहीं सकी। लड़की कौन है ? तुम्हें कैसी लगी ? वू साहब को कैसी लगी ?"

"लड़की अच्छी है।"–रानी ने उत्तर दिया और फिर उन्हें ख़्याल आया कि वे तो सुबह से दूसरी ही बातें सोच रही थीं, मालूम नहीं था कि च्यूमिंग साहब को पसन्द आई या नहीं।

"हमने उसका नाम च्यूमिंग रख दिया है। ग़रीब लड़की है पर अच्छी है। साहब को पसन्द क्यों नहीं आएगी। कोई ऐब तो उसमें है नहीं। कोई उससे नाराज़ क्यों होगा ?"–रानी ने संक्षेप में कह डाला।

"हाय विधाता !"–सेठानी अपना फूला हुआ हाथ होंठों पर रखकर बोलीं–"तुम तो ऐसी बात कर रही हो जैसे घर में नई धाय रख ली हो। जब मेरे पिता ने पहली रखेल रखी थी तो माँ ने रो-रोकर घर सिर पर उठा लिया था। गले में फाँसी लगा लेना चाहती थीं। हमलोग रात-दिन चौकसी करते रहते थे। जब पिता दूसरी रखेल लाए तो पहली ने जलन में अफ़ीम खा ली। ऐसे ही एक के बाद एक पाँच रखेलें आईं। घर में सदा झगड़ा बना रहता था।" सेठानी ज़ोर से हँस पड़ीं। "पाँचों ही उनके जूते ढूँढ़ती रहती थीं। जिसके यहाँ रात रहना होता था, पिताजी अपने जूते उसी के कमरे में रख देते थे। दूसरियों को मौका लगता तो जूते चुरा लातीं। पिता ने तंग आकर सबका एक-एक दिन बाँध दिया।"

"क्या बेवकूफ़ औरतें थीं,...हमारा मतलब है रखेलें।"–रानी ने धीमे से कहा–"हम तुम्हारी माँ की बात नहीं कर रहे। मिशेन, तुम्हारी माँ की बात दूसरी थी, आशा करती होंगी कि पति उन्हीं से प्यार करे, परन्तु रखेलें क्या चाहती थीं ?"

"बहन एलिन, तुम्हारे जैसी औरत तो नहीं देखी।"–सेठानी ने स्नेह से पूछा–"अच्छा एक बात सुनो, रात तुम्हें नींद आ गई थी ?"

"नींद ?"–रानी ने उत्तर दिया, "खूब आई बारिश थी न !"

"बारिश थी !...छत पर बारिश की आहट !"–सेठानी को इतनी ज़ोर से हँसी आ गई कि आँखों से पानी बह गया और वे आस्तीन से आँखें पोंछने लगीं।

रानी धीमे से मुस्कराकर चुप रहीं। सेठानी आँखें पोंछ चुकीं तो रानी ने गम्भीरता से कहा–"मिशेन, तुमसे एक ज़रूरी बात करने आई हूँ।"

रानी के स्वर की गम्भीरता से सेठानी तुरन्त गम्भीर होकर बोलीं–"हाँ, कहो, मैं अब नहीं हँसूँगी।"

"तुम जानती हो न हमारे लड़के फेंगमो को ?"–रानी ने पूछा, "तुम्हारा क्या विचार है उसे, स्कूल भिजवा दें ?"

प्रश्न का अभिप्राय था कि सेठानी यदि लड़के को स्कूल भेजना निरर्थक समझें तो रानी तुरन्त लीनी की बाबत बात कर लेंगी और यदि...।

"यह तो सोचने की बात है। वैसे लड़का करना क्या चाहता है ?"–सेठानी ने बहुत गम्भीरता से कहा।

"ऐसा तो कोई इरादा उसने कभी बताया भी नहीं।"–रानी ने उत्तर दिया, "अभी

उसकी उम्र भी क्या है ! अब सत्रह बरस का हो गया है तो उसका ख़्याल रखा ही जाना चाहिए।"

"सो तो ठीक कह रही हो तुम।"–सेठानी ने समर्थन किया और कल्पना में उन्हें फेंगमो का बर्छे-सा सुता हुआ शरीर और ऊँचा माथा दिखाई देने लगा।

"सुनो !"–रानी ने स्पष्ट बात की, "बात यह है, हम सोचते हैं कि दोनों घरों का एक सम्बन्ध और हो जाए। फेंगमो और लीनी...। तुम्हारी क्या राय है ?"

सेठानी ने अपने फूले-फूले हाथ दो बार बाँधे और बोलीं–"क्या कहना बहुत अच्छी बात है !" और फिर उनके हाथ लटक गए। "लेकिन यह लीनी ?"–चिन्ता के स्वर में वह बोलीं, "मैं तो चाहती हूँ हो जाए, लेकिन उस लड़की का क्या पता; जाने क्या कहे !"

"तुमने लड़की को फिरंगियों के स्कूल भेजकर ठीक नहीं किया बहिन।"–रानी वू ने याद दिलाया, "हमने तो तभी मना किया था।"

"ठीक ही मना किया था बहिन।"–सेठानी ने उदासी से स्वीकार किया, "अब तो लड़की को इस घर की कोई बात ही अच्छी नहीं लगती। बाप फ़र्श पर थूक दे तो बिगड़ उठती है। कहती है कि थूकने के लिए कमरों में पीकदान रखो। बच्चे पीकदान उठाकर पटक देते हैं। नन्हें-नन्हें-से बच्चे भी जांघिया न पहनें तो बिगड़ उठती है। तुम बताओ तेरह पोते-पोतियाँ हैं। अभी तो बेचारों को मूत रोकना भी नहीं आता। मैं किस-किस का जांघिया खोलती-बाँधती फिरूँ ? हमारे बुज़ुर्ग हमें बिना आसन के पैजामे ही पहनाते थे। अब बड़ी अकल आ गई है इस छोकरी को। तीन धोबिनों से तो पूरा नहीं पड़ता...।"

"हमारे यहाँ यह सब परेशानियाँ उसे नहीं होंगी।"–रानी बोलीं, "और फिर जब अपने बच्चे हो जाते हैं तो समझ भी आ जाती है।"

लीनी के प्रति सेठानी की नाराज़गी में रानी की सहानुभूति लड़की के प्रति ही थी। सेठानी के यहाँ दाइयाँ, धाएँ बच्चों को कमरों और आँगनों के फर्शों पर जहाँ-तहाँ छीछी करा देती थीं। कहीं पाँव रखने भर को भी जगह न रहती। वू-हवेली में ऐसी बेपरवाही नहीं चल सकती थी। नौकरानियों को कड़ा आदेश था कि बच्चों को किसी कोने में या किसी पेड़ की आड़ में ही बैठाएँ।

सेठानी झिझकते-झिझकते बोलीं–"बहिन, यह हो जाए तो क्या कहना ! लड़की की उमर हो गई है। ब्याह हो जाए तो उसका दिमाग़ ठिकाने लगे। लेकिन बहिन, तुमसे उसके गुण क्या छिपाऊँ ! वह तो अंगरेज़ी पढ़े लड़के से ही ब्याह करने को कहेगी।"

"पर अंगरेज़ी पढ़ा लड़का अंगरेज़ी बोलेगा किससे ?"–रानी ने विस्मय से पूछा, "क्या बहू और दूल्हा बैठकर अंगरेजी में बात करेंगे ? यह तो अच्छा तमाशा होगा।"

"तमाशा ही तो होगा !"–सेठानी ने समर्थन किया, "और आजकल की लड़कियाँ तो गिटपिट मारकर ही मिजाज़ दिखाती हैं।"

दोनों सहेलियाँ कुछ पल चुप बैठी रहीं और फिर रानी साफ़-साफ़ बोलीं–"बहिन, लीनी माने तो फेंगमो तो जैसा है वैसा है। लड़ाई जाने कब शुरू हो जाए ! ऐसी हालत में मैं तो लड़के को शंघाई भेजने से रही। तुम जानती हो यहाँ तो उतना खतरा नहीं।

समुद्र सैकड़ों मील दूर है।"

"सुनो तो !"–सेठानी के चेहरे से चिन्ता उड़ गई। वे बोलीं–"मैं बता दूँ ? यहाँ शहर में एक फिरंगी पादरी है। फेंगमो को अंगरेज़ी पढ़ाने के लिए उसे ही न मास्टर रख लो। मैं लड़की से कह दूँगी फेंगमो फिरंगियों की बोली सीख रहा है।"

"फिरंगी को ?"–रानी चिन्ता के स्वर में बोली, "फिरंगी को हवेली में आने देना ठीक होगा ? कोई बखेड़ा ही न उठ खड़ा हो। सुना है, ये लोग भरोसे लायक नहीं होते।"

"बहिन वह तो पादरी है।"–सेठानी बोलीं, "वह ऐसा क्या होगा !"

रानी कुछ पल और सोचती रहीं–"अच्छा, लड़की जिद्द करेगी ही तो यही सही। फेंगमो को शंघाई भेजने से यही अच्छा रहेगा।"

"हाँ ठीक ही तो है।"–सेठानी ने समर्थन किया।

उठते हुए रानी बोलीं–"बहिन, तुम लीनी से बात कर लेना, हम फेंगमो से पूछ लेंगे।"

"बहिन, फेंगमो न माना तो ?"–सेठानी ने पूछा।

"मान जाएगा।"–रानी बोलीं, "हम समय देखकर बात करेंगे। मर्द बूढ़ा हो या बच्चा, समय देखकर ही बात करनी चाहिए।"

"बहिन तुम्हारा क्या कहना !"–सेठानी धीरे से बोलीं।

दोनों सहेलियाँ आपस में हाथ पकड़े आँगन में आ गईं। आँगन में उनके लिए चाय लगा दी गई थी, कुछ मिठाइयाँ भी थीं।

"बहिन थोड़ी चाय पी लो। थकान कुछ मिट जाए।"–सेठानी बोलीं।

रानी ने इनकार में सिर हिलाकर धन्यवाद दे उत्तर दिया–"नहीं बहिन, तुम बुरा न मानो तो इस समय रहने दो। मैं जाकर लड़के से बात कर लूँ, इसी समय अच्छा मौका है।"

वू ने सेठानी को भी यह बताना उचित नहीं समझा कि च्यूमिंग के साहब के यहाँ चले जाने से पहले ही फेंगमो की उससे आँखें चार हो गई थीं और इस कारण उनके मन में कुछ आशंका थी। उन्होंने सेठानी से विदा ली और चाय तैयार करनेवाली नौकरानी के लिए कुछ इनाम चौकी पर रखकर चल दीं। इंग नौकरानियों में बैठी गप्प लगा रही थी। मालकिन को चलते देख दौड़ी हुई आई। रानी अपनी हवेली को लौट गईं।

रानी लौटकर हवेली में आईं तो बड़े फाटक के भीतर आँगन में सामने जाती हुई मिस हिसा दिखाई दी। रानी जानती थीं कि शहर भर के सभी नौकरों को वू-हवेली और कांग-हवेली की सब खबरें रहती थीं। शहर में यह दो परिवार ही सबसे बड़े और समृद्ध थे। रानी जानती थीं कि हिसा के नौकर ने बात सुनी होगी और हिसा को भी सुना दी होगी।

हिसा ने मुड़कर रानी की ओर देखा और विस्मय से आँखें फैलाकर पुकार उठी–"ओ रानी साइबा टुम क्या सुना ? अम बोला, ऐसा होने नाई सकटा।"

"आइए आइए !"–रानी ने हिसा को सम्बोधन किया, "कितनी सुहावनी धूप है। हमलोग बाहर ही बैठें। इंग चाय और कुछ खाने के लिए ले आवेगी। भूख लगी होगी ! दोपहर का समय भी तो हो गया।" रानी हिसा को बड़े आँगन में से साथ ले चलीं।

हिसा को अपने आँगन में बैठने के लिए कुर्सी दे रानी ने कहा–"आप पल भर बैठिए। हम एक मिनिट में आते हैं। रानी मुस्कराती हुई भीतर चली गईं। इंग भी उनके पीछे भीतर आकर बोली–"अभी तो आकाश और बरसेगा। जाने विधाता क्या करेंगे ?"

"शोर न कर।"–रानी ने मुस्कराकर इंग की ओर देखा और आईने के सामने बैठ गईं। एक-आध बिखर गया केश सँभालकर एक हाथ पाऊडर का फेर लिया। बाहर जाते समय सोने की सादी बालियाँ पहन ली थीं, उन्हें बदलकर फिर सब्ज़े की बालियाँ पहन लीं। हाथ धोए और हाथों पर सुगन्ध लगा ली और आँगन में लौट आईं।

हिसा आदर के लिए तुरन्त उठ खड़ी हुई। उसके चेहरे पर सहानुभूति की उदासी छा गई और बोली–"ओ अच्छी रानी साइबा, आपका कैसा मुसीबत हो गया। अम सुनटा ठा राजा साब बोत बला आडमी है।"

"बहन आप आ गईं बहुत अच्छा हुआ।"–रानी मुस्कराकर बोलीं, "आप से कुछ मदद चाहिए थी।"

रानी कुर्सी पर बैठ गईं तो हिसा भी बैठी। विनय और आग्रह में रानी की ओर झुककर बोली–"रानी साइबा अमारे लायक जो खिडमट। अमारा बहन, बगवान् जिसका पियार करटा उसका बी कवी तकलीफ़ डेटा।"

रानी ने अपनी बड़ी-बड़ी शान्त आँखें हिसा की ओर उठाकर पूछा–"बहिन, आप इंजील सुनाना चाहती हैं ? इंजील पढ़ना हो तो अपनी बात हम फिर किसी रोज़ कह लेंगी।"

"अम टो आपको टसल्ली देटा हाय।"–हिसा ने उत्तर दिया, "आपको मडड चायता।"

"बहन हमें तो कोई तकलीफ़ नहीं है।"–रानी ने मुस्कराकर विश्वास दिलाया।

"अम सुना, अम बोलटा।"–झिझकते हुए हिसा बोली।

"नौकरों की अफ़वाहों पर ध्यान नहीं देना चाहिए।"–रानी ने शान्ति से समझाया, "वे लोग सदा बढ़ा-चढ़ा कर बात करते हैं। उनकी बातें मानो तो आज शहर में महामारी फैलने की बात सुनोगी, कल शहर उजड़ जाने की और परसों नया शहर बस जाने की।"

हिसा रानी की ओर विस्मय से देखती चुप रह गई और फिर सोचकर बोली–"टो फिर ये सब टीक नाई है।"

"हमें नहीं मालूम आपका क्या मतलब है।"–वू ने धीमे से कहा, "लेकिन आप विश्वास रखिए कि इस हवेली में हमारी इच्छा बिना या हमसे पूछे बिना कुछ नहीं हो सकता।"

हिसा का चेहरा झेंप से लाल हो गया। रानी बोलीं–"आप हमारा बहुत ख़याल करती हैं। हमें एक काम में आपकी मदद चाहिए।"

हिसा ने हामी भरी, परन्तु परिस्थिति ठीक से न समझ सकने की उलझन में उसके सूखे होंठ और रूखे हाथ लटक गए और आँखें फैल गईं।

रानी सुगन्धित रेशमी रूमाल से होंठ पोंछकर बोलीं–"हम अपने तीसरे बेटे फेंगमो को कुछ और शिक्षा दिलाना चाहते हैं।" रानी के स्वर में वही अभ्यस्त कोमलता थी, जिससे उनकी करुणा और उदारता प्रकट हो जाती थी। "हम उसे अंगरेज़ी सिखाने के लिए एक अंगरेज़ मास्टर रखना चाहते हैं। आप जानती हैं, समय बदल गया है और पुराने समय की शिक्षा-दीक्षा ही काफ़ी नहीं है। देश-विदेश का ज्ञान और सम्बन्ध भी अब ज़रूरी है। आप शहर में कोई ऐसा आदमी बता सकती हैं ?"

रानी ने ऐसा अप्रत्याशित प्रसंग छेड़ दिया था कि हिसा कुछ देर के लिए मौन रह गई।

"हमने सुना है कि यहाँ एक अंगरेज़ पादरी हैं।"–रानी ने स्वयं ही पूछा, "आप उन्हें जानती हैं ?"

"पाडरी ?"–हिसा ने प्रश्न से ही पूछा।

"हाँ, सुना तो है।"–रानी बोलीं।

हिसा कुछ झिझकी, "ओ आप उस पाडरी का बाट बोलटा हय।" और बोली, "अम समझटा आपका बेटा को पड़ाने को ठीक नई हय।"

"क्यों, क्या विद्वान आदमी नहीं है ?"–रानी ने पूछा।

"आडमी ठीक नाई हय।"–हिसा ने उत्तर दिया, "ऐसा कि बगवान को बी कम मानटा।"

"ऐसा आप क्यों कहती हैं ?"–रानी ने पूछा।

"अम बोलटा कि उसको बगवान में ईमान नहीं हय।"–हिसा ने गम्भीरता से सम्मति दी।

"हो सकता है, उसका कोई दूसरा धर्म हो।"–रानी ने सुझाया।

"सच्चा डरम तो एक है। दो नाई।"–हिसा ने दृढ़ता से उत्तर दिया।

रानी के होंठों पर मुस्कराहट आ गई। बोलीं–"आप उनसे कहिएगा कि हमसे मिल लें।"

"उस आडमी का बियाह नाई। कुवारा हय।"–हिसा ने घबराहट से उत्तर दिया, "अम उसका गर जाएगा टो वो कुछ और समजेगा।"

रानी ने आत्मीयता से हिसा का सूखा हाथ अपने कोमल हाथों में लेकर विश्वास दिलाया–"नहीं, नहीं, आपके बारे में ऐसा कोई नहीं सोच सकता।"

रानी की सहानुभूति से हिसा की झेंप दूर हो गई। उसने विश्वास दिलाया–"अमारा बहन रानी साइबा, आपका वास्टे अम सब कोछ करेगा।" मानो रानी के लिए बड़ी भारी आपत्ति का सामना करने के लिए तैयार हो गई हो।

हिसा की घबराहट दूर करने के लिए रानी ने उसका हाथ थपथपाकर फिर मुस्करा दिया। "आप तो हैं ही बहुत अच्छी, इसमें सन्देह नहीं।" उसी समय इंग एक बड़ी

किश्ती में चाय और मिठाइयाँ लिए आ गई।

आधे घंटे के लगभग चाय चलती रही। मिस हिसा से छुट्टी लेने के लिए रानी ने पूछा–"चलने से पहले आप दुआ नहीं पढ़ेंगी ?"

"ज़रूर-ज़रूर बहन।"–हिसा ने उत्साह से स्वीकार किया।

हिसा ने आँखें मूँदकर सिर झुका लिया और विनय और करुणा के स्वर में अदृश्य शक्ति को सम्बोधन करने लगी। रानी उतनी देर चुप बैठी रहीं। उन्होंने आँखें नहीं मूँदी बल्कि हिसा के चेहरे की ओर देखती-सोंचती रहीं–इस बेचारी की आत्मा कैसी अकेली और भूखी है। घर-बार से दूर समुद्र पार बेचारी दूसरों की सेवा के लिए यहाँ पड़ी हुई है। ग़रीबों की सेवा करती है। भीख माँगनेवाली स्त्रियों को सिलाई और कसीदा काढ़ना सिखाती है। सब लोग जानते हैं कि वह अपना सब कुछ दूसरों की सहायता के लिए न्योछावर किए है, परन्तु स्वयं वह कितनी असहाय और असन्तुष्ट है। रानी का मन करुणा से भीग गया। वे जानती थीं कि हिसा बेचारी अबूझ और अनजान-सी है, परन्तु बेचारी है सहृदय।

दुआ समाप्त कर हिसा ने आँखें खोलीं तो उसे रानी की सुन्दर बड़ी-बड़ी आँखों में तरल करुणा उमड़ी हुई दिखाई दी। उसे जान पड़ा भगवान् ने उसकी दुआ सुन ली और उन्होंने अपनी करुणा से उस नास्तिक महिला के हृदय को स्पर्श कर दिया है।

रानी फिर गम्भीर हो गईं। हिसा को विदा देने के लिए कुर्सी से उठ खड़ी हुईं। "अच्छा तो आप उस पादरी को जल्दी ही भेज दीजिएगा।"

–उन्होंने अन्तिम बात कही, मानो आज्ञा दे रही हों। हिसा के लिए सिर झुकाकर हामी भर लेने और चल देने के सिवा और कोई चारा नहीं रहा।

रानी अन्त में विनय से बोलीं–"आप हमारी इतनी मदद कर रही हैं, आपका बहुत धन्यवाद। हम यही कह सकते हैं कि जब आपका मन चाहे आप हमारे लिए दुआ कर सकती हैं।"

इंग से सुनी बात कि त्सेमो ने रुलन को पिछली रात पीटा था और रुलन के रोने की आवाज़ सुनाई दी थी रानी के मन में काँटे की तरह खटकती रही। परन्तु वे जानती थीं कि उस बड़े परिवार की समस्याएँ उनके महत्त्व के अनुसार उचित अवसर आने पर ही सुलझाई जा सकती हैं। महत्त्व सबसे अधिक त्सेमो-रुलन के झगड़े का ही था। सुबह सबसे पहले वे त्सेमो के यहाँ ही गई थीं, परन्तु शायद वह उचित अवसर नहीं था इसलिए विधाता ने उस समय अवसर नहीं दिया। रानी अपने अभ्यास के अनुसार दूसरे छोटे-मोटे कामों को सुलझाती हुईं इस बड़ी समस्या पर विचार करती रहीं।

बड़े बावरची का हिसाब दो दिन पहले ही जाँच के लिए आ जाना चाहिए था, परन्तु हवेली में उठे तूफ़ान का ध्यान कर बावरची ने रानी साहिबा को परेशान करना उचित न समझा। रानी ने उसे स्वयं ही बुलवा भेजा और हिसाब में ईंधन के लिए लगाए गए ज़्यादा दामों पर टोक दिया।

बड़ा बावरची जब भी हिसाब बताने के लिए आता इंग भी समीप बनी रहती थी। वह समझती थी कि रसायन बनाने में बड़े बावरची की बराबरी का आदमी चाहे दुनिया में न मिले पर है वह कुछ बुद्धू ही। रानी ने ईंधन के ऊँचे दामों के बारे में टोका तो वह तुरन्त ताड़ गई कि ज़रूर किसी दूसरे नौकर ने इस बारे में शिकायत की है। और तुरन्त ही याद आ गया कि एक अधेड़-सी नौकरानी ने बड़े बावरची पर फन्दे डालने की कोशिश की थी, परन्तु इंग के डर से बड़े बावरची की हिम्मत न पड़ी। नौकरानी चिढ़ गई थी और बावरची और इंग के काम में मीन-मेख निकालती रहती थी।

रानी ने ईंधन के दाम ज़्यादा बताए तो इंग तुरन्त अपने पति पर बरस पड़ी–"यह है ही ऐसा बुद्धू। मैंने इसे बीस बार समझाया है कि पच्छिम दरवाज़े से ईंधन न खरीदा कर। वहाँ तो लोग लूटते हैं।"

"ईंधन इतनी जल्दी खरीदने की ज़रूरत ही क्या है !"–रानी ने समझाया, "जब तक बाज़ार में नया ईंधन नहीं आता, अपनी ज़मीनों से ही ईंधन की घास मँगवा लिया करो।" वही आठ माह तक काफ़ी होगा।

"हुज़ूर मुख़्तार ने इस बार ईंधन की घास की ज़मीन में भी खेत बनवा दिए हैं।"

ईंधन के विषय में कुछ और बात करना रानी ने आवश्यक नहीं समझा। बावरची के लिए इतनी चेतावनी ही काफ़ी थी। खाता मूँदकर उन्होंने बावरची की ओर बढ़ा दिया और उठकर पिछले महीने चढ़ गया ख़र्चा और अगले महीने के लिए पेशगी रुपया बावरची को दे दिया। जानती थीं कि साठ आदमियों की रसोई बनती है, बड़े खर्चों में यह सब चलता ही है। बावरची के बाद कपड़ा-गोदाम और मरम्मत का इन्तज़ाम करनेवाला कारिन्दा दोनों दर्जिनों के साथ हाज़िर हुआ। रानी ने उनसे परिवार और नौकरों के गरमी के मौसम के कपड़ों की बातचीत की। इन लोगों के बाद बढ़ई ने आकर सलाम किया। रानी ने टपकनेवाली दो छतों के लिए सामान और खर्चे का ब्योरा बना लिया।

सन्ध्या तक एक के बाद दूसरे, हवेली के भिन्न-भिन्न कामों से सम्बन्ध रखनेवाले लोग आते रहे। रानी का व्यावहारिक ज्ञान सभी बातों में पूर्ण था। वे उन सभी बातों पर इतनी गहराई से बातचीत करती रहीं मानो वही उनका धन्धा था। सूर्यास्त तक यह सब समाप्त कर देने के बाद दूसरी समस्याएँ उनके मस्तिष्क में आ गईं। वे फेंगमो के विषय में सोचने लगीं।

रानी दिन भर पुस्तकालय में मेज़ के साथ रखी बड़ी कुर्सी पर बैठी काम करती रही थीं। अब भी वहीं बैठी सोच रही थीं–फेंगमो के लिए निश्चय कर लेना ही उचित है। मन में निश्चय कर चुकी थीं कि लड़के का विवाह लीनी से ही करना है, परन्तु वह कुछ कहना चाहता है तो कह ले। इससे उसे सन्तोष हो जाएगा कि उसके ऊपर कोई दबाव नहीं है। इंग शयनागार में सेज ठीक कर रही थी, रानी ने उसे पुकार लिया।

"सुनो, फेंगमो को बुला लाओ।"–रानी ज़रा झिझकीं। इंग ने उत्सुकता से उनकी ओर देखा। रानी ने कहा–"और,...जब लौटो तो छोटी मालकिन से कहना कि रात में

वह सब लोगों के साथ ही भोजन करेंगी।"

इंग मुँह बनाकर चली गई और रानी कुर्सी पर बैठी अपना अधर चुटकी में लिए सोचती रहीं–रात के भोजन का समय हो रहा है, इस समय फेंगमो अपने कमरे में ही होगा। अगर फेंगमो लीनी से ब्याह की बात ख़ुशी-ख़ुशी मान जाए तो आज रात सब लोगों के साथ मिलकर ही भोजन करेंगी। इधर कुछ दिन से वे अकेले ही खाना खा रही थीं। उन्हें सब लोगों से मिलते-जुलते ही रहना चाहिए।

रानी को फेंगमो के क़दमों की आहट सुनाई दी। वे सब बेटों के क़दम पहचानती थीं। लिआंगमो धीरे-धीरे जमे-जमे क़दम रखता था, त्सेमो ज़रा जल्दी में लुढ़कता-सा और येनमो तो अभी उछल-कूदकर ही चलता था। फेंगमो के क़दम ताल से उठते थे। तीन क़दम तेज़ और चौथा मध्यम। फेंगमो भीतर आया तो अपने स्कूल की गहरे नीले रंग की वर्दी पहने था। वैसे ही नीले कपड़े की टोपी सिर पर थी। टोपी पर स्कूल के नाम का बिल्ला लगा हुआ था–राष्ट्रीय पुनर्निर्माण मिडिल स्कूल।

रानी ने मुस्कराकर उसे भीतर आने का संकेत किया और हँसकर पूछा–"राष्ट्रीय पुनर्निर्माण का क्या अर्थ है ?"

"अम्माजी यह तो नाम है स्कूल का।"–फेंगमो ने उत्तर दिया और समीप कुर्सी पर बैठ गया। सिर से टोपी उतार ली और उसे दोनों हाथों में पहिए की तरह घुमाने लगा।

"नाम ही है; तुम्हें उसके अर्थ से कुछ मतलब नहीं है ?"–रानी ने पूछा।

"क्यों नहीं, हम सब चाहते हैं कि राष्ट्रीय पुनर्निर्माण हो।"–फेंगमो ने उत्तर दिया।

"लेकिन तुम्हें मालूम नहीं कि राष्ट्रीय पुनर्निर्माण का मतलब क्या है। ?"–रानी ने हँसकर पूछा।

फेंगमो हँस पड़ा। "अम्माजी अभी मुझे अलजबरा समझ में नहीं आता।"–फेंगमो ने उतर दिया, "अलजबरा सीख लूँ तो फिर राष्ट्रीय पुनर्निर्माण भी समझ लूँगा।"

"अलजबरा !"–रानी ने सोचते हुए धीमे से कहा, "योरुप के लोगों ने अलजबरा भारतवासियों से ही सीखा था।"

फेंगमो ने विस्मय से माँ की ओर देखा। उसे आशा नहीं थी कि माँ ऐसी बातों के सम्बन्ध में भी जानती हैं। बेटे के विस्मय से रानी के होंठों पर मुस्कान आ गई। "तुम कुछ कमज़ोर-से लग रहे हो, क्या बात है ?"–माँ ने कुछ याद कर पूछा, "हिरण के सींग का चूर्ण खाते हो ?"

"नहीं अम्माजी, उसमें से तो सड़ी मछली-सी दुर्गन्ध आती है।"–फेंगमो ने मुँह बना कर कहा।

"अच्छा तो उसे रहने दो।"–रानी फिर मुस्कराकर बोलीं, "तुम्हें इतना बुरा लगता है तो जाने दो।"

"धन्यवाद अम्माजी।"–फेंगमो बोला, परन्तु उसे माँ के ढंग से विस्मय भी हुआ।

रानी वू दोनों कोमल हाथों के पंजे मिलाए कुछ आगे झुककर धीमे से बोलीं– "फेंगमो, तुमने कुछ सोचा है ब्याह कब करोगे ?"

"ब्याह कब करूँगा ?"–माँ की बात समझने के अभिप्राय से फेंगमो ने टोपी को दोनों हाथों में घुमाते हुए पूछा।

"हाँ"–रानी ने उत्तर दिया, "तुम्हारे पिताजी से तो बात हुई थी।"

"अम्माजी मेरे ब्याह के लिए आप लोग फिक्र न कीजिए। मैं अपने आप ही बता दूँगा।"

"हाँ ठीक है।"–रानी ने तुरन्त स्वीकार किया, "हम ज़बरदस्ती नहीं कर रहे। तुम्हें कुछ नाम बता दें, सोचकर देख लो। उनमें से तुम्हें कोई पसन्द है ? हमें भी तो मालूम हो कि तुम कैसी लड़की चाहते हो। लड़की का घर-बार भी तो देखना होगा। हम ऐसे पुराने ख़याल के घराने की लड़की, चेन-परिवार-जैसी, से तो ब्याह करने के लिए तुम्हें कह देंगे नहीं।"

"ऐसी लड़की से मैं कभी शादी नहीं करूँगा।"–फेंगमो ने घोषणा की।

"ऐसी लड़की से शादी करने को तुम्हें कह ही कौन रहा है ?"–रानी बहुत शान्ति से बोलीं, "लेकिन बेटा, आजकल लड़कियाँ भी तो बहुत कुछ कहने-सुनने लग गई हैं। हमलोगों के समय की बात दूसरी थी। हमारे लिए तो जो माँ-बाप ने कर दिया ठीक था, लेकिन आजकल की लड़कियाँ तो बढ़-बढ़कर बातें करती हैं। जैसी लड़की तुम चाहते हो वह ज़रूर कह देगी–मैं अंगरेज़ी न पढ़े लड़के से ब्याह नहीं करूँगी।"

"मैं स्कूल में अंगरेज़ी पढ़ तो रहा हूँ।"–फेंगमो ने गर्व से उत्तर दिया।

"लेकिन तुम अंगरेज़ी अच्छी तरह कहाँ बोल पाते हो !"–रानी बोलीं, "अंगरेज़ी हम ख़ुद नहीं जानतीं, लेकिन तुम भी जब बोलते हो तो बहुत अटक-अटक कर। तुमने ठीक ढंग से पढ़ी भी कहाँ है !"

"ऐसी कौन है जो मुझे पसन्द नहीं करेगी ?"–फेंगमो ने अकड़कर पूछा।

फेंगमो की अकड़ देखकर रानी को अपनी बात कहने के लिए आधार मिल गया। लड़के के अहंकार को उकसाने के लिए बोलीं–"उदाहरण के तौर पर जैसे मेंग की छोटी बहन लीनी है।"

"वह लड़की ?"–फेंगमो बड़बड़ाया, "वह तो फिजूल अकड़ती है। मुझे तो नहीं अच्छी लगती।"

"सुन्दर भी तो कितनी है !"–रानी ने फेंगमो की अकड़ का उत्तर दिया, "खैर, वही एक थोड़े ही है; और बीसियों हैं, परन्तु लीनी तो हमलोगों के घर-बार को जानती-बूझती है। अगर उसने ही न कर दी तो हमें न जाननेवाली कोई अच्छी लड़की क्या मानेगी।"

"तो क्या है, मैं अंगरेज़ी स्कूल में दाख़िल हो जाऊँगा।"–फेंगमो ने गरदन उठाकर कहा।

"नहीं, यह तो नहीं होगा।"–रानी ने स्नेह से कहा, परन्तु उस स्नेह में भी चट्टान की-सी दृढ़ता थी।

"किसी भी समय युद्ध आरम्भ हो जाए, ऐसी अवस्था में लड़कों का अपने घर रहना ही ठीक होगा।"

"आपको कैसे मालूम हुआ अम्माजी कि युद्ध हो जाएगा ?"–फेंगमो ने पूछा।

"वह तो स्पष्ट दिखाई दे रहा है।"–रानी ने चिन्ता के स्वर में उत्तर दिया, "कोई तुम्हारे घर में घुसता चला आए, तुम उसे न रोको तो वह और आगे बढ़ेगा ही।"

लड़का चुप रहकर माँ की ओर देखता रहा। आँखें बेटे की भी माँ की आँखों की तरह ही काली और बड़ी-बड़ी थीं, परन्तु उनमें अभी अनुभव की स्थिरता और गहराई नहीं आ पाई थी।

"सुना है, यहाँ शहर में एक बहुत विद्वान् पादरी हैं।"–रानी बोलीं। "तुम योरुपीय भाषा सीखना चाहते हो, तुम्हें पढ़ाने के लिए पादरी को रख लें, वह तुम्हें पढ़ा देगा। सिर्फ़ विवाह की ही बात नहीं, वैसे भी विदेशी भाषाएँ उपयोगी हो सकती हैं। समय बहुत बदल रहा है।"

रानी के स्निग्ध और मधुर स्वर में भी गम्भीर चेतावनी थी। फेंगमो माँ से स्नेह करता था, परन्तु उसके हृदय पर उनका रोब भी था। उसने उनका कहा सदा ठीक ही पाया था। कभी माँ की बात की अवज्ञा कर देने पर भी उन्होंने बेटे को कोई दंड नहीं दिया था, परन्तु दंड मिल ज़रूर गया था। उसे विश्वास हो गया था कि माँ ज्ञान और बुद्धिमता का भंडार है, परन्तु लड़काई ऐंठ दिखाने के लिए उसने आपत्ति की ही।

"पादरी ?"–फेंगमो बोला, "मैं धर्म-वर्म, कुछ नहीं मानता।"

"धर्म मानने के लिए तो नहीं कह रही हूँ।"–रानी बोलीं, "धर्म की क्या बात है ?"

"वह मुझे ईसाई बनाने की कोशिश करेगा।"–फेंगमो ने मुँह बनाकर कहा, "मिस हिसा भी सबको ईसाई बनाने की फिकर में रहती हैं। जब मिलती है इंजील की प्रार्थना का पर्चा थमा देती है।"

"तुम क्या इतनी जल्दी बहक जाओगे ?"–रानी ने पूछा, "तुम खुद भी समझदार हो। जो बात तुम्हें भली लगे मानो, जो भली नहीं लगती न मानो। महीने भर के लिए पादरी को रख लें, तुम्हें अच्छा न लगे तो हटा देंगे; ठीक है ?"

रानी के अनुशासन का रहस्य यही था कि वे दबाव से बात न मनवाती थीं। सुझाव के रूप में बात कहतीं और दूसरों को सोचने का अवसर देतीं। उन्हें उतावली न होती। इस बीच में घटनाओं के परिणामों से उनकी बात का समर्थन हो जाता।

फेंगमो ने अपनी टोपी उलटते-पलटते स्वीकार कर लिया–"आप चाहती हैं तो महीने भर के लिए रख लीजिए। अम्माजी, फिर मैं पादरी से नहीं पढ़ूँगा।"

"हाँ, महीना भर देख लो।"–रानी ने कुर्सी से उठते हुए कहा, "आओ बेटा, खाना लग गया होगा, चलें। पिताजी आरम्भ कर देंगे तो बाद में जाना अच्छा नहीं लगेगा।"

वू-हवेली के भोजनालय में स्त्री और पुरुष दो बड़ी-बड़ी मेज़ों पर अलग-अलग बैठते थे। भोजनालय में आकर फेंगमो मर्दानी मेज़ की ओर, जहाँ पिता के साथ दूसरे भाई, भतीजे और भाँजे बैठे थे, बढ़ गया। रानी ज़नाना मेज़ की ओर गईं। उनके सम्मान के लिए सब स्त्रियाँ खड़ी हो गईं। रानी ने आते ही एक नज़र देख लिया कि च्यूमिंग भी मेज़ पर थी। लड़की झेंप के कारण दूसरी स्त्रियों से ज़रा हटकर बैठी थी। उसने किसी

बच्चे को गोद में ले लिया था। रानी के आदर में खड़ी हुई तो भी उसने लजाकर बच्चे को सामने कर लिया, परन्तु रानी उसे देख चुकी थीं। च्यूमिंग कुछ गम्भीर-सी थी। नई जगह में स्वाभाविक भी था। यही बहुत था कि बेचारी मेज़ पर आ गई थी।

"आप लोग बैठिए।"–रानी ने सभी को सम्बोधन किया और मेज़ के सिरे की कुर्सी पर बैठकर उन्होंने खाना खाने की कमचियाँ सँभाल लीं। मेंग अभी दूसरी स्त्रियों को परोस रही थी। रानी ने कमचियाँ मेज़ पर रख दीं और मेंग की ओर देखकर अनुरोध किया–"बेटी, हमारे लिए भी परोस दो। बहुत थकी हुई हैं हम।"

मेज़ के समीप ही धाय मेंग के मुन्ने को गोद में लिए खड़ी थी। रानी ने बच्चे की ओर मुस्कराकर पुचकारा। फिर दोनों बहुओं से हाल-चाल पूछा। बच्चा धाय की गोद में बहुत बेचैन हो रहा था। रानी ने कमचियों से मांस का टुकड़ा उठाकर बच्चे की ओर बढ़ा दिया और फिर च्यूमिंग की ओर देखकर बोलीं–"छोटी मालकिन, तुम्हें क्या अच्छा लगता है ? संकोच न करना, मछली लो, अच्छी बनी होंगी।"

च्यूमिंग का चेहरा लज्जा से गहरा लाल हो गया। बच्चे को गोद में लिए ही उठकर उसने विनय से सिर झुकाया–"जीजी धन्यवाद !" बहुत धीमे से उसने होंठों में ही कहा और वह बैठ गई। एक नौकर ने उसके सामने चावलों का कटोरा रख दिया। पहले उसने बच्चे के मुँह में ही कौर दिया।

रानी के इतने व्यवहार से परिवार में च्यूमिंग का स्थान बन गया। वह परिवार में सम्मिलित हो गई। पल भर के लिए चुप रहकर लोगों ने रानी के निर्णय को स्वीकार किया। फिर नौकर-नौकरों से बोलने लगे, दायियों ने बच्चों को पुचकारा और वातावरण स्वाभाविक हो गया।

रानी छोटे-छोटे कौर ले शिथिल गति से खाने लगीं। उनके दुलार से मचलकर पोता उनकी गोद में जाने की जिद्द करने लगा था। मेंग ने उसे दुलार से झिड़का–"न बेटा, तेरे हाथ-मुँह कैसे सने हुए हैं !"

रानी ने मानो स्वप्न से चौंककर पूछा–"क्या मेरे पास आएगा ?"

मेंग बोल पड़ी–"नहीं अम्माजी, बहुत सना हुआ है।"

"आ मेरे लाल !" रानी ने हाथ बढ़ाकर गरुए मुन्ने को ले गोद में बैठा लिया और फिर दूसरी साफ़ कमचियों से परोसने के लिए रखे बड़े प्याले में से मांस के छोटे-छोटे टुकड़े चुनकर बच्चे को खिलाने लगीं। वे बोल नहीं रही थीं। बच्चे के मुँह में कौर देते समय केवल मुस्कराती जा रही थीं।

दादी की गोद में बैठा बच्चा मुस्करा भी नहीं रहा था। अपना छोटा-सा मुँह खोल बहुत सन्तोष से खाता जा रहा था, मानो परम सन्तोष की अवस्था में हो। रानी की गोद और स्पर्श ही बच्चों को सन्तुष्ट कर देते थे; उन्हें रिझाने का यत्न नहीं करना पड़ता था। पोते को गोद में ले रानी भी सन्तोष अनुभव कर रही थीं। वह बच्चा उनकी पूर्णता का प्रतीक था। उस बच्चे के रहते उनकी उदासी का अर्थ क्या ! वह स्वयं उनके अपने शरीर का विस्तार था, परन्तु उनकी आत्मा तक किसकी पहुँच थी ! उनकी आत्मा की

उड़ान उनके शरीर और पार्थिव जीवन से बहुत दूर चली गई थी। उनके विचारों और अनुभूतियों का क्षेत्र निस्सीम होकर भूत-भविष्य में भी फैल गया था। उनकी आत्मा जब विश्राम चाहती तो उनके शरीर और इस परिवार में लौट आती। इस समय भी वे पोते को गोद में लिए अपना पार्थिव अस्तित्व अनुभव कर रही थीं। वंश का प्रवाह जारी था–उनकी पीढ़ी का अन्त और नई पीढ़ी का आरम्भ...।"

बच्चा पूर्ण विश्वास से बार-बार अपना छोटा-सा मुँह फैला देता था और वे उसे जो चाहतीं खिलाती जा रही थीं। बच्चे ने तृप्त होकर मुँह फेर लिया तो उन्होंने उसे मेंग की ओर बढ़ा दिया।

वे तृप्त होकर उठ गईं। दूसरी स्त्रियाँ अभी खा ही रही थीं। रानी ने उनसे खाते रहने का अनुरोध किया। मर्दानी मेज़ के पास से जाते हुए उन्होंने वू साहब और दूसरे लोगों की ओर मुस्कराकर देखा। सब लोग उनके आदर में उठने को हुए। रानी ने मुस्कराकर सिर झुकाया और बाहर चली गईं। वे सब फिर बैठ गए।

उस रात भी रानी को ख़ूब गहरी नींद आई।

भोजन की मेज़ पर आधे घंटे तक रानी साहिबा के साथ बैठना ही च्यूमिंग के विवाह का उपचार हो गया। रात को वह कुछ समझ ही नहीं सकी थीं कि साहब के मन में क्या है। वे कुछ बोले भी न थे और सूर्योदय से पहले ही चले गए थे। उनके जाने के बाद च्यूमिंग दोपहर तक सोती रही थी। दिन में केवल एक नौकरानी ही उसके यहाँ आई थी और इंग आकर कह गई थी कि रात भोजन सब लोगों के साथ ही खाना होगा। जल्दी में कपड़े पहनकर वह तैयार हुई और भोजनालय में चुपके से सबसे बाद ही पहुँची। आते ही उसने एक दाई की गोद से बच्चा सँभाल लिया। बच्चा रोया नहीं। बच्चे उससे तुरन्त रीझ जाते थे। गाँव में भी वह प्रायः ही पड़ोसियों के बच्चों को खिलाती रहती थी। मेज़ पर बैठी दूसरी स्त्रियाँ अब उसकी सम्बन्धी ही थीं। इन स्त्रियों ने बारी-बारी से, किसी ने बेपरवाही से, और किसी ने ज़रा झेंपकर उसे सम्बोधन किया। च्यूमिंग केवल विनय से सिर झुकाकर रह गई। खा पाना भी कठिन था।

परन्तु रानी के सौजन्य से उत्साह पाकर उनके उठकर चले जाने के बाद च्यूमिंग को बहुत भूख मालूम हुई। दूसरी स्त्रियों से ओट के लिए ज़रा घूमकर वह जल्दी-जल्दी खाने लगी और दो प्याले चावल और मांस खा गई।

भोजन के बाद मेंग और रुलन उठीं तो वह भी उठकर शर्म से चुप खड़ी रहीं। मेंग उसकी ओर बढ़ आई और सहृदयता से बोली–"छोटी मालकिन, मैं कल तुम्हारे यहाँ आऊँगी।"

"मैं किस लायक हूँ ?"–सकुचाकर क्षीण स्वर में च्यूमिंग ने उत्तर दिया। वह मेंग से आँखें नहीं मिला सकी थी। अब साहस पा मेंग की ओर कातरता से देखा।

"मैं आऊँगी, मुन्ने को भी लाऊँगी।"–मेंग ने आश्वासन दिया।

च्यूमिंग पुरुषों की आँखों से सकुचाकर दूसरी स्त्रियों में छिपी हुई बाहर चली गई।

सभी पुरुषों ने अपने-अपने ढंग से उसकी ओर नज़र डाली।

उस रात साहब ज़रा जल्दी आए। च्यूमिंग बैठी अपने नए कपड़े सी रही थी। साहब के आने पर वह उठ खड़ी हुई और मुँह दीवार की ओर कर लिया। साहब पल भर ठिठके और कुर्सी पर बैठ गए। दोनों हाथ घुटनों पर रख गला साफ़ करने के लिए उन्होंने खँखारा और बोले–

"तुम...ऐसे घबरा क्यों रही हो।"

च्यूमिंग उत्तर न दे सकी। हाथों में लिए कपड़े को पकड़े पत्थर की मूर्ति की तरह निश्चल खड़ी रही।

"इस घर में तुम्हें कोई तकलीफ़ नहीं होगी।"–साहब बोले, "मालकिन बड़ी भली हैं। बहुत-सी दूसरी स्त्रियाँ हैं, बहुएँ हैं, भतीजों और भानजों की बहुएँ और बच्चे भी हैं। तुम भी भली जान पड़ती हो। तुम्हारा मन लग जाएगा।"

च्यूमिंग चुप ही रही। साहब ने एक बार और खाँसा। आराम के लिए ज़रा पेटी ढीली की, कुछ अधिक खा जाने के कारण उनकी साँस घुट रही थी। फिर बोले–"यहाँ तुम्हें कोई ज़्यादा काम नहीं है। हम अबेर से उठते हैं। हम सोए रहें तो उठाना मत। रात में नींद खुल जाए तो चाय लेते हैं, बहुत कड़ी चाय नहीं। हमें गरमी ज़रा ज़्यादा मालूम होती है, जाड़ों में भी दो लिहाफ़ नहीं ओढ़ पाते...और धीरे-धीरे सब समझ जाओगी।"

च्यूमिंग के हाथों में थमा कपड़ा गिर गया। सहसा साहब की ओर घूम गई और पूछ बैठी–"मुझे रखेंगे ?" उसके प्राण छटपटा रहे थे जानने के लिए कि उसे पृथ्वी पर शरण मिल गई ?

"हाँ हाँ,"–साहब बोले, "यही तो कह रहे हैं।" वे मुस्कराए और उनका चेहरा उत्तेजना में लाल हो गया। च्यूमिंग चेहरे की लाली का अर्थ समझ गई, परन्तु अब उसे भय न लगा। यह मोल था एक दयालु के यहाँ शरण पाने का; कोई अधिक मोल तो नहीं था।

छः

मिस हिसा जो काम सिर लेती उसे पूरा कर डालने में देर नहीं करती थी। परन्तु रानी वू को इतनी शीघ्रता की आशा नहीं थी। सात-आठ ही दिन बीते होंगे कि इंग चिल्लाती हुई आँगन में आई। भय और विस्मय से उसकी आँखें निकली जा रही थीं।

"हुज़ूर, हुज़ूर !"–आँगन में क़दम रखते ही इंग चिल्ला उठी।

रानी नए लगाए आर्किड की क्यारी के पास टहल रही थीं। चौंककर उन्होंने डाँटा–"चुप ! क्यों चिल्ला रही है, जैसे कोई इसका गला काट रहा हो। धीरे बोल !"

इंग सहम गई और एक साँस लेकर बोली–"हुज़ूर इतना बड़ा; इतना ऊँचा; पेड़-जैसा फिरंगी आया है। कह रहा है हुज़ूर ने बुलाया है।"

"हमने...?" रानी सोचने लगीं। उन्हें याद आ गया और बोलीं–"हूँ, शायद...।"

"हुज़ूर आपने कुछ कहा नहीं था।"–इंग ने शिकायत-सी की, "मैंने तो चौकीदार से कहा, इसे भीतर मत आने दो। हमारी हवेली में फिरंगी कभी नहीं घुसा।"

"सब बातें हम तुझे बताया करें ?"–रानी बोलीं, "जाओ, उसे ले आओ।"

इंग कुछ न समझकर चुपचाप लौट गई।

रानी आर्किड की क्यारी पर निगाहें झुकाए प्रसन्न थीं कि दुबारा लगाए आर्किड तुरन्त पनप गए थे। इस आँगन की छाँव उनके अनुकूल थी। रानी सोच रही थीं कि दूसरे आँगन में लगाई गई गेंदी भी ऐसे ही लग गई होगी। तभी उन्हें पुकार सुनाई दी–

"रानी साहिबा !"

रानी पुकार की तो प्रतीक्षा में थीं, परन्तु इतने सशक्त और गम्भीर स्वर का अनुमान न था।

रानी ने क्यारी से निगाह उठाकर देखा। सामने लम्ब-तड़ंग, खूब चौड़े सीने का व्यक्ति एक भूरे रंग का पाँव तक लम्बा चोगा पहने खड़ा था। कमर पर एक रस्सी बँधी हुई थी। दाएँ हाथ से गले से सीने पर लटकती सलीब को थामे था। रानी ने अनुमान किया पादरी है। रानी जानती थीं कि सलीब ईसाइयों का प्रतीक है। रानी का ध्यान सलीब की अपेक्षा, उस सलीब को थामे बड़े और सबल हाथ की ओर गया।

"मुझे नहीं मालूम आपको किस प्रकार सम्बोधन किया जाना चाहिए,"–रानी ने मुस्कराकर कोमल स्वर में कहा, "इसलिए हम आपका स्वागत नहीं कर सकीं। आप भीतर आ जाइए !"

पादरी अपना विशाल और भारी मस्तक ज़रा झुकाकर भीतर आ गया। इंग उसके पीछे-पीछे थी। उसका चेहरा अब भी भय से पीला पड़ा हुआ था।

"आप हमारे पुस्तकालय में बैठिए।"–रानी बोलीं और पादरी को रास्ता दिखाने के लिए दरवाज़े पर एक ओर खड़ी हो गईं। पादरी ने सलीब छोड़कर दायाँ हाथ दरवाज़े की ओर बढ़ाकर कहा–"हमारे देश में पहले महिलाएँ प्रवेश करती हैं।"

"बहुत अच्छा।"–रानी ने स्वीकार किया, "मैं जगह से परिचित हूँ, मैं ही आगे चलती हूँ। वे कमरे में जाकर अपनी कुर्सी पर बैठ गईं और पादरी को सामने की कुर्सी पर बैठने का संकेत किया। इंग चुपके से आकर दरवाज़े के पास छिपकर खड़ी हो गई थी। रानी का ध्यान उस ओर गया। "इंग सामने आओ !"–उन्होंने पुकार लिया और पादरी की ओर देखकर मुस्कराकर बोलीं, "यह स्त्री बड़ी मूर्खा है। इसने कभी आपके क़द का आदमी नहीं देखा। आपको देखकर बहुत हैरान हो रही है। कृपया इसे क्षमा कर दीजिए।"

"भगवान् ने इतना बड़ा शरीर मुझे शायद इसीलिए ही दिया है कि लोगों का कुछ विनोद हो सके। हँसना तो बुरी बात नहीं है।"–पादरी की आवाज़ से पुस्तकालय गूँज उठा।

"हाय विधाता !"–कमरे की छत की ओर देखकर इंग बोली, "क्या बादल गरज रहा है ?"

"इंग चाय लाओ !"–रानी ने आज्ञा दी और इंग चुपचाप चली गई।

नक़्क़ाशीदार भारी कुर्सी पर पादरी निश्चल बैठा हुआ था। उसके बड़े शरीर से कुर्सी भर गई जान पड़ रही थी। ऊँचाई और विस्तार के ख़याल से पादरी का शरीर मोटा नहीं, दुबला ही लग रहा था। उसके गले से लटकी सलीब सोने की थी। रंग कुछ ढँका हुआ, आँखें बड़ी-बड़ी और उज्ज्वल परन्तु भौवों के नीचे कुछ धँसी हुई, सिर के कटे हुए केश कुछ घुँघराले। काली दाढ़ी के महीन कोमल केशों में छिपे होंठ कुछ अधिक लाल लग रहे थे।

"आपको कैसे सम्बोधन किया जाना चाहिए ?"–रानी बोलीं, "मिस हिसा से हमने आपका नाम नहीं पूछा था।"

"नाम मेरा कुछ भी नहीं है।"–पादरी ने उत्तर दिया, "मेरा नाम 'आन्द्रे' रख दिया गया है। यही नाम मान लीजिए। कुछ लोग मुझे 'आन्द्रे बाबा' कहते हैं। रानी साहिबा आप 'आन्द्रे भाई' कहें तभी ठीक होगा।"

रानी ने अनुमोदन या विरोध का कोई संकेत नहीं किया। सम्बोधन के लिए किसी शब्द का प्रयोग न कर उन्होंने पूछा–"आपका धर्म क्या है ?"

"धर्म की बात आज रहने ही दीजिए।"–आन्द्रे भाई ने उत्तर दिया।

रानी ने मुस्कराकर कहा–"हमारा तो ख़्याल था कि सभी पादरी सदा धर्म की ही बात करना चाहते हैं।"

आन्द्रे भाई ने एक नज़र रानी की ओर देखा। उस निगाह में उज्ज्वलता तो थी

परन्तु धृष्टता नहीं। रानी को भी ऐसा अनुभव नहीं हुआ। आँखों की उज्ज्वलता दीपक के प्रकाश की तरह व्यक्तित्वहीन, मानो मार्ग दिखाने के लिए उसे सामने रख दिया गया हो।

"रानी साहिबा, आप मुझसे कुछ बात करना चाहती थीं ?"–आन्द्रे भाई ने पूछा।

"जी हाँ।"–रानी ने स्वीकार किया, परन्तु पल भर के लिए चुप रह गईं। आँगन से उन्हें कुछ आहट-सी मिली। घूमकर देखा तो झुंड-के-झुंड बच्चे झाँक रहे थे। रानी समझ गईं–इंग ने हवेली में एक दानव के आ जाने की ख़बर फैला दी होगी। उन्होंने बच्चों को पुकार लिया–"आओ, बच्चो, यहाँ आकर देखो।"

बहुत से बच्चे भीतर चले आए। नहाए-धोए और सुथरे बच्चे सुबह की ताज़ी धूप में बड़े भले लग रहे थे। रानी को हवेली के बच्चों के लिए गर्व था।

"ये बच्चे भी आपको देखना चाहते हैं।"–उन्होंने पादरी को सम्बोधन किया।

"हाँ हाँ, क्यों नहीं।"–पादरी ने उत्तर दिया और बच्चों की ओर घूम गया। कई बच्चे घबराकर पीछे हट गए, परन्तु पादरी को अपने स्थान पर निश्चल मुस्कराते देख वे आगे बढ़ आए।

"डरो नहीं, यह बच्चों को खाते नहीं हैं।"–रानी बच्चों की ओर देखकर बोलीं, "बल्कि शायद यह बौद्ध-साधुओं की तरह केवल फल और शाक-सब्जी ही खाते हैं।"

"बिलकुल ठीक है।"–आन्द्रे भाई ने अनुमोदन किया।

परिवार का एक बच्चा साहस कर आगे बढ़ आया। उसने विस्मय से पूछा–"आप इतने बड़े कैसे हो गए ?"

"भगवान् ने मुझे ऐसा ही बनाया –आन्द्रे भाई ने उत्तर दिया।

"आपके माता-पिता के क़द भी ऐसे ही बड़े रहे होंगे ?"–रानी वू ने पूछा।

"माता-पिता की तो मुझे याद नहीं है।"–आन्द्रे बोला।

एक बच्चा कुछ बड़ा था। उसने प्रश्न किया–"आप किस देश के हैं ?"

"मेरा कोई देश नहीं है।"–पादरी ने उत्तर दिया, "जहाँ जा रहें वही अपना देश।"

"यहाँ आप कई बरस से होंगे ?"–रानी ने पूछा, "आप हमारी भाषा खूब बोल लेते हैं।"

"लोगों से मिलने-जुलने और बात कर सकने के लिए मैं कई भाषाएँ बोल लेता हूँ।"

"पर इस नगर में तो आपको कई बरस हो गए होंगे।"–रानी ने आग्रह किया। इस विचित्र व्यक्ति के प्रति उनकी उत्सुकता बढ़ गई थी।

"जी नहीं, बस एक वर्ष।"

अब तक बच्चों का भय दूर हो चुका था। वे और समीप आ गए। उनमें से एक ने पादरी के गले से लटकती सलीब की ओर संकेत कर पूछा–"आपके गले में जंज़ीर से क्या लटका हुआ है ?"

पादरी ने सलीब को बच्चों की ओर बढ़ाते हुए कहा–"यह मेरी सलीब है।"

"मैं हाथ में लेकर देख लूँ ?"–बच्चे ने पूछा।

"हाँ हाँ ज़रूर !"–आन्द्रे ने उत्तर दिया।

"नहीं !"–रानी ने बच्चे को निषेध कर दिया, "बेटे इसे मत छूना।"

आन्द्रे भाई ने रानी की ओर देखा। "रानी साहिबा इसमें कोई भय नहीं है।"

"नहीं, वह इसे नहीं छूएगा।"–रानी ने आज्ञा दे दी।

आन्द्रे भाई ने सलीब को अपने सीने पर लटका रहने दिया और दोनों हाथ घुटनों पर रख चुप बैठ गया।

इंग चाय लेकर बच्चों को पीछे हटाती हुई भीतर आई। बच्चों को सम्बोधन कर बोली–"भागो, भागो, तुम्हारी माताएँ बुला रही हैं। भागो, अपनी माताओं के पास जाओ।"

"हाँ बच्चो अब जाओ, अपनी माताओं के पास जाओ।"–रानी ने धीमे से ही कहा। सब बच्चे तुरन्त चले गए।

आन्द्रे भाई एक गहरी नज़र से ही रानी की ओर देख कर बोले–"बच्चे आपसे डरते नहीं पर आपकी बात मानते हैं।"

पादरी की गहरी समझ रानी को अच्छी लगी। बोलीं–"यह बच्चे बहुत भले हैं।"

"आप भी बहुत भली हैं।"–पादरी ने उत्तर दिया, "परन्तु आप सन्तुष्ट तो नहीं जान पड़तीं।"

निर्विकार और शान्त स्वर में कहे गए आन्द्रे के इन शब्दों से रानी को गहरी चोट लगी, परन्तु समझ न सकीं कि शब्दों के इस बाण ने उनके मर्म को किस स्थान पर बेध दिया है। उन्होंने तुरन्त विरोध किया–"नहीं, नहीं, मैं तो बहुत सन्तुष्ट और सुखी हूँ। मैंने अपनी इच्छा के अनुसार अपने जीवन का क्रम निश्चित किया। मेरे चार पुत्र हैं..."

आन्द्रे भाई ने कुछ न बोल गहरी दृष्टि से रानी की आँखों में देखा और ध्यान से उनकी बात सुनता रहा। पादरी के चुपचाप सुनने में ऐसी गहराई थी कि रानी अपनी बात में ठिठक गईं। "हमारा मतलब है"–उन्होंने कहा, "हम तो पूर्णतः सन्तुष्ट हैं। हाँ यह बात ज़रूर है कि हम जानना और अध्ययन करना चाहते हैं। पर यह ठीक-ठीक नहीं कह सकते कि क्या जानना और अध्ययन करना चाहते हैं।"

"शायद आपका मतलब उतना अध्ययन से नहीं, जितना अच्छी तरह समझ लेने से है।"–आन्द्रे भाई ने सुझाया।

रानी चुप रह गईं। उन्हें अच्छा नहीं लगा कि वे अपने विषय में बात करने लगी थीं। उन्होंने बात बदल दी। "हम आपसे स्वयं अध्ययन करने के लिए नहीं बल्कि अपने लड़के को विदेशी भाषा पढ़ाने के लिए अनुरोध करना चाहते हैं।"

"कौन विदेशी भाषा ?"–पादरी ने पूछा।

"कौन विदेशी भाषा सबसे अच्छी रहेगी ?"–रानी ने पूछा।

"सबसे सुन्दर भाषा तो फ्रेंच है।"–आन्द्रे भाई ने बताया, "सबसे अधिक काव्यमय

इटैलिन है। सबसे अधिक शक्ति रूसी भाषा में है। जर्मन सबसे गम्भीर है, परन्तु कारोबार के लिए सबसे अधिक उपयोगी अंगरेज़ी है।"

"तो फिर अंगरेज़ी ही पढ़ाइए।"–रानी बोलीं। और पादरी की आँखों में देखकर उन्होंने पूछा–"आप क्या वेतन लेंगे ?"

"मैं वेतन नहीं लेता।"–आन्द्रे धीमे से बोला, "मुझे रुपए-पैसे की ज़रूरत नहीं।"

"पादरी को रुपए-पैसे की ज़रूरत नहीं ?"–रानी ने मुस्कराहट और विद्रूप से पूछा।

"रुपए-पैसे की ज़रूरत मुझे नहीं है।"–दृढ़ निश्चय के स्वर में आन्द्रे ने उत्तर दिया।

"हम आप से मुफ़्त काम कैसे ले सकते हैं?"–रानी बोलीं, "आप चाहें तो हम आपके धर्म या आपके शुभ कार्यों के लिए रुपया दे देंगे।"

"जी नहीं, धर्म को रुपए की ज़रूरत नहीं।"–आन्द्रे ने उत्तर दिया और कुछ सोचकर बोला, "हाँ कभी-कभी आपके नगर में ही कोई बात ऐसी हो सकती है। शायद कभी किसी अनाथ के लिए ज़रूरत पड़ जाए। कभी-कभी मुझे अनाथ बच्चों को सम्हालना पड़ जाता है। जब कोई गोद लेनेवाला मिल जाता है तो उन्हें सौंप देता हूँ। ऐसे अवसर पर आप मदद कर दीजिएगा। बस वही मेरा वेतन हो जाएगा।"

"परन्तु हमारे नगर के ऐसे कामों से आपका तो कुछ लाभ नहीं होगा।"–रानी बोलीं, "हम आपके लिए कुछ नहीं कर सकते ?"

"यह मेरे लिए ही है।"–पादरी के शब्दों से कमरा गूँज रहा था।

रानी ने विरोध नहीं किया। इंग ने आँगन से आकर भीतर झाँका और उन दोनों को वैसे ही बात करते देखकर फिर लौट गई।

"आप कब से पढ़ाना शुरू कीजिएगा ?"–रानी ने पादरी की बात स्वीकार कर पूछा।

"जब से आप कहिए।"–आन्द्रे भाई ने उत्तर दिया, "चाहे आज से ही।"

"हमारा लड़का दिन में तो राष्ट्रीय स्कूल में पढ़ने जाता है।"–रानी बोलीं, "आप सन्ध्या समय आ सकेंगे ?"

"जब आप चाहेंगी, मैं आ जाऊँगा।"–आन्द्रे ने उत्तर दिया।

रानी ने कुर्सी से उठकर इंग को आज्ञा दी–"फेंगमो को यहाँ बुलाओ।" वे स्वयं दहलीज में खड़ी रहीं। दाएँ हाथ आँगन की बगिया थी और बाएँ पुस्तकालय। रानी दो संसारों के बीच खड़ी थीं। पादरी को पुस्तकालय में बैठा छोड़कर वे आँगन में आ गईं। मन में आशा थी कि शायद पादरी उन्हें पुकार लेगा, परन्तु पुकार सुनाई नहीं दी। आँगन की चारदीवारी पर एक बुलबुल आ बैठी थी। बुलबुल ने एक तान छेड़ी और फिर रानी को देखकर फुर्र से उड़ गई। रानी के मन में सहसा ख़्याल आया कि पादरी को बुलवा लेना ठीक नहीं हुआ। उनके लिए अबोध भाषा में पादरी लड़के को जाने क्या-क्या सिखा-पढ़ा जाए !...जल्दबाज़ी हो गई। एक बार पुस्तकालय के दरवाज़े की ओर गईं। ख़्याल आया पादरी को अकेले बैठे छोड़ आने से वह अपमानित न अनुभव कर रहा हो। भीतर झाँककर देखा। पादरी का सिर झुका हुआ और आँखें मूँदी हुई जान पड़ीं। सोचा सो गया है। नहीं, उसके होंठ हिल रहे थे, जैसे कोई पाठ कर रहा हो। रानी पीछे

हट गईं। उसी समय फेंगमो आता दिखाई दिया। उनके प्राण बचे।

"फेंगमो !"–रानी ने पुकारा।

रानी की पुकार सुनकर पादरी का सिर उठ गया और आँखें खुल गईं। आँखों में फिर वही चमक थी।

"फेंगमो, यहाँ आ जाओ।"–रानी ने फिर पुकारा।

"कहिए अम्माजी !"–फेंगमो ने पूछा।

रानी फेंगमो को हाथ पकड़कर पुस्तकालय में ले गईं। पादरी की तुलना में फेंगमो बहुत ही छोटा और दुबला सा जान पड़ रहा था। रानी को आश्चर्य हो रहा था कि उनका बेटा इतना छोटा क्यों है। वे अब तक फेंगमो को अपने बेटों में क़द्दावर और सुडौल समझती रही थीं।

"यह हमारा तीसरा पुत्र फेंगमो है।"–रानी ने पुत्र का आन्द्रे से परिचय कराया।

"फेंगमो !"–लड़के का नाम याद करने के लिए पादरी बोला। विनय में पादरी भी खड़ा हो गया था। शिष्टाचार के नाते तो कहा जाना चाहिए था–'तीसरे कुँवर साहब फेंगमो' परन्तु पादरी ने केवल फेंगमो पुकारकर ही लड़के को अपना परिचय दिया। "मुझे आन्द्रे भाई कहते हैं।"–पादरी ने बैठते हुए कहा, "बैठ जाओ फेंगमो, रानी साहिबा की आज्ञा है कि तुम्हें विदेशी भाषा पढ़ाई जाए। वे तुम्हें अंगरेज़ी पढ़ाना चाहती हैं।"

"केवल भाषा ही।"–रानी ने चेतावनी के ढंग से कहा। उन्हें फिर ख़्याल आ रहा था कि अपने बेटे को शिक्षा देने का काम पादरी को सौंपकर उन्होंने भूल तो नहीं की। शिक्षा देनेवाले का प्रभाव तो विद्यार्थी पर पड़ता ही है।

"केवल भाषा ही।"–आन्द्रे ने रानी की चेतावनी को दोहराकर उन्हें सान्त्वना दी और उनकी आशंका दूर करने के लिए विश्वास दिलाया, "रानी साहिबा, विश्वास रखिए मैं धोखा नहीं दूँगा। आपके पुत्र के मस्तिष्क को मैं आपकी अमानत समझूँगा।"

पादरी की गम्भीरता और गहरी सूझ से रानी को कुछ झेंप-सी अनुभव हुई। इस रीछ-जैसे गरांडील आदमी से रानी को इतनी सूक्ष्मता की आशा नहीं थी। विदेशियों से उनका परिचय भी नहीं था। वे अब तक केवल एक ही विदेशी स्त्री हिसा को जानती थीं। हिसा थी भी कुछ बुद्धू-सी। रानी विनय में ज़रा सिर झुकाकर आँगन में आ गईं।

लगभग एक घंटे के बाद पादरी और फेंगमो पुस्तकालय से निकले। पादरी रानी के लिए अबोध भाषा के शब्द धीमे-धीमे परन्तु स्पष्ट उच्चारण से बोल रहा था और फेंगमो बहुत तन्मयता से सुन रहा था।

रानी आँगन में पेड़ों के नीचे बाँस की कुर्सी पर बैठी हुई थीं। उन्होंने पूछा–"क्या इतनी जल्दी सिखा दिया ?"

"जी नहीं, अभी यह अर्थ नहीं समझ सकता।"–आन्द्रे ने उत्तर दिया, "परन्तु मैं बातचीत से ही भाषा सिखाता हूँ। कुछ ही दिन में देखिएगा कि यह बोलने भी लगेगा।" पादरी ने फेंगमो की ओर घूमकर कहा–"अच्छा अब कल।" और लम्बे-लम्बे क़दम धीमे-धीमे उठाता आँगन से चला गया। इस दैत्याकार पादरी के आँगन से जाते ही रानी

को जान पड़ा जैसे कोई बोझ मन पर से उतर गया हो। उन्होंने फेंगमो को सम्बोधन किया–"कहो बेटा !"

फेंगमो अभी तक कुछ सम्मोहन की-सी अवस्था में था। बोला–"घंटे भर में वह मुझे कितना सिखा गया !"

फेंगमो ने कई शब्द दोहरा दिए।

"इन शब्दों के अर्थ क्या हैं ?"–रानी ने पूछा।

सिर हिलाकर फेंगमो ने उत्तर दिया–"अर्थ तो अभी नहीं बताए।"

"कल अर्थ बताए जाने चाहिए।"–गम्भीर स्वर में रानी बोलीं, "हम यहाँ ऐसे शब्द बोले जाने पसन्द नहीं करते जिनका अर्थ यहाँ कोई न जानता हो।"

दैत्याकार फिरंगी पादरी के आने का समाचार हवेली भर में तुरन्त ही फैल गया। वू साहब ने भी सुना, अगले दिन दोपहर बाद रानी बच्चों के नए जूते बनवाने के लिए दर्जिन के साथ बैठी रेशम के टुकड़े पसन्द कर रही थीं कि वू साहब आँगन में आ गए।

"इस औरत से कह दो जाए।"–साहब रानी के समीप आते ही बोले।

रानी समझ गईं कि साहब झुंझलाए हुए हैं। उन्होंने रेशम के टुकड़े एक ओर समेट दिए और दर्जिन को आदेश दिया–"डेढ़-दो घंटे बाद आना।"

साहब समीप की कुर्सी पर बैठकर अपने पाइप में तम्बाकू भरने लगे। "हमने सुना है कि तुमने फेंगमो के लिए कोई अंगरेज़ मास्टर रख लिया है ! तुमने हमसे तो इस बारे में कोई बात नहीं की।"–वे बोले।

"आप से पूछ लेना तो चाहिए था।"–रानी ने स्नेह से स्वीकार किया, "भूल हो गई। यह भी ख़्याल था कि इस ज़रा-सी बात के लिए आपको क्या परेशान करूँ ! बात असल में यह है कि मैं चाहती हूँ, फेंगमो का ख़्याल लीनी की तरफ़ हो जाए।"

"क्यों क्या बात है ?"–साहब ने पूछा।

रानी का यह दृढ़ विश्वास था कि पुरुष के साथ सच्चाई से बड़ा दूसरा उपाय नहीं। साहब के साथ वे सदा सच ही बोलती थीं, इस समय भी वही किया। "बात यह है"–वह बोलीं, "कि च्यूमिंग जब यहाँ ही थी तो फेंगमो आया था। दोनों में देखा-देखी भी हो गई थी। फेंगमो की उम्र इस समय ऐसी है कि कोई भी पागलपन चढ़ सकता है। इसीलिए मैं चाहती हूँ कि उसका मन लीनी की ओर लग जाए तो अच्छा है। घर में कोई उत्पात खड़ा होने देने से क्या फ़ायदा !"

कोई भी समस्या सामने आने पर साहब घबरा जाते थे। इस समय भी उनके माथे पर पसीना आ गया। बोले–"तुम तो सदा ज़मीन-आसमान के कुलाबे मिलाया करती हो। लोगों के जोड़े ढूँढ़ना ही तुम्हारा काम रह गया है। तुम जाने सब आदमियों को क्या समझती हो ! हमें भी तुमने अच्छा बेवकूफ़ बनाया।"

"हाय, आप ऐसा समझते हैं ! कोई ग़लती मुझसे हुई हो तो क्षमा कीजिए।"–रानी बोलीं।

झुँझलाए हुए साहब के सामने रानी निर्विकार और शान्त बैठी हुई थीं। वे समझ चुकी थीं कि अपनी भूल तुरन्त स्वीकार कर लेना और विरोध प्रकट न करना ही प्रबल आत्मविश्वास, दृढ़ता है।

रानी अनुभव कर रही थीं कि साहब खिन्न थे। इसके लिए उन्हें मन ही मन खेद भी था। "बात क्या है; आज आप इतने सुन्दर लग रहे हैं ?"–उन्हें उत्साहित करने के लिए रानी ने मुस्कराकर कहा, "बिलकुल नौजवानों-जैसे लग रहे हैं।"

साहब के चेहरे पर सुर्खी दौड़ गई। "नहीं तो, सच कह रही हो ?"–उन्होंने पूछा।

रानी की आँखों में उमड़ा स्नेह देखकर राजा साहब उनकी ओर झुक आए और बोले–"एलिन, कुछ कहो, तुम्हारी बराबरी नहीं हो सकती। दूसरी किसी स्त्री के साथ अच्छा ही नहीं लगता। तुम्हारी ज़िद्द थी, इसलिए हम मान गए।"

"मैं जानती हूँ"–रानी ने उत्तर दिया, "आपकी मेहरबानी ही है मुझ पर। आपने सदा मेरी बात रखी है। मेरी ख़ातिर यह भी मान गए।"

साहब की आँखें भीग गईं। रानी की ओर और भी झुककर वे बोले–"तुम्हारे लिए एक चीज़ लाए हैं।" और महीन कागज़ में लिपटी हुई कोई चीज़ जेब से निकालकर खोलने लगे। जूड़े में लगाने की सोने की सूइयाँ थीं। सूइयों पर सब्ज़े और महीन मोतियों की जड़ाई से तितलियाँ बनी हुई थीं। "कल यह जौहरी के यहाँ देखीं तो तुम्हारी याद आ गई। हमें तो सदा ही तुम्हारी याद आती रहती है; रात में भी।"–साहब दबे स्वर में कह गए।

रानी का चेहरा गम्भीर हो गया। "रात में भी आप मुझे ही याद करेंगे तो च्यूमिंग के साथ बड़ा अन्याय होगा। उस बेचारी के लिए तो अब सब कुछ आप ही हैं।"

साहब चेहरा झुकाए रहे।

"क्यों, च्यूमिंग आपको पसन्द नहीं आई ?"–रानी ने आंतरिकता से पूछा।

"पसन्द ही है"–साहब झिझकते हुए बोले, "लेकिन तुम तो हमसे इतनी दूर हो गई हो ! क्या हमलोग अब ऐसे ही दूर-दूर रहेंगे ? तुम जानती हो हमारे लिए तो तुम्हीं सब कुछ हो..."–साहब दाँतों से होंठ दबा चुप रह गए।

रानी रह न सकीं। उठकर साहब के समीप चली गईं। साहब ने अपनी बाँह उनकी कमर में डालकर उनके कन्धे का सहारा ले लिया। रानी के शरीर में सिहरन दौड़ गई, मन काँप उठा। भय साहब से नहीं, अपने से ही था..इस क्षण की शिथिलता से क्या किया-कराया सब समाप्त हो जाएगा ?

"तुम..."–साहब रुँधे हुए कंठ से बोले, "तुम...मेरी मोती...मेरी सब्ज़ा...मेरी चन्दन।"

रानी सम्हलकर परे हट गईं। केवल उनका हाथ ही साहब के हाथ में रह गया। स्वर सम्हालकर वे बोलीं–"आप सुखी रहेंगे। पहले से भी अधिक सुखी रखूँगी आपको।"

"अच्छा, हम एक साथ ही रहेंगे न ?"–साहब ने पूछा।

"हाँ, हमारे जीवन की कितनी ही बातें कभी अलग-अलग हो सकती हैं।"–रानी

ने उत्तर दिया। शिथिलता का क्षण बीत चुका था। साहब के होंठ ज़रा बल खा गए थे। रानी के मस्तिष्क में साहब की प्रकृति की स्मृति स्पष्ट हो गई। उनका शरीर सहसा पत्थर की तरह ठंडा हो गया। धीमे से अपना हाथ छुड़ाकर वे कुर्सी पर जा बैठीं।

"फेंगमो के लिए चिन्ता करने की ज़रूरत नहीं।"–रानी बोलीं, "मास्टर मैंने इसलिए रख लिया है कि लीनी अंगरेज़ी पढ़े-लिखे लड़के के साथ ही ब्याह करना चाहती है। अभी तो लड़की फेंगमो को अपने लायक ही नहीं समझती, पर देखिएगा महीने भर में सब ठीक हो जाएगा।"

"तुम्हारा पार पाना मुश्किल है।" साहब हँस पड़े। "तुम तो लोगों को जैसे चाहो चरा सकती हो।" साहब उठ खड़े हुए और हँसते हुए बाहर चले गए।

"इंग !"–रानी ने पुकारा और बोलीं, "सुनो, हमारे यहाँ से सुगन्धित साबुन लेकर च्यूमिंग को दे आओ। उससे कहना कि इसी साबुन से नहाए।"

इंग विस्मय से चुप रानी की ओर देखती रह गई।

"खड़ी हमारा मुँह क्या देख रही है ?"–रानी ने धमकाया, "कोई काम नहीं है तुझे ? हमारी एक चन्दन की कंघी भी उसके लिए ले जा और उसके भीतर पहनने के कपड़ों में चन्दन का चूरा छिड़क देना।"

"जैसा हुक्म हुज़ूर।"–इंग ने होंठ दबाकर स्वीकार किया।

रानी ने देखा कि साहब अपना पाइप मेज़ पर ही भूल गए थे। समझ गईं, पुरुष-स्त्री के यहाँ अपना पाइप भूल जाए तो यह लौटकर आने का संकेत है। उन्होंने इंग को फिर पुकार लिया–"देखो, साहब अपना पाइप भूल गए हैं, इसे उनके यहाँ पहुँचा देना।"

इंग चुपचाप पाइप उठाकर ले गई।

रानी वू बच्चों के जूतों के लिए रेशम के टुकड़े दे चुकीं तो सन्ध्या का अँधेरा गहरा हो चुका था। वे मोमबत्तियाँ जला दी जाने के लिए आज्ञा देने ही वाली थीं कि फेंगमो आता हुआ दिखाई दिया। फेंगमो स्कूल की वर्दी नहीं बल्कि बादामी रंग के रेशम का एक चोगा पहने था। चोगे पर बादामी रंग का ही कशीदा कढ़ा हुआ था। सिर पर छँटे हुए केश पीछे की ओर सँवारे हुए थे।

"कोट-पतलून की अपेक्षा तो यह अपनी पोशाक तुम पर कहीं ज़्यादा खिलती है।"–रानी स्नेह से पुत्र के ऊँचे क़द और खुले हुए माथे की ओर देखकर बोलीं।

फेंगमो का मस्तक चौड़ा और ऊँचा था, परन्तु अभी उसके व्यक्तित्व का आभास स्पष्ट नहीं हुआ था। लड़काई का कच्चापन मौजूद था।

"रात क्या पढ़ा था, याद है ?"–रानी ने मुस्कराकर पूछा। फेंगमो ने एक सिगरेट सुलगा ली। त्सेमो और फेंगमो दोनों ही विलायती सिगरेट पीते थे। उसके मुँह से निकलती धुएँ की कुंडलियाँ बहुत भली लग रही थीं। कुर्सी पर न बैठ चहलक़दमी करते हुए उसने पिछली रात सीखे हुए अंगरेज़ी के कई शब्द दोहरा दिए।

"इन शब्दों के अर्थ भी जानते हो ?"–रानी ने पूछा।

"आज पूछूँगा न !"–फेंगमो ने उत्तर दिया और बाहर से आहट सुनकर बोला, "वह आ तो रहा है।"

आँगन से बड़े-बड़े जूतों की आहट सुनाई दी और दरवाज़े में फाटक का चौकीदार पादरी को साथ लिए दिखाई दिया। रानी को देखकर चौकीदार ने झुककर सलाम दिया और पीछे हट गया।

"भोजन हो चुका ?"–रानी साधारण चीनी प्रथा के अनुसार पादरी के स्वागत में पूछा।

"मैं तो एक ही बार दोपहर में ही खाता हूँ।"–आन्द्रे भाई ने उत्तर दिया और एक भोली-लजीली-सी मुस्कान उसके होंठों पर आ गई। कमरे में उसके आकर खड़े हो जाने से रानी को फिर जान पड़ा कि कमरा, फेंगमो और वे स्वयं भी सिकुड़कर बहुत छोटे हो गए हैं, परन्तु आन्द्रे के मन में अपनी विशालता की कोई चेतना नहीं जान पड़ती थी।

"फेंगमो अभी आप से सीखे हुए अंगरेज़ी के शब्द बोल रहा था। उन शब्दों का मतलब तो हमलोग जानते नहीं।"–कुर्सी पर बैठते हुए रानी वू बोलीं।

"वे शब्द एक अंगरेज़ के हैं।"–आन्द्रे ने बताया, "मेरा मतलब है कि वह आदमी इंग्लैंड में पैदा हुआ था, वहीं रहा और उसकी मृत्यु हो गई, परन्तु उसकी आत्मा पूरे भूमंडल पर घूमती थी।" आन्द्रे ने पल भर के लिए चुप होकर सोचा और फिर उन शब्दों का अर्थ चीनी भाषा में इस प्रकार गुनगुनाया–

"निकला सूरज पूरब से, हुआ उजाला चहूँ ओर,
रहा सूरज पूरब में, चमके धरती के छोर।"

रानी वू और फेंगमो बहुत ध्यान से आन्द्रे के शब्दों को सुन रहे थे। प्रत्येक शब्द को वे निर्मल जल के घूँट की तरह पीते रहे।

"क्यों, क्या यह धर्म नहीं है।"–रानी ने सन्देह प्रकट किया।

"यह कविता है।"–फेंगमो बोल उठा।

"मैंने भी अंगरेज़ी के यही शब्द सबसे पहले सीखे थे। वही तुम्हें सिखा रहा हूँ।"–आन्द्रे भाई ने फेंगमो की ओर मुस्कराकर कहा, "उस समय मैं इटली में बच्चा ही था।"

"तो यह सूर्य पूरे संसार को प्रकाश दे रहा है ?"–कुछ सोचकर रानी हँस पड़ीं और बोलीं, "आन्द्रे भाई, आप मेरी बात पर हँसेगे तो सही; बात हँसने की है भी। मुझे कुछ ऐसा जान पड़ता था कि यह सूर्य केवल हमारे ही देश में और हमारे ही लिए है।"

"सूर्य तो हम सबलोगों का है।"–आन्द्रे ने उत्तर दिया, "और हम सबलोग पूर्व और पश्चिम में सम्पूर्ण पृथ्वी पर सूर्य से ग्रहण किए हुए प्रकाश को देते-लेते हैं।"

जान पड़ा कि कमरे की दीवारें लोप हो गईं और बड़ी हवेली को घेरे ऊँची चारदीवारी, जिसमें रानी वू का जीवन बीता था, अन्तरध्यान हो गई और रानी की दृष्टि

चारों और दिग्दिगन्त तक फैल गई। उन्हें एक ही आकाश की छाया में अनेक देश दिखाई देने लगे; भू-मंडल के सातों समुद्र, जिनमें एक ही जैसे ज्वार उठ रहे थे।

रानी की इच्छा हुई कि बैठी रहें और आन्द्रे जो कुछ बताए सुनती रहें, परन्तु यह सोचकर कि उनके बैठे रहने से फेंगमो का ध्यान पढ़ने में न लग पाएगा वे उठ खड़ी हुईं। "आप मेरे बेटे को पढ़ाइए।"–कहकर रानी बाहर चली गईं।

लगभग दिन ढले कांग सेठानी रानी से मिलने आई थीं। रानी वर्ष भर में तीन या चार बार कांग-हवेली हो आती थीं, परन्तु सेठानी सप्ताह भर में दो-तीन बार रानी के यहाँ आ जातीं। दोनों को आपसी सहेलपने का यही नाता स्वाभाविक मालूम होता था। रानी ने सेठानी से पूछा–"अब तो फेंगमो अंगरेज़ी पढ़ रहा है। लीनी क्या कहती है ?"

सेठानी ने बेबसी से हाथ फैलाकर उत्तर दिया–"क्या बताऊँ इस लड़की की बात, कहती है कि पहले फेंगमो को अच्छी तरह अंगरेज़ी पढ़ लेने दो। कुछ दिन उसे देख-भाल कर बात कर लूँ तभी बता सकूँगी। कितनी बेशर्म हो गई है यह लड़की ! शादी से पहले मिलने की बात कहती है। बहिन अपनी बात तुम्हें क्या बताऊँ ! जब मैं छोटी थी तो एक बार नववर्ष के दिन सेठ अपने पिता के साथ हमारे यहाँ आए थे। वे आते थे तो मैं छिप जाती थी। एक बार एक नौकरानी मुझे दिलासा देकर ले गई और दरवाज़े की ओट से मुझे उन्हें दिखा दिया। मैं तो शरम के मारे मर गई। ब्याह के बाद जब पहला बच्चा पेट में आया तो उन्हें बताने की हिम्मत ही नहीं हुई और जब पैदा हो गया तो सोचा शरम के मारे उन्हें कैसे मुँह दिखाऊँगी।"

"तो बस एक ही नज़र में तुम अपना दिल दे बैठी होगी सेठजी को ?"–रानी ने मुस्कराकर अनुमान प्रकट किया।

"हाँ बहिन, बस तभी से प्यार हो गया।"–सेठानी ने निस्संकोच स्वीकार कर लिया।

"यह समय ही ऐसा होता है,"–रानी वू बोलीं, "इसलिए समझ से ही काम लेना उचित है ? नौजवानी में मन आग पकड़ने के लिए उतावला ही रहता है। ईंधन तैयार और चिंगारी भी मौजूद है। यह बताओ इन लोगों को आपस में मिलने का अवसर कैसे दिया जाए !"

सन्ध्या की ठंडी हवा में दोनों सहेलियाँ पास-पास बैठी थीं। इंग ने एक तरबूज़ काटकर मेज़ पर रख दिया। तरबूज़ के पीले गूदे में से काले-काले बीज चमक रहे थे। रानी ने तरबूज़ का टुकड़ा सेठानी की ओर बढ़ाकर कहा–"लो न, थोड़ा खाओ। बहुत थकी हुई लग रही हो, इससे ताज़गी आ जाएगी।"

रानी के आत्मीयता के स्वर से सेठानी का चेहरा लटक गया। एक फूलदार रेशमी रूमाल चोली में से निकाल उन्होंने चेहरा ढँक लिया और सिसकियाँ लेकर रो पड़ीं। दूसरा कोई देख नहीं रहा था, इसलिए उन्हें संकोच नहीं हुआ।

"हैं, मिशेन, यह क्या करती हो ? रो क्यों रही हो ?"–रानी ने विस्मय से पूछा।

रानी ने हाथ बढ़ाकर सेठानी के मुँह पर से रूमाल खींचते हुए आग्रह किया–"बोलो

न, क्या हुआ ?"

सेठानी हँस पड़ीं। आँखों से आँसू भी बह रहे थे। रुँधे हुए स्वर में बोलीं–"क्या बताऊँ..मैं क्या कहूँ ! तुम स्वयं ही समझ लो।"

"बोलो न, क्या बात है ?"–रानी ने और आग्रह किया, "वैसी बात तो नहीं है ?"

"और क्या !"–सेठानी ने उत्तर दिया। उनकी आँखें प्रसन्नता और आँसुओं से गंगा-जमनी हो रही थीं।

"सच ?...इस उमर में ?...इतने बच्चे तो हैं तुम्हारे !"–रानी ने विस्मय प्रकट किया।

"क्या बताऊँ बहिन, अपना तो वही हाल है कि उनकी परछाईं भी पड़ जाए तो ठहर जाता है।"–सेठानी ने उत्तर दिया।

रानी कुछ न बोल सकीं। सेठानी का मन खिन्न करने से लाभ भी क्या होता !

"मैं क्या कहूँ !"–सेठानी आँसुओं से भीगा रूमाल उँगलियों पर लपेटते हुए बोलीं, "दूसरे बच्चों की तो कोई बात नहीं, इस लड़की लीनी से परेशान हूँ। वह हर बात में मुझे टोक देती है। कभी कहती है–'बहुत मोटी हो गई हो !' कभी कहती है–'कंघी ऐसे नहीं ऐसे करो।' कभी कहती है कि शरम की बात है कि मैं पढ़ नहीं सकती, घर कितना मैला है, घर में बच्चों की भीड़ लगी रहती है। मैं सोचती हूँ उसे पता चला तो क्या कहेगी !''

"लीनी जल्दी ही यहाँ आ जाए तो अच्छा है।"–रानी ने कहा और मन में सोचने लगीं कि ऐसी जिद्दी और बड़बोली लड़की को, जो अपनी माँ को ही टोकती रहती है, ब्याह लेना ठीक होगा !

"बहिन तुम ही उसे सँभाल सकती हो।"–गहरी साँस ले सेठानी तुरन्त बोलीं, "वह तुम्हीं से डरती भी है। मुझे और अपने बाप को तो गिनती ही नहीं। बाप भी कितने सीधे हैं !" सेठानी आँखें पोंछकर ज़ोर से हँस पड़ीं। "आज सुबह वह बात उन्हें बताई तो घबराकर सिर के बाल नोच लिए और बोले–अब मैं घर में नहीं रहूँगा। किसी दूसरी जगह चला जाऊँगा।"

रानी चुप रह गईं। सेठानी को लगा कि उनके सौभाग्य से रानी उदास हो गई हैं। सहेली को सान्त्वना देने के लिए बोलीं–"बहिन, अच्छा ही है, तुम्हारी साहब से इतनी नहीं बनती तो झगड़ों से तो बची हो।"

रानी को सहेली की बात अच्छी नहीं लगी। गम्भीरता से बोलीं–"बात बनने की तो उतनी नहीं जितनी संयम की है ?" और फिर तरबूज का एक टुकड़ा लेते हुए कहा–"जग हँसाई तो हमें अच्छी नहीं लगती।" फिर बात सँभाली–"मिशेन, तुम्हारी सेहत भी तो अच्छी है।"

"नाराज़ क्यों होती हो बहिन ?"–सेठानी बोलीं और उन्होंने अपने फूले हुए से गुलगुले हाथ में रानी का नन्हा-सा हाथ थाम लिया, "बहिन, हम स्त्रियों की तो क़िस्मत ही यही है। तुम उस तरह से सँभालती हो, मैं ऐसे सँभाल रही हूँ।"

''यह क्या सम्हालना हुआ ?''–रानी ने सेठानी का हाथ थामकर पूछा।

"जैसे तुमने किया, मेरे बस का तो नहीं।"–सेठानी बोलीं, "तुम कहोगी कि तुमने समझदारी की, पर बहन, मैं अपने मर्द के साथ दूसरी औरत कभी न देख सकूँ।"

रानी वू के मन में एक अज्ञात वेदना उठी। सेठानी का हाथ थामे हुए भी वे अकेली, मानो किसी पहाड़ की बर्फ़ानी चोटी पर अकेली खड़ी थीं। मन में क्रन्दन उठा, परन्तु गला रुँध जाने के कारण शब्द न निकल सका। उनका शरीर ऐंठकर चेहरा सफ़ेद पड़ गया। सेठानी अँधेरे के कारण न तो उनके चेहरे की सफ़ेदी और न शरीर की ऐंठन का अनुमान कर सकीं।

उसी समय आँगन के दरवाज़े में रानी की दृष्टि दरवाज़े से भीतर आते आन्द्रे भाई के विशाल शरीर पर पड़ी, मानो वह उनके एकान्त में सहायता देने के लिए चला आ रहा है।

"आइए-आइए, आन्द्रे भाई !"–रानी ने आश्रय पाकर कहा, "मैं फेंगमो को अभी बुलाती हूँ।"

रानी ने सेठानी का हाथ छोड़कर परिचय कराया–"मिशेन, यह फेंगमो के मास्टर साहब हैं।" और दूसरी ओर देखकर बोलीं–"आन्द्रे भाई, यह मेरी सहेली, बहन-जैसी ही समझ लीजिए।"

आन्द्रे भाई ने सेठानी की ओर बिना देखे ही सिर झुकाकर विनय प्रकट की और पुस्तकालय में चला गया। भीतर प्रकाश में दिखाई दे रहा था कि आन्द्रे एक पुस्तक निकालकर पढ़ने लगा।

"आदमी है या दैत्य !"–सेठानी ने स्वर दबाकर कहा, "तुम्हें इससे डर नहीं लगता ?"

"बहुत भला दैत्य है।"–रानी ने उत्तर दिया, "चलो भीतर चलें। फेंगमो आता ही होगा। नहीं तो वह समझेगा कि हम उसी की बात कर रहे हैं।"

"मैं अब चलूँ।"–सेठानी बोलीं, "यह बताओ कि लीनी और फेंगमो को मिला दिया जाए या नहीं ?"

"हम फेंगमो से बात करेंगे।"–रानी ने उत्तर दिया, "अगर वह मान गया तो उसे तुम्हारे यहाँ ले आएँगे। फिर एक दिन तुम लीनी को यहाँ ले आना। दो बार का मिलना काफ़ी होगा।"

"ठीक है।"–सेठानी रानी का हाथ थामकर बोलीं और चली गईं।

आन्द्रे पुस्तकालय की मेज़ पर पुस्तक रखे फेंगमो को पढ़ा रहा था। बाहर आँगन में अँधेरा था। रानी पुस्तकालय के सामने आँगन में टहलती हुई बार-बार भीतर झाँक लेती थीं। फेंगमो बहुत ध्यान और तन्यमता से पादरी के शब्दों को सुन रहा था। आन्द्रे के चेहरे पर गहरी गम्भीरता थी। उस गम्भीरता से रानी को आतंक-सा अनुभव हो रहा था। उन्हें जान पड़ रहा था कि यह विशालकाय व्यक्ति अपनी शक्ति से उनके पुत्र की

आत्मा को दबोचे ले रहा है।

रानी कुछ घबराकर अँधेरे में पड़ी कुर्सी पर बैठ गईं। यही अच्छा था कि अँधेरे के कारण उन्हें कोई देख नहीं सकता था। सोच रही थीं कि आदमी यत्न किसी बात के लिए करता है, हो जाता है कुछ और। बेटे को पढ़ाने के लिए इस पादरी को बुलाया था तो यह अनुमान नहीं था कि आदमी इतना विशाल और अपने भगवान् के विश्वास से इतना बोझल होगा कि उन्हें ही दबा लेगा।

वे सोचने लगीं यह फेंगमो की भावनाओं के जागने का समय है, यह उसकी पहली भूख है। यदि वह किसी लड़की के पीछे पागल नहीं होगा तो भगवान् के पीछे ही पागल हो सकता है, संन्यासी ही बन जाए ! रानी को पुत्र का वैरागी बन जाना पसन्द नहीं था। उसके कई कारण थे। एक कारण यह था कि संन्यासी का शरीर ऊसर हो जाता है। किसी वस्तु का अनुत्पादक बन जाना विधाता के विधान के विरुद्ध है। जब कोई देवता मनुष्य की आत्मा और भावनाओं को छीनकर शरीर को स्वाभाविक कर्म से हटा देता है तो शरीर भी विक्षिप्त होकर आत्मा और भावनाओं को कुचलकर विरूप कर देता है। शरीर और आत्मा तो सहयोगी हैं। उनका परस्पर साथ छोड़ देना ठीक नहीं। यदि मन्दिरों में रहनेवाले दूसरे बौद्ध साधुओं की तरह फेंगमो भी पच्चीस वर्ष तक गृहस्थ निभाकर, बेटे-बेटियाँ हो जाने के बाद संन्यासी बन जाए तो एक बात है, उस अवस्था में शरीर का कर्म पूरा हो जाएगा, तब वह अपनी आत्मा को भी तृप्त करता रहे, परन्तु अभी नहीं।

रानी ने सोचा–नारी वैराग्य की काट है। मैं ही क्यों न जाकर इस संन्यासी के वैराग्य के प्रभाव को तोड़ दूँ; मैं नारी हूँ। रानी उठ खड़ी हुईं, दरवाजे की ओर बढ़ीं, परन्तु झिझककर लौट आईं। सोचा–मैं तो माँ हूँ। माँ का प्रभाव संन्यास के प्रभाव का विरोध करने के लिए पर्याप्त नहीं होगा। बेटा अपना स्वतन्त्र अस्तित्व अनुभव करने के लिए ही मेरे विरुद्ध हो जाएगा। नहीं, इस समय आवश्यकता है लड़की की, सुन्दर चुलबुली लड़की की, जिसके रूप और शरीर के स्पर्श की कामना लड़के को वैराग्य के प्रभाव से बचाए। लीनी को तुरन्त आ जाना चाहिए।

पाठ समाप्त हो जाने पर रानी अँधेरे में से पुकार उठीं–"आन्द्रे भाई, धन्यवाद ! आप बहुत ही अच्छा पढ़ाते हैं।"–और वे उठकर उन दोनों के सामने आ गईं। रानी के सहसा सामने आ जाने से वे दोनों ही विस्मित रह गए। आन्द्रे ने ज़रा सिर झुकाकर अभिवादन किया और तुरन्त बड़े-बड़े क़दम उठाता चला गया। उसका पाँव तक लटकता चोगा चाल से फड़फड़ाता जा रहा था। रानी ने बेटे को बाँह से पकड़कर अपने साथ लगा लिया।

"बेटा, ज़रा ठहरो"–रानी ने कहा, "तुम्हें एक नई बात बताएँ।" बेटे को अपनी ओर न झुक आते पाकर रानी को इनकार की कठोरता अनुभव हुई। फेंगमो की बाँह हाथ से छूट गई, परन्तु बोलीं–"बेटा, यहाँ हम अकेली कभी-कभी उदास हो जाती हूँ, कुछ देर बैठो न !"

रानी के स्वर की आर्द्रता की उपेक्षा नहीं की जा सकती थी। उन्होंने फेंगमो की बाँह फिर थामकर कहा–"आओ बेटा, यहाँ अँधेरे में बैठें। ठंडक अच्छी लग रही है...हमारी बात तो सुनो।"

"हाँ अम्माजी !"–फेंगमो ने तत्परता से कहा। परन्तु बेटे की भागकर उनमुक्त होने की इच्छा उनसे छिपी न थी, फिर भी वे बात करने लगीं।

अँधेरे के कारण फेंगमो माँ को देख नहीं पा रहा था। उनके शब्द और भी तरल और संगीतमय स्वर से उसके कानों में आ रहे थे–"बेटा, कैसे कहूँ...अब तुम भी जवान हो गए हो...हम रोकें भी क्यों। सुनो,...लीनी तुमसे कुछ बात करना चाहती है। पहले, यानी जब लिआंगमो तुम्हारी उम्र का था, मेंग ने यह बात कही होती तो हम कभी न मानते। मेंग इतना साहस भी नहीं कर सकती थी, परन्तु लीनी और मेंग में बहुत अन्तर है और लिआंगमो और तुममें भी बहुत अन्तर है।"

माँ का संकोच और विनोद से तरल उखड़ा-उखड़ा-सा स्वर फेंगमो को विचित्र-सा ही लगा।

"आप से किसने कहा ?"–फेंगमो ने पूछा।

"उसकी माँ ने।"–रानी ने उत्तर दिया।

रानी ने सिर कुर्सी की पीठ पर टिका लिया और आँखें अन्धकार के शून्य में गड़ाए वे फेंगमो के स्वर का भाव भाँपने के लिए चौकस हो गईं। एक उत्तेजना-सी अनुभव हो रही थी, जैसी अपने से सबल व्यक्ति का सामना करते समय होती है, लेकिन उन्हें अपने ऊपर विश्वास था। फेंगमो उनके शरीर का अंश था, शरीर की माँग आत्मा से प्रबल होती है।

"तुम्हें यह बात अच्छी नहीं लगी ?"–फेंगमो को चुप रह जाते देख रानी बोलीं, "हमारा भी यही ख़्याल था कि लड़की इतनी मुँहज़ोर है तो यहाँ उसकी कैसे निभेगी ?"

फेंगमो कुर्सी पर माँ की ओर झुक आया। उसका स्वस्थ सबल श्वास रानी को अपने चेहरे पर अनुभव हो रहा था। निश्चय से वह बोल उठा–"नहीं अम्माजी, आप नहीं समझतीं।"

"हूँ।"–रानी ने हुंकारा दिया और सान्त्वना अनुभव की। जानती थीं कि माँ को बेटों का यही उत्तर होता है।

"अम्माजी, आजकल लड़के-लड़कियाँ प्रायः आपस में मिलते रहते हैं।"–फेंगामो ने बताया, "आपलोगों के समय में या जब लिआंगमो भाई साहब का विवाह हुआ था, तब बात दूसरी थी।"

"अच्छा यही सही।" रानी ने एक गहरी साँस ली, "बेटा, हम तो चाहते हैं तुम खुश रहो। सोचा था कि तुम न चाहो तो ज़बरदस्ती क्यों करें ! हम सेठानी से कह देते कि अभी मौक़ा नहीं है। वे समझ जातीं कि लड़की तुम्हें पसन्द नहीं है।"

"नहीं, मैं मिल लूँगा।"–फेंगमो ने अभिमान से कहा, "मिल लेने में क्या डर है ?"

"पर बेटा"–रानी ने कोमल स्वर में सुझाया, "बात ज़रा सोचकर करना। लड़की

मन में कोई ख़्याल ही न ले बैठे, तुम जानते हो कि बीसियों लड़कियाँ इस घर में आने को तैयार होंगी। सुनो, हमारा ख़्याल है कि लीनी की आँखें कुछ भेंगी तो नहीं हैं ?"

"मैं देख लूँगा अम्माजी।"–फेंगमो ने उत्तर दिया।

"तो हम उसकी माँ से कह दें कि हमदोनों किसी रोज़ आ जाएँगे ?"–रानी ने पूछा।

"आप वहाँ जाकर क्या करेंगी अम्माजी ?"–फेंगमो ने तीखे स्वर में पूछा।

"फेंगमो !"–रानी ने विस्मय प्रकट किया, "तुम क्या लड़की से अकेले मिलोगे ? नहीं, यह नहीं हो सकता।"

"क्यों नहीं हो सकता अम्माजी ?"–फेंगमो ने विरोध किया, "मैं कोई बच्चा हूँ ?"

"तो फिर हम तुम्हें नहीं जाने देंगे।"–रानी ने अधिकार प्रकट किया।

"अम्माजी ऐसा क्यों कहती हैं आप ?"–फेंगमो ने अन्याय के विरुद्ध दुहाई दी, "अब तक मैंने कभी आपकी बात नहीं टाली है।"

कुछ देर माँ और बेटा चुप रहे। रानी ने कुर्सी से उठकर पूछा–"तो तुम अकेले ही जाओगे ?"

"हाँ अम्माजी, उसमें क्या हर्ज़ है ?"–फेंगमो अपनी बात पर जमा रहा।

"जैसी तुम्हारी इच्छा।" कहकर रानी कमरे के भीतर चली गईं। इंग मालकिन की प्रतीक्षा में खड़ी आँगन से आती माँ-बेटे के झगड़े की भनक सुन रही थी। "हुज़ूर क्या हुआ ?"–उसने पूछा।

रानी ने हाथ उठाकर धीमे से कहा–"चुप !...ठहर...।"

इंग का मुँह विस्मय में फैल गया। दोनों चुप खड़ी रहीं। रानी की आँखों में चमक और होंठों पर मुस्कान थी। आँगन से फेंगमो के क्रोध से पाँव पटकते हुए जाने की आहट आई। रानी के चेहरे पर हँसी फैल गई।

"हुज़ूर क्या बात है ?"–इंग ने फिर साहस किया।

"कोई बात नहीं है।"–रानी ने प्रसन्नता से उत्तर दिया, "ठीक है, जो हम चाहते थे, वही वह करेगा।"

फेंगमो अगले दिन माँ के पास नहीं आया। एक दिन बाद सेठानी फिर आईं और रानी का हाथ प्रसन्नता से अपने दोनों हाथों में दबाकर बोलीं–

"फेंगमो आया था। लीनी से मिला था।"

"क्या रहा फिर ?"–मुस्कराकर रानी ने पूछा।

"क्या बताऊँ !"–सेठानी मुस्कराती हुई बोलीं, "मैं दूर बैठी देख रही थी। दोनों शर्म के मारे बोल ही नहीं पाए। मुझे देखकर और भी शरमा रहे थे। बस, एक-दूसरे की तरफ़ देखते रहे। मैं थोड़ी देर के लिए उठकर चली गई। आकर देखा तो फिर वैसे ही आँखों में आँखें गड़ाए बैठे थे। ज़रा हिले-डुबे भी नहीं। फिर फेंगमो ने उठकर कहा–अच्छा, फिर मिलेंगे।"

"बस, ऐसे तो सभी कहते हैं।"–रानी ने पूछा।

"हाय ! कहने का ढंग भी तो था।"–सेठानी बोलीं, "एलिन, क्या कहूँ, तुम हँसोगी

पर वह बात देखकर मुझसे रहा नहीं गया। सेठजी के पास जा बैठी।"

"उन्होंने भी ज़रूर समझा होगा कि तुम्हें कभी समझ नहीं आ सकती।"–रानी ने मुस्कराकर कहा।

"लेकिन बहिन, मैंने उनसे कुछ कहा थोड़े ही !" सेठानी हँस पड़ीं। "मुझे तो अब बहुत डर लगता है।"

"अरे, अब डर क्या ! तुम्हारा और क्या बिगड़ जाएगा ?"–रानी वू ने आँख से संकेत किया।

"एलिन, तुम खामखाह हँस रही हो। बहिन, मुझे तो देखकर बड़ी दया आई कि अभी दोनों कितने प्रसन्न हो रहे हैं और फिर इनके सामने क्या-क्या झंझट आएँगे। सचमुच, लड़के-लड़कियों को सच्ची बात बताई भी कैसे जा सकती है !"

"तो फिर विवाह जल्दी ही हो जाए।"–रानी बोलीं।

"हाँ, और क्या ?"–सेठानी ने स्वीकार किया, "खाली बर्तन के नीचे आँच सुलगाओगी तो बर्तन ही जलेगा।"

अगले दिन सुबह फेंगमो माँ के पास नहीं आया। सन्ध्या समय पादरी से पढ़ने के समय ही आया। रानी आँगन में टहल रही थीं। फेंगमो पादरी से नए शब्द पूछकर उन्हें लिखना सीख रहा था। रानी उन विचित्र, अबोध शब्दों और उनके अक्षरों को सुन रही थीं। सोच रही थीं हम इन्हें नहीं समझ सकतीं तो क्या ! फेंगमो समझ रहा है और लीनी समझेगी। वे भाँप गईं फेंगमो लड़की को अंगरेज़ी में पत्र लिखना चाहता है। उन्हें अँधेरे में हँसी आ गई और फिर अपने ऊपर ही झेंप अनुभव हुई कि उन्होंने कैसे कितनी सुविधा से संन्यासी को परास्त कर दिया। वे अपने कमरे में चली गईं। उस रात पादरी से उनकी भेंट नहीं हुई। वे जल्दी ही सेज पर जा लेटीं।

सात

लीनी बहू बनकर वू-हवेली में आ गई। दिन सुहावना था, बल्कि ऋतु ही विवाह और समारोह के अनुकूल थी। खेतों में फसल तैयार थी। बालें अनाज से भारी होकर झुक गई थीं। गरमी कम हो गई थी और जाड़ा भी अभी अधिक नहीं था।

दोनों परिवारों में सम्बन्ध की एक और गाँठ पड़ गई। दोनों परिवार प्रसन्न और उत्साहित थे। लिआंगमो और मेंग फूले न समा रहे थे। मेंग का कोमल छोटा-सा शरीर नई आशा में भारी हो रहा था। अब उसे मतली न आती थी और दिन-रात खूब भूख लगा करती। देखने में वह बड़ी प्यारी लगती थी। बड़े उछाह से उसने बहन का स्वागत किया।

सहेली समधिनों ने निश्चय कर लिया था कि यह विवाह लड़के-लड़की की इच्छा के अनुसार ही हो। तीन दिन तक विवाह की रस्में और दावतें निबाहते हुए प्रतीक्षा करते रहना फेंगमो और लीनी के बस का नहीं था। उन्होंने नए ढंग का संक्षिप्त विवाह ही पसन्द किया। बुज़ुर्गों के सामने परस्पर पति-पत्नी होने की शपथ ले ली।

इतने बड़े घराने में इतने संक्षिप्त ढंग से विवाह हो जाने के कारण शहर और पड़ोस के लोगों को बहुत निराशा हुई। रानी को इसका भी ध्यान था। उन्होंने तीन दिन के लिए एक होटल ले लिया, जो चाहे आकर इच्छानुसार खा-पी सकता था। इससे हवेली में भीड़-भाड़ की परेशानी से भी बचाव रहा। विवाह के अन्तिम दिन सन्ध्या समय सेठानी बोलीं–"नए तरीक़ों में कई बातें तो बड़ी अच्छी हैं।"

उस सन्ध्या फिर वू साहब के आँगन में पुरुषों का और रानी के आँगन में स्त्रियों का समारोह जमा। स्त्रियों के लिए बढ़िया से बढ़िया मिठाइयाँ थीं और पुरुषों के लिए कई तरह के मांस। फेंगमो और लीनी जल्दी ही उठकर अपने आँगन में चले गए थे। सौभाग्य से कुछ मास पहले साहब के एक चचेरे भाई चल बसे थे और दो कमरों का एक आँगन खाली हो गया था। रानी ने वह जगह नवदम्पती के लिए तैयार करवा दी थी। चेतावनी भी दे दी थी कि फ़र्श और फ़र्नीचर सब दुरुस्त हो जाना चाहिए।

उस रात रानी बहुत प्रसन्न और सन्तुष्ट थीं। उनका एक और उत्तरदायित्व पूरा हो गया था। सप्ताह भर तक फेंगमो की इच्छा पढ़ने की नहीं हुई, इसलिए आन्द्रे नहीं आया। रानी भी कुछ न बोलीं; यह स्वाभाविक ही था। अब उन्हें संन्यासी आन्द्रे का भी भय नहीं था। वह आए या न आए। फेंगमो के भटक जाने की आशंका नहीं रही थी।

आँगन लाल कंडीली से जगमगा रहा था। अन्धकार में से पतंगों के झुंड के झुंड उड़-उड़कर आ रहे थे, कोई बड़े, कोई छोटे। कभी बड़े-बड़े रंगीन हरे-गुलाबी परोंवाले पतंगे भी आ जाते थे। कभी कोई बहुत बड़ा सुनहरा पतंगा उड़कर आ जाता तो सब स्त्रियाँ भय से चिल्लाने लगतीं। जब तक उस पतंगे को पकड़ न लिया जाता स्त्रियाँ घबराई रहतीं। पतंगें को दीवार या किवाड़ों पर सुई से गाड़ दिया जाता तो स्त्रियाँ निर्भय होकर पतंगे के अद्‌भुत सौन्दर्य की प्रशंसा करने लगतीं और फिर मिठाइयाँ खाने लगतीं। वृद्धा सास को इस विनोद में बहुत आनन्द आ रहा था। वह बार-बार ताली बजाकर किलक उठतीं।

च्यूमिंग आँगन में आई तभी एक ऐसा सुन्दर पतंगा पकड़ा गया था, परन्तु रानी ने उसे देख लिया था। च्यूमिंग चुपचाप आकर एक ओर बैठ गई। अब तक लोग उसे जान-पहचान चुके थे। वह चुप ही रहती थी और दूसरे भी रानी के सम्मुख उसके विषय में कोई बात न करते, परन्तु रानी का ध्यान सदा ही उसकी ओर रहता। कभी नींद टूटने पर रात में भी ध्यान आ जाता। रानी उसे भुला देने का यत्न करतीं। च्यूमिंग कुछ दुबलाई हुई और पीली-सी लग रही थी, परन्तु देखने में और भी सुन्दर।

रानी को ख़्याल आया कि बहुत दिन से इस लड़की का हाल-चाल नहीं पूछा, और फिर सोचा–विवाह के बाद सही।

च्यूमिंग किसी न किसी काम में लगी ही रहती थी। आते ही अतिथियों के लिए गर्म चाय बनाने लगी। दिन भर वह लोगों की आँख बचाकर भोजन बनाने या बच्चों को सँभालने में लगी ही रही थी। कभी कोई कह ही देता–"छोटी मालकिन, तुम अब आराम करो।" तो उसका उत्तर होता–"बहुत अच्छा, बस यह कर डालूँ।"

सब स्त्रियाँ एक नए पकड़े गए बड़े पतंगे को देखने लगी थीं। च्यूमिंग भी उसे देखने के लिए समीप आ गई। पतंगा खूब बड़ा बादामी-पीले-से रंग का था। खूब बड़ी-बड़ी काली टाँगें थीं। जिसे 'बुद्ध का पंजा' कहते हैं। पतंगे को सुई से गाड़ा जा रहा था तो वह बहुत ज़ोर से फड़फड़ा रहा था। सुई शरीर के पार हो जाने पर वह बिलकुल निश्चल हो गया।

"बेचारा मर गया।" च्यूमिंग के मुँह से निकल गया।

सबकी आँखें च्यूमिंग की ओर उठ गईं। तब उसे ख़्याल आया मैं क्यों बोल उठी। झेंपकर पीछे हट गई और दूसरी स्त्रियों के बैठ जाने की प्रतीक्षा करने लगी। सबके बैठ जाने पर वह उनके पीछे से होकर रानी वू के पास पहुँची और उनके चाय की प्याली छूकर देखा। "आपकी चाय ठंडी हो गई है"–च्यूमिंग ने कहा, "गर्म ले आऊँ ?"

रानी ने कहा–"धन्यवाद !" और चुप रहीं। च्यूमिंग झुककर उनके प्याले में गरम चाय बनाने लगी। उसका सिर रानी की नाक के नीचे था। उन्हें चन्दन की गन्ध लड़की के केशों से आई। आँखें च्यूमिंग के चेहरे की ओर गईं। उनके चेहरे पर वही विनय का भाव था।

"जीजी, आप से कुछ बात करना चाहती हूँ। साँझ को आपके यहाँ आ जाऊँ ?"

–च्यूमिंग ने धीमे से कहा।

"हाँ, हाँ, ज़रूर।"–रानी ने तुरन्त उत्तर दे दिया। और कहती भी क्या ? परन्तु मन में चिन्ता जाग उठी–जाने क्या नया बखेड़ा उठ खड़ा हुआ है। वे चुपचाप चाय पीती हुई अतिथियों के विदा होने की प्रतीक्षा करने लगीं।

अतिथियों के चले जाने के बाद भी च्यूमिंग प्रतीक्षा में बैठी रही। इंग भी वहीं खड़ी थीं।

"तुम जाओ।"–रानी इंग की ओर देखकर बोलीं, "ज़रा ठहरकर आना।"

आँगन में ठंडक थी। रानी का मन भीतर कमरे में जाने का न हुआ। कंडीलों के प्रकाश में गुलाबी रंग के आर्किड के फूल बहुल भले लग रहे थे। मेंग सास के लिए कुछ ताज़ी कमल-छतरियाँ लेती आई थी। एक बड़ी-सी कमल-छतरी उठाते हुए रानी एक ओर खड़ी च्यूमिंग की ओर देखकर बोलीं–"बैठो न, कमलगट्टे खाएँ और बात भी करें।"

"धन्यवाद जीजी ! आप खाइए, मैं नहीं लूँगी।"

"अच्छा, हम खाएँगे, तुम बात करो।"–रानी अपने कोमल पतली उँगलियों से कमल-छतरी चीरकर दाने निकालने लगीं। उनकी कोमल सफ़ेद उँगलियाँ देखकर ऐसा जान पड़ता था कि वे उनसे कुछ बन नहीं पड़ेगा, परन्तु वे खूब समर्थ थीं। कमल-छतरी का कड़ा जाला चीर डालने में भी उन्हें कोई असुविधा नहीं हुई। बीज निकालकर वे अपने मोती-से दाँतों से छील-छीलकर खाने लगीं।

"जीजी मैं छील दूँ ?" च्यूमिंग ने पूछा।

रानी को यह बात अच्छी नहीं लगी। अपने खाने की चीज़ को च्यूमिंग का हाथ लगाना उन्हें अच्छा नहीं लगा। "नहीं हम छील रहे हैं।"–उन्होंने उत्तर दिया। च्यूमिंग भी चुप रही।

रानी कमलगट्टे के दाने छील-छील कर खाती रही और च्यूमिंग सामने बैठी देखती रही। सहसा रानी ने फटे हुए कमलगट्टे को एक ओर फेंक दिया, मानो वे तृप्त हो गई हों।

"क्या तुम्हारे पेट में बच्चा है ?"–रानी ने सहसा साधारण लोगों की बोलचाल में पूछ लिया।

च्यूमिंग ने आँख उठाकर उनकी ओर देखा। "जी, शुभ आशा है।"–उसने भद्र-परिवारों की भाषा में उत्तर दिया।

रानी ने अपने या च्यूमिंग के शब्दों की ओर ध्यान न देकर पूछा–"इतनी जल्दी !"

च्यूमिंग सिर झुकाए निश्चल बैठी रही।

"क्यों; साहब तो बहुत खुश होंगे ?"–रानी ने तीखे स्वर में पूछा।

च्यूमिंग ने बड़ी-बड़ी भोली आँखें उठाकर उत्तर दिया–"उन्हें मालूम नहीं है। मैंने अभी उन्हें नहीं बताया।"

"यह क्यों ?–रानी ने पूछा। उन्हें च्यूमिंग पर क्रोध आ गया, परन्तु उन्हें अपने

क्रोध पर झेंप भी अनुभव हुई। उन्होंने स्वयं ही तो लड़की को बुलवाया था। जिस काम के लिए लड़की को बुलवाया गया था वही काम वह पूरा कर रही थी। लड़की का अपराध क्या था ! फिर भी रानी को अपने क्रोध पर वश नहीं रहा। बोल उठीं–"रखेल तो ऐसी बात तुरन्त मर्द से कह देती है, तुमने क्यों नहीं बताया ?"

च्यूमिंग की आँखें डबडबा गईं। फूलदार कंडीलों के प्रकाश में उसकी आँखों में छलक आए आँसू स्पष्ट दिखाई दे रहे थे।

"मैं पहले आपसे बात करना चाहती थी।"–च्यूमिंग ने निराशा से टूटे हुए स्वर में कहा, "मुझे आशा थी कि आप प्रसन्न होंगी, परन्तु आप मुझसे नाराज़ हैं। अब एक ही उपाय है कि मैं आत्महत्या कर लूँ।"

च्यूमिंग की इस निराशा और दुस्साहसपूर्ण बात से रानी का माथा ठनका। बड़े-बड़े परिवारों में रखेलें प्रायः ही फाँसी लगाकर अथवा अफ़ीम खाकर आत्महत्या कर लेती थीं, परन्तु ऐसी बात से परिवार की बदनामी होती। परिवार की रक्षा और उसकी प्रतिष्ठा का प्रश्न उठते ही रानी चौकन्नी हो गईं। बोलीं–"क्या कहती हो ? आत्महत्या करने की कौन बात है ! तूने क्या बुरा किया है ?"

"मैं तो सोच रही थी कि आप सुनकर प्रसन्न होंगी तो मैं भी खुश होऊँगी।" – च्यूमिंग दर्द भरे स्वर में बोली, "मैं तो आप ही की शरण हूँ। आपके नाराज़ होने पर मेरे लिए कहाँ आश्रय है ?"

रानी वू डर गईं। उनका विचार था कि देहात से आई यह लड़की देहाती स्त्रियों की तरह गर्भवती हो जाने से ही सन्तुष्ट हो जाएगी, जैसे जीवों की स्वाभाविक प्रवृत्ति है। गाय कभी साँड़ की चिन्ता नहीं करती, वह बच्चा चाहती है। उन्होंने कभी च्यूमिंग के बारे में सोचा था तो यही ख़्याल आया था कि इसके बाल-बच्चा हो जाएगा तो यह सन्तुष्ट रहेगी।

"पर हुआ क्या ?"–रानी च्यूमिंग से बोलीं, "तुम्हें स्वयं भी तो खुशी होनी चाहिए। बच्चे से तुम्हारा मन बहलेगा। तुम उसकी देखभाल करोगी। लड़का हुआ तो यहाँ लोग तुम्हारा आदर करने लगेंगे। तुम विश्वास रखो, अगर लड़की भी हुई तो कोई तुम्हें भला-बुरा नहीं कह सकता। हमारे लिए तो लड़के-लड़कियाँ बराबर हैं। जब हमारी बच्ची मरी थी तो हमें ऐसा ही लगा जैसे लड़का ही गया हो।"

च्यूमिंग मौन और निश्चल रानी की ओर आँखें लगाए उनकी बात सुनती रही।

"आत्महत्या का ख़्याल कभी न करना।"–रानी ने चेतावनी के स्वर में कहा, "जाओ अब आराम करो। साहब आएँ तो उन्हें भी यह शुभ संवाद देना।" रानी ने अधिकार के स्वर में यह चेतावनी च्यूमिंग को दी, परन्तु मन ही मन भारी बोझ से पिसी जा रही थीं। चाहती थीं कि कुछ देर अकेली बैठकर सोचे। वे उठ खड़ी हुईं। च्यूमिंग ने आगे बढ़कर उनके कुर्ते का आँचल थाम लिया और गिड़गिड़ाकर बोलीं–"आज रात मुझे यहाँ ही रहने दीजिए, मैं उसी खाट पर सो रहूँगी जहाँ पहले सोई थी। यह बात आप ही उनसे कह दीजिएगा। मेरी प्रार्थना है कि अब मुझे माफ़ कर दें।"

रानी वू अब सचमुच घबरा गईं। "क्या तेरा दिमाग़ खराब हो गया है ?"—उन्होंने धमकाया, "भूल गई तू कौन है ? तेरे माँ-बाप तो तुझे सड़क किनारे अँधेरे में फेंक गए थे। ग़रीब किसान बुढ़िया ने तेरी जान बचा ली। ब्याह के पहले ही तू विधवा हो गई। अब इस हवेली में तू छोटी मालकिन बनी हुई है। इस शहर में इससे बड़ा घर कौन है ! तुझे पहनने के लिए रेशम और जवाहरात दिए हैं, तू और चाहती क्या है ? इस आँगन में लौट आने का मतलब क्या ? हम लोगों से क्या कहेंगे ? जाओ लौटकर अपनी जगह। इसी मतलब से तो तुम्हें खरीदा गया था।"

च्यूमिंग के हाथों से रानी का आँचल छूट गया। वह पाँव पर खड़ी हो गई और सिर झुकाए धीमे-धीमे क़दम उठाती दरवाज़े की ओर चल पड़ी।

लड़की का निराश चेहरा देखकर रानी का मन पिघल गया। "देखो घबराने की कोई बात नहीं है।"—रानी अपने स्वाभाविक स्वर में बोलीं, "डरती क्यों हो ? लड़कियों को पहली बार ऐसे ही डर लगता है, परन्तु तुम तो स्वस्थ हो, देहात की रहनेवाली हो। अच्छा जाओ आराम करो; सो जाओ। मन न करे तो उठने की ज़रूरत नहीं। हम जानते हैं तुम्हारा मन जागने को नहीं करेगा तो साहब भी दिक नहीं करेंगे। भले आदमी हैं ! डरो मत, कल हम भी उनसे कह देंगे।"

रानी की बात से च्यूमिंग को कुछ सान्त्वना मिली। सिर झुकाकर उसने होंठों ही होंठों में उन्हें धन्यवाद दिया और शनैः-शनैः क़दम रखते दरवाज़े से निकल गई।

रानी ने एक-एक कर सब कंडील बुझा दिए। आँगन में अँधेरा भर गया। वे भीतर कमरे में चली गईं। इंग ने उनके कपड़े बदलवा दिए, परन्तु कुछ बोलने का साहस उसे न हुआ। मालकिन के चेहरे पर ऐसी गहरी उदासी और चिन्ता छाई हुई थी कि इंग ने जब सेज की मसहरी के पर्दे गिरा दिए रानी तब भी कुछ न बोलीं।

इंग नौकरों के आँगन की ओर चली गई। अतिथियों का भोज समाप्त हो जाने के बाद नौकर-नौकरानियाँ अपना भोजन कर रहे थे। आँगन कोलाहल से भरा हुआ था। इंग ने अपने बर्तन में खाना ले लिया और दरवाज़े की चौखट की सहारे बैठकर खाने लगी। दूसरे नौकरों की बातचीत भी सुनती जा रही थी। वह मालकिन की ख़ास नौकरानी थी, इसलिए उसका स्थान नौकरों में ऊँचा था। उससे अधिक आदर था केवल पेंग का। पेंग साहब का बैरा था। पेंग भी समीप ही में बैठा खा रहा था। पेंग का शरीर भारी होने के कारण उसके माथे पर पसीना छलक आता था। पेंग के समीप ही उनकी दो-ढाई वर्ष की बच्ची खड़ी बाप की ओर भूखी आँखें लगाए थी। पेंग खाने की कमचियों से अपना मुँह अविराम गति से भरता जा रहा था। वह साँस लेने के लिए रुकता तो बच्ची चिल्ला देती। पेंग बच्ची के मुँह में भी बड़ा-सा कौर भर देता।

"भैया पेंग,"—किसी नौकरानी ने आँगन के दूसरे सिरे से पुकारकर पूछा, "साहब क्या अपने ही आंगन में सोते हैं ?"

"और क्या; सुबह रोज़ मैं वहाँ ही उन्हें चाय देता हूँ।"—पेंग ने ऊँचे स्वर में उत्तर दिया।

उसी नौकरानी ने इंग को पुकारा–"कहो जीजी, मालकिन के आँगन के क्या हाल-चाल हैं ?"

इंग ने कोई उत्तर नहीं दिया। अपना कटोरा समाप्त कर उसने कटोरे में एक घड़े से जल ले लिया। कटोरे से एक घूँट जल ले उसने प्रश्न करनेवाली की ओर कुल्ला कर दिया और चुपचाप बाहर चली गई।

इंग के व्यवहार से नौकर-नौकरानियाँ और बच्चे स्तब्ध रह गए। भीड़ छँट गई। उससे सभी डरते थे। वह मालकिन की मुँहलगी थी।

रानी वू प्रातः उठीं तो शरीर भारी था, मन भी कुछ बेचैन। पिछली रात नींद ठीक से नहीं आई थी। वू उस विस्तृत परिवार का केन्द्र थीं, जैसे हृदय शरीर का केन्द्र होता है। शरीर में कोई भी अव्यवस्था होने से हृदय कैसे चैन पा सकता है ! परिवार में फेंगमो के विवाह की हलचल थी। विवाह का उत्तरदायित्व तो मामूली नहीं होता।...उन लोगों की सुहागरात जाने कैसे बीती ! भगवान् करे भला ही हुआ हो। लड़के और बहू को देखे बिना तो कुछ जाना नहीं जा सकता, तुरन्त उस ओर चले जाना भी उचित न होता, ऐसी बातों के लिए उचित अवसर की प्रतीक्षा करनी ही होती है।

रानी ने एक दीर्घ निश्वास ली। मन पर एक और बोझ था। च्यूमिंग को उन्होंने आश्वासन दिया था। वह आश्वासन पूरा करते बन नहीं रहा था, परन्तु कही बात को निबाहना भी आवश्यक था। च्यूमिंग उनका भरोसा करके गई थी। रानी इसी दुविधा में थी कि इंग बौखलाई हुई-सी आ पहुँची।

"हुज़ूर, अम्माजी की तबीयत बहुत ख़राब है।"–इंग बोल पड़ी, "कह रही हैं रात के खाने में कोई झींगुर पेट में चला गया। कह रही हैं झींगुर पेट में चल रहा है और काट रहा है। हुज़ूर कहीं ऐसा हो सकता है ! बावरची और बात में चाहे कितना सीधा हो, सफ़ाई के मामले में तो कभी चूक नहीं कर सकता।"

"हे विधाता,"–रानी घबराकर बोलीं, "यह एक और मुसीबत सिर पर आई।"

रानी तुरन्त सम्हल गईं। कर्तव्य का ध्यान उनकी थकान और निर्बलता को दूर कर देता था। तुरन्त कपड़े बदलने लगीं। इंग ने तत्परता से उन्हें सहायता दी। कुछ ही मिनिट में तैयार होकर वृद्धा सास के आँगन में पहुँच गईं। वृद्धा बड़े-बड़े तकियों के सहारे निश्चल पड़ी हुई थीं। आँखें उनकी पथराई हुई थीं। बहू को देख क्षीण स्वर में पुकार उठीं–"अरे बचाओ, मुझे बचाओ,...मैं नहीं बचूँगी।"

रानी सास की अवस्था देखकर घबरा गईं। पिछली सन्ध्या सास लड़कियों की तरह चहक रही थीं। जुए में जीत गईं तो छत ही सिर पर उठा ली थी। भोज के समय भी उनकी भूख का अन्त नहीं था। रातभर में यह क्या हो गया !

"हमें पहले क्यों ख़बर नहीं दी ?"–रानी ने वृद्धा की नौकरानी से पूछा।

"हुज़ूर, अभी सुबह ही तबीयत ख़राब हुई है।"–नौकरानी ने अपने दोष का मार्जन करने के लिए उत्तर दिया।

"क्या वमन हुआ है ?...पेट साफ़ हुआ है ?"–रानी ने पूछा।

"अरे, इतनी उल्टी हुई कि तीनों बच्चों के समय में नहीं हुई थी।"–वृद्धा क्षीण स्वर में बोलीं, "मेरे पेट में तो कुछ रहा ही नहीं। बहू, मुझे कुछ दो। मेरे पेट में तो हवा ही हवा भर गई है।"

"आप कुछ खाएँगी ?"–रानी ने पूछा।

"खाऊँगी नहीं तो ज़िन्दा कैसे रहूँगी।"–बुढ़िया ने स्वर ऊँचा कर उत्तर दिया।

रानी को आश्वासन हुआ। उन्होंने थोड़ा गरम शोरबा लाने की आज्ञा दी। शोरवे में महीन पीसी सोंठ मिलाकर चम्मच से वृद्धा को पिलाने लगीं।

मामूली बीमारी से भी वृद्धा बिलकुल निराश और असहाय हो जाती थीं। एक भी दाँत शेष नहीं था। लाल-लाल जबड़ों और जिह्वा से मुख असमर्थ और असहाय बच्चे के मुख-जैसा लग रहा था। रानी उस मुख में चम्मच से शोरवा देती हुई सोच रही थीं कि कितनी ही तरह की बातें और असंख्य शब्द इस मुख से निकले होंगे। वृद्धा का स्वभाव तीखा था। उनके वाक्य-वाणों का बहुत आतंक रहा था। ससुर भी उनसे घबराते थे। रानी ने सोचा इस मुख से समय पर स्नेह और प्यार की बातें भी निकली होंगी। साहब तो उनके बहुत ही लाडले थे। इसी मुख ने बेटे के लिए लोरियाँ गाई होंगी और उसे हँसना सिखाया होगा।

शोरवा पीकर वृद्धा ने कहा–"अब ज़रा तबीयत ठीक है। थोड़ी देर बाद और पिला देना। अब हमारे शरीर में रह ही क्या गया है ! यह तो फूस की आग है, जितनी देर फूस डालते रहो जलती रहेगी, नहीं तो बुझ जाएगी।"

"अम्माजी अब आप थोड़ी देर के लिए सो जाइए।"–रानी बोलीं।

वृद्धा की आँखें और भी खुल गईं। "मुझे सोने के लिए क्यों कहती रहती हो ?" –वे बोलीं, "अरे मैं तो हमेशा के लिए ही सो जाऊँगी।" उनकी आँखें डबडबा गईं। सास की आँखों में आँसू देख रानी को अच्छा नहीं लगा।

"बेटी, क्या हमारा दूसरा जन्म भी होगा ?"–वृद्धा ने अपने सूखे-से ज्वर से तपे हुए हाथ से रानी का हाथ पकड़कर पूछा। रानी जाने को उठकर खड़ी हुईं, परन्तु फिर बैठ गईं।

वृद्धा ने अपना जीवन तृप्ति और सन्तोष में बिताया था। उन्हें खाने-पहनने का शौक़ था, हुकूमत का भी। जैसा मन चाहा किया, जो समझ नहीं आया उसकी परवाह नहीं की। सोच-विचार की ओर उनकी प्रवृत्ति नहीं थी। उन्होंने शरीर को ही सबकुछ समझा था। अब शरीर का अन्त अनुभव कर वे भयभीत थीं।

"कहते हैं, पुनर्जन्म तो होता है।"–रानी ने विचार से बोझल धीमे स्वर में उत्तर दिया। वे चाहतीं तो बात बनाकर वृद्धा को बहका देतीं, परन्तु ऐसा वे कर न सकती थीं। वृद्धा बच्चा तो नहीं थीं, वे तो वृद्धा थीं और मरणासन्न भी।

"पंडित लोग कहते हैं कि फिर जन्म होता है। हमारा भी दूसरा जन्म होगा ?" –वृद्धा ने उत्सुकता से पूछा।

वृद्धा ने ऐसी बात पहले कभी नहीं कही थी। रानी सोचती रही क्या उत्तर दें। उन्हें स्वयं ही निश्चय नहीं था। वृद्धा के सन्तोष के लिए उन्होंने उत्तर दिया–"अम्माजी, मुझे क्या मालूम ! कहते हैं जीव बार-बार जन्म लेता है।"

अपने मन की वास्तविक बात कहने का साहस रानी को न हुआ। उनका विश्वास था कि सचेत आत्मावाले ही शरीर का अन्त हो जाने के बाद जीवित रह सकते हैं। आन्द्रे भाई-जैसे लोगों की चेतना शरीर का अन्त हो जाने के बाद भी बनी रह सकती है, वृद्धा-जैसे व्यक्तियों की नहीं।

वृद्धा सोना नहीं चाहती थीं, परन्तु वह उनके वश में नहीं था। उनकी झुर्रियों से भरी पलकें स्वयं ही झुक गईं। श्वास सोए हुए व्यक्तियों की तरह चलने लगी, रानी का कोमल हाथ उनके हाथ से छूट गया। रानी उठ खड़ी हुईं। नौकरानी को एक ओर बुलाकर उन्होंने धीमे स्वर में समझाया–"अब तो यह सम्भल गई हैं, लेकिन आइन्दा कोई भारी चीज़ खाने के लिए न दी जाए। ऐसी चीज़ यहाँ लाओ ही मत।"

"हुज़ूर, मानती नहीं बिगड़ने लगती हैं।"–नौकरानी ने अपनी सफ़ाई दी।

"जो हम कहते हैं, करो।"–रानी ने आज्ञा दी।

रानी साहिबा आँगन की ओर चली गईं। प्रातःकाल ही मन पर आ पड़ी अनेक चिन्ताओं के बोझ में एक बात से सान्त्वना भी हुई कि सास की बीमारी से उन्हें साहब के यहाँ आने का बहाना मिल गया। आना तो था ही। अपने आने का समाचार देने के लिए उन्होंने इंग को पहले ही भेज दिया था। इंग उनकी प्रतीक्षा में दरवाज़े पर ही खड़ी थी। रानी को देखकर बोली–"साहब सुबह ही ज़रूरी काम से बाहर चले गए थे, अभी लौटे हैं। भीतर कपड़े बदल रहे हैं। उन्होंने कहा है हुज़ूर बैठें।"

रानी इस आँगन में वर्षों रही थीं। वहीं प्रतीक्षा में टहलने लगीं। आँगन में गेंदी खूब लहक रही थी। जलकुंड में किसी ने कमल लगा दिए थे। बड़े-बड़े लाल-लाल फूल जल पर तैर रहे थे। फूल खूब खिलकर फैल गए थे। कमल के पीले पराग की महक से आँगन भर गया था। रानी ने रूमाल निकालकर नाक पर रख लिया।

रानी आँगन से बैठक में चली गईं। बैठक का ढंग प्रायः वैसा ही था, परन्तु कुछ परिवर्तन भी हो गया था। कई गमले भीतर रखे हुए थे और कई विलायती तस्वीरें भी आ गई थीं। सफ़ाई अब वैसी नहीं थी। कोनों में धूल जमी हुई थी। रानी एक खिड़की के पास जा किवाड़ हटाकर कोने में देखने लगीं।

साहब ख़ाकी रेशमी कोट के बटन बन्द करते भीतर आए और उन्होंने पुकारा–"कहो, वहाँ किवाड़ के पीछे क्या है ?"

रानी ने घूमकर देखा। चेहरे पर झेंप आ गई थी। "धूल है"–उन्होंने उत्तर दिया और बोलीं, "बैरे को समझाना पड़ेगा। यहाँ सफ़ाई की ज़रूरत है।"

साहब ने चारों ओर निगाह दौड़ाई और "हूँ" हुंकारा भर के बोले–"ज़रूरत तो यहाँ तुम्हारी है।" और खिलखिलाकर हँस पड़े। रानी गम्भीरता से चुप रहीं।

साहब और रानी बैठ गए। साहब सन्तुष्ट दिखाई दे रहे थे। गाल और भी चढ़

गए थे। चेहरे पर रौनक थी। रानी यही तो चाहती थीं। फिर भी न जाने क्यों मन में पति को चोट पहुँचाने की इच्छा जाग उठी।

"अम्माजी की तबीयत ठीक नहीं है।"–रानी सहसा बोलीं, "आप उन्हें देखने गए थे !"

साहब का चेहरा गम्भीर हो गया। "नहीं, हम जा नहीं सके, बहुत अफ़सोस है।" –उन्होंने कहा, "क्या कहें, इतने काम हैं...।"

"अम्माजी की तबीयत ज़्यादा खराब है।"–रानी फिर बोलीं।

"कोई वैसी बात तो नहीं ?"–साहब ने पूछा।

"नहीं, अभी तो नहीं।"–रानी बोलीं, "लेकिन अब समय आया ही समझिए। मन उनका बहुत घबड़ा रहा है। पूछ रही थीं पुनर्जन्म होता है कि नहीं। ऐसी बातें मन में तभी आती हैं जब अन्त समीप जान पड़ता है।"

"तो तुमने क्या बताया उन्हें ?"–साहब ने बहुत गम्भीरता से पूछा।

"मैंने कहा, लोग तो कहते हैं कि होता है लेकिन मुझे तो मालूम नहीं।"–रानी ने उत्तर दिया।

साहब नाराज़ हो गए। "कितनी निर्दय हो तुम !"–उत्तेजना में बोले, "उस बेचारी बुढ़िया के सामने सन्देह की ऐसी बात कहने की क्या ज़रूरत थी ?" उन्होंने गले के बटन खोल डाले और भीतर की जेब से पंखी निकालकर जल्दी-जल्दी हवा लेने लगे।

"आप क्या उत्तर देते ?"–रानी ने पूछा।

"हम उन्हें तसल्ली देते।"–साहब ने उत्तेजना से उत्तर दिया, "हम उन्हें कहते कि वे स्वर्ग में पीले झरनों के समीप सुख और शान्ति पाएँगी...।"

"तो आप अब जाकर उन्हें विश्वास दिला दीजिए।"–रानी कोमल स्वर में बोलीं। मन खिन्न होने पर उनका स्वर और भी कोमल हो जाता था।

"हाँ, हम ज़रूर उन्हें सान्त्वना देंगे।"–साहब ने क्रोध में पाँव पटककर उत्तर दिया।

साहब और रानी दोनों मौन और निश्चल बैठे रहे। दोनों ही अपनी उत्तेजना दमन कर सकने का यत्न कर रहे थे। रानी के दोनों कोमल हाथ गोद में थे और सिर ज़रा एक ओर झुका हुआ। साहब भी निश्चल थे, परन्तु छोटी पंखी उनके हाथ में निरन्तर चल रही थी। दोनों ही समझ नहीं पा रहे थे कि वे नाराज़ क्यों हो गए।

पहले रानी ही बोलीं–"आपसे एक और बात भी कहनी थी। उनका स्वर बिलकुल मधुर और शान्त था।"

"हाँ, कहो।"–साहब ने पूछा।

रानी ने बात सीधे और स्पष्ट कहना ही उचित समझा। "च्यूमिंग कल रात मेरे यहाँ आई थी। वह आपको बता देना चाहती है कि वह बाल-बच्चे से हो गई है।" –रानी ने साधारण बोलचाल का ही मुहावरा प्रयोग किया। वे वैसे ही सिर झुकाए चुपचाप निश्चल बैठी रहीं।

साहब के हाथ से पंखी फ़र्श पर गिर पड़ी। वे स्तम्भित होकर रानी की ओर देखते

रह गए। उनके चेहरे पर झेंप की लाली आ गई। कुछ देर सोचकर दाएँ हाथ से अपनी चाँद खुजलाते हुए समझ ही नहीं पा रहे थे कि सन्तोष प्रकट करें या संकोच। रानी ने आँख उठाकर उनकी ओर देखा।

रानी से आँखें मिलने पर साहब हँसकर बोले–"संखिया खिला दो मुझे। कहो तो फन्दा लगाकर लटक जाऊँ। मेरा ही अपराध है, लेकिन यह सब तुमने ही कराया है मुझसे।"

रानी के होंठों पर मुस्कान आ गई। बोलीं–"इतना नख़रा क्यों कर रहे हैं। खुश तो हैं आप ?"

"मैं बूढ़ा नहीं हो गया तो क्या करूँ !"–साहब ने उत्तर दिया।

दोनों एक साथ हँस पड़े और हँसी में दोनों का क्रोध बह गया। मन शान्त हो जाने पर रानी को नई बात पता लगी–मिशेन ने ठीक ही कहा था कि उन्हें साहब से प्यार नहीं है, कभी था भी नहीं, इसलिए अब घृणा करने का भी कोई कारण नहीं, मानो उनकी आत्मा का अन्तिम बन्धन भी टूट गया। बार-बार इस बन्धन को वह अपने ऊपर लगाती आई थीं, परन्तु अब ऐसा नहीं करना होगा। आवश्यकता भी नहीं रही थी। अब वे पूर्णतः मुक्त थीं।

"एक बात तो सुनिए।"–रानी ने फिर साहब को सम्बोधन किया, "उस ग़रीब का ज़रा ख़्याल कीजिए।"

"हम तो सभी का ख़्याल करते हैं।"–साहब ने अहंकार से कहा।

"ज़रा मेरी बात सुनिए।"–रानी बोलीं, "यह उसका पहला बच्चा है। उसे तंग न कीजिएगा।...वह न चाहे तो परेशान न कीजिएगा।"

साहब ने ज़रा सिर हिलाया और फिर बोले–"मालूम होता है एक रखेल से काम नहीं चलेगा।" उन्होंने जीभ निकालकर रानी की ओर देखा, मानो चिढ़ा रहे हों।

रानी चिढ़ी नहीं बल्कि मुस्करा दीं। "अच्छा, अब आप अम्माजी के यहाँ हो आइए और उन्हें पुनर्जन्म की आशा के बजाय एक और पुत्र के जन्म की आशा का समाचार दे आइए।"–उन्होंने कहा।

एक और पुत्र की आशा के समाचार से भी वृद्धा का दुःख कम न हुआ। रानी अपने आँगन की ओर जाती हुईं रास्ते में कुछ देर बच्चों से दिल बहलाती रहीं। ज्योंही वे पहुँची, इंग दौड़ी हुई आई और बोली–"बड़ी अम्माजी की तबीयत बहुत ख़राब हो गई है। बहुत घबरा रही हैं। आपको बुला रही हैं। साहब भी वहाँ हैं, आपको बुला रहे हैं।"

रानी तुरन्त सास के आँगन में पहुँच गईं। साहब माँ की सेज के समीप चौकी पर बैठे माँ के सूखे हुए हाथ को सहला रहे थे।

"अम्माजी की तबीयत तो और खराब हो गई।"–रानी को देखकर साहब बोले।

वृद्धा ने पलकें उठाकर बहू की ओर देखा। उनके होंठ हिले, परन्तु मुँह से शब्द न निकल सका। उनके होंठ लटक गए, मानो रो देना चाहती हैं, परन्तु न आँसू निकल

सके और न मुख से शब्द ही। वे कातर दृष्टि से बहू की ओर देखती रह गईं।

रानी समझ गईं कि वृद्धा बहुत घबरा रही हैं। उन्होंने इंग की ओर घूमकर धीमे से कहा–"जल्दी से शराब लाओ, कैंटन की शराब गरम करके, ताकि शरीर में कुछ गर्मी आए और चौकीदार से कहो कि तुरन्त डॉक्टर को बुलाए।"

वृद्धा निर्वाक् कातर आँखों से बहू की ओर देखती रही। रानी ने उनके कान के समीप झुककर आश्वासन दिया–"इंग शराब गरम करके ला रही है। घबराइए नहीं, अभी आपकी तबीयत ठीक हो जाएगी। भय और चिन्ता की कोई बात नहीं। घबराइए नहीं, बच्चे बाहर धूप में खेल रहे हैं; नौकर-नौकरानियाँ अपना काम कर रही हैं। घर और परिवार का सब काम ठीक हो रहा है। हमारे बुजुर्गों ने यह हवेली बनाई थी। हमलोगों ने अपना कर्तव्य निबाह दिया। आगे हमारे बच्चे निबाहेंगे। अम्माजी, जीवन का क्रम इसी प्रकार अमर बना रहेगा।"

रानी का शान्त कोमल स्वर कमरे में छाए वीभत्स सन्नाटे में सबको सान्त्वना दे रहा था। वृद्धा के चेहरे पर छा गई भय की ऐंठन कुछ दूर हुई। उनका श्वास समगति से चलने लगा।

इंग एक बर्तन में गरम शराब लिए दौड़ी हुई आई। बर्तन उसने रानी के हाथों में दे दिया। रानी झुककर वृद्धा के खुले हुए होंठों में गरम शराब की बूँदें टपकाने लगीं। तीन घूँट पीकर वृद्धा की आँखों में कुछ चमक आ गई। उनके होंठ खुले।

"अब अच्छा है।"–उन्होंने कहा।

वृद्धा के चेहरे का भाव फिर बदल गया। चेहरा भय और विस्मय से ऐंठने लगा। शरीर में कँपकँपी-सी आई। शराब उनके मुँह से बाहर निकलकर बह गई और उनका सिर तकिए पर एक ओर लुढ़क गया।

"हाय अम्माजी !"–साहब दोनों हाथों से मुँह ढककर रो पड़े।

रानी ने शराब का बर्तन इंग की ओर बढ़ा दिया, "पकड़ो !" और स्वयं सेज पर झुक गईं। आस्तीन से बड़ा रेशमी रूमाल निकालकर उन्होंने वृद्धा का मुँह पोंछा और सिर को तकिए पर सीधा करके रख दिया। सिर फिर लुढ़क गया। "आत्मा प्रस्थान कर गई।"–रानी ने धीमे से कहा।

"हाय अम्माजी !"–साहब चिल्ला उठे और फूट-फूट कर रोने लगे। रानी ने उस ओर ध्यान नहीं दिया। उन्हें और बहुत कुछ करने को था। वृद्धा-जैसे सांसारिक व्यक्ति के शरीर के सात भूत शरीर को तुरन्त ही त्याग देने के लिए तैयार न होते, इसलिए वृद्धा के शरीर को एकान्त में रखकर भूतों की तुष्टि का उपाय करना आवश्यक था कि भूत शरीर को त्यागने के बाद परिवार को हानि न पहुँचाएँ। क्रिया-कर्म के लिए पुरोहितों को भी तुरन्त बुलवाना आवश्यक था। वास्तव में रानी का न तो पुरोहितों में विश्वास था और न भूतों में, फिर भी परिपाटी निबाहना तो आवश्यक था। साहब माँ का हाथ अपने हाथों में थामे रो रहे थे। रानी को ख्याल आया कि वृद्धा की आत्मा की तुष्टि के लिए आन्द्रे भाई को ही क्यों न बुलवा भेजें, परन्तु ईसाई पुरोहित की पूजा

से परिवार का समाधान न हो सकता था। इसके बाद साल भर में यदि कोई बच्चा परिवार में बीमार हो जाता तो उन्हें ही दोष दिया जाता कि यह मृतात्मा के भूतों की सन्तुष्ट न करने का ही परिणाम है। परिवार के सन्तोष के लिए परिपाटी को पूरा करना आवश्यक था।

रानी ने इंग की ओर देखकर आज्ञा दी–“पुरोहितों को बुलवाओ और कफ़न तैयार करनेवालों को भी आने के लिए कह दो।” साहब की ओर घूमकर उन्होंने अनुरोध किया–“आप धैर्य रखिए, अब किया भी क्या जा सकता है ! नौकरानियाँ शरीर को नहलाकर कपड़े बदलवा देंगी। पुरोहित भी आ रहे हैं, वे पूजा आरम्भ कर देंगे।”

रानी साहब को लेकर आँगन से बाहर आ गईं। साहब सिसकियाँ लेते हुए आस्तीन से आँसू पोछते जा रहे थे। रानी रो नहीं रही थीं, केवल दीर्घ निश्वास ले रही थीं। आँसू बहाए उन्हें कई वर्ष हो चुके थे। सम्भवतः आँखें सूख चुकी थीं। रानी का दीर्घ निश्वास सुनकर साहब ने उनकी बाँह थाम ली और दोनों साथ-साथ साहब के आँगन में लौट आए। साहब बैठे माँ के स्नेह की स्मृतियाँ सुनाते रहे–पिताजी के नाराज़ हो जाने पर माँ ही उन्हें सदा दंड से बचा लेती थीं; पिता उन्हें पढ़ने के लिए अलग बैठा देते थे, परन्तु माँ शराब और मिठाइयाँ लेकर वहाँ पहुँच जातीं; छुट्टी के दिन उन्हें साथ ले जाकर थियेटर दिखातीं; वे बीमार पड़ जाते तो उनके विनोद के लिए बिस्तर के समीप ही जादूगर और मदारियों को बुलवाकर तमाशे दिखलातीं; जब कभी उनके दाँत में दर्द हो जाता तो माँ उन्हें छोटे पाइप से मदक का दम लगवा देतीं।

“अम्मा का क्या कहना !”–साहब बोले, “बड़ी ज़िन्दादिल थीं। उन्होंने ही हमें भी ज़िन्दादिल बनाया।”

रानी कुछ बोली नहीं। उन्होंने साहब के लिए शराब और खाने के लिए भी कुछ मँगवा दिया। साहब ने पिया तो रानी ने और भी पिलाया। रानी को अधिक शराब पीना नापसन्द था, परन्तु इस समय उन्होंने स्वयं पिलाया कि साहब का शोक डूब जाए। बढ़िया गरम शराब पीकर साहब की ज़बान लड़खड़ाने लगी और वे अपनी बातों को बार-बार दोहराने लगे। कुछ देर बाद उन्हें होश न रहा। वे सोफ़ा पर लुढ़क गए।

रानी उठीं और दबे पाँव भीतर के कमरे में गईं। चौबीस वर्ष तक यह कमरा उनका ही शयनागार था। सेज के समीप जाकर उन्होंने मसहरी के भीतर झाँका। तकिए पर काले केशों से भरा सिर और छरहरे बदन की पीठ दिखाई दी।

“च्यूमिंग !”–रानी ने दबे स्वर में पुकारा, “सो गई हो।”

च्यूमिंग ने करवट ली। मसहरी के पर्दे से झाँकती दो काली आँखें रानी को दिखाई दीं।

“च्यूमिंग, आओ, आज हमारे यहाँ चली चलो।”–रानी बोलीं, “अम्माजी का स्वर्गवास हो गया है। साहब तो शोक और शराब में डूबे हुए हैं। आओ बहन, तुम हमारे साथ चलो।”

च्यूमिंग बिना कुछ बोले मसहरी से बाहर आकर खड़ी हो गई। फिर उसने पूछा–

"मुझे कहाँ जाना होगा ?"

रानी पलभर को ठिठकीं और सोचकर उत्तर दिया–"तुम हमारे यहाँ क्यों न चली जाओ। हमें तो अम्माजी के आँगन में देखभाल के लिए रहना होगा। हम सो तो पाएँगी नहीं।"

"वहाँ कुछ काम होगा।"–च्यूमिंग ने धीमे से पूछा, "मैं भी आपके ही साथ चलूँ ?"

"नहीं, नहीं, यह ठीक नहीं है। अभी तुम्हारी उम्र ही क्या है। तुम्हारी तबीयत भी ठीक नहीं है, तुम्हें सोना चाहिए।"–रानी ने समझाया।

"नहीं जीजी,"–च्यूमिंग ने अनुरोध किया, "मुझे भी साथ ले चलिए।"

"तो जैसा तुम चाहो।"–रानी मान गईं।

साहब को सेज पर लिटा दिया गया। रानी ने अपने हाथों मसहरी के पर्दे ठीक कर दिए और परिवार में अपना दायित्व सँभालने के लिए चल दीं। जो सम्बन्धी अब तक वृद्धा के समीप बैठे थे विश्राम के लिए उठ गए, परन्तु नौकर और बुजुर्ग कुटुम्बी बैठे रहे। वृद्धा को नहलाकर पोशाक बदल दी गई थी। रानी देखभाल कर रही थीं कि सब काम उचित ढंग से हो रहा है कि नहीं। च्यूमिंग उनके साथ काम में हाथ बँटाने के लिए मौजूद थी। लड़की के हाथ-पाँव फुर्तीले थे। स्थिति और संकेत तुरन्त भाँप लेती थी। च्यूमिंग भी गम्भीर थी, परन्तु रानी को उसके चेहरे पर मृत्यु के शोक की छाया नहीं दिखाई दी। उन्होंने समझा–अभी यह इस परिवार की नहीं बन पाई है, सन्तान हो जाने पर परिवार से स्वयं ही इसका लगाव हो जाएगा।

वृद्धा सास के साथ पुरानी पीढ़ी का अन्त हो गया। अब हवेली की चारदीवारी में परिवार की मुखिया रानी वू ही थीं और समाज में परिवार के मुखिया थे वू साहब। वृद्धा को तुरन्त ही समाधि नहीं दी जा सकी। ज्योतिषियों ने समाधि देने के लिए मुहूर्त दो मास पश्चात् बताया था। क्रिया-कर्म की रीतियाँ पूरी हो चुकी थीं। वृद्धा को सुगन्धित लकड़ी के बक्स-जैसे कफ़न में बन्द करके हवेली के मन्दिर में पहुँचा दिया गया। किसी को यह भास नहीं हुआ, घर के बच्चों को भी नहीं कि वृद्धा अब घर में नहीं हैं। बच्चे प्रायः खेलते हुए मन्दिर में पहुँच जाते और पुकारने लगते–"बड़ी दादी, बड़ी दादी, सुनती हो बोलती क्यों नहीं ?" और फिर उत्तर सुनने के लिए चुप हो जाते। कभी कोई उत्तर न मिलता, परन्तु यदि हवा तेज़ चल रही हो तो बच्चों को बड़ी दादी का हुँकारा अथवा उत्तर सुनाई दे जाता।

एक दिन एक भतीजे की नन्हीं बेटी से रानी ने पूछ लिया–"बेटी, बड़ी दादी क्या कहती हैं ?" नन्हीं ने उत्तर दिया–"बड़ी अम्माजी, बड़ी दादी कहती हैं–जाओ, बच्चो जाओ, खेलो। खूब खुश रहो !" और फिर नन्हीं ने गम्भीरता से पूछा–"बड़ी अम्माजी, बड़ी दादी बहुत धीमे बोलती हैं। बक्से में उन्हें दर्द नहीं होता ?"

"नहीं बेटी, उन्हें दर्द नहीं होता।"–रानी ने उत्तर दिया।

"हाँ अब तुम जाओ, बड़ी दादी का कहना मानो। खेलो और खूब खुश रहो।"

वृद्धा की मृत्यु के कुछ दिनों के लिए परिवार में सन्नाटा-सा रहा। वृद्धा का स्थान साहब और रानी ने ले लिया और सभी पीढ़ियाँ एक-एक सीढ़ी ऊपर चढ़ गईं, मानो सभी लोग मृत्यु की ओर एक-एक मंज़िल आगे बढ़ गए। उसी के अनुपात में उनके रूप और व्यवहार में गम्भीरता आ गई। रीति के अनुसार कुछ दिन साहब माँ के शोक में महीन टाट के कपड़े पहने रहे। निश्चित समय के बाद साहब ने साधारण कपड़े पहन लिए, परन्तु उनके भरे और फूले चेहरे पर आ गई गम्भीरता और उत्तरदायित्व की छाया बनी ही रही। वे प्रायः ही रानी के आँगन में आ जाते और दोनों बहुत देर तक आपस में चिन्ता और परामर्श करते। अब वे आमदनी और खर्च की बाबत भी बात करते। सरकार के भारी-भारी करों के प्रति असन्तोष प्रकट करते, लड़कों और पोतों के भविष्य के विषय में राय लेते-देते, और प्रायः ही माँ को याद कर खेद प्रकट करते की अम्माजी की उचित सेवा नहीं कर सके।

"तुम तो सदा अम्माजी का ख़याल रखती थीं,"–साहब प्रायः रानी से कहते, "परन्तु हमें तो ख़्याल ही नहीं आता था।"

"आप भी क्या कहते हैं !"–रानी पति को सान्त्वना देतीं, "कोई कभी अपनी माँ को भी भूल सकता है ! यह प्राण आपको अम्माजी ने ही दिया है। आप श्वास भी लेते हैं तो उन्हीं को याद करते हैं। यह शरीर भी उन्हीं का दिया हुआ है। आप खाते-पीते हैं या शरीर से कोई काम करते हैं तो यह एक तरह उनको याद करना ही होता है। हमारे भी तो बेटे हैं। बेटे दिन भर हमें घेरे ही रहें तो हम परेशान नहीं हो जाएँगे ? हम यही चाहते हैं कि बेटे स्वस्थ-सुखी रहें। उनके ब्याह-शादियाँ हों और बाल-बच्चे हों। इसी में हमलोगों को सन्तोष है। इन्हीं लोगों में हमारी पूर्णता है। ऐसे ही आप और आपकी सन्तानें अम्माजी के अंश हैं। यह उनकी ही पूर्णता और सेवा है।"

"तुम ठीक कहती हो।"–रानी की बात सुनकर साहब सन्तोष से कहते। उनका समाधान हो जाता और वह अपने आँगन में लौट जाते।

रानी अकेली रह जातीं तो फिर अपने विचारों में डूब जातीं। अब तो उनके जीवन की दो स्पष्ट, पृथक्-पृथक् धाराएँ बन गई थीं। एक था उनका पारिवारिक जीवन और दूसरा था उनकी अपनी कल्पना और विचारों का लोक। घर में शान्ति और सुव्यवस्था रहती तो वे अपने विचारों और कल्पना के लोक में रमी रहतीं, परन्तु कोई उलझन पैदा हो जाने पर उसके सुलझाव के यत्न में अपने आपको भूल जातीं।

आधे जाड़े बीते थे कि रानी को परिवार में झगड़े के चिह्न दिखाई देने लगे। उस ओर तुरन्त ध्यान देना आवश्यक था, वरना बात बढ़कर जाने कहाँ पहुँच जाती। लीनी और फेंगमो आपस में झगड़ने लगे थे, यह रानी ने एक दिन अवसरवश देख लिया था। बाहरी बनाव, सिंगार और सुघरता के बावजूद घर में लीनी की आदतें मैली और बेपरवाही की थीं। रानी ने लीनी को इस विषय में बहुत टोकना उचित नहीं समझा। जानती थीं कि लीनी की माँ के यहाँ इतने बड़े परिवार और घर में लड़की को स्वच्छता और सुघरता

का वैसा ख़्याल तो हो नहीं सकता था, जैसा कि इस घर में किया जाता है।

परन्तु मेंग भी तो उसी घर की लड़की थी, इसलिए लीनी को कुछ कहने-सुनने की अपेक्षा रानी ने मेंग से ही बात करना उचित समझा। रानी मेंग के आँगन में पहुँचीं तो दिन चढ़ चुका था, परन्तु मेंग का आँगन अभी ऊँघ ही रहा था। मेंग अभी कंघी-चोटी से भी निपट नहीं पाई थी। मेंग सास को आँगन में देख झेंप गई। लम्बे केशों को एक हाथ में सँभालती हुई बोली–"आइए, आइए, अम्माजी, मैं पलभर में इन्हें समेटे लेती हूँ। मुझे ज़रा देर हो गई।" मेंग की नौकरानी उसके घने लम्बे काले केशों को सँवार कर चोटी करती रही। रुलन और लीनी ने अपने केश छँटवा लिए थे, परन्तु मेंग की लम्बी चोटी पुराने ढंग की थी।

"नहीं बेटी, अच्छी तरह से चोटी करवा लो। हम बैठते हैं।"–रानी ने उत्तर दिया। उन्होंने मेंग को कुछ कहना अनावश्यक समझा; छोटी बहन के लिए कही हुई बात बड़ी के लिए भी पर्याप्त होगी।

"तुम्हारे अभी कितने दिन और शेष हैं ?"–रानी ने पूछा।

"इस पूर्णमासी के बाद ग्यारह दिन।"–मेंग ने बताया, "अम्माजी पहली बार तो बहुत तकलीफ़ हुई थी। मुझे तो बहुत भय लग रहा है।"

"मैं तो अपने आदमी के साथ खेत पर जाती थी।"–नौकरानी उत्साह से बोल उठी, "मेरे तो सभी बच्चे खेतों में ही हुए।"

मेंग की नौकरानी वू की ज़मीनों की रहनेवाली थी। अब भी उसकी थोड़ी-बहुत खेती थी। परिवार के लोग उसे जानते ही थे। फ़सल बोने के मौक़े पर गाँव चली जाती और फ़सल काटने के बाद ही लौटती थी। बेचारी विधवा थी। नौकरी बिना निर्वाह नहीं था। अपनी धरती भी नहीं छोड़ सकती थी।

"इस बार तुम्हें उतना कष्ट नहीं होगा।"–रानी ने आश्वासन दिया, "लेकिन किसान और देहात की स्त्रियों की बात दूसरी है।"

"अम्माजी, लीनी के बाल-बच्चा होगा तो क्या मेरी ही तरह वह भी परेशान होगी ?"–मेंग ने भोलेपन से पूछा।

"उन्हें तो और भी तकलीफ़ होगी।"–नौकरानी ने राय दी, "छुटकी बहू इतनी पढ़ी-लिखी जो हैं !"

रानी हँस पड़ीं। "पढ़ने-लिखने से क्या होता है !"–वे बोलीं, "पढ़े-लिखे तो हम भी शायद उतना ही हैं। हमें तो तकलीफ़ नहीं होती थी। शायद हमारे भाग्य ही अच्छे हों।"

"हुज़ूर आपकी बात दूसरी है। आपकी बराबरी कौन कर सकता है !"–नौकरानी ने विचार प्रकट किया।

"अम्माजी, लीनी कहती है मुझे तो बच्चे नहीं चाहिए।"–मेंग ने बताया, "लड़की तो फेंगमो से ब्याह करके पछता रही है।"

रानी ने विस्मय से बहू की ओर देखा, "बहू क्या कह रही हो ? समझकर बोलो।"–रानी ने उसे टोक दिया।

"अम्माजी सच कह रही हूँ।"—मेंग बोली, और नौकरानी का हाथ झटककर उसने डाँटा, "गधी, केश क्यों खींच रही है ?"

"हुज़ूर, मैं तो सुनकर घबड़ा गई।"—नौकरानी ने उत्तर दिया, "भला कोई औरत चाहती है कि बच्चा न हो ! वेश्या या रखेल की बात दूसरी है। उन्हें तो डर रहता है कि जोबन ढल जाएगा। हुज़ूर, इस हवेली में तो रखेलों के भी होते हैं।"

रानी नौकर-नौकरानियों की बात नहीं सुनती थीं। उन्होंने मेंग को सम्बोधन किया—"बेटी, हम तो आए थे कहने के लिए कि तुम्हारी बहन की आदतें मैली हैं। तुमने तो कुछ और ही सुना दिया। यह तो मामूली बात नहीं। हम पहले ही ख़्याल करते, लेकिन अम्माजी के क्रिया-कर्म में फँसे रहे। समय नहीं मिला। बताओ तो बात क्या है ?"

"अम्माजी लीनी ही कह रही थी...।"—मेंग बताने लगी। दोनों ने ही नौकरानी के सुनते रहने की परवाह नहीं की। छिपाने से फ़ायदा ही क्या था ! घर में जो हो रहा था उसे सब ही जानते थे। नौकरों से तो पर्दा हो भी नहीं सकता था।

"हाँ, क्या कह रही थी लीनी ?"—रानी ने प्रश्न किया।

"लीनी कहती है, इतना बड़ा परिवार और हवेली उसे अच्छी नहीं लगती।"—मेंग ने बताया, "इस घर में आकर पछता रही है। कहती है फेंगमो उसकी सुनता ही नहीं। फेंगमो उसका थोड़े ही है, घर का है। कहती है, उसे हर बात में दबना पड़ता है। कहती है कि अलग जाकर फेंगमो के साथ रहेगी।"

"अलग जाकर रहेगी ?"—रानी ने विस्मय से पूछा। वे कुछ समझ न सकीं।

मेंग ने समझाया—"लीनी कहती है, फेंगमो अंगरेज़ी अच्छी तरह सीख ले तो उसे नौकरी मिल जाएगी।"

"चाहती है कि फेंगमो और अंगरेज़ी पढ़े ?"—रानी ने पूछा।

"कहती है कि अंगरेज़ी पढ़ जाए तो नौकरी मिल जाए और दोनों अलग घर बसा लें।"—मेंग ने उत्तर दिया।

"परन्तु उन्हें यहाँ क्या कमी है ?"—रानी ने पूछा। यह जानकर उन्हें मानसिक कष्ट हो रहा था कि घर में कोई असन्तुष्ट था और विद्रोह करना चाहता था।

"अम्माजी, उसे यहाँ का तरीक़ा पसन्द नहीं।"—मेंग बोली, "कहती है कि यह त्योहारों के झंझट, मृत्यु के क्रिया-कर्म, किसी न किसी के यहाँ बच्चा होते रहना, बहुओं के उलटे-सीधे काम और इतने नौकर-चाकर—यह सब उसे नहीं अच्छा लगता। और कहती है कि फेंगमो तो उसकी सुनता ही नहीं, घर के लोगों के ही कहने में है।"

"फेंगमो ठीक ही करता है।"—रानी बोलीं, "ऐसा ही करना भी चाहिए। क्या वह घर की नहीं है; वह क्या वेश्या है ?"

मेंग ने देखा कि सास नाराज़ हो गई थीं, इसलिए चुप रही। ऐसी गम्भीर स्थिति में कुछ बोलने का साहस नौकरानी को भी न हुआ। मालकिन की चोटी बाँधकर उसने दो मोती जड़ी सुइयाँ चोटी में खोंस दी और कंघी में आ गए केशों को उँगलियों पर लपेटती हुई बाहर फेंक आने के लिए चली गई।

नौकरानी बाहर चली गई तो रानी ने मेंग से पूछा–"क्या तुम भी ऐसा ही सोचती हो ?"

मेंग हँस पड़ी। उसने मन की बात निष्कपट कह डाली–"नहीं अम्माजी, मेरी इतनी हिम्मत कहाँ ! मुझे तो इसी घर में अच्छा लगता है। मुझे कुछ करना नहीं पड़ता। ख़ूब सफ़ाई रहती है। सब काम ठीक ढंग से चलता रहता है। बच्चा भी रोता है तो नौकरानी सँभाल लेती है, परेशानी नहीं होती। दिन भर आराम करती हूँ। मैं पढ़ी-लिखी तो हूँ नहीं; ना मैं किताबें पढ़ती हूँ। ज़रूरत भी क्या ! मुन्ने के पिता जो बता देते हैं मेरे लिए बहुत है, जो वह नहीं बताते उसकी ज़रूरत क्या !"

"लिआंगमो तो तुम्हारा खूब ख़्याल करता है ?"–रानी ने पूछा।

मेंग के कोमल गाल लज्जा से लाल हो गए। "हाँ अम्माजी, बहुत ख़्याल करते हैं।"–मेंग ने स्वीकार कया, "इससे अधिक ख़्याल कोई क्या कर सकता है !"

"फेंगमो क्या लीनी का ख़्याल नहीं करता ?"–रानी ने पूछा।

मेंग कुछ झिझकी और फिर धीमे से बोली–"अम्माजी मुझे क्या मालूम ! अम्माजी, ताली एक हाथ से थोड़े बजती है !" कुछ और ठिठककर मेंग ने कहा–"अम्माजी असल में तो रुलन ही लड़की को सिखाती-पढ़ाती रहती है। जब देखो दोनों आपस में अपने मर्दों की शिकायतें करती रहती हैं। एक जो कहती है, वही शिकायत दूसरी की भी अपने मर्द से हो जाती है।"

रानी को इंग से सुनी रुलन के रात में रोने की बात याद आ गई। उन्होंने पूछा–"क्या रुलन भी असन्तुष्ट है ?"

मेंग ने सिर झुकाकर उत्तर दिया–"लीनी तो मेरी बहन है। रुलन की बाबत मैं क्या जानूँ !"

"रुलन से तुम्हारी नहीं बनती ?"–रानी ने पूछा और चुप रह गईं। सोचने लगीं कि घर में ऐसा भँवर-सा बनता जा रहा है। उन्हें तो इसकी कभी कल्पना भी नहीं थी। कल वू-परिवार का उत्तरदायित्व इन्हीं बहुओं के तो हाथों में देना होगा। इनकी आपस में बनती नहीं।

"रुलन मुझे अच्छी नहीं लगती।"–मेंग ने बिना क्रोध अथवा बनावट के कह डाला।

"औरतें झगड़े बिना रह सकती नहीं।"–रानी ने कड़े स्वर में पूछा।

मेंग ने सिर झुका लिया और उत्तर दिया–"अम्माजी, मेरा झगड़ा तो कोई नहीं है। मुझे वह अच्छी नहीं लगती। रुलन अपने आगे किसी और को कुछ समझती नहीं। वह तो त्सेमो को भी कुछ नहीं गिनती। अम्माजी, आपको मालूम नहीं है, मैंने तो आपके बेटे से कहा था कि आपसे बात करें। उन्होंने कहा अम्माजी को परेशान करने से क्या फ़ायदा ! दादीजी को तो सब मालूम था। उन्होंने तो रुलन को कई बार मारा भी।"

"रुलन को मारा ?"–रानी ने विस्मय से ऊँचे स्वर में पूछा, "क्यों, हमें क्यों नहीं बताया ?"

"त्सेमो ने रुलन को मना कर दिया था।"–मेंग ने बताया। अब उसे इस बात में

रस आने लगा था। कहती गई–"रुलन लीनी से बहुत अधिक पढ़ी हुई है। इसलिए लीनी उसी की बात सुनती है। रुलन सदा वही बातें करती है जो स्त्रियों के मतलब की नहीं।"

"कैसी बातें ?"–रानी ने पूछा।

"अम्माजी, वह तो विधान, राष्ट्रीय पुनर्निर्माण और राष्ट्रीय दमन की बातें करती हैं।"–मेंग ने बताया।

"परन्तु तुम्हें भी तो इन बातों का पता है।"–रानी ने मुस्कराकर पूछा।

"लिआंगमो जानते हैं, मुझे तो नहीं मालूम।"–मेंग बोली।

"लिआंगमो जानते हैं, तो तुम नहीं जानना चाहतीं ?"–रानी ने मेंग से पूछा।

"अम्माजी हमलोग दूसरी और बहुत-सी बातें भी तो कर सकते हैं।"–मेंग ने उत्तर दिया।

"कैसी बातें ?"–रानी ने पूछा।

मेंग कुछ उत्तर न दे दूसरी ओर देखने लगी। रानी ने भी और आग्रह नहीं किया, उठ खड़ी हुईं और घर में नए उठे इस बखेड़े के बारे में सोचती हुई अपने आँगन में लौट आईं। उन्हें थकान-सी अनुभव हो रही थी, जैसे सम्मुख कोई भारी बोझ पड़ा हो और उसे उठाने की सामर्थ्य न हो। उन नौजवान लड़के-लड़कियों को वश में रखना उनका उत्तरदायित्व था, परन्तु अब यह काम कठिन जान पड़ रहा था। वे लोग नई-नई बातें करते थे और रानी की समझ पुरानी और परम्परागत ही थी, जो परिवर्तन को स्वीकार नहीं करती थी। उन्हें आन्द्रे भाई की याद आई–निश्चय ही उसे आधुनिक संसार के दूर-दूर के देशों का भी ज्ञान है। सोचा, फेंगमो को पढ़ाने के लिए आन्द्रे भाई को फिर बुला लें। इन नौजवानों की समस्याओं के बारे में पादरी की राय उपयोगी हो सकेगी।

रानी ने फेंगमो को बुला लाने के लिए इंग को भेजा। फेंगमो घर में बेकार बैठा था, तुरन्त ही आ गया। फेंगमो का चेहरा देखकर माँ को विस्मय हुआ। यदि लड़के का ब्याह न हो चुका होता तो अनुमान कर लेतीं कि लड़का किसी लड़की के पीछे दीवाना हो रहा है। ऐसी बात तो थी नहीं। उन्हें जान पड़ा उनका पुत्र खिन्न और असन्तुष्ट है। साथ ही कुछ थकावट और ऊब जाने का आभास भी।

"बेटा"–रानी स्नेह से बोलीं, "इतने दिन अम्माजी के क्रिया-कर्म में हम फँसे रहे। तुम्हारी कुछ खैर-खबर ही न ले सके। तुम दोनों का हालचाल क्या है, कुछ बताओ तो।"

"ऐसी तो कोई बात नहीं अम्माजी।"–फेंगमो ने उपेक्षा से उत्तर दिया।

"कुछ तो बताओ। तुम्हारा और लीनी का क्या हाल है ?"–माँ ने आग्रह किया।

"ठीक ही है अम्माजी।"–फेंगमो फिर टाल गया।

रानी चुपचाप पुत्र के सुडौल गठे हुए लम्बे शरीर को निहारती रहीं। उसके सुते हुए सबल शरीर पर चिड़चिड़ाहट की मुद्रा भी भली लग रही थी। मुस्कराकर रानी बोलीं–"इतने बड़े तो हो गए हो, परन्तु तुम्हारी मनुहार ज़रा भी नहीं बदली। अब भी बिलकुल वैसे ही लग रहे हो। लड़कियाँ कितनी बदल जाती हैं ! मेरे बेटे तो अब भी

ऐसे ही लगते हैं जैसे बचपन में दीखते थे।”

“अम्माजी हम पैदा हुए ही क्यों थे ?”–फेंगमो पूछ बैठा।

रानी स्वयं अनेक बार इस प्रश्न पर विचार कर चुकी थीं, परन्तु बेटे के मुख से यह प्रश्न सुनकर वह घबरा गईं। “क्यों, यह तो सब लोगों का कर्तव्य ही है कि अपने वंश के लिए सन्तान उत्पन्न करें।”–रानी ने उत्तर दिया।

“पर अम्माजी क्यों ?”–फेंगमो ने धीरे से पूछा, “हमलोगों की ज़रूरत ही क्या थी ?”

“हमलोग हैं, यही हमारे होने की ज़रूरत है !”–रानी ने उत्तर दिया।

“यदि हम अपने ही-जैसे और लोग पैदा कर दें और भविष्य में हमारी सन्तान फिर ऐसे ही लोग पैदा करती रहें तो इससे मुझे या किसी दूसरे को लाभ ही क्या !”–फेंगमो माँ से आँखें चुराए कहता गया, “मेरा इस शरीर को छोड़कर आप से क्या सम्बन्ध और मेरी सन्तान हो जाए तो उससे ही मेरा क्या सम्बन्ध होगा !”

रानी स्वयं भी इस प्रकार की काल्पनिक उधेड़-बुन में उलझी रहती थीं, परन्तु पुत्र के मुँह से ऐसी बातें सुनने की आशा नहीं थी।

“यह तुम क्या कह रहे हो ?”–रानी ने खिन्नता से कहा, “यह क्या हमारा ही प्रभाव है ? तुम्हारे पिताजी ने तो कभी ऐसी बात नहीं की। यह बातें तुमने कहाँ से सीखीं ?”

“मेरे मन में तो ऐसी बातें सदा ही आया करती हैं।”–फेंगमो बोला।

“हमें तो तुमने कभी नहीं बताया।”–रानी ने पूछा।

“सोचा था, यह विचार अपने आप ही दूर हो जाएँगे, परन्तु हुए नहीं।”

रानी गम्भीर हो गईं। उन्होंने चिन्ता से पूछा–“सुनो, क्या तुम्हारी और लीनी की निभ नहीं रही है ?”

फेंगमो के माथे पर रेखाएँ बन गईं। “मुझे कुछ नहीं मालूम कि वह क्या चाहती है। यों ही असन्तुष्ट बनी रहती है।”

“तुम लोग दो महीने से साथ-साथ ही हो।”–रानी बोलीं, “पति-पत्नी का सदा साथ ही बने रहना ठीक नहीं होता। हमने उसे कभी दूसरी स्त्रियों में बैठकर बात करते भी नहीं देखा, जैसे मेंग करती है, इसीलिए वह चिढ़कर अनमनी हो जाती होगी।”

“यही बात होगी।”–उपेक्षा में फेंगमो ने कह दिया।

रानी बेटे की ओर कुछ देर चुपचाप देखकर बोलीं–“हमारा ख़्याल है कि आन्द्रे भाई को फिर बुला लें। तुम उससे पढ़ते थे तो बहुत खुश थे।”

“उससे क्या हो जाएगा ?”–फेंगमो ने अनमना-सा उत्तर दिया।

“अच्छी बात है, हम उसे बुला लेंगे।”–रानी ने निश्चय कर लिया। फेंगमो चुप ही रहा।

“फेंगमो सुनो।”–रानी सोचकर बोलीं, “अगर तुम लीनी के साथ दूसरी जगह जाकर रहना चाहो तो हमें कोई एतराज नहीं। हम तो चाहते हैं कि तुम लोग खुश रहो। तुम्हें

इस घर की व्यवस्था नहीं रुचती तो जैसा चाहो करो। हमारे और लड़के भी तो हैं, तुम अलग भी रह सकते हो।"

"मेरी समझ में तो कुछ नहीं आता।"–फेंगमो ने वैसे ही शिथिलता से उत्तर दिया।

"तुम्हारी लीनी से क्यों नहीं बनती ?"–रानी ने पूछा, "तुम इतने दुखी क्यों हो ? तुम्हारे विवाह को तीन महीने हो गए। लीनी के अभी तक गर्भ नहीं ठहरा और तुम उदास रहते हो।–आखिर बात क्या है।"

"अम्माजी इन बातों में क्या रखा है।"–फेंगमो ने उपेक्षा दिखाई।

"बेटा यही तो असली बात है।" रानी ने शान्ति से समझाया, "यदि शारीरिक मेल न हो तो मानसिक मेल भी नहीं हो सकता। यदि शारीरिक आकर्षण और सहयोग हो जाए तो मानसिक मेल स्वयं ही हो जाता है। यदि मानसिक सहयोग में कुछ कसर रह भी जाए तो भी निभ सकती है। पति-पत्नी के सहयोग का आधार शारीरिक है। मानसिक और आत्मिक सम्बन्ध और मिलन पति-पत्नी के सम्बन्ध के भवन की शोभा है। इस भवन की नींव उनका शारीरिक मिलन और सहयोग ही है।"

"तो फिर पिताजी रखेल क्यों ले आए हैं ?"–फेंगमो ने पूछ लिया।

रानी को यह उद्दंडता अच्छी नहीं लगी। "हर बात का एक निश्चित समय होता है।"–रानी ने कड़ाई से उत्तर दिया, "समय बदल जाने पर दूसरी आवश्यकताएँ भी हो जाती हैं।"

फेंगमो अपनी उद्दंडता के लिए स्वयं ही लज्जित हो गया। सिर खुजलाते हुए बोला–"हाँ, आन्द्रे भाई को बुला लीजिए।" पल भर सोचकर उसने कहा–"अब मैं आन्द्रे भाई से ही पढ़ूँगा, नेशनल स्कूल में नहीं जाऊँगा।"

"जैसा तुम चाहो।"–रानी ने स्वीकार कर लिया।

आठ

आन्द्रे भाई को वू-हवेली में फिर बुलाया गया। इस बीच हवेली में घटी घटनाओं की उन्होंने कोई चर्चा नहीं की। फेंगमो सन्ध्या समय पढ़ने आया और पढ़कर चला गया। आन्द्रे लौट रहा था तो रानी आँगन के अँधेरे में अपनी अभ्यस्त जगह पर बैठी हुई थीं। उन्हें सन्ध्या समय आँगन में बैठने से सन्तोष मिलता था। जब तक सर्दी असह्य न हो जाती वे आँगन में बैठा ही करतीं। सर्दी तो खूब हो गई थी, परन्तु रानी आँगन में बैठने का लोभ संवरण नहीं कर सकीं। इंग उनके सर्दी में बैठने की ज़िद्द से बहुत घबरा रही थी। जानती थी कि मालकिन ज़रूर सर्दी खा जाएँगी, बाद में सर्दी का उपचार करना होगा, इसलिए इंग ने पुस्तकालय के कमरे में अँगीठी जलवा दी थी।

आन्द्रे लौट रहा था तो रानी ने धीरे से पुकार लिया–"आन्द्रे भाई !"

आन्द्रे के क़दम रुक गए। रानी की ओर घूमकर पूछा–"रानी साहिबा, आपने मुझे बुलाया ?"

"जी हाँ !"–रानी कुर्सी से खड़ी होकर बोलीं, "यदि आप दो मिनट ठहर सकें तो हम फेंगमो के विषय में आपसे कुछ बात करना चाहते हैं। इस लड़के की वजह से हम परेशान हैं।"

आन्द्रे भाई ने सिर झुकाकर हामी भरी।

"चाय लाओ"–रानी इंग की ओर देखकर बोलीं, "और फिर कमरे में ज़रा आग ठीक करती रहना।" रानी का अभिप्राय था आन्द्रे भाई पादरी हैं, शायद किसी स्त्री के साथ अकेले रहना उसे अच्छा न लगे।

रानी के बैठने का संकेत करने पर आन्द्रे कुर्सी पर बैठ चुपचाप उनकी ओर देखता रहा। देखकर भी वह उन्हें नहीं देख रहा था। वह केवल उनकी समस्या सुनने की प्रतीक्षा में था।

"फेंगमो इतना खिन्न क्यों है ?"–रानी ने सीधे ही प्रश्न किया।

"क्योंकि वह बेकार है।"–आन्द्रे ने भी संक्षिप्त उत्तर दिया।

"बेकार कैसे ?"–रानी ने विस्मय से विरोध किया, "सब लड़कों के लिए अपने-अपने काम हैं। नववर्ष के दिन हम लड़कों और बहुओं को काम बाँट देते हैं। इस वर्ष बड़े बेटे को हमने ज़मीनों की देख-रेख का और त्सेमो को ख़रीद-फ़रोख्त का काम सौंपा हुआ है। फेंगमो ने जब से स्कूल छोड़ दिया है हमने उसे ग़ल्ले की दुकानों

का देख-रेख का काम दे दिया है। रोज़ कई घंटे उसे वहाँ रहना होता है।"

"वह बेकार ही है।"–आन्द्रे भाई बोला, "इतना काम इस लड़के के लिए पर्याप्त नहीं। उसकी बुद्धि तीव्र है और उसमें जिज्ञासा है। आपने उसे केवल अंगरेज़ी पढ़ाने के लिए ही कहा था, परन्तु वह भाषा के साथ-साथ और चीज़ों को भी ग्रहण कर लेता है। इतने दिनों में वह पिछला पढ़ा हुआ कुछ भूला नहीं, बल्कि स्वयं भी उसका ज्ञान उस ओर बढ़ा ही है। उसकी जिज्ञासा आगे बढ़ना चाहती है। बढ़ती हुई बेल की उँगलियों की तरह ऊँचे चढ़ने के लिए सहारा खोजती रहती है, और सहारा पाकर आगे बढ़ जाती है। आप उसे चाहे जितना काम दे दें वह बेकार ही रहेगा। उसे ऐसी वस्तु की आवश्यकता है जिसमें उसका मन और आत्मा डूब सके।"

आन्द्रे की बात सुनकर रानी ने अविश्वास से पूछा–"तो क्या तुम उसे अपने धर्म की शिक्षा देना चाहते हो ?"

"आपको तो मालूम नहीं कि मेरा धर्म क्या है ?"–आन्द्रे भाई ने उत्तर दिया।

"हमें मालूम है।"–रानी बोलीं, "मिस हिसा ने हमें आपकी धर्म-पुस्तकें पढ़कर सुनाई हैं और फिरंगी लोगों के प्रार्थना करने का ढंग भी बताया है।"

"उनका धर्म और है, मेरा और।"–पादरी ने उत्तर दिया।

"तो बताइए न आपका धर्म क्या है ?"

"बता नहीं सकता, क्या बताऊँ ?"–आन्द्रे ने उत्तर दिया, "हिसा बहन आपको धर्म- पुस्तक पढ़कर सुना सकती हैं और प्रार्थना करने का एक ढंग बता सकती हैं। मेरा वह तरीक़ा नहीं है। मैं बहुत-सी पुस्तकें पढ़ता हूँ, प्रार्थना का भी ख़ास मेरा कोई ढंग नहीं है।"

"तो आपके धर्म का मार्ग क्या है ?"–रानी ने पूछा।

"मेरे धर्म का मार्ग रोटी है, पानी है।"–पादरी ने उत्तर दिया, "मेरे धर्म का मार्ग सोना और काम करना, घर को साफ़ करना और अपने बाग़ में काम करना है। मेरा धर्म मेरे यहाँ रहनेवाले बच्चों को खिलाना-पिलाना है, आपके पुत्र को पढ़ाना भी है। कोई बीमार हो तो उसकी सेवा करना भी मेरा धर्म है। लोगों को मृत्यु के समय शान्ति और सान्त्वना देना भी मेरा धर्म है।"

"हम अपनी सास की मृत्यु के समय आपको बुला लेते तो अच्छा होता।"–रानी बोली पड़ीं, "हमारे मन में तो बात आई थी कि आपको बुलवा लें, परन्तु उससे घर के लोगों को सन्तोष न होता। वे लोग तो मन्दिरों के पुजारियों में ही आस्था रखते हैं।"

"मन्दिरों के पुजारियों के आने में मुझे क्या आपत्ति होती ?"–आन्द्रे भाई ने कहा, "मुझे ऐसी किसी बात में आपत्ति नहीं है जिससे किसी को सान्त्वना मिल सके। हम सभी सान्त्वना चाहते हैं।"

"आप भी सान्त्वना चाहते हैं ?"–रानी ने पूछा।

"हाँ, अवश्य, मैं भी सान्त्वना चाहता हूँ।"–पादरी ने उत्तर दिया।

"परन्तु आपका तो आगे-पीछे कोई नहीं है।"–रानी बोलीं, "आपका कौन सम्बन्धी

है। जिसकी आपको चिन्ता है ?"

"मुझे तो सभी की चिन्ता है।"–आन्द्रे भाई बोला–"सभी मेरे सम्बन्धी हैं।"

"हमारा और आपका क्या सम्बन्ध ? क्या हमारा और आपका रक्त एक-जैसा है ?"–रानी ने पूछा।

"मनुष्यमात्र का रक्त एक-जैसा है।"–आन्द्रे ने उत्तर दिया, "उसमें कोई अन्तर नहीं है।"

"आप संन्यासी क्यों बन गए ?"–कुछ देर सोचकर रानी ने पूछ लिया और फिर अपनी भूल सँभालने के लिए तुरन्त बोलीं, "क्षमा कीजिए। मैं जानती हूँ, ऐसा प्रश्न किसी संन्यासी से नहीं पूछा जाना चाहिए। परन्तु मेरा विश्वास है कि आपने कोई पाप नहीं किया होगा, जिसके प्रायश्चित्त के लिए आपको संन्यासी बनने की आवश्यकता हो।"

"नहीं, क्षमा माँगने की कोई बात नहीं है।"–आन्द्र भाई ने उत्तर दिया, "बात यह है कि मैं स्वयं यह नहीं जानता कि मैं संन्यासी कैसे बन गया। शायद यह कारण हो कि मैं पहले ज्योतिषी था।"

"आप ज्योतिष जानते हैं ?"–रानी ने विस्मय से प्रकट किया।

"रानी साहिबा, जानता तो कोई भी नहीं।"–आन्द्रे ने उत्तर दिया, "मैं आकाश में नक्षत्रों की गतिविधि का अध्ययन किया करता था।"

"आप अब भी अध्ययन करते होंगे !"–रानी ने पूछा। रानी को ऐसे प्रश्न पूछने में संकोच हो रहा था, परन्तु रह भी न सकीं।

"रानी साहिबा, रात में जब कोई काम नहीं रहता तो अब भी करता हूँ। बादी घिर आएँ तो दूसरी बात है।" आन्द्रे का निष्कपट और शान्त व्यवहार रानी के मन में चुभ गया। केवल वह इसलिए उत्तर दे रहा था कि रानी पूछ रही थीं और उसे कोई संकोच नहीं था। अपनी बात सुनाने के लिए कोई आग्रह नहीं था।

"आपका जीवन कितना सूना है !"–रानी के मुँह से निकल गया, "दिन भर आप ग़रीबी में बिताते हैं और रात तारों में।"

"आप ठीक कहती हैं।"–आन्द्रे ने निरुद्वेग स्वीकार किया।

"कभी आपके मन में इच्छा नहीं होती कि अपना घर हो, अपनी स्त्री हो, अपने बच्चे हों ?"–रानी ने पूछा।

"रानी साहिबा, एक समय एक स्त्री से मेरा स्नेह था।"–पादरी ने बताया, "हमलोगों का विवाह भी हो जाता परन्तु मेरा विचार बदल गया, इच्छा हुई कि अकेला ही रहूँ। मुझे उस स्त्री से प्यार नहीं रहा, उसकी आवश्यकता भी नहीं रही।"

"हम समझते हैं यह तो आपने अन्याय किया।"–रानी ने गम्भीरता से कहा।

"हाँ, अन्याय तो हुआ।"–आन्द्रे ने स्वीकार किया, "आप ठीक कहती हैं, परन्तु उस स्त्री से झूठ बोलना भी उचित नहीं था। अकेले रहने की इच्छा थी, इसलिए मैं पादरी बन गया।"

"परन्तु आपका धर्म, आपका विश्वास क्या है ?"–रानी ने पूछा।

रानी की आँखों में आँखें गड़ाकर आन्द्रे ने उत्तर दिया–"मेरा विश्वास पृथ्वी और आकाश में, सूर्य और नक्षत्रों में, मेघों और वायु में है।"

"क्या भगवान् में आपका विश्वास नहीं ?"–रानी ने पूछा।

"है,"–आन्द्रे ने उत्तर दिया, "परन्तु मैंने कभी उन्हें देखा नहीं।"

"तो फिर विश्वास कैसे है ?"

"वह सभी जगह हैं।"–गम्भीर स्वर में आन्द्रे ने उत्तर दिया, "जल में, वायु में, जीवन में और मिट्टी में–वे सभी जगह हैं।"

"आप एकान्त चाहते हैं,"–रानी ने प्रश्न किया, "तो अनाथ बच्चों को क्यों अपने यहाँ समेट लेते हैं ?"

आन्द्रे की आँखें अपने बड़े-बड़े कड़े और खुरदुरे हाथों की ओर झुक गईं। "यह हाथ हैं तो इन्हें भी कुछ करना ही चाहिए।"–आन्द्रे बोला, मानो वे हाथ स्वतन्त्र जीव हों, उनका पृथक् अस्तित्व हो–"शरीर को भी कुछ करते रहना चाहिए। तभी मन शान्त रह सकता है।"

रानी के विस्मय की सीमा नहीं थी। आन्द्रे की ओर देखकर उन्होंने धीमे से पूछा–"आप-जैसे क्या और भी लोग हैं ?"

"आदमी तो सब अपने-अपने ढंग के होते हैं।"–आन्द्रे ने उत्तर दिया। कड़ी धूप से पके उसके चेहरे पर एक मुस्कान आ गई, जैसे उसकी अन्तरात्मा खिल उठी हो। धीमे से बोला–"परन्तु रानी साहिबा, हो सकता है कि आपका पुत्र फेंगमो मेरे-जैसा ही हो। सम्भव है वह मुझ-जैसा ही बन जाए।"

"नहीं, ऐसा नहीं होगा।"–रानी दृढ़ता से बोलीं।

"ओह !"–आन्द्रे भाई के मुख से निकल गया। उसके होंठों पर मुस्कान और आँखों में रहस्यमयी चमक आ गई। वह उठ खड़ा हुआ और विदा लेकर चला गया। रानी आकाश में चमकते नक्षत्रों की ओर आँखें लगाए चुपचाप सोचती रहीं। इंग ने आकर दो बार भीतर चलने के लिए कहा।

"हमें दिक़ न करो।"–रानी ने डाँट दिया–"हम कुछ सोच रहे हैं।"

"हुज़ूर, यहाँ बहुत सर्दी है।"–इंग ने समझाया–"आप भीतर सेज पर लेटकर भी तो सोच सकती हैं।"

रानी ने इंग की बात नहीं सुनी तो वह भीतर जाकर एक शाल ले आई और रानी को ओढ़ा दिया। रानी चुपचाप तारों की ओर आँखें लगाए रहीं। नीचे चारदीवारी से घिरा चौकोर आँगन था। सिर पर भी तारों भरे अँधियारे आकाश का चौकोर ही था। इस बीच रानी के विचार ऊपर-नीचे, इधर-उधर दौड़ रहे थे–

...इस हवेली में वू-परिवार की अनेक पीढ़ियाँ बीत चुकी हैं। वू-परिवार की अदृश्य जड़ों ने उस भूमि की गहराई तक दृढ़ता से जकड़ लिया है, परन्तु वू-परिवार से पहले भी लोग यहाँ रहते ही थे। ससुर ने रानी को बताया था कि उनके पिता ने और उनके पिता को उनके पिता ने बताया था और उससे भी पहले कई पीढ़ियों से यह बात चली

आ रही थी कि वू-हवेली की नींव यहाँ पुराने खंडहरों पर ही रखी गई थी। ससुर ने रानी से कहा था–"किसी हवेली या मकान की नींव अछूती पृथ्वी में डाल सकना सम्भव नहीं। नगरों के खंडहरों पर ही नए नगर बसते आए हैं। यही नगर पाँचवीं बार खंडहरों पर बसा हुआ है। मनुष्य की अस्थियों पर ही पाँव रखकर मनुष्य जीवित है। हमारे बाद दूसरे लोग हमारी अस्थियों पर खड़े होंगे...।"

...हज़ार वर्ष बीत जाने पर वू-हवेली भी खंडहर बनकर भूमि में समा चुकी होगी। यहाँ कोई और बैठा होगा और ऐसे ही इन नक्षत्रों को देख रहा होगा। यह नक्षत्र तब भी होंगे। रानी को आन्द्रे भाई की याद आ गई–वह कितना अकेला है, परन्तु अकेला होकर भी सन्तुष्ट है। वैसे अकेलेपन के भय की सिरहन से रानी का शरीर काँप उठा।

"हुज़ूर !"–इंग ने निराशा भरे स्वर में फिर पुकारा।

रानी इंग की पुकार सुन ही नहीं सकीं।

इंग घबराकर, आहट करने के लिए पंजों के बल रानी के समीप आई और उनके चेहरे पर झुककर ध्यान से देखा। रानी निश्चल बैठी नक्षत्रों की ओर देख रही थीं। पुस्तकालय के दरवाज़े से आते प्रकाश की रेखा में आकाश की ओर उठी उनकी बड़ी-बड़ी निश्चल आँखें बहुत अधिक फैल गई जान पड़ती थीं और उनका रक्तहीन चेहरा इतना सफ़ेद कि मानो पारदर्शी हो गया हो।

इंग घबरा गई। बिना आहट किए ही पीछे हट गई। एक दीर्घ निश्वास उसके होंठों से निकल गया–"हाय, मालकिन चल बसीं।"

रानी को इंग के क़दमों और निश्वास का आभास तो हुआ, परन्तु उन्हें उससे कुछ प्रयोजन न था; उसका कुछ अर्थ भी न था। ऐसे ही जैसे आँगन की दीवारों के कारण आकाश में दिखाई देनेवाले अंधकार के चौकोर का कोई अस्तित्व नहीं था, वास्तव में तो अंधकार की कोई सीमाएँ नहीं थीं। उनके विचार और कल्पनाएँ नक्षत्र-लोक में पहुँचे हुए थे। वे केवल आँगन को ही नहीं, सम्पूर्ण पृथ्वी को, सागरों और दोनों ध्रुवों की कभी न पिघलनेवाली बरफ़ को भी देख रही थीं। मन में विचार आया–

"उन तारों में पहुँचकर तो निश्चय ही सब कुछ देखा जा सकता है।"

मन में इच्छा हुई कि वे चारदीवारी की सीमाओं से मुक्त होकर सम्पूर्ण पृथ्वी पर निर्विघ्न घूम सकें।

"फिर भी नक्षत्र तो ऊपर ही रहेंगे।"–रानी ने सोचा, "नक्षत्रों तक कैसे पहुँचा जा सकता है !"

रानी को वृद्धा सास की याद आई। वृद्धा का शरीर तो कफ़न में बन्द पड़ा था, परन्तु उनकी आत्मा मुक्त हो चुकी थी। रानी ने सोचा, नहीं उनकी आत्मा तो इसी हवेली में मँडरा रही होगी। मैं जिस दिन मुक्त हो जाऊँगी इस हवेली को छोड़कर सीधी ऊपर जाऊँगी और देखूँगी कि ये नक्षत्र वास्तव में क्या हैं।

अपने विचारों में डूबी रानी को पता ही न लगा कि इंग कब दबे पाँव आँगन से चली गई और तीनों बेटों को लेकर लौट आई। तीनों पुत्र एक ओर खड़े उनकी ओर

ध्यान से देखते रहे। सबसे पहले लिआंगमो ने पुकारा–

"अम्माजी !"–लिआंगमो ने बहुत ही कोमल स्वर में सम्बोधन किया। शरीर के पिंजड़े से मुक्त हो गई आत्मा को लौटने के लिए अनुनय और विनय से ही पुकारा जाना चाहिए था। ऊँचे स्वर से विक्षिप्त हो जाने पर आत्मा भला क्यों लौटती ! पिंजड़े से मुक्ति पाकर जानेवाले पक्षी को स्नेह व्यवहार से ही फुसलाकर लौटाया जा सकता है, धमकाकर नहीं।

"अम्माजी !"–लिआंगमो फिर विनय से कोमल स्वर में बोला, "आपके पुत्र सेवा में उपस्थित हैं...।"

लिआंगमो बहुत ही धीमे स्वर में बोला था और रानी अपनी कल्पना में कहीं दूर गई हुई थीं। वे कुछ सुन न सकीं।

"जाओ, पिताजी को बुलाओ"–माँ को निश्चल देख लिआंगमो ने त्सेमो को आदेश दिया।

त्सेमो तुरन्त बाहर चला गया। शेष दोनों भाई माँ के शरीर की ओर आँखें लगाए चौकसी में चुप खड़े रहे कि माँ की मुक्त आत्मा बहुत दूर न चली जाए। वू साहब तुरन्त ही आ गए। उनके पीछे-पीछे च्यूमिंग भी थी। उसकी ओर किसी का ध्यान नहीं गया।

"यह सब कैसे हुआ ?"–साहब ने इंग से पूछा।

"जब से पादरी गया है, यही हालत है।"–इंग ने उत्तर दिया।

"मेरे पुत्रों की माँ !"–साहब ने स्नेह से पुकारा। उनका चेहरा बादामी कागज़ की तरह पीला हो रहा था।

रानी निश्चल रहीं।

"एलिन !"–साहब ने फिर पुकारा। उनके दोनों हाथ कुम्हलाए हुए पत्तों की भाँति शिथिल लटके हुए थे। रानी के शरीर को छूने का साहस उन्हें न हुआ।

च्यूमिंग कुछ बोली नहीं। वह रानी के सम्मुख फ़र्श पर बैठ गई। उनके पाँव से हल्के जूते निकालकर उसने रेशमी मोज़े उतार दिए और तलुओं को मलने लगी। पाँव ठंडे थे। च्यूमिंग ने पाँव अपने सीने में दबा लिए।

"देखो घबरा न जाएँ।"–साहब ने धीमे से चेतावनी दी।

"नहीं, मुझसे नहीं डरेंगी।"–च्यूमिंग ने साहब और उनके पुत्रों की ओर देखकर उत्तर दिया।

"वह किसी से नहीं डरतीं।"–साहब गर्व से बोले।

"मैं इतनी तुच्छ हूँ कि मेरी ओर उनका ध्यान भी न जाएगा।"–च्यूमिंग ने रानी के पैरों पर सिर झुका दिया।

उसी समय रानी ने नक्षत्रों की ओर से आँखें नीचे झुकाकर सामने देखा। पुत्रों को सामने खड़े देख उन्होंने पूछा–"तुम तीनों ?"...क्यों क्या बात है ?"

च्यूमिंग ने तुरन्त रानी के मोज़े और जूते पहना दिए। रानी का ध्यान उस ओर नहीं गया, परन्तु उन्होंने सामने खड़े साहब की ओर देखा और निरपेक्ष स्वर में पूछा–

"कहिए, आप कैसे आए ?"

यह समझ लेने में किसी को दुविधा न हुई कि उनकी आत्मा फिर से शरीर के पिंजड़े में बँध जाने कि लिए अनिच्छुक है। स्थिति का उपाय करने के लिए और माँ को पृथ्वी पर बने रहने का प्रलोभन देने के लिए लिआंगमो तुरन्त बोल उठा–

"अम्माजी, मेंग के बाल-बच्चा होने में अब देर नहीं।"

त्सेमो ने भी सहयोग दिया और बोला–"अम्माजी, रुलन को शहद के बड़े बनाना सिखा दीजिए न !"

"अम्माजी !"–फेंगमो ने भी धीरे से कहा, "क्षमा कीजिए, आज मैंने आप से झूठ कह दिया था।"

सभी लोग बारी-बारी से रानी को पृथ्वी पर लौटा सकने का यत्न कर रहे थे। साहब भी बोले–"तुम्हीं तो इस घर की कर्ता-धर्ता हो। क्या भूल गईं कि अभी तक नई फ़सल के लिए बीज नहीं भेजा गया?"

"तुम लोग तो घर को कभी नहीं सम्हाल सकोगे।"–रानी बोलीं, मानो लौट आने के लिए विवश हो गई हों।

"नहीं अम्माजी, हम नहीं सम्हाल सकेंगे।"–लिआंगमो ने स्वीकार किया।

रानी शाल को कन्धों पर सम्हालकर उठ खड़ी हुईं। मानो कल्पनालोक से लौटी हों, ऐसे चारों ओर देखकर वे बोलीं–"इंग कहाँ है ? हम बहुत थक गए हैं, सोएँगे। ...अब कल सही।"

सब पुरुषों ने एक ओर हटकर रानी और इंग को भीतर जाने के लिए रास्ता दिया। च्यूमिंग भी अँधेरे में उनके साथ ही भीतर चली गई। साहब और तीनों पुत्र पुस्तकालय में बैठकर प्रतीक्षा करते रहे। इंग ने लौटकर समाचार दिया–"अब कोई भय नहीं, मालकिन सो गई हैं।"

आँगन से बाहर आकर लिआंगमो ने साहब से पूछा–"पिताजी, यह हुआ क्या...इससे पहले तो कभी माँ की आत्मा हवेली से बाहर नहीं गई।"

"हम क्या जानें, जाने क्या बात है !"–साहब उलझन में गुनगुना दिए, "चालीसवीं वर्षगाँठ के बाद से उन्हें जाने क्या हो गया है !"

"आपलोग माँ को नहीं जानते,"–फेंगमो सिर हिलाकर बोला, "परन्तु मैं जानता हूँ। उनमें उड़ सकने की भी शक्ति है, लेकिन उन्हें अवसर नहीं मिलता। वे इसीलिए बेचैन रहती हैं।"

साहब, लिआंगमो और त्सेमो आश्चर्य से फेंगमो की ओर देखते रहे,...यह पागल क्या बक रहा है ? और फिर एक दूसरे से विदा लेकर सो जाने के लिए चले गए।

सुबह रानी वू की नींद खुली तो मन पर गत रात की घटना का गहरा आतंक था। पिछली सन्ध्या कुछ समय के लिए उनका मन और कल्पना उन्मुक्त होकर विचरण करती रही थी। उस विचरण की स्मृति बहुत ही लुभावनी और आकर्षक थीं। वे कुछ समय

के लिए सभी चिन्ताओं और पार्थिवता से मुक्त हो गई थीं। उन्हें आशंका हो रही थी कि वे इस अभ्यास में फँस न जाएँ। यदि ऐसा हुआ तो यह अभ्यास उन्हें प्रबल नशे की तरह विवश कर देगा। मन और कल्पना की वह उन्मुक्त अवस्था संन्यास की अवस्था के समान थी, जैसे कोई साधुनी नारी जीवन के संकटों और विवशताओं को छोड़कर मुक्त हो जाए, अथवा कोई संन्यासी सांसारिक दायित्वों से निर्बाद्ध हो जाए। उन्हें आन्द्रे भाई के प्रति क्रोध था–क्यों उसने उन्हें यह मार्ग दिखाया और अपने प्रति भी खिन्नता थी कि वे उस ओर क्यों आकर्षित हो गईं। मन में ऐसी ही ग्लानि थी, मानो उन्होंने अनुचित प्रणय में अपना हृदय दे दिया हो। सेज से उठते नहीं बन रहा था।

दृढ़ निश्चय करके वे सहसा सेज से उठ खड़ी हुईं। इंग को पुकारा और तत्परता दिखाने के लिए उसे दो-चार मामूली बातों के लिए डाँट दिया–"कोने में जाला क्यों लगा है...बड़ी कुर्सी के पीछे जमी हुई धूल तुझे नहीं दिखाई देती ?" नाश्ता कर चुकने के बाद उन्होंने बावरची को बुलवा लिया और हिसाब देखने लगीं और समझाया–"जाड़े का मौसम आ गया है, तुम अभी तक तरबूज़ का ही शोरवा बनाए जा रहे हो।...खीरे और दूसरी ठंडी चीज़ें खिला रहे हो। यह सब बन्द करो ! अब भुना हुआ मांस और मटर वग़ैरह तैयार किया करो।...सब्ज़ी तरकारी में भी थोड़ा मांस डाल दिया करो !"

बावरची ने घबराकर विनय से विस्मय प्रकट किया–"हुज़ूर, मालूम होता है कई दिन से खाने पर नहीं आ रही हैं। ग़रीबपरवर ग़ुलाम तो बहुत दिन से यही सब चीज़ें बना रहा है। हुज़र की खिदमत करते कई बरस बीत गए। बन्दा क्या अभी मौसम की बात भी नहीं समझता !"

"चुप रहो।"–रानी ने डाँट दिया, "हम यह सब नहीं सुनना चाहते, जाओ अपना काम करो।" बावरची को काठ मार गया। वह हवेली का बहुत पुराना आदमी था। अच्छे बावरचियों की तरह उसमें कुछ अनख भी थी बल्कि मालकिन का कुछ मुँहलगा भी था। बेचारा कुछ समझ ही न सका। सिर झुकाकर बाहर चला गया।

दोपहर को भी रानी ने आराम और विश्राम की बात न सोची। एक के बाद दूसरे आदमी को बुलवाती रहीं। वे उसी उत्तेजना की अवस्था में थीं कि साहब आँगन में आ गए। रानी को लगा कि साहब साधारण से कुछ जल्दी ही आ गए हैं। मन को यथासम्भव वश में कर बोलीं–"आइए, आइए, घर का हिसाब देख रही थी।"–रानी बोलीं, "मेरा ख़्याल है, इस बावरची से काम नहीं चलेगा। यह आदमी बहुत मुँहज़ोर हो गया है।"

"यह कैसे हो सकता है !"–साहब घबराहट में बोले, "यह कैसे हो सकता है ! दूसरा कौन आदमी इस बावरची की तरह मछली बना सकता है ? तुम्हें याद है, सात या आठ शहरों से खोज-खोजकर इसे बुलवाया था और तुम्हारी नौकरानी से इसका ब्याह करा दिया था कि भाग न जाए ?"

"इंग भी बहुत मुँहज़ोर हो गई है।"–रानी बोलीं।

रानी ने अभी तक कभी भी इस तरह बात नहीं की थी। साहब घबरा गए। जेब

से पाइप निकालकर उसमें तम्बाखू भरते हुए बोले–"आज तुम्हारी तबीयत ठीक नहीं है। आँखें भी कुछ गहरी-गहरी दिखाई पड़ रही हैं...।"

"मेरी तबीयत बिलकुल ठीक है।"–रानी ज़िद्द से बोलीं।

साहब ने दो कश लेकर पाइप मेज़ पर रख दिया। धीमे से पुकारा–"एलिन !" ...बाएँ देखा कि कोई सुन तो नहीं रहा और बोले–"यह तुम्हारी बड़ी भूल है कि हमें छोड़कर यहाँ आ गई हो। सहवास के बिना स्त्री-पुरुषों का स्वास्थ्य ठीक नहीं रह सकता। प्रयोजन केवल सन्तान ही नहीं है बल्कि स्वास्थ्य को सम अवस्था में रखना भी है। तुम ज़रा अपना ख़्याल तो करो। तुम बुढ़िया तो हो नहीं गईं। तुम्हारा शरीर और रूप अब भी बिलकुल वैसा ही है। रक्त में जवानी की गर्मी है। तुम भूल गईं कि हमलोग कितने मज़े...।"

"बस रहने दीजिए !"–दृढ़ता से रानी बोलीं, "आप जानते हैं मैं अपना निश्चय नहीं बदलती। जो करना था, कर चुकी। आपको क्या असन्तोष है ? आप और क्या चाहते हैं ?"

"हम तो चाहते हैं कि तुम फिर लौट आओ।"–साहब ने स्पष्ट कहा, "हमारे लिए तो तुमसे बढ़कर कोई नहीं, परन्तु हम अपनी ही बात नहीं कहेंगे।"

"मेरी चिन्ता आप न कीजिए।"–रानी ने कह दिया।

"तुम्हारी चिन्ता कैसे न करें !"–साहब बोले। पल भर के लिए मन में सन्देह की बिजली-सी कौंध गई कि शायद किसी तरह, सम्भवतः आध्यात्मिक प्रभाव से ही, रानी के मन का लगाव पादरी से हो गया है, परन्तु लज्जा के कारण ऐसी बात होंठों पर न ला सके। वे जानते थे कि ऐसी बातों में रानी का मिज़ाज कितना ऊँचा था। पादरी होने के अतिरिक्त वह आदमी विदेशी भी तो था। जवानी के दिनों में जब साहब अभी यौवन के उन्माद में पागल थे, तब भी वे स्नान किए बिना, शरीर पर सुगन्ध लगाए बिना और श्वास को सुगन्धित बनाने के लिए कुछ चबाए बिना रानी के समीप नहीं जाते थे। विदेशियों के शरीर की दुर्गन्ध, उनकी त्वचा का खुरदरापन, उनके मोटे और कड़े केश और उनके शरीर से छूटती पसीने की धाराओं को कोई भद्र महिला कैसे सह सकती है ! उलटे वे डरने लगे कि कहीं रानी अपनी पैनी सूझ से उनके मन का सन्देह भाँपकर नाराज़ न हो जाए।

वू साहब के पास एक ही उपाय था। उसकी सफलता में उन्हें पूरा विश्वास था। उन्होंने मुँह लटका लिया, मानो वे स्वयं कष्ट में हों और बोले–"तुम ठीक ही कहती हो। हम भी बूढ़े हो गए हैं।"–उन्होंने एक गहरी साँस ली, "अब पेट ठीक भी नहीं रहता। रात में दो-तीन बार नींद टूट जाती है। सुबह उठते हैं तो शरीर टूटता-सा रहता है।"

रानी के चेहरे पर वही दृढ़ता का भाव बना रहा। "रात का खाना कम कर दीजिए, केवल थोड़ा शोरवा ले लिया कीजिए और कुछ दिन अकेले ही सोइए।" उन्होंने समझाया।

साहब निराशा हो मुँह लटकाकर बैठ गए। रानी अपने जूते से कुछ देर फर्श पर

खट-खट करती रहीं और फिर एक गहरी साँस लेकर उठ खड़ी हुईं और साहब के लिए चाय बनाने लगीं। साहब ने देखा कि केतली का ढक्कन उतारते और लगाते समय रानी की उँगलियाँ तनिक काँप गईं, परन्तु साहब कुछ बोले नहीं चुपचाप चाय पीते रहे और प्याली समाप्त कर उठकर चल दिए। साहब आँगन में ही पहुँचे थे कि उन्हें रानी का स्पष्ट स्वर सुनाई दिया–"आपका पाइप फिर यहीं रह गया।"

साहब लौटकर आए। चेहरा सुर्ख़ हो गया। बोले–"हाँ सच, पाइप भूल गया था।"

रानी दरवाज़े में खड़ी रहीं। दूर से ही उन्होंने मेज़ पर पड़े पाइप की ओर संकेत कर दिया, मानो उस गन्दी चीज़ को वे छूना न चाहती हों। साहब का चेहरा और भी सुर्ख़ हो गया। दाँत होंठों से दबा लिए। पाइप उठाकर सिर झुकाए लौट गए। रानी क्षण भर खड़ी बाहर जाते साहब की ओर देखती रहीं। एक गहरी टीस-सी मन में उठी, मानो कोई दबा हुआ दर्द उठ आया हो।

उसी समय आँगन के दरवाज़े पर मिस हिसा ने प्रवेश किया। ऐसे समय इस स्त्री को आया देख रानी का मन खिन्न हो गया, परन्तु लाचारी थी; मुस्कराकर अतिथि का स्वागत करना ही पड़ा।

"रानी साइबा, आपका बहुट डिन से डेका नईं।"–मिस हिसा अपने विकृत उच्चारण में बोलीं। रानी हिसा के शब्दों को समझे बिना ही उसका अभिप्राय समझ जाती थीं।

"आपकी तबीयत तो ठीक है। ?"–रानी ने पूछा।

"अबी आप का फुरसत नईं तो अम फिर आएगा, अम माफ़ी बोलटा हय।"–हिसा ने कुछ संकोच-का प्रदर्शन किया।

"नहीं, नहीं, ऐसी बात नहीं। आप बैठिए। कहिए क्या बात है ?"–रानी ने आश्वासन दिया।

"आपका बौट मेरबानी। अम एक बड़ा ज़रूर काम के वास्टे आया ठा। आप का मडड मांगटा हय।"–हिसा ने समझाया।

"हाँ, हाँ, आप कहिए।"–रानी ने आग्रह किया।

"आप उस पाडरी को जानटा ?"–हिसा बोली।

"जो हमारे बेटे को पढ़ाता है ?"–रानी ने पूछा।

"वो पाडरी का छोटा अनाथालय है"–हिसा बोली, "उसमें लरकी बी हय। अमारा ख़याल कि लरकी का ख़याल कोई औरट को करना चाहिए। उडर बस एक मर्ड नौकर हय। आप उसको बोलेगा कि अम लड़कियों को पड़ाएगा।"

"आप स्वयं ही उससे बात क्यों नहीं करतीं।"–रानी ने पूछा।

"आप जानटा अमारा और उसका डरम एक नहीं हय।"–हिसा ने बताया।

"विलायत के लोगों के कितने धर्म हैं ?"–रानी ने पूछा, "हम नित्य नए धर्म की बात सुनती हैं।"

"बगवान का सच्चा डरम एक हय।"–हिसा ने गम्भीरता से बताया।

"आप उसी भगवान् को मानती हैं ?"–रानी ने पूछा।

हिसा की नीली-नीली रूखी आँखें फैल गईं। माथे पर उड़ आई केशों की एक लट को सँभालती हुई गम्भीरता से बोली–"उसी बगवान की सेवा लिए अम अपना गर छोड़ा, अपना डेस छोड़ा और इस विचित्र डेश में आया।"

"क्या हमारा देश विचित्र देश है ?"–रानी ने विस्मय से पूछा।

"अमारे लिए टो बिचिट्र हय।"

"इस देश में आने के लिए आपके भगवान् ने कहा था ?"–रानी ने पूछा।

"हाँ, अम को बगवान ने बोला।"–हिसा ने उत्तर दिया।

"आपको भगवान् की वाणी सुनाई दी थी ?"–रानी ने जिज्ञासा की।

हिसा ने अपना ख़ुश्क सूखा-सा हाथ हृदय पर रखकर उत्तर दिया–"अम को मालूम हुआ...अम मन में सुना।"

रानी ने पल भर हिसा की ओर देखा और पूछ लिया–"आपके माता-पिता ने आप का विवाह क्यों नहीं किया ?"

हिसा ने हृदय पर रखे हाथ को और दबा लिया और बोली–"अमारा डेस में माटा-पिटा साडी नई करटा। मरड-औरट को मुअब्बत होटा टो साडी करटा।"

"आपने भी तो कभी मुहब्बत की होगी ?"–रानी ने संवेदना के स्वर में पूछा।

हिया का हृदय पर रखा हाथ नीचे आ गया। "किया !"–उसने एक शब्द में ही उत्तर दे दिया।

"पर विवाह नहीं किया ?"–रानी ने फिर पूछा।

"अमारा डेस में मरड औरट से साडी मांगटा।"–हिसा ने दर्द भरे स्वर में उत्तर दिया।

रानी चुप रह गईं। और भी प्रश्न पूछ सकती थीं, परन्तु हिसा का मन दुखाना न चाहती थीं। स्पष्ट ही था कि हिसा से विवाह करने की इच्छा किसी मर्द ने प्रकट नहीं की होगी।

हिसा की आँखें भीग गई थीं, परन्तु वह रानी को देखकर साहस से बोली–"बगवान अमको उससे बड़ा काम डिया।"

हिसा की ओर देख रानी ने उत्तर दिया–"आप ठीक कहती हैं। हम जानती हैं।"

रानी ने अपना चाँदी का छोटा पाइप भरकर सुलगा लिया। दो कश खींचकर पाइप मेंज़ पर रख दिया और बोलीं–"हमलोग विवाह को बहुत महत्त्वपूर्ण समस्या समझते हैं, इसलिए विवाह की बात स्त्रियों, पुरुषों या भगवान् के भरोसे नहीं छोड़ देते। विवाह भी भोजन, वस्त्र और मकान की तरह ही आवश्यक है। इसकी भी समुचित व्यवस्था होनी चाहिए, नहीं तो कुछ लोग बहुत अधिक पा जाएँगे और कुछ खाली हाथ रह जाएँगे। इस परिवार में सभी लोगों, नौकरों के भी विवाह की व्यवस्था हम ही करती हैं। सभी लोगों को उनका उचित भाग मिलना चाहिए। कुछ चीज़ें लोगों को बहुत पसन्द आती हैं। यदि उचित व्यवस्था न की जाए तो बच्चे केवल मिठाइयाँ ही खाया करेंगे, हमारे साहब सिर्फ़ कबाब ही खाएँगे, कुछ नौकर दूसरों का भी हिस्सा खा जाएँगे और ग़रीब

बेचारे भूखे ही रह जाएँगे, इसलिए हम नौकरों की आवश्यकता और परिवार के लोगों की रुचि का ध्यान रखकर व्यवस्था करती हैं।"

हिसा अपने सूखे-सूखे हाथों के पंजे आपस में फँसाकर बोली–"अम टो डूसरा बाट के वास्ते आपके पास आया ठा।...अम बूल गया, अम क्या बोलटा ?"

"आप भूल गईं, क्योंकि आप वास्तव में चाहती कुछ और हैं।"–रानी ने संवेदना के स्वर में समझाया, "बहिन, आप हमारी बात मानिए। आप आन्द्रे भाई के पीछे न पड़िए। वह बहुत बड़ा, पर्वत शिखर की तरह ऊँचा और दृढ़ आदमी है। उससे सिर मारने से कोई लाभ नहीं होगा। आप छिन्न-भिन्न हो जाएँगे और उसे पता भी नहीं चलेगा। आप अपने भगवान् की ही चिन्ता कीजिए।"

हिसा का चेहरा और होंठ भी काग़ज़ की तरह सफ़ेद हो गए। बोली–"रानी साइबा ! आप क्या बोलटा हय ? अम ऐसा कुच नई जानटा। अमारा डिल पविट्र हय। आपका मन में पाप का बाट हय। अमारा मन आइसा नई हय।"

"मन की बात से लज्जित होने का कोई कारण नहीं है।"–रानी ने समझाया, "आप बहुत भली हैं। आपके मन में कोई बुरी बात नहीं है, परन्तु आपका जीवन सूना है। आप अपना सूनापन मिटाना चाहती हैं, पर यह हो नहीं सकेगा। आपका भाग्य ही ऐसा है। आपके देश के लोग बहुत विचित्र और निर्दय हैं। आपके माता-पिता ने भी आप पर दया नहीं की। यदि हो सकता तो हम आपका विवाह करा देते, परन्तु यहाँ आपकी जाति का कोई आदमी नहीं है।"

हिसा के हृदय की धड़कन बढ़ गई। वह होंठ खोलकर साँस लेने लगी। आँसू बह गए। वह क्रोध में चिल्ला उठी–"आप बहुत खराब, बेसरम औरट हय !...अम टुमारा-जैसा नई। टुम सब चीनी लोग एक जैसा। सब खराब बाट सोचटा।"

रानी कुछ देर विस्यम से हिसा की ओर देखकर फिर संवेदना के स्वर में बोलीं–"हम मनुष्य के जीवन की बात कहती हैं। स्त्री-पुरुषों के जीवन की बात कह रही हैं। अगर हम से हो सकता तो ज़रूर आपकी मदद करती।"

"अम आप का मडड नई मांगटा।"–सिसकियाँ भरते हुए हिसा बोली, "अम बगवान का सेवा करना मांगटा।"

"अच्छा तो करो भगवान् की सेवा।"–रानी बोलीं।

रानी हिसा का हाथ थामकर कुर्सी से उठ खड़ी हुईं। आँगन के दरवाज़े तक हिसा को पहुँचाकर उन्होंने विदा दी। निश्चय किया, अब इस स्त्री से फिर नहीं मिलेंगे। लौटकर बैठीं तो मन हिसा के प्रति करुणा से भरा था।

इंग उतावली से आँगन में आई और पुकारकर समाचार दिया–"बड़े कुँवर साहब की बहू के दर्दें उठ रही हैं।"

रानी ने चौंककर उसकी ओर देखा और बोलीं–"मेंग की माँ को सन्देश भेजकर बुलवा लो। तब तक हम भी आते हैं।"

"रानी शयनागार में चली गईं। हाथ धोए, रेशम का कोट उतारकर नीला सूती कोट

पहन लिया और हाथों और चेहरे पर सुगन्ध लगाकर लिआंगमो के आँगन की ओर चली गईं।"

समाचार पाकर रानी को उत्साह ही हुआ था। प्रवस के समाचार से परिवार में सदा उत्साह ही होता है। चिन्ता का कोई कारण भी नहीं था। मेंग जवान और स्वस्थ थी। प्रसव के अवसर पर स्त्रियों का ही बोलबाला होता है। बड़े बेटे के मकान के बड़े कमरे में नौकरानियाँ और दूसरी सम्बन्धी स्त्रियाँ भरी हुई थीं। बच्चे भी बहुत प्रसन्न थे। बहुत उत्साह से पानी और चाय इधर-उधर पहुँचा रहे थे। परिवार भरा-पूरा था। एक और सन्तान के आगमन से और भी उत्साह था। सबसे बड़े बेटे के यहाँ सन्तान हुई थी, इसलिए और भी अधिक समारोह था।

रानी ने लिआंगमो के आँगन में क़दम रखा तो एक बुढ़िया सम्बन्धिन कह रही थी–"बेटा ही होना चाहिए। विधाता न करे, बड़े पोते को कुछ हो भी जाए तो यह दूसरा तो होगा। घर में जितने लड़के हों, उतना ही भला।"

रानी कमरे में आईं तो सब स्त्रियाँ उनके आदर के लिए उठ खड़ी हुईं। मुख्य आसन उनके लिए खाली था। वे आकर उस पर बैठ गईं। कमरे में कोलाहल शान्त हो गया। रुलन दूसरे बेटे की बहू थी। वह उठकर सास के लिए चाय बनाने लगी।

"कहो रुलन, क्या हाल है ?"–रानी ने पूछा और बहू को एक निगाह से जाँच लिया।

रुलन कुछ दुबली सी दिखाई दे रही थी। बहू पर निगाह पड़ते ही रानी को उसके रात में रोने की बात याद आ जाती थी। रुलन से कुछ हटकर लीनी बैठी हुई थी। लीनी दाँतों से खोंट-खोंटकर तरबूज़ के बीज खा रही थी और बीजों के छिलके फ़र्श पर ही थूकती जा रही थी। रानी ने देखा, परन्तु टोंका नहीं। कुछ ही देर में लड़की की माँ आनेवाली थीं। रानी की निगाह लीनी पर पड़ी तो वह उठकर खड़ी हो गई।

"कहो लीनी, कैसे चल रहा है ?"–रानी ने पूछा।

शयनागार के दरवाज़े से एक दाई ने कमरे में झाँका। उसे सम्बोधन कर रानी ने पूछ लिया–"क्यों,क्या हाल-चाल है ?"

"हुज़ूर, सब ठीक है।" दाई ख़ूब हट्टी-कट्टी और क़द्दावर थी। वह नित्य ही प्रसव के कार्य में प्रसन्नतापूर्वक सहयोग देती थी। प्रसन्न रहना उसका स्वभाव बन गया था। बड़े घराने में प्रसव के अवसर पर वह और भी उत्साहित थी, क्योंकि अधिक नेग और इनाम की आशा थी; पुत्र होने पर और भी अधिक।

दाई ने प्रसन्नता से चमकती आँखों और किलकते स्वर से घोषणा की–"लड़का होगा सरकार।"

तभी साथ के कमरे से मेंग की चीख़ें और कराहटें सुनाई दीं। दाई तुरन्त उस ओर भाग गई। प्रायः आधे घंटे में कांग सेठानी अपने भारी, फूले हुए शिथिल शरीर को घसीटती हुई आ पहुँचीं। असर और आवश्यकता का विचार कर वे ढीले-ढाले ही कपड़े पहने हुए थीं। उत्सुकता और प्रसूता के प्रति संवेदना से कमरे में फिर सन्नाटा छा गया।

"आप सब बहिनें वहाँ हैं ही !"–सेठानी अवसर के अनूकूल बोलीं, "मेरी बेटी को आप ही का भरोसा है।" फिर उन्होंने रानी को सम्बोधन किया–"बड़ी दीदी, क्या हाल है लड़की का ?"

"बहिन, राह देख रही थी कि तुम आ जाओ।"–रानी ने उत्तर दिया, "आओ भीतर चलें।"

रानी सेठानी को लेकर भीतर गईं। मेंग एक छोटी खटिया पर लेटी थी। शरीर से पसीने की धाराएँ छूट रही थीं। उसके लम्बे केश पसीने से तर थे। दोनों महिलाओं ने खाट के दाएँ-बाएँ जाकर उसके हाथ थाम लिए।

"अम्मा !"–मेंग कराहकर बोली, "अम्मा, इस बार तो नहीं सहा जाता।"

"नहीं, नहीं, कोई बात नहीं।"–सेठानी ने आश्वासन दिया, "इस बार तो जल्दी हो जाएगा, तकलीफ़ नहीं होगी।"

"चुप, बोलो नहीं।"–रानी ने माँ और बेटी को सम्बोधन किया, "अब सम्हालने का समय है।"

मेंग एक हाथ में रानी का छोटा शिथिल हाथ थामे हुए थी तो दूसरे हाथ में सेठानी का गुलगुला गरम-गरम हाथ। इच्छा हो रही थी कि अपना सिर माँ के सीने पर रखकर रो दे। ऐसा कर नहीं सकी क्योंकि यह सास के प्रति अविनय होता। कमरा रक्त की गन्ध से भर गया था। दाई तत्परता से प्रसूता को सँभाल रही थी। वह सहसा पुकार उठी–

"आ गया, आ गया।...सिर आ रहा है...।"

मेंग का शरीर बल खा गया और मुख से चीख़ें निकल गईं। माँ और सास के हाथों को उसने बहुत ज़ोर से खींचा। दोनों महिलाएँ गम्भीर बनी रहीं। मेंग ने माँ के हाथ में थमे अपने हाथ में दाँत गड़ा दिए। सेठानी ने उसका हाथ खींचकर अपने सीने पर दबा लिया।

"क्या करती है ? पागल है ?"–सेठानी ने बेटी को स्नेह से धमकाया।

मेंग और भी ज़ोर से तड़प गई। उसका शरीर कमान की तरह ऐंठ गया। बहुत ज़ोर की चीख़ मुँह से निकल गई। सेठानी बेटी का हाथ छोड़ आगे बढ़ गईं। दाई को एक ओर धकेलकर उन्होंने नवजात शिशु को दोनों हाथों में ले लिया।

"लड़का !"–उल्लास से सेठानी ने बच्चे की ओर देखकर पुकारा। बच्चे ने पहला श्वास खींचा और पहले ही श्वास के साथ रो भी पड़ा।

रानी शिशु के छोटे-से झुर्रियाँ पड़े मुख की ओर देख मुस्कराकर बोलीं–"क्यों रे, बाहर आ गया इसलिए नाराज़ है ?" फिर उन्होंने मेंग को सम्बोधन किया–"देख तो कैसा बिगड़ रहा है यह !" मेंग उत्तर न दे सकी। उसकी पीड़ा समाप्त हो गई थी। वह आँखें मूँदे शिथिल पड़ी रही, जैसे वर्षा से धरती पर झड़ गया फूल हो।

उस सन्ध्या रानी और सेठानी आस-पास बैठी बहुत देर तक बातें करती रहीं। दोनों ही

सन्तुष्ट थीं। बच्चा स्वस्थ था और माँ शान्ति से सो रही थी। रानी का ध्यान बार-बार सेठानी की इस उम्र में बढ़ी हुई कोख की ओर चला जाता, परन्तु सहेजली को झेंप से बचाए रखने के लिए उन्होंने उसकी चर्चा नहीं की। दोनों छोटी-मोटी पारिवारिक समस्याओं और जवानी की स्मृतियों की बातें कर रही थीं।

आन्द्रे भाई ने आँगन के दरवाज़े में क़दम रखा। वह फेंगमो को पढ़ाने आया था।

"पादरी है ?"–सेठानी ने पूछा।

"हाँ, फेंगमो को पढ़ाने आता है।"–रानी ने उत्तर दिया। पिछली रात रानी का मन और कल्पना उनके शरीर को छोड़कर नक्षत्र-लोक का विचरण करने चले गए थे, परन्तु अब वे परिवार में रमी हुई थीं। एक और शिशु के भरण-पोषण और विकास के उत्तरदायित्व ने उन्हें परिवार से और भी बाँध दिया था।

"बहिन, मैं तो न इन फिरंगी पादरियों और पादरिनों को समझती हूँ, न इनकी भाषा को।"–सेठानी बोलीं।

"हाँ, ज़रूरत भी क्या है !"–रानी मुस्करा दीं।

सेठानी अपनी बढ़ी हुई कोख पर हाथ फेरकर हँसते हुए बोलीं–"अपने लिए तो यही ठीक है।...अच्छा है, एक और हो जाएगा।"

रानी सेठानी के चेहरे की ओर देखती रहीं। चेहरा ढल चुका था, परन्तु उस पर एक अद्‌भुत गहरे सन्तोष का भाव था, जैसे पिछली सन्ध्या उन्होंने आन्द्रे भाई के चेहरे पर देखा था। सेठानी से उनके स्नेह का केवल एक ही नाता था कि दोनों स्त्रियाँ थीं। सेठानी पढ़ी-लिखी नहीं थीं न इस विषय में उन्होंने कभी सोचा ही था। उन्हें मतलब था केवल सन्तान प्रसव करते जाने से।

रानी आत्मीयता से मुस्कराकर बोलीं–"मिशेन, कभी तुम्हारा मन भरेगा ? कभी इस झगड़े से छुट्टी होगी ? तुम तो अब पोते पैदा कर रही हो।...कभी छोड़ना नहीं चाहतीं यह काम ?"

"क्या करूँ बहिन !"–सेठानी ने झेंप दिखाते हुए कहा, "मुझे तो इसमें सन्तोष होता है।"

"सच कहना बहिन, किसी दूसरी तरफ़ कभी ध्यान ही नहीं जाता ?"–रानी ने विस्मय से पूछा।

"सच ही कह रही हूँ बहिन।"–सेठानी ने उत्तर दिया, "मुझे तो यही अच्छा लगता है। औरत के बच्चा न हो तो और करे क्या ?"

दरवाज़े से आन्द्रे भाई का लंबतड़ंग शरीर फिर दिखाई दिया।

"फेंगमो पढ़ने आया है।"–रानी ने सेठानी को बतलाया।

आन्द्रे भाई दरवाज़े के सामने से निकल गए।

"लीनी..."–दोनों ही सहेलियों के मुख से एक ही शब्द एक ही साथ निकला और फिर एक-दूसरे की प्रतीक्षाएँ दोनों ही चुप हो गईं।

"हाँ, कहो न।"–सेठानी बोलीं।

"नहीं, तुम्हीं कहो पहले। तुम्हारी लड़की है।"—रानी ने आग्रह किया।

"नहीं, नहीं, तुम्हीं कहो।"—सेठानी ने और भी अधिक आग्रह किया।

"बहुत अच्छा।"—पलभर सोचकर रानी ने स्वीकार किया, "बात यह है कि फेंगमो और लीनी की निभ नहीं रही। फेंगमो बहुत उदास रहता है। मिशेन, तुमने लड़की को ढंग नहीं सिखाया।"

"फेंगमो ?"—सेठानी विरोध के ऊँचे स्वर में बोलीं, "फेंगमो क्या उदास होगा ? एलिन, असल में उदास तो है लीनी।"

रानी सेठानी के ढंग से विस्मित हो उनकी ओर देखती रह गईं और बहुत कोमल स्वर में पूछा—"मिशेन, तुम्हें अपनी बात याद है ?"

"मुझे सब याद है।"—सेठानी बोलीं, "फेंगमो को तुमने क्या सिखाया है ? लीनी बेचारी रोती रहती है। निभती तो दोनों तरफ़ से है। तुमने लड़के को क्या सिखाया ?"

"हमने ?"—रानी ने कड़े स्वर में पूछा।

"हाँ तुमने।—सेठानी ने उत्तर दिया, "लिआंगमो तो अपने बाप पर गया है, जैसे मर्द होते हैं। मेंग भी उससे ख़ुश है। फेंगमो तो तुम पर गया है।"

"तुम्हारा मतलब है कि फेंगमो बिलकुल मामूली आदमी नहीं है। उसमें कोई ख़ास चीज़ है ?"—रानी के स्वर में कुछ तीखापन आ गया।

सेठानी ने हाथ हिलाकर उत्तर दिया—"ख़ास बात हुआ करे, उसे पढ़ना है तो पढ़ा करे, उसका समय नहीं कटता तो कुछ और कर ले; लीनी को क्यों परेशान करता है ?"

"मिशेन, तुम क्या कह रही हो ?"—रानी ने समझाया।

"तुम लीनी को कुछ दिन के लिए हमारे यहाँ भेज दो।"—सेठानी बोलीं, "तुम और फेंगमो अपनी किताबें पढ़ा करो। जब तुमलोगों की समझ में आ जाए, ज़रूरत हो, तो लड़की को बुलवा लेना।"

रानी कुछ उदास हो गईं। "मिशेन, क्या हमलोगों में भी झगड़ा होगा ?"—उन्होंने आत्मीयता से पूछा।

सेठानी उत्तेजना में कहती गईं—"मैंने तुम्हारी कोई बात कभी दुलखी नहीं, न कभी कुछ कहा सुना, पर मैं जानती हूँ कि तुम्हारा दिमाग़ ऊँचा रहता है। औरतों के और घर-गृहस्थी के काम ऐसे थोड़े चलते हैं। ऐसे दिमाग़ से कहीं घर बस सकता है। हमने तो तुम्हारे साहब से भी यह बात कह दी थी...।"

"हमारी बाबत तुम लोगों में बात हुई थी ?"—रानी ने बहुत धीमे स्वर में पूछा।

"तुम्हारे ही भले के लिए।"—सेठानी ने उत्तर दिया और अपने ढीले-ढाले कपड़े समेटकर उठीं और चल दीं।

रात रानी सेज पर लेट गईं तो इंग ने बताया—

"हुजूर को मालूम होगा, सेठानी छोटे कुँवर साहब की बहू को अपने घर लिवा ले गईं हैं।"

"मालूम है।"—रानी ने उत्तर दिया।

रानी ने आँखें मूँद लीं, परन्तु उन्हें नींद न आई। उन्हें विश्वास नहीं हो रहा था कि सेठानी लीनी को इस तरह ले जा सकती थीं, मानो वह उन्हीं की बेटी है, इस घर की बहू नहीं। क्रोध के कारण उन्हें रात भर नींद नहीं आई।

रानी सेठानी को दोष देकर और उनसे रुष्ट होकर ही सन्तुष्ट नहीं हो गईं। वे सोचती रहीं कि दोष उनका भी है। उन्होंने स्थिति को क्यों नहीं सँभाला। यह भी सोचा कि सेठानी से उनका सहेलपना दो परिवारों के सम्बन्ध के रूप में ही था। सेठानी से अपने मन और विचारों की बात करने की क्या ज़रूरत थी ? ऐसी बातें सेठानी समझ ही कैसे सकती थीं ? उनकी बेपरवाही में ही लड़के और बहू का झगड़ा बढ़ गया। बहू का मायके लौट जाना मामूली बात नहीं। फेंगमो को जाकर तुरन्त लीनी को लौटा लाना चाहिए। उन्होंने फेंगमो को बुलवा भेजा।

फेंगमो कुछ उदास और चुप-सा था।

"बेटा,"–रानी ने फेंगमो को सम्बोधन किया, "तुम्हें यह समझाने के लिए बुलाया है कि कल हमसे बड़ी भूल हो गई। हमारा लीनी की माँ से झगड़ा हो गया। दोनों ही मूर्खा स्त्रियों की तरह अपने-अपने बच्चे की तरफ़दारी करने लगीं। सेठानी लीनी को लौटा ले गई हैं। अपराध बेचारी लीनी का नहीं है। तुम जाकर उसे लिवा लाओ।"

"नहीं अम्माजी, मैं उसे बुलाने नहीं जाऊँगा।"–फेंगमो ने इनकार में सिर हिलाकर कहा, "मेरी उससे नहीं निभ सकती। उसे वहाँ ही रहने दीजिए।"

बेटे की बात सुनकर रानी बोलीं–"यह क्या कह रहे हो बेटा ?" सुबह अच्छी-खासी ठंड थी, परन्तु रानी के माथे पर पसीना आ गया। उन्होंने फेंगमो को समझाया–"यह समझदार आदमियों के ढंग नहीं हैं। समझदार आदमियों में न निभने की बात नहीं हो सकती। शादी-ब्याह तो पारिवारिक सम्बन्ध और कर्तव्य हैं। ऐसे मामले में मनमानी नहीं की जा सकती।"

"अम्माजी, यह सब पुराने विचार हैं।"–फेंगमो ने उत्तर दिया, "आपके दो और भी पुत्र हैं। परिवार की बातें निबाहने के लिए वे दोनों हैं। मुझे तो आप क्षमा ही कीजिए।"

रानी बेटे की ओर झुक गईं और बोलीं–"बेटा, मुझे बताओ तुम लोगों में क्या बात हुई ? सच-सच बताओ !"

"कुछ भी नहीं अम्माजी।" फेंगमो ने टालना चाहा।

रानी बेटे की ज़िद्द का कारण न समझकर विस्मय से बोलीं–"कुछ नहीं ? क्या मतलब तुम्हारा ? मामला क्या है ? तुम लोग इतने दिन साथ रहे, सोए और कुछ नहीं हुआ ?"

"अम्माजी क्या यही एक बात रह गई है ?"–चिढ़कर फेंगमो ने उत्तर दिया, "स्त्री-पुरुष में और कोई बात नहीं हो सकती ?"

"परन्तु वही तो पहली और बड़ी बात है।"–रानी ने आग्रह किया।

"पहली बात तो हो गई।"–फेंगमो दाँतों से होंठ काटकर बोला, "मुझे कुछ और भी चाहिए।"

"तुम्हें और क्या चाहिए ?"—रानी ने पूछा।

"कोई समझ-बूझ की बातचीत होनी चाहिए, कुछ आपसी सहयोग होना चाहिए। आदमी को शरीर ही नहीं है, बुद्धि भी तो है।"

"परन्तु तुम्हारी तो यह खाने-खेलने की उम्र है, विचारों में डूब जाने की नहीं।" —रानी बोलीं और उन्होंने अनुभव किया कि वे अपने पुत्र को समझ नहीं पाई थीं। उनका विचार था कि सब पुरुष केवल नर ही होते हैं। बहुत दिन पहले उन्होंने एक यूनानी कहानी पढ़ी थी। कहानी एक स्त्री की थी। वह स्त्री किसी पर-पुरुष के श्वास की गन्ध पर मोहित होकर उससे प्रेम करने लगी थी। स्त्री इससे पूर्व केवल अपने पति के ही समीप गई थी। उसके पति के श्वास में दुर्गन्ध थी। स्त्री का विचार था कि पुरुषों, पुरुष-मात्र के श्वास में ऐसी ही गन्ध होती है। रानी वू को मानना पड़ा कि वे भी यूनानी कहानी की स्त्री के समान ही नासमझ थीं। वे समझती थीं कि सभी पुरुष एक ही जैसे होते हैं, परन्तु स्वयं उन्होंने ही एक-दूसरे ढंग के पुरुष को जन्म दिया था, जो केवल 'नर' ही नहीं, बल्कि मनुष्य था। यह समझ आने पर वे बहुत देर तक विस्मय से फेंगमो की ओर देखती रहीं।

फेंगमो माँ की इस भावना को समझ नहीं सका। वह मेज़ पर कोहनी टिकाए और हाथ पर ठुड्डी रखे विवश बैठा रहा। आँखें भी मेज़ पर झुकी हुई थीं।

"बेटा, अब हम तुम्हें कुछ न कहेंगी।"—रानी दबे स्वर में बोलीं, "तुम्हारे साथ अन्याय हुआ है।"

फेंगमो ने माँ की ओर आँखें उठाईं। उसकी आँखें सजल हो गई थीं।

"बेटा, तुम क्या चाहते हो, हम से कहो।"—रानी ने पूछा, जो तुम चाहते हो, वही होगा।

"मैं इस हवेली में नहीं रहना चाहता।"—फेंगमो ने उत्तर दिया।

फेंगमो के उत्तर से रानी का मन कट गया। अपने आपको वश में कर उन्होंने पूछा—"बेटा, तुम कहाँ जाना चाहते हो ?"

"आन्द्रे भाई कह रहे थे कि विलायत जाना हो तो मेरी मदद कर सकते हैं।"—फेंगमो ने उत्तर दिया।

"आन्द्रे भाई इस हवेली में न आते तो तुम्हें विलायत जाने का ख़्याल कैसे आता ?"—रानी बोलीं।

"इच्छा तो मेरी पहले भी थी,"—फेंगमो ने उत्तर दिया, "परन्तु उपाय नहीं जानता था। आन्द्रे भाई ने उपाय बता दिया।"

रानी कुछ कह न सकीं, बहुत देर तक चुप बैठी रहीं। फिर यत्न कर एक दीर्घ निश्वास लेकर उन्होंने कहा—"बहुत अच्छा बेटा, जो तुम्हारी इच्छा, जहाँ चाहे जाओ !"

नौ

एक मास भी नहीं बीता था, फेंगमो घर छोड़कर चल दिया। उसी दिन जाड़ों की पहली हल्की-हल्की बर्फ़ पड़ी थी। फेंगमो को विदाई देने के लिए पूरा परिवार हवेली के फाटक पर एकत्र हुआ था। हवेली के फाटक के सामने से सड़क सीधी नदी तक चली गई थी। परिवार के सब पुरुष और उनके साथ केवल रानी साहिबा फेंगमो के साथ नदी तट तक गए। एक छोटी-सी, पतवारवाली नाव पर सब लोगों ने फेंगमो का सामान रख दिया। इस नाव से इंजन से चलनेवाली बड़ी नाव तक जाना था। बड़ी नाव से नदी में चलनेवाले छोटे जहाज़ तक। इस छोटे जहाज़ की प्रतीक्षा में समुद्र में बहुत बड़ा जहाज़ खड़ा था। पृथ्वी पर बर्फ़ की श्वेत चादर बिछी थी। आकाश भूरे बादलों से ढँका था। नाव ने नदी का तट छोड़ दिया। मल्लाह ने पतवारें जल में डालीं। पतवारों पर पड़ी बर्फ़ धुल गई। परिवार के लोग पुकार-पुकार कर फेंगमो को शुभकामनाओं सहित विदा देने लगे। रानी वू कुछ न बोलीं। वे एक ऊनी चोग़ा पहने मौन खड़ी पुत्र को चले जाते देख रही थीं। उनका हृदय दहल रहा था। अपने आपको सान्त्वना देने के लिए उन्होंने कहा–"अब वे स्वतन्त्र हैं।"

रानी अपने ऊनी चोग़े को शरीर पर लपेटे मौन हवेली में लौट आईं।

फेंगमो चला गया। अब हवेली में आन्द्रे भाई के आने की आवश्यकता नहीं थी, परन्तु रानी ने उनसे अनुरोध किया कि वे लीनी को पढ़ाते रहें।

"हम चाहते हैं, बेटा विदेश से लौटे तो उसकी बहू भी पढ़-लिखकर उसके योग्य हो जाए।"–रानी ने आन्द्रे से अनुरोध किया।

फेंगमो और लीनी के झगड़े का समझौता कुछ दिन पहले हो चुका था। रानी एक दिन स्वयं ही सेठानी के घर गईं और लीनी को माँ के सामने बुलाकर स्नेह से बात की। उन्होंने लड़की को बताया कि फेंगमो दूर देश जा रहा है, तुम घर लौट चलो। लड़के के चले जाने के पहले ही तुम्हारे बाल-बच्चा होने की आशा हो जाए तो अच्छा है। हम परिवार के लिए ही नहीं कह रहे हैं, तुम्हारे लिए भी यही अच्छा है। ऐसा न हो कि तुम्हारी गोद सूनी ही रह जाए...रानी लीनी से बात करते समय ध्यान से लड़की के चेहरे को देखती रहीं और सोच रही थीं–लड़की सुन्दर है, परन्तु ज़िद्दी। प्रायः ही बहुत लाड़-प्यार करनेवाली माँ की लड़की ज़िद्दी हो जाती है। सेठानी अपने बच्चों की सभी इच्छाएँ पूरी करती हैं। बच्चे अपने घर को ही संसार और माँ को ही पूरी धरती समझे रहते हैं।

रानी ने फिर समझाया–"जवान स्त्री का पति घर में न हो तो गोद में बच्चा तो होना ही चाहिए।"

सेठानी ने भी रानी का समर्थन किया। रानी से झगड़ आने के बाद सेठानी भी अपने क्रोध के लिए पछता रही थीं। उन्होंने स्वयं भी लड़की का व्यवहार देख लिया था। विवाह हो जाने के बाद भी लीनी का व्यवहार बहुओं-जैसा नहीं, बल्कि अमीर घर की बिगड़ैल लड़कियों-जैसा ही था। सुबह दिन चढ़े तक सोई रहती। घर के किसी काम को हाथ न लगाती। सेठानी अब स्वयं ही लीनी को समझातीं। उन्हें जान पड़ता कि फेंगमो की शिकायत झूठी नहीं थी। उन्हें फेंगमो के विदेश जाने की तैयारी का समाचार मिला तो सोचा, लड़की जल्दी ही पति के पास लौट जाए तो भला। सेठानी कई बार लड़की को समझा चुकी थीं–"बेटी, तेरा घर अब मायके में नहीं ससुराल में है।"

रानी वू मन ही मन सोच रही थीं–"इस दुबली-पतली बिगड़ैल छोकरी को बहू और स्त्री बनाना होगा। तभी इसका जीवन सुखी हो सकेगा।"

"तुम आज ही अपने पति के यहाँ चली जाओ।"–सेठानी ने लड़की को आज्ञा दे दी। जिस जल्दबाज़ी में वे लीनी को अपने यहाँ लिवा लाई थीं, वैसे ही उसे पति के घर लौटा दिया। लीनी चुपचाप ससुराल चली आई। लड़की इतनी मूर्ख तो थी नहीं कि माँ के व्यवहार में आ गए परिवर्तन को न समझती। समझ लिया कि मायके के स्वर्ग के दिन समाप्त हो गए। फेंगमो को तो यात्रा की तैयारी से फ़ुर्सत नहीं थी। उसे यह भी ख़्याल था कि वह तो बाहर जा ही रहा है, इसलिए उसने लीनी के साथ कड़ाई भी नहीं की।

"मैं लौट आई हूँ।"–लीनी ने पति से कहा।

"बहुत अच्छा।"–फेंगमो ने उत्तर दे दिया। स्नेह या प्यार की आशा दोनों को ही नहीं थी। लीनी पति की यात्रा के लिए कपड़े और पुस्तकें बाँधने-समेटने में सहायता देती रही। रात दोनों साथ ही सोए। लीनी ने कोई विरोध भी नहीं किया। कुछ तो फेंगमो को जाते समय नाराज़ न करने के ख़्याल से और कुछ यौवन की इच्छा के कारण भी। सुबह भी दोनों में कोई विशेष बातचीत नहीं हुई। शिष्टाचार का ख़्याल कर लीनी आँगन से बाहर भी नहीं गई।

"अच्छा, लौटकर मिलेंगे।"–चलते समय फेंगमो ने कहा।

"विधाता तुम्हारी यात्रा सफल करे।"–लीनी ने उत्तर दिया।

फेंगमो चल दिया तब भी लीनी दरवाज़े में खड़ी सिर झुकाए उसे देखती रही। मन की गहराई में एक पीड़ा-सी उठी, परन्तु वह अपना कोई दोष स्वीकार करने को तैयार न थी।

फेंगमो चला गया तो लीनी ने जम्हाई लेकर सोचा नींद आ रही है, चलकर सोएँ। जाकर लिहाफ़ ओढ़कर फिर सो गई।

दोपहर के समय जब रानी फेंगमो को विदा दे नदी से लौटीं तो उन्होंने लीनी को जगाया–"उठो बेटी, बहुत सो चुकीं। चलो अब कुछ सीखना शुरू करो।"

"सीखना ?"–विस्मय से लीनी ने पूछा।

"हाँ, जिठानी सुबह तुम्हें रसोई बनाना और कसीदा काढ़ना सिखाया करेंगी।"–रानी बोली, "दोपहर के भोजन के पहले एक घंटे तक हम तुम्हें प्राचीन साहित्य पढ़ाया करेंगे। दोपहर बाद आन्द्रे भाई अंगरेज़ी पढ़ाएँगे। सन्ध्या समय तुम देखना कि दाइयाँ बच्चों को ठीक ढंग से सुला दें। अब तुम्हें बच्चे सँभालने भी तो आने चाहिए। अच्छा उठो !"

लीनी सेज पर लेटी थी, सास की ओर विस्मय से देखते हुए उसने पूछा– "अभी ?"

"हाँ, अभी।"–तुरन्त रानी ने हाथ में थमी पतली छड़ी को फ़र्श पर टकोरते हुए उत्तर दिया, "उठो ! हाथ-मुँह धोकर और कंघी करके हमारे यहाँ आ जाओ।" रानी अपने आँगन मे लौट गईं। सोच रही थीं, फेंगमो के लिए यह करना ज़रूरी ही है। यह कर लूँ तभी अपनी स्वतन्त्रता की बात सोचूँगी।

रानी को लीनी पर भरोसा नहीं था कि समय बर्बाद न कर वास्तव में पढ़ती रहेगी, इसलिए वे देख-रेख के लिए दोपहर बाद स्वयं भी मौजूद रहीं। परिवार की प्रतिष्ठा के विचार से भी यह आवश्यक था। लड़का घर पर नहीं था।। एक विदेशी आदमी बहू को पढ़ा रहा था। उस समय उनका साथ रहना उचित था। रानी तो जानती थीं कि आन्द्रे भाई से किसी प्रकार का भय नहीं है, परन्तु दूसरे लोग तो उस गरांडील आदमी को देखकर ऐसी बात नहीं मान सकते थे।

दोपहर बाद प्रतिदिन आन्द्रे भाई पुस्तकालय में लीनी को पढ़ाता था। वहीं एक बड़ी कुर्सी पर रानी वृद्धा सास से पाई हुई छड़ी की मूठ पर दोनों हाथ टेके बैठी रहतीं। आन्द्रे भाई के मुख से निकले प्रत्येक शब्द को वे ध्यान से सुनती रहतीं। लीनी का ध्यान तो पढ़ाई में कम ही लगता, परन्तु रानी की पकड़ से कोई शब्द न बचता और उनकी कल्पना उससे भी आगे निकल जाती।

आन्द्रे भाई से सुनकर रानी ने जाना कि यह पृथ्वी भूमि और जल का एक गोला है जो अनेक नक्षत्रों के साथ सौर-मंडल में घूम रहा है। सूर्य, चन्द्रमा, वायु और वर्षा की गतियों के नियम क्या हैं ? आन्द्रे भाई से सुनकर उन्हें अंग्रेजी के भी कुछ शब्द याद हो गए। वे जीवन, अंगरेज़ी में मृत्यु, भूख, जल, प्रेम, वृक्ष, पक्षी आदि अनेक शब्दों के अर्थ समझने लगीं। आन्द्रे कई भाषाएँ जानता था। रानी इन शब्दों के दूसरी भाषाओं के पर्यायवाची शब्द पूछती रहतीं। उन्हें बहुत विस्मय होता कि भिन्न-भिन्न देशों के लोग अपनी-अपनी भाषाओं में एक-सी ही बातें करते हैं।

रानी वू के मानसिक नेत्र खुलते जा रहे थे। पहले बीसियों उलझनें उनके मन को व्याकुल किए रहती थी। वे सोचा करती थीं, जन्म-मरण और फिर जन्म के इस चक्कर में बर्बाद होते जाने से किसी को क्या लाभ ? सोचती रहती थीं, हमलोग वू-परिवार की रक्षा के लिए इतने व्याकुल क्यों रहते हैं ? यदि एक परिवार नष्ट ही हो गया तो क्या ? किसी वर्ष परिवार में अधिक लड़कियों का जन्म हो जाता या कोई गर्भपात हो जाता, तब भी वे परेशान हो जातीं। ऐसी ही उदासी और अवस्था में एक दिन मिस हिसा आ गई थीं।

रानी को उदास देख हिसा ने उनकी सान्त्वना के लिए धर्म-पुस्तक में से पढ़कर कुछ सुनाने की इच्छा प्रकट की। हिसा का मन रखने के लिए रानी सुनने को तैयार हो गईं। हिसा पढ़कर सुनाने लगी–"तुम मनुष्य की इतनी चिन्ता क्यों करते हो ? मनुष्य की सन्तान को भी इतना याद क्यों करते हो ? मनुष्य का जीवन तो निस्तार है...।"

"बस, बस कीजिए।" रानी ने हाथ उठाकर हिसा को चुप करा दिया। हिसा विस्मय से उनकी ओर देखने लगी।

"क्या इन बातों से सान्त्वना मिलेगी ?"–रानी ने हिसा से प्रश्न किया, "क्या यह भगवान् की वाणी है ? हम तो समझती हैं कि यह मनुष्य को भयभीत करने के लिए शैतान की वाणी है। हमें यह सब न सुनाइए वरना हम आत्महत्या कर लेंगे।"

ईसाइयों की इस धर्म-पुस्तक के शब्द रानी को बार-बार याद आते ही रहते थे–मनुष्य का जीवन निस्सार है। जब रानी के एक मृत सन्तान का जन्म हुआ तो उसका मुख देखकर भी उन्हें जान पड़ा था कि मनुष्य का जीवन निस्सार है, परन्तु अब संसार की अनेक भाषाओं में जीवन से सम्बन्ध रखनेवाले एक ही-जैसे शब्दों को सुनकर उन्हें विस्मय हो रहा था।

रानी ने आन्द्रे भाई से पूछा–"क्या भगवान् के लिए भी सभी भाषाओं में शब्द हैं ? सभी देशों के लोग भगवान् को पुकारते हैं ?"

"हाँ, सभी देशों में।"–आन्द्रे भाई ने गम्भीर स्वर में उत्तर दिया और बीस भाषाओं में भगवान् के नाम बोलते चले गए। आन्द्रे के मुख से निकले ये शब्द पुस्तकालयों में नगाड़ों पर पड़ती हुई चोटों की तरह गूँज रहे थे। "संसार भर के सभी देशों में लोग विधाता को पुकारते हैं।"–रानी सोचती रही। उन्हें जान पड़ रहा था कि आन्द्रे भाई द्वारा उच्चारण किए गए वे शब्द कमरे में लगातार गूँज ही रहे थे।

ऐसी बातचीत के बाद प्रायः रानी को रात में भी नींद न आती। इंग आकर कपड़े बदलवाती तब भी वे चुप रहतीं। मसहरी में लेट जाने पर भी आन्द्रे की बातें याद आया करतीं। जान पड़ता था, आन्द्रे ज्ञान का गहन गम्भीर कूप है। मन में अनेक प्रश्न उठते रहते। ख़्याल आता कि शायद सुबह तक सब बातें याद न रहे, तो वे सेज से उठ मोमबत्ती जलाकर प्रश्नों को काग़ज पर लिख लेतीं। अगले दिन दोपहर में आन्द्रे से प्रश्न पूछतीं और ध्यान से उत्तर सुनतीं।

आन्द्रे के उत्तर बहुत संक्षिप्त होते थे। उसे घुमा-फिराकर लम्बी-चौड़ी बात कहने की आवश्यकता न होती थी। सूत्र रूप में वह अभिप्राय को स्पष्ट कर देता, जैसे फल को डाल से तोड़, छीलकर और बीज निकालकर सामने रख दिया जाए।

आन्द्रे की संगति से रानी की ग्राह्य शक्ति और भी तीव्र हो गई थी। तुरन्त तत्त्व तक पहुँच जातीं। आन्द्रे बोलते ओर रानी समझतीं, परन्तु लीनी आँखें और होंठ फैलाए सुनकर भी कुछ न समझती। यह सब उसके अविकसित मस्तिष्क के वश का नहीं था।

आन्द्रे भाई को भी रानी के मानसिक सामर्थ्य पर विस्मय होता। एक दिन उसने कहा–"आपने सम्पूर्ण जीवन इस हवेली की चारदीवारी में ही बिताया है, परन्तु आप

उन सभी सूक्ष्म बातों को समझ लेती हैं जिन्हें कुछ विद्वान् ही कठिनता से समझ पाते हैं।"

रानी ने उत्तर दिया–"आपने एक दिन जादू के शीशे की बात कही थी, जिससे सूक्ष्म चीज़ें भी बहुत बड़ी दिखाई देती हैं, जिससे धूल का एक कण पूरे खेत के बराबर दिखाई देता है। यदि धूल के कण को पहचान लिया जाए तो खेत को पहचाना जा सकता है। यह हवेली भी संसार की धूल का एक कण है। इससे संसार को पहचाना जा सकता है।"

लीनी की आँखें विरोध की उत्तेजना से फैल गईं। बोल उठी–"अम्माजी, आप क्या कह रही हैं ? क्या हम धूल हैं ?"

"नहीं बेटा, मेरा मतलब है कि तुम सब लोग जीवन का रूप हो।" रानी की आँखें पादरी की आँखों से मिल गईं। उन्होंने अनुरोध किया–"आप इस बच्ची को समझाइए।"

"अम्माजी, मैं बच्ची नहीं हूँ।"–लीनी ने विरोध किया।

रानी मुस्कराकर चुप रह गईं। आन्द्रे भाई लौटने के लिए अपनी पुस्तकें समेट रहा था तो वे विनय से बोलीं–"हम एक निवेदन कर सकती हैं ? क्या आप हमें भी अपना शिष्य स्वीकार करेंगे ?"

"यह मेरा ही सौभाग्य है।"–पादरी ने अपने साधारण गम्भीर स्वर में उत्तर दिया।

"लीनी को पढ़ाने के बाद हमें भी एक घंटे तक पढ़ा सकेंगे ?"–रानी ने अनुरोध किया। आन्द्रे ने सिर झुकाकर हामी भर ली।

उसके बाद से प्रति सन्ध्या रानी एक घंटे तक आन्द्रे भाई से अपने प्रश्नों का समाधान करती रहतीं। उनकी आयु काफ़ी थी, परन्तु औचित्य के विचार से उन्होंने इंग को आदेश दिया था कि वह सामने ही कुछ दूर बैठी रहा करे।

रानी नाश्ते के बाद पढ़ने बैठ गई थीं, "हुज़ूर चाहे जो सज़ा दें, मैं कहे बिना नहीं रह सकती; चाहे आप मुझे मारकर निकाल ही दें।"–इंग आकर बोली।

"जो तेरे मुँह में आया तू सदा ही बकती रही है। आज ही मारकर निकाल देने की कौन बात हो जाएगी ?"–पुस्तक में उँगली रखकर मूँदते हुए इंग की ओर देखकर रानी ने उत्तर दिया।

"हुज़ूर, आप नाराज़ तो होंगी, लेकिन मैं सच तो कहूँगी ही।"–इंग बोली, "आप तो फिरंगी साधू के साथ आकाश-पाताल की बातों में डूबी रहती हैं, यहाँ घर तीन-तेरह हुआ जा रहा है। बड़े कुँवर साहब के छोटे बेटे की धाय का दूध सूख गया। बच्चा दुबलाता जा रहा है। दूसरे कुँवर साहब के आँगन में रोज़ लड़ाई हो रही है। उनकी नौकरानी बता रही थी कि बहू के अभी तक कोई उम्मीद नहीं है। हुज़ूर, आपको घर का कुछ ख़्याल ही नहीं, किताबों में ही उलझी रहती हैं। सियानों ने झूठ थोड़े ही कहा है...तभी तो कहते हैं कि औरत का पढ़ना-लिखना ठीक नहीं होता।"

इंग अपनी बात एक साँस में कह गई। रानी के होंठों पर मुस्कान आ गई, परन्तु

पुस्तक में से उनकी उँगली निकलकर पुस्तक भी बन्द हो गई। "ठीक ही कहती है तू।" –गहरी साँस लेकर रानी बोलीं और पुस्तक मेज़ पर रख दी।

रानी शयनागार में गईं। सुबह अच्छी-खासी सर्दी थी। एक ऊनी चोग़ा पहनकर वह बाहर जाने को तैयार हो गईं। आँगन में आर्किड पाले के कारण सूखकर लटक गए थे, परन्तु दीवार के साथ लगी हिन्दुस्तानी बेरी की झाड़ी के दानों-जैसे लाल फलों के गुच्छे धूप में चमक रहे थे। एक काली चिड़िया लाल दाने चुगने के लिए आ बैठी थी। इंग आगे बढ़कर चिड़िया को डराकर उड़ा दिया और मालकिन के पीछे हो गई। मालकिन ने उसकी बात चुपचाप सुन ली थी, परन्तु अब वह स्वयं ही इतना बक जाने के कारण खुशामद में विनय से बात करती जा रही थी। सास के खाली आँगन में से जाते समय रानी ने सोचा–यह जगह खाली ही पड़ी है। लिआंगमो को यहाँ बुलवा लें तो बच्चों की देखभाल में सुविधा रहेगी। त्सेमो को बड़े भाई का आँगन दे दिया जाए। जगह कुछ बड़ी और सुविधा की हो जाने से सम्भव है उनलोगों के मन पर अच्छा प्रभाव पड़े।

सुहावनी धूप रानी को प्यारी लग रही थी। मन में उत्साह था। रानी जानती थीं कि चारदीवारी से घिरे इस स्थान में सैकड़ों ही समस्याएँ थीं। इन समस्याओं को सुलझा लेना कठिन नहीं था, क्योंकि अब वे स्वयं समस्याओं से पीड़ित नहीं थी, नियोजकमात्र थीं। साहब से शारीरिक सम्बन्ध-विच्छेद कर लेने पर वे इस प्रकार के बन्धनों से छूट गई थीं और उनकी आत्मा भी मुक्त हो गई थी। लिआंगमो के आँगन में प्रवेश करते समय रानी का भाव अपना संकट दूर करने के लिए चिन्ता का नहीं, बल्कि संकट के परित्राण के लिए वरदान देने के लिए आने का था, मानो वे कोई देवी हों।

परन्तु बच्चे के रोने की पुकार उनके हृदय में बर्छी की तरह गड़ गई। वे शीघ्र गति से उस ओर खिंचती चली गईं। मेंग के समीप ही नई जवान धाय भूखे बच्चे को गोद में लिए बैठी थी। धाय के दूध सूखकर लटके हुए थे। उसके पीले-पीले गालों पर बहते आँसुओं की धाराएँ चमक रही थीं। बच्चे ने दूध के लिए मुँह मारा और फिर निराश होकर क्रोध से चीख उठा।

"क्यों, क्या बात है ?...तेरा दूध क्यों सूख गया ?"–रानी ने धाय से पूछा। धाय बच्चे को मेंग की गोद में देकर दोनों हाथों से मुँह ढँककर रो उठी।

"तुमने इसे केकड़े का शोरवा और अंडे नहीं खिलाए ?"–रानी मेंग की ओर देखकर बोलीं।

"अम्माजी सब कुछ करके देख लिया।"–मेंग ने उत्तर दिया, "पहले तो यही समझा था कि इसे जुक़ाम हो गया है या इसका पेट ठीक नहीं है। बच्चे को चावल का रस पिला दिया कि सुबह-शाम ठीक हो जाएगी। अब दो दिन हो गए है। दूध उतरता ही नहीं। बच्चे का भूख के मारे बुरा हाल है। हड्डियाँ निकल आई हैं।"

बड़े मुन्ने की धाय लेना आगे आकर बोल पड़ी–"हुजूर, मैं तो तैयार हूँ दूध पिलाने को, परन्तु मेरा दूध इनके पेट में ठहरता ही नहीं। बहुत गाढ़ा हो चुका है। मेरा दूध तो कभी सूखा नहीं। मैं क्या बता सकती हूँ।"

"तू अपना काम देख।"–रानी लेना की ओर देखकर बोलीं। उन्हें उसका दुधारू होने का अहंकार अच्छा नहीं लगा। जानती थीं कि औरत लालची है, सदा इनाम का अवसर ढूँढ़ती रहती है।

जवान धाय मुँह छिपाए रो रही थी। रानी उसके सामने चौकी पर बैठ गईं। अपनी बेंत की मूठिया पर दोनों हाथ रखकर उन्होंने धाय को फिर सम्बोधन किया–"तु बहुत उदास रहती है, इसीलिए तेरा दूध सूख गया है।"–रानी बोलीं और पूछा, "उदास क्यों रहती है ?"

धाय चुप रही। उसने आस्तीनों से अपने आँसू पोंछ डाले। आँसू फिर आ गए, रुक ही नहीं पा रहे थे।

"यह क्या अचरज है कि आँसू बहाने के लिए तो तेरे बदन में पानी है और मेरे बच्चे के दूध के लिए सब सूख जाता है।"–मेंग चिढ़कर बोली।

"चुप रहो।"–रानी ने टोक दिया, "यह भी आदमी है, उससे आदमी की तरह बात करो।"

रानी की बात से जवान धाय का साहस बँधा। आँसू पोंछकर सिसकियाँ लेते हुए वह बोली–"इतने दिन हो गए, मैंने अपने बच्चे को देखा भी नहीं। उसका जाने क्या हाल है !...चार दिन में लड़की महीने भर की हो जाएगी। जाने उसका क्या हाल होगा !"

मेंग की आँखें क्रोध से फैल गईं। लाल-लाल होंठ को दाँतों से चबाकर उसने डाँटा–"बेईमान, अपने बच्चे को याद कर-करके अपना दूध सुखा रही है ?"

"चुप रहो।"–रानी ने फिर टोका और बोली, "इसकी बच्ची को मँगवा लो।"

"क्या मेरे बच्चे के साथ दूध पिलाने के लिए ?"–मेंग ने गुस्से में पूछा।

"तुम्हारे बच्चे को दूध पिलाने के लिए।"

धाय ने रानी के सामने फ़र्श पर सिर रख दिया और पुकार उठी–"हुज़ूर, बड़ी दयावान हैं। हुज़ूर तो बेरहम नहीं हैं। लोग कह रहे थे कि सरकार बड़ी ज़ालिम हैं...।"

"कौन कहता है हम ज़ालिम हैं।"–रानी ने खिन्नता से पूछा।

"हुज़ूर, मुख़्तार कह रहे थे कि कोई सुनवाई नहीं हो सकती। कह रहे थे कि सरकार का हुकुम टाल नहीं सकती। हुज़ूर, मैंने तो माफ़ी माँगी थी कि मुझे न पकड़ा जाए। हुज़ूर, की रियाया हूँ। मेरा आदमी है, मेरा बच्चा है। है तो लड़की ही हुज़ूर, पर मेरा पहला बच्चा है। हुज़ूर, मेरे दूध तो फटे जा रहे थे। मुख़्तार ने हुकुम दिया कि जाना होगा, नहीं तो ज़मीन छीन ली जाएगी।"

"यह सब हमारा हुक्म नहीं था।"–रानी बोलीं, "हमने तो सिर्फ़ धाय भिजवाने के लिए कहा था।"

"हुज़ूर, गाँवों में रियाया हुज़ूर के नाम से काँपती है।"–धाय ने बताया, "हुज़ूर के नाम से मुख़्तार जो चाहे करते हैं।"

धाय की बात सुनकर रानी घबरा गईं, परन्तु घबराहट प्रकट नहीं की। नौकरों-

चाकरों के सामने घबराहट दिखाने से अनुशासन नहीं रह सकता। धाय से आँखें बचाकर रानी धीरे से बोलीं–"आज ही तेरे बच्चे को बुलवाने के लिए कहला देंगे, पर तू उसे ज़रा अलग से दूसरे कमरे में ही रखना।"

धाय ने फिर रानी के सामने सिर फ़र्श पर रख दिया और आतुर स्वर में बोली–"हुज़ूर ने जान बख़्श दी...। हुज़ूर का जस हो, जुग-जुग जिएँ।"

मेंग का छोटा मुन्ना फिर भूख से चीख़ उठा। धाय ने झपटकर उसे उठा लिया और दूध उसके मुँह में दे दिया। बच्चा दूध मुँह में ले फिर घूँट भरने लगा और पीता रहा। दूध आने लगा था।

"बेईमान, तूने जान-बूझकर दूध रोका हुआ था।"–मेंग क्रोध में चिल्ला उठी।

धाय कातरता से मेंग की ओर देखकर बोलीं–"नहीं मालकिन, मुझे नहीं मालूम दूध क्यों नहीं आ रहा था। अब आ गया। हुज़ूर ने हुकुम दिया मेरी लड़की आ जाएगी तो मन पर से बोझ उतर गया। दूध आ गया।"

मेंग का गुस्सा नहीं उतरा। वह फिर बोली–"तुम कमीने लोग ऐसे ही चोर होते हो।"

रानी उठ खड़ी हुईं और मेंग की ओर देखकर बोलीं–"बेटी, उससे बिगड़ो नहीं, बेचारी तुम्हारे बेटे का पेट भर रही है।" और फिर उन्होंने धाय को समझाया–"तुम्हारी बच्ची आ जाएगी, लेकिन याद रखना, तुम्हारा ईमान हमारे बच्चे को पालना है।"

धाय ने गिड़गिड़ाकर विश्वास दिलाया–"हुज़ूर, कभी नहीं भूल सकती। पहले आप ही के बच्चे को पिलाऊँगी।"

रानी के क़दम ठिठक गए। उन्होंने एक नज़र धाय की ओर देखा। उसकी दीनता और कातरता के नीचे विरोध भी दबा हुआ था। उस ओर से आँख हटा ली। वे अपने परिवार की चिन्ताओं से परे दूसरे झगड़ों में नहीं पड़ती थीं। मेंग की ओर देखकर बोलीं–"तुम लोग अम्माजी के ख़ाली आँगन में आ जाओ। बच्चे समीप रहेंगे तो हमें देख-भाल में सुविधा रहेगी।"

मेंग चुप रही। सम्भवतः उसे वह बात अच्छी नहीं लगी थी। "हम नौकरों से कह देंगे, तुम्हारा सामान उधर पहुँचा दें।"–रानी ने अपना निश्चय प्रकट कर दिया। मेंग के उत्तर की प्रतीक्षा न कर वे त्सेमो के आँगन की ओर चल दीं।

रानी को आशा थी कि त्सेमो इस समय गल्ले की बिक्री की निगरानी करने मंडी में गया होगा। रानी आँगन में आईं तो वह एक ओर खड़ा प्याले में जल लिए कुल्ला कर रहा था, मानो अभी नाश्ता खाकर उठा हो। माँ को देख उसने प्याला एक ओर रख दिया और बोला–

"आइए अम्माजी !"

"हम ऐसे ही देखभाल कर रहे थे।"–रानी ने उत्तर दिया, "सुनो, तुम लोग आज लिआंगमो के आँगन में जगह बदल लो। लिआंगमो अम्मा जी के आँगन में रहेगा। बच्चे समीप रहेंगे तो हम उनका ख़्याल कर सकेंगे।"

"रुलन से कह दूँगा।"–त्सेमो ने उत्तर दिया।

रानी को जान पड़ा कि रुलन का नाम लेते समय त्सेमो कुछ झेंप गया। उन्होंने सीधे ही प्रश्न किया–"सुना है, रुलन रात में रोती रहती है।"

"कौन कहता है ?"–त्सेमो ने पूछा।

"नौकर कह रहे हैं"–रानी बोलीं, "और यह लज्जा की बात है कि नौकर-चाकर घर के झगड़ों की चर्चा करें।"

"मैं तो इस औरत से ब्याह कर पछताया।"–त्सेमो बोला, "अम्माजी, आपने ठीक ही मना किया था।"

"क्या तुम लोगों में प्यार नहीं रहा ?"–रानी ने पूछा।

त्सेमो कुछ उत्तर न दे सका। सिर झुकाकर आठ-दस क़दम इधर-उधर टहलकर सिर झुकाए बोला–"हमलोगों में तो हर बात में झगड़ा हो जाता है।"

"बहू के बाल-बच्चे की उम्मीद क्यों नहीं ?"–रानी ने पूछा और बोलीं, "कोई बाल-बच्चा न होने पर झगड़ा तो होगा ही।"

"मैं क्या कर सकता हूँ !"–त्सेमो ने कन्धे झटककर उत्तर दिया–"उसके नहीं हुआ तो मेरा क्या अपराध है !"

"झगड़ा चलता रहेगा तो बाल-बच्चा कैसे हो सकता है ?"–रानी बोलीं, "मन में क्रोध भरा रहे तो आदमी का खून जल जाता है।" त्सेमो के सुडौल शरीर की ओर देख वे फिर बोलीं–"स्त्री और पुरुष में मेल क्या !...दोनों की सब बातें अलग-अलग है। मेल तो बच्चे की चाह के लिए ही होता है।...स्त्री के बच्चा न हो तो भूखी रहती है। उसे हर बात पर चिढ़ आती है। तुम ज़रा सन्तोष से काम लो। एक बच्चा हो गया तो बहू बिलकुल ठीक हो जाएगी।"

"क्यों, मैं उसके लिए कुछ नहीं हूँ अम्माजी ?"–त्सेमो ने क्रोध में पूछा।

"प्यार तो तुम्हें वह करती है।"–रानी ने उत्तर दिया, "तभी तो उसे तुम पर क्रोध आता है।...उसके प्रेम का कुछ बदला जो उसे नहीं मिल रहा है, इसलिए वह चिढ़ गई है। तुमसे छिपने, बच पाने के लिए भी तो उसे कुछ चाहिए। कोई उसका अपना सहारा भी तो हो।"

रानी समझ गईं कि त्सेमो को उनकी बात भली नहीं लगी। उन्होंने फिर समझाया–"सुनो, तुम कुछ दिन के लिए कहीं घूम आओ। जब लौटो तो फिर दूसरे ढंग से बात करना। कड़ाई मत दिखाना। यह न याद दिलाना कि बहू की उम्र तुमसे ज़्यादा है और उसने ही तुमसे ब्याह करने के लिए कहा था।"

"आपसे किसने कहा कि उसने मुझसे विवाह करने के लिए कहा था ?"–त्सेमो ने गम्भीर स्वर में पूछा, "यह सब आपसे किसने कहा ?" त्सेमो अपनी गम्भीरता बनाए न रख सका, झेंप से मुस्करा दिया।

"हम क्या समझ नहीं सकते।"–रानी बोलीं। चौकी पर बैठ छड़ी की मूँठ पर रखे दोनों हाथों पर ठोढ़ी टिका वे बोलीं–"बहू के मन में तुम्हारा भय बैठ गया है। भय से

तो घृणा होती ही है। असल में वह तुम्हें बहुत चाहती है, इसी बात से वह डरती है। तुम कुछ दिन के लिए उसे हमारे पास छोड़ जाओ। स्त्री-पुरुषों का आपस में एक ढंग होना चाहिए। तुम लोगों ने उसे नहीं माना। मेंग को देखो, उसकी सब बातें प्रकृति के नियम से चल रही हैं, इसलिए कोई झगड़ा नहीं होता। दो बेटे हो गए हैं, लिआंगमो भी खुश है। वे लोग एक-दूसरे को कोई अधिक प्यार तो नहीं करते, परन्तु सम्बन्ध ढंग से हो गया तो चल रहा है।"

"मेंग का क्या है !"–त्सेमो ने असन्तोष प्रकट किया, "वह कुछ समझती-बुझती नहीं। रुलन कम से कम मूर्खा तो नहीं है।"

"स्त्री के मूर्ख या बुद्धिमान् होने से क्या फ़र्क पड़ता है !"–रानी बहुत शान्ति से बोलीं, "दोनों की समझ-बूझ में अनुपात होना चाहिए। स्त्री-पुरुष एक-दूसरे के लायक हों, इसी ख़्याल से लिआंगमो का ब्याह हमने मेंग से किया था। लिआंगमो मेंग से तो ज़्यादा समझदार है। मेंग भी ऐसा नहीं है कि लिआंगमो की बात न समझ सके। तुम दोनों ही एक-दूसरे के बराबर हो, इसीलिए झगड़ा होता है।"

"परन्तु आप तो पिताजी से कहीं ज़्यादा समझदार हैं।"–त्सेमो ने गहरी नज़र से माँ को ऐसे देखा कि वह पल भर को सहम गईं।

"हम अनुभव से सीखते गए।"–रानी बोलीं, "इसीलिए तुम्हारे पिता हम से नाराज़ नहीं हो पाए। इसीलिए हमने तुम्हारे पिता के साथ च्यूमिंग को रख दिया है कि बुढ़ापे में भी वे सन्तुष्ट रहें।"

"और आप ?"–त्सेमो ने निस्संकोच पूछ लिया।

"हम भी सन्तुष्ट हैं।"

रुलन कमरे से बाहर आ गई। वह भीतर से सब कुछ सुन रही थी। बाहर आकर अपनी मुद्रा से यह प्रकट भी कर दिया। रानी भी खूब जानती थीं कि बहू ने सब कुछ सुन लिया है, परन्तु पर्देदारी के ख़्याल से बोलीं–"बेटी, हम त्सेमो से कह रहे थे कि तुमलोग चाहो तो लिआंगमो के आँगन में जाकर रहो। वहाँ जगह अच्छी और बड़ी है। लिआंगमो को हमने अम्माजी के आँगन में बुला लिया है कि बच्चों का ख़्याल रख सकें।"

"अम्माजी आपकी कृपा के लिए धन्यवाद।"–रुलन ने कहा, परन्तु उसके स्वर में कृतज्ञता या प्रसन्नता का कोई आभास नहीं था। केश अभी बिखरे ही हुए थे। भूरे और हरे चारखाने का एक चोग़ा पहने थी। उम्र भी कुछ ज़्यादा ही मालूम दे रही थी। रानी बहू की ओर देखकर सोच रही थीं कि त्सेमो के जाने के बाद इसे ढंग से ओढ़ना-पहनना सिखाना होगा। माँ का ध्यान रुलन के चोग़े की ओर देखकर त्सेमो को अच्छा नहीं लगा। चिढ़कर वह बोल उठा–"यह चोग़ा कितना भद्दा लगता है !"

"तो दूसरा ला दो।"–रुलन ने धृष्टता से त्सेमो की ओर देखकर चुनौती दे दीं।

रानी उठ खड़ी हुईं। बहू और बेटे को अपने सामने लड़ने देना उचित नहीं था वरना उन्हें समझाने का बोझ भी उन्हीं पर पड़ता, परन्तु सहसा चले जाते भी न बना। बोलीं–"त्सेमो कुछ दिन के लिए बाहर जा रहा है। उसने हमसे पूछ लिया है। जाने से पहले

मनमुटाव ठीक नहीं। हाँ, तुम अपना सामान समेट लो। तुम्हें आँगन बदलना है न।"

"त्सेमो जाएगा तो मैं नहीं रहूँगी।"–रुलन ने एक और चुनौती दी। रानी अपनी छड़ी पर दोनों हाथ टिकाए चुपचाप खड़ी थीं। कुछ सोचकर गम्भीर स्वर में बोलीं–"नहीं, तुम नहीं जाओगी, तुम हमारे साथ रहोगी। तुम्हें अभी बहुत कुछ सीखना है। हम तुम्हें सिखाएँगे।"

रानी बहू के उत्तर की प्रतीक्षा किए बिना चल दीं। वह सोचती जा रही थीं कि इन बहुओं को सम्भालना कितनी बड़ी मुसीबत है। इससे तो अच्छा होता कि कम उम्र की छोटी-छोटी लड़कियाँ हवेली में रख लेतीं और उन्हें बचपन से ही उचित ढंग की शिक्षा दी जाती। इन जवान लड़कियों को बदलना कितना मुश्किल है !

अपने आँगन में पहुँच वे थकान से बैठ गईं और साँझ होने की प्रतीक्षा करने लगीं कि आन्द्रे भाई के आने पर वे शरीर और परिवार के लोगों की चिन्ताएँ छोड़कर कल्पना और ज्ञान के लोक में विचरण कर सकें।

सास के चले जाने के बाद रुलन ने अपने जवान पति की ओर आग्नेय दृष्टि डाल कर धमकाया–"तुम मुझे यहाँ छोड़कर चले जाना चाहते हो ?"

"यह तो अम्माजी का ही सुझाव है।"–त्सेमो ने अपने काले केशों में उँगलियाँ चलाते हुए बेपरवाही से उत्तर दे दिया। त्सेमो के सुडौल सुन्दर पीले हाथों को देखकर रुलन के हृदय में एक खींच-सी अनुभव हो जाती थी। त्सेमो के प्रति ऐसा आकर्षण अनुभव होने से अब उसे अपने ऊपर ही क्रोध आता था।

"मैं भी चली जाऊँगी।"–क्रोध से रुलन बोली।

त्सेमो हँस पड़ा। "मेरे साथ तो नहीं ?...वरना मैं फिर लौट नहीं सकूँगा।"

"तुम अपनी माँ से इतना डरते हो ?"–रुलन चीख उठी।

"हाँ, डरता तो ज़रूर हूँ।" त्सेमो ने हामी भर ली।

रुलन को विवश करने के लिए त्सेमो तुरन्त ही बात समाप्त कर देता था और रुलन अपना क्रोध प्रकट कर सकने का अवसर न पाकर छटपटाती रह जाती थी।

"मैं तो सोचती हूँ मेरा बेटा मुझसे डरे, इससे तो अच्छा है कि बेटा ही न हो।"–रुलन बोली।

"तो ठीक है; तुम्हारे बेटा है कहाँ !"–त्सेमो ने फिर बात समाप्त कर दी। रुलन इस उत्तर से जल-भुन गई। पति के समीप जा दाँत पीसते हुए बोली–"अब तुम्हारा मन मुझसे ऊब गया है न ?"

"क्यों मेरा सिर खा रही हो। मुझे आराम करने दोगी या नहीं ?"–त्सेमो विवश होकर बोला।

"मैं तुम्हें आराम दूँगी ?"–रुलन ने उपालम्भ से पूछा।

"तुमसे आराम नहीं माँग रहा हूँ। मुझे आराम से रहने दो।"–त्सेमो बोला।

"हाँ, ताकि तुम मुझे भूल जाओ।"–रुलन ने पूछा।

"ओह, अब समझा। तू इसलिए मुझसे लड़ती रहती है कि मैं क्रोध में तुम्हें याद रखूँ।" और वह ज़ोर से हँस पड़ा।

रुलन के शरीर में बिजली-सी कौंध गई। उसके जीवन का इतना गहन रहस्य, जिसे उसने स्वयं अपने मन के सामने भी कभी स्वीकार नहीं किया था, त्सेमो ने प्रकट कर दिया। विवाह के बाद से त्सेमो जब उसके प्रति निरपेक्ष होने लगा, रुलन पति को अपनी ओर खींचे रहने के लिए बावली हो उठी थी। कुछ और न बन पड़ने पर उसे पीड़ा पहुँचाकर ही अपनी ओर खींचे रहना चाहती थी।

त्सेमो को अपनी दयनीय दशा पर हँसते देख रुलन को असह्य अपमान अनुभव हुआ। दाँत भींचकर उसने निश्चय किया, मैं इस प्रेम से भर पाई। यह अपमान असह्य है।

...पति की उपेक्षा के अत्याचार से कहाँ शरण पाए ? रुलन सोच रही थी। अचानक रानी वू की ही ओर ध्यान गया। रुलन उन्मेष में बावली हो रही थी। त्सेमो की परवाह न कर आँगन से निकल गई और रानी के पुस्तकालय में जा पहुँची। रानी चुपचाप बैठी अपने पाइप से तम्बाखू पी रही थीं।

"अम्माजी, मुझे आप स्वतन्त्र कर दीजिए।"–वेदना भरे स्वर में रुलन बोल उठी।

रानी को जान पड़ा, रुलन की बात उनके अपने मन की ही पुकार है। उनका हृदय डोल उठा, परन्तु सँभली रहीं। रुलन की ओर देखकर बोलीं–"बेटी, बैठो, तुम घबराओ मत। अपने केश तो ठीक करो। और सुनो, यह चोग़ा तुम न पहना करो, तुम्हारे चेहरे पर तो रंगीन कपड़ा ही खिलता है। हाँ, अब बताओ कैसी स्वतन्त्रता चाहती हो ?"

रुलन रानी की बात की उपेक्षा कर अभी खड़ी ही थी। बोली–"मैं इस घर में नहीं रहूँगी। मैं त्सेमो के साथ नहीं रहूँगी।"

बहू की आँखों से आँखें मिलाकर रानी ने उत्तर दिया–"हमने तुमसे कहा कि त्सेमो जा रहा है, तुम उससे तो स्वतन्त्र ही रहोगी।"

"नहीं, नहीं, मैं उससे कोई सम्बन्ध नहीं रखना चाहती।"–रुलन ने क्रोध में कहा, "मेरी उससे निभ नहीं सकती। मैं उसकी खरीदी हुई दासी नहीं हूँ कि मेरे साथ ऐसा व्यवहार करे, मुझे आदमी भी न समझे।"

"तुम्हारे साथ त्सेमो दुर्व्यवहार करता है ?"–रानी ने पूछा।

"नहीं, मेरी उससे नहीं निभ सकती।"

रुलन की इस उद्दंडता के प्रति रानी को सहानुभूति ही हो रही थी।

"कहाँ जाओगी तुम ?"–रानी ने पूछा, "स्त्री का स्थान तो पति का घर ही है। मैं तुम्हें जाने भी दूँ तो कहाँ जाओगी ? पति के बिना स्त्री का स्थान कहाँ ! पति और सन्तान को पाकर ही स्त्री स्वतन्त्र हो सकती है।"

रुलन त्रस्त आँखों से रानी की ओर देखकर बोलीं–"अम्माजी, आप ही बताइए, क्या करूँ ? मैं स्वतन्त्र होना चाहती हूँ।"

रानी ने ममता भरी दृष्टि से रुलन की ओर देखकर उत्तर दिया–"बेटी, मैं क्या

करूँ ! मैं भी तो नहीं जानती।"

"अम्माजी, आपने कभी किसी से प्यार नहीं किया ?"–बहू ने पूछा।

रानी बहू की ओर देखकर चुप रह गईं। उन्हें अब जान पड़ा कि इस लड़की के साथ त्सेमो ने अन्याय किया। वह इस लड़की को समझ ही नहीं पाया। शायद समझ भी नहीं सकता था। सोचा, यही अच्छा हुआ कि उन्होंने कभी साहब से प्रेम नहीं किया। यौवन के पहले आवेग में वे कुछ दिन सचमुच पति से प्रेम करने लगी थीं, परन्तु वू साहब रानी की सूक्ष्म प्रकृति के अनुकूल नहीं थे। रुलन की प्रकृति सूक्ष्म नहीं थी।

"तुम्हारे कोई बाल-बच्चा हो जाता,"–रानी बोलीं, "तो तुम बच्चे पर ध्यान देकर कुछ स्वतन्त्र हो जातीं। बच्चा माँ को समेट लेता है। बच्चा नहीं है तो तुम अध्ययन शुरू कर दो या चित्र ही बनाओ। तुम्हारी शक्ति के बहाव के लिए कोई मार्ग होना चाहिए। तुम्हारा ध्यान किसी दूसरी ओर भी बहना चाहिए।"

"इच्छा नहीं होती अम्माजी।"–रुलन ने कहा।

"नहीं होती तो भी करो।"–रानी ने उत्तर दिया, "वरना तुम्हें शान्ति नहीं मिलेगी। तुम्हारा दिमाग़ खराब हो जाएगा। त्सेमो तुमसे घृणा करने लग जाएगा। अभी शुरू ही समझो, इसीलिए हम उसे कुछ दिन के लिए बाहर भेज रहे हैं।"

रुलन ने अपने सूखे होंठों पर जिह्वा फेरकर पूछा–"अम्माजी, सभी पुरुष एक-जैसे होते हैं ?"

"और नहीं तो क्या !"–रानी ने उत्तर दिया, "स्त्री जब यह बात समझ जाती है तभी स्वतन्त्र हो सकती है।"

"तो फिर मैं त्सेमो को ही क्यों प्यार करती हूँ ?"–रुलन ने प्रश्न किया।

"बेटी, यह जँच जाने की बात है।"–मुस्कराकर रानी ने उत्तर दिया, "शायद उसकी भौंहे और होंठों की थिरकन, उसके चौड़े कन्धे या प्यारे-प्यारे हाथ तुम्हारे मन में चुभ गए हैं।"

"अम्माजी, आपको कैसे मालूम ?"–रुलन ने विस्मय से पूछा।

रानी मुस्करा दीं। "बेटी, स्त्री के मन को बेबस कर देने के लिए सैंकड़ों फन्दे हैं।"–रानी ने उत्तर दिया और सोचने लगीं, लड़की उनके बेटे से प्रेम में कितनी असहाय है। उन्हें उस पर दया आ गई।

रानी ने रुलन का हाथ थाम लिया और बोलीं–"देखो, दुखी नहीं होना। हम किसी को दुखी नहीं देखना चाहते। तुमलोगों को सुखी देखने के लिए ही हम जीवित हैं। बोलो, तुम क्या चाहती हो ?"

रुलन रानी के समीप सिमट आई और सिर चुपचाप झुकाए रही। उसकी पीठ पर हाथ रखकर रानी ने समझाया–"बेटी, तुम उसे जाने दो। रोना-धोना नहीं, बल्कि उसकी तैयारी में मदद करो। मन चाहे जितना रोए, उसे हँसकर ही विदाई देना और उसके जाने पर भी चिन्ता न करना। कुछ देर उसे ही तड़प लेने दो।"

"उसके बिना नींद कैसे आएगी ?"–रुलन ने भोलेपन से पूछा।

रानी ज़ोर से हँस पड़ीं और समझाया–"नींद न आए तो उठकर आँगन में टहलने लगना। आजकल सर्दी खूब है। जाड़ा लगने लगे तो बिस्तर में जा घुसना। गरम-गरम बिस्तर में अकेले नींद भी आ जाएगी।"

रानी और रुलन दोनों एक-दूसरे की ओर चुपचाप देखती रह गईं। बहू के दुख से रानी का मन द्रवित हो गया। बहू के लिए एक गहरा लगाव, वू-परिवार के प्रति कर्तव्य की निष्ठा से भी गहरी एक सहानुभूति, उन्हें बहू के नारीत्व के प्रति अनुभव हो रही थी। उन्होंने रुलन को सम्बोधन किया–"बेटी, जब तुमने अपना मन दूसरे के हाथ दे रखा है तो तुम स्वतन्त्र कैसे हो सकती हो ! जीवन जो कुछ तुमसे माँग रहा है, जब उसे पूरा कर दोगी तभी स्वतन्त्र होगी। जीवन को स्वाभाविक मार्ग पर बहने दो। उसके आड़े मत आओ, नहीं तो वह तुम्हें गिरा देगा। स्वतन्त्र होना चाहती हो तो अभी त्सेमो को चले जाने दो।"

"अम्माजी, मैं उसके प्यार के बिना जीवित नहीं रह सकती।" रुलन सिसकियाँ लेने लगी।

"तो जाओ फिर गले में फन्दा लगाकर लटक जाओ।"–रानी बहुत साधारण स्वर में बोलीं–"यह याद रखो, तुम उस पर बोझ बनोगी तो वह तुम्हें कभी प्यार नहीं कर सकेगा। प्रेम जीवन की स्वाभाविक गति चाहता है।"

"अम्माजी, वह मुझे प्यार करे तो मैं उसकी दासी बन जाने को तैयार हूँ।"–आँसू पोंछकर रुलन बोलीं।

"दासी नहीं, तुम मालकिन बनने का यत्न करती हो।"–रानी गम्भीरता से बोलीं, "त्सेमो भी यही अनुभव करता है और उसे यह सह्य नहीं। वह तुम्हारे प्रेम की जकड़ से परेशान है। लड़की तू समझती नहीं, तुझे कैसे समझाऊँ !"

रुलन मेज़ पर सिर टिका फूट-फूटकर रो पड़ी। "अम्माजी, मैं समझती हूँ, पर यह मुझसे हो नहीं सकेगा।"

रानी उठ खड़ी हुईं। कड़े स्वर में उन्होंने रुलन को आज्ञा दी–"उठो !" रुलन उठ खड़ी हुई। रानी ने उँगली उठाकर उसे चेतावनी दी–"अगर तुम रोओगी तो हमारा-तुम्हारा कोई सम्बन्ध नहीं रहेगा। तुम्हें रोना है तो हवेली छोड़कर चली जाओ।"

रुलन होंठ दबाकर चुप हो गई। रानी संगमरमर की मूर्ति के समान शान्त और निश्चल खड़ी थीं, परन्तु उनकी आज्ञा की अवहेलना सम्भव नहीं थी। रुलन को अपनी माँ-बहनों की याद आई। वे सब अस्थिर प्रकृति की थीं। उसने अनुभव किया, उसके सामने खड़ी मूर्ति ही उसे सहायता और शरण दे सकती है।

"अम्माजी, जैसा आप कहेंगी वैसा ही करूँगी।"–रुलन बोली।

रुलन लौट गई तो रानी चूप बैठी सोचती रहीं–यह क्या हो रहा है। दो बहुओं के लिए उन्होंने दोनों पुत्रों को बाहर भेज दिया। उन बहुओं से तो उन्हें कोई स्नेह नहीं था...उन्हें सम्हालने का बोझ उन्होंने अपने कन्धे पर ले लिया।...वे तो स्वयं स्वतन्त्र होने की आशा कर रही थीं।

मस्तिष्क चकरा गया तो इंग को पुकारकर बोलीं–"हम बिस्तर पर जाएँगे।" और उन्होंने अपने आपको इंग के हाथों में सौंप दिया।

दूसरे दिन दोपहर बाद रानी ने अपनी समस्या आन्द्रे भाई के सामने बताई कि उन्होंने त्सेमो को बाहर भेज दिया, और बोलीं–"हम समझ नहीं पा रहे हैं कि हम कर क्या रहे हैं। हमारे पास कोई जवाब नहीं है।"

"जवाब की ज़रूरत क्या है !"–आन्द्रे भाई के चेहरे पर मुस्कराहट आ गई।

आन्द्रे भाई की मुस्कान भी विचित्र थी–उनकी घनी भौंहों से आरम्भ होकर दाढ़ी तक फैल जाती थी, जैसे जंगल में सूर्योदय का प्रकाश धीमे-धीमे फैलता है। आरम्भ में रानी को उसके विशाल शरीर और भारी सिर से आतंक-सा अनुभव होता था, परन्तु अब उसे देखने का अभ्यास हो चुका था।

"आप सोच क्या रही हैं ?"–कुछ संकोच से आन्द्रे ने पूछा।

"आप कहते हैं कि मनुष्यमात्र एक है, परन्तु आप इतने भिन्न और विचित्र क्यों हैं ?"–रानी ने पूछा।

"मुझमें क्या विचित्रता है ?"–आन्द्रे ने फिर संकोच की मुस्कराहट से पूछा।

"आपका शरीर इतना बड़ा है और केशों से इतना भरा हुआ !"–रानी ने विस्मय प्रकट किया।

"आप ही बताइए इस विचित्रता का क्या कारण हो सकता है ?"–आन्द्रे भाई बोला। उसकी केशों से भरी मुस्कान हँसी में बदल गई। सफ़ेद चमकदार दाँत दिखाई दे गए और आँखों की उज्ज्वलता बढ़ गई।

"हमने किसी पुस्तक में पढ़ा था,"–रानी बोलीं, "कि विदेशी लोग पशु-जाति के अधिक निकट हैं, इसलिए उनके शरीर पर अधिक रोएँ होते हैं।"

"शायद यही बात हो।"–आन्द्रे हो-हो कर ज़ोर से हँस पड़ा...। पिछली बार आन्द्रे भाई अपनी बाँस की छोटी-सी खटिया पर लेटा था, तो रानी की याद आ जाने पर उसने भगवान् को धन्यवाद दिया था...अच्छा ही हुआ, रानी जवानी में नहीं मिलीं। उस समय सँभले रहना कठिन हो जाता, परन्तु अब उसे अपने ऊपर भरोसा था और रानी के प्रति केवल कौतूहल ही।

उस समय आन्द्रे ने उत्तर दिया–"यदि आपकी बात ठीक है तो मुझे बना लेने के बाद भगवान् ने आपको बनाते समय काफ़ी सुधार कर दिया है।"

रानी भी हँस पड़ीं। उनकी हँसी का मधुर कलकल स्वर और आन्द्रे की हँसी की गम्भीर गर्जना एक में मिल गए।"

बाहर आँगन में एक दासी इंग के पास बैठी रानी के क़ीमती रेशम के भीतर के कपड़े धो रही थी। भीतर से हँसी की यह गंगा-जमुनी आवाज़ सुनकर दासी की आँखें विस्मय से चढ़ गईं।

इंग ने उसे डाँट दिया–"अरी गधी, रेशम पर साबुन रगड़ रही है ! दिमाग़ खराब

हो गया है ? क्या सोच रही है ? दिमाग़ से काम ले।" परन्तु विस्मय स्वयं उसे भी था कि मालकिन इस रीछ-जैसे दैत्य के साथ इतना खुलकर कैसे हँस रही हैं।

रानी का एक केश भी अपने स्थान से हट जाता तो इंग की आँख चूक नहीं सकती थी। वह देख रही थी कि परिवार की बीसियों चिन्ताएँ रानी के सिर पर थीं, परन्तु स्वास्थ्य और सौन्दर्य की एक रहस्यमय आभा उनके चेहरे पर आती जा रही थी। सभी समस्याओं को वे बहुत संयम से सुलझाए जा रही थीं। किसी बात की उपेक्षा भी नहीं थी, परन्तु वास्तव में वे परिवार के उपराम होती जा रही थीं।

इंग कल्पना भी नहीं कर सकती थी कि पादरी के प्रति रानी के मन में अनुचित अनुराग हो सकेगा। रानी के संयम की कठोरता से वह परिचित थी, परन्तु आँखों के सामने देख भी रही थी कि मालकिन में नया उत्साह और नया सौन्दर्य भी फूट रहा था। बीच में पादरी किसी कारणवश दो-तीन दिन आ नहीं सका। इंग बहुत ध्यान से रानी के व्यवहार को देखती रही। प्रतीक्षा या उदासी का कोई भाव रानी के व्यवहार में नहीं था। वे वैसे ही प्रसन्न और मगन थीं, जैसी आन्द्रे भाई के आने पर।

"अब तो इस हवेली में भी...।"–दासी ने धीरे से फुसफुसाया, "सुना नहीं तुमने ?"

"क्या सुनना है ?–माथे पर तेवर डालकर इंग ने उत्तर दिया, "कुत्तों को भौंकने दे।"

"जानती तो हो तुम, मालकिन साधू से ज्ञान ले रही है और मालिक चकले के चक्कर लगा रहे हैं।"

"क्या बकवास करती है !"–इंग ने ज़ोर से डाँटा और क्रोध में दासी के गाल पर थप्पड़ मार दिया। लड़की का गाल और आँखें भी लाल हो गईं।

"और मार लो।"–लड़की ने अपना दूसरा गाल इंग की ओर बढ़ाकर कहा, "साँच को आँच क्या ! सेठ कांग और साहब दोनों चकले में जाते...जाएँगे क्यों नहीं !"

इंग अब तक सब कुछ सुनकर भी ऐसे बनी थी, मानो कुछ सुना ही नहीं। दूसरे नौकर उससे डरते थे। उसे आते देख चुप हो जाते। फिर भी सुना तो था ही, अब और उपेक्षा भी सम्भव नहीं रही थी। उसे क्रोध आया सेठ पर। मन में सोचा, यह सब बुड्ढे सेठ की करतूत है और फिर इस परिणाम पर पहुँची कि मर्द सब होते ही ऐसे हैं।.. .बावरची ही क्या कम है !

पुस्तकालय में बैठकर आन्द्रे के समीप रानी सब कुछ भूल जाती थीं। आन्द्रे के धूप से तपे और कठोरता की मुद्रा लिए चेहरे पर आँखें लगाए रहतीं। उनकी दृष्टि के सम्मोहन से आन्द्रे अत्यन्त तन्मयता से विवेचना करता रहता। रानी की आत्मा उस ज्ञान को ग्रहण करने के लिए पूर्णतः तत्पर थी। अपनी परिस्थितियों में जितना भी ज्ञान ग्रहण किया जा सकता था, ग्रहण करके वे अधिक ज्ञान के लिए आतुर थीं। उनका मस्तिष्क बिल्लौर के सुन्दर स्वच्छ पात्र ही तरह था, जिसे स्वच्छ करने की नहीं केवल भर देने की आवश्यकता थी।

आन्द्रे को अपने विचारों को समझाने योग्य कोई व्यक्ति अभी तक मिला ही नहीं

था। योग्य शिष्य पाकर वह ज्ञान देने के लिए आतुर हो उठा। उसने रानी को विश्व-इतिहास और राष्ट्रों का उत्थान और पतन समझाया, उसने रानी को बिजली और रेडियम के विषय में बताया और लहरों द्वारा शब्द और संगीत के एक स्थान से दूसरे स्थान तक जाने की प्रक्रिया समझाई।

"लहरों द्वारा जाते शब्दों और संगीतों को पकड़ने की मशीन भी होती है ?"–रानी ने विस्मय से पूछा।

"हाँ; मेरे पास है।"–आन्द्रे ने उत्तर दिया, "मैंने स्वयं ही बनाई है।"

"एक दिन यहाँ लाइए न !"–रानी उत्सुकता से बोलीं।

"कठिन होगा।"–आन्द्रे ने उत्तर दिया, "वह मशीन गड़ी हुई है। उसकी बहुत-सी तारें दीवारों से बँधी हुई हैं। आप किसी दिन मेरी झोंपड़ी में पधारिए।"

रानी सोचती रहीं, किसी विदेशी के घर जाना क्या उचित होगा; चाहे किसी आदमी को ही साथ क्यों न ले जाएँ !

"अच्छा देखेंगे।" कहकर रानी ने आँखें फिरा लीं।

"विश्वास रखिए,"–आन्द्रे बोला, "आशंका न कीजिए। पुरुषों से जो भय होता है, भगवान् ने वह भय मुझसे दूर कर दिया।"

आन्द्रे भाई के चले जाने के बाद रानी को आश्वासन-सा अनुभव हुआ। उसके जाने के बाद सदा ही रानी आश्वस्त अनुभव करती थीं। वह उनके मस्तिष्क पर बोझ डाल जाता था। वे बैठी पाइप पीने लगीं। होंठों पर आत्म-विस्मृति की मुस्कान आ गई। कल्पना दौड़ने लगी–कभी इस नगर से बाहर जा सकने का भी दिन आएगा ?...कभी जहाज़ों और वायुयानों पर घूम सकूँगी ?

सोचने लगीं–जीवन का कितना समय शेष रह गया है; अधिक से अधिक चालीस वर्ष और।...चालीस वर्ष तो हम बिता चुकीं और कभी हवेली के बाहर भी न निकल सकीं...। जीवन की अवधि इतनी छोटी होने के लिए उन्हें पहली ही बार असन्तोष अनुभव हुआ।

...अपने नगर की बाबत ही क्या जानती हूँ !–रानी ने सोचा,...और यह कितना बड़ा हमारा देश है !...सागरों और पर्वत-मालाओं से घिरा हुआ...। संसार को जान सकने की जिज्ञासा में रानी चुप रह जाती थीं।

रानी परिवार के लोगों से मिलतीं तो चेहरे पर मुस्कान बनी रहती। भोजन के समय भी वह सबसे मिलतीं, परन्तु पहचान किसी को न पातीं।

इंग यह सब कुछ देखती और उसका मन कट-कट कर रह जाता। एक दिन जाड़ों की दोपहर में पुस्तकालय की मेज़ पर बिल्लौर के बड़े प्याले में रानी ने कुछ फूल लगा दिए थे। कमरे की बस्तेदार खिड़की से धूप फूलों पर पड़ रही थी। इंग समीप खड़ी मेज़ पर रखे रत्नजटित गहनों को साफ़ कर रही थी। "देखो तो, क्या अन्तर है इनमें ! यह फूल और यह रत्न, मोती, पुखराज, नीलम, सब्जा। सभी रंग तो इन फूलों में भी हैं।"–रानी बोलीं।

हाथ में थमे कंगन से आँखें उठाकर इंग ने रानी की ओर देखा और बोल पड़ी–"हुज़ूर, यह सब तो देख लेती हैं, लेकिन घर में जो हो रहा है सो नहीं देखतीं।"

"क्यों; हम क्या नहीं देखते !"–रानी ने आशंका से पूछा। मन में ख़्याल आया, दोनों छोटी बहुओं के बारे में कोई बात होगी।

"साहब..."–इंग ठिठक गई।

"साहब का क्या ?"–रानी ने तुरन्त प्रश्न किया।

"चकले में जाते हैं।"–इंग ने कह डाला।

"यह नहीं हो सकता।"–रानी बोलीं।

"जाते हैं हुज़ूर।"–इंग बोली, "यह तो कोई बड़ी बात नहीं है हुज़ूर। हज़ारों लोग जाते हैं, लेकिन वहाँ से घर में कोई मुसीबत न ले आएँ।"

पल भर सोचकर रानी बोलीं–"छोटी मालकिन को बुलाओ।"

इंग बाहर चली गई। रानी गहनों को उठा-उठाकर देखती रहीं। कंगन की जोड़ी उनके विवाह में माँ ने दी थी, शेष सभी गहने वू साहब के दिए हुए थे। सब्ज़े की बालियाँ साहब ने सुहागरात के अगले दिन सुबह प्रेम-उपहार के रूप में दी थीं। नीलम के झूमर साहब शंघाई से लाए थे। तभी रानी ने नीलम पहली बार देखा था। हीरे का पिन साहब हांगकांग से लाए थे। रानी ने उससे पहले हीरा नहीं देखा था। लाल जड़ी अँगूठियाँ और सब्ज़ा जड़ी बालों में खोंसने की सुइयाँ साहब उनान और दूसरे स्थानों से लाए थे। कुछ गहने उन्होंने हवेली में आने-जानेवाले जौहरियों से स्वयं ख़रीदे थे। एक पिन पर चाँदी के महीन काम और पीले पुखराज में तितली बनी हुई थी। उसे देखकर रानी को उस दिन की याद आ गई जब फेंगमो के विवाह के समारोह में स्त्रियों ने कंडीलों पर उड़-उड़कर आए पतंगों को दीवारों और किवाड़ों पर सुइयों और पिनों से गाड़ दिया था। तितली की टाँगें चाँदी के तारों की बनी हुई थीं और उन पर भी महीन पुखराज लगे हुए थे। तितली इतनी बढ़िया बनी हुई थी, मानो अभी पंख हिलाकर उड़ जाएगी। रानी तितली को हाथ में लिए ध्यान से देख रही थीं।

च्यूमिंग कमरे में आई। उसका शरीर गर्भ के कारण भारी हो गया था। आँखें फैली हुई, चेहरा कुछ पीला, परन्तु होंठ और भी लाल हो गए थे।

रानी ने हाथ में लिया गहना उसकी ओर बढ़ाकर कहा–"यह तुम ले लो, हम तो अब पहनती नहीं।"

च्यूमिंग ने गहना हाथ में लेकर ध्यान से देखा और बोली–"जीजी, यह तो बहुत ही सुन्दर है। मैं ऐसी चीज़ पहनना क्या जानूँ !"

"तुम रखो।"–रानी बोलीं और छोटी सन्दूक़ची में गहनों को उलट-पलट कर देखने लगीं। मन में तो आया कि साहब के दिए सभी गहने च्यूमिंग को दे डालें, परन्तु यह उचित न होता। उन्होंने मोती और लाल जड़े झूमर उठाकर च्यूमिंग की ओर बढ़ा दिए। झूमर भारी थे, परन्तु काम बहुत महीन नहीं था। रानी ने कहा–"यह भी ले लो। यह तुम्हारे कानों में भले लगेंगे। साहब तुम्हें भी तो गहने देते होंगे ?"

"नहीं जीजी।"–च्यूमिंग ने धीमे से उत्तर दिया, "मुझे ज़रूरत भी क्या है।"

रानी ने अपने छोटे पाइप में तम्बाकू भरकर दो कश खींचे और पाइप मेज़ पर रख दिया। कुछ राख मेज़ पर गिर गई। च्यूमिंग ने झुककर राख अपने हाथ में उठा ली।

"सुनो तो,"–रानी ने पूछा, "साहब क्या चकले में जाने लगे हैं ?"

च्यूमिंग का चेहरा लाल हो गया। "सुना है,"–उसने उत्तर दिया, "लेकिन मुझे तो उन्होंने कुछ नहीं बताया है।"

"तुम खुद नहीं समझ सकतीं ?"–रानी बोलीं, "तुमसे कैसे बात करते हैं ?"

च्यूमिंग ने सिर झुका लिया। "जितना करते हैं, वही बहुत है।"–च्यूमिंग बोली, "मैं तो उनसे प्यार नहीं कर सकती।"

च्यूमिंग के स्वर में दृढ़ता और उदासी थी। रानी चुप रह गईं। साहब के प्रति सहानुभूति की गहरी टीस उनके मन में उठ आई।

"देखो,"–रानी बोलीं, "हम दोनों ने ही उनके साथ ज़्यादती की है। मेरी तो उम्र ने साथ नहीं दिया, तुम्हारी जवानी साथ नहीं दे रही। तुमने उन्हें प्यार करने का यत्न भी किया ?"

च्यूमिंग ने रानी की ओर देखकर निष्कपट उत्तर दिया–"बहुत यत्न किया। यही तो मेरा कर्तव्य है।"

"हाँ, कर्तव्य तो है।"–रानी ने आग्रह किया।

"मैं जानती हूँ, कर्तव्य है।"–उदासी से च्यूमिंग बोली, "मैं किसी बात से इनकार तो करती नहीं।"

"साहब जानते हैं तुम उन्हें नहीं चाहतीं ?"–रानी ने पूछा।

"जी हाँ,"–च्यूमिंग ने उत्तर दिया, "उन्होंने मुझसे पूछा था, मैंने सच-सच कह दिया।"

"ओह, यह तुमने क्या किया ?"–रानी बोलीं, "यदि सभी स्त्रियाँ ऐसे सच बोलने लगें तो दुनिया कैसे चले ?"

"जीजी, मुझे तो कुछ समझ नहीं है।"–च्यूमिंग बोली।

"तो साहब चकले जाने लगे।"–रानी गहरी साँस लेकर बोलीं, "स्त्री-पुरुष के बीच झगड़ों का कोई अन्त नहीं।...बच्चे की उम्मीद कब तक है ?"

"आए महीने।"–च्यूमिंग ने उत्तर दिया।

"तू तो प्रसन्न है ?"–रानी ने सहसा पूछा।

च्यूमिंग सिर झुकाए सामने लटकते अपने दोनों हाथ एक-दूसरे पर रखे चुप रही। पल भर सोचकर आँखें रानी की ओर उठाईं और बोली–"इस घर में में वही एक मेरा होगा।" और फिर गर्दन झुका ली।

च्यूमिंग से और क्या बात की जा सकती थी। रानी बोलीं–"अच्छा तुम जाओ। हम साहब से बात करेंगे।"

च्यूमिंग ने सिर झुकाया और चल दी। आँगन से लौटकर हाथ में लिए गहने रानी

को दिखाकर बोली–"इनके लिए आपको धन्यवाद।"

"धन्यवाद देने की कोई ज़रूरत नहीं।"–रानी ने उत्तर दिया, "तुम पहनना, हमें देखकर खुशी होगी।"

"जीजी, आपकी बड़ी दया है मुझ पर।"–च्यूमिंग ने एक बार और सिर झुकाया और लौट गई।

रानी ने दोपहर के समय आन्द्रे भाई को सन्देश भेज दिया कि आज उन्हें फ़ुर्सत नहीं होगी। सन्ध्या समय, रात के खाने से पहले उन्होंने इंग से साहब के यहाँ सन्देश भिजवा दिया कि मिलने आएँगी। साहब तुरन्त स्वयं ही उनके यहाँ आ गए।

"कहो, कहो, हम स्वयं ही आ गए हैं।"–बहुत विनय से साहब बोले। साहब कुछ दुबलाए हुए और पीले-से जान पड़े। रानी को लगा कि यह उन्हीं का दोष है। वे साहब को देखकर उठ खड़ी हुई थीं। उन्हें बैठाकर बैठ गईं। ज्यों-ज्यों वे पति को देख रही थीं। मन फटा जा रहा था। न तो साहब के चेहरे पर पुरानी सुर्ख़ी थी, न आँखों में वह चंचलता और चमक। होंठ भी मुरझा-से गए थे।

"क्या तबीयत ठीक नहीं है ?"–रानी ने पूछा।

"नहीं तो, बिलकुल ठीक हूँ।"–साहब ने उत्तर दिया।

"कुछ कमज़ोर दिखाई दे रहे हो।"–रानी फिर बोलीं।

"हम बिलकुल ठीक हैं।"–साहब ने विश्वास दिलाया।

"छोटी मालकिन का क्या हाल है ?"–रानी ने पूछा।

"ठीक ही है।"–साहब ने उत्तर दिया।

"आपका मन नहीं लगा उससे ?"–रानी ने पूछा।

साहब ने संकोच से रानी की ओर देखा और बोले–"तुम जानती हो, वह अभी लड़की है। हम तो लड़के नहीं हैं।"

रानी समस्या का कारण समझने पर तुली हुई थीं। बोलीं–"लोग कहते हैं, आप चकले में आने-जाने लगे हैं।"

साहब बेपरवाही दिखाने के लिए कन्धे झटककर बोले–"कभी-कभी सेठ के साथ चले भी जाते हैं।...हम तो समझते हैं वही अच्छा है। दामों की बात है, प्रेम का कोई पाखंड नहीं। हमें बनावट नहीं अच्छी लगती। तुमसे तो इतना प्यार था कि बनावट की ज़रूरत ही नहीं हुई। इस लड़की से...क्या प्यार करें ?...करें क्या...?" पर भर चाँद पर हाथ फेरकर उन्होंने सोचा और बोले–"इससे तो चकले हो आना कहीं अच्छा है।"

"पर अगले मास तो उसके बाल-बच्चा होनेवाला है।"–रानी ने याद दिलाया।

"हूँ,"–साहब ने फिर चाँद खुजलाई और उलझन में बोले, "हमारी समझ में तो कुछ नहीं आता। हमारा तो ख़्याल है कि हमारा नहीं होगा। आख़िर तुमसे भी तो चार लड़के हुए हैं...हम न कुछ समझ पाते !"

"तो फिर च्यूमिंग को यहाँ व्यर्थ ही रखा हुआ है ?"–रानी ने कुछ सोचकर प्रश्न किया।

साहब ने फिर चाँद खुजलाई और उत्तर दिया–“यही समझ लो।”

“मैं समझती हूँ, आपने उसके साथ अच्छा बर्ताव नहीं किया।”–रानी कुछ कड़ाई से बोलीं।

“नहीं, हम तो उसका बहुत ख़्याल करते हैं।”–साहब बोले।

“आपने उसे कभी कोई गहना या उपहार दिया ?”–रानी ने पूछा।

साहब ने चौंककर उत्तर दिया–“दिया तो नहीं, कभी ख़्याल ही नहीं आया।”

रानी का स्वर तनिक ऊँचा हो गया–“आख़िर आप औरत से चाहते क्या हैं ?”

साहब ने विस्मय से रानी की ओर देखा। “किस औरत से ?”

“किसी भी औरत से।”–रानी ने पूछा।

साहब रानी को नाराज़ नहीं करना चाहते थे, इसलिए कुछ देर सोचकर बात सँभालने के लिए बोले–“क्या बताएँ ?...चाहना क्या है ?...बस यह ही, कुछ हँसाए, कुछ ढंग की बातचीत करे।...तुम इतनी रोचक बातें सुनाया करती थीं और हम कितना हँसते थे !...बस यही और क्या !”

“मैं कब तक आपका दिल बहलाती रहूँगी ?”–रानी का स्वर तीखा हो गया।

“नहीं, हम कब कहते हैं।”–साहब ने तुरन्त स्वीकार किया, “इसीलिए हम चकले हो आते हैं।”

“वहाँ क्या मिलता है ?”–रानी को अपने प्रश्न पर कुछ झेंप अनुभव हुई।

“कोई खास बात नहीं।”–साहब ने उत्तर दिया।

“कुछ खा-पी लेते हैं, थोड़ा ताश-फलाश हो जाता है, लड़कियाँ कुछ गाना सुना देती हैं।”

“लड़कियाँ ?”–रानी ने प्रश्न किया, “कितनी लड़कियाँ हैं ?”

“पाँच-छह होंगी। जिस किसी को फुर्सत रहे।”–साहब ने उत्तर दिया। “हम और सेठ तो उन पर रहम करते हैं इसलिए...चलता है...।”

“और क्या होता है ?”–रानी ने पूछा।

साहब अनिच्छा से बोले–“ऐसे ही वक्त कट जाता है। लड़कियाँ कभी कोई गप्प सुनाती हैं, कभी कोई हँसी-मज़ाक करती हैं...” अचेतन में ही उनके होंठों पर मुस्कराहट आ गई।

“रात भर वहीं रहते हैं ?”–रानी ने पूछा।

“रात भर तो, नहीं...कभी एकाध बार।”

रानी चुपचाप साहब की आँखों में देखती रहीं। आँखों के नीचे लकीरें-सी पड़ गई थीं। जवानी की चमक उड़ गई थी। उन्होंने एक गहरी साँस ली। रानी ने पूछा–“क्या आप चकले से किसी लड़की को यहाँ बुलाना चाहते हैं ?”

साहब तुरन्त ही बोले–“नहीं, हमें यह कतई पसन्द नहीं है।”

“फिर आप क्या चाहते हैं ?”

“हमने कब कहा ?”–साहब ने उलटे प्रश्न किया।

"आप क्या वहाँ खेलने ही जाते हैं ?"–रानी ने फिर पूछा।

"और क्या !"–साहब ने उत्तर दिया।

"यह भी क्या बचपना है ?"–रानी बोलीं।

"एलिन, हम तुम्हारी तरह समझदार तो हैं–नहीं। साहब ख़ुशामद के ढंग से बोले, "हम पुस्तकें तो पढ़ते नहीं। हम करें भी क्या ? लिआंगमो सब कुछ सँभाले हुए है। त्सेमो और फेंगमो का भी काम वह निभा लेता है।" स्वर को और भी दयनीय बनाकर वे बोले–"हमारे लायक कोई काम हो तो बताओ, हम करने को तैयार हैं।"

रानी चुप रहीं। वास्तव में ही साहब के लिए कोई काम नहीं था। उनका शरीर भरा-पूरा और आयु प्रौढ़ होने पर भी रानी की दृष्टि में वे बच्चे ही थे। उन्हें वे क्या कहतीं ?

रानी से इतनी बात करके ही वह प्रसन्न हो गए थे। रानी ने सोचा–जब तक जीवित रहेंगी पति की चिन्ता से कभी मुक्त नहीं हो सकेंगी। इनसे शरीर का ही नहीं, आत्मा का भी तो सम्बन्ध हो चुका है। प्यार न सही, उत्तरदायित्व तो है। रानी के मुख से निकल गया–"विधाता, यह बोझ कब तक सँभाले रहूँगी ?"

उड़ान भर जाने के लिए उत्सुक उनकी कल्पना और आत्मा निरुत्साहित होकर रह गईं।

दस

रानी ने पति के चकले जाने पर आपत्ति की थी, परन्तु वू साहब रानी के आँगन से लौटकर सीधे चकले की ओर ही गए। आरम्भ में उन्हें संकोच होता था, तब सेठ ही उन्हें वहाँ ले गए थे; अब संकोच नहीं रहा था।

साहब च्यूमिंग को कुछ समझ नहीं पाए। रानी की तरह सूझ-बूझ तो बेचारी में थी नहीं। रानी की तो साहब मन्दिर में स्थापित देवी की तरह पूजा करते थे। च्यूमिंग न देवी थी, न नारी ही। साहब च्यूमिंग के प्रति देवी के योग्य आदर प्रकट करते तो वह समझ न पाती, घबरा जाती। वह देवी थी भी नहीं। जब वे उसके साथ नारी का-सा व्यवहार करते, तब भी वह परेशान हो जाती। मामला बिगड़ता ही गया। साहब च्यूमिंग से उपराम हो गए।

च्यूमिंग से उपराम होकर रानी के प्रति साहब की भक्ति और भी बढ़ गई। उन्होंने रानी में समय पर देवत्व और समय पर नारीत्व दोनों ही पाए थे। दोनों भावों का समय अलग-अलग रहता था, परन्तु अब रानी नारी बनने के लिए तैयार नहीं थीं, देवी ही बनी रहना चाहती थीं, इसलिए साहब को नारी की खोज दूसरी जगह करनी पड़ी।

वह नारी साहब को मिली 'अन्धे सितारिये' की गजी में। प्रकट में एक चाय की बढ़िया दुकान थी। दुकान पुरानी थी। ताश-फलाश भी होता था और भीतर वेश्याएँ भी रहती थीं। लड़कियाँ सभी जवान, साफ़-सुथरी और हँसमुख। सेठ ने साहब को इस जगह के लिए विश्वास दिला दिया था। वे वर्षों से इस जगह से परिचित थे। यदि ग्राहक खाते-पीते समय केवल लड़कियों को देखकर या दो-चार बात कर मन बहलाना चाहते तो विशेष ख़र्चा नहीं पड़ता था। इससे अधिक शौक के लिए लड़कियों की आवश्यकता होती तो कुछ समय पहले से कह देना होता था, क्योंकि ग्राहकों की संख्या काफ़ी थी, परन्तु साहब की विशेष स्थिति के कारण उन्हें असुविधा न होती थी।

साहब ने चायख़ाने के कमरे में पुराने परिचित की बेपरवाही से क़दम रखा। सब ओर से उनका अभिवादन होने लगा। मालिक ने तुरन्त एक बैरे को पुकारकर कहा– "चमेली से कहो, वू साहब आ गए हैं।"

साहब भीतर के कमरे में चले गए, तुरन्त चाय आ गई। कुछ मिनट बाद शराब और एक प्लेट पकौड़े आ गए। साहब अभी खा-पी रहे थे कि चमेली आ पहुँची।

चमेली क़द की ज़रा नाटी, गदबदी और चुलबुली लड़की थी। साहब के आने पर

उसकी पुकार हुई तो वह अपने काले लम्बे केशों में सुगन्ध लगाकर चोटी कर रही थी। अब उसके दोनों कानों के साथ दो लम्बी-लम्बी चोटियाँ लटक रही थीं। नाम चमेली था, इसलिए वह चमेली का ही इत्र लगाती थी। चमेली के दो-चार फूल भी केशों में खोंसकर चमेलीपन बनाए रहती। चेहरे पर ख़ूब पाउडर लगाए थी, होंठों पर लाली और आँखों में काजल। होंठों पर हमेशा मुस्कान बनी रहती। पुकार सुनकर अपने नन्हें-नन्हें पाँवों पर खुट-खुट करती भागी आई। आकर साहब की कुर्सी की बाँह पर ही बैठ गई और उनके गाल से गाल सटा दिया।

साहब ने कुछ बेपरवाही दिखाई। "हमें भूख लगी है।"–मुँह बनाकर चमेली ने कहा। साहब ने एक पकौड़ी उसकी ओर बढ़ा दी। चमेली ने मुँह खोल दिया। साहब देते गए और वह खाती गई। खाना हो चुका तो साहब ने कुर्सी पीछे खिसका ली। चमेली उनकी गोद में आ गई।

"क्या करती रही तू आज ?"–साहब ने पूछा।

"करती क्या, तुम्हारी राह देखती रही।"–चमेली ने अपने लाल रँगे हुए नाखूनों की ओर देखते हुए उत्तर दिया।

"हम दिन भर तो यहाँ थोड़े बैठे रह सकते हैं।"–साहब बोले, "कारोबार देखना पड़ता है। दुकानों का, जमीनों का हिसाब देखना पड़ता है। हमारे किए बिना थोड़े ही हो सकता है।"

"हाय, इतना काम करते हो !–चमेली ने सहानुभूति प्रकट की, "आपके लड़के कुछ नहीं करते ?"

"लड़के क्या करेंगे !"–साहब ने शिकायत-सी की, "वे लोग अपने में ही मस्त हैं। दो तो बाहर गए हुए हैं, हाँ बड़ा लड़का है, वह कुछ करता है, परन्तु सब कुछ उस पर कैसे छोड़ दें !"

चमेली के गद्दर शरीर का बोझ साहब को अच्छा लग रहा था। केशों से आती चमेली की गन्ध भी प्यारी लग रही थी। उसकी साँस में भी सुगन्ध थी। साहब को रानी की बात याद आ गई–चकले की लड़की को घर लाना चाहते हैं ? उनका वश चलता तो ज़रूर ले जाते, परन्तु साहस नहीं था। बुजफ़र्गों के नाम पर धब्बा लग जाता।

चमेली शायद साहब के मन की बात भाँप गई थी। उनके गले में बाँहें डालकर बोली–"हमें अपने यहाँ क्यों नहीं ले चलते ? हम आपके यहाँ की स्त्रियों को कुछ कहेंगे थोड़े ही। आप बाहर जाएँगे तो हम चुपके से अलग बैठी रहा करेंगी।"

"नहीं, नहीं,"–साहब ने तुरन्त उत्तर दिया, "वहाँ तुम्हें ले जाकर क्या होगा ! हमें तो घर से बाहर यहाँ आकर मिलना अच्छा लगता है। तू भी घर में ही आ गई तो हमारा घर से निकलना ही न होगा। कहीं जाने की जगह भी तो हो।"

चमेली को यह भी स्वीकार था। चमेली की माँ कमल भी चकले की ही थी। उसने अपनी बेटी को समझा दिया था–"...किसी के यहाँ रखेल रह जाओ तो सबसे अच्छा। नहीं तो अपना घर अलग बनाना, चकले में न बसना।"

साहब से चिपककर चमेली ने अनुरोध किया–"घर नहीं ले जाना चाहते तो हमारे लिए कहीं अलग मकान खरीद दो न। वहाँ दूसरा कोई नहीं आ सकेगा। दिन भर आपकी राह तका करेंगी। आप जब चाहें, दिन में, रात में आ जाना, वहीं रहना।"

साहब स्वयं भी ऐसी ही बात सोच रहे थे। उनका चकले में आना-जाना लोग जानें, यह उन्हें अच्छा नहीं लगता था। वे शहर के सबसे बड़े घराने के मुखिया थे।

परिवार का हिसाब का खाता रानी साहिबा के हाथ में था। चमेली के लिए मकान ख़रीदने लायक रक़म के लिए साहब उनसे कैसे कहते ! उन्होंने चमेली को प्यार करके समझाया–"मेरी जान, हिसाब का खाता तो लड़कों की माँ के हाथ में है। तेरे लिए मकान खरीदें तो उन्हें क्या बताएँगे।"

"वाह, आप ज़मीन का कोई टुकड़ा बेच दीजिए, उन्हें बताने की क्या ज़रूरत !"–चमेली ने सुझाया, उसके स्वर में ऐसा आग्रह था कि साहब का मन पिघल गया।

"हमने उनसे कभी धोखा नहीं किया।"–साहब बोले।

"उन्हें हमारी बाबत मालूम है ?" चमेली ने पूछा।

"ऐसे ही लगभग।"

"लगभग क्या ?"–चमेली ने फिर पूछा।

"मतलब है, थोड़ा बहुत।"

"थोड़ा बहुत क्या हुआ ?"–चमेली बोली, "या तो कहो जानती हैं, या कहो नहीं जानतीं।"

"यही समझ लो, जानती हैं।"–साहब ने उत्तर दिया, "वे सब कुछ जान जाती हैं।"

चमेली ने दूसरा दाँव किया। साहब ने सीने में मुँह छिपाकर धीमे से बोली–"आपसे कहा नहीं था, मुझे खुशी की बात हो गई है। यहाँ बाल-बच्चे कैसे होगा, इसीलिए मैं कह रही हूँ।"

साहब के पाँव तले से धरती खिसक गई। उन्होंने चमेली को गोद से उतारकर फ़र्श पर खड़ा कर दिया। चमेली लज्जा से दोनों हाथों से मुँह ढँके थी। साहब कड़ाई से बोले–"हमसे पहले भी तो लोग आते-जाते थे। तू कौन कुमारी थी ! पूरी जवान है।"

चमेली मुँह के सामने से हाथ हटाकर बोली–"हाँ, जब से तुम आते हो दूसरा कौन आया ? मुझे तीन महीने का है। तुम उससे पहले से आ रहे हो।"

चमेली आस्तीनों से आँसू पोंछने लगी। "अरे क्या है !"–वह बचकाने स्वर में बोली, "हमारी क़िस्मत ही ऐसी है। हमारी-जैसी लड़कियों का और क्या होगा ! कोशिश तो करती हैं न ठहरे, पर कभी फँस ही जाती हैं। यह तभी होता है जब किसी से प्यार करने लगें। मेरी ही गलती है।"

चमेली ने ज़िद्द या ज़ोर से बात की होती तो साहब उठकर चल देते और उसकी परवाह न करते, परन्तु उसके रोने से पिघल गए।

"अच्छा रोने से क्या फ़ायदा !"–साहब बोले, "हमारा है या किसी और का, तुम तो जानती हो कि कैसे निकलवा दिया जाता है।"

"यह ले।" साहब कुछ रुपए निकालकर चमेली के हाथ में देने लगे। चमेली ने उनका हाथ परे हटा दिया और बोली–"नहीं, मुझे नहीं चाहिए। मैं ऐसा पाप क्यों करूँ ? मैं तो बच्चे को रखूँगी।"

"यह क्या पागलपन करती है ?"–साहब ने चमेली को धमकाया।

परन्तु बाहर के बड़े कमरे से कोलाहल सुनकर चुप हो जाना पड़ा।

मालिक–उनका नाम ले-लेकर पुकार रहा था, "वू साहब ! वू साहब !" दरवाजे का कमरा खुल गया और उनका बैरा पेंग भीतर आ गया।

"हुजूर ! हुजूर !"–पेंग ने पुकारा, "घर चलिए, घर चलिए। छोटी मालकिन ने अनार के पेड़ से फाँसी लगा ली है।"

"हे विधाता !"–साहब के मुँह से निकला और कुर्सी से उछल पड़े और बाहर चले गए। चमेली क्रोध में दाँत पीसते कमरे में ही खड़ी रही।

साहब की हवेली में आए विपत्ति के तूफ़ान की हवा चारदीवारी लाँघकर शहर की गलियों में भी पहुँच गई थी। रास्ते में ही उन्हें हवेली की ओर जाते हुए पुरोहित मिल गए। पुरोहित घंटे बजा-बजाकर च्यूमिंग की भाग गई आत्मा को बुलाने के लिए पुकार रहे थे। हवेली के फाटक पर कोई नहीं था। साहब दौड़ते हुए अपने आँगन में पहुँचे। आँगन में भीड़ और कोलाहल था। कुछ पुरोहित पहुँच चुके थे। सब लोग च्यूमिंग को पुकार-पुकार कर रो रहे थे। साहब ने भीड़ में घुसकर देखा, च्यूमिंग का शरीर आँगन के फ़र्श पर पड़ा था। रानी उसका सिर गोदी में लिए थीं। च्यूमिंग का सिर उनकी गोदी में एक ओर लटका हुआ था।

"क्या मर गई ?"–साहब चिल्ला उठे।

"ऐसा जान पड़ता है।"–रानी ने उत्तर दिया, "हमने फिरंगी पादरी को बुलवा लिया है। इतने पुराहित आए हैं, उसे भी आने दो।"

उसी समय आन्द्रे भाई ने आँगन में क़दम रखा। भीड़ उनके लिए फट गई। दूसरे पुरोहित ईर्ष्या से चुप हो गए। आन्द्रे भाई किसी की ओर न देखकर घुटने टेककर च्यूमिंग के समीप बैठ गए। एक लम्बी सुई उन्होंने च्यूमिंग की पसली में चुभा दी।

"हमें नहीं मालूम आप क्या कर रहे हैं।"–रानी आन्द्रे भाई की ओर देखकर बोलीं, "आप जो करेंगे ठीक ही करेंगे।"

"यह ताक़त की चीज़ है।"–आन्द्रे भाई बोला और च्यूमिंग की बग़ल में लगाई सुई उन्होंने जल्दी में निकाल ली। साहब और रानी को छोड़कर कोई और देख नहीं पाया।

च्यूमिंग के होंठों में कुछ थिरकन-सी जान पड़ी, पलक भी कुछ हिलीं।

"ओह, अभी जान है।"–रानी बोलीं, "तो बच्चा भी ज़िन्दा होगा।"

"इसने फाँसी लगा क्यों ली ?"–साहब ने पूछा।

"जब लड़की होश में आ जाएगी तब पूछ लेना।"–रानी बोलीं, "इन पुराहितों से कह दीजिए की आत्मा लौट आई है। इन लोगों की दक्षिणा दिला दीजिए। इन्हें यही समझने दीजिए कि इन्हीं के यत्न से आत्मा लौटी है। ये सन्तुष्ट होकर चले जाएँ और

हमें चैन मिले।"

साहब पुरोहितों को लेकर बाहर के आँगन में चले गए। सिर्फ़ स्त्रियाँ ही आँगन में रह गईं–बूढ़ी स्त्रियाँ प्रबन्ध और देख-रेख के विचार से और मेंग, रुलन और लीनी कौतूहल से। इतने दिन से च्यूमिंग उन्हीं के साथ उन्हीं के घर में थी, परन्तु उनका उससे कोई सम्पर्क नहीं था। च्यूमिंग उन्हीं की आयु की थी, परन्तु उसका सम्बन्ध बुज़ुर्गों से था। वे उससे हँस-बोल नहीं सकती थीं, इसलिए उसे भूल ही गई थीं, परन्तु फाँसी लगा लेने की घटना से बहुओं में च्यूमिंग के प्रति आकर्षण पैदा हो गया। वे समझ गईं कि लड़की को बूढ़ों में फँस जाना या उनसे बँध जाना अच्छा नहीं लगा। सभी का ध्यान, अपनी-अपनी भावना के अनुसार उसकी ओर गया। मेंग को बेचारी के प्रति करुणा अनुभव हुई, लीनी को कौतूहल हुआ और रुलन के मन में विद्रोह की ज्वाला भभक उठी। तीनों को ही उससे मिलने की इच्छा हुई, परन्तु अभी उस बात के लिए अवसर नहीं था।

च्यूमिंग को सुध आई तो मालूम हुआ कि प्रसव तुरन्त ही हो जाएगा। च्यूमिंग को तुरन्त उसके कमरे में पहुँचा दिया गया और दाइयों के लिए सन्देश भेज दिए गए। लोग इस उलझन में व्यस्त हो गए तो आन्द्रे भाई चलने के लिए उठ खड़ा हुआ। नौकरानियाँ च्यूमिंग के प्रसव की व्यवस्था कर रही थीं, रानी उसकी खाट के समीप खड़ी थीं।

"क्या फिरंगी पादरी भी आया था ?"–च्यूमिंग ने क्षीण स्वर में रानी से पूछा।

"हाँ, अभी जा ही रहा है।"–रानी ने उत्तर दिया।

"उसे एक मिनट के लिए बुलवा लीजिए।"–च्यूमिंग ने अनुरोध किया।

रानी को विस्मय हुआ कि लड़की आन्द्रे को कैसे जानती है ! परन्तु मृत्यृ के संकट में पड़ी लड़की की बात में विलम्ब न करने के लिए वे स्वयं ही तुरन्त बाहर गईं और आन्द्रे भाई से बोलीं–"लड़की एक मिनट के लिए आपको बुला रही है, ज़रा आ जाइए।"

आन्द्रे भाई लौट पड़ा। नीचे दरवाज़े में से सिर झुकाकर कमरे में आया और च्यूमिंग की सेज के समीप जा खड़ा हुआ। वू साहब एक ओर खड़े रहे। उन्हें आत्मग्लानि अनुभव हो रही थी कि उन्होंने परिवार की क्या अवस्था कर दी। समझते थे कि च्यूमिंग ने चमेली के कारण ही फाँसी लगाई है। मुँह से कुछ न बोल उसने आत्महत्या से ही अपना असन्तोष प्रकट किया है।

च्यूमिंग के होंठ हिले। आन्द्रे भाई सुनने के लिए झुक गया। स्वर बहुत ही क्षीण था, इसलिए उसे और भी झुकना पड़ा। सुनाई दिया–"अगर लड़की पैदा हो तो मेरे मर जाने के बाद उस अनाथ को आप ले जाइएगा।"

"इस घर में अनाथ कैसे पैदा हो सकते हैं ?"–आन्द्रे ने धीमे स्वर में पूछा।

"मैं अनाथ हूँ।"–च्यूमिंग बोली, "अनाथ की सन्तान अनाथ ही होगी।"

च्यूमिंग के शरीर में सहसा असह्य पीड़ा उठ खड़ी हुई। उसने आँखें मूँद ली। आन्द्रे का चेहरा गम्भीर हो गया। वह चुपचाप बाहर चला गया। कोई सुन न सका, च्यूमिंग ने क्या कहा, और आन्द्रे ने किसी से कुछ कहा नहीं।

रात के पिछले पहर च्यूमिंग के एक लड़की हुई। समय से पूर्व जन्मी लड़की का शरीर बहुत ही छोटा था। रानी ने बच्ची को धुली हुई रुई में लपेटकर हृदय से लगा लिया। इंग और दाई च्यूमिंग को सम्हालती रहीं। रानी बच्ची को अपने यहाँ ले गईं और रात में उसे सर्दी से बचाने के लिए सेज़ पर सीने से लगाए रहीं। रात में नौकरानी ने आकर पूछा–"मालकिन कोई ज़रूरत... !"

"चार ईंटें गरम कर लाओ,"–रानी बोलीं, "और हमारी सेज पर रख दो। इस कोमल कली को सँभालकर खिलाना होगा।"

"मालकिन क्या परेशान हो रही हैं ?"–नौकरानी बोली, "लड़की ही तो है। मर जाने दीजिए। यह इतनी मरगिल्ली है, जिएगी भी तो हमेशा दुख देगी।"

"जो हम कह रहे हैं करो !"–रानी ने हुक्म दिया।

नौकरानी बड़बड़ाती हुई चली गई। रानी ध्यान से बच्ची की ओर देखने लगीं। उसकी श्वास अभी चल रही थी।

दो दिन बाद आन्द्रे भाई ने रानी को बताया कि च्यूमिंग ने उनसे क्या अनुरोध किया था। बच्ची जीवित थी। उसका मुँह इतना छोटा था कि स्तन नहीं पी सकती थी। रानी चम्मच से बूँद-बूँद कर उसे माँ का दूध पिला रही थीं। च्यूमिंग को दूध तो आ रहा था, परन्तु निर्बलता के कारण मुँह से बोल न निकल सकता था। रानी ने उसे बच्ची के जीवित होने की बात बताई तो वह उत्तर भी न दे सकी।

"लड़की अनाथ कैसे है ! वह हमारे घर में पैदा हुई है।" आन्द्रे भाई की बात सुनकर रानी गम्भीरता से बोलीं।

"मैं जानता था आप यही कहेंगी।" आन्द्रे भाई ने कहा, "आपकी बात ठीक है, परन्तु यह लड़की अपने आपको अनाथ क्यों कहती है ?"

"जब तक वह हमारे यहाँ नहीं आई थी, अनाथ ही थी।"–रानी बोलीं पर झिझक गईं और फिर न जाने कैसे आन्द्रे भाई को पूरी कहानी सुनाने लगीं। च्यूमिंग को हवेली में लाने का कारण और सब बातें बताने लगीं।

आन्द्रे भाई आँखें झुकाए और अपने दोनों बड़े-बड़े हाथ घुटनों पर रखे सुनता रहा।

जब भी रानी की दृष्टि आन्द्रे भाई के हाथों पर पड़ती, उन्हें विस्मय होता था कि इन हाथों में ऐसे ढट्ठे क्यों पड़े हुए हैं। उस समय उन्होंने सहसा यह प्रश्न पूछ ही लिया।

आन्द्रे भाई ने हाथ बिना हिलाए ही उत्तर दे दिया–"मैं अपने बच्चों के लिए खेती करता हूँ न ?"

रानी आन्द्रे के हाथों की ओर आँखें लगाए अपनी बात कहने लगीं और अन्त में बोलीं–"आप तो संन्यासी हैं। आप स्त्रियों और पुरुषों की इन बातों को क्या समझेंगे ?"

"मैं संन्यासी हूँ, इसलिए पुरुषों की बात भी समझ सकता हूँ और स्त्रियों की भी।"–आन्द्रे ने उत्तर दिया।

रानी की दृष्टि आन्द्रे के हाथों से उठकर उसके चेहरे पर चली गई। "तो बताइए कि इसमें हमारी भूल क्या है ?"–रानी के मुँह से सहसा प्रश्न निकल गया और फिर उन्हें विस्मय हुआ कि उन्होंने अपना गूढ़ रहस्य एक विदेशी के सामने ही कह डाला, जिसके देश और जलवायु से भी वह परिचित नहीं थीं।

आन्द्रे भाई ने उत्तर दिया–"आप यह भूल गईं कि मनुष्य की आवश्यकताएँ केवल शारीरिक ही नहीं होतीं। आपके पति-जैसे मनुष्य में भी भगवान् का अंश रहता है। आप उनसे घृणा करती रहीं।"

"नहीं, नहीं,"–उत्तेजना में रानी बोलीं, "हमने तो यह उनके सन्तोष के लिए ही किया था।"

"आपने केवल पति के भोजन और बिस्तर का ही ध्यान रखा,"–आन्द्रे ने स्पष्ट शब्दों में उत्तर दिया, "और उससे भी बड़ा पाप आपने यह किया कि एक स्त्री को ऐसे खरीद लिया, जैसे बाज़ार से मांस का टुकड़ा ख़रीद लिया जाए, परन्तु स्त्री, केवल मांस का टुकड़ा तो नहीं हो सकती। आप स्वयं स्त्री हैं, आपको तो समझना चाहिए था। आपने तीन पाप किए।"

"पाप !" विस्मय से रानी के नेत्र फैल गए।

"आपने अपने पति से घृणा की, आपने एक नारी बहिन का अपमान किया और आपने अहंकार में अपने आपको अद्वितीय और दूसरी नारियों से श्रेष्ठ समझ लिया। इन तीन पापों के कारण आपका परिवार विक्षिप्त है। आपके पुत्र कुछ समझ नहीं पाते, परन्तु बेचैन हैं। उनकी बहुएँ दुखी हैं। आप सब यत्न करती हैं, परन्तु कोई सुखी नहीं है।...आप चाहती क्या हैं ?"

आन्द्रे भाई की पैनी दृष्टि से रानी काँप उठीं। "हम इस बोझ से मुक्ति चाहती हैं।"–रानी बोलीं, "हमें आशा थी कि अपना दायित्व पूरा करके हम मुक्त हो पाएँगी।"

"मुक्ति से आपका अभिप्राय क्या है ?"–आन्द्रे ने पूछा।

"बहुत मामूली, हम चाहते हैं हमें कोई विवशता न हो और जैसे चाहें अपना समय बिता सकें।"

"यह तो बहुत बड़ा स्वार्थ है।"–आन्द्रे ने उत्तर दिया, "इससे अधिक और क्या इच्छा की जा सकती है ?"

वर्षों से रानी की आँखों में आँसू नहीं आए थे। इस समय आँसू रोकना कठिन हो रहा था। आन्द्रे की बात से उनके मन की शान्ति और न्याय की धारणा क्षुब्ध हो गई। अब वे भयभीत थीं। उस परिवार में सबलोग उनके आश्रय और भरोसे थे। वे ही भटकी हुई हैं तो और सबका क्या होगा !

"हमें क्या करना चाहिए, आप ही बताइए ?"–रानी ने क्षीण स्वर में प्रश्न किया।

"स्वार्थ की भावना छोड़ दीजिए।"–आन्द्रे ने उत्तर दिया।

"हमने तो अपने कर्तव्य की उपेक्षा कभी नहीं की।"–रानी बोलीं।

"विचार तो आपके मन में स्वयं स्वतन्त्र हो जाने का ही रहता था।"–आन्द्रे बोला।

रानी निरुत्तर रहीं। हल्के भूरे मोतिया रंग के साटिन की पोशाक पर रखे अपने निश्चल हाथों की ओर देखती रहीं और धीमे से बोलीं–"आप ही बताइए हम क्या करें !"

"अपनी स्वतन्त्रता की चिन्ता न कर यह सोचिए कि दूसरे कैसे स्वतन्त्र हो सकते हैं।"–आन्द्रे ने कोमल स्वर में सुझाया।

रानी ने प्रश्न के भाव से आन्द्रे की ओर देखा।

"लोगों को आपके आश्रय न रहना पड़े।"–आन्द्रे और भी कोमल स्वर में बोला।

धर्म की ओर रानी की विशेष आस्था नहीं थी। उन्होंने आन्द्रे से पूछा–"क्या आप अपने ईसाई धर्म की बात कह रहे हैं। वह हम समझ नहीं सकेंगे।"

"नहीं, ईसाई धर्म की बात नहीं कर रहा हूँ।"

"आप चाहते हैं, हम साधुनी बन जाएँ ?"–रानी ने पूछा।

"मैं आपको कुछ भी बन जाने के लिए नहीं कह रहा हूँ।"–शान्ति से आन्द्रे ने उत्तर दिया।

आन्द्रे उठ खड़ा हुआ। होंठों पर अभ्यस्त मुस्कराहट आ गई। वह नमस्कार किए बिना ही चला गया। साधारणतः ऐसी धृष्टता रानी सह न सकती थीं, परन्तु उस समय यह धृष्टता न जान पड़ी। यही लगा कि अभी तो आन्द्रे को आना ही है।

रानी बहुत देर तक फ़र्श पर आँखें गड़ाए कुर्सी पर निश्चल बैठी रहीं। फ़र्श पर बस्तेदार खिड़की से आती धूप से धारियाँ पड़ी हुई थीं। सुहावनी हवा आ रही थी। कमरे में ख़ूब बड़ी कोयले से भरी अँगीठी जल रही थी। राख से ढँके कोयले से उठी गर्मी की अदृश्य लहरों से कमरा गमगमा रहा था। रानी सोच रही थीं, जीवन इतना सरल नहीं है। स्वतन्त्रता यत्न करने से भी नहीं मिल सकती। वे सदा स्वतन्त्र हो जाने के लिए यत्न करती रहीं। सदा ही आशा बनी रही कि अब कामना पूरी होगी। यत्न से स्वतन्त्रता के फल का बीज बोया, वृक्ष बड़ा हुआ, फल लगे। दिखाई दे रहा था कि फल पक गया, परन्तु हाथ लगाने पर फल सदा गुट्ठल ही जान पड़ता।

रानी के हृदय से एक दीर्घ निश्वास निकल गई। उसी समय साथ के कमरे से च्यूमिंग की बच्ची के रोने की आवाज़ सुनाई दी। वे उठीं और बच्ची को गोद में लेकर फिर अँगीठी के समीप कुर्सी पर आ बैठीं। शायद बच्ची को कमरे की गरमी से आराम मिला या रानी की गोद से सहारा, वह चुप होकर रानी के मुख की ओर देखने लगी।

इस बच्ची से मुझे कोई प्यार नहीं ?–रानी सोच रही थीं...सम्भव है मैंने कभी किसी बच्चे को प्यार नहीं किया।...मेरा संकट शायद यही है कि मैंने कभी किसी को प्यार नहीं किया।

बच्ची के प्रति प्यार न होने पर भी रानी उसे बहुत प्यार से गोद में लिए रहीं। इंग ने आकर बच्ची को गोद में ले लिया और उसे दूध पिलाने लगी, तब भी रानी उसे ध्यान से देखती रहीं। बच्ची के अच्छी तरह दूध पी लेने पर उन्हें सन्तोष हुआ।

रानी इंग की ओर हाथ बढ़ाकर बोलीं–"ला इसे हमें दे। इसकी माँ के पास ले

जाएँ। अब यह बच गई और अपनी माँ को भी बचा लेगी।"

रानी बच्ची को गोद में लिए धूप में चली जा रही थीं। साहब का आँगन लाँघ कर वे शयनागार में पहुँचीं। च्यूमिंग बड़ी सेज पर लेटी हुई थी। मसहरी के पर्दे गिरे हुए थे। पर्दों पर अब भी सृजन और उत्पत्ति के संकेत, फल-फूल, बने हुए थे। च्यूमिंग की आँखें मुँदी हुई थीं और होंठ मिंचे हुए। चेहरा बहुत पीला था। रेशमी चादर पर उसके खुले हुए हाथ निर्जीव-से लग रहे थे। कुछ महीनों में यह हाथ कितने बदल गए थे ! पहले यह हाथ श्रम के कारण कड़े और सबल थे। अब वे दुबले और सफ़ेद हो गए थे।

"यह लो, अपनी बच्ची को।"–रानी स्नेह से बोलीं, "ख़ूब दूध पी रही है अब। अपनी गोद में लो न इसे।"

च्यूमिंग निश्चल बनी रही। रानी ने उसकी बाँह उठा ली, बच्ची को उसके शरीर के साथ लगा दिया और बाँह ऊपर से रखकर रजाई ओढ़ा दी। च्यूमिंग ने बच्ची को शरीर से चिपका लिया और आँखें खोल दीं। बोली–"लड़का नहीं हुआ, उसके लिए आप मुझे क्षमा कर दीजिए।" उसका स्वर क्षीण और कातर था।

"क्या कहती हो, बेटे और बेटियाँ उसी विधाता की देन हैं।"–रानी ने उत्तर दिया, "और आजकल ऐसी बातें कौन करता है !"

रानी को आन्द्रे भाई की बात याद आ गई। तुरन्त बोलीं–"कैसी बात करती हो; जैसे तुम पर कोई बन्धन लगाया हो।"

च्यूमिंग ने विस्मय से रानी की ओर देखा। "और मैं यहाँ हूँ किसलिए ?"

रानी च्यूमिंग की सेज के किनारे बैठ गईं। "देखो बहिन, अब हम समझ गए कि तुम्हारे साथ बहुत अन्याय हुआ। तुम्हें जानवर की तरह खरीदकर यहाँ ले आए।...यह अन्याय था। तुम्हारे मन की कोई चिन्ता नहीं की गई। अब बताओ, तुम क्या चाहती हो ?"–रानी शान्ति से बिना उत्तेजना के बोल रही थीं।

परन्तु च्यूमिंग डर गई। "मैं कहाँ जा सकती हूँ !"–धीमे से वह बोली।

रानी समझ गईं कि च्यूमिंग उनका अभिप्राय नहीं पा सकी, उल्टे डर गई कि उसे अमीरों के ढंग से बात बनाकर बताया जा रहा है कि अब यहाँ उसकी आवश्यकता नहीं है।

"हम कहीं चले जाने के लिए नहीं कह रहे हैं।"–रानी बोलीं, "हमारा मतलब है कि तुम्हारे साथ बहुत अन्याय हुआ है। तुम अब किसी का ख़्याल किए बिना अपने मन की बात बताओ कि क्या चाहती हो ?"

"किसी का ख़्याल किए बिना ?"–च्यूमिंग बोली, "ख़्याल कैसे नहीं करूँगी ? साहब हैं, आप हैं। आप दोनों मालिक हैं और फिर सारा परिवार है।"

"तुमने पादरी से यह क्यों कहा था कि तुम मर जाओ तो तुम्हारी बच्ची को ले जाए।"–रानी ने पूछा।

"मैं नहीं चाहती थी कि लड़की के कारण आपको कष्ट हो।"–च्यूमिंग ने उत्तर दिया।

"तुमने आत्महत्या करने का यत्न क्यों किया था ?"–रानी ने फिर पूछ लिया।

"इंग ने बताया था कि सब लच्छन लड़की होने के हैं। मैंने सोचा कि हम दोनों ही मर जाए, क्यों किसी को कष्ट दें।"–च्यूमिंग ने उत्तर दिया।

"क्या किसी की मृत्यु से कष्ट नहीं होता ?"–रानी ने पूछा।

"मेरी मृत्यु से नहीं होगा।"–च्यूमिंग ने भोलेपन से उत्तर दिया। "मैं मर जाऊँ तो किसी का क्या बिगड़ जाएगा।"

रानी क्या उत्तर देतीं ! अपने आपको सँभालकर उठ खड़ी हुईं। "ऐसी व्यर्थ बातें मन में मत लाओ।"–रानी बोलीं, "तुम मर जातीं तो इस बच्ची को पालने में मुसीबत न होती ? हम तो लड़के-लड़कियों को एक बराबर ही गिनते हैं।"

"जीजी, आप बड़ी दयालु हैं।"–च्यूमिंग बोली और उसने आँखें मूँद लीं। उसके आँसू बह गए। रानी देख रही थीं, च्यूमिंग ने बच्ची को हृदय से और भी अधिक चिपका लिया। अब रानी को सान्त्वना अनुभव हुई–माँ और बच्ची जी जाएँगी। वे लौट चलीं।

रानी आँगन में ही पहुँची थीं कि साहब सामने से आ गए। वे बाज़ार से लौटे थे। अचानक सामना हो गया था। रानी ने देखा कि साहब के चेहरे पर झेंप आ गई और माथे पर पसीने के कण फूट आए। रानी समझ गईं–कोई ऐसी बात करके आ रहे हैं जिसके लिए लज्जित हैं।

"कहो, कैसे आईं ?"–साहब ने सम्भलकर पूछा।

"छोटी मालकिन से मिलने आई थीं।"–रानी आत्मीयता से बोलीं, "हमलोगों को उसका ख़्याल करना चाहिए। उसे विश्वास हो गया था कि लड़की होगी, इसीलिए उसने आत्महत्या का यत्न किया था कि हमलोगों पर बोझ न पड़े।"

"बड़ी मूर्ख है।"–साहब बोले, "हमलोग क्या ऐसे मामूली आदमी हैं। एक-दो और आदमी घर में हो जाने से यहाँ क्या फ़र्क पड़ता है ?"

"आपसे कुछ सलाह लेनी है।"–रानी बोलीं और साहब के साथ बड़े कमरे में लौट आईं। दोनों ने अपने सम्मिलित जीवन के वर्षों में अनेक बार इस कमरे में बैठकर बातचीत की थी। कमरे के भीतर की ओर शयनागार था। वहाँ च्यूमिंग अपने शिशु को लिए पड़ी थी, परन्तु उधर बातचीत सुनाई दे जाने की आशंका नहीं थी। कमरे की छत इतनी ऊँची थी कि सब शब्द उसी में समा जाते थे।

"देखिए, यह लड़की घर में है। इसके बारे में क्या करना उचित होगा ? अब उसके एक बच्ची भी हो गई है। आपको वह भाई ही नहीं। माना, मेरी ही ग़लती थी, उत्तरदायित्व तो है।..."–रानी ने संकोच से बात शुरू की।

साहब असुविधा अनुभव कर रहे थे। सुबह सर्दी अधिक होने की आशंका में उन्होंने कुछ अधिक गरम कपड़े पहन लिए थे। अब गर्मी मालूम हो रही थी, यों भी कोई समस्या सामने आ जाने पर उन्हें पसीना आने लगता था।

"बड़ा अफ़सोस है...तुमने तो हमारा ही ख़याल किया था..."–साहब अटक-अटककर बोले–"वैसे ती बेचारी नेक है। हाँ, तुम जानती ही हो कि औरत तो नेक ही भली होती

है, लेकिन...”

“यह मेरे ही स्वार्थ के कारण हुआ।”–रानी बोलीं। वे अपने दोनों हाथ गोद में रखे निश्चल बैठी थीं। दृष्टि उनकी खिड़की के बाहर लगे बाँस के वृक्ष की धूप में फ़र्श पर पड़ती छाया पर थी। रानी को आन्द्रे भाई की बातें याद आ रही थीं और अब वह ठीक ही जान पड़ रही थीं। वे समझ रही थीं कि वे स्वतन्त्र तभी हो सकेंगी जब अपने आपको पूर्णतः मिटा देंगी। इसके लिए उन्हें सबसे अधिक अप्रिय बात को भी स्वीकार करना होगा।

“भूल मेरी ही थी।”–रानी आँखें झुकाए ही बोलीं, “जैसे आपका सन्तोष हो वैसे ही ठीक रहेगा। आप चाहते हैं तो च्यूमिंग को कहीं भेज देंगे और मैं फिर यहाँ लौट आऊँगी।...जो हुआ उसे दोनों ही भुला दें।”

रानी सिर झुकाए साहब से प्रसन्नता भरा समर्थन सुनने की आशा में थीं, परन्तु ऐसा संकेत नहीं मिला। उन्होंने आँखें उठाकर साहब की ओर देखा–साहब पसीना-पसीना हो रहे थे। रानी से आँखें मिलने पर वे अपनी असहाय अवस्था पर हँस पड़े और जेब से रेशमी रूमाल निकालकर पसीना पोंछने लगे।

“यदि हमें ऐसी आशा होती,”–बहुत प्रयत्न कर वे बोले, “यदि हम जानते...”

रानी के हृदय पर मानो बरफ़ की चट्टान आ पड़ी। समझ गईं, साहब को उनकी आवश्यकता नहीं। उन्होंने ठीक ही सुना था। उनका मन दूसरी तरह की औरत की ओर लग गया था।

“यह कौन स्त्री है ?”–रानी ने दबे हुए स्वर में पूछा।

साहब मुस्कराए और फिर झिझकते, अटकते और झेंप मिटाने के लिए बीच-बीच में हँसते हुए विचार प्रकट किया कि चमेली को अलग जगह लेकर क्यों न रख लें ?...लड़की जवान है...सीधी-सादी है।

“दूसरी जगह लेने से तो आपकी परेशानी ही बढ़ेगी।”–रानी बोलीं।

“यहाँ अब हम और परेशानियाँ नहीं बढ़ाना चाहते।”–साहब बोले।

रानी ने स्नेह से साहब की ओर देखकर उत्तर दिया–“यदि आपको सुख मिल सके तो मुझे परेशानी क्या होगी !” उसे यहीं अपने आँगन में ले आइए। अलग जगह लेकर दो घर क्यों बनाएँगे ?

साहब उठकर खड़े हो गए और रानी का हाथ अपने हाथ में लेकर बोले–“तुम बड़ी नेक हो। बड़ी किस्मत से ऐसी स्त्री मिलती है कि पुरुष अपने घर में भी अपनी इच्छा शान्ति से पूरी कर सके।”

रानी ने मुस्कराकर अपने हाथ खींच लिए। अपने आँगन में लौटकर रानी बहुत देर सोचती रहीं। मन में एक गड़न अनुभव हो रही थी। पति के लिए अपनी जगह स्वयं एक स्त्री बुला देना एक बात थी और उनका अपनी इच्छा से एक और स्त्री ले आना दूसरी। वे स्त्री-पुरुष के सम्बन्ध के इस गोरखधन्धे को सुलझा नहीं पा रही थीं। उनका विचार था कि वे पति को प्यार नहीं करतीं और स्वतन्त्र हो जाना चाहती हैं। अब यह

जानकर कि पति उन्हें प्यार नहीं करते, व्यथा अनुभव हो रही थी। आन्द्रे भाई का कहना ठीक था। यह सब उनका अपना ही स्वार्थ था।

"स्वार्थ से मुक्ति कैसे मिल सकती है ?"–रानी ने आन्द्रे भाई से प्रश्न किया।

"दूसरों की चिन्ता कीजिए।"–आन्द्रे ने उत्तर दिया।

"आपका मतलब है मैं दूसरों के सामने झुकती रहें ?"

"यदि दूसरों के सामने झुके बिना आपको अपना ही ख़याल रहता है तो दूसरों के सामने झुक जाइए।"–आन्द्रे ने फिर कहा।

"साहब दूसरी रखेल हवेली में ले आना चाहते हैं, क्या उनके सामने झुक जाऊँ ?"–रानी ने पूछा।

"पहली रखेल लाने का पाप तो आप ही ने किया था।"–आन्द्रे बोला।

रानी का मस्तिष्क उत्तेजित हो उठा। क्रोध को सँभालकर बोलीं–"आप संन्यासी हैं। आप नहीं समझ सकते कि अपनी इच्छा न होने पर भी अपना शरीर दूसरे को सौंपने की विवशता से कैसी यातना होती है !" अपनी यातना का भाग आन्द्रे को दे सकने के लिए वे तड़प उठीं और बोलीं–"आप नहीं समझ सकते कि अपने सुकुमार शरीर को एक खूँसट व्यक्ति के हाथ में देने का मतलब क्या है ! मन में घृणा होते हुए भी वासना से तपते हुए शरीर को कैसे सहा जाता है ! मन और मस्तिष्क में वेदना अनुभव करके भी परिवार में शान्ति बनाए रखने के लिए सब कुछ सह जाने का अर्थ क्या होता है !"

आन्द्रे के चेहरे पर कोई परिवर्तन नहीं आया। "आत्मा की रक्षा के लिए शरीर को बलिदान करने के कई ढंग हो सकते हैं।"–उसने कहा।

"तो क्या मैं हवेली में दूसरी रखेल आ जाने दूँ ?"–गहरी साँस लेकर रानी ने पूछा।

"आपके पति उसे अलग लेकर रखें; उसकी अपेक्षा उसका यहाँ आ जाना ही अच्छा है।"–आन्द्रे ने उत्तर दिया।

"हमें आशा नहीं थी कि एक अंगरेज़ पादरी भी ऐसी सलाह देगा।"–रानी मन ही मन कुढ़कर बोलीं।

रानी ने आगे बात न करने के लिए पुस्तक खोल ली। वे आन्द्रे से ईसाइयों की धार्मिक भजनों की पुस्तक पढ़ रही थीं। यह धार्मिक भजन रानी के मर्म को छू रहे थे। इनमें आराध्य देव के लिए करुण क्रन्दन था।...आशा और विश्वास ही आराधना का मूल मन्त्र है। जीवन और मृत्यु का तत्त्व यही है कि वे भगवान् की इच्छा हैं।

"क्या हमारे विधाता और आपके भगवान् एक ही बात हैं ?"–रानी ने पूछा।

"निस्सन्देह एक ही बात है।"

"परन्तु मिस हिसा कहती हैं कि वे एक नहीं हैं।"–रानी ने आन्द्रे की भूल सुझाई, "हिसा तो सदा कहती है कि हमें एक ही सच्चे भगवान् में विश्वास करना चाहिए, विधाता में नहीं; तब वे दोनों एक कैसे हो सकते हैं ?"

"सभी सम्प्रदायों में कुछ मूर्ख भी होते हैं।"–आन्द्रे ने उत्तर दिया, "भगवान् तो एक

ही है, परन्तु उसके नाम अनेक हैं।"

"तो इस भूमंडल के अनेक देश-देशान्तरों में मनुष्य चाहे जिस भगवान् में विश्वास करता हो; भगवान् एक ही है और सब लोग उसी में विश्वास करते हैं ?"

"हाँ, इसीलिए सब लोग भाई-भाई हैं।"–आन्द्रे ने स्वीकार किया।

"और यदि हम किसी भगवान् में विश्वास न करें, तो ?"–रानी ने अपना हठ प्रकट किया।

"भगवान् को जल्दी नहीं है।"–आन्द्रे ने उत्तर दिया, "भगवान् प्रतीक्षा करता है। उसके समय की सीमा नहीं है।"

रानी को अनुभव हुआ जैसे कोई लहर-सी स्वयं उनके और आन्द्रे के शरीर से गुज़र गई हो, परन्तु यह लहर न तो आन्द्रे से आरम्भ हुई थी और न रानी में उसका अन्त होता जान पड़ा। यह लहर मानो पृथ्वी के एक ध्रुव से आरम्भ होकर दूसरे ध्रुव तक जा रही थी।

"भगवान् प्रतीक्षा करते हैं, उन्हें जल्दी नहीं है।"–रानी ने मन ही मन दुहराया।

उस सन्ध्या रानी और आन्द्रे में और बात न हुई। आन्द्रे ने अपनी पुस्तकें एक बड़े काले रूमाल में बाँध लीं और चला गया। आन्द्रे आँगन से चला जा रहा था तो रानी पुस्तकालय के दरवाज़े में खड़ी देख रही थीं। आन्द्रे का भारी सिर तनिक झुका हुआ था, मानो गर्दन के लिए वह बोझ कुछ अधिक था। रानी ने सोचा पादरी का सिर इसलिए झुका रहता है कि उसकी आँखें कुछ क़दम दूर सड़क पर ही लगी रहती हैं। दूर सामने क्या है, यह देखने के लिए वह कभी सिर उठाता ही नहीं।

रानी फिर पुस्तकालय में जा बैठीं। प्रायः ही वह आन्द्रे के चले जाने के बाद पढ़ी हुई चीज़ों का मनन करती रहती थीं। पुस्तकालय में बैठे उन्हें अभी बहुत समय नहीं बीता था कि दूसरे आँगनों से कोलाहल सुनाई दिया। रानी ने सिर उठाकर समझना चाहा परन्तु उठी नहीं। सोचा, जो होगा इंग आकर बता ही देगी।

इंग आँगन में दौड़ी आती दिखाई दी। वह चीख़ मारकर रो रही थी। उसका मुँह आँचल में ढँका हुआ था।

रानी उठ खड़ी हुईं। समझ गईं अवश्य ही कोई भयानक दुर्घटना हुई है। पहले ध्यान लिआंगमो की ओर गया, परन्तु बड़ा लड़का तो सुबह ही काम से बाहर चला गया था। उन्हें वू साहब की याद आई, तब तक इंग भीतर आ गई थी। मुँह पर से आँचल हटाकर वह चिल्लाकर बोलीं, "हाय विधाता, फिरंगी पादरी..."

"क्यों, पादरी को क्या हुआ ?"–रानी ने चिन्ता से पूछा, "अभी तो यहाँ से गए हैं।"

"बाज़ार में किसी ने उन्हें मारा है।"–इंग ने रोकर बताया, "सिर फट गया है।"

"सिर फट गया है ?"–रानी के मुँह से सहसा निकला।

सिसकियाँ लेते हुए इंग ने बताया–"हुज़ूर यह हरे पट्टेवाले बदमाशों की शरारत है। वे लोग महाजन की दुकान लूट रहे थे। पादरी को देखा, महाजन रो-रोकर विधाता

को गाली दे रहा था। पादरी उसकी मदद के लिए आगे बढ़ गए। एक बदमाश ने उनके सिर पर चोट मार दी।

रानी हरे पट्टेवाले गिरोह की बाबत अधिक नहीं जानती थीं। उन्हें यही मालूम था कि ये लोग देहात और शहरों में सभी जगह लूटपाट करते हैं। ज़मीनों के मुख़्तार के खाते में प्रायः ही हरे पट्टेवाले गिरोह को दी गई रक़म का भी हिसाब रहता था।

"आन्द्रे भाई हैं कहाँ ?"–रानी ने पूछा।

"लोग उन्हें उठाकर उनके घर ले गए हैं। चौकीदार आया है, कहता है पादरी ने हुज़ूर को याद किया है।"

"हम जाएँगे।"–रानी बोलीं, "कपड़े पहनाओ।"

"पालकी के लिए कह दूँ ?"–इंग ने पूछा।

"नहीं, इतना समय नहीं है।"–रानी बोलीं, "फाटक पर कोई रिक्शा ले लेंगे।"

कुछ ही पल में हवेली भर में समाचार फैल गया कि रानी फिरंगी पादरी के घर गई हैं। ऐसी बात हवेली की किसी स्त्री ने, स्वयं रानी ने भी, कभी नहीं की थी। रिक्शा में बैठते ही रिक्शावाले से बोलीं–"डबल चाल से चलो, डबल दाम मिलेंगे।"

रिक्शावाला घूमकर बोला–"तिगुना दाम दीजिए तो तिगुनी चाल से चलूँ।" रानी ने स्वीकार कर लिया।

रानी के पीछे दूसरे रिक्शे में बैठी इंग बहुत पीछे रह गई थी, परन्तु उस समय रानी को यह ख़्याल नहीं था कि लोग क्या कहेंगे। मन में एक ही व्याकुलता थी–जल्दी-से-जल्दी जाकर आन्द्रे भाई की अन्तिम बात सुन लें, उनसे अन्तिम आदेश ले सकें।

रानी ईंटों की चारदीवारी से घिरे एक हाते के फाटक के सामने रिक्शा से उतरीं। फाटक पर रोगन भी नहीं था। रानी भीतर चली गईं। रोती हुई एक बुढ़िया दिखाई दी।

"आन्द्रे भाई कहाँ हैं ?"–रानी ने पूछा।

बुढ़िया रानी को एक छोटे-से नीची छत के मकान में ले चली। खुले दरवाज़े से आँगन में बहुत-से बच्चे दिखाई दे रहे थे। बच्चे सिसकियाँ ले-लेकर रो रहे थे। आँगन के आगे छोटा कमरा था।

कमरे में बाँस की तंग खटिया पर आन्द्रे भाई लेटा था। पड़ोस के चिथड़े पहने कुछ ग़रीब स्त्री-पुरुष चारों ओर खड़े थे। रानी को देखकर वे लोग एक ओर हट गए। आन्द्रे भाई को मानो रानी के आने का अनुमान हो गया, उसने आँखें खोल दीं। सिर पर एक मोटा-सा तौलिया लिपटा हुआ था। खून की धारें उनकी गालों पर से बहकर तकिए में समाती जा रही थीं।

"हम आ गए है।"–रानी बोलीं, "कहिए क्या करना होगा ?"

कुछ देर तक आन्द्रे भाई बोल न सका। उसकी बुझती-सी आँखों से रानी को अनुमान हो गया कि वह कुछ ही पल का मेहमान है। आन्द्रे ने यत्न किया और उसके होंठ खुल गए। लम्बी साँस लेकर वह स्पष्ट स्वर में बोले–"मेरे बच्चों को सँभालना।"

आन्द्रे भाई की पलकें काँपी। श्वास रुकती हुई जान पड़ी। शरीर में सिहरन-सी जान पड़ी। उसका शरीर निष्प्राण हो गया। दोनों हाथ खाट से नीचे लटककर फ़र्श को छूने लगे। रानी ने आगे बढ़कर आन्द्रे का दायाँ हाथ थाम लिया। दूसरी ओर खड़ा आदमी आगे बढ़ा और उसने बायाँ हाथ थाम लिया। रानी ने सामने खड़े उस आदमी की ओर देखा। वह चिथड़े पहने था। शायद कोई भिखारी था, या कोई मज़दूर या नौकर। उस व्यक्ति ने रानी की ओर सहमते हुए देखा और आन्द्रे का बायाँ हाथ उसके सीने पर धीमे से रखकर पीछे हट गया। रानी ने भी दायाँ हाथ बाएँ हाथ पर रख दिया और पीछे हट गईं।

रोते हुए बच्चे भीतर घुस आए। वे "बाबा ! बाबा !" पुकारकर रो रहे थे। सब लड़कियाँ ही थीं। सबसे बड़ी लड़की भी पन्द्रह वर्ष से कम ही थी। बड़ी लड़कियाँ गोद में छोटे-छोटे बच्चों को लिए थीं। बच्चे आन्द्रे भाई के शरीर को छू-छूकर देख रहे थे। अपने कुर्त्तों के आँचल से उसका रक्त पोंछ रहे थे और रो रहे थे।

"तुमलोग कौन हो ?"–रानी ने बच्चों को सम्बोधन कर पूछा।

"हमलोग बाबा के बच्चे हैं।"–बच्चों ने उत्तर दिया।

"अनाथ हैं।"–सामने खड़ा चिथड़ा पहने आदमी बोला, "इन सब लड़कियों को बाबा शहर की चारदीवारी के बाहर से उठाकर लाए हैं। जहाँ लोग लड़कियों को फेंक आते हैं। बड़ी लड़कियाँ भागी हुई दासियाँ हैं। जो कोई आ जाए, बाबा सबको रख लेते थे।"

रानी का मन रो रहा था। रो देने की इच्छा भी हो रही थी, परन्तु रोते हुए बच्चों को देखकर वह रो न सकीं।

"हाय, बाबा मर गए !"–एक छोटी-सी बच्ची रो-रोकर चिल्ला रही थी। बच्ची आन्द्रे के हाथ अपने आँसू भरे गालों से लगा-लगाकर कह रही थी–"हाय बाबा मर गए।"

रानी बहुत देर तक उस विचित्र परिवार में निश्चल खड़ी रही। ख़याल आया कि घटना के विषय में उन्होंने कुछ पूछा ही नहीं।

"इन्हें उठाकर यहाँ कौन लाया ?"–रानी ने प्रश्न किया।

चिथड़ा पहने आदमी ने सीने में हाथ रख अपनी ओर संकेत कर उत्तर दिया–"मैं ही लाया हूँ। मेरे सामने ही चोट खाकर गिर पड़े थे। बाज़ार में डर के मारे कोई नहीं बोला। ये गिर पड़े तो हरे पट्टेवाले डाकू भी डर के मारे भाग गए। महाजन ने दुकान में ताला लगाया और अपने घर चला गया। मुझे किसका डर था ! मैं तो मँगता हूँ। बाबा कभी-कभी कुछ दे देते थे। जाड़ों में सोने की जगह दे देते थे, कभी खाने को भी दे देते थे।"

"इन्हें तुम उठाकर लाए ?"–रानी ने पूछा।

"हम सब मँगते भाई लोग उठाकर लाए हैं।"–अपने साथ खड़े लोगों की ओर संकेत कर वह बोला, "इतने बड़े शरीर को एक-दो आदमी तो उठा नहीं सकते।"

रानी की आँखें फिर आन्द्रे भाई के निश्चल चेहरे की ओर झुक गईं। रानी अपने लिए अन्तिम शिक्षा और आदेश पाने की आशा में आई थीं, परन्तु सुना–"मेरे बच्चों को सँभालना।"

रानी ने बाबा के बच्चों की ओर देखा। बच्चे उन्हीं की ओर देख रहे थे। वे अपनी बचपन की चेतना से ही समझ गए थे कि उनका उत्तरदायित्व आन्द्रे बाबा के निर्जीव शरीर से रानी के सजीव शरीर ने ले लिया।

"हम तुम्हारे लिए क्या करें ?"–रानी ने बच्चों की ओर देखकर पूछा।

एक दुबली-सी छोटी लड़की आगे बढ़ आई। वह एक मोटे से बच्चे को गोद में उठाए थी। रानी के मुँह की ओर देख उसने पूछा–"हुजूर, बाबा ने आपसे क्या कहा है ?"

रानी के पास एक ही उत्तर था–"उन्होंने तुम्हें सँभालने को कहा है।"

बच्चे एक-दूसरे की ओर देखने लगे। दुबली लड़की ने अपने भारी बोझ सँभालकर पूछा–"आपके यहाँ हम सबके लिए खाना है ?"

"है।"–रानी ने उत्तर दिया।

रानी चुप खड़ी बच्चों की ओर देखती रहीं।

"हमलोग बीस हैं।"–दुबली लड़की ने बताया, "मैं पन्द्रह वर्ष की हूँ। सोलह वर्ष की हो जाएँ तो बाबा हमारा इन्तज़ाम कर देते हैं।"

"इन्तज़ाम कर देते हैं ?"–रानी ने विस्मय से प्रश्न किया।

बुढ़िया ने आगे बढ़कर समझाया–"लड़कियाँ सोलह वर्ष की हो जाएँ तो बाबा इनके लिए घर-बार, आदमी ढूँढ़ देते हैं।"

वे लोग ऐसे बात कर रही थीं मानो खाट पर लेटा वह विशाल शरीर अभी सजीव हो। रानी की दृष्टि फिर उसी ओर चली गई। आन्द्रे की आँखें बन्द थीं और दोनों हाथ सीने पर रखे हुए थे।

"तुम सबलोग बाहर जाओ।"–रानी ने बच्चों को आदेश दिया, "इन्हें यहीं रहने दो।" रानी ने दूसरे लोगों को भी सम्बोधन किया।

उनकी आज्ञा मानकर भिखमंगे, बच्चे और बुढ़िया सब लोग कमरे से बाहर हो गए। केवल इंग किवाड़ के साथ लगी खड़ी रही। रानी उसकी ओर भी देखकर बोलीं–"बाहर जाओ !"

"मैं बाहर खड़ी हूँ।"–कहकर इंग कमरे से निकल गई।

रानी ने किवाड़ मूँद दिए। ऐसी बात की चर्चा अवश्य होती–किसी महिला का विदेशी पादरी के साथ अकेले रहने का क्या मतलब ? चाहे पादरी मर ही चुका हो, परन्तु रानी ने चिन्ता नहीं की। रानी के लिए आन्द्रे भाई न विदेशी ही था, न पादरी ही। वही एक आदमी उन्हें मिला था जिसका वह आदर करती थीं। स्वर्गीय ससुर ने भी उन्हें बहुत कुछ सिखाया था परन्तु वे बहुत-सी बातों से भयभीत भी रहते थे। आन्द्रे भाई निर्भय था। उसे न मृत्यु का भय था, न जीवन का। आन्द्रे भाई जब तक जीवित था

रानी ने उसे पुरुष माना ही नहीं था, परन्तु इस समय उसे एक मृतक पुरुष मान लेने में बाधा नहीं थी। रानी ने उसकी ओर देखकर सोचा, यौवन में यह विशाल शरीर कितना सुन्दर रहा होगा ! अब भी उसकी बादामी त्वचा इतनी स्वच्छ है !

सहसा रानी ने पहचाना। उनके होंठ विस्मय में खुल गए और बोल उठीं–"तो मैं तुम्हें प्यार करती थी।"

इस ज्ञान और इस स्वीकृति से रानी को जान पड़ा कि उनका सम्पूर्ण अस्तित्व बदल गया। वह निश्चल खड़ी थीं, परन्तु शरीर थरथरा उठा। रक्त की गति बढ़ गई और मस्तिष्क स्पष्ट हो उठा। शरीर में शक्ति अनुभव होने लगी। सिर उठाकर उन्होंने कमरे में चारों ओर देखा। कमरा बन्द था, परन्तु उन्हें कोई बाधा नहीं जान पड़ रही थी। खाट की अर्थी पर आन्द्रे भाई का शरीर पड़ा था। रानी ने सोचा, आन्द्रे भाई इस शरीर को छोड़ गए। आत्मा में रानी का विश्वास नहीं था। वर्षों से वह न किसी मन्दिर में गई थीं और न उन्होंने पूजा ही की थी। उनके पिता ने ऐसे मिथ्या संस्कारों की जड़ें उखाड़ दी थीं, रहा-सहा अन्ध-विश्वास ससुर ने दूर कर दिया था। अदृश्य भगवान् और आत्मा में कुछ विश्वास नहीं था, परन्तु विश्वास था कि आन्द्रे की आत्मा अभी जीवित है।

"आन्द्रे !"–रानी ने स्नेह से परन्तु धीमे स्पष्ट स्वर में पुकारा, भाई शब्द अनावश्यक था, और बोलीं, "मेरे लिए तो तुम जीवित रहोगे। मैं तुम्हें सजीव रखूँगी।"

रानी ने अनुभव किया कि इन शब्दों से एक अद्भुत और असीम शान्ति और सन्तोष से उनका मन व्याप्त हो गया। यह अनुभव अभूतपूर्व था। सूने कमरे में आन्द्रे के शारीरिक आवरण के सम्मुख खड़ी वे उत्साह और सन्तोष अनुभव कर रही थीं।

रानी यह अभूतपूर्व शान्ति मन के सम्मोहन और शरीर की निष्क्रियता के रूप में अनुभव नहीं कर रही थीं, बल्कि शरीर में कर्म-तत्परता की स्फूर्ति अनुभव हो रही थी। उन्हें कर्तव्य का पथ स्पष्ट दिखाई दे रहा था। आन्द्रे के शरीर का अन्तिम सत्कार किया जाना चाहिए था परन्तु उसके लिए पुरोहितों और प्रार्थनाओं के आडम्बर की आवश्यकता नहीं थी। उसकी थोड़ी बहुत चीज-बस्त का भी प्रबन्ध करना था। वह उन्होंने स्वयं ही करने का निश्चय किया। इसके पश्चात् उसके चालू काम को निबाहते रहना ही कर्तव्य था।

रानी आश्वस्त होकर बाहर आ गईं। इंग, बुढ़िया और भिखमंगे उनकी प्रतीक्षा कर रहे थे। वे काठ की एक कुर्सी पर बैठ गईं और बोलीं–"उन्हें समाधि देने का प्रबन्ध करना होगा।" और पूछा–"इस विषय में वे कुछ कह तो नहीं गए ?"

सब लोगों ने परस्पर देखा। भयभीत बच्चे कुछ बोल न सके। बुढ़िया आँचल से आँसू पोछ सिसकी लेकर बोलीं–"उन्हें क्या मालूम था कि ऐसे मर जाएँगे। हमलोग ही भला क्या सोचते थे कि वे मर जाएँगे !"

"उनके कोई सम्बन्धी हैं कहीं ?"–रानी ने प्रश्न किया, "मालूम हो तो उनका शरीर वहीं भेज दिया जाए।"

आन्द्रे बाबा के सम्बन्धियों के विषय में किसी को कुछ मालूम नहीं था। किसी को यह भी नहीं मालूम था कि वे कब और कहाँ से आए थे। वर्षों से वे वहीं बसे हुए थे।

"उनके खत-पत्र तो आते होंगे ?"—रानी ने पूछा।

"कभी आते थे तो बाबा उन्हें देखते नहीं थे।"—बुढ़िया ने उत्तर दिया, "यों ही पड़े रहते थे, मैं उन्हें लेकर बच्चों की जूतियों के तले में सी देती थी।"

"कभी पत्र लिखते नहीं थे ?"

"नहीं हुज़ूर, कभी नहीं।"

"कभी तुमसे कोई बात की है उन्होंने ?"—रानी ने मँगते की ओर देखकर पूछा।

"किसी सम्बन्धी की बात तो कभी नहीं की।"—उसने उत्तर दिया, "जब बात करते थे, शहर और देहात के ग़रीबों को कोई मदद देने की ही बात करते थे।"

रानी ने सोचा संसार में आन्द्रे का कोई नहीं था, केवल वे ही उसकी अपनी थीं। आन्द्रे के लिए एक बहुत सादा काला बक्स कफ़न के लिए बनवाएँगी। समाधि के लिए भी स्थान उन्होंने अपने चावल के खेतों से कुछ ऊपर पश्चिमी पहाड़ी की ढलवान पर निश्चय कर लिया। ढलवान पर एक बहुत पुराना 'जिंगको' का वृक्ष था। वर्ष के आरम्भ में वे अपनी ज़मीनों का निरीक्षण करने जाती थीं तो विश्राम के लिए उसी वृक्ष के नीचे बैठती थीं। रानी कुर्सी से उठकर खड़ी हो गईं और बोलीं—"आज दोपहर बाद हम स्वयं जाकर क़ब्र खुदवा आएँगी।"

बुढ़िया और बच्चे उनकी ओर उत्सुकता और चिन्ता से चुपचाप देखते रहे। उनकी आशंका समझकर रानी ने ख़ाली कमरों में नज़र दौड़ाते हुए पूछा—"यह मकान आन्द्रे भाई है ?"

बुढ़िया ने इनकार में सिर हिलाकर उत्तर दिया—"किराए का है।" और बताया कि मकान भुतहा है। कोई और इसे लेता नहीं। हमलोगों को सस्ते में मिल गया था। भूत आते हैं रात में। भूत बाबा से डरते थे। हमलोग तो वर्षों से यहाँ बहुत सस्ते में रह रहे हैं।

"उनका कुछ और सामान है ?"—रानी ने फिर पूछा।

"नहीं हुज़ूर, बस दो जोड़े कपड़े हैं। एक को धोकर धूप में डाल देते थे, दूसरा पहन लेते थे। किताबें हैं कुछ और एक सलीब गले में लटकाए रहते थे। एक बार कहीं से एक बहुत सुन्दर मूर्ति ले आए थे, उसको लकड़ी की सलीब पर लगाकर अपनी खाट के ऊपर दीवार में लटका दिया था। एक दिन वह गिरकर टूट गई तो फिर दूसरी नहीं लाए। एक सुमिरनी थी उनके पास। एक दिन एक बच्ची माला से खेल रही थी, धागा टूटकर दाने बिखर गए। पूरे दाने मिल नहीं पाए तो बाबा बोले—"जाने दो, ज़रूरत भी क्या है !"

बुढ़िया की बात सुनती हुई रानी कमरों में इधर-उधर देख रही थीं। एक कोने की ओर संकेत कर उन्होंने पूछा—"उस काले बक्से में क्या है ?"

"यह जादू का बक्सा है हुज़ूर।"—बुढ़िया ने बताया, "बाबा रात में इसमें से कुछ सुनते थे।"

रानी को याद आया, आन्द्रे ने इस विषय में उन्हें भी बताया था। वे उठीं और बक्से पर कान झुकाकर सुनने लगीं। उन्हें कुछ सुनाई नहीं दिया।

"हुज़ूर इसमें से दूसरा कोई नहीं सुन सकता।"–बुढ़िया ने बताया।

"हूँ, तो इसे भी उनके शरीर के साथ ही समाधि में रख देना होगा।"–रानी बोलीं।

"हुज़ूर एक और भी जादू है। बाबा ने उसे छूने के लिए मना कर दिया था।" –बुढ़िया ने बताया।

"कहाँ है ?"–रानी ने पूछा।

बुढ़िया ने झुककर खाट के नीचे से लकड़ी का एक लम्बा बक्स खींच लिया और खोलकर दिखाया। बक्स में एक लम्बी-सी वस्तु रखी हुई थी।

"रात में बादल नहीं रहते थे तो बाबा इसे आँख पर लगाकर आकाश में देखा करते थे।"–बुढ़िया बोली।

रानी समझ गई कि वह आन्द्रे की दूरबीन थी जिससे वे नक्षत्रों का अध्ययन किया करते थे। निश्चय किया, इसे हम ले जाएँगे। बोलीं–"उनकी पुस्तकें भी हमें दे दो। उनके कपड़े और सलीब भी समाधि में रख दिए जाएँगे। इस मकान के मालिक से कह देना कि यह मकान अब पवित्र हो गया है। अब यहाँ भूत नहीं आएँगे। चाहे तो किराए पर दे दे।"

सब बच्चे भय से बुढ़िया के चारों ओर सिमट आए। वे डर रहे थे कि उनका घर छिन गया, अब वे कहाँ जाएँगे !

रानी ने करुणा से मुस्कराकर उनकी ओर देखा और बोलीं–"तुम सब लोग, बड़ी बहन तुम भी, हमारे साथ हमारे घर चलो, वहीं रहना।"

बच्चों का भय दूर हो गया। बचपन की निर्भय सरलता से वे चिल्लाने लगे– "कब ?...कब चलेंगे ?"

"हमारा ख़्याल है तुम कल तक यहीं रहो।"–रानी बोलीं, "यहाँ से हम सब लोग एक साथ इन्हें समाधि देने जाएँगे। वहाँ से तुमलोग हमारे साथ घर चले चलना।"

"भला हो हुज़ूर का, बड़े दयालु हैं। बाबा सब देख रहे हैं।"–बुढ़िया ने सिसकी भरकर कहा।

बुढ़िया की बात की उपेक्षा कर रानी ने मुस्कराकर पूछा–"यहाँ सब लोगों के लिए चावल हैं ? आज और कल सुबह तक के लिए चाहिए। दोपहर का खाना हमारे ही घर में होगा।"

बुढ़िया रोती हुई बोली, "बाबा एक दिन का खाना हमेशा रखते थे। आज का तो है।"

"कल सुबह हम आ जाएँगे।"–रानी ने आश्वासन दिया।

बच्चे रानी के चारों ओर सिमट आए। रानी जानती थीं कि वे लोग इसी प्रकार आन्द्रे को घेरकर सन्तोष और सान्त्वना पाते होंगे, इसलिए मुस्कराती रहीं।उन्होंने सब को सम्बोधन किया–"अच्छा, बच्चो अब हम कल आएँगे।" वे आन्द्रे के घर से चल दीं।

आन्द्रे के घर में प्रवेश करनेवाली रानी भीतर ही रह गईं, बाहर दूसरी ही रानी थी।

रानी अपने आँगन में लौटकर बहुत देर तक सोचती रहीं–यदि आन्द्रे जीवित रहते तो भी एक दिन वे जान ही जातीं कि वे उससे प्यार करती हैं। तब क्या होता ? या तो उन्हें कोई कारण बताकर आन्द्रे की हवेली में आना रोक देना पड़ता, यो वे आन्द्रे के सामने अपना प्रेम स्वीकार कर लेतीं।...इससे भी तो उनका वियोग हो ही जाता।

रात में भी वे कई घंटे चुपचाप बैठी सोचती रहीं। इंग ने आकर सेज पर चलने के लिए कहा तो उन्होंने सुना नहीं। मन चाह रहा था कि सजग बैठी सोचती और अनुभव करती रहें। उन्होंने किस व्यक्ति से प्यार किया ? एक अपरिचित विदेशी से, जिसने कभी उनका हाथ तक स्पर्श नहीं किया। उस स्पर्श की अनुभूति की कल्पना भी नहीं की जा सकती थी। उनके होंठों पर एक मुस्कान फिर गई।

घर भर में प्रायः अंधकार ही था। केवल एक मोमबत्ती जल रही थी। रानी को अपने हृदय का स्वर सुनाई दिया–"यदि मैंने अपना हाथ तुम्हारी और बढ़ा दिया होता तो क्या तुम डर जाते ?"

रानी को विश्वास था कि आन्द्रे किसी भी बात से डर नहीं सकता था। उसे अपने भगवान् पर विश्वास था। अचानक उन्हें याद आया कि पुरुषों के देवता और भगवान् स्त्रियों से घृणा करते हैं। एक ईर्ष्या-सी मन में उन्हें पहली बार अनुभव हुई।

"नहीं, हमलोगों के कोई भगवान् नहीं।"–रानी बोलीं।

रानी सोच रही थीं स्त्रियाँ भगवान् और देवता में विश्वास क्यों करें ? उन्हें विस्मय हो रहा था कि स्त्रियाँ भी भगवान् और देवताओं की पूजा करती हैं ? मिस हिसा सदा ही भगवान् की बात करती रहती हैं, परन्तु हिसा दूसरी बात क्या करे ? उसके पति नहीं, बच्चे नहीं, सम्बन्धी नहीं, घर नहीं। असहाय और सूनेपन में वह भगवान् से चिपट गई है। स्त्री के लिए तो यह अनिवार्य है कि वह पुरुष की तरह ही जीवन बिताकर सब कुछ पाकर भी सब कुछ छोड़ दे और अपने भगवान् को ढूँढ़ ले। जिन स्त्रियों से उनका परिचय था, उनमें से एक भी तो ऐसा नहीं था जिसने भगवान् की उस रूप में चिन्ता की हो जैसे आन्द्रे करता था। आन्द्रे ने यौवन में अपनी प्रेयसी की चिन्ता नहीं की। धन कमा सकता था, उसकी चिन्ता नहीं की। यश पा सकता था उसे भी छोड़ा और केवल अपने भगवान् को ढूँढ़ता रहा।

रानी कल्पना में आन्द्रे के यौवन की प्रेयसी की बात सोचने लगीं, जिसे छोड़कर आन्द्रे संन्यास की ओर आकर्षित हो गया।...वह स्त्री युवा होगी और सुन्दर भी होगी।...रानी को ईर्ष्या अनुभव हुई। ईर्ष्या इसलिए नहीं कि उस स्त्री ने आन्द्रे का प्रेम पाया था, बल्कि इसलिए कि उस स्त्री ने आन्द्रे को संन्यास धारण करने से पूर्व यौवन में देखा था।

"...यदि मैं उस युवा दैत्य को देख पाती !"–रानी सोच रही थीं। उनके कोमल हाथ एक-दूसरे पर निश्चल थे। उँगलियों में पहनी अँगूठियाँ मध्यम प्रकाश में चमक रही थीं। रानी सोच रही थीं...इस प्रौढ़ावस्था में भी वह दर्शनीय था। यौवन में उसके रूप का

आकर्षण नारी के लिए कितना प्रबल रहा होगा ? कितनी अभागी रही होगी वह स्त्री जिसकी आन्द्रे ने उपेक्षा कर दी ! सम्भव है, उसका विवाह हो गया हो, उसके बहुत से बच्चे भी हों। किसी पुरुष से उपेक्षा पाकर स्त्री मर तो नहीं जाती, परन्तु वह कभी तो आन्द्रे को याद करती ही होगी; प्रेम से हो या क्रोध से। यदि वह स्त्री संकीर्ण हृदय रही होगी तो अब आन्द्रे से घृणा ही करती होगी; यदि उदार हृदय होगी तो अब भी आदर और प्रेम ही करती होगी, या भूल भी गई हो। जब स्त्रियों के मन और शरीर उपयोग में आ-आकर जीर्ण हो जाते हैं तो वे प्रायः ही शिथिल होकर निरपेक्ष हो जाती हैं। यह स्त्री का दुर्भाग्य है कि उसका हृदय और शरीर पृथक्-पृथक् नहीं रह सकता, दोनों ताने-बाने की तरह आपस में बुने रहते हैं। शरीर के जीर्ण हो जाने पर हृदय भी शिथिल हो जाता है। हाँ, आन्द्रे-जैसे व्यक्ति का प्रेम हो तो दूसरी बात है। मृत्यु से अशरीरी होकर आन्द्रे ने उन्हें निर्भय कर दिया था। सम्भव है यदि आन्द्रे जीवित रहता तो उन दोनों की आत्माएँ शारीरिक आकर्षण के पाश में फँस जातीं। रानी को अपने शरीर में रक्त की गति बढ़ जाने से एक विचित्र अनुभूति हो रही थी।

"...आख़िर हूँ तो मैं स्त्री ही।"–रानी ने निस्संकोच अपने मन में स्वीकार कर लिया। आन्द्रे के सबल विशाल शरीर की स्मृति उन्हें स्फूर्ति दे रही थी। यदि वह सजीव उनके सम्मुख उपस्थित होता तो उनकी शान्ति कैसे रह पाती ! रानी को जान पड़ा कि हरे पट्टेवाले डाकुओं की दया से ही उनकी रक्षा हो पाई। दरवाज़े से उनकी दृष्टि आँगन में खिलखिलाती चाँदनी की ओर गई। बाँस के पेड़ों के नीचे क्यारी में आर्किड लहरा रहे थे। रानी को परिताप अनुभव हुआ कि वे आन्द्रे की मृत्यु से प्रसन्न क्यों हुईं ?

"मैं तुम्हारी मृत्यु से प्रसन्न नहीं हूँ।"–रानी ने कल्पना में आन्द्रे को सम्बोधन किया, "देखो, हम दोनों कितने बड़े सन्ताप से बच गए और सन्तोष भी पाया। तुम तो जानते हो, मैं तुम्हें कितना प्यार करती हूँ !"

रानी को विश्वास था कि आन्द्रे उनकी बात को समझ रहा है। इससे अधिक सन्तोष और समाधान उन्हें और किस बात से होता ! वे जानती थीं कि संन्यास का धर्म भंग होने से आन्द्रे को उतना ही सन्ताप होता, जितना स्वयं उन्हें पातिव्रत भंग होने से। वे दोनों ही एक-दूसरे को संयम का उपदेश देते, परन्तु संयम निबाहने के लिए उन्हें एक-दूसरे से सदा के लिए पृथक् भी जो जाना पड़ता। अब उस पार्थक्य की आवश्यकता नहीं थी। वे निर्बाध और निर्भय आन्द्रे की बात सोचती रह सकती थीं।

रानी निश्चल बैठी थीं परन्तु अपने व्यक्तित्व में आ गए परिवर्तन को अनुभव कर रही थीं। उनका हृदय, मस्तिष्क और विचार सब कुछ बदल गए थे, शारीरिक अनुभूति भी। सोच रही थीं–"हाँ मैं बदल गई हूँ, परन्तु जानती नहीं मैं क्या और कैसे कुछ कर पाऊँगी, और मुझे कैसा लगेगा ? मुझे अपनी शक्ति का भी ज्ञान नहीं।...कर्तव्य तो निबाहना ही पड़ेगा चाहे प्रेम का बलिदान ही करना पड़े। शरीर में बार-बार अनुभव हो जानेवाली सिहरन उन्हें शक्ति का आश्वासन दे रही थी।

रानी को विचारों में निश्चल बैठे प्रायः आधी रात बीत गई। तारों की ओर दृष्टि

जाने से उन्हें आन्द्रे की दूरबीन याद आ गई। दूरबीन वे लेती आई थीं और पुस्तकालय में ही रखी गई थी। वे भीतर गईं, दूरबीन बक्से में से निकाल ली। बक्से में दूरबीन लगाने के लिए तिपाई भी थी। दूरबीन काफ़ी भारी थी, इसलिए उसे तिपाई पर लगाने में काफ़ी परिश्रम करना पड़ा। रानी ने दूरबीन से नक्षत्रों को देखने का यत्न किया। यन्त्र का उपयोग करना उन्हें आता नहीं था। वे कुछ देख ही नहीं पाईं। उदास होकर सोचा, इसका उपयोग आन्द्रे ही कर सकता था। बोलनेवाले जादू के बक्स के साथ इसे भी समाधि में रख देना होगा।

यह निश्चय कर रानी उठी और जाकर सो गईं।

आन्द्रे भाई का अन्तिम संस्कार अपने ही ढंग से हुआ। नगर में पहले कभी वैसा संस्कार नहीं हुआ था। रानी आन्द्रे के समाधि-संस्कार को परिवार के दूसरे लोगों के सस्कारों-जैसा रूप तो दे नहीं सकती थीं। उन्होंने अपने पुत्र के गुरु के आदर के अनुरूप संस्कार का आयोजन किया था। सब अनाथ बच्चों के लिए सफ़ेद कपड़े पहनाए गए। आन्द्रे को घर उठाकर लानेवाले भिखमंगों ने उस अवसर के लिए शोक प्रकट करनेवाली पोशाक की माँग की। रानी ने स्वयं शोक का कोई चिह्न धारण नहीं किया।

रानी ने यह भी सोचा कि आन्द्रे भाई के समाधि-संस्कार का समाचार नगर में रहनेवाले दूसरे विदेशियों को दिया जाए या नहीं। मिस हिसा को तो समाचार देना ही चाहिए था। नगर के फिरंगी डॉक्टर को भी समाचार देने में कोई हानि नहीं थी।

फिरंगी डॉक्टरों से रानी का कोई परिचय नहीं था, न ही अब भी उससे मिलने की इच्छा थी। उन्होंने सुना था कि विलायती डॉक्टरों के हाथों में सदा पैने छूरे रहते हैं। वे लोग सदा बीमारी को चीरने-फाड़ने के लिए उत्सुक रहते हैं। फोड़े, नासूर आदि को वे लोग बहुत सफ़ाई से काट देते हैं, परन्तु प्रायः ही बीमारों को भी समाप्त कर डालते हैं। चीनी डॉक्टर के हाथ से किसी की मृत्यु हो जाने पर उसके विरुद्ध क़ानूनी कार्रवाही की जा सकती थी, इसलिए कम ही लोग उनके यहाँ पहुँचते थे। प्रायः वही लोग जाते जो जीवन की आशा खो चुके होते।

रानी ने एक नौकर के हाथ नगर के यूरोपियनों को सन्देश भेज दिया। नौकर लौटकर जवाब लाया कि यूरोपियन लोग आन्द्रे भाई से अपरिचित हैं। वे उनके धर्म के भी नहीं थे, इसलिए वे लोग उनकी अर्थी में नहीं जा सकेंगे।

यूरोपियनों के सहयोग न देने पर आन्द्रे भाई की अन्तिम यात्रा रानी की योजना के अनुसार ही की गई। आन्द्रे भाई का शरीर समाने योग्य कफ़न का बक्स ढूँढ़ने पर भी कहीं न मिला। एक बढ़ई ने बहुत परिश्रम करके दो रात और एक दिन में कफ़न का बक्स तैयार किया। इसलिए समाधि निश्चित दिन से तीसरे दिन दी जा सकी। सूर्योदय से पूर्व ही जुलूस चला। जुलूस में सबके आगे रानी की पालकी थी। उनके बाद पैदल लोग थे। अन्त में आन्द्रे भाई का कफ़न।

आन्द्रे भाई का शरीर रानी ने अपने सामने कफ़न के बक्स में बन्द करवाया। लम्बे

और बड़े बक्से में उनका शरीर रखवाकर उन्होंने दूरबीन और बात करनेवाला जादू का बक्स भी कफ़न में रखवा दिया। बक्स का ढक्कन जड़ दिए जाने से पूर्व वे उनके मुख की ओर ध्यान से देखती रहीं। आखिर उनकी आँखों के सामने ढक्कन जड़ दिया गया और आन्द्रे भाई का शरीर सदा के लिए लोप हो गया। रानी अन्तिम समय भी रोई नहीं। आँसुओं से मन का रहस्य प्रकट होने देना उचित नहीं था। वे निश्चल आँखों से ढक्कन में कीलें ठोक दी जाती देखती रहीं। इसके बाद वक्स पर रस्सियाँ बाँधी गई। रस्सियों के फंदों में बाँस फँसाए गए। बीस आदमियों ने उस बड़े बक्स को कन्धों पर उठाया और गलियों व बाज़ारों की नगर के मुख्य द्वार तक ले गए। नगर के मुख्य द्वार से भी जुलूस में रानी की पालकी सबसे आगे थी। जुलूस पश्चिम की पहाड़ी की ओर बढ़ता गया। पहाड़ी के ढलवान पर, 'जिंगको' के पुराने वृक्ष के नीचे खुदी हुई समाधि उनकी प्रतीक्षा कर रही थीं। सब लोग खुदी हुई क़ब्र के चारों ओर खड़े थे। कफ़न के बक्स को धीरे-धीरे क़ब्र में उतार दिया गया। बच्चे रोने लगे, बुढ़िया सिसकियाँ ले रही थीं, परन्तु रानी चुपचाप खड़ी देख रही थीं। क़ब्र में कफ़न रख दिए जाने के बाद मिट्टी डाली गई। क़ब्र भर जाने के बाद ऊपर मिट्टी का एक चबूतरा बना दिया गया। रानी के मन में रह-रहकर पीड़ा उठ रही थी कि आन्द्रे का अदृश्य शरीर सदा के लिए लोप हो रहा है। अब वह उनकी स्मृतियों में ही सजीव रहेगा।

समाधि का संस्कार करके जुलूस नगर की ओर लौटा। रानी की पालकी जुलूस के आगे थी। नगर में लौटकर रानी सब बच्चों को हवेली में ले गई। अब वे बच्चे अनाथ नहीं रहे।

ग्यारह

अगले दिन प्रातःकाल रानी को अपने नित्य के परिचित कमरों और आँगन में कोई परिवर्तन नहीं दिखाई दिया, परन्तु नींद से उठकर भी विश्राम के लिए बनी रहनेवाली इच्छा और शिथिलता के स्थान पर उन्हें शरीर में स्फूर्ति और क्रियाशीलता की शक्ति अनुभव हो रही थी। यह अनुभूति अभूतपूर्व थी। इसका स्रोत भी उन्हें स्वयं अपने भीतर ही अनुभव हो रहा था। यौवन के आरम्भ में पति के प्रति भावना और निष्ठा भी एक प्रकार का प्रेम ही था। वू साहब नवयौवन में इतने स्वस्थ, सुडौल और सुन्दर थे कि उनकी ओर आकर्षण स्वाभाविक ही था, परन्तु पति के इस आकर्षण ने रानी के मन में केवल शारीरिक चेतना को ही जगाया था, हृदय भी शरीर का केन्द्र होने के कारण प्रभावित था ही।

रानी को बचपन की एक घटना याद आ गई। उन्होंने अपने बूढ़े दादा को एक शेर का फड़कता हुआ हृदय हाथ में लिए देखा था। उन दिनों विश्वास किया जाता था कि शेर का सजीव हृदय खाने से शरीर में शक्ति और साहस आ जाता है। वह घटना उन्हें खूब याद थी। उनकी आयु उस समय आठ-नौ वर्ष की रही होगी। पहाड़ी लोग रस्सियों के जाल में फँसे एक शेर को खींचते हुए उनकी हवेली में ले आए थे। शेर क्रोध में बार-बार गुर्रा-गुर्रा कर खौंखिया रहा था। घर के सब लोग भूरे, सुनहरे धारीदार शेर का तमाशा देखने के लिए बाहर आ गए थे। शेर लाल-लाल मुँह फाड़ लोगों को धमका रहा था। स्त्रियाँ भय से चीख उठी थीं, परन्तु रानी उस आयु में भी चुपचाप खड़ी शेर की पीली-पीली आँखों में घूरती रही थीं : शेर ने भी अपना मुँह बन्द कर उनकी ओर घूरकर देखा। वे बेसुधी में एक क़दम शेर की ओर बढ़ गईं। उनके दादा चिल्ला उठे। एक पहाड़ी लम्बा छुरा लेकर शेर पर झपटा और उसने छुरा शेर के दिल में धँसा दिया। शेर गिर पड़ा। पहाड़ी ने तुरन्त शेर का दिल निकालकर उनके दादा के सामने पेश कर दिया।

आन्द्रे के प्रति रानी के प्रेम का हृदय की तड़पन से कोई सम्बन्ध नहीं था। यह प्रेम दोपहर की धूप की तरह गम्भीर और प्रकाशमान था। यह प्रेम कर्तव्य का उद्बोधन कर कर्तव्य का मार्ग दिखा रहा था। वह रानी के हृदय और मस्तिष्क में समाकर कर्तव्य की प्रेरणा दे रहा था।

रानी सोच रही थीं, आन्द्रे जिस समय इस आँगन में आते थे तब भी मैं उन्हें प्यार

करती थी, परन्तु मैं जानती नहीं थी, उनके मृतक शरीर को देखकर ही यह ज्ञान हुआ। स्त्री होने के कारण मन में यह प्रश्न भी उठा, क्या आन्द्रे भी मुझे प्यार करते थे ? प्रेम के प्रतिदान की भावना से उन्होंने एक बार फिर अकेले रह जाने का सूनापन अनुभव किया। विचार आया–अब कभी उसका स्वर नहीं सुन पाऊँगी और कभी उसे देख नहीं पाऊँगी। आँगन की ओर उनकी दृष्टि गई। सोचा, अब कभी उनके क़दमों की आहट इस फ़र्श पर नहीं होगी।

आन्द्रे भाई के क़दमों के बजाय रानी को झाड़ी में बैठे पक्षियों की चहचहाट सुनाई दी, परन्तु स्मृति में आन्द्रे का चेहरा दिखाई देने लगा। आँखों में आत्मीयता का भाव था। दाढ़ी-मूँछ से घिरे होंठों पर प्रसन्नता और बुद्धिमता भरी मुस्कान थी। रानी को वह मुस्कान इतनी सजीव जान पड़ी कि स्वयं उनके होंठों पर भी मुस्कराहट आ गई। आन्द्रे का स्वर तो नहीं सुनाई दिया पर विश्वास हो गया कि आन्द्रे भी उन्हें प्यार करते थे। संन्यास की दीवार उन्हें रानी से पृथक् किए थी, परन्तु वे रानी को प्यार करते ही थे। रानी उन्हें स्मृति में क्यों न पुकारें; और आन्द्रे बिना पुकारे भी उनकी स्मृतियों में क्यों न आएँ। आन्द्रे का शरीर समाप्त हो गया था। अब वे दोनों ही रानी के शरीर में रह सकेंगे।

रानी ने सोचा दो मस्तिष्कों और दो शरीरों का सामर्थ्य पाकर अब उनकी शक्ति पहले से दूनी हो गई थी। मसहरी के नीले परदों की ओर देखकर वह सोचने लगीं, मैं कैसी मूर्खताएँ कर चुकी हूँ। मेरे कारण घर के लोगों को कितनी उलझनें उठानी पड़ी हैं। मैं स्वार्थवश सदा अपनी स्वतन्त्रता की बात सोचती रही हूँ।...मैं चाहती थी कि लोग प्रसन्न रहें, परन्तु उन्हें प्रसन्न रहने का उपाय नहीं बता सकी। उन्हें प्रसन्न रखने का यत्न भी नहीं कर सकी। मैंने लोगों के भोजन-वस्त्र का प्रबन्ध किया, परिवार में अनुशासन भी बनाए रखा, परन्तु लोग प्रसन्न न हो सके। और उनके प्रसन्न न होने पर मुझे उनके प्रति क्रोध आता था, यह कितनी मूर्खता थी !

उसी समय इंग शयनागार में आई। चेहरे से उदास लग रही थी–“हुजूर, आज सेज से उठिएगा नहीं ?”–उदास स्वर में ही इंग बोली।

“बड़े गहरे बादल छाए हैं।”–रानी ने मुस्कराकर उत्तर दिया।

“हुजूर को कैसे मालूम !”–कुछ चिढ़कर इंग बोली, “हुजूर तो अभी मसहरी से बाहर नहीं निकलीं।”

“बादल तो तेरे चेहरे पर दिखाई दे रहे हैं।”–रानी बोलीं।

“हुजूर, यह तो कभी नहीं सोचा था कि इस हवेली में चकले की रंडिया आकर रहेंगी।”–इंग बोली, “घर के लड़के विदेश में भटक रहे हैं और रखेल बेकाम हो गई है तो भी घर में पड़ी है।”

“तो क्या वह लड़की, चमेली आ गई ?”–रानी ने पूछा।

“लौंडिया पिछले आँगन में बैठी है।”–इंग ने उत्तर दिया और मालकिन के सिंगार का सामान सजाती हुई बोलती गई–“लोगों ने मुझसे पूछा, क्या किया जाए ? मैंने कहा,

मैं क्या जानूँ ! लौंडिया बोली, मुझे यहाँ बुलवाया गया है। मैंने कह दिया, मैंने तो नहीं बुलाया।"

रानी उठ बैठीं। सेज से पैर लटकाकर कढ़े हुए स्लीपर पहनते हुए उन्होंने पूछा– "लड़की अकेली ही आई है ?"

"एक हबड़ी बुढ़िया उसके साथ आई थी और छोड़कर चली गई।...बला गले पड़ गई।"–इंग खिन्नता से बोली।

रानी कुछ नहीं बोलीं। उन्होंने स्नान किया और फिर भूरे-चमकीले रेशम की कढ़ी हुई पोशाक पहन ली। नाश्ता भी खूब अच्छी तरह से किया। उन्होंने सुना तो था कि प्रेम में भूख मारी जाती है। सोचा, वह असफल प्रेम की बात होगी, आन्द्रे तो मुझसे प्रेम करते हैं।

प्रायः आधे घंटे बाद रानी चमेली का पता लेने के लिए पिछले आँगन की ओर जाने के लिए तैयार हुईं।

"हुज़ूर, मैं लौंडिया को यहीं बुलाए लाती हूँ।"–इंग ने सुझाया, "आप वहाँ जाएँगी तो उसका दिमाग चढ़ जाएगा।"

"नहीं, हम ही जाएँगे"–रानी ने शान्ति से उत्तर दिया। मन में विचार था इस आँगन में आन्द्रे की आत्मा का निवास है। यहाँ जितने कम लोग आएँ, अच्छा है। वे आँगन के दरवाज़ें में पहुँची ही थीं कि पाँव ठिठक गए। ख़याल आया–"आन्द्रे तो कभी किसी से घृणा नहीं करते थे। इस लड़की से भी वे निस्संकोच मिलते और उसकी सहायता करने का यत्न करते। इस आँगन में आन्द्रे की आत्मा मेरी सहायता करेगी।"

रानी इंग की ओर घूमकर बोलीं–"अच्छा जाओ, लड़की को यहीं बुला लाओ।"

रानी प्रतीक्षा में आँगन में दरवाजे के सामने ही बैठी थीं। इंग तुरन्त ही लड़की को लिवा लाई। लड़की का शरीर गदबदा और चेहरा गुलाबी था।

चमेली रानी के सामने खड़ी थी। रानी के मन में सहसा घृणा भड़क उठी। इस प्रकार की हट्टी-कट्टी अनघड़, वासना से भरी स्त्रियों से उन्हें बहुत विरक्ति होती थी। उन्होंने आँखें फिरा लीं। विरक्ति की एक सिहरन-सी शरीर में दौड़ गई। वे अपने पुराने संस्कारों और नए विचारों के बीच लड़खड़ा गईं।

परन्तु कल्पना में फिर आन्द्रे का चेहरा सम्मुख आ गया। उसी चेहरे की ओर ध्यान लगाए वे करुणा भरे स्वर में लड़की से बात करने लगीं।

इंग कुछ क़दम परे हटकर विस्मय से सुन रही थी। उसे आज रानी का स्वर कुछ अपरिचित-सा लगा। स्वर कठोर नहीं कोमल था, परन्तु वह उसकी चिरपरिचित मालकिन का स्वर नहीं था।

"तुम यहाँ क्यों आना चाहती हो ?"–रानी ने लड़की से पूछा।

चमेली ने सिर झुका लिया। लड़की को संकोच-सा अनुभव हुआ कि वह हरी साटिन के कपड़ों में सज-धज कर क्यों आई। मामूली नीले सूती कपड़े पहनकर आना ही उचित होता।

"बच्चा होने को है, इसलिए रहने की जगह चाहती हूँ।"–चमेली ने उत्तर दिया।

"क्या बाल-बच्चे की उम्मीद है ?"–रानी पूछा।

चमेली ने पल भर के लिए सिर उठाकर रानी की ओर देखा और स्पष्ट स्वर में उत्तर दिया–"जी, हाँ।"

"तुम बाल-बच्चे से तो नहीं हो।"–रानी ने उसका झूठ सुझाने के लिए उत्तर दिया।

चमेली ने सिर उठाकर रानी की ओर देखा। रानी की पैनी निगाहें उसी की ओर थीं। चमेली के होंठ काँपे और आँखों में आँसू आ गए। वह कुछ बोल न सकी।

"हुज़ूर, तो फिर हमें कौन मज़बूरी है ?" इंग बोल उठी।

रानी ने हाथ उठाकर संकेत किया–"चुप रहो, तुम मत बोलो। जाओ, बाहर जाओ।"

"हुज़ूर, इसे मैं यहाँ कैसे छोड़ जाऊँ ?"–इंग ने चमेली की ओर संकेत कर पूछा।

"अच्छा, तुम ज़रा दरवाज़े के बाहर ठहरो।"–रानी ने कहा।

इंग बाहर चली गई। रानी ने चमेली को समीप बनी पत्थर की चौकी पर बैठ जाने का संकेत किया। चमेली आँसुओं से भरी आँखें मलती और सिसकियाँ लेती बैठ गई और गले में भर आए आँसुओं को पी जाने का यत्न करने लगी। रानी ने गम्भीर परन्तु कोमल स्वर में चमेली को सम्बोधन किया–"देखो, किसी परिवार में जाकर रहना मामूली बात नहीं है। तुम जानती हो हमें परिवार के सम्मान और नाम का भी ख़्याल रखना होगा। तुम्हारे यहाँ आने से सौ झगड़े-झंझट उठ खड़े हो सकते हैं। लेकिन तुम परिवार का भला करना चाहो तो भलाई भी कर सकती हो। तुम हमसे अपनी सच्ची बात कहो, तुम क्या चाहती हो ? खाने कपड़े का ही सवाल है तो कह दो, हम उसका इन्तिज़ाम कर देंगे। उसके लिए अपना तन बेचने की ज़रूरत नहीं होगी।

चमेली ने रानी की ओर सन्देह की दृष्टि से देखा और धोखे में न आने की चुनौती से बोली–"मुफ्त में तो कोई किसी औरत को नहीं खिलाता !"

रानी मन ही मन मुस्कराई। सोचा कि महीना भर पहले ऐसी बात सुनकर उन्हें लड़की पर कितना क्रोध आ जाता ! अब वे शान्ति से बोली–"तुम्हें अब तक किसी ने मुफ्त कुछ नहीं दिया, इसलिए तुम्हें मेरी बात पर भरोसा नहीं हो रहा है।"

"हमें तो किसी का भरोसा नहीं।"–चमेली ने उत्तर दिया और अपनी चोली से एक चटकीला सुर्ख रूमाल खींचकर उँगलियों पर लपेटने लगी।

"तो तुम खाने-कपड़े के लिए ही यहाँ आई हो न ?"–रानी ने पूछा।

"यह हमने कब कहा ?"–चमेली ने इनकार में सिर हिला दिया और बोली, "हमें खाना-कपड़ा देनेवाले बीसियों हैं।"

"लेकिन यहाँ आने का कुछ प्रयोजन तो है ?"–रानी ने फिर पूछा, "तुम्हारा ख़याल है कि यहाँ रखेल बनकर रहने में भी इज़्ज़त है ?"

चमेली के चहेरे पर खून दौड़ आया। पाउडर के नीचे से भी सुर्खी छन आई। वह अपने समाज के ढंग से बोली–"हम तो बुढ़ऊ को बहुत चाहते हैं।"

रानी चमेली का अभिप्राय तो समझीं, परन्तु उन्हें साहब के लिए शब्द अच्छे नहीं लगे। चमेली बात भी नहीं बना पा रही थी।

"वह तो बहुत बूढ़े हैं तुम्हारे लिए।"–रानी ने कहा।

"हमें तो बूढ़े ही अच्छे लगते है।"–चमेली बोली, परन्तु अपने शरीर का कम्पन छिपा न सकी।

"घबराओ मत !"–रानी ने आश्वासन दिया।

"हमने इन साहब-जैसा भला आदमी कभी देखा नहीं। बहुत ही भले आदमी हैं।"–चमेली ने भयभीत स्वर में उत्तर दिया।

"भले हैं ? क्या मतलब ?"–रानी ने फिर पूछा। उन्होंने अब तक पति में ज़िद्द, उतावली, असहिष्णुता और कभी-कभी सरलता देखी थी। स्वार्थीपन तो सदा ही; भलाई कभी नहीं देखी थी।

"भलाई पूछती हैं ?"–चमेली अपनी कलाई रानी की ओर बढ़ाकर बोली, "देखिए ! यह चूड़ी ठोस सोने की है। कोई जवान होता तो सोने के मुलम्मा चढ़ी चूड़ी से बहका देता। चार महीने में उसका शौक पूरा हो जाता और चूड़ी का पीतल निकल आता। बुढ़ऊ ने ठोस सोने की दी है। यह देखिए..." चमेली ने चूड़ी को दाँतों से दबा कर भींचा और निशान दिखाकर बोली–"देख लीजिए।"

"ठीक कह रही हो, सोना ही है।"–रानी ने स्वीकार किया।

"बेचारे हमारा बहुत ख़याल करते हैं।"–चमेली बोली, "तबीयत ठीक न हो तो अपने आप ही समझ जाते हैं, परेशान नहीं करते। जवानों को तो यह सब परवाह थोड़े ही रहती है। उन्हें तो अपने मज़े से मतलब, लेकिन ये साहब पहले हमारी तबीयत देखते हैं।"

"अच्छा, यह बात है !"–रानी ने पूछा। यह उनके लिए साहब का नया ही परिचय था।

चमेली चूड़ी को कलाई पर घुमाती हुई बैठ गई और बोली–"बच्चा नहीं है तो..."

"बात बच्चे की नहीं है।"–रानी बोलीं।

चमेली उनकी ओर कनखियों से देख रही थी। रानी कहती गईं–"बात तो है कि तुम्हारे आने से परिवार में परेशानियाँ खड़ी हो जाएँगी या भलाई होगी ?"

चमेली बोल उठी–"हुज़ूर, सच मानिए, मैं बहुत सीधी हूँ।"

रानी उठ खड़ी हुई और बोली–"कल बताएँगे।"

इंग तुरन्त ही भीतर आ गई और लड़की को लौटा ले गई।

इंग आँगन के किवाड़ खुले छोड़ गई थी। दरवाजे से फ़र्श पर धूप आ रही थी। रानी उस धूप में टहलने लगीं। धूप से आँखें तो चौंधिया रही थीं, परन्तु पैरों को गर्मी भली लग रही थी। सोच रही थीं, यही उचित था। और विस्मय भी हो रहा था कि ठीक ही बात उन्हें सूझ गई...। चमेली यदि सचमुच साहब को प्यार करती है तो क्यों न करे ? परन्तु क्या साहब भी चमेली को प्यार करते हैं ? दोनों आपस में प्यार करते हैं तो उससे

सुख ही बढ़ना चाहिए। संकट इसलिए होता है कि लोग आपस में प्यार करते नहीं।

इंग हाथों से चमेली छूत झाड़ती हुई लौटी। उसकी ओर देखकर रानी बोलीं–"हम ज़रा आराम कर लें फिर साहब के आँगन में जाएँगी।"

"हाँ हुज़ूर ?"–इंग के चेहरे पर सन्तोष झलक आया। बोली–"आप ही मालिक को समझा सकती हैं। हवेली में रखेलें बढ़ती जाएँगी तो क्या होगा ?"

इंग चमेली को लौटाकर ले जा रही थी तो रास्ते में उसने लड़की से पूछ लिया–"तू यहाँ ही रहेगी ?"

"क्या मालूम ?"–चमेली ने उत्तर दिया, "मालकिन कहती हैं, कल बताएँगी।"

चमेली को इंग ने समझा दिया–"मालकिन को फैसला करने में देर नहीं लगती।" यह कह देना ज़रूरी नहीं समझा कि मालकिन ने आज 'हाँ' नहीं की तो 'न' ही समझो। इंग के विचार में चमेली के हवेली में आने की आशंका नहीं रही।

"हुज़ूर, अभी जाकर साहब के यहाँ कहे आती हूँ।"–इंग की आँखें प्रसन्नता से चमक उठीं। रानी ने वह चमक देखी, अभिप्राय समझीं और उनके होंठों पर मुस्कराहट आ गई।

सुबह रानी की आँख खुली तो मन में निर्विकार शान्ति का भाव अनुभव हुआ। रानी जीवन भर इसी शान्ति की खोज में थीं। इसी शान्ति के लिए उन्होंने अपने शरीर और व्यवहार को अपनी विचार-शक्ति के अनुशासन में बाँध दिया था। उनके शरीर की पार्थिव आसक्ति अनासक्ति का दमन कर विचारों के अनुशासन के अनुकूल ही चलना पड़ता था। आज उन्हें अनुभव हो रहा था कि अब उन्हें किसी अनुशासन को स्वीकार न करना पड़ेगा।

"आन्द्रे !"–रानी मन ही मन बोली, "क्या यही आवश्यक था कि तुम्हारे मरने के बाद ही तुम्हें जान पाऊँ ?"

"आवश्यक ही तो था।"–आन्द्रे की ओर से विचार आया, "तब मेरा विशाल शरीर बीच में था न ! तुम देखती थीं मेरे शरीर और चेहरे को। वह शरीर तो मेरे माता-पिता की देन थी। वे लोग ही मुझे कब पहचान पाए ! मेरा उनसे केवल शारीरिक सम्बन्ध था। मैं उनके दिए शरीर में बँधा था, परन्तु अब मैं स्वतन्त्र हूँ।"

"आन्द्रे !"–रानी ने पूछा, "क्या अब भी तुम्हें आन्द्रे भाई ही कहना होगा ?"

"नहीं, अब इस सम्बन्ध पर कोई भी मुहर लगाने की क्या आवश्यकता है।"–आन्द्रे की ओर से उत्तर मिला।

रानी अभी सेज पर निश्चल लेटी हुई थीं। मन में चलते इस उत्तर-प्रत्युत्तर से एक सिहरन-सी उनके शरीर में दौड़ गई। वे अन्धविश्वासी नहीं थीं। यदि उन्हें कोई छाया देख पाने का अथवा स्वर सुन पाने का आभास मिलता तो वे स्वयं भी हँस देतीं, परन्तु ऐसी बात तो थी नहीं। उन्हें तो केवल अपने मस्तिष्क में आन्द्रे की बातों की प्रतीति हो रही थी। यह सम्भवतः आन्द्रे की मृत्यु की घटना के ज्ञान और उसके प्रति रानी

के प्रेम की स्वीकृति का मानसिक प्रभाव था। अर्थी पर लेटे व्यक्ति के समीप खड़े होकर उसके प्रति अपने प्रणय को स्वीकार करने से मस्तिष्क में प्रलय का बवंडर उठ जाना स्वाभाविक ही था। रानी को आन्द्रे ने मस्तिष्क में विचारों के उठने की प्रक्रिया समझाई थी। इस समय वे उसी प्रक्रिया की तड़प अनुभव कर रही थीं। इस प्रक्रिया में उनके सम्पूर्ण अतीत को समाप्त कर उन्हें बदल दिया, परन्तु अपने नए अस्तित्व को अभी वे समझ नहीं पा रही थीं।

रानी ने फिर मस्तिष्क में आन्द्रे की बातें सुनने के लिए आँखें मूँद लीं, परन्तु दिखाई देने लगी आन्द्रे के होंठों की मुस्कराहट और उसकी पैनी आँखों में चमकते प्रकाश-बिन्दु। रानी ने मुस्कराकर उसे उत्तर दिया।

इंग बौखलाई-सी कमरे में आई और बोली–"बड़े आँगन में भिखमंगे बच्चे भरे हुए हैं" वह बिगड़कर बोली–"और बाहर की बैठक में कल वाली वेश्या बैठी है। कह रही है, उसे हुज़ूर ने बुलाया है।"

रानी ने मुस्करा कर उत्तर दिया–"बहुत भूख मालूम हो रही है। मन चाह रहा है परात भर भात खा जाएँ।"

इंग रानी की ओर विस्मय से देखकर बोली–"हुज़ूर कैसे लग रही हैं; चेहरा लाल हो रहा है। हाय, बुख़ार तो नहीं है।" इंग आगे बढ़ आई और रानी का प्यारा-सा हाथ उठा उसने माथे पर लगाकर देखा कि गरम तो नहीं है।

"बुख़ार कहाँ है !"–रानी ने उत्तर दिया, "हम तो भली-चंगी हैं।" रानी ने अपना हाथ धीमे से खींच लिया और रेशमी लिहाफ़ परे फेंककर उठ खड़ी हुईं। इंग उन्हें नहला-धुला कर कपड़े पहनाने लगी। उसने भूरे रेशम की पोशाक निकाली थी। रानी ने वह पोशाक पहनने से इनकार कर दिया और सूर्ख लाल-गुलाब के-से रंग की पोशाक पसंद की। वह पोशाक पिछली बार उन्होंने अपनी चालीसवीं वर्षगाँठ से एक दिन पहले पहनी थी। तब सोचा था, अब इसके भी दिन गए। उस दिन वह पोशाक उनके शरीर पर भड़कीली जान पड़ रही थी। उनका चेहरा कपड़े के मुक़ाबले पीला लग रहा था, परन्तु अब यह पोशाक उन पर पहले से भी अधिक खिल रही थी।

"इन पोशाक को यों ही छोड़ दिया था।"–रानी ने आईने के सामने खड़ी होकर अपने मन में कहा। शरीर में अपने रूप के गर्व की सिहरन-सी अनुभव हुई। ख़याल आया, आन्द्रे ने उन्हें इस पोशाक में कभी नहीं देखा। देखता तो...? चेहरे पर लज्जा भरी मुस्कान आ गई। संकोच से इंग की ओर देखा कि वह देख तो नहीं रही है। पर इंग भूरी पोशाक को तहाने में व्यस्त थी।

रानी पुस्तकालय में आ गईं। साधारणतः तो उस दिन उनके कन्धों पर समस्याओं का कमर तोड़ देनेवाला बोझ था–आँगन में बीस बच्चे मौजूद थे, बाहर की बैठक में जवान वेश्या बैठी हुई थी, साहब बिगड़ते ही जा रहे थे, च्यूमिंग और उसकी नवजात बेटी थी, उनके पुत्रों और बहुओं के झगड़े थे, परन्तु आज शान्ति के लिए सिमट जाने की इच्छा उन्हें नहीं हो रही थी। उनके स्वभाव की सबसे बड़ी समस्या यही थी कि उन्हें

किसी का संग नहीं भाता था, परन्तु आज उन्हें किसी से विरक्ति नहीं थी। बचपन में वे अपनी माँ के अज्ञान और अन्धविश्वास के कारण उनसे ऊबी रहती थीं। पिता से उन्हें अनुराग नहीं था, क्योंकि कभी उनके समीप जा नहीं पाई थीं।

वू साहब विवाह के समय सुडौल, युवा और दर्शनीय थे। परन्तु रानी के मन को उनके प्रति आकार और गन्ध के विरक्ति के कारण भी मिल गए। पति की वासना में सहयोग देकर भी वे इन अनुभूतियों से मुक्त न हो पाती थीं; विरक्ति की सिहरन अनुभव हो ही जाती। ससुर के प्रति उन्हें आदर और स्नेह था। परन्तु रानी की अनुभूतियाँ इतनी सूक्ष्म थीं कि अनुराग के प्रवाह में विरक्ति के कारणों की भी चेतना बनी रहती। ससुर का हृदय उदार और बुद्धि प्रखर थी, परन्तु दाँत टूट चुके थे और श्वास में दुर्गंध आ गई थी।

"यदि आन्द्रे के जीवनकाल में ही मैं अपने प्रेम को पहचान पाती तो क्या..."–रानी के मन में ख़याल आया, परन्तु तुरन्त ही समाधान हो गया, "देखो मृत्यु कितनी सहायक भी हो सकती है। वह शरीर का बन्धन दूर कर मुक्ति दे देती है।"

फिर भी मन में तर्क उठा, यदि आयु इतनी न हो गई होती तो क्या केवल मानसिक मेल से उन्हें सन्तोष हो पाता ? रानी फ़र्श की ओर आँखें गड़ाए सोचने लगीं, क्या उस समय मैं किसी विदेशी से प्रेम करने का साहस कर सकती थी ? आन्द्रे था तो विदेशी, दूसरे देश का और दूसरे रक्त का अंश। रानी कल्पना करने लगीं कि आन्द्रे यौवन के आवेग और उत्तेजना में कैसा रहा होगा ! उनका रक्त क्रोध से जल उठा।

"सावधान !" उन्हें चेतावनी सुनाई दी।

"नहीं, मैं ऐसा नहीं करूँगी।"–रानी ने स्वीकार किया।

इंग नाश्ता ले आई और उसने तश्तरियों को पंक्ति में मेज़ पर लगा दिया। रानी ने खाने की कमचियाँ हाथ में लीं।

"आँगन में बच्चों को खाना मिल गया ?"–रानी ने इंग की ओर देखकर पूछा।

"कैसे हो सकता है हुज़ूर ?"–इंग ने निधड़क उत्तर दिया, "इतने सामान के लिए इज़ाज़त कब दी गई ?"

"आज्ञा हम अब दे रहे हैं।"–रानी कोमल स्वर में बोलीं, "अभी तुरन्त चावल बनवा दो। दोपहर में रोटी बनवा देना। चाय भी देना।"

"विधाता की दया है कि बारिश नहीं हो रही है।"–इंग बोल उठी "नहीं तो ऐसे लोगों को कमरों में कहाँ रखते ?"

"नहीं, जगह की क्या कमी है ?"–रानी बोली।

इंग रानी की ओर देख रही थी। विस्मय में उसके होंठ लटक गए। सहसा उसने दोनों हाथों से मुँह ढँक लिया। "हाय हुज़ूर, आप तो बिलकुल बदल गईं।" इंग रोती हुई बाहर चली गई।

परन्तु इंग ने दोपहर तक बच्चों के भोजन की पूरी व्यवस्था कर दी। दोहपर के समय रानी उधर गईं तो देखा, लड़कियाँ सन्तोष से खा रही थीं और छोटे-छोटे बच्चों

के मुँह में ग्रास देकर खिला रही थीं। बुढ़िया ने रानी को आया देख चावलों से भरे मुँह से बच्चों को आदेश दिया—"सलाम करो हुजूर को, तुम्हारी माँ हैं।"

"हाँ, ठीक है। तुम्हारे बाबा नहीं रहे, अब हम तुम्हारी माँ हैं।"—रानी ने मुस्कराकर स्वीकार किया। अनाथ बच्चे उनकी ओर स्नेह और कृतज्ञता से देख रहे थे। सहसा उन्हें प्रसव की वेदना की-सी अनुभूति हुई। जीवन में पहली बार इस वेदना में सन्तोष का पुट था। रानी को जान पड़ा, वे अनाथ उनके और आन्द्रे की सन्तानें थीं।

"सब हमारे ही बच्चे हैं।"—रानी के मुँह से निकल गया। अपने मुख से निकले इन शब्दों पर उन्हें विस्मय भी हुआ। उनकी बात सुनकर सब बच्चे उनकी ओर उन्हें चिपट जाने के लिए, उन्हें स्पर्श करने के लिए, उनसे प्यार पाने के लिए दौड़ पड़े। रानी ने उनकी ओर ध्यान से देखा। उनमें दोष भी दिखाई दिए और सौन्दर्य भी, परन्तु रानी को ग्लानि नहीं हुई।

"तुम्हारे बाबा ने तुम्हारे लिए सब कुछ किया।"—रानी बोलीं, "परन्तु माँ भी तो चाहिए।" एक बच्ची के गाल पर सूखे हुए लाल-लाल जख्म को छूकर उन्होंने पूछा—"अभी दर्द होता है ?"

"थोड़ा-थोड़ा होता है।"—बच्चों ने उत्तर दिया।

"यहाँ क्या हो गया था ?"—रानी ने बच्ची से पूछा।

बच्ची का मुँह लटक गया। "मेरी मालकिन ने सुलगता हुआ सिगरेट लगाकर जला दिया था।

"हाय, क्यों ?"—रानी ने गहरी साँस ली।

"मैं उनकी दासी थी...काम जल्दी-जल्दी नहीं कर पाती थी।"—बच्ची ने उत्तर दिया।

बच्ची ने रानी का हाथ पकड़ लिया। "मेरा भी एक नाम रख दीजिए। बाबा मेरा नाम रखनेवाले थे, वह मर गए। दूसरे सबों के तो नाम हैं।"—बच्ची ने अनुनय से कहा।

"अच्छा, सबलोग अपना-अपना नाम बताओ तो हम तुम्हारे लिए नाम चुनेंगे।"—रानी ने उत्तर दिया।

सब बच्चे अपने-अपने नाम पुकारने लगे। यह सब आन्द्रे के मुख से निकले शब्द थे—दया, विनय, विश्वास, शील, सत्य, करुणा, प्रकाश, तारा, चन्द्रलेखा, सूर्य किरण, उषा, निर्मल। आन्द्रे ने इन अनाथों के यही नाम रखे थे। छोटे-छोटे बच्चों के लिए उन्होंने प्यार के नाम रखे हुए थे—भालू, बुलबुल, सोना, चाँदी।

"बाबा के पास सोना-चाँदी नहीं था।"—एक बच्ची बोल उठी। दूसरी छोटी बच्ची का हाथ पकड़कर वह बोली—"हमलोग आए तो उनके पास सोना-चाँदी हो गया।"

सब बच्चे ज़ोर से हँस पड़े।

"बाबा हमलोगों को रोज़ हँसाते थे।"—गोल-मटोल सोना ने चाँदी का हाथ पकड़े हुए हँसते-हँसते कहा।

"तुम दोनों बहनें हो ?"—रानी ने चाँदी की ओर संकेत कर सोना से पूछा।

"हम सब बहनें हैं।"—सभी बच्चियाँ एक साथ बोल उठीं।

"हाँ, हाँ, ठीक तो है।"–रानी ने स्वीकार किया, "हम तो भूल ही गई थीं। पागल हैं न हम ?"

नाम माँगनेवाली बच्ची ने फिर याद दिलाया–"मेरा नाम ?"

रानी ने बच्ची की ओर देखा। बच्ची बहुत सुन्दर भी, सौन्दर्य की कली। स्फुटित सौन्दर्य का भविष्य लिए। नाम रानी के मन में तुरन्त आ गया, बोल उठीं–"तुम्हारा नाम 'स्नेह' है।"

"मैं स्नेह हूँ...मैं स्नेह हूँ।"–बच्ची बार-बार दुहराने लगी।

आँगन में तमाशा देखनेवाले लोग भी इकट्ठे हो गए थे। नौकरों ने उस आँगन से होकर जाने के बहाने ढूँढ़ लिए और देखने के लिए खड़े हो गए। बच्चों और परिवार के लोगों को बहाने की ज़रूरत न थी। वे लोग वैसे ही आकर खड़े हो गए। सभी लोग रानी का यह नया रूप विस्मय से देख रहे थे।

चमेली बाहर की बैठक में प्रतीक्षा करते-करते थक गई थी। उठकर भीतर आँगन में चली आई। उसके साथ एक नौकरानी भी थी। चमेली दृढ़ निश्चय करके आई थी कि घर के आदमियों की तरह घर में रहने का दावा करेगी। बड़े परिवार की सन्तान को जन्म देने जा रही थी...।"

चमेली आई थी हवेली की गम्भीर और अभिमानी मालकिन का सामना करने का साहस इकट्ठा करके परन्तु वहाँ उसे दिखाई दी बच्चों के बीच में हँसती हुई एक सुन्दर नारी। दरवाज़े की ओर से आहट पाकर रानी की दृष्टि उस ओर गई और चमेली से आँखें चार हुईं।

रानी बोल उठीं–"देखो हमारे कितने बच्चे हैं ! लेकिन हम तुम्हें भी भूली नहीं हैं। इनके लिए सोने-खेलने की जगह का प्रबन्ध कर लें फिर तुम्हें भी बुलवाते हैं।"

रानी ने आसपास खड़े परिवार के लोगों की ओर देखा। इनमें घर के बेटे और बहुएँ नहीं सम्बन्ध के भाई-बहन अथवा भतीजे-भाँजे ही थे, जो कठिनाई के समय हवेली में शरण लिए पड़े थे। इन लोगों को सम्बोधन कर रानी ने पूछा–"अपने बच्चों के लिए हम कहाँ प्रबन्ध करें ?"

"मेरी बहन,"–एक बुढ़िया ने उत्तर दिया, "आप पुण्य का काम कर रही हैं तो इन बच्चों को हवेली के मन्दिर में टिका दीजिए न ?"

बच्चों को रानी ने बोझ तो नहीं समझा था, परन्तु उनके लिए स्थान के विषय में भी नहीं सोचा था। उन्होंने तुरन्त बुढ़िया की बात का समर्थन किया–"जीजी, बहुत ठीक कहा तुमने। बच्चों के लिए मन्दिर से अच्छी जगह और कौन होगी ! खूब बड़े-बड़े आँगन हैं, खेलने के लिए। तालाब हैं, फौव्वारा है और कुल-देवता को भी कुछ करने को हो जाएगा।"

रानी बच्चों को लेकर मन्दिर की ओर चल दीं। बच्चों के साथ आई बुढ़िया भी लँगड़ाती हुई पीछे-पीछे चल रही थी। हवेली के पिछले भाग में परिवार की किसी पुरखिन का बनवाया दो सौ वर्ष पुराना बड़ा मन्दिर था। पुरखिन विधवा हो गई थीं और साधुनी

बन जाना चाहती थीं, परन्तु हवेली को छोड़कर साधारण मन्दिर में भी नहीं रहना चाहती थीं, इसलिए यह सुन्दर मन्दिर बनवाया गया था। पुरखिन सौ वर्ष पूरे करके मरी थीं। उनकी मृत्यु के बाद मन्दिर की सेवा के लिए पुजारी-नौकर रख लिया जाता था। परिवार में स्त्रियों की संख्या काफ़ी थी, इसलिए पुजारी पचास वर्ष से कम आयु का नहीं रखा जाता था।

रानी का विश्वास मन्दिर और देवताओं में नहीं था, परन्तु पारिवारिक मन्दिर के लिए आवश्यक खर्च में उन्होंने कटौती नहीं की। दस वर्ष में एक बार मूर्तियों पर सोने का पानी भी चढ़वा देतीं और धूप-दीप के लिए नियमित खर्चा देती रहती थीं। परिवार के लोगों की इच्छा होने पर वे वहाँ पूजा कर सकते थे। परिवार की स्त्रियों को दूसरे मन्दिरों में न जाना पड़ता था। वे लम्पट पुजारियों की आँखों से बची रहती थीं।

रानी बच्चियों को लेकर मन्दिर के द्वार पर पहुँचीं और पल भर को ठिठक गईं। दो द्वारपाल-देवताओं की मूर्तियाँ सामने खड़ी थीं। रानी के मन में विचार आया, आन्द्रे इन देवताओं से रुष्ट तो नहीं होगा ? वह तो ऐसे देवताओं में विश्वास नहीं करता था।

सहसा उन्हें मन्दिर की ऊँची छत के नीचे आन्द्रे के अट्टहास का गर्जन गूँजता जान पड़ा और वे बच्चियों के हाथ अपने हाथ में लेकर मन्दिर की काठ की सीढ़ियाँ चढ़ गईं। मन्दिर का आँगन धूप-दीप और फूलों की गन्ध से महक रहा था। देवताओं की प्रतिमा के सामने धूप जल रही थी और आँगन में फूल महक रहे थे। आहट सुनकर बुड्ढा पुजारी अपनी रसोई से भागा हुआ आया। पुजारी के हाथ और चेहरे पर ईंधन की कालिख लगी हुई थी।

पुजारी को बच्चियों की ओर विस्मय से देखते पाकर रानी बोल उठीं–"हम भेंट लाई हैं।" बच्चों की ओर देखकर वे बोलीं–"बच्चियों, अपने नाम बताओ !"

बच्चे अपने-अपने नाम पुकारने लगे। सब बच्चियों के अपने नाम सुना देने पर अपने हाथ में हाथ थमाए बच्ची को आगे बढ़ाकर रानी बोलीं–"और यह स्नेह है। यह सब बच्चियाँ मन्दिर के अर्पण हैं।"

बूढ़े पुजारी के कान तक सब समाचार पहुँच चुके थे। इस परिवर्तन से उसे असुविधा तो होनी ही थी, परन्तु यह समझकर कि रानी विधाता को सन्तुष्ट करने के लिए पुण्य कार्य कर रही हैं, आपत्ति का अवसर नहीं था। पुजारी ने कालिख भरे हाथ जोड़कर रानी के सामने सिर झुका दिया। रानी भीतर गईं। मन्दिर की कोठरियों को, जिनमें अब तक देवता ही वास करते थे, उन्होंने बच्चियों के लिए नियत कर दीं। बोलीं–"सबसे छोटे बच्चे करुणा की देवी की कोठरी में रहेंगे। देवी उन पर कृपा करेंगी।" बड़ी कोठरी उन्होंने बड़े बच्चों को दे दी।

स्नेह अब भी उनका आँचल पकड़े उनसे ही चिपकी हुई थी। "मैं आपके साथ चलूँगीं।"–उसने रानी की ओर देखकर कहा, "मैं कपड़े धो लेती हूँ, खाना परोस लेती हूँ और भी सब काम कर लेती हूँ।"

रानी का हृदय बच्ची के अनुनय से द्रवित हो गया, परन्तु पक्षपात कैसे करतीं।

उसे समझाया–"बेटी, तुम सब के साथ रहो। सब की सहायता करना। बाबा यही कहते थे न ?" उसी समय मन ने यह भी स्वीकार किया कि यह केवल न्याय के ही विचार से नहीं था, वे अपने और आन्द्रे के बीच किसी और को आने नहीं देना चाहती थीं।

"अम्माजी, हमलोग सोएँगे कहाँ ?"–बच्चों ने पूछा।

"शाम तक तुम्हारे लिए बिस्तरे आ जाएँगे"–रानी बोलीं, "अभी तो तुम दिन भर खेलो।"

बच्चों को पुलकित और प्रसन्न देखकर रानी उन्हें देवताओं की शरण में छोड़ गईं।

चमेली अपने लाल-लाल होंठ दबाए चमकीले रेशमी रूमाल पर बने फूलों की ओर आँख गड़ाए थी। रूमाल का एक कोना बाएँ कन्धे पर लगे काँच के बटन में फँसा हुआ था। जब वह चाहती रूमाल को चेहरे के आगे कर पर्दा कर लेती या किसी व्यक्ति से बात करते समय उस रूमाल से अपने चेहरे को ओट में किए रहती।

रानी के सामने बुलाई जाने पर कुछ देर चुप रहकर चमेली बोली–"मैं क्या कह सकती हूँ !"

"हाँ कहने को है ही क्या !"–रानी ने उत्तर दिया।

"कहने को तो बहुत कुछ है।"–चमेली अधिकार जताने के लिए बोली, "बच्चा अभी नहीं है तो होगा तो सही।" उसने अपने पेट पर हाथ रखकर संकेत किया।

रानी ने उसकी ओर आत्मीयता से देखा और बोली–"क्यों नहीं ! तुम स्वस्थ हो, तुम्हारे तो खूब सुन्दर-स्वस्थ बच्चा होगा।"

"लेकिन हवेली में मेरी जगह क्या होगी ?"–चमेली पूछ बैठी।

"तुम कैसी जगह चाहती हो ?"–रानी ने पूछा।

"मैं मालिक की तीसरी पत्नी होऊँगी।"–चमेली ने तीखा उत्तर दिया। उसके भोले चेहरे को देखकर इतने तीखेपन का अनुमान नहीं होता था। यह बात कहते ही उसकी उज्ज्वल आँखों, छोटी सीधी नाक, गुलाबी गालों और होंठों पर पक्केपन का भाव आ गया।

"हाँ, ठीक तो है।"–रानी ने उत्तर दिया।

"आपको तो एतराज़ नहीं ?"–चमेली ने सहमते हुए पूछा, और उसके चेहरे पर आया पक्कापन लोप होकर कातरता छा गई।

"एतराज़ किस बात का ?"–रानी ने बहुत सरलता से पूछा।

"तो फिर मैं इस हवेली में रहूँ...मैं तीसरी मालकिन होऊँगी...और जब बच्चा..."

"हमारे खानदान का कोई बच्चा, बिना बाप का नहीं हो सकता।"–रानी बोलीं, "खानदान का सम्मान भी तो कोई चीज़ है। तुम घर के बच्चे की माँ होगी। तुम्हारी इज़्ज़त होनी चाहिए।"

चमेली की बड़ी-बड़ी काली आँखें विस्मय में फैल गईं। वह फफककर रो उठी। "मैं तो समझे थी आप मुझ पर बिगड़ेंगी, मुझे गाली देंगी। मैं तो वही सब सोचकर आई

थी...। अब मैं क्या कहूँ...”

“कुछ कहने की ज़रूरत नहीं।”–रानी ने शान्ति से उत्तर दिया, “हम नौकरानी से कहे देते हैं कि तुम्हें ले जाकर जगह दिखा दे। जगह बड़ी नहीं है। दो कमरे हैं। साहब के आँगन के बाईं तरफ़ छोटा आँगन है। दाएँ हाथ के आँगन में दूसरी पत्नी रहती है। तुम दोनों की जगह अलग-अलग है। हम अभी जाकर साहब से कह देंगे कि तुम आ रही हो।”

कुछ क्षण सोचकर रानी फिर बोलीं–“साहब बहुत भले आदमी हैं। सब का बराबर ख़याल करते हैं। अगर वे अपना चाँदी का पाइप तुम्हारे यहाँ मेज पर छोड़ जाएँ तो समझना कि तुम्हारे यहाँ आएँगे। अगर पाइप साथ ले जाएँ तो बिगड़ना नहीं। हम तुम्हें जगह दे रहे हैं। इतनी बात तुम हमारी मानना, घर में झगड़ा-झंझट नहीं होना चाहिए।

चमेली के साथ आई बुढ़िया चुपचाप एक ओर बैठी थी। उसकी ओर देखकर रानी ने पूछा–“यह तुम्हारी माँ है।”

बुढ़िया के मुँह खोलने से पहले ही चमेली ने जवाब दे दिया–“नहीं, यह चायख़ाने की नौकरानी है।”

“तो इसे लौटा दो।”–रानी बोलीं और जेब से चमकते हुए कुछ रुपए निकालकर उन्होंने नौकरानी के लिए मेज़ पर रख दिए। नौकरानी इस दया से अभिभूत होकर इनाम ले सिर झुकाती हुई बाहर चली गई।

चमेली ने रानी के सामने घुटने टेककर माथा फ़र्श पर रख दिया और बोली–“मैंने सुना था कि आप इंसाफ़ करती हैं, परन्तु आप बड़ी कृपालु हैं।”

रानी के चेहरे पर लाली दौड़ गई। “तुम कुछ दिन पहले आई होतीं तो हम नाराज ही होते।”–रानी बोलीं, “परन्तु अब दूसरी बात है।”

चमेली को उसी अवस्था में छोड़कर रानी उठकर चली गईं। मन ही मन उन्हें लज्जा अनुभव हो रही थी–“मैं बहुत दुष्ट स्त्री हूँ।...कितनी ही स्त्रियाँ इस हवेली में आएँ मुझे क्या ! मेरा अपना मन भरा है। रानी कुछ देर चुप रहीं। उनके मन ने कोई विरोध नहीं किया। फिर सोचा–“आन्द्रे, यदि तुम्हारे जीवनकाल में ही तुम्हें पा लिया होता तो भी क्या हमलोग चुप ही रह पाते ?”

रानी को फिर भी कोई उत्तर नहीं मिला। कोई उत्तर न पाकर उनके होंठों पर मुस्काराहट आ गई। सोचा, उसकी आत्मा भी प्रेम से संकोच करती है। जीवन भर आदतें कहा जाएँगी ! वे कमरे से बाहर आँगन में आ गईं। आँगन में तीन भद्र लोग भले आदमियों के-से कपड़े पहने खड़े थे। रानी को आता देखकर इन लोगों ने मुँह फेर लिया, मानो वे युवती हों। युवती समझे जाने का भाव बुरा नहीं लगा परन्तु उन्होंने उस संकोच को समाप्त कर दिया। बोलीं–“हम रानी वू हैं। आप लोगों को हमसे कुछ काम है ? उन लोगों ने ज़रा घूम कर रानी की ओर देखा और फिर उनमें से सबसे वयस्क व्यक्ति आँखें बचाकर बोला–“हमलोग रानी साहिबा की सेवा में आए हैं। हमारा अभिप्राय है कि मृतक व्यक्ति के प्रति न्याय क्यों न हो। हरे पट्टेवाला गिरोह नगर के

लिए संकट बन गया है। अब वे लोग हत्या भी करने लगे हैं। माना कि वह व्यक्ति केवल एक विदेशी या साधू ही था, परन्तु आज विदेशियों और साधुओं से आरम्भ किया है तो कल हमलोगों की बारी भी आएगी। हमारा विचार है कि विदेशियों के प्रति भी न्याय की माँग होनी चाहिए। हम चाहते हैं कि रानी साहिबा की ओर से न्याय के लिए दावा दायर किया जाए।"

रानी को प्रतिकार की इस भावना से ग्लानि हुई। ऐसा जान पड़ा कि यह सुझाव सुनकर आन्द्रे के नेत्र विरोध के लिए तत्पर हो गए। बोलीं–"नहीं, प्रतिकार की भावना से उनकी आत्मा को कष्ट ही होगा। वे सदा उपदेश देते थे कि अज्ञान के कारण अपराध करनेवाले को क्षमा कर देना ही उचित है। परन्तु यह हरे पट्टेवाले लोग हैं कौन ?"

"यह नगर के कुछ दुस्साहसी और बेकार जवानों का गिरोह है, जो मेहनत करना नहीं चाहते, लुटपाट करना चाहते हैं।"–वयस्क व्यक्ति ने उत्तर दिया।

"तो क्या ऐसे बहुत-से लोग हो गए हैं ?"–रानी ने विस्मय से पूछा।

रानी के प्रति आदर के विचार से हँसी दबाकर वयस्क ने उत्तर दिया–"जी हाँ, आजकल तो ऐसे लोग काफ़ी हो गए हैं।"

"परन्तु इसका कारण क्या है ?"–रानी ने पूछा।

"समय की बात है।"–एक दूसरा व्यक्ति बोला। इस व्यक्ति का क़द छोटा था। चेहरे पर झुर्रियाँ पड़ गई थीं, परन्तु केश अभी काले थे।

रानी कड़ी धूप में लाल रंग की पोशाक पहने खड़ी थीं। उनके सौन्दर्य की श्लाघा इन व्यक्तियों के आँखों से स्पष्ट थी, परन्तु रानी का ध्यान उस ओर न था। वह अब किसी व्यक्ति की भावनाओं की चिन्ता से परे थीं।

"परन्तु ऐसा समय क्यों आ गया ?"–रानी बोलीं। वे समय और परिस्थिति से खूब परिचित थीं, परन्तु उन्होंने यह प्रश्न पूछा ही।

"रानी साहिबा, आप हवेली की ऊँची चारदीवारी की सीमा में रहती हैं।"–वयस्क व्यक्ति ने उत्तर दिया, "संसार इस समय अशान्ति और क्षोभ से काँप रहा है। इस क्षोभ और अशान्ति का कारण विदेशों का प्रभाव है। वहाँ युद्ध के बादल गरज रहे हैं। उसी के प्रभाव में हमारे नौजवान भी भटक गए है। ये नौजवान पुरातन परम्परा को मानना नहीं चाहते, नया मार्ग उनके सामने है नहीं, परिणाम में वे केवल पथभ्रष्ट हो गए हैं।" रानी ने कुछ क्षण उन लोगों की ओर चुपचाप देखकर अपनी बात कह दी कि इस मामले में प्रतिकार की आवश्यकता नहीं।

अभ्यागत लोग रानी का उत्तर पाकर चले गए, परन्तु रानी उनके चले जाने के बाद विक्षिप्त हो गईं। सोचा कि जाकर साहब का ही हाल-चाल देख आएँ। मन में दुविधा हो रही थी कि इस अशान्ति और क्षोभ के समय लड़कों को बाहर भेजकर उचित नहीं किया। सोचा–ऐसे कठिन समय यदि अकेली होतीं तो कैसे सँभाल पातीं। परन्तु अब वे अकेली नहीं थी।

अकेले न होने की सान्त्वना पाकर उन्हें याद आ गया–"साहब को चमेली के आ

जाने का सन्देश देना है।" और वह उस ओर चली गईं।

रानी ने साहब के आँगन के गोल दरवाजे पर क़दम रखा। साहब सामने ही दिखाई दिए। साहब अपने तम्बाकू पीने के बाँस के लम्बे पाइप को पीतल मढ़ी निगाली से गेंदी की क्यारी में कुछ खोद रहे थे। गहरे नीले रंग की धारीदार साटिन की पोशाक उनके शरीर पर थी और पैरों में रेशमी अस्तर के बहुमूल्य मखमली जूते। कुछ दुबलाए हुए लग रहे थे। जवानी में उनका शरीर सुडौल और दोहरा था, पक्की उम्र में आकर तो खूब मुटा गए थे, परन्तु प्रौढ़ावस्था में आकर दुबलाने लगे थे। पीली-पीली त्वचा ढीली पड़ने लगी थी।

रानी ने स्नेह से उन्हें सम्बोधन किया–"कहिए, कैसी तबीयत है ?"

"ठीक ही है, आओ !"–साहब ने उत्तर दिया और पाइप की निगाली से क्यारी कुरेदते रहे।

"पाइप ख़राब हो जाएगा।"–रानी ने सुझाया।

"हम देख रहे थे गेंदी की जड़ें गल तो नहीं गईं।"–साहब ने उत्तर दिया, "ओफ़, कितना पानी पड़ा है !"

"पानी यहाँ ठहरता नहीं है।"–रानी बोलीं, "आपको याद होगा जिस वर्ष त्सेमो हुआ था, मैंने आँगन ऊँचा करवा दिया था कि आर्किड के फूलों की क्यारी सेज से भी दिखाई देती रहे।"

"बहुत याद रखती हो तुम।"–साहब बोले, "यहाँ बाहर ही बैठें कि भीतर चलें ? भीतर ही चलें। हवा बहुत है, पैर ठरने लगेंगे।"

रानी को आश्चर्य हो रहा था, कि उन्हें साहब से कुछ भी संकोच क्यों नहीं अनुभव हो रहा था ? परन्तु आन्द्रे की बात तो साहब से कही नहीं जा सकती थी। वे क्या समझते;...एक विदेशी...फिर साधू...और फिर मरा हुआ।

रानी साहब के पीछे-पीछे कमरे में चली गईं। खुले किवाड़ों से कमरे की फ़र्श पर धूप पड़ रही थी। यहाँ आकर साहब के प्रति मन में फिर वही पुरानी भावना जाग उठी और रानी के मन में उनके प्रति एक करुणा-सी अनुभव हुई...इस व्यक्ति को प्रेम न कर सकने के कारण उन्होंने इसे जीवन के सन्तोष से वंचित रखा। इन्हें प्रेम ही नहीं किया तो अपना शरीर और सन्तान देकर भी क्या दिया ? अब तक वे अपने आपको सदा समझाती आई थीं कि उन दोनों का विवाह पारस्परिक इच्छा से तो हुआ नहीं था, जितना सम्भव था। उन्होंने अपना कर्तव्य पूरा किया। हाँ, यदि उन्होंने साहब को स्वयं चुना होता तो वे अपने आपको कभी क्षमा न कर सकतीं। पत्नी यदि पति को प्रेम नहीं दे सकती तो उसका प्रतिकार कुछ भी देकर नहीं कर सकती। जैसे भी हो, इन्हें प्यार करना ही होगा।–रानी ने सोचा।

"उस लड़की, चमेली से मैंने बात की थी।"–रानी उत्तेजनारहित स्वर में बोलीं और

दीवार के साथ सटी मेज़ की बाईं ओर साहब के सामने बैठ गईं। विवाह के बाद वे यहाँ इसी प्रकार ही बैठकर साहब के साथ शाम को घर की समस्याओं पर विचार किया करती थीं।

साहब पाइप में तम्बाकू भरने लगे। रानी समझ गईं कि साहब उनके आने का कारण न जानने से घबरा रहे हैं। अब तक रानी लोगों में अपने कारण ऐसी घबराहट देखकर सन्तोष ही अनुभव करती थीं। इसे वे अपने प्रति आदर का प्रमाण मानती थीं, परन्तु अब साहब का झेंप से आँखे चुराना और उनके फूले-फूले हाथों का काँप जाना देखकर मन में चोट-सी अनुभव हो रही थी। सोच रही थीं, भय में प्रेम के लिए स्थान कहाँ ! आन्द्रे तो उनसे कभी नहीं डरा और वे भी आन्द्रे से कभी नहीं डरीं। साहब ने भी उनसे कभी प्यार नहीं किया, वरना वे उनसे डरते क्यों !

"उस लड़की की बाबत आपका क्या ख़याल है ?"–रानी ने बहुत आत्मीयता से प्रश्न किया।

रानी के स्वर की आत्मीयता से साहब को साहस मिला। उन्होंने आँख उठाकर देखा। उनकी आँखों में झेंप थी, परन्तु यह कोई नई बात न थीं। "हम जानते हैं तुम इस लड़की की बाबत क्या कहोगी।"–वे बोले, "लड़की बहुत मामूली है। उसमें कोई ख़ास बात नहीं। लेकिन हमें उस पर दया आती है। बेचारी ने हमेशा मुसीबत ही झेली है। बेचारी की क्या ज़िन्दगी रही है..."

"हाँ, तो बताइए न।"–रानी ने फिर अनुरोध किया।

चारों ओर सन्नाटा था, मानो हवेली में उन लोगों के अतिरिक्त और कोई व्यक्ति था ही नहीं। भारी-भारी दीवारों पर खड़ी प्रकांड हवेली, आँगनों के बाद आँगनों का क्रम, उस खूब बड़े कमरे में भारी-भारी मेज़, कुर्सियाँ सैकड़ों वर्ष से उसी प्रकर चली आ रही थीं। कितनी ही पीढ़ियाँ उस कमरे में रह चुकी थीं। भारी दीवारों पर खूब ऊँची छत के नीचे कितने लोगों ने वहाँ बैठकर वैसे ही बातचीत भी की होगी, उसी तरह वे दोनों भी बैठे हुए थे, परन्तु उस पुरातन परम्परा में कुछ नई बात भी थी। पुरानी परम्परा का क्रम टूट चुका था।

"हाँ, उस लड़की...चमेली में कोई ख़ास बात तो है नहीं... ।"–अपराध की स्वीकृति के ढंग से साहब बोले।

"आप उसे चाहते हैं तो ख़ास ही बात है।"–रानी स्नेह से बोलीं।

साहब ने विस्मय से रानी की ओर देखा। "तुम्हारी तबीयत तो ठीक है न बच्चों की माँ ?"–साहब बोले, "तुम्हारा स्वर बहुत कमज़ोर-सा लग रहा है।"

"नहीं तो, तबीयत बिलकुल ठीक है।" रानी बोलीं, "लड़की की बात बताइए न।"

"उससे प्यार करने की तो कोई ऐसी बात नहीं।"–झिझकते हुए साहब बोले, "उससे वह बात तो हो नहीं सकती, जो तुम्हारे साथ थी। उसका भला मैं क्या आदर करूँगा, जैसे तुम्हारा करता हूँ। तुम जानती हो बेचारी बेवकूफ़ है। उससे बात भी क्या की जा सकती है !" साहब ने रानी के चेहरे और आँखों में सहानुभूति देखी तो

और साहस हुआ और बोले–"तुम इतनी समझदार हो कि दूसरी कोई औरत हो नहीं सकती..."

"आप कहिए न बात क्या है ?"–रानी फिर बोलीं, "तभी मैं बता सकूँगी कि आप क्या चाहते हैं।"

"तुम सुनकर क्या करोगी ?"–साहब बोले।

"अब में समझती हूँ कि उस समय च्यूमिंग को बुलवा कर मैंने ठीक नहीं किया।"–रानी बोली।

"तुमने तो हमारे लिए ही किया था।"–साहब बोले।

"नहीं, मेरा अपना स्वार्थ था।" इस बार रानी के स्वर में अपराध की स्वीकृति थी।

साहब को विस्मय हुआ। इससे पहले उन्होंने रानी को कभी अपनी भूल मानते नहीं देखा था।

"तुम्हारी-जैसी बात तो किसी और में हो नहीं सकती।"–साहब आग्रह से बोले, "हमें तो विश्वास है कि यह तुम्हारी चालीसवीं वर्षगाँठ का झगड़ा न उठा होता, तो हमें तो मालूम ही नहीं था कि संसार में तुम्हारे सिवा कोई दूसरी स्त्री है।"

रानी के होंठों पर मुस्कान आ गई। धीमे से बोलीं–"क्या करें, स्त्री के लिए तो दो ही रास्ते हैं–या तो इस आयु में आकर किनारा कर ले, या मर जाए।" यदि पति से उन्हें प्रेम होता तो उनके लिए हवेली में चमेली को बुलवाने की अपेक्षा वे अपनी मृत्यु को ही पुकारतीं।

"यह तुम क्या बात कहती हो !"–साहब और भी विनय से बोले, "तुम इस लड़की की बात पूछ रही थीं। क्या बताएँ,...बस, इसके साथ यह अनुभव होता है कि हम अब भी जवान हैं। बस, यही समझ लो...।"

"जवान ?"–रानी ने पूछा।

"हाँ, कुछ जानती नहीं, कमज़ोर सी है।"–लज्जा से मुस्कराकर साहब बोले, "कभी किसी ने बेचारी की परवाह नहीं की, बच्चा ही है। कोई घर-बार नहीं है उसका।...सीधी है बेचारी, पर दिल की भली है...तुम समझती हो उसमें उतनी बुद्धि तो हो ही नहीं सकती, परन्तु मन की भली है। उसे कोई समझाने, राह दिखानेवाला रहे तो भली बन सकती है।"

साहब की बात से रानी को विस्मय हो रहा था, अब तक उन्होंने साहब को सदा अपने सन्तोष और इच्छा की बात करते ही सुना था। किसी दूसरे की चिन्ता करते नहीं देखा था। बोलीं–"तब तो आप उसे बहुत चाहते हैं।"

रानी के स्वर में सहानुभूति पाकर साहब विश्वास से बोले–"यदि तुम ऐसा समझो तो प्यार ही समझ लो।"

साहब और रानी में इस तरह आत्मीयता से पहले कभी बात नहीं हुई थी, न उन्होंने साहब में कभी सहृदयता का अनुमान किया था। आज उन्हें वे नए ही जान पड़ रहे थे। रानी को विस्मय भी हो रहा था। आन्द्रे जैसे व्यक्ति के लिए उनके मन में स्नेह

जाग उठना तो कोई बहुत आश्चर्य की बात नहीं थी, परन्तु चमेली-जैसी साधारण, सीधी, बल्कि मूर्ख लड़की भी साहब के मन में स्नेह का भाव और शक्ति उत्पन्न कर सकती है, यह जरूर विस्मय की बात है।

"तुम्हें बुरा तो नहीं लगा ?"–साहब ने याचना के स्वर में पूछा।

नहीं, "मुझे अच्छा लगा।"–रानी ने तुरन्त उत्तर दिया।

दोनों एक साथ ही उठ खड़े हुए और कमरे के बीचोबीच फ़र्श पर पड़ती धूप में बढ़ आए। रानी के हृदय के भावों से आकर्षित होकर साहब ने उनके हाथ पकड़ लिए, पल भर के लिए परस्पर आँखें मिलाए वे एक हो गए। रानी के मन में आवेग अनुभव हुआ कि बता दें कि वे प्रसन्न क्यों थीं और क्यों उनमें आज इतनी आत्मीयता जाग उठी। प्रेम की शक्ति क्या है ? प्रेम का स्रोत चाहे कोई महापुरुष हो चाहे चकले की छोकरी, संन्यासी हो या वेश्या, परिणाम तो एक ही है। हवेली की चारदीवारी और आँगनों से घिरी रानी तक भी वह प्रेम पहुँच गया और साहब ने उस प्रेम को चकले में पाया, परन्तु प्रेम ने दोनों को ही बदल दिया। रानी जानती थीं कि ऐसी सूक्ष्म बात को पति समझ नहीं पाएँगे। उन्हें रहस्य को समझाने की अपेक्षा उसका प्रभाव पूर्ण कर देने में ही वह सहायक हो सकती थीं।

"तुम्हारी तरह की स्त्री दुनिया में हो नहीं सकती।"–साहब फिर बोले।

"शायद आप ठीक ही कहते है।"–रानी ने मान लिया और प्यार से अपने दोनों हाथ उनके हाथों से छुड़ा लिए।

इसी समय दरवाज़े में इंग दिखाई दी। अपने अभ्यास के अनुसार इंग ने पहले छिपकर झाँक लिया था कि क्या हो रहा है। साहब और रानी को एक-दूसरे के हाथ थामे देख उसे विस्मय और सन्तोष दोनों ही हुआ। आश्वासन भी अनुभव किया कि अब चमेली को भगा दिया जाएगा। खाँसकर उसने अपने आने की सूचना दी और फिर महत्त्वपूर्ण सन्देश देने के लिए आगे बढ़ आई।

"हुज़ूर, फाटक पर कांग-हवेली से हरकारा आया है। कह रहा है कि सेठानी के दर्दें उठ रही हैं, उनकी हालत खराब है। सेठ साहब ने आपको फ़ौरन याद किया है।"

रानी इंग की खाँसी सुनकर कुर्सी पर जा बैठी थीं। समाचार सुनकर तुरन्त खड़ी हुईं। "विधाता, यह क्या हुआ ?...हरकारे ने बताया कि तकलीफ़ क्या है !"–रानी बोलीं।

"बच्चा फँस गया है।"–उदास स्वर से इंग ने उत्तर दिया।

"हम अभी जा रहे हैं।"–रानी बोलीं और दरवाजे की ओर बढ़ गईं। दरवाजें पर ठिठक कर उन्होंने साहब की ओर घूम कर देखा और बोलीं–"अच्छा, आप किसी बात से मन को मैला न कीजिए। लड़की साँझ तक चुपचाप आपके यहाँ पहुँच जाएगी। कोई बात नहीं उठेगी। हम ख़याल रखेंगे, पर एक अनुरोध है कि च्यूमिंग अगर चली जाना चाहे तो उसे न रोकिएगा।"

"हम तो कहते हैं, उसे यहाँ ही रहने दो।"–साहब सहानुभूति से बोले, "बहुत नेक

है बेचारी। उसे कहाँ भेज दोगी, जाएगी भी कहाँ !"

"नहीं, उसे कहीं भेजेंगे नहीं।"–रानी ने उत्तर दिया, "यह सब हम लौटकर सोचेंगी, अभी उसे हमारे आँगन में जाने दीजिए।" उन्होंने इंग की ओर देखा, "सुन लिया तुमने ? यह हो जाए।"

इंग दीवार से लगी सहारे के लिए नाखून ईंटों में गड़ाए खड़ी थी। बोल उठी–"क्या वह छिनाल यहाँ ही रहेगी ?"

"ऐसा मत कहो।"–रानी कड़ाई से बोलीं, "हमारे मालिक उसे चाहते हैं।"

रानी चल दीं और कुछ ही मिनट में पालकी में सवार होकर हवेली के बाहर हो गईं।

"भागवानो, रास्ता देना ! भागवानो, शरण देना !"–कहकर पुकारते जा रहे थे और भीड़ हटकर पालकी के लिए रास्ता देती जा रही थी।

बारह

कांग सेठ की हवेली के फाटक पर रानी वूर की पालकी उतरी। हवेली में परेशानी का तूफ़ान उठा हुआ था। जवान दासियाँ और नौकरानियाँ एक-दूसरे पर हुकुम चलाती झगड़ती इधर-उधर भाग रही थीं। नौकर भी घबराहट से परेशान इधर-उधर खड़े थे। रानी की पालकी रुकते ही बड़े कारिन्दे ने झुककर सलाम किया और उन्हें भीतर ले चला। रानी ज़नानी ड्योढ़ी की ओर चल दीं। उन्हें आया देखकर सब लोग चुप हो गए और उनकी ओर आशा से देखने लगे। लोग उनकी बुद्धिमता से परिचित थे। यह भी जानते थे कि सेठानी के प्रति उनका स्नेह था। एक नौकरानी ने दूसरी को बताया– "रानी साहिबा बहुत बड़ी-बड़ी किताबें पढ़ती हैं !" उनलागों को आशा थी कि उन पुस्तकों में से उनकी विपत्ति का उपाय रानी ही बता सकेंगी। सेठ भीतर के आँगन के बड़े कमरे में बैठे रो रहे थे। वर्षों में रानी ने उन्हें कई बार देखा था, परन्तु बात उनसे कभी नहीं हुई थी। मेंग और लीनी के विवाह के अवसरों पर भी दोनों ने परस्पर बुजुर्ग सम्बन्धियों की तरह दूर से ही झुक-झुक कर परस्पर अभिवादन किया था, परन्तु उनके विषय में रानी सहेली से बहुत कुछ सुन चुकी थीं।

रानी ने सेठ के विषय में कई सूत्रों से इतना सुन लिया कि जानने को कुछ शेष नहीं रह गया था। वे जानती थीं कि सेठ को मसाला भरी बत्तख के साथ शराब और लहसुन बहुत पसन्द था। अंडे उन्हें पसन्द नहीं हैं। सुअर का मांस खूब खाते थे। दो पूरी सुराही पी जाएँ तो नशा चढ़ता था। शराब चढ़ जाए तो उत्पात नहीं करते, बस सो रहते थे। उन्हें अपने बच्चों की संख्या का भी बहुत गर्व था, परन्तु बच्चों को रोते देखकर चिढ़ भी जाते थे। रात में वे अपनी चप्पल सेठानी की सेज के समीप ही रखते थे। जिस दिन ऐसा न करें सेठानी समझ जातीं कि पति चकले गए हैं और आधी रात तक रोती रहतीं। उन्हें यह भी मालूम था कि सेठ के सीने पर दीर्घायु का चिह्न–काला तिल–था। पेट में प्रायः हवा भर जाती थी। उत्तर से धूल भरी आँधी आने पर उनकी आँखों में कष्ट हो जाता था और केंकड़ा खाने से उन्हें खाज हो जाती थी, परन्तु खाए बिना रहते नहीं थे। अभिप्राय यह कि रानी उनके विषय में सब कुछ जानती थीं। सेठ इस समय सेठानी को मृत्यु के मुँह में समझ दोनों घुटनों पर अपने गुदगुदे हाथ रखे बैठे रो रहे थे। उन्हें रानी की बावत केवल उतना ही मालूम था जितना शहर में सभी लोग जानते थे, अर्थात रानी ने चालीस वर्ष की हो जाने पर पति के लिए रखेल रखवा ली थी।

रानी को आया देखकर सेठ उठ खड़े हुए। उनके गालों पर से आँसू की बूँदें पीले मोतियों की तरह लुढ़कती जा रही थी। "वह तो...तो..."–सेठ ने बोलने का यत्न किया।

"हमें मालूम है।"–कहकर रानी ने आँखें फिरा लीं। रानी को सदा ही विस्मय होता था कि सेठानी इस आदमी से स्नेह करती थीं। परन्तु अब विस्मय नहीं हुआ, अब वे जान गई थीं कि प्रेम का मार्ग विचित्र है। शयानागार के दरवाजे पर साटिन का परदा पड़ा हुआ था। रानी उस ओर संकेत कर बोलीं–"आज्ञा दें तो हम भीतर चली जाएँ।"

"जाइए ! जाइए। और इसकी जान बचाइए।"–सेठ बड़बड़ा दिए।

रानी सेठानी के शयानागार में गईं। कमरे में गर्म खून की गन्ध भरी हुई थी। एक ओर बड़ा लैम्प जल रहा था। सेठानी की सेज पर एक बुढ़िया झुकी थी। एक नौकरानी पैताने और एक नौकरानी सिरहाने खड़ी थी। रानी ने सिरहाने खड़ी नौकरानी को एक ओर हटा दिया और सेठानी के वेदना से काग़ज की तरह पीले पड़ गए चेहरे की ओर देखकर करुणा से पुकारा–"मिशन !"

सेठानी ने धीमे से आँखें खोलीं। "तुम,...तुम आ गईं ! मैं नहीं बचूँगी।"–सेठानी बोलीं।

रानी सेठानी की कलाई हाथ में लेकर नाड़ी देखने लगीं। नाड़ी वास्तव में बहुत क्षीण थी।

"बच्चे को खींचो मत !"–रानी ने दाई को आदेश दिया।

बूढ़ी दाई ने रानी की ओर देखकर उत्तर दिया–"लड़का है।"

"रहने दो।"–रानी बोलीं। उँगली उठाकर उन्होंने आदेश दिया–"तुम सब बाहर चले जाओ।"

"तो फिर आप जानिए !"–बूढ़ी दाई ने मुँह बनाकर कहा।

"हाँ, हम देख लेंगे।"–रानी ने ज़िम्मेदारी ले ली।

दाई और नौकरानियाँ बाहर चली गईं तो रानी सेठानी के कान पर झुककर बोलीं–"मिशेन, मेरी बात सुनो।"

सेठानी की आँखें फिर मूँद गई थीं। बड़े यत्न से आँखें खोलीं, पर बोल न सकीं, पर वे समझ रही थीं।

रानी बोलीं–"तुम चुपचाप लेटी रहो, हम जाकर तुम्हारे लिए शोरवा ले आती हैं। तुम पीकर कुछ देर आराम करो। शरीर में कुछ शक्ति आ लेने दो। मैं सहायता करूँगी और बच्चा हो जाएगा।"

सेठानी की पलकें तनिक थिरकीं और चेहरे पर सान्त्वना का भाव दिखाई दिया। रानी उन्हें कपड़ा ओढ़ाकर बाहर के कमरे में आ गईं। दाई नाराज होकर चली गई थी, परन्तु दोनों नौकरानियाँ मौजूद थीं। एक सेठ के लिए प्याले में चाय बना रही थी और दूसरी उन्हें पंखी कर रही थी। रानी ने सेठ को सम्बोधन किया।

"आप कुछ मदद करेंगे ?"–रानी ने पूछा।

"बच जाएँगी।"–सेठ चिल्ला उठे।

"हाँ, यदि आप मदद करें।"–रानी ने उत्तर दिया।

"मैं तैयार हूँ...जो आप हुक्म करें।"

"चुप रहिए।"–रानी ने संकेत किया और एक नौकरानी को आदेश दिया–"एक प्याला बढ़िया शोरवा लाओ।"

"मांस का शोरवा, मुर्गी का शोरवा और मछली का शोरवा–सभी तैयार हैं।"

"मछली का शोरवा"–रानी बोले, "दो चम्मच शक्कर भी मिला लेना खूब गरम हो।"

नौकरानी चली गई।

सेठ की ओर देखकर रानी बोलीं–"शोरवा नौकरानी के हाथ न भेजिएगा, आप ही लाइएगा।"

"मैं; मैं ?–घबराकर सेठ बोले, "नहीं, मुझसे बिगड़ जाएगा।"

"आप ही लेकर आइएगा।"–रानी ने अपनी बात दोहराई।

रानी सेठानी के समीप लौट आईं और फिर नाड़ी देखने लगीं। नाड़ी वैसे ही थी। और कमज़ोर नहीं हुई थी। रानी प्रतीक्षा में चुप खड़ी थीं। सेठ के पंजों के बल भारी-भारी क़दम रखते हुए आने की आहट मिली। सेठ दोनों हाथों शोरवे का बरतन थामे थे।

"शोरवा चायदानी में ले लिया जाए।"–रानी बोलीं। उन्होंने चायदानी की चाय पीतल के एक उगालदान में डाल दी और सेठ के हाथ से बरतन लेकर चायदानी में शोरवा भरकर सेठानी के समीप आ गईं। चायदानी की टोंटी से स्वयं एक घूँट लेकर उन्होंने देखा कि अधिक गरम तो नहीं और फिर पुकारा–"मिशेन, लो। तुम घूँट भरती जाओ।" टोंटी उन्होंने सेठानी के मुँह में दे दी। सेठानी आँखें मूँदे ही घूँट भरने लगीं और पाँच-छह घूँट पी गईं।

"अच्छा, अब थोड़ी देर आराम कर लो।"–रानी बोलीं।

रानी ने सेठ को खड़े रहने के लिए संकेत किया परन्तु उनसे बोली नहीं। अपनी साटिन की पोशाक की आस्तीन उन्होंने ऊपर समेट ली। कुर्सी पर पड़ा एक तौलिया उठाकर कमर में बाँध लिया। सेठ आंतक से यह सब कुछ देख रहे थे।

"मेरा यहाँ रहना ठीक होगा ?"–सेठ ने पूछा।

रानी ने उन्हें समीप आ जाने के लिए संकेत किया। अवहेलना करने का साहस सेठ को न था। सेठ की अनेक सन्तानें थीं, परन्तु सन्तान के उत्पन्न होने की प्रक्रिया तो उन्होंने देखी नहीं थी। बेपरवाही में सन्तानें होती चली गई थीं। वे केवल प्रसन्न ही होते रहे थे।

रानी ने सेठानी के ऊपर से कपड़ा हटा दिया और सेज पर झुककर बोलीं–"मिशेन, तुम आराम से लेटी रहो। शरीर ढीला छोड़ दो। जो करना होगा हम करेंगी।"

रानी के आश्वासन देने पर भी जैसे ही उनके हाथों ने सेठानी के शरीर को छुआ उनकी कराहट निकलने लगी। सेठ ने दोनों हाथों से मुँह ढँककर पीठ मोड़ ली।

"आकर उसके दोनों हाथ पकड़ लीजिए और मदद कीजिए।"–रानी ने सेठ को आज्ञा दी।

रानी की बड़ी-बड़ी आँखें सेठ की ओर थीं। सेठ आज्ञा की अवहेलना न कर सके। आगे आकर उन्होंने सेठानी के दोनों हाथ थाम लिए।

पति से परिचित हाथ पहचानकर सेठानी ने आँखें खोल दीं और पुकारा–"तुम आए हो ?"

जब सेठानी का ध्यान पति को पहचानने में था, रानी ने अपने पतले हाथ बढ़ा कर बच्चे को पकड़ लिया। सेठानी चीख उठीं।

सेठ पसीना-पसीना हो गए और पत्नी के हाथों को पकड़े रोते हुए बोले–"तुम्हारी जान बच जाए, मैं प्रतिज्ञा करता हूँ...।"

"कैसी प्रतिज्ञा ?..."–सेठानी हाँफकर बोलीं, "हमें अच्छा लगता है, तुम्हारे बच्चे...।"

"मुझे कुछ नहीं चाहिए। तुम पर सब कुछ न्योछावर है।"–सेठ चिल्लाए, "तुम मर गईं तो मैं फाँसी लगा लूँगा।" उनके चेहरे से पसीना बह रहा था।

"हाय, तुम मुझे इतना चाहते हो !"–सेठानी क्षीण स्वर में हाँफते हुए बोलीं।

एक क्षण के लिए रानी का हृदय काँप उठा। "जो कठिन काम हाथ में ले लिया था, निभ भी जाएगा?"

"हाय मेरी जान, हाय मेरी रानी।"–सेठ रोने लगे, "तुम मरना नहीं।"

"नहीं मैं मरूँगी नहीं।"–सेठानी ने दृढ़ता से उत्तर दिया।

उसी समय रानी ने बच्चे को निकाल लिया। रक्त का फौव्वारा-सा बह निकला, परन्तु रानी ने समीप पड़ी रुई उठाकर उसे रोक दिया।

सेठ पत्नी के हाथ पकड़े हुए बोले–"क्या हो गया ?"

"हो गया।"–सेठानी धीमे से बोलीं।

"बच्चा?"–सेठानी धीमे से बोलीं।

रानी ने बच्चे के फटे हुए शरीर को कमर से लिपटे तौलिए में लपेट दिया और शान्त स्वर में बोली–"बच्चा मरा हुआ है। आप दोनों के काफ़ी बच्चे हैं, कोई बात नहीं।"

"कोई बात नहीं।"–सेठ बड़बड़ा उठे, "मिशेन, कोई जरूरत नहीं। मैं प्रतिज्ञा करता हूँ।"

"चुप रहो।"–रानी कुछ कड़े स्वर में बोली, "प्रतिज्ञा क्यों करते हो, यह तुम्हारे बस का नहीं।" शोरवे से भरी चायदानी उठाकर उन्होंने सेठानी के मुँह से लगा दी। "पियो, इस समय अपनी फ़िक्र करो।" रानी ने फिर उनकी नाड़ी देखी। नाड़ी में अब बाल भर सुधार था।

रानी सेठ को पत्नी का हाथ छोड़ देने का संकेत कर बोलीं–"अब उसे सोने दो। हम यहाँ बैठेंगी। आप बच्चे को बाहर ले जाइए।"

तौलिए में लिपटे बच्चे को सेठ के हाथों में देते उन्होंने फिर चेतावनी दी–"यह तुम्हारी कही बात का साक्षी है। याद रखना, अपने प्राण देकर इसने तुम्हारी पत्नी के प्राण बचाए हैं।"

"मैं नहीं भूलूँगा।"–सेठ ने अपनी प्रतिज्ञा दुहराई, "मैं प्रतिज्ञा करता हूँ।"

"निबाह नहीं पाओगे तो प्रतिज्ञा क्यों करते हो ?"–रानी फिर बोलीं।

रानी पूरा दिन और रात सहेली के सिरहाने बैठी रहीं। नौकर उनके लिए भोजन और चाय उसी कमरे में ले आए। रानी ने नौकरों को कमरे के भीतर नहीं आने दिया। दरवाजे पर जाकर ही चीज़ें ले ली। सेठ दो बार भीतर आए। एक बार रानी को धन्यवाद देने के लिए और एक बार सोती हुई पत्नी को देखने के लिए। सेठानी ने आँखें नहीं खोलीं। टोंटी मुँह से लगा देने पर आँखें मूँदे ही शोरवा पी लिया। रानी ने शोरवे में रक्त गाढ़ा करने के लिए ओषधि मिला दी थी और किसी ओषधि का महीन चूर्ण सेठानी के शरीर पर छिड़क दिया था। उन ओषधियों के विषय में रानी ने पुरानी पुस्तकों में पढ़ा था।

मेंग और लीनी माँ को देखने आई थीं, परन्तु रानी ने उन्हें उस कमरे के भीतर नहीं आने दिया। हवा बहुत ठंडी थी, इसलिए रानी ने कमरे की खिड़कियाँ बन्द कर दी थीं। केवल उतनी ही हवा आने दी जितनी दोनों के श्वास के लिए आवश्यक थी। रानी निश्चित समय के बाद सेठानी को ओषधि मिला शोरवा पिलाती रहीं और ओषधि से उनके शरीर को धोती रहीं। रेशमी लिहाफ़ में लिपटी सेठानी के शरीर में शनैः शनैः प्राण-शक्ति लौट रही थी।

दो दिन बीत जाने पर रानी को सेठानी के प्राण बच जाने का भरोसा हो गया तो वे क़मरे से बाहर निकलीं। सेठ तब भी दरवाजे के बाहर प्रतीक्षा में अकेले बैठे थे। इस बीच में न उन्होंने नहाया, न कुछ खाया, न सोए ही। विनय और शिष्टाचार का पाखंड भूलकर सीधे-सीधे मनुष्य बने हुए थे। उनकी अवस्था देख रानी को बहुत दया आई। वे उनके सामने दूसरी कुर्सी पर बैठ गईं।

"आपकी कृपा से ही इसकी जान बच गई।"–सेठ सिर झुकाकर बोले।

"मिशेन के जीवन पर फिर यह संकट नहीं आना चाहिए।"–रानी ने धीमे से कहा।

"मैं प्रतिज्ञा करता हूँ...।" सेठ बोले ही थे कि रानी ने उन्हें संकेत से चुप करा दिया।

"प्रतिज्ञा निभा भी पाओगे ?"–रानी बोलीं, "निभाओगे भी तो कैसे ? क्या मैंने उसके प्राण इसलिए बचाए हैं कि तुम चकलों की सैर करो और वह बैठी रोया करें ? तुम उसे परेशान नहीं करोगे तो दूसरी हरकतें करोगे। यह तो बेचारी की बदक़िस्मती है कि तुम्हें इतना चाहती है। तुम्हें तो उसकी परवाह नहीं है।"

"मैं उसे बहुत प्यार करता हूँ।"–सेठ ने रानी की बात का विरोध किया।

"क्या प्यार करते हो ?"–रानी बोलीं, "उसके लिए कुछ कर भी सकते हो ?" रानी ने सेठ की आँखों में घूरकर देखा। "रोती रहने से तो उसका मर जाना ही क्या बुरा है !"

"नहीं, वह रोएगी क्यों ?"–सेठ ने पूछा और फिर आँखें झुका लीं। "मुझे तो नहीं मालूम था...मुझसे तो उसने कभी नहीं कहा।"

"क्या नहीं कहा ?"–रानी ने पूछा। सेठ का अभिप्राय समझकर भी उन्होंने प्रश्न किया कि सेठ को बात स्पष्ट कहनी पड़े।

"मुझे नहीं मालूम था कि सन्तान का प्रसव इतना कठिन होता है।"

"ऐसा ही कठिन होता है,"–रानी बोलीं, "परन्तु तुम्हारे स्नेह में वह सहती गई।"

"क्या हर बार इतना की कष्ट ?"–सेठ ने पूछा।

"इतना, कितना ?"–रानी ने प्रश्न किया।

"यही कि प्राणों पर संकट...।"

"स्त्री के लिए प्रसव सदा ही प्राणों पर संकट होता है।"–रानी बोलीं "परन्तु अब मिशेन की अवस्था ऐसी हो गई है कि प्रसव होगा तो प्राण नहीं बचेंगे। उसकी जान ही बचा लो या..."

"मुझे मिशेन चाहिए।"–सेठ बोल उठे।

सेठ आँखों पर हाथ रखे सिर झुकाए बैठे थे। रानी उठीं और चली गईं। सेठ से फिर मिलने की सम्भावना नहीं थी, आवश्यकता भी नहीं थी। वे उस सीधे-सादे आदमी को प्रेम से भयभीत, अपनी ही पत्नी के प्रेम से भयभीत, छोड़कर चली गईं।

रानी बहुत थकी हुई थीं। अपने आँगन की नीरवता में आकर शान्ति और विश्राम के लिए आँखें मूँद लीं। वह आँगन आन्द्रे की उपस्थिति और स्वर से पवित्र हो चुका था। रानी और आन्द्रे के स्नेह के सम्बन्ध से सेठ और सेठानी के पार्थिव प्रेम की क्या तुलना थी !

इंग ने पुस्तकालय में अँगीठी सुलगा दी थी। खिड़कियाँ खुली होने पर भी कमरा गरम था। खिड़कियों से धूप आ रही थी। रानी वहीं जा बैठी। यदि प्रेम ने उन्हें नई शक्ति न दे दी होती तो वे सेठानी के प्राण न बचा सकतीं। किसी के शरीर को छूने, रक्त की गंध, सेठ के आँसुओं से भीगे फूले हुए चेहरे की विरक्ति के कारण वह वहाँ ठहर भी न सकतीं, परन्तु प्रेम ने अब इन विरक्तियों को धो दिया था। इंग भीतर आई और उपालम्भ से बोली–"हुजूर, यह सब क्या,...कपड़ों पर कितना खून...चेहरा थकान से कैसा पीला हो रहा है!"

रानी ने आँखें झुकाकर अपने कपड़ों पर रक्त के दाग़ देखे। उनके स्वभाव की नफ़ासत और नाज़ुकपना जाने कहाँ चला गया था ! उनके मुख से केवल इतना ही निकला–"ओह भूल गई।

रानी में आ गए परिवर्तन को वे स्वयं भी नहीं जान पा रही थीं। नहीं मालूम था कि जीवन के इस नए पथ पर अगला क़दम किस ओर उठेगा ? कोई पूर्व निश्चित योजना नहीं थी। इतना भरोसा था कि वे ठीक दिशा में जा रही हैं। इसी में उनका कल्याण है। इस मार्ग को सुझानेवाला प्रकाश आन्द्रे का प्रेम था। अपरिचित मार्ग को पहले से

जान लेने की आवश्यकता भी नहीं थी। केवल पथ-दर्शक प्रकाश का भरोसा।

दूसरे दिन इंग च्यूमिंग की बेटी को गोद में ले आई तो रानी के मन में उसके प्रति स्नेह उमड़ पड़ा। अब तक रानी इस बच्ची को अपने कन्धों पर एक नया बोझ अनुभव कर रही थी, परन्तु अब वह बच्ची वू परिवार और च्यूमिंग को बाँध देनेवाली स्नेहमयी कड़ी जान पड़ रही थी। च्यूमिंग भी अब समस्या और बोझ नहीं रही थी। उनके लिए आन्द्रे के निर्देश के अनुसार ही सब कुछ करना होगा।

"च्यूमिंग कहाँ है ?"–रानी ने पूछा।

"कभी रसोईघर में, कभी बग़ीचे में कुछ करती-धरती रहती है।"–इंग ने उत्तर दिया।

"खुश तो है?"–रानी ने पूछा।

"खुश क्या होगी हुज़ूर !"–इंग ने उत्तर दिया, "उसे तो निकाल ही देना होगा। उदास आदमी का चेहरा असगुन होता है मालकिन। उदास आदमी को देखकर धायों का दूध सूखने लगता है और बच्चे भी चिड़चिड़े हो जाते हैं।"

"अच्छा, उसे बुलाओ।"–रानी ने आज्ञा दी। सुबह नींद खुलते ही रानी ने सेठानी के समाचार के लिए हरकारा भेज दिया था। वहाँ सब कुशल था। सेठानी को रात भर अच्छी नींद आई थी। खून बन्द हो गया था। सुबह उन्होंने शक्कर मिलाकर दलिया खा लिया था और अब तक सो रही थीं।

आकाश में गहरे बादल छाए हुए थे, परन्तु हवा नहीं थी। नदी की ओर से आती कोहरे की गन्ध रानी की सूक्ष्म नासा में अनुभव हो रही थी।

रानी के समीप ही एक पलने में पड़ी च्यूमिंग की लड़की अपने हाथों से खेल रही थी। कभी उसके नन्हें-नन्हें हाथ उसकी आँखों के आगे से हट जाते तो बच्ची हाथों के खो जाने से विस्मित रह जाती। हाथ आँखों के सामने आ जाते तो वह उन्हें ध्यान से देखकर हिला-हिला कर खेलने लगती, परन्तु अवश हाथ फिर खो जाते और बच्ची चकित हो जाती।

बच्ची की ओर देखकर रानी सोच रही थीं–हम सब लोग आरम्भ में कितने नन्हें होते हैं ! मैं भी ऐसी रही हूँगी और आन्द्रे भी। रानी कल्पना करने लगीं। नन्हा शिशु आन्द्रे कैसा लगता होगा और उन्हें आन्द्रे की माँ का ख़याल आ गया। क्या माँ जानती होंगी कि उनका बेटा क्या था ! उसका जीवन दूसरे मनुष्यों के लिए आशीर्वाद का रूप होगा !

सर्दी के कारण कमरे के दरवाज़े बन्द थे। किवाड़ खुले और च्यूमिंग भीतर आ गई। सर्दी और कोहरे में से आई च्यूमिंग कोहरे और सर्दी का ही अंश जान पड़ रही थी, बादल के रंग-जैसी उदासी का रूप। चेहरा पीला, होंठ पीले और पीली पलकें बड़ी-बड़ी आँखों पर झुकी हुई थीं।

"अपनी बेटी को तो देखो !"–रानी हँसती हुई स्नेह से बोलीं, "पगली के हाथ ही खो जाते हैं। ढूँढ़ पाती है तो फिर खो जाते हैं। हैरान रह जाती है।"

च्यूमिंग पलने के समीप आ सिर झुकाए बच्ची की ओर देखती भाव-शून्य खड़ी रही। उसे बच्ची से कोई ममत्व नहीं जान पड़ रहा था।

इससे पूर्व ऐसे अवसर पर रानी आँखें बचाकर मुँह फिरा लेतीं। सोचतीं, दूसरों की बातों से उन्हें क्या मतलब ! यदि मूर्ख लड़की अपनी बच्ची को स्नेह नहीं करती तो हम क्यों परेशान हों ? परन्तु अब वह बात नहीं थी। वे च्यूमिंग की ओर देखकर बोली–"हाय, अपनी बेटी को प्यार नहीं करती तुम ?"

"मेरी कहाँ है !"–च्यूमिंग ने उत्तर दिया।

"तेरे पेट की नहीं है !"–रानी ने विस्मय प्रकट दिया।

"है तो, परन्तु जबर्दस्ती की है।"–च्यूमिंग ने उत्तर दिया।

दोनों स्त्रियाँ चुप अबोध बच्ची की ओर देखती रहीं। दूसरा अवसर होता तो माँ के ऐसे निर्मोह के लिए रानी ने उसे धमका दिया होता, परन्तु प्रेम ने उन्हें बदल दिया था। वे सोच रही थीं–आन्द्रे ने एक कुआँरी लड़की के अज्ञात पिता से बालक की बात सुनाई थी। उस बालक पर इतनी आभा थी कि लोग उसे भगवान् की तरह पूजने लगे थे, क्योंकि वह प्रेम का परिणाम था।

"बालक के पिता का पता क्यों नहीं लगा ?"–रानी ने प्रश्न किया था।

"क्योंकि लड़की ने उसका नाम नहीं बताया।"–आन्द्रे ने उत्तर दिया।

रानी ने फिर पूछा–"माँ और बालक को आश्रय किसने दिया ?"

एक भला आदमी था, जोज़फ। जोज़फ माँ और बेटे दोनों की श्रद्धा से पूजा करता था। जोज़फ ने भी कुमारी से कभी कोई प्रश्न नहीं पूछा।"

"उस आभा-सम्पन्न बालक का क्या हुआ ?"–रानी ने पूछा।

"वह जवानी में ही मर गया था, परन्तु लोगों के मन में अब भी जीवित है।"–आन्द्रे ने उत्तर दिया।

आन्द्रे की बात याद कर रानी के ज्ञान-चक्षु खुल गए। समझ में आया कि च्यूमिंग बच्ची को इसलिए प्यार नहीं करती क्योंकि वह वू साहब को प्यार नहीं करती, और साहब को वह इसलिए प्यार नहीं करती कि वह किसी दूसरे को प्यार करती होगी।

रानी ने सहसा प्रश्न किया–"तुम किसे प्यार करती हो ?"

"मैं तो किसी को प्यार नहीं करती"–च्यूमिंग ने उत्तर दे दिया, परन्तु चेहरा कानों तक सुर्ख हो गया। उसके इस प्रकट झूठ पर रानी हँस पड़ी।

"झूठ क्यों बोल रही हो ?"–रानी स्नेह से बोलीं, "तुम्हारे गाल इतने लाल क्यों हो गए ?" सच बोलते इतना क्यों डर रही हो ? चेहरा तो कह ही रहा है, होंठों से भी कह दो। इस बच्ची के लिए तुम्हारे मन में मोह नहीं है, क्योंकि तुम इसके बाप को प्यार नहीं करतीं। प्यार मारपीट कर, जबरन या मोल लेकर नहीं कराया जा सकता। वह तो विधाता की देन है। बिना माँगे मिलता है। उसके लिए हम तुम्हें दोष नहीं देते। अन्याय तो हमीं से हुआ, परन्तु तब हम स्वयं भी नहीं समझती थीं। हमारा ख़याल था कि जैसे

नर-मादा पशुओं का सम्बन्ध करा दिया जा सकता है, वैसे ही स्त्री-पुरुषों का भी हो सकता है, परन्तु अब हम समझती हैं कि नर और नारी का मेल जबरन करा देने से एक-दूसरे के लिए घृणा ही होगी। हमलोग पशु तो नहीं हैं। यदि प्रेम हो तो शरीर न मिल सकने पर भी प्रेम का सम्बन्ध हो सकता है। शरीर न रहने पर भी हम प्रेम कर सकते हैं। प्रेम केवल शरीर का ही तो नहीं होता !"

रानी के मुँह से ऐसी बातें सुन च्यूमिंग उनकी ओर आँखें फैलाए देखती ही रह गई। उसका मन नहीं मान रहा था कि वे सब बातें रानी के मुँह से सुनी हैं। उसे लगा जैसे कोई प्रेत बोल रहा हो, परन्तु रानी तो प्रेत नहीं थीं। वे सम्मुख बैठी थीं, केवल सहानुभूति ने उन्हें अधिक सजीव और आभामय रूप दे दिया था। च्यूमिंग उनकी ओर देखती रह गई।

"बोलो न ! हमें बताओ किसे प्यार करती हो तुम ?"–रानी ने पूछा।

च्यूमिंग का सिर झुक गया। अपने कुर्ते के दामन का कोना नाखूनों से खोटते हुए धीमे से बोली–"मैं लज्जा से मर जाऊँगी।"

"तुम्हें लज्जा से मरने नहीं देंगे।"–रानी ने स्नेह से आश्वासन दिया।

रानी के फिर साहस बढ़ाने और आग्रह करने पर च्यूमिंग झिझकते हुए बोली–"आपने तो मुझे बूढे मालिक के लिए रखेल खरीद लिया था, परन्तु..." वह आगे बोल न सकी।

"हाँ, यह न होता तो तुम दूसरे आदमी से विवाह करतीं।"–रानी ने फिर साहस दिलाया।

च्यूमिंग ने झुका हुआ सिर और झुकाकर हामी भर ली।

"वह आदमी इसी हवेली में है ?"–रानी ने पूछा।

च्यूमिंग ने फिर सिर झुकाकर हामी भरी।

"क्या हमारे बेटों में से कोई ?"–रानी ने पूछा।

च्यूमिंग ने भयभीत आँखें रानी की ओर उठाईं और रो पड़ी।

"क्या फेंगमो ?"–रानी ने पूछा और समझ भी गईं। च्यूमिंग रोती रही।

...विकट उलझन है। यह स्त्री-पुरुष के सम्बन्ध और आकर्षण का दुस्साध्य फन्दा है।–रानी सोच रही थीं, यह सब उनकी अपनी मूर्खता का परिणाम था, क्योंकि वह प्रेम से परिचित नहीं थीं।

"बहिन रोओ मत !"–रानी बोलीं, "यह हमारे ही अपराध का परिणाम है।" रानी ने च्यूमिंग को आश्वासन दिया। "हम ही इसका उपाय करेंगे। साचेंगे, क्या उपाय किया जा सकता है।"

च्यूमिंग ने रानी के सामने घुटने टेक दिए और सिर फ़र्श पर रख गिड़गिड़ाकर बोली–"जीजी, मैंने कहा था मैं लाज से मर जाऊँगी। मुझे मर जाने दीजिए। आपको मेरी-जैसी की जरूरत ही क्या है !"

"सबकी जरूरत है बहिन, तुम्हारी भी जरूरत है।"–रानी च्यूमिंग को कन्धों से

उठाती हुई बोलीं, "तुमने बहुत अच्छा किया, मुझे बता दिया। तुम सन्तोष से प्रतीक्षा करो। समाधान स्वयं सूझ जाएगा। तब तक तुम हमारे बच्चों को सँभालो। इसके लिए हमें सहायता की बहुत ज़रूरत है। हमारे पास इतना समय नहीं।"

च्यूमिंग ने तुरन्त आँखें पोंछ लीं और बोल उठी–"जीजी, इन बच्चियों को मैं सँभालूँगी। वे मेरी ही जैसी हैं, मेरी ही बहिनें हैं।" अपनी बेटी को उसने गोद में उठा लिया। "इस अनाथ को भी मैं वहीं ले जाऊँगी। इसकी माँ इसे प्यार नहीं करती तो यह भी अनाथ ही है।"

रानी चुप रह गईं। सोच रही थीं–च्यूमिंग की समस्या कैसे सुलझेगी ? उसका जीवन कैसे सुखमय हो सकेगा ?...समय स्वयं मार्ग दिखाएगा।

सप्ताह बीते और मास गए। रानी का आँगन हवेली के बीचोबीच था। एक दिन बैठे-बैठे विचार आया–यदि मेरी प्रकृति दुष्ट है तो मेरी अवस्था बिलकुल मकड़ी की तरह है। मैं यहाँ केन्द्र में बैठी जाला बुनती रहती हूँ, जिसमें पूरा परिवार फँसा हुआ है। आँगन में बाँस के वृक्ष पर किसी पक्षी के चहचहाने का स्वर सुनाई दिया। इस पक्षी का स्वर कभी-कभी सुनाई देता था, वर्ष में दो बार। भारतवर्ष में बुलबुलें इस रास्ते से उत्तर की ओर चली जाती थीं और फिर बसन्त के आरम्भ में लौट आती थीं। बुलबुल का स्वर सुरीला था, परन्तु कुछ तीखा-सा।

रानी फिर सोचने लगीं–इस बात का क्या प्रमाण है कि मैं भली ही हूँ। मैं जो भला समझती हूँ, वह वास्तव में भला ही है ? रानी ने मन ही मन आन्द्रे से उत्तर माँगा।

उन्हें एक दिन की बात याद आई। वे वहीं पुस्तकालय में उसी मेज के समीप कुर्सी पर बैठी थीं। आन्द्रे भी था। वे आमने-सामने नहीं थे। मेज़ के एक ही ओर थे। बात करने के लिए घूमकर परस्पर देखना पड़ता था। दोनों की दृष्टि बाहर आँगन में थी। ऐसा ही दिन था, उजली धूप थी और वायु निर्मल। आँगन के फ़र्श के पत्थरों से भिन्न-भिन्न रंगों की गुलाबी, नीली और उजली चाँदी-जैसी धारियाँ स्पष्ट दिखाई दे रही थीं। आर्किट के चटक लाल फूल खिल रहे थे, जल-कुंड में सुनहरी मछलियाँ तीरों की तरह इधर-उधर झपट रही थीं।

आन्द्रे रानी को मनुष्य के पाप में फँसने की कहानी सुना रहा था। उसने बताया एक नारी ने, उसका नाम हौआ था–पुरुष को निषिद्ध फल खाने की प्रेरणा दी थी।

"वह नारी कैसे जानती थी कि वह फल निषिद्ध था ?"–रानी ने पूछा।

"एक दुष्ट आदमी ने साँप का रूप धारण कर यह बात हौआ को बता दी थी।"–आन्द्रे ने उत्तर दिया।

"नारी को क्यों बताई, पुरुष को क्यों नहीं ?"–रानी ने प्रश्न किया।

"साँप जानता था कि नारी पुरुष से सन्तुष्ट नहीं थी। वह जीवन को बढ़ाना और उत्पन्न करना चाहती थी।"–आन्द्रे ने उत्तर दिया, "पुरुष तो स्वयं अपने से ही सन्तुष्ट था। वह एक बाग़ और उस नारी को पाकर तृप्त हो गया था। उसे न्यूनता अनुभव

नहीं हो रही थी, परन्तु नारी चाहती थी कि बाग़ और बड़ा तथा सुन्दर होना चाहिए, क्योंकि वह जानती थी कि उसके शरीर से अनेक जीव उत्पन्न होंगे और उन जीवों के लिए सभी वस्तुओं की आवश्यकता होगी। नारी केवल अपनी ही बात नहीं सोचती थी, उसे अपने शरीर से उत्पन्न होनेवाले जीवों का चिन्ता थी। उनके लिए वह सभी कुछ करने को तैयार हो गई। यही स्त्री की प्रकृति है।"

रानी ने आन्द्रे की गहरी और गम्भीर आँखों को देखकर प्रश्न किया था–"आप नारी के विषय में इतना कैसे जानते हैं ?"

"क्योंकि मैं अकेला हूँ।"–आन्द्रे ने उत्तर दिया, "और अपने को मुक्त कर चुका हूँ।"

"परन्तु आपने अपने आपको मुक्त क्यों कर लिया ?"–रानी ने पूछा, "आप जीवन का मार्ग क्यों छोड़ बैठे ? सभी लोगों का कर्तव्य उस मार्ग पर चलना है। वह मार्ग छोड़ देना क्या उचित है ?"

एक ही बार केवल उसी दिन रानी ने आन्द्रे को झिझककर उत्तर देते पाया था। "इस प्रश्न का उत्तर कठिन है।"–आन्द्रे ने कहा था, "मैं स्वीकार करता हूँ कि मुक्ति की इच्छा आरम्भ में अहंकार के कारण ही हुई थी। जिस समय मैं दूसरे पुरुषों की तरह विवाह करके परिवार बनाने की बात सोच रहा था तब विश्वास था कि एक नारी मुझसे प्रेम करती है, परन्तु भगवान् ने कृपा कर मेरे सुख के लिए मेरे नेत्र खोल दिए थे और मानव-प्रकृति को समझ गया। मैं समझ गया कि वह नारी अचेतन रूप में हौआ के समान ही अपनी भावी सन्तानों के लिए यह योजना बना रही है। वह नारी मेरी थोड़ी-बहुत सहायता से सन्तान उत्पन्न करना चाहती थी, परन्तु वह सन्तान तो उसके शरीर का ही अंश होती। मेरी सहायता तो क्षणिक वासना की पूर्ति के रूप में होती, परन्तु मैं जीवन भर के लिए आदम की तरह उसके बाग़ की पैदावार बढ़ाते रहने के लिए धरती खोदकर पेड़ लगाने और सींचने के काम में बँध जाता। मैंने सोचा, इस नारी की सेवा करने की अपेक्षा भगवान् की ही सेवा क्यों न करूँ ? भगवान् तो अधिक आशा नहीं करते। वे केवल चाहते हैं कि मैं अन्याय न करूँ और उनके सम्मुख विनीत रहूँ; इसी विचार से मैं संन्यासी बन गया।

"संन्यासी बनकर आपने सुख-सन्तोष पा लिया ?"–रानी ने विद्रूप के स्वर में प्रश्न किया।

"हाँ, मैं अपना स्वामी बन गया हूँ।"–आन्द्रे ने उत्तर दिया।

रानी पुस्तकालय में अकेली बैठी स्त्री-पुरुष की समस्या पर विचार कर रही थीं। आन्द्रे की बात याद आ रही थी–बेचारी हौआ या नारी का क्या दोष है ? विधाता या प्रकृति ने ही उसमें उत्पत्ति और सृजन की अपरिमित इच्छा और शक्ति भर दी है। पुरुष तो केवल अपने ही सन्तोष की चिन्ता करना चाहता है। वह तो नारी से केवल अपना ही सन्तोष चाहता है, परन्तु नारी बिना समझे-बूझे भी सृजन के लिए पुरुष का उपयोग करती रहती है। दोनों ही सृजन के साधन हैं, परन्तु केवल स्त्री ही यह स्वीकार करती

है कि वह सृजन का साधन है और उस कर्तव्य को पूरा करती है।

"यही तो अन्तर है,"–रानी ने आन्द्रे को उत्तर दिया था, "स्त्री और पुरुष में, आपमें और मुझमें।"

रानी निश्चल बैठी हुई थीं। सामने दीवार की ईंटों की दरार से निकलकर एक छिपकली फ़र्श पर बैठी धूप सेंक रही थी। रानी उसकी ओर देखती हुई सोच रही थीं–स्त्री-पुरुषों की समस्या कभी समाप्त नहीं हो सकती। पुरुष अपनी व्यक्तिगत तृप्ति की ही बात सोचता है, परन्तु स्त्री अपनी व्यक्तिगत तृप्ति की बात नहीं सोचती, फलवती होने की बात सोचती है। पुरुष स्त्री को अपना अंश मानकर उसे प्यार करता है परन्तु स्त्री पुरुष को सृजन के साधन के रूप में ही चाहती है, इसलिए पुरुष स्त्री से सन्तुष्ट नहीं हो पाता। पुरुष स्त्री को अपने अधिकार में रखना चाहता है परन्तु स्त्री पुरुष से बड़ी शक्ति के अधिकार में है। नारी ही मनुष्य को उत्पन्न करती है। पुरुष अपनी इस क्षुद्रता को कभी भूल नहीं पाता। वह स्त्री का दमन करने के प्रयत्न में रहता है, इसलिए पुरुष नारी को बन्दी बनाकर घर में बन्द रखता है। उसे अपनी जीविका कमा सकने के अधिकार से भी वंचित रखता है। स्वयं मर जाने पर नारी पर वैधव्य का अभिशाप लाद देता है, अथवा उसे जलाकर राख कर देता है; अपने अन्यायों को स्त्री के सतीत्व धर्म का नाम दे देते हैं।

रानी पुरुष की इस क्षुद्रता पर हँस पड़ी। उनकी हँसी के स्वर से भयभीत होकर छिपकली दराज में छिप गई।

एक दूसरे अवसर पर रानी और आन्द्रे मेज़ पर आमने-सामने बैठे थे। रानी बोलीं–"क्या पुरुष केवल पुरुष ही है और स्त्री पूर्णतः स्त्री। यदि ऐसा है तो उनमें मेल की क्या संभावना ? क्योंकि पुरुष अपने व्यक्तित्व के लिए जीवित रहता है और स्त्री जीवन की शक्ति की पूर्ति के लिए। यह दोनों परस्पर-विरोधी दिशाएँ हैं।"

आन्द्रे ने उत्तर दिया–"स्त्री और पुरुष दोनों का ही मूल आधार भगवान् का अंश है, वह है आत्मा। आत्मा न स्त्री है न पुरुष, वह निर्विकार है और शाश्वत है। उसी में मस्तिष्क और विचार शक्ति भी समाहित है।"

"परन्तु स्त्री और पुरुष के मस्तिष्क में तो भेद है।"–रानी ने पूछा।

"इस भेद का कारण दोनों की पृथक्-पृथक् आवश्यकताएँ है।"–आन्द्रे ने उत्तर दिया, "स्त्री अपने मस्तिष्क का उपयोग अपनी नारी प्रवृत्तियों को चरितार्थ करने के लिए करती है और पुरुष अपने मस्तिष्क का प्रयोग नारी को प्राप्त करने के लिए। मस्तिष्क तो एक यन्त्र है, उसे हम चाहे जिस प्रयोजन से व्यवहार कर सकते हैं। चाकू से सब्जी-तरकारी काटी जा सकती है और उसी से मनुष्य की मूर्ति भी तराशी जा सकती है। मस्तिष्क का प्रयोग अपने लक्ष्य के अनुसार किया जाता है।"

"तो आत्मा न स्त्री है, न पुरुष।"–रानी ने दोहराया।

"निस्सन्देह।"–आन्द्रे ने स्वीकार किया।

"परन्तु यह आत्मा है क्या पदार्थ"–रानी ने पूछा।

"आत्मा को जीव दूसरे जीवों से नहीं प्राप्त कर सकता।"–आन्द्रे ने उत्तर दिया, "आत्मा ही वह वस्तु है जो सब जीवों के एक समान दिखाई देने पर पर भी प्रत्येक जीव के व्यक्तित्व को दूसरे जीवों से पृथक् बना देती है। वही मनुष्य की अपनी चीज़ है, भगवान् की देन है।"

"यदि हम भगवान् में विश्वास करें तो ?"–रानी ने पूछा।

"उससे कोई अन्तर नहीं पड़ता।"–आन्द्रे ने उत्तर दिया, "आप स्वयं देख सकती हैं कि संसार के सभी प्राणियों, क्षुद्रतम प्राणी का भी, अपना अस्तित्व है। इस सत्य की पहचान लेना ही काफ़ी है। भगवान् अन्याय नहीं करते। वे जानते हैं कि मनुष्य प्रत्यक्ष प्रमाण पर विश्वास करना चाहता है। बच्चे भी केवल देखकर अथवा स्पर्श कर के ही विश्वास करना चाहते हैं। परन्तु ज्ञान के दूसरे अप्रत्यक्ष स्रोत भी हैं। मनुष्य का विकास होने के साथ-साथ इन स्रोतों का विकास होता है। हमारा विकास हो जाने पर हम ज्ञान के स्रोतों का भी भरोसा अपने आँख, नाक, कान के ही समान करते हैं।"

आन्द्रे की बातें याद कर रानी ने सामने पड़ी मेज़ की दूसरी ओर कुर्सी को देखा। कुर्सी खाली थी, परन्तु आन्द्रे का गम्भीर मुस्कराहट लिए चेहरा उनके सामने था और बादल की गम्भीर गर्जना के समान आन्द्रे का स्वर भी उनके कानों में गूँज रहा था।

"हाँ, अब मैं कुछ समझने लगी हूँ।"–रानी धीमे से बोली, "समझने लगी हूँ और अपनी आत्मा से तुम्हें प्यार करती हूँ।"

सोचा–क्या आत्माओं में प्रेम और मित्रता का सम्बन्ध नहीं हो सकता ?

"क्यों नहीं हो सकता !"–रानी ने आन्द्रे को सम्बोधन किया।

रानी वू प्रकृति से कर्मठ थीं। वे अपने ज्ञान का प्रयोग कर्म में भी करती थीं। वह हवेली ही उनका संसार थी। हवेली में दो व्यक्तियों का जीवन विक्षिप्त था। एक थी रुलन दूसरी थी लीनी।

कई दिन प्रतीक्षा कर लेने के बाद रानी ने उन दोनों से बात करने का निश्चय किया। रुलन बड़ी थी, इसलिए पहले उसी से बात की।

त्सेमो और फेंगमो को घर से गए कई मास बीत चुके थे। दोनों ही भले लड़के थे। नियम से घर पर पत्र भेज रहे थे। पत्र पिता और माता के नाम रहते थे। रानी पत्रों को पढ़कर और उन पर विचार कर साहब के पास भेज देतीं। साहब पत्रों को पढ़ लेते तो लिआंगमो के पास भेज देते। लिआंगमो अब परिवार की भूमि और कारोबार की देखभाल कर रहा था। एक दिन उसे ही सब कुछ सँभालना था। वह इन पत्रों को पढ़कर परिवार के खातों में लगा देता।

दोनों बेटों के पत्रों से यह स्पष्ट था कि दोनों दो भिन्न दिशाओं में जा रहे थे। फेंगमो अध्ययन के लिए विदेश जाना चाहता था। रानी ने उसे अनुमति दे दी थी और आवश्यक धन भी भेजती रहती थीं। उसने पत्र में लिखा था कि शीघ्र ही युद्ध की सम्भावना के कारण समुद्री जहाज़ों का आना-जाना बन्द हो जाने की आशंका है। यदि

वह विदेश जाने से पहले एक बार घर आया तो शायद विदेश जाना सम्भव ही न हो सके, इसलिए तुरन्त ही चल देना उचित होगा।

यदि फेंगमो एकलौता बेटा होता तो रानी उसे एक बार देखे बिना विदेश न जाने देतीं, परन्तु तीन बेटे और भी थे, इसलिए उन्होंने फेंगमो का अनुरोध मान लिया। जाड़ों में एक दिन सन्ध्या समय फेंगमो जहाज पर सवार हो गया और कुशल से समुद्र पार पहुँच गया। अब उसके पत्रों पर दूसरे ही प्रकार के डाक के टिकट और मोहरें होती थीं। यह पत्र अमेरिका से आ रहे थे। रानी के लिए समुद्र पार के सभी देश एक ही समान थे। आन्द्रे ने फेंगमो को पढ़ाना शुरू किया था। उसी अध्ययन को फेंगमो ने जारी रखा। रानी को इस बात का सन्तोष था कि फेंगमो के अध्ययन का धर्म अथवा संन्यास से कोई सम्बन्ध नहीं था। उस विद्या का सम्बन्ध भगवान् से नहीं मनुष्यों से है।

त्सेमो की इच्छा विदेश जाने की नहीं थी। वह राजधानी में चला गया था और वहाँ उसने अपने परिवार की स्थिति और धन के प्रभाव से एक अच्छी नौकरी पा ली थी। इस बात से साहब अथवा रानी को कुछ भी विस्मय न हुआ। उनका मस्तिष्क उदार होने पर भी उन्हें स्वाभाविक ही लगा कि उनके परिवार का प्रभाव सभी जगह हो। नौकरी पा सकने का वास्तविक कारण त्सेमो ने कुछ दिन बाद ही लिखा–युद्ध की आशंका थी। ऐसी अवस्था में सरकार को राजधानी छोड़कर देश के भीतरी भाग में चले जाना आवश्यक होता। उस अवस्था में सरकार के उस प्रान्त के प्रभावशाली व्यक्तियों के सहयोग और सहायता की आवश्यकता होती। उस प्रान्त में वू-परिवार सबसे अधिक पुराना और प्रभावशाली था। इन कारणों से त्सेमो को सरकारी पद मिल गया, परन्तु उस पद के लिए प्रयत्न करके निराश हो जानेवाले बहुत से लोग ईर्ष्या से उसके बैरी भी बन गए। त्सेमो नौजवान था। उसने ऐसी बातों की चिन्ता नहीं की।

त्सेमो के पत्रों से रानी बेटे की अवस्था और स्थिति ठीक-ठीक समझ न पाती थी। फेंगमो को समझना आसान था। वह तो अध्ययन द्वारा अपने विकास का प्रयत्न कर रहा था। त्सेमो की बातों पर रहस्य का एक आवरण छाया रहता। उस रहस्य का रानी कोई भेद नहीं पाती थीं।

कुछ ही दिन बाद समाचार आया कि पूर्वी समुद्र के द्वीप के लोगों ने चीन के तट पर आक्रमण कर दिया था। रानी समाचार-पत्र नहीं पढ़ती थीं, परन्तु इस समय मँगाकर पढ़े। समाचार कुछ विशेष नहीं थे। ऐसे आक्रमण तो पहले भी कई बार हो चुके थे और चीन ने सदा ही उनका सामना धैर्य से किया था। रानी को विशेष चिन्ता न हुई थी। उनका नगर समुद्र-तट से सैकड़ों मील दूर था। उस दूरी को लाँघ कर वू-परिवार के नगर तक शत्रु का पहुँच जाना सरल नहीं था। रानी को जान पड़ा कि उनके वंश के पूर्वजों ने समुद्र-तट से सुदूर उस नगर में बसकर दूरदर्शिता का ही काम किया था। उनके पूर्वज दूसरे लोगों की तरह समुद्र-तट के नगरों में नहीं जा बसे थे। अपने वंश की पुरानी भूमि में वू-परिवार सुरक्षित था। यह जरूर सुना था कि शत्रु आकाश के भी आक्रमण करता है, परन्तु आस-पास कोई बड़े नगर नहीं थे और नादान शत्रु को

वू-परिवार के नाम और स्थिति का परिचय होने की आशंका नहीं थी।

शत्रु के आक्रमण के कारण कई परिवर्तन बहुत शीघ्र-शीघ्र हो गए। सरकार पेकिंग छोड़कर समुद्र से दूर भीतर चली गई। उसके साथ ही त्सेमो भी गया। शरद ऋतु के आरम्भ में उसका पत्र हवेली में आया। पत्र में लिखा था कि वह दस-बारह दिन के लिए घर आ रहा था। यह पत्र पाकर रानी ने रुलन से तुरन्त ही बात कर लेना आवश्यक समझा और इंग को भेजकर तुरन्त ही बहू को बुलवा भेजा।

यह बात नहीं थी कि पिछले कई मास में रानी की रुलन से भेंट ही न हुई हो। भोजनालय में मेज पर आमना-सामना होता ही था। त्योहारों के मौकों पर भी रुलन ढंग से पहने-ओढ़े दिखाई दी थी। हवेली में रुलन का हस्ताक्षर सबसे सुन्दर था, इसलिए रानी ने उसे दो-तीन बार खाते लिखने के लिए भी बुलवा भेजा था। रानी का व्यवहार सदा ही सहानुभूति का रहता था। एकाध अवसर पर तो उन्होंने उसकी प्रशंसा भी की थीं—"यह अच्छा ही है कि घर में एक बहू तो पढ़ी-लिखी है।" रुलन त्सेमो के पेंकिंग चले जाने के बाद से प्रायः अपने आँगन में अकेली ही रहती थी।

रुलन शनैः-शनैः क़दम रखती रानी के आँगन में पहुँची। अब उसने चमड़े के कड़े तल्ले के खट-खट करनेवाले जूते पहनना छोड़ दिया था और कपड़े के तले के नरम मख़मली जूते पहनने लगी थी। रानी को उसके आने की आहट भी मिली, रुलन उनके सामने आकर खड़ी हो गई।

"बेटी, कितने धीमे तुम चलती हो !"—रानी ने स्नेह से विस्मय प्रकट किया।

"अम्मा जी, अब चमड़े के जूते नहीं पहनती।"—रुलन ने उत्तर दिया और दीवार के समीप रखी एक कुर्सी पर बैठ गई। वह कुर्सी रानी की कुर्सी से ज़रा नीचे थी। बैठी भी तो पहले की तरह करवट से नहीं बल्कि शिष्टाचार से बिलकुल सीधी।

रानी ने पहले दूसरी ही बात आरम्भ की। "हम कई दिन से तुमसे बात करना चाहते थे। शंघाई पर शत्रुओं ने आक्रमण किया है, तुम्हारे परिवार के लोग तो शंघाई से आ गए हैं न ?"

"पिताजी सब लोगों को हाँगकाँग ले जाएँगे।"—रुलन ने उत्तर दिया।

"ओह, वह तो दूर है न ?"—रानी ने पूछा।

"काफ़ी दूर तो नहीं है।"—रुलन बोलीं, "मैंने तो पिताजी को लिखा था कि हाँगकाँग सुरक्षित नहीं होगा।"

"तुम समझती हो शत्रु इतनी दूर तक जाएगा ?"—रानी ने पूछा। उन्हें विस्मय था कि बहू इतना समझती है।

"अम्माजी, यह लड़ाई बहुत दिन चलेगी।"—रुलन ने उत्तर दिया।

"ऐसी बात है !"—रानी पूछा।

"जी हाँ।"—रुलन ने उत्तर दिया, "इस युद्ध की तैयारी बहुत वर्षों से हो रही थी।"

"कैसे, हमें भी बताओ ?"—रानी ने पूछा। अधिकार और गम्भीरता से बहू का बात करना उन्हें भला लग रहा था।

रुलन ने समझाना शुरू किया–"अम्माजी, पूर्वी द्वीप के लोगों को सदा ही आक्रमण की आशंका बनी रही है।"

"किसके आक्रमण की ?"

"विदेशियों के आक्रमण की। वह देखते रहे हैं कि पश्चिम के लोग एक के बाद दूसरे देशों पर आक्रमण कर उन्हें अपने अधीन कर चुके हैं। जब चंगेज खाँ ने चीन पर आक्रमण कर इस देश को जीत लिया था तब भी जापानी डर रहे थे। पश्चिम से पुर्तगाल, स्पेन, हालैंड, फ्रांस आदि ने आ-आ कर एशिया के कई भागों को जीत लिया है। भारत-वर्ष को अंगरेजों ने ले लिया। हमलोगों पर भी विदेशियों का ही क़ब्जा है। पूर्वी द्वीप के लोग सोचते हैं कि किसी दिन उन पर भी आक्रमण होगा, इसलिए वे भी दूसरे देशों को जीतकर बलवान् बनना आवश्यक समझते हैं। हमारा देश उनके समीप है, इसलिए पहले उन्होंने हम पर ही आक्रमण किया।..."

एक जवान लड़की के मुख से ऐसी गम्भीर भंयकर बातें सुनकर रानी को विस्मय हुआ। ऐसी बातें तो आन्द्रे ने भी कभी नहीं कहीं।

"यह सब कुछ तुम्हें कहाँ से मालूम हुआ ?"–रानी ने पूछा।

"त्सेमो का पत्र प्रति सप्ताह आता है।"–रुलन ने उत्तर दिया।

रानी के मन से बोझ हट गया। मुस्कराकर बोलीं–"अब तो तुमलोगों में झगड़ा नहीं है न ?"

रुलन का चेहरा लज्जा से लाल हो गया। साधारणतः उसके गहरे लाल होंठों को छोड़कर उसका चेहरा पीला ही था। मुस्कराकर उसने उत्तर दिया–"अम्माजी, हमलोग एक-दूसरे से दूर रहते हैं तो झगड़ा नहीं होता है। साथ रहने से झगड़ा ज़रूर हो जाता है हम दोनों ही यह बात जानते हैं।"

"तुम लोग जानते हो !"–रानी बोलीं,। "तो फिर झगड़ा होता ही क्यों है। झगड़ा शुरू कौन करता है ?"–रानी ने विनोद के स्वर में पूछा। रुलन का सब बात स्पष्ट कहते जाना उन्हें अच्छा लग रहा था।

"अम्माजी, यह क्या मालूम कि शुरू कौन करता है !"–रुलन बोली, "इस बार हमलोगों ने पत्रों में यह निश्चय किया है कि झगड़ा नहीं करेंगे। यदि दोनों में से कोई झगड़ा शुरू करे तो दूसरा सह जाए, परन्तु अम्माजी यह निभेगा नहीं। मैं त्सेमो का स्वभाव जानती हूँ। उसे बेमतलब क्रोध आ जाता है। बे-बादल की बिजली की तरह कड़क उठता है। उसे क्रोध आता है तो मुझे भी क्रोध आ जाता है।" रुलन कुछ देर चुपचाप सोचकर फिर बोली–"मुझमें कोई बात ऐसी है जो उसे पसन्द नहीं। वह मानना तो नहीं, पर बात यही है। जब वह दूर रहता है तब वह बात उसे अनुभव नहीं होती, परन्तु जब हमलोग एक साथ होते हैं तब उसे खटकती है। मैं भी समझ नहीं पाती कि वह बात क्या है। समझ पाऊँ तो चाकू लेकर उस बात को अपने कलेजे से काट फेकूँ।"

"सम्भव है कुछ बुरी आदत तुम्हें तो न हो, परन्तु किसी अच्छी आदत की कमी हो।"–रानी ने कोमल स्वर में सुझाया।

रुलन ने अपनी बड़ी-बड़ी सुन्दर आँखें रानी की ओर उठाईं और बोली–"ऐसा तो मैंने कभी नहीं सोचा।" और फिर सिर झुका उदास स्वर में बोली–"अम्माजी, मुझमें कोई ऐब है तो उसे छोड़ने को तैयार हूँ, परन्तु जो गुण मुझमें है नहीं, वह कहाँ से लाऊँ ?"

"बात यह नहीं है।"–रानी बोलीं, "प्रश्न यह है कि तुम लोग एक-दूसरे को कितना चाहते हो ? एक और बात है, यदि तुमलोग समझो कि विवाह का मतलब केवल तुम दोनों का ही आपसी सम्बन्ध है तो झगड़ा होगा ही।"

"अम्माजी मैं समझी नहीं।"–रुलन ने लजाकर पूछा।

"हमारा मतलब यही है।"–रानी बोलीं। अब वे अपने अनुभव के आधार पर बात कर रही थीं। अब उनका विश्वास था कि स्त्री-पुरुष में कर्तव्य का सम्बन्ध निभ नहीं सकता। केवल प्रेम का ही सम्बन्ध चिरस्थायी हो सकता है।

रानी रुलन से आँखें बचाकर अपने चाँदी के पाइप में तम्बाकू भरने लगीं। पाइप भरकर उनकी आँखें आँगन में आर्किड की क्यारी की ओर चली गईं। इस मौसम में आर्किड में पीले फूल आ रहे थे। बाँसों के नीचे झूलते पत्ते हवा में शनैः-शनैः हिल रहे थे। वातावरण नीरव और शान्त था। आन्द्रे और रानी को ऐसा मौसम बहुत सुहावना लगता था।

"पहली बात तो यह याद रखो कि तुम लोगों का आपस में एक-दूसरे पर कोई दबाव और दावा नहीं है।"–रानी सोचकर बोलीं।

रुलन ने विस्मय से रानी की ओर देखा और बोली–"अम्माजी, क्या सास भी बहू से ऐसी बात कर सकती है ?"

"हमें भी यह बात अभी ही समझ आई है।"–रानी ने अपने मन के रहस्य के कारण मुस्कराकर उत्तर दिया, "बेटी देखो, हम तो अभी तक सीख रही हैं।"

रुलन कुछ समझ नहीं पा रही थी। वह तैयार होकर आई थी कि सास डाटेंगी और उसे चुपचाप सुनना होगा, परन्तु यहाँ बात दूसरी ही थी। डाँट के स्थान पर स्नेह मिल रहा था। वह रानी की ओर झुक गई।

"पति-पत्नी में झगड़ा इसलिए होता है कि दोनों के मन पर एक-दूसरे के अधिकार और दावे का आंतक छाया रहता है।"–रानी बोलीं, "मन पर यह आंतक नहीं रहना चाहिए। प्रेम अपने सन्तोष और अपनी पूर्णता के लिए ही हो सकता है। यदि एक पूर्णता प्राप्त करता है तो उससे दूसरे को भी पूर्णता मिलती है।"

रानी ने कुछ सोचने के लिए दुबारा पाइप सुलगा लिया। धीमे-धीमे दो कश खींच कर फिर बोलीं–"यही सत्य है। ऋषियों और संतों ने भी कहा है कि स्त्री पति को पति के लिए प्यार नहीं करती परन्तु अपने सन्तोष के लिए प्यार करती है और पति स्त्री को स्त्री के लिए नहीं बल्कि अपने ही सन्तोष के लिए प्यार करता है। स्वयं सुख और सन्तोष पाए बिना दूसरे को सुख और सन्तोष नहीं दिया जा सकता।

रुलन निश्चल बैठी रानी की बात सुन रही थी। रानी फिर बोलीं–"जहाँ तक सन्तान और सृजन का सम्बन्ध है, यह स्त्री का पति के प्रति और पति का स्त्री के प्रति

कर्तव्य नहीं है, बल्कि स्त्री-पुरुष का अपने अस्तित्व और मानवता के प्रति कर्त्तव्य है। तुमने यही भूल की कि सन्तान और पति के स्नेह को एक में मिला दिया। त्सेमो को भी तुमने इस उलझन में डाल दिया है, इसलिए वह तुम पर बिगड़ा रहता है।"

"अम्माजी, मैं समझूँगी।"–रुलन विनय से बोली, "मुझे समझाइए।"

"तुमलोगों ने साधारण प्रथा का उल्लंघन करके विवाह किया है।"–रानी बोलीं, "तुमलोगों ने केवल प्रेम के कारण विवाह किया है, यह ठीक नहीं हुआ। इसी कारण तुम्हारे सुखी हो सकने में बाधाएँ आ रही है। तुमलोगों ने विवाह आपसी स्वार्थ के लिए किया है। तुमलोगों ने परिवार और सन्तान के लिए विवाह नहीं किया, मानो तुम दोनों व्यक्ति समाज और परिवार से पृथक् हो। परन्तु तुम्हारा कितना जीवन समाज से पृथक् या स्वतन्त्र रह सकता है ? केवल बहुत छोटा-सा अंश ही तो ! अपने सम्पूर्ण जीवन को, अपने सहवास को, सन्तान-सृजन को, खाने-पीने, रहने-सोने, घूमने-फिरने सब कुछ को तुम उसी में समा देना चाहते हो। यह कैसे सम्भव हो सकता है, इसीलिए तुम दोनों का दम घुट रहा है। दोनों ही पर्याप्त स्थान न पा सकने के कारण एक-दूसरे से नाराज रहते हो।

रुलन बहुत तन्मयता से रानी की बात सुनती रही।

"बेटी स्वयं पर्याप्त स्थान में साँस ले सकने के लिए और त्सेमो को भी ऐसा अवसर देने के लिए एक-दूसरे से कुछ दूर हट जाओ।"–रानी ने समझाया, "उसे भी कुछ दूर हट जाने दो। सन्तानोत्पत्ति भी एक कर्तव्य है। तुम दोनों का एक-दूसरे के प्रति नहीं, परन्तु वंश के प्रति। यह उतनी ही स्वाभाविक बात है जितने और दूसरे शारीरिक कर्म हैं। इस काम का तुम्हारी व्यक्तिगत आत्माओं से कोई सम्बन्ध नहीं है। तुम्हारे लिए उसके स्नेह की कसौटी तुम्हारे साथ वासना की तृप्ति के ढंग को नहीं समझा जा सकता। ऐसे क्षण में व्यक्ति अपनी तृप्ति की बात सोच सकता है, दूसरे की तृप्ति की नहीं। ऐसे समय तुम भी अपनी तृप्ति की बात सोचो। वासना सभी की एक समान होती है। सभी नारियाँ एक ही तरह सन्तान ग्रहण करती हैं। इस विषय में अपने आपको दूसरों से भिन्न समझना केवल मिथ्या अहंकारमात्र है।"

रानी मौन हो गईं, मानो थक गई हों।

"अम्माजी, आपका तो मतलब है कि विवाह कोई खास बात नहीं है ?"–रुलन ने प्रश्न किया, "जैसे त्सेमो से मेरा विवाह हुआ, वैसे ही किसी दूसरे से भी हो जा सकता था ?"

रानी फिर चौकस हो बैठीं। "अभी तुम मेरी बात सुनो।"–उन्होंने कहा, "एक तरह तुम्हारी बात ठीक ही है। किसी स्वस्थ युवती का किसी स्वस्थ युवक से विवाह हो जाने पर वे जीवन के काम को पूरा कर सकते हैं। इस दृष्टि से हमारी पुरानी सामाजिक परम्परा ही उपयोगी है। नवयुवकों और नवयुवतियों की अपेक्षा अनुभवी प्रौढ़ लोग वर-वधू का चुनाव ज्यादा अच्छी तरह कर सकते हैं। उदाहरण के लिए लिआंगमो और मेंग को देख लो, वह दोनों सन्तुष्ट हैं। यह हम मानते हैं कि तुम्हारे और त्सेमो के सन्तोष

के आदर्श भिन्न हैं। वे लोग तो सन्तान पाकर परिवार को चलाना ही जीवन का लक्ष्य समझते हैं। लिआंगमो में कोई दूसरी महत्त्वाकांक्षा भी नहीं है। लिआंगमो और मेंग जैसे व्यक्तियों के लिए तो यही बेहतर है कि उनके विवाह-सम्बन्ध पुरखे ही निश्चित करें।

"परन्तु अम्माजी, हमलोग तो उस ढंग के आदमी नहीं हैं।"–रुलन ने कुछ उत्तेजना से कहा।

"यह ठीक है, तुमलोग वैसे नहीं हो।"–रानी ने स्वीकार किया, "तुमलोग विवाह में मित्रता और सहयोग का संतोष भी चाहते हो। बेटी, तुम लोग विवाह से जितनी बातें चाहते हो उन सबकी पूर्ति के लिए तो विवाह की प्रथा बनी नहीं थी।"

"तो फिर हमलोगों के लिए उपाय क्या है ?"–रुलन ने परेशानी में प्रश्न किया, "बिना विवाह के ही रहते ?"

"सम्भव है यही ठीक होता।"–रानी के मुख से निकल गया। अपनी बात पर उन्हें स्वयं भी विस्मय हो रहा था, परन्तु वह कहती गईं, "पर यह निभता कैसे ! आखिर तुम दोनों स्त्री-पुरुष तो हो। शरीर स्वाभाविक कामना की पूर्ति भी तो चाहता है।"

रानी फिर चुप हो गईं, मानो अपनी बात कहने के लिए उन्हें उचित शब्द नहीं मिल रहे थे। कुछ देर सोचकर वे फिर बोलीं–"तुम और त्सेमो बहुत भाग्यवान् हो। आपस में खूब प्यार करो। ऐसे प्रेम के लिए एक जीवन का समय कम ही समझो। क्रोध में प्रेम को खो देना भूल होगी, परन्तु प्रेम और स्वाभाविक वासनाओं और प्रवृत्तियों को अलग-अलग रखने का यत्न करो। जब तुम लोग बूढ़े हो जाओगे, तुम्हारे बच्चे हो जाएँगे, वासना समाप्त हो जाएगी, तभी कुछ वास्तविक प्रेम को पहचानोगे।"

सहसा रानी के मन में आन्द्रे की याद की गहरी वेदना जाग उठी और यह सोच कर कि अब आन्द्रे का सजीव मुख कभी न देख सकेंगी, हृदय चूर-चूर हो गया। अपने आपको सँभाल लेने के लिए रानी ने आँखें मूँद लीं। आँखें मूँदे ही उन्होंने अनुभव किया कि रुलन ने उनका एक हाथ पकड़कर अपने गाल पर लगा लिया और फिर दूसरा भी। बहू का स्नेह उन्हें अच्छा लगा। वे आँखें मूँदे रहीं।

"वास्तव में तो स्त्री को ही सँभालना पड़ता है।"–रानी फिर बोलीं, "हाँ, नारी को ही सँभालना पड़ता है। यह अनिवार्य भी है, क्योंकि जीवन का आधार तो नारी ही है। बेटी, याद रखना, त्सेमो कुछ नहीं कर सकेगा। सब कुछ तुम्हें सँभालना होगा।" रानी आँखें मूँदे ही रहीं।

जब रानी ने आँखें खोलीं तो वे कमरे में अकेले ही थीं। रुलन जा चुकी थी।

रात में इंग ने सेज पर जाने के लिए रानी के कपड़े बदलवा दिए।

रानी का मौन और गम्भीरता कुछ ऐसी थी कि मुँह लगी इंग को भी कुछ पूछने-बोलने का साहस नहीं हुआ, चुप ही रही। रानी ने ही उसे पुकारा–"इंग !"

"हाँ मालकिन !"–इंग सिंगार की मेज़ के सामने रानी के काले रेशम-से लम्बे केशों में कंघी कर रही थी। अब काले घने केशों में कहीं-कहीं चाँदी के तार पड़ने लगे थे।

इंग ने सामने आईने में मालकिन की आँखों में देखा।

"एक काम है।"–रानी बोलीं।

"हुकुम हुज़ूर ?"

"त्सेमो अब जल्दी ही घर आनेवाला है।"

"मालूम है हूज़ूर। सबलोग जानते हैं।"

"काम यह है,"–रानी बोली, "कि हर रोज़ रात में यहाँ का काम पूरा कर के त्सेमो के आँगन में जाना। जैसे तुम हमारे यहाँ करती रही हो वैसे ही रुलन को भी तैयार करना होगा। हमारा ही काम समझना।"

इंग आईने को ओर आँखें उठाए मुस्करा दी। रानी इंग की मुस्कराहट की ओर ध्यान न देकर कहती गईं–"हर बात का पूरा ध्यान रखना, सुगन्धित स्नान, सातों द्वारों को सुगन्धित करना, तेल की मालिश और केशों में सुगन्धि।"

"सब समझती हूँ हुज़ूर।"–इंग आत्मीयता के अधिकार से बोली और तुरन्त ही उस ने पूछा, "बहू ने इनकार कर दिया तो ? हुजूर वह तो बनाव-सिंगार पसन्द करती नहीं।"

"नहीं इनकार नहीं करेगी।"–रानी ने उत्तर दिया, "उसे सहायता देनी होगी। बेचारी जानती नहीं। सभी स्त्रियों को ज़रूरत होती है। अब समझ गई है।"

"बहुत अच्छा हुज़ूर।"–इंग ने उत्तर दिया।

तेरहवाँ

त्सेमो नवें चन्द्र मास की पाँचवी तिथि को घर आया। उसके आने का समाचार पहले ही बिजली के पत्र द्वारा नगर के डाकखाने में पहुँच गया था और वहाँ से एक प्यादे ने तुरन्त हवेली में पहुँचा दिया था। साहब स्वयं ही वह पत्र लेकर रानी के आँगन में आए। अब साहब रानी के यहाँ प्रायः कम ही आते थे। उन्हें आते देखकर रानी समझ गईं कि सम्भवतः कोई बात बेटों के सम्बन्ध में होगी। साहब ने पत्र का काग़ज उनकी ओर बढ़ा दिया।

"हमारा दूसरा बेटा घर आ रहा है।"–प्रसन्नता से साहब की बाँछें खिली हुई थीं।

रानी ने पत्र लेकर पढ़ा और फिर उसे तहाकर हाथ में ही लिए रहीं। रानी ने बिजली से पहुँचनेवाला पत्र उस दिन पहली बार ही देखा था, लेकिन उसके विषय में सुन चुकी थीं। आन्द्रे ने बता दिया था कि तार का काग़ज बिजली के तारों पर उड़ता हुआ नहीं जाता, शब्द भी नहीं बोले जाते, मशीन द्वारा केवल संकेत भेज दिए जाते हैं और उनका अर्थ निकाल लिया जाता है।

आन्द्रे की बात सुनकर रानी ने कहा था–"वैसे ही, जैसे जंगली लोग नगाड़ा बजा कर दूर-दूर तक संकेतों से सन्देश दे देते हैं ?"

"हाँ बहुत कुछ। बात वही हैं केवल उन्हें सुधार लिया गया है।"–आन्द्रे ने उत्तर दिया था।

आन्द्रे की बात याद करते-करते रानी बोलीं–"स्वागत में भोज तो दिया ही जाना चाहिए।"

"हाँ, सभी मित्रों को निमन्त्रण देना होगा।"–साहब बोले।

रानी बोलीं–"दुकानों और ज़मीनों के कारिन्दों और गुमास्तों का भी अलग से एक भोज हो जाए तो अच्छा रहेगा।"

"अवश्य, अवश्य !"–साहब ने उदारता से स्वीकार कर लिया।

रानी कनखियों से पति की ओर देख रही थीं। अब वे फिर सँभल गए थे। चमेली के आने से उनके स्वास्थ्य पर अच्छा ही प्रभाव पड़ा था। अब उनमें आत्म-विश्वास का भाव लौट आया था। रानी द्वारा त्याग दिए जाने और च्यूमिंग के साथ सफल न हो सकने का प्रभाव उन पर बुरा पड़ा था। उनकी प्रकृति के लिए आवश्यक था कि उनमें स्त्री को सन्तुष्ट कर सकने का आत्मविश्वास बना रहे। रानी यह खूब जानती थीं और पति

में ऐसे सामर्थ्य का आत्मविश्वास बनाए रखना अपना कर्तव्य समझती रही थीं। अनुभवहीन च्यूमिंग में इतनी समझ कहाँ थी। चमेली सब प्रपंच करके भी अपना कर्तव्य ईमानदारी से निबाह रही थी, क्योंकि यही उसकी जीविका का आश्रय था। रानी को यह देख और समझकर सन्तोष तो हुआ, परन्तु विरक्ति भी हुई। उस विरक्ति के लिए मन में लज्जा भी हुई। कुछ दिन पहले इस विरक्ति को वह स्वाभाविक समझ कर उपेक्षा कर जातीं।

"यदि गुप्त इच्छाओं और विचारों को पाप माना जाए तो मैं पाप से मुक्त नहीं हूँ।"–रानी ने आन्द्रे के सम्मुख स्वीकार किया था, "व्यक्ति अपने कार्य और व्यवहार पर तो नियन्त्रण और संयम रख सकता है, परन्तु मन में इच्छा और विचार न आने देना कैसे सम्भव है।"

"कुछ लोग मन का संयम कर सकते हैं।"–आन्द्रे ने उत्तर दिया था, "आप भी उनमें से हैं।"

रानी यह समझती थीं कि आन्द्रे की संगति पा सकने के लिए उन्हें भी उसी के समान ऊँचा उठना होगा। आन्द्रे अपने स्थान से नीचे नहीं आएगा। अब रानी ने साहब की ओर देखकर उत्तर दिया–"जैसा आपका आदेश होगा, वैसा ही किया जाएगा।"

साहब ने मुस्कराते हुए रानी के कान के समीप मुख कर धीमे स्वर में कहा–"तुम्हें शायद मालूम नहीं, हम त्सेमो को सबसे अधिक चाहते हैं। हमें यह अच्छा नहीं लगता कि उसकी बहू झगड़ालू है। लड़के का विवाह ज़रा सीधी और समझदार लड़की से होना चाहिए था।"

रानी को साहब की बात अच्छी नहीं लगी। "आप त्सेमो को नहीं जानते।" रानी कह तो गईं परन्तु उन्होंने बात सँभाली–"त्सेमो बुद्धिमान् आदमी है, रुलन भी बुद्धिमती है। मैं भी उसे पहले नहीं समझ पाई थी।"

साहब के चेहरे पर उलझन झलक आई। बुद्धि की चर्चा होने पर वे घबरा ही जाते थे। तुरन्त बात समाप्त कर दी–"अच्छा, ठीक है, ठीक है। तुम्हारा ही ख़याल ठीक है। अच्छा, प्रबन्ध तुम्हीं करोगी या हम करें ?"

"यहाँ जो कुछ करना है, हो जाएगा। जिन लोगों को आप निमन्त्रण देना चाहते हैं और जो शराबें ठीक रहेंगी, यह आप बता दीजिएगा।"

साहब और रानी शिष्टाचार में एक-दूसरे के सम्मुख झुके और साहब लौट गए। रानी साहब की ओर देखती रही थीं कि उन दोनों का सम्बन्ध केवल शारीरिक ही था। पति के प्रति उन्हें विरक्ति ही अनुभव होती थी, परन्तु जिस कर्तव्य की बात उन्होंने रुलन से कही है, उसे तो उन्होंने पूरा किया ही। उन्होंने वंश, परिवार और समाज के प्रति कर्तव्य पूरा करने में साहब को पूरा सहयोग दिया। वह कर्तव्य पूरा करने के बाद ही उन्होंने मुक्ति की इच्छा की। रानी को अनुभव हुआ कि जैसे आन्द्रे ने उन्हें व्यक्तिगत सन्तोष दिया है वैसे ही चमेली ने भी साहब को दिया है। परिवार में कोई अव्यवस्था नहीं हुई, कोई सम्बन्ध नहीं टूटा। चमेली को हवेली में बुला लेना अच्छा ही हुआ।

परिवार से किसी भी प्रकार का सम्बन्ध रखनेवाले के लिए यहाँ स्थान की कमी नहीं। अनाथ और अवांछित सन्तान को जन्म देने का अपराध तो नहीं हुआ। चमेली की सन्तानों के लिए भी समाज में स्थान और आश्रय होगा ही।

रानी अपने दैनिक काम के लिए उठ खड़ी हुईं। आज उन्हें फ़ुर्सत नहीं थी। उन्होंने तुरन्त कारिन्दे, बैरे और बड़े बावरची को बुलवा भेजा। दर्जिनों और सफ़ाई करनेवाली नौकरानियों के लिए भी सन्देश भेज दिया। बच्चों के कपड़े देखना आवश्यक था। जिसे ज़रूरत हो उसके लिए नया बनवाना था और सबसे छोटे येनमो को बुलवाने का प्रबन्ध करना था।

"अब येनमो के यहाँ तुरन्त लौट आने का प्रबन्ध कर दिया जाए।"–रानी ने ज़मीनों के मुख़्तार को आज्ञा दी, "घर में कोई अव्यवस्था अब नहीं है।"

"हुजूर ज़मीनों का प्रबन्ध तो सबसे छोटे कुँवर ही करेंगे।"–मुख़्तार हँसकर बोला, "बड़े कुँवर साहब तो दुकानों का काम खूब समझते हैं, परन्तु ज़मीनों के काम के लिए तो सबसे छोटे कुँवर साहब का दिमाग़ ही खूब चलता है।"

रानी ने पिछले कई मास से येनमो को देखा नहीं था। अब पुत्र को देखने की इच्छा भी थी। रानी कहती थीं कि लड़काई में सभी पुरुष एक-जैसे होते हैं। उस समय उनके स्वास्थ्य के लिए उचित भोजन और स्वस्थ वातावरण की आवश्यकता रहती है। उन्हें जुए, चकले और पारिवारिक झगड़ों के प्रभाव से बचाए रखने का ध्यान भी आवश्यक होता है, इसीलिए उन्होंने येनमो को कुछ समय के लिए देहात के घर में किसानों के साथ रहने के लिए भेज दिया था, परन्तु अब बेटे को देखने का मन चाह रहा था।

"लिआंगमो के पूर्वी आँगन में दो छोटे कमरे हैं।"–रानी हवेली के मुख़्तार की ओर देखकर बोलीं, "कमरे ऐसे ही पड़े हैं। केवल कूड़ा-कबाड़ भरा है। उन्हें साफ़ कराकर येनमो के लिए ठीक करवा दो। जब तक लड़के का विवाह नहीं होता, वहीं रह लेगा।"

साधारणतः येनमो को पिता के साथ ही रहना चाहिए था, परन्तु यह रानी को स्वीकार न था। अभी लड़के के बढ़ने और खेल-खिलवाड़ की उम्र थी। उसे अपने आँगन में भी न रखना चाहती थीं। सोचा, लिआंगमो और मेंग उसका ख़याल करेंगे और बच्चों से लड़के का दिल भी बहलेगा।

दूसरे सब काम निबटाकर रानी रुलन को देखने गईं। त्सेमो आज ही दोपहर के बाद आनेवाला था। उसे नाव से आना था, इसलिए निश्चित समय नहीं मालूम था। मोटरकार उसके लिए नहीं भेजी जा सकती, क्योंकि सड़क बहुत तंग थी और गाड़ी के चौड़े पहिए खेतों में पड़ने से किसान हाहाकार मचा देते थे। गाड़ी फाटक के पास बनाई गई एक कोठरी में ही पड़ी रहती थी। केवल दर्शन की ही वस्तु बन गई थी, उपयोग में बहुत कम आती थी। यदि गाड़ी घर में न होती तो वू साहब अपने आपको बहुत पिछड़ा हुआ और प्रतिगामी मानने के लिए विवश हो जाते। त्सेमो भी अपने पिता की विलायती गाड़ी की चर्चा गर्व से कर सकता था।

रुलन चटक लाल रंग की पोशाक पहने थी। उसके चेहरे पर नम्रता और लज्जा

का भाव था। लाल पोशाक उसके पीले चेहरे और लाल होंठों पर फब भी खूब रही थी। पोशाक की चुस्त काट रानी को भली लगीं। आस्तीनें उन्हें ज़रूर कुछ छोटी लगी, परन्तु रुलन की बाँहें और हाथ सुन्दर थे, इसलिए बुरी नहीं लग रही थीं। रानी ने इंग को जवाहरात का बक्स खोलने के लिए कहा और एक खूब भारी लाल अँगूठी निकाल कर रुलन के दाएँ हाथ की मध्यमा उँगली में पहना दी। रुलन ने अँगूठी को ध्यान से देखा और बोली–"अम्माजी, मुझे अँगूठियाँ अच्छी नहीं लगतीं, परन्तु यह बड़ी सुन्दर है।"

"यह तुम पर बहुत खिल रही है।"–रानी बोली, "स्त्री के शरीर पर जो चीज खिले उससे सौन्दर्य बढ़ता है।"

रुलन ने केश सुबह ही धोए थे, परन्तु तेल डालकर चोटी नहीं बाँधी थी। काले कोमल केश कच्चे रेशम की तरह कन्धों पर बिखरे हुए थे। इंग ने केशों के सिरे छाँट कर उन्हें बराबर कर दिया था। यह नया फैशन चला था। रानी को पसन्द भी नहीं था। यदि मेंग ने ऐसा किया होता तो रानी को अच्छा न लगता, परन्तु इससे रुलन के चेहरे की कोमलता और बढ़ रही थी, इसलिए रानी कुछ न बोलीं। जिस बात से भी स्त्री का सौन्दर्य बढ़े, वही ठीक है।

"मुँह खोलो।"–रानी ने आज्ञा दी। लड़की ने मुँह खोल दिया। रानी ने ध्यान से मुँह के भीतर देखा। मुख नन्हें बच्चे के मुख की तरह स्वच्छ और खूब लाल था। मोती-जैसे दाँत खूब दृढ़ थे, श्वास भी सुवासित और ताज़ा था। रानी ने बहू के लहँगे और कुरती के भीतर भी देखा। भीतर के कपड़े स्वच्छ और बर्फ़ की तरह सफ़ेद थे। उन पर महीन क़सीदे का काम था।

"बेटी, अब सब ठीक है।"–रानी स्नेह से बोलीं, "तुम्हारा शरीर अब निर्दोष है। हृदय और मस्तिष्क तो मैं देख नहीं सकती। उन्हें तुम स्वयं ही देखना। पहली बात शरीर की है, परन्तु स्थायी प्रभाव मन और मस्तिष्क का ही होता है।"

"अम्माजी, मुझे सब याद है।–रुलन ने गम्भीरता से उत्तर दिया।

हवेली में लोगों को आशा थी कि त्सेमो चार या पाँच घंटे में घर पहुँच जाएगा। सब लोग उत्साह से तैयारियों में लगे हुए थे। इस बात का किसी को अनुमान नहीं था कि त्सेमो नदी के मार्ग से नहीं, आकाश के मार्ग से आ रहा है।

नगर की चारदीवारी के दक्षिण में हवाई जहाज़ पृथ्वी पर उतरा। राजधानी में बड़े अफ़सरों ने उस प्रान्त में वू-परिवार के प्रभाव का ख़याल कर उन्हें प्रसन्न करने के लिए त्सेमो को घर लौटने के लिए सरकारी हवाई जहाज़ दे दिया था।

हवाई जहाज़ के चालक ने जब देखा कि त्सेमो का स्वागत करने के लिए कोई आदमी नहीं आया था, वह कुछ घबराया, परन्तु त्सेमो ने हँसकर उसे विश्वास दिलाया– "यह तो मेरा अपना घर है। मैं राह नहीं भूलूँगा।"

वायुयान के चालक ने त्सेमो को जहाज से उतारकर फिर जहाज़ उठा लिया और लौट गया। त्सेमो घर की ओर चल पड़ा। सबलोग उसका स्वागत कर विस्मय से पूछ रहे थे–"कैसे, किस रास्ते से आए हो ?" यह सुनकर कि वह आकाश और वायु में से

उड़कर आया है, उनकी आँखें विस्मय से फैली रह गईं।

शहर के बच्चे और आवारा लोग त्सेमो के पहुँच जाने का समाचार देने के लिए हवेली की ओर दौड़े जा रहे थे। त्सेमो स्वयं लम्बे-लम्बे तेज क़दम रखता हुआ लगभग उनके पीछे-पीछे ही चला जा रहा था। फाटक के चौकीदार की घरवाली समाचार पाकर दौड़ती हुई समाचार देने भीतर गई। उसने हाँफते-हाँफते रानी और रुलन को दूसरे कुँवर के पहुँच जाने का समाचार सुनाया ही था कि त्सेमो भी उसके पीछे-पीछे आ पहुँचा। नियमानुसार त्सेमो को पहले पिता के ही आँगन में जाना चाहिए था, परन्तु लिआंगमो के पत्र से उसे पिता के आँगन में एक और स्त्री के आ जाने की बात मालूम थी। माँ से पहले ऐसी स्त्री को देखने को मन न हुआ, इसलिए वह पहले माँ के ही आँगन में गया। अपनी पत्नी को भी वहीं देखकर उसे कुछ विस्मय ज़रूर हुआ।

त्सेमो परेशानी में पड़ गया। परम्परागत प्रथा के अनुसार माँ से पहले बात किए बिना पत्नी से बात करना उचित नहीं था। त्सेमो उलझन में था। इस अवस्था में रुलन ने ही सहायता की। वह लजाकर स्वयं माँ के पीछे हो गई।

"आओ बेटा, आखिर तुम आ गए।"–माँ ने पहले सम्बोधन किया और आगे बढ़ कर स्नेह से त्सेमो को बाँह में समेट लिया और बोली, "कुछ दुबले तो लग रहे हो, परन्तु चेहरा अच्छा है, स्वास्थ्य भी अच्छा है।"

"अम्माजी मैं बिलकुल ठीक हूँ।"–त्सेमो ने उत्तर दिया, परन्तु काम बहुत करना पड़ता है, दम लेने की भी फुर्सत नहीं मिलती। अम्माजी आप भी पहले से और अच्छी दिखाई दे रही हैं।

माँ कुछ और भी बात बेटे से करती रही। रुलन संकोच-से पीछे दबी खड़ी रही। त्सेमो को रुलन के इस संयम और सन्तोष पर विस्मय हो रहा था। ऐसी तो वह नहीं थी। रानी ने एक ओर होकर एक हाथ से रुलन का हाथ थाम उसे त्सेमो के सामने कर दिया तो उसके विस्मय का अन्त न रहा। "बहू बहुत ही भली है। सदा हमारी बात मानती रही है। उसने अब सब कुछ सीख लिया है।"–रानी बोलीं।

माँ के मुख से बहू की प्रशंसा सुनने से बड़ी बात और क्या हो सकती थी। माँ से पाए आत्मसम्मान के भाव के कारण यह भी अपनी प्रशंसा सुनना चाहता था। पहले रानी ने कभी रुलन की प्रशंसा नहीं की थी। रुलन माँ को प्रसन्न नहीं कर सकी थी, इसके लिए वह त्सेमो की दृष्टि में दोषी थी। रानी भी यह बात समझ गई थीं। बेटे के चेहरे और आँखों में आ गई प्रसन्नता रानी से छिपी न रही। माँ के सम्मुख, जैसा कि उचित था, त्सेमो ने संयम और शान्ति से ही बहू से बात की–"ठीक तो हो ?"–उसने पूछा।

"धन्यवाद ! मैं ठीक हूँ, आप ?"–रुलन ने पूछा।

मुख से तो दोनों के इतने ही शब्द निकले, परन्तु आँखों ही आँखों में बहुत-सी बातें हो गईं। रुलन ने अपनी बड़ी-बड़ी आँखों में स्नेह लिए उसकी ओर देखा। उसकी लाल पोशाक भी नए ढंग की थी। त्सेमो को रुलन इतनी प्यारी और सुन्दर पहले कभी

नहीं जँची थी।

त्सेमो ने बहू की ओर से आँखे हटाकर माँ की ओर देखा। उसका चेहरा लाल हो गया। झेंपते हुए बोला–"अम्माजी, आपका बहुत धन्यवाद है। आपने उसकी ओर ध्यान देकर उसे इतना..."

रानी ने बेटे का अभिप्राय समझकर उत्तर दिया–"बेटा, सच बात तो यह है कि तुम्हें बहुत भली बहू मिली।"

रानी ने रुलन की ओर देखा। बहू की आँखो में आँसू आ गए थे और वह विनय और कृतज्ञता से झुकी जा रही थी। उन्होंने सोचा–नवयुवक लोग चाहे जितना साहस करें उनका काम अनुभवी लोगों की सहायता और समर्थन के बिना नहीं चल सकता।

एक दिन फेंगमो के हवेली में विलम्ब से आने पर रानी नाराज थीं। आन्द्रे ने उन्हें समझाया था–"लड़के-लड़कियों के प्रति क्रोध उचित नहीं, क्योंकि वे आपके यहाँ अपनी इच्छा से नहीं आए हैं।"

"हम भी तो अपनी इच्छा से पैदा नहीं हुए थे।"–रानी ने कड़ा उत्तर दिया था।

आन्द्रे ने उनकी आँखों में गहराई से देखकर उत्तर दिया–"आपने कष्ट झेला, इसलिए आपसे दूसरों को भी कष्ट नहीं मिलना चाहिए। पीड़ा के बदले पीड़ा देना तो बहुत क्षुद्रता है। रानी साहिबा, यह आपको शोभा नहीं देता।"

रानी कुछ बोल न सकीं और उनका क्रोध भी शान्त हो गया। आन्द्रे व्यक्तिगत बात छोड़कर व्यापक बात कहने लगा–"यदि समर्थ लोग स्वयं कष्ट का अनुभव कर लेने के बाद दूसरों को कष्ट से बचाने का यत्न न करें तो उनके कष्ट सहने से लाभ ही क्या हुआ ! समर्थ लोगों का तो कर्तव्य ही यह है कि स्वयं कष्ट का परिचय पा लेने पर दूसरों की उससे रक्षा करें। यदि ऐसा न हो तो यह पृथ्वी नरक बन जाएगी।"

आन्द्रे की बात याद कर रानी का मन उमड़ पड़ा कि जिस तरह से भी हो बहू और बेटे का जीवन सुख से विभोर कर दें। उन्होंने बेटे और बहू के हाथ एक-दूसरे को थमा दिए और बोलीं–"बेटा, शिष्टाचार हो गया, अब बहू को अपने यहाँ ले जाओ। कुछ देर तुम लोग बातचीत करो। उसके बाद पिताजी के यहाँ जाना।"

रानी कुर्सी पर बैठी देख रही थीं कि बेटा और बहू एक-दूसरे का हाथ थामे अपने आँगन की ओर चले जा रहे थे। रानी के होंठों पर सन्तोष की मुस्कान आ गई और वे अपना पाइप भरकर कुछ देर पीती रहीं।

प्रायः दस दिन तक हवेली त्सेमो के स्वागत-समारोह और भोज के उत्सव से गूँजती रही। समीप और दूर के सभी सम्बन्धी त्सेमो से मिलने आए। सभी लोग युद्ध के सम्बन्ध में और राजधानी का स्थान-परिवर्तन हो जाने के सम्बन्ध में त्सेमो की सम्मति और समाचार जानना चाहते थे; यह भी जानना चाहते थे कि चावल का दाम कितना बढ़ जाएगा; इस बात की भी जिज्ञासा थी कि विलायत के गोरे लोग युद्ध में पूर्वी द्वीप के बौने लोगों की सहायता देंगे अथवा उनके विरुद्ध लड़ेंगे ? युद्ध में शत्रु से पराजित हो

जाने का भय तो किसी को नहीं था। प्रश्न यही था कि शत्रु का सामना किस नीति से किया जाएगा ? सामने लड़कर अथवा समय टालकर गुप्त उपायों से। त्सेमो नौजवान था, इसलिए शत्रु का सामना करने के पक्ष में था। साहब इन बातों से परिचित नहीं थे, इसलिए पुत्र का ही समर्थन कर रहे थे।

रानी परिवार के लोगों में बैठकर यह बातचीत सुनते समय चुप रहीं। वे अपना छोटा पाइप पीती हुई ध्यान से सुनती रहीं। बीच में कभी एक-आध शब्द बोलतीं भी तो केवल बच्चों को सँभालने अथवा चाय बनाते समय खटका न करने का नौकरों को आदेश देने के लिए, परन्तु उनकी धारणा थी कि शत्रु का सामना सामने लड़कर नहीं किया जा सकेगा। उसे पराजित करने का उपाय समय की सहायता के गुप्त उपाय से ही हो सकेगा, जैसा कि इतिहास में सदा होता रहा है। उनके विचार में विदेशी गोरों को सहायता के लिए देश में बुलाना उचित नहीं था। गोरों को चीन से क्या सहानुभूति और सम्बन्ध हो सकता था ! उनकी सहायता का मूल्य जाने क्या देना पड़े और मूल्य दिए बिना सहायता की आश। क्यों की जाए ?

रानी ने बातचीत में भाग नहीं लिया, क्योंकि वे स्त्री थीं, चाहे वे हवेली में सबसे मान्य नारी थीं। वे केवल आन्द्रे से ही स्वतन्त्रापूर्वक बातचीत करती थीं। एक दिन मानव-प्रकृति के सम्बन्ध में उन लोगों में बातचीत हुई थी–"आप भगवान् में विश्वास करते हैं, परन्तु मैं न्याय में विश्वास करती हूँ।"–रानी ने कहा था, "आप भगवान् को पाने का यत्न करते हैं, मैं न्याय को।"

"वे दोनों तो एक ही बात है।"–आन्द्रे ने उत्तर दिया।

अब पूरे परिवार के साथ बैठकर भी वे अपनी बात न कह पा रही थीं, इसलिए उन्हें सूनापन अनुभव हो रहा था। अब आन्द्रे तो कभी आने को नहीं था।

"यह विदेशी लोग"–रानी त्सेमो की ओर सहसा सम्बोधन कर बैठीं, "हमारे देश में एक बार आ गए तो क्या उन्हें फिर बाहर निकाल सकना सम्भव होगा ?"

"पहले हमें आज की समस्या सुलझानी है, और फिर जब जैसा समय आएगा।"–त्सेमो ने उत्तर दिया।''

"यह तो हमलोगों के सोचने का ढंग नहीं रहा। हमलोग तो सदा सैकड़ों वर्ष दूर की बात सोचते रहे हैं।"–रानी बोलीं।

"सैकड़ों वर्ष में तो"–त्सेमो ने उत्तर दिया, "हम सभी को निकाल बाहर करेंगे।"

एक बार रानी ने आन्द्रे से प्रश्न किया था–"क्या व्यक्ति की अन्तरात्माओं में भी रंग, परम्परा, राष्ट्रीयता और शत्रुता रहती है।"

"नहीं"–आन्द्रे का उत्तर था, "यह सब तो मानव-आत्मा के विकास के स्तर हैं। मानव-समाज के सभी भागों में यह भिन्न भिन्न स्तर दिखाई देंगे।"

"तो फिर"–रानी ने पूछा था, "देशों और राष्ट्रों में वैमनस्य और युद्ध क्यों होता है ?"

"युद्ध निम्न स्तर के लोगों के कारण होता है"–आन्द्रे ने उत्तर दिया था, "किसी

भी देश या राष्ट्र के लोग युद्ध नहीं चाहते। युद्ध में झोंक दिए जाने पर लोग विवश होकर जैसे-तैसे लड़ते ही हैं। युद्ध में सन्तोष केवल अविकसित बर्बर मस्तिष्क के लोगों को ही होता है।"

त्सेमो उत्साह से पलटनों, तोपों, टैंकों और बम-मार हवाई जहाज़ों की बातें सुना रहा था। रानी वह कुछ नहीं समझती थीं। वे अपने मन में आन्द्रे से सुनी बातों को ही याद कर रही थीं। उस बेसुधी में वे जम्हाई ले बैठीं। सबका ध्यान उनकी ओर चला गया। संकोच दूर करने के लिए हँस पड़ीं।

"आपलोग क्षमा करें।"–रानी बोलीं, "हम बूढ़ी हो गई हैं। युद्ध जवानों के शौक की बात है, हम उसे क्या समझें।" वे उठ खड़ी हुईं। इंग तुरन्त आगे बढ़ आई। रानी सबलोगों की ओर विनय से सिर झुकाकर अपने आँगन की ओर चल दीं।

ग्यारहवें दिन त्सेमो वापस लौट गया। इस बार हवाई जहाज उसे लेने आया तो हवेली और नगर के लोगों की बहुत बड़ी भीड़ उसे विदाई देने के लिए एकत्र हो गई थी। रानी विदाई देने नहीं गईं। वे दस दिन तक बेटे की बातों को सुन-सुन कर बहुत थक गई थीं। उनके विचार में किसी नवयुवक की मृत्यु और युद्ध की बातों में समय नष्ट करना मूर्खता थी। इससे लाभ किसी को नहीं हो सकता था–न स्वयं व्यक्ति को, न परिवार और समाज को। विजय जीवन की ही हो सकती है। शत्रु और मृत्यु को जीवन से ही पराजित किया जा सकता है। रानी ने बेटे को भी समझाने का यत्न किया, परन्तु त्सेमो ने असहिष्णुता से उत्तर दे दिया–"अम्माजी, आप इन बातों को नहीं समझतीं।"

रानी जानती थीं कि सभी जवान बेटे ऐसी बातें करते हैं, इसलिए वे चुप रहीं। त्सेमो के लौटते समय उन्होंने शान्ति से बातचीत करके उसे विदा दी। उसके लौट जाने पर भी उन्हें कोई दुख नहीं हुआ। त्सेमो की बातों से घर भर बेचैन हो गया था। सब से अधिक प्रभाव पड़ा था सबसे छोटे येनमो पर। येनमो देहात से खूब स्वस्थ होकर लौटा था। धूप से तपकर चेहरे का रंग गहरा हो गया था और कद भी कई इंच बढ़ गया था। भीड़-भड़क्के में रानी को येनमो से बात करने का अवसर नहीं मिला था, वे अवसर की प्रतीक्षा में थीं। अब उन्होंने देखा कि त्सेमो की बातों से लड़के के मन पर गहरा आतंक छा गया था।

रानी अपने आँगन में अकेली बैठी थीं। रुलन आई और घुटने टेक रानी के समीप बैठ गई। अपना सिर उसने सास के घुटनों पर रख दिया। रानी की साटिन की पोशाक रुलन के आँसुओं से भीग गई।

"हाय तुम रो क्यों रही हो ?"–रानी ने स्नेह से पूछा, "दुख की बात क्या है ?"

"अब तो हम सुखी हैं।"–रुलन धीरे से बोली।

"तब तो यह आँसू सुख के हैं।"–रानी ने सन्तोष से कहा और बहू का सिर सहलाने लगीं। रुलन कुछ देर वैसे ही रोती रही और फिर उठकर आँखें पोंछ उसने मुस्कराकर रानी की ओर देखा और चुपचाप चली गई।

यदि मनुष्य को कुछ क्षण के भविष्य का भी ज्ञान रहे तो जीवन असह्य हो जाए। वू-हवेली एक घंटे पूर्व उत्साह और समारोह से गूँज रही थी, अब वह शोक के काले सागर में डूब गई। कोई न बता सका कि ऊपर मेघों के पीछे आकाश में क्या हो गया। त्सेमो को वायुयान में आकाश में उठते सूर्य की ओर उड़े अभी आधे घंटे के लगभग ही बीता था कि मुख्तार पागलों की तरह दौड़ा हुआ हवेली में आया। उसके पीछे-पीछे वू रियासत के सैकड़ों किसान, पुरुष और स्त्रियाँ चीखती-चिल्लाती अपने कपड़े फाड़ कर केश नोचते हुए आ रही थीं। हवेली में ऐसा कोहराम मच गया कि रानी भी अपने आँगन में चौंक उठीं। वे रुलन के जाने के बाद कुछ देर अकेले बैठने के लिए पुस्तकालय में गई थीं कि क्रन्दन का यह कोहराम सुनाई देने लगा। लोग उनका नाम ले-लेकर रो-रो कर चिल्ला रहे थे। तुरन्त ही वह कारण समझ गईं।

रोने की पुकार सुनकर रानी अपने आँगन के दरवाज़े की ओर बढ़ आईं। सब लोग सामने से आते हुए दिखाई दिए। सबसे आगे साहब थे। उनके गालों पर आँसुओं की धारें बह रही थीं। उनके पीछे चमेली भी थी और उसके पीछे सब अनाथ बच्चियाँ, बुढ़ियाँ, हवेली के सब नौकर-नौकरानियाँ। हवेली का फाटक खुला रहने के कारण पड़ोस के गली-मोहल्ले के बहुत से लोग भी भीतर आ गए थे।

"हाय बेटा ! हाय बेटा !"—साहब चिल्ला रहे थे।

मुख्तार आगे बढ़कर सुनाने लगा—"हुजूर, हमलोगों ने देखा कि आकाश से आग की लपटें गिर रही हैं। हुजूर, हमलोग भागकर देखने के लिए गए। एक विलायती इंजन और बहुत-सी तारे थीं और कुछ चीजों के टुकड़े थे, जिन्हें हमलोग पहचान नहीं सके। इसके सिवा और कुछ नहीं था...।"

शब्द रानी के हृदय में बिंध गए, परन्तु बात वे पहले ही समझ चुकी थीं।

"समाधि में देने के लिए भी तो कुछ नहीं रहा।"—साहब रोकर बोले। वे कुछ समझ नहीं पा रहे थे, यह सब क्या हो गया। एक घंटे पूर्व उनका बेटा सजीव उनके सामने था और अब उसका चिह्न भी शेष नहीं रहा।

रानी को साहब के प्रति सहानुभूति थी, परन्तु सबसे पहले उन्हें याद आई रुलन की। बोलीं—"सबसे पहले बेचारी बहू की ख़बर लीजिए।"

"हाँ, हाँ,"—सब लोगों ने स्वीकार किया, "सम्भव है अब तक उसमें अब 'शुभ' भी हो गया हो। विधाता की दया थी कि दस रात लड़का और बहू एक साथ रह लिए। बाल-बच्चा हो जाएगा तो सन्तोष तो रहेगा...।"

साहब ने आँसू पोंछकर रानी की ओर देखा और बोले—"हाँ जाओ, तुम्हीं उसे सँभालो। तुम्हीं सँभाल सकती हो।"

रानी भीड़ को पीछे छोड़कर अकेले त्सेमो के आँगन में गईं। साहब चमेली को लेकर अपने आँगन में चले गए और दरवाजा बन्द करा लिया। मुख्तार ने किसानों और दूसरे लोगों को लौट जाने का आदेश दे दिया। स्वयं वह रानी से आदेश पाने के लिए फाटक

पर बैठकर प्रतीक्षा करता रहा।

अनाथ बच्चियाँ मन्दिर में लौट आईं। पुजारी ने देवताओं की प्रतिमा के सम्मुख धूप जला दिया और मृतात्मा की शान्ति के लिए पाठ करने लगा।

पुजारी ने कुल-देवता के सम्मुख खेद प्रकट किया–"कैसा समय आ गया है, अब लोग इतनी जल्दी मर जाते हैं कि मृत्यु के समय प्रार्थना के लिए भी समय नहीं रहता। हे देवता, आप ही आकाश-लोक में उसकी आत्मा को पा सकते हैं। आप ही उस आत्मा को मार्ग दिखाकर आश्वासन और आश्रय के स्थान में ले जाएँ और यदि यह आत्मा जन्म ग्रहण करे तो फिर उसे इसी परिवार में भेजिए।" बूढ़ा पुजारी बहुत देर तक प्रार्थना करता रहा।

कल उसी आँगन में रुलन अपने सुख और सौभाग्य पर गर्व कर रही थी, आज वह वहीं फ़र्श पर सिमटी बैठी थी। वह अपना मुख रानी के हाथों में छिपाए रो रही थी। दोनों मौन थीं। कहने को कुछ था भी नहीं। दोनों के हृदय प्रेम और शोक की एक ही धारा में एक साथ मिलकर बह रहे थे। रानी का मन उमड़ रहा था कि मृत आन्द्रे के प्रति अपने प्रणय की बात रुलन को बताकर उसे सान्त्वना दे सके, परन्तु ऐसा कर तो न सकती थीं। रुलन का शोक उनके शोक की अपेक्षा असह्य था। वे तो आन्द्रे के शरीर को समाधि में रख चुकी थीं, परन्तु रुलन बेचारी वह भी न कर पाएगी। वायु के झोंकों ने उसके पति के शरीर की भस्म को दूर-दूर तक उड़ा दिया था। उसके शरीर का कोई स्मृति चिह्न भी शेष नहीं था, माँ के पास तो कुछ था भी। उनके हृदय में बेटे के जन्म, लड़कपन, उसके अल्हड़ दिनों की स्मृतियाँ थीं। उसके स्वर की, उसके बात करने, हँसने, झगड़ने की स्मृति थी। उसके सुडौल सुन्दर चेहरे की स्मृति थी। वह उनके शरीर का ही अंश था, इसलिए उसकी स्मृतियाँ भी शारीरिक ही थीं।

परन्तु रुलन के पास क्या शेष रह गया था ! क्या पिछले दस दिन में वह त्सेमो के शरीर से भी अधिक कुछ पा सकी थी ? क्या रुलन सास की दी हुई सीख को क्रियात्मक रूप दे पाई थी ?

अभी कोई प्रश्न पूछने का अवसर नहीं था। रानी मौन अपने शरीर के स्पर्श से ही अपने साथ सिमटी लड़की को सान्त्वना दे रही थीं।

रुलन ही पहले हिली। वह उठकर खड़ी हो गई और अपने आँसू पोंछकर रुँधे हुए स्वर में बोली–"अम्माजी, आपका आभार जीवन भर नहीं भूलूँगी।"

"यह दस दिन ही हमारे जीवन का सार थे।"

बहू के प्रति रानी के हृदय में और भी अधिक स्नेह उमड़ पड़ा। उसकी पीठ पर हाथ रखकर उन्होंने पूछा–"अकेली घबराओगी तो नहीं ?"

"नहीं अम्माजी !"–रुलन ने आँसू पोंछते हुए उत्तर दिया, "मन ज़रा शान्त हो जाए तो कुछ देर बाद आपके यहाँ आ जाऊँगी।"

"बेटी, जब चाहे आ जाना।"–रानी रुलन के हाथ का सहारा लेकर उठ खड़ी हुईं।

रुलन का हाथ तप रहा था, परन्तु सशक्त था। "बेटी, जब तुम्हारा मन करे, दिन में, रात में, हर समय तुम मेरे यहाँ आ सकती हो।"–रानी एक बार फिर बोलीं।

"बहुत अच्छा अम्माजी।"–रुलन ने धीमे से धन्यवाद दिया।

रानी दो ही क़दम गई थीं कि पीछे से रुलन के आँगन के किवाड़ों के मूँदने की आहट पाकर ठिठक गईं। नहीं, लड़की ऐसी कोई बात नहीं करेगी। रुलन समझदार लड़की है–रानी ने सोचा, वह एकान्त में अपने आपको सँभालना चाहती है। एकान्त में ही वह ऐसा कर भी पाएगी। त्सेमो जीवित रहता तो फिर भी दोनों का झगड़ा होता ही। दस दिन की यह शान्ति आखिर कितने दिन चल पाती ! दोनों ही एक-दूसरे से कम नहीं, तिस पर परस्पर प्रेम में पागल हैं। एक-दूसरे को बिलकुल अपना लेना चाहते थे, दूसरे को ज़रा भी स्वतन्त्रता देने के लिए तैयार नहीं थे, परन्तु अब दोनों ही सदा शान्त रहेंगे।

"शान्ति !" रानी के होंठ बोल उठे।–मनुष्य की भाषा में इससे मधुर दूसरा शब्द कौन होगा ?

यद्यपि त्सेमो का शव नहीं था जिसके लिए शोक मनाया जाता, परन्तु फिर भी वू-हवेली में त्सेमो के लिए निश्चित समय तक शोक मनाया ही गया। कफ़न के लिए एक सन्दूक़ बनवाया गया और उसमें त्सेमो के शौक की वस्तुएँ रखकर बन्द कर दिया गया। ज्योतिषियों ने त्सेमो को समाधि देने के लिए उचित मुहूर्त निश्चित कर दिया और शोक के पूरे उपचार सहित उसे समाधि दी गई। पारिवारिक भूमि में परिवार के क़ब्रिस्तान में उसकी समाधि बनाई गई। हवेली में पुरखों के बड़े घर में, जहाँ सैकड़ों वर्ष पुरानी पीढ़ियों के नाम लिखे जाते रहे थे, उसके नाम की शिला भी लगा दी गई।

जिस समय क्रिया-कर्म के यह सब उपचार चल रहे थे, हवेली में शोक का वातावरण क़ायम रहा। शोक के उपचार में सहयोग देने के लिए सेठानी कांग भी आईं। कुछ समय से दोनों परिवारों में आना-जाना काफ़ी कम हो गया था। यह रानी के ध्यान से चूका नहीं था, परन्तु उनका अपना मन आन्द्रे की स्मृति में डूबा हुआ था और सेठानी के अन्तिम प्रसव की स्मृति से भी उनके मन में ग्लानि थी।

पुत्र के शोक में सहयोग देने न जाना सम्भव नहीं था, इसलिए सेठ और सेठानी दोनों ही समवेदना प्रकट करने के लिए आए। सेठानी रोती-चीखती हवेली में आईं।

"हमारे बच्चे तो साथ-साथ ही खेल-खा कर बढ़े थे। त्सेमो तो हमारा ही लड़का था...।"

रानी ने सहेली की समवेदना के लिए कृतज्ञता अनुभव की। दोनों बैठकर कुछ देर बात भी करती रहीं। सेठानी अर्थी के साथ भी गईं, और उन्होंने शोक के अवसर की पोशाक भी पहनी। इस सबके बावजूद रानी जानती थीं कि सेठानी से पहले-जैसा गहरा सहेलपना अब सम्भव नहीं था। वे सेठानी के निजी जीवन में बहुत दूर तक पहुँच गई थीं, इस बात की लज्जा सेठानी को बनी रहेगी। कृतज्ञता तो वे अनुभव करेंगी, परन्तु

क्षुद्रता की भावना के कारण प्रेम न कर पाएँगी। कृतज्ञता तो सेठानी प्रायः ही प्रकट करती भी रहती थीं–"बहिन, उस रात तुम न आतीं तो मैं बच नहीं सकती थी। बहिन, मेरी जान तो तुमने ही बचाई।"

परन्तु यह कृतज्ञता स्वीकार करते समय सेठानी के चेहरे और स्वर में क्षुद्रता और झेंप का भाव आ जाता। रानी भी उसे भाँपती थीं। सेठानी प्राण-रक्षा के लिए तो रानी के प्रति कृतज्ञ थीं, परन्तु रानी ने उन्हें जिस अवश और दयनीय अवस्था में देख लिया था, उसके लिए रानी पर क्रोध भी था। अब वे रानी के प्रति ईर्ष्या अनुभव करने लगी थीं। यह जानकर भी रानी को सहेली के प्रति क्रोध नहीं था, परन्तु वे भी कुछ दूर-ही-दूर रहने लगी थीं। रानी समझती थीं कि सेठानी को नवयुवक त्सेमो के मर जाने का दुख तो अवश्य है, परन्तु वू-परिवार के दुख में समवेदना नहीं है। वे वू-परिवार के प्रति सहानुभूति प्रकट करने आकर एहसान चढ़ा रही हैं। ऐसी बात पर रानी को क्रोध आ जाना चाहिए था, परन्तु अब उन्हें क्रोध नहीं आता था। अब उन्हें सेठानी की क्षुद्रता पर दया ही आ रही थी।

एक बार रानी ने आन्द्रे से प्रश्न किया था–"क्या क्षुद्र लोगों की ईर्ष्या और मूर्खता को सह लेना ही उचित है ?"

"हाँ, सहन ही करना होगा, उन्हें समाप्त तो किया नहीं जा सकता।" आन्द्रे ने उत्तर दिया था, "हममें से कौन इतना महान् है कि अपनी कुछ भी हानि किए बिना क्षुद्र-से-क्षुद्र जीव को भी नष्ट कर सके।"

"परन्तु उन्हें झेला भी कैसे जाए ?"–रानी ने पूछा। एक पुरानी बात याद करके उनके मन में टीस उठ खड़ी हुई। एक नौकरानी के एक भग्न शरीर लड़की पैदा हुई थी। रानी की स्वीकृति से ही उस लड़की को जन्म के समय ही समाप्त कर दिया गया था। इंग प्रसव का समाचार लेकर आई थी और उसने हाथ का अँगूठा संकेत के लिए दिखाकर रानी से अनुमति माँगी थी। रानी ने सिर झुकाकर स्वीकृति दे दी थी।

"क्षुद्र-से-क्षुद्र जीव को भी नष्ट कर देने का अधिकार हमें नहीं है।"–आन्द्रे ने उत्तर दिया था।

आन्द्रे की बात सुनकर उस बच्ची की बात उसे बताने का साहस रानी को न हुआ था। पुत्र की अर्थी के पीछे शव-यात्रा में जाते समय पालकी में बैठी रानी को यह बात याद आई तो उन्होंने सोचा कि वह बात आन्द्रे को बता देनी ही उचित थी। अब उस मृतक बच्ची का बोझ उन्हें अपने हृदय पर अनुभव हो रहा था। ऐसा भी सन्देह हुआ कि उसी पाप के फलस्वरूप यह घटना हुई है, परन्तु ऐसी मिथ्या धारणा पर उन्हें विश्वास नहीं था। त्सेमो की मृत्यु को उन्होंने एक आकस्मिक घटना ही माना। कार्य-कारण का सम्बन्ध तो विचारों के क्षेत्र में ही होता है। रानी फिर सोचने लगीं कि बेचारी सेठानी की क्षुद्रता के लिए मुझे उससे धृणा करने का क्या अधिकार है ! उसी समय मन ने विरोध किया, तो क्या उसे प्यार करना भी मेरा कर्तव्य है ? और फिर उन्हें आन्द्रे की कही हुई एक बात याद आ गई। आन्द्रे अपनी धर्म-पुस्तक पढ़कर सुना

रहा था–"अपने पड़ोसी से वैसे प्रेम करो, जैसे अपने आप से करते हो...।"

"प्रेम ?"–रानी ने आपत्ति की, "प्रेम तो बहुत बड़ा शब्द है।"

रानी को आन्द्रे की धर्म-पुस्तक के प्रति सहानुभूति नहीं थी, शायद इसलिए कि वह इस पुस्तक को बहुत पढ़ता था और जब भी कोई शंका होती, समाधान के लिए इसी पुस्तक से सहायता लेता था। रानी के आपत्ति करने पर आन्द्रे ने आँखें पुस्तक से उठाकर उनकी ओर देखा।

"आप ठीक कह रही हैं।"–आन्द्रे ने स्वीकार किया, "प्रेम की अपेक्षा यह कहना अधिक उचित होगा कि अपने पड़ोसी को भी अपने ही समान समझो, अर्थात पड़ोसी की कठिनाई और उसकी स्थिति का ध्यान रखकर उसके दोषों के प्रति वैसे ही सहनशीलता का व्यवहार किया जाए जैसा, हम अपने दोषों के प्रति करते हैं। रानी साहिबा, प्रेम का अभिप्राय यही है।" रानी को आन्द्रे के यह शब्द बहुत देर तक कमरे में गूँजते सुनाई देते रहे थे।

त्सेमो की शव-यात्रा के दिन वू-परिवार का मन तो शोक से भरा हुआ था, परन्तु दिन बहुत सुहावना था। उजली धूप प्यारी लग रही थी, निर्मल वायु धीरे-धीरे बह रही थी, तालाबों में जल स्वच्छ व नीला दिखाई दे रहा था और पक्षी चहक रहे थे। पालकी की खिड़की से यह दृश्य देखकर रानी का मन और उदास हो गया। उन्हें रुलन की याद आने लगी। रुलन की पालकी उनके ही पीछे थी। सोचा, शायद रुलन भी इस दृश्य को देख रही होगी। रानी ने पीठ की ओर खिड़की से झाँककर देखा। रुलन की पालकी की खिड़की पर पर्दा पड़ा हुआ था। रानी फिर त्सेमो की बात सोचने लगीं–कहाँ मेघों में जाकर उसकी मृत्यु हुई ! जाने वहाँ उसने क्या देखा होगा ? मशीन बिगड़ गई और उसकी मृत्यु का कारण बन गई। मशीन पर इतना भरोसा करना क्या उचित है ?

त्सेमो घर से चला तो रानी ने कहा भी था–"इस विलायती मशीन पर बैठकर आकाश में उड़ने में क्या कोई भय नहीं ?"

त्सेमो ज़ोर से हँस पड़ा था–"अम्माजी यह जादू है, जादू।"

और वह जादू टूट गया ? रानी सोचने लगीं–कुछ क्षण में त्सेमो ने मृत्यु का सामना कैसे किया होगा ! वह कैसे डरा होगा, मशीन पर उसे कितना क्रोध आया होगा ! उसी अवस्था में उसका अन्त हो गया और उसका शरीर निस्सीम आकाश से पृथ्वी पर बिखर गया !–रानी ने सिर झुकाकर आँखों पर हाथ रख लिया।

शव-यात्रा और समाधि के क्रिया-कर्म के उपचार तो पूरे करने ही थे। शव-यात्रा चाहे पुत्र की ही थी, इतने बड़े परिवार में ऐसा अवसर प्रायः आता ही रहता था। पिछली गर्मियों में वृद्धा सास के कफ़न का सन्दूक मन्दिर से निकालकर इसी मार्ग से क़ब्रिस्तान की ओर ले जाया गया था। वृद्धा की समाधि पर भी संगमरमर का एक पत्थर लगाया गया था, जैसा कि ससुर की समाधि पर लगा हुआ था, परन्तु वह कुछ छोटा था। ससुर की क़ब्र के साथ की जगह वू साहब के लिए खाली थी। उसके बाद स्वयं उनकी समाधि के लिए जगह थी और उसके बाद लिआंगमो और मेंग के लिए। इसके बाद ही त्सेमो

के खाली कफ़न के लिए क़ब्र खोदी गई थी। त्सेमो के कफ़न का सन्दूक़ क़ब्र के गड्ढ़े में उतार दिया गया। एक सफ़ेद मुर्ग़ा मार कर खून कफ़न पर छिड़क दिया गया। काग़ज के बने बर्तन जलाए गए। काग़ज का एक हवाई जहाज़ भी बनाया गया था उसे भी जला दिया गया और तब क़ब्र में मिट्टी भरने के बाद एक पत्थर रखकर काग़ज़ की सफ़ेद धज्जियाँ बाँध दी गई थीं। समाधि की क्रिया समाप्त होने पर परिवार के लोग लौट गए। केवल रोने के लिए किराए पर बुलाए गए लोग बैठकर रोते रहे।

रात रानी अकेली ही रहीं। उन्हें किसी का समीप होना सह्य नहीं था। वे जानती थीं कि साहब तो शोक भुलाने के लिए दिल बहलाव के साधन की बात सोच रहे होंगे। रुलन बेचारी का घाव तो भरते-भरते ही भरेगा। रानी सेज पर लेटी त्सेमो की मृत्यु के कारण परिवार में रिक्त हो गए स्थान की बात सोच रही थीं–त्सेमो के बेटे होते, परन्तु अब वे न हुए और उन बेटों के बेटे भी न होंगे। एक युवक के मर जाने से कितनी हानि होती है। सोच रही थीं कि विदेशियों की बनाई यह मशीनें और युद्ध मानव-समाज के लिए कितने घातक हैं। पश्चात्ताप होने लगा, अपने पुत्रों को उन्होंने क्यों बाहर जाने दिया ?

अँधेरे में आँखें खोले उन्हें आन्द्रे का चेहरा दिखाई देने लगा। उन्होंने आन्द्रे से अनुरोध किया था–"आप हमारे तीसरे पुत्र को शिक्षा दीजिए, परन्तु ऐसी शिक्षा न दीजिए कि उसका मन परिवार से दूर हो जाए।"

"रानी साहिबा,"–आन्द्रे ने उत्तर दिया था "यदि आप पुत्र को बाँधकर रखने का यत्न करेंगी तो वह अवश्य दूर भागेगा। जितना ही आप उसे बाँधेंगी, उतना ही दूर वह जाना चाहेगा।"

"तुम्हारी बात ठीक नहीं थी।"–रानी ने अपनी आँखों के सम्मुख उपस्थित आन्द्रे को सम्बोधन किया, "मैंने तो बेटे को बाँधकर नहीं रखा, परन्तु वह चला ही गया, और सबसे दूर।"

सुबह रानी की आँख साधारण अभ्यास के अनुसार जल्दी ही खुली। समय उस दिन भी बहुत सुहावना था, परन्तु मन बेचैन ही था। पिछले दिन देहात में देखे हुए सुन्दर दृश्य याद आ रहे थे। वहाँ फिर जाने को मन चाह रहा था, परन्तु शोक की अवस्था में वहाँ जाने का क्या कारण हो सकता था ! वे एक कमरे से दूसरे कमरे में जातीं, परन्तु मन नहीं लग रहा था। सब लोग पिछले दिन की थकान के कारण अभी सो ही रहे थे। सब ओर सन्नाटा था। इंग भी कुछ विलम्ब से आई। चेहरे पर उदसी का पीलापन था और चुप थी। आँखें रोने के कारण सूजकर लाल हो गई थीं। रानी ने उसे विश्राम करने के लिए कह दिया और स्वयं पुस्तकालय में जाकर पुस्तकें देखने लगीं।

खिड़की से बहुत सुहावनी हवा आ रही थी। रानी बहुत देर तक पुस्तकों में ध्यान लगाए रहीं। क़दमों की आहट सुनकर उन्होंने आँख उठाकर देखा, सबसे छोटा पुत्र येनमो आँगन में आ रहा था। येमनो ने लड़काई के अक्खड़पन से माँ को पुकारा। रानी ने उसे टोका नहीं। जानती थीं कि देहात में किसानों की संगति से उसने यही सीखा

है। स्नेह से उत्तर दिया–"आओ बेटा।"

रानी ने बेटे का कड़ा मज़बूत हाथ अपने कोमल हाथ में लेकर समीप खींच लिया। उन्हें देखकर विस्मय हुआ कि येनमो उनके बराबर ऊँचा हो गया है।

"अरे, इतने लम्बे हो गए तुम !"–रानी ने विनोद से विस्मय प्रकट किया।

येनमो अपने दूसरे भाइयों से कुछ भिन्न था। बातचीत में उतना तेज़ न था, परन्तु उसकी आँखों में गम्भीरता थी और व्यर्थ की झेंप भी न थी। आत्म-तुष्ट-सा व्यक्ति था। उस समय नीले सूती कपड़े पहने था। पैरों में कपड़े के तल्ले के मोटे-मोटे जूते थे।

"अम्माजी,"–येनमो बोला, "हम गाँव जाएँगे, यहाँ नहीं रहना चाहते।" लड़का खूब हृष्ट-पुष्ट था। आँखें काली उज्ज्वल। सिर पर छटे हुए केश भी खूब कड़े थे और दाँत खूब सफ़ेद। रानी उसे देख मन ही मन मुस्करा रही थीं।

"तुम कुछ पढ़ते-लिखते भी हो ?"–रानी ने पूछा।

"मैं पाँचवीं किताब पढ़ रहा हूँ। व्याकरण की पुस्तक भी पढ़ ली है।"

लड़के की आयु के विचार रो इतना पढ़ लेना कम न था, परन्तु रानी ने पूछा–"अब तुम गाँव के स्कूल की पढ़ाई खत्म करके आगे नहीं पढ़ोगे ?

"अम्माजी, पढ़ने में मेरा मन नहीं लगता।"–येनमो ने तुरन्त उत्तर दिया।

"पढ़ने में मन नहीं लगता ?"–रानी ने असन्तोष से कहा, "तुम भी अपने पिता की तरह हो।"

लड़के ने सिर झुका लिया और बोला–"नहीं अम्माजी, मैं किसी की तरह नहीं होऊँगा। आप मुझे गाँव नहीं भेजेंगी तो मैं भाग जाऊँगा।"

येनमो ने माँ की ओर देखा और फिर सिर झुका लिया। लड़के को उदास देखकर भी रानी हँस पड़ी और बोलीं–"हमने तो तुमलोगों की इच्छा के विरुद्ध कभी कुछ नहीं किया।"

"अम्माजी, यह दीवारें कितनी ऊँची हैं।"–येनमो ने असन्तोष प्रकट किया।

"हाँ ऊँची तो हैं।"–रानी ने स्वीकार किया।

"अम्माजी, अब मुझे जाने दीजिए।"

"हम भी तुम्हारे साथ चलेंगे।"–रानी बोलीं।

येनमो ने विस्मय से माँ की ओर देखकर प्रश्न किया–"आप वहाँ कहाँ सोएँगी।"

"हम साँझ तक लौट आएँगी।"–रानी बोलीं, "हम ज़रा ज़मीनों पर नज़र डाल लेंगी, तुम्हारे रहने की जगह देखेंगी और तुम्हारे मास्टर से भी मिल लेंगी तो हमें भरोसा रहेगा।"

येनमो अपने कपड़े सँभालने चला गया। रानी ने पालकी के लिए हुकुम दे दिया और इंग को कह दिया,–"तुम्हारे चलने की ज़रूरत नहीं है।"

रानी की बात से इंग को विस्मय हुआ, परन्तु रानी ने उसे विश्वास दिला दिया–"देहात में हमारे लिए कोई खतरा नहीं है।"

रानी और येनमो साथ-साथ चले। रानी पालकी में चली और येनमो एक भूरे टट्टू

पर। दोनों बाज़ार में से चले जा रहे थे। सभी लोग उन्हें पहचानते थे और आदर से उन्हें मार्ग देते जा रहे थे।

नगर की चारदीवारी से निकलकर खुले वातावरण में रानी को बहुत शान्ति अनुभव हुई। टट्टू दुलकी चाल से चला जा रहा था। उसकी पीठ पर जमा बेटे का सुडौल शरीर देखने में बहुत भला लग रहा था। येनमो को अभी घोड़े की सवारी का ढंग और क़ायदा तो मालूम नहीं था, परन्तु सवारी खूब कर लेता था। घोड़े की पीठ पर ऐसे जमा था, मानो घोड़े का ही अंग हो। उसे सवारी से भय नहीं लगता था। घोड़े की दुम के बालों से गुँथा हंटर हाथ में घुमाता कोई गीत गाता जा रहा था। लड़का खूब प्रसन्न था। रानी उसे प्रसन्न ही देखना चाहती थीं। उन्हें इस बात का सन्तोष था कि येनमो भी लिआंगमो की तरह परिवार की सीमाओं में सन्तुष्ट रह सकेगा।

रानी दिन भर गाँव में ही रहीं। भोजन मुख़्तार के घर किया। जिसने भी चाहा उन्होंने मिलने से इनकार न किया। कुछ लोग केवल आदर प्रकट करने और धन्यवाद देने आए, कुछ ने शिकायतें भी कीं। रानी को देहात के लोगों की सादगी और भोलापन अच्छा लग रहा था। किसान अपने मतलब की बात खूब समझते थे, परन्तु थे ईमानदार और निष्कपट। कुछ स्त्रियाँ अपने बच्चों को रानी का दर्शन कराने के लिए ही लाईं। रानी ने बच्चों के स्वास्थ्य और रूप की प्रशंसा की। ज़मीनों का चक्कर लगाकर बीज, गोदाम और दूसरी जगहें देखीं। फिर गाँव के स्कूल में गईं। बूढ़ा स्कूल मास्टर उन्हें देखकर हैरान रह गया। मास्टर ने येनमो की प्रशंसा कर बताया कि वह खूब ध्यान से पढ़ता है। रानी हँस पड़ीं और बोलीं–"हम जानते हैं लड़के को पढ़ने का शौक नहीं है।" उन्होंने मुख़्तार के घर में येनमो के लिए निश्चित जगह भी देखी। जगह सुथरी थी। सूर्यास्त से पहले ही वह पालकी में लौट पड़ीं।

गाँव से लौटते समय रानी अकेली ही थीं। पहाड़ी की ढलवान पर जिंगको वृक्ष के नीचे आन्द्रे की समाधि दिखाई दी। यदि वे बिना किसी विशेष कारण के वहाँ ठहरतीं तो देहात में, नगर में और परिवार में सभी जगह उसकी चर्चा हो जाती। वू-परिवार के लोगों के आने-जाने पर सभी लोगों का ध्यान जाता था और उसकी चर्चा भी होती थी, इसलिए रानी ने पालकी के कहारों को सीधे ही आज्ञा दी–"पालकी फिरंगी पादरी की क़ब्र पर ले चलो। पादरी हमारे बेटे का गुरु था। उसकी समाधि का आदर करनेवाला यहाँ कोई सम्बन्धी नहीं है, इसलिए हम ही उसकी समाधि पर हो आएँ। समाधि बहुत नजदीक ही है।"

कहारों को रानी की बात से कोई विस्मय नहीं हुआ। उन्होंने रानी की इस करुणा के प्रति श्रद्धा अनुभव की। आन्द्रे की समाधि से कुछ दूरी पर ही वे पालकी से उतर कर पैदल चलीं, ताकि बिलकुल अकेली वहाँ जा सकें। खेतों के बीच की पगडंडी से वे अकेले ही गईं और पहाड़ी पर चढ़कर जिंगको वृक्ष की छाया में पहुँच गईं। साँझ को सुहावनी हवा चल रही थी और अस्त होते हुए सूर्य की किरणें पृथ्वी को छोड़कर वृक्षों की चोटियों पर सिमट गई थीं। रानी ने समाधि के सम्मुख घुटने टेक दिए और तीन

बार श्रद्धा से पृथ्वी पर माथा रखा और फिर समाधि को घेरे मिट्टी की दीवाल पर आँखें मूँदे बैठकर आन्द्रे की याद करने लगीं। पालकी के कहार दूर ही से यह दृश्य देख रहे थे। रानी को कल्पना में आन्द्रे तेज़ क़दमों से चलता अपनी ओर आता दिखाई दिया। उसका चोगा हवा में पैरों के पास फड़फड़ा रहा था, दाढ़ी के केश हवा में उड़ रहे थे और आँखें उज्ज्वल थीं।

"तुम्हारी यह दाढ़ी"–रानी विनोद में बोलीं, "तुम्हारे मुख को छिपाए रहती है। तुम्हारी ठोढ़ी और होंठों को तो मैं कभी देख ही न पाई।"

परन्तु आन्द्रे का तो पूरा शरीर ही छिपा रहता था। उसके ढीले भूरे चोगे में उसके शरीर की आकृति का कुछ पता न चलता था और बेडौल कपड़े के बड़े-बड़े जूतों में उसके पाँव छिपे रहते थे।

रानी फिर मुस्कराकर बोलीं–"तुम्हारे यह बड़े-बड़े पाँव, जानते हो बच्चे इसे देखकर कैसे हँसते हैं।"

रानी जब मन्दिर गें अनाथों को देखने जातीं, बच्चे प्रायः ही हँस-हँस कर आन्द्रे के जूतों की बातें बताते। वे धरती पर चिह्न बनाकर बताते कि बाबा इतने-इतने बड़े जूते पहनते थे। बुढ़िया सुनाती कि बाबा के जूतों के तल्ले सीने में उसे कितना समय लग जाता था। बच्चियाँ चिल्ला-चिल्ला कर बोलने लगतीं, "हम भी टाँके लगाती थी, हम भी टाँके लगाती थीं।"

रानी कुछ देर समाधि की दीवार पर बैठकर आन्द्रे की बाबत सोचती रहीं और फिर लौट पड़ीं। समाधि के दर्शन से उन्हें बहुत शान्ति मिली, आश्वासन मिला कि जीवन में उन्होंने एक भला आदमी पाया और उसे स्नेह कर सकीं।

कुछ दिन बाद एक कारीगर रानी के दिखाने के लिए अपना बनाया एक चित्र लाया। चित्र आन्द्रे का था और दूधिया पत्थर के छोटे टुकड़े का बना हुआ था।

रानी चित्र को कुछ देर देखती रहीं और फिर उन्होंने संकोच से पूछा–"यह चित्र तुम हमारे यहाँ क्यों लाए हो ?" यह कैसे विश्वास कर लेतीं कि उनके हृदय का रहस्य दूसरे लोग जानते हैं, परन्तु यह भी जानती थीं कि भोली जनता की सूझ गहरी होती है।

"मैंने बाबा के प्रति श्रद्धा से ही यह चित्र बनाया था।"–चित्रकार ने सरलता से कहा, "एक बार मेरा कारोबार बिगड़ गया था। हमलोग बड़ी कठिनाई में थे तब बाबा ने हमलोगों की बहुत सहायता की थी। यह चित्र मैंने उसी समय बनाया था कि उनका चेहरा सदा याद रहे। कल बच्चे की माँ ने सुझाया कि यह चित्र वू-हवेली के मन्दिर में लग जाए तो बहुत अच्छा हो। बाबा के अनाथ अब वहीं रहते हैं। इस चित्र को देखकर वे बाबा को याद कर लिया करेंगे, इसलिए मैं यह चित्र यहाँ ले आया हूँ।"

रानी के मन की चिन्ता दूर हुई। उनका रहस्य सुरक्षित था। कारीगर ने चित्र को टिकाने के लिए लकड़ी की एक नक़्क़ाशीदार तिपाई भी बनाई थी। चित्र में आन्द्रे के चेहरे का भाव तो था, परन्तु आँखों में कुछ अन्तर था, हाथ भी ठीक नहीं बने थे; फिर भी चित्र आन्द्रे ही का था।

"इसके क्या दाम होंगे ?"–रानी ने पूछा।

"बेचूँगा नहीं।"–कारीगर ने उत्तर दिया, "यह भेंट है।"

"बहुत अच्छा, इसे हम बच्चों के लिए रख लेते हैं।"–रानी ने स्वीकार कर लिया।

चित्र दिन भर रानी के ही यहाँ रहा। सन्ध्या समय वे उसे मंदिर में ले गईं। बच्चे रात का भोजन खा रहे थे। उनके खाने के लिए एक मेज़ मन्दिर के फाटक पर बने द्वारपालों की मूर्तियों के सामने ही लगा दी गई थी। रानी दरवाजे में ही ठिठकी रहीं। उन्हें वह दृश्य बड़ा भला लग रहा था। देवताओं की मूर्तियों के सम्मुख बड़ी-बड़ी लाल मोमबत्तियाँ जल रही थीं और धूप का धुआँ उठ रहा था। धूप के धुएँ के पर्दे में से छत और दीवारों पर बने देवता बच्चों की ओर देख रहे थे।

बच्चे आरम्भ में देवताओं की मूर्तियों से डरते थे, परन्तु अब इस स्थान से हिल गए थे। बच्चे बातें करते हुए खा रहे थे। बूढ़ा पुजारी और बुढ़िया बच्चों को परोस रहे थे। बड़ी लड़कियाँ गोद के छोटे बच्चों को कौर देकर खिला रही थीं। रानी को देखकर सब किलक उठे। रानी उनकी ओर स्नेह से देखकर मुस्करा रही थीं। यह विस्मय की बात थी कि रानी को स्वयं अपने बच्चों को छूने से संकोच होता था, पर इन बच्चों से कोई संकोच नहीं रहा था। यह बच्चे न रानी के अपने शरीर के अंश थे, न आन्द्रे के; परन्तु वे आन्द्रे की आत्मा के अंश थे। इन बच्चों में आकर वे आन्द्रे के समीप हो जाती थीं। सोचतीं, ऐसे और भी बच्चों को यहाँ ले आएँ, परन्तु ख़याल आता कि इतना वे सँभाल न पाएँगी। रानी ने बच्चों को सम्बोधन किया–"बच्चों, तुम्हारे लिए एक चीज़ लाए हैं।" बच्चियाँ रानी को राह देने के लिए इधर-उधर हो गईं। रानी ने आगे बढ़ कर आन्द्रे का चित्र मेज़ पर रख दिया। चित्र में आन्द्रे बच्चियों की ओर देख रहे थे और बच्चियाँ आन्द्रे की ओर ! बच्चियाँ स्तब्ध रह गईं और फिर धीमे-धीमे बोलने लगीं–"बाबा ! बाबा हैं ! हमारे बाबा हैं।"

बच्चों की ओर देखकर रानी स्नेह से बोलीं–"अब बाबा तुम्हारे यहाँ ही रहेंगे। तुम नित्य उनका दर्शन करना और सोने से पहले रात में उन्हें प्रणाम करना।"

बच्चे चित्र देख चुके तो रानी ने चित्र को पलटकर उसकी पीठ दिखाई। कारीगर ने चित्र की पीठ पर चार शब्द काली स्याही से खोदकर भर दिए थे–"एक सहृदय विदेशी व्यक्ति।"

बच्चों को चित्र दिखाकर रानी ने उसे एक ऊँचे स्थान पर रख दिया। चित्र सदा वहीं रहा।

अपने आँगन में लौटकर रानी को याद आया कि मन्दिर में च्यूमिंग नहीं दिखाई दी। उन्होंने इंग से बात की–"छोटी मालकिन से हमने कह दिया था कि तुम चाहो तो मन्दिर में रहकर बच्चों की देखभाल करो, परन्तु वे मन्दिर में तो दिखाई नहीं दी।"

इंग ने उत्तर दिया–"हुजूर, रहती तो मन्दिर में ही हैं, लेकिन छोटी बहू के यहाँ दोनों बैठी बातें करती रहती हैं। दोनों में बहुत सहेलपना हो गया है। एक-दूसरे को दिलासा देती रहती हैं। जब से तीसरी वेश्या आ गई है, बेचारी को विधवा ही समझिए। साहब

ने अपना पाइप उनके यहाँ कभी नहीं छोड़ा।"

रानी कुछ नहीं बोलीं। इंग उन्हें मालिश करती रही। रानी सोचती रहीं–इतने बड़े परिवार में स्वाभाविक था कि जिन लोगों की स्थिति और मन एक-सा हो उनका साथ बन जाए। च्यूमिंग रुलन को सान्त्वना देती है तो अच्छा ही है। सम्भव है रुलन भी अनाथ बच्चों की सेवा कर के कुछ सन्तोष पा सके। बच्चियों को पढ़ाना-लिखाना भी आवश्यक था। आन्द्रे तो समाज के दूसरे लोगों की तरह उन्हें भी शिक्षा देना आवश्यक समझता। रानी उस रात सेज पर लेटी हवेली में अनाथ बच्चों के लिए एक स्कूल खोलने की योजना पर विचार करती रहीं। जल्दी तो वे किसी बात में नहीं करती थीं, जो कुछ भी करतीं बहुत देर तक धीरे-धीरे सोचने-विचारने के बाद।

चौदहवाँ

एक वर्ष बाद एक और बिजली का पत्र आया। यह पत्र परिवार के तीसरे पुत्र फेंगमो ने भेजा था। पत्र साहब के यहाँ आया। इस बार साहब स्वयं रानी के यहाँ नहीं आए, नौकर के हाथ पत्र भेज दिया। यह पत्र विचित्र था। रानी ने कई बार पढ़ा, परन्तु समझ न सकीं। फेंगमो ने अपने आने का समाचार लिखा था और लिखा था–"यदि समुद्र और वायु अनुकूल रही तो वह एक मास में पहुँच जाएगा; यदि समुद्र और वायु प्रतिकूल हुए तो दो मास में पहुँचेगा।" फेंगमो कई वर्ष तक अध्ययन करने के विचार से गया था, पत्र में उसने शीघ्र लौट आने का कारण नहीं लिखा था।

रानी तार के संक्षिप्त शब्दों को जितनी बार पढ़ती, उनकी बेचैनी बढ़ती जा रही थी। इस समय आन्द्रे होता तो अवश्य बात समझा सकता। फेंगमो उसका शिष्य था। वही बता सकता था कि फेंगमो अकस्मात् क्यों लौट रहा है। उसने कोई अनुचित काम तो नहीं किया ?

रानी ने आँखें मूँद कर उत्तर पाने के लिए आन्द्रे का ध्यान किया। आन्द्रे का चेहरा दिखाई दिया, परन्तु कोई उत्तर नहीं मिला। आन्द्रे गम्भीर बना रहा।

रानी फेंगमो के विषय में साहब से बात नहीं करना चाहती थीं; रुलन से भी नहीं। च्यूमिंग से तो बात करना उचित नहीं था। किसी से बात न करने के कारण मन का बोझ बढ़ता ही जा रहा था। आशंका होने लगी, क्या कोई नई विपत्ति आ रही है ? किसी दूसरे से बात न कर सकने के कारण सोचा, सेठानी कांग से ही बात करें। सेठानी फेंगमो की बहू की माँ भी थीं।

दोनों परिवारों में आपस का आना-जाना बहुत कम हो गया था। दोनों हवेलियों के बीच का मार्ग यदि गली और बाज़ारों में से न होकर देहात में से होता, तो बीच में जंगल उगकर रास्ता ही मिट जाता। रानी ने सेठानी के यहाँ जाने का निश्चय तो कर लिया, परन्तु मन में संकोच ज़रूर रहा। संकोच का कारण भी वे न जान पा रही थीं। रानी कारण समझने का यत्न करने लगीं। सेठानी की छोटी-मोटी त्रुटियों की ओर ध्यान तो वे न देती थीं, मूल कारण था दोनों की प्रकृति का भेद। यह अन्तर सबसे अधिक उनके प्रेम के रूप में था। रानी को यह संदेह नहीं था कि सेठानी सेठ से उतना ही प्रेम करती है जितना वे स्वयं आन्द्रे से। दोनों प्रेम उतने ही भिन्न थे जैसे आकाश और पृथ्वी, परन्तु करती दोनों ही प्रेम थीं। दोनों ही प्रेमी के लिए अपने आपको

न्योछावर कर देने के लिए तैयार थीं। रानी को सेठानी के प्रति क्रोध इसी बात से था कि सेठानी अपने बेपरवाह मोटे बूढ़े सेठ पर जान देने को आतुर थीं, मानो यह प्रेम का ही अपमान था। गहराई से सोचने पर रानी को स्वीकार करना पड़ा कि सेठ के प्रति सेठानी की भावना वही थी जो स्वयं उनकी आन्द्रे के प्रति। दोनों में भेद गुण और परिणाम का नहीं, केवल स्तर का था। सेठानी को भी अपने प्रेम के लिए उतना ही गर्व था जितना रानी को।

यह सोचकर रानी को और भी विरक्ति अनुभव हुई कि क्या सेठ भी स्वर्ग में आन्द्रे के साथ ही रहेगा और उसी वातावरण में श्वास लेगा ? रानी पुस्तकालय में अकेली बैठी इन कल्पनाओं में उलझी हुई थीं। अपनी कल्पनाओं की निरर्थकता की बात सोचकर उन्हें स्वयं अपने ऊपर हँसी आ गई कि वे दूसरे के प्रेम करने पर क्रोध कर रही हैं। प्रेम तो आकाश से गिरनेवाली वर्षा और धूप की तरह है। उसके तो सभी लोग, गरीब-अमीर, न्यायी-अन्यायी, मूर्ख और विद्वान सभी लोग अधिकारी हैं। रानी ने आँखें मूँद लीं और उन्हें दिखाई दिया कि उनके साथ-साथ आन्द्रे भी उनकी बात पर हँस रहा है। आँखें खोलने पर उन्हें यह अनुभव हुआ कि अब उनका मन शान्त था।

इंग बाहर जाने के समय पहनने का चोगा ले आई। उसने एक हरकारे के हाथ समाचार कांग-हवेली में भेज दिया और रानी को कपड़े पहनाने लगी।

रानी कई दिन बाद कांग-हवेली में आई थीं। पुराना ही ढंग अब भी था। बच्चों की संख्या पहले से कुछ अधिक थी। इस बीच सभी बेटों की बहुओं और रखेलों के एक-एक बच्चा और हो चुका था। सभी मैले-कुचैले थे और खूब प्रसन्न। एक दासी रानी को भीतर के आँगन में ले गई। सेठानी एक मजनू के पेड़ के नीचे जलकुंड के समीप आराम-कुर्सी पर बैठी हुई थीं। आराम-कुर्सी का आकार सेठानी के शरीर की बढ़ती हुई परिधि के अनुसार गोल बन गया था। वे सुबह यहाँ बैठ जातीं और यदि वर्षा न हो तो सन्ध्या तक यहीं बैठी रहतीं।

सेठानी के चारों ओर छोटे-छोटे बच्चे खेलते या रोते रहते, या धायों की गोद में दूध पीते रहते। कोई नौकरानी पास बैठी कपड़ा सीती रहती, कोई जलकुंड में तरकारी धोकर काटती रहती या चावल बिनती रहती। बहुएँ बैठकर गप लगातीं, पड़ोसिनें आकर गली-मुहल्ले के समाचार दे जातीं। सम्मानित परिवारों की स्त्रियाँ आकर कुछ समय विनोद के लिए जुआ खेल लेतीं।

रानी को आते देख सेठानी ने ऊँचे स्वर में उनका स्वागत किया, पर खड़ी न हुईं। बोलीं–"देखो तो अब उठने लायक मैं रह ही नहीं गई। जाने क्या हो गया मुझमें ! सुबह से शाम तक पाव-आध सेर बढ़ ही जाती हूँ।"

समीप के कमरे में मर्दाने गले के हँसने का स्वर सुनाई दिया। जान पड़ा कि सेठ ने भी सेठानी की बात सुनी थी, परन्तु मर्द होने के कारण उनका स्त्रियों की महफ़िल में आकर बैठना उचित नहीं था।

एक नौकरानी तुरन्त एक कुर्सी रानी के लिए ले आई और सेठानी की कुर्सी के

साथ रख दी। रानी बैठ गईं। अनुभव किया कि फेंगमो और लीनी के सम्बन्ध में बात करने का अवसर इस भीड़ में नहीं है। सेठानी भी जानती थीं कि रानी विशेष प्रयोजन से ही बात करने आई होंगी, इसलिए उन्होंने अपने फूले-फूले हाथों से सब लोगों को दूर हो जाने का संकेत कर चले जाने का हुक्म दे दिया। उस हुक्म को उन्होंने कई बार चिल्ला-चिल्ला कर दोहराया, बच्चे रोए और चिल्लाए, दाइयाँ झुँझलाई तब कहीं जाकर एकान्त हुआ।

रानी ने फेंगमो का भेजा बिजली के पत्र का काग़ज सेठानी को दिखाया। सेठानी हँसकर उत्तर दिया–"क्या देखूँ ! चार अक्षर पढ़े थे सो भी भूल गई हूँ। मुझे ज़रूरत भी क्या है ! कभी ज़रूरत हो तो तुमसे पढ़वा सकती हूँ।"

सेठानी ऐसे बात कर रही थीं कि उनमें कोई मनमुटाव कभी न आया हो और उनका स्नेह अब भी वैसा ही था। रानी मुस्करा दीं। सेठानी की बात पर न मुस्कराना सम्भव न था। उन्होंने तार पढ़कर सुनाया–"तुरंत घर लौट रहा हूँ।"

"क्या, बस पत्र समाप्त हो गया।"–सेठानी ने विस्मय से आँखें फैलाकर पूछा।

"हाँ, बस इतना ही लिखा है।"–रानी ने उत्तर दिया और पत्र को तहाकर जेब में रख लिया।

उनके लिए चाय आ गई थी। उन्होंने चाय का प्याला उठाया। देखा, प्याला गन्दा था। रानी ने उसे मेज़ पर रख दिया और बोलीं–"कोई आकस्मिक बात ही हुई होगी। वह तो पाँच वर्ष वहाँ रहने के लिए गया था।"

"बीमार तो नहीं हो गया ?"–सेठानी ने अनुमान प्रकट किया।

"सम्भव है।"–रानी बोलीं, "परन्तु लिखना तो चाहिए था।"

"क्या ख़याल है तुम्हारा, कोई अपराध हो गया उससे ?"–सेठानी ने दूसरा अनुमान प्रकट किया।

"ऐसा ख़याल तो नहीं।"–रानी बोलीं। आन्द्रे के शिष्य से रानी को ऐसी आशंका नहीं थी और उन्होंने कहा–"हम लीनी की बाबत बात करने आए थे। हमसे बड़ी भूल हुई। जब से पादरी मर गए हमने उसके लिए दूसरा मास्टर नहीं लगाया।"

रानी सेठानी से बात करते समय आँखें बचाए थीं। वे जानती थीं कि जहाँ स्त्री-पुरुषों के सम्बन्ध की बात हो सेठानी की सूझ बहुत पैनी और गहरी होती थी।

"तो क्या हुआ !"–सेठानी बेपरवाही से बोलीं, "लड़की को तुमसे कहने की हिम्मत नहीं हुई, लेकिन पढ़ाई में उसका जी नहीं लगता था। पादरी भी उसे अच्छा नहीं लगता था। कह रही थी कि वह हमेशा ही अपने धर्म की बात करता रहता था।"

"परन्तु उसने लड़की को अपने धर्म की शिक्षा तो कभी नहीं दी।"–रानी ने विरोध किया, "हमने तो फेंगमो की पढ़ाई आरम्भ कराते समय ही पादरी को मना कर दिया था, तो लीनी को भला वह क्यों धर्म की शिक्षा देता ! वह जानता था कि हम यह पसन्द नहीं करते।"

"हाँ, हाँ, देवताओं और भगवान् की बात तो नहीं करता था,"–सेठानी ने स्वीकार

किया, "परन्तु यही सिखाता रहता था कि कैसे विचार होने चाहिए। पति से, तुम से और परिवार के लोगों से कैसा व्यवहार करना चाहिए।"

"यह धर्म तो नहीं हुआ।"–रानी बोलीं।

"लीनी इन बातों से परेशान हो जाती थी।"–सेठानी बोलीं, "लड़की कहती है, पादरी ऐसी बातें करता था कि न खाने को मन होता, न नींद आती।"

"गुरु अच्छा हो तो उसका प्रभाव तो पड़ता ही है।"–रानी ने विचार प्रकट किया।

"फेंगमो कहीं उस पादरी-जैसा बन गया होगा,"–सेठानी जम्हाई लेकर बोलीं, "तो दोनों की निभेगी कैसे ?" सेठानी ने आँगन में इधर-उधर देखा, जैसे कुछ खोज रही हों।

"क्या कुछ चाहिए मिशेन ?"–रानी ने प्रश्न किया।

"हाँ, इस समय मैं थोड़ी-सी खिचड़ी और मुर्ग़ी का शोरवा लिया करती हूँ।"–सेठानी बोली, "भूख लग जाती है।"

धीरे-धीरे सेठानी की महफ़िल फिर जुड़ने लगी थी। पहले बच्चे खेल-खेल में वहाँ पहुँच गए। सेठानी के यहाँ बच्चों की बात के लिए इनकार कम ही किया जाता था। बच्चों का पीछा करती धाएँ आ पहुँचीं। बच्चे को उठा ले जाने के लिए धाय ने उन्हें उठाया तो बच्चे और चीखने लगे। सेठानी को कहना ही पड़ा–"रहने दो, क्यों रुलाती हो ?" नौकरानियाँ सेठानी के लिए खिड़ची और शोरवा लेकर आ गईं। रानी की इच्छा कुछ खाने की न हुई। सेठानी मुख से शब्द करती हुई खाने लगीं। बीच-बीच में बच्चे भी कभी शोरवे का घूँट और कभी खिचड़ी का ग्रास लेते जाते थे।

रानी लौटने के लिए उठ खड़ी हुईं। मन में इच्छा हुई कि अब कभी सेठानी के यहाँ न आएँगी। दोनों का आपसी स्नेह तो बहुत पहले ही समाप्त हो चुका था, परन्तु रानी का आना असफल नहीं हुआ। विश्वास हो गया कि आन्द्रे लीनी को उचित शिक्षा दे चुका था। इस शिक्षा का परिणाम सामने आएगा ही।

फेंगमो के शीघ्र लौटने की आशा में रानी ने सबसे पहले लीनी की ओर ध्यान देना ही आवश्यक समझा। शेष बातों के लिए जल्दी नहीं थी। बच्चों के लिए स्कूल खोलने और रुलन और च्यूमिंग की समस्याएँ स्थगित रहीं।

इसमें कोई कठिनाई भी नहीं थी। बहू को जब चाहतीं बुला भेजतीं। इधर बहुत दिन से लीनी से बात करने का अवसर नहीं आया था। इतने बड़े परिवार में यह कोई असाधारण बात न थी। यूँ देखा-देखी तो हो ही जाती थी। भोजनालय में मेज़ पर रोज़ ही सामना होता था। त्योहारों के अवसर पर अथवा पुरखों की पूजा के अवसर पर भी बहू सामने आती ही थी, परन्तु बात करने का या उसे अपने यहाँ बुलाने का कोई कारण नहीं था। यों लीनी हवेली में ही थी। उसकी सब आवश्यकताएँ भी पूरी होती थीं। वह बहिन से मिल-जुल लेती और आलस्य में समय बिता देती थी। केवल मौसम बदलने पर परिवार और घर में की जानेवाली हेर-फेर में ही उसे थोड़ा-बहुत हाथ बँटाना पड़ता था। रानी ने दो-चार काम भी बहू को सौंपे हुए थे–सुनहरी मछलियों को चारा डालना,

बड़ी बैठक में फूल सजा देना, फेंगमो के ऊनी और रेशमी कपड़ों को समय-समय पर धूप दिखा देना और अपने आँगन का प्रबन्ध। आँगन के काम के लिए लीनी के मायके से आई बुढ़िया नौकरानी भी थी। एक-आध बार लीनी की तबीयत भी खराब हुई, तब देखभाल के लिए मेंग थी। लीनी के स्वस्थ हो जाने पर मेंग ने बीमारी की बात रानी को बता दी थी। रानी को बस इतना ही मालूम था।

लीनी से मिल कर बात करने की उत्सुकता और भी बढ़ गई, क्योंकि रानी जानना चाहती थीं कि आन्द्रे उसे क्या शिक्षा दे गया है। लीनी से आन्द्रे के शब्दों को सुनने की इच्छा थी और जानना चाहती थीं कि लड़की पर उनका क्या प्रभाव पड़ा है।

लीनी आई तो ढंग से कपड़े पहने थी। चेहरे पर पाउडर और सुर्खी भी लगाए थी, केशों में कुंडल डाले हुए थी। रानी ने स्नेह से मुस्कराकर उसे आराम से बैठने का संकेत किया और बहू को चोटी से पाँव तक जाँचा। बहू बहुत सुन्दर थी और उसे अपने रूप का गर्व भी था, इसलिए कुछ शोख भी थी। रानी को उसके भोलेपन में मिली शोखी पसन्द आई।

"समय का परिवर्तन देखकर हमें हँसी आती है।"–रानी बोलीं, "बचपन में हमारे केश घुँघराले होते तो हम लज्जा से रो-रो कर मर जाते। तब काले, चिकने और सीधे केश ही सुन्दर समझे जाते थे। अब घुँघराले बाल ही सुन्दर माने जाते हैं। अच्छे लगते हैं न ? मेंग तो खुश होगी। उसके केशों में स्वयं ही छल्ले पड़ जाते हैं, लेकिन शायद मेंग को तो घुँघराले बाल पसन्द नहीं ?"

लीनी हँस पड़ी। उसके लाल-लाल मुख में मोती-जैसे दाँत बड़े भले दिखाई दिए। वह बोली–"फेंगमो को तो घुँघराले केश बुरे नहीं लगेंगे। विलायत में तो सभी स्त्रियों के बाल घुँघराले होते हैं।"

"अच्छा !"–रानी गम्भीर हो गईं। सहसा उन्होंने प्रश्न किया–"यह तो बताओ, तुम्हें क्या सभी विदेशी चीज़ें अच्छी लगती हैं ?"

"नहीं, सब तो अच्छी नहीं लगतीं।"–लीनी मुँह बनाकर बोली, "वह विदेशी बुड्ढ़ा, रीछ पादरी तो मुझे अच्छा नहीं लगता था।"

"वह बुड्ढा तो नहीं था।"–धीमे से रानी बोलीं।

"मेरे लिए तो बुड्ढ़ा ही था।"–लीनी ने उत्तर दिया, "और कैसा–रीछ-जैसा था, रोएँ से भरे लोग मुझे नहीं अच्छे लगते।"

बहू से ऐसे प्रसंग पर बात करना रानी को अच्छा नहीं लगा। सोचकर बोलीं–"तुम्हें शिक्षा तो वह अच्छी ही देता था ! अच्छा, तुम्हें कुछ याद है, बताओ तो क्या सिखाया था उसने।"

रानी का स्वर ऐसा था कि बहू जान गई कि अवहेलना नहीं की जा सकती। स्मृति पर ज़ोर देने के लिए भौं चढ़ाकर और केशों की लट को उँगली पर लपेटते हुए बोली– "बहुत तो याद नहीं, ऐसे ही कुछ कहता था कि फेंगमो के सामने बहुत बड़ा आदर्श है और मेरा कर्तव्य है कि उसका जीवन सुखी बनाने का यत्न करके उसके महान् कार्य

में सहायक बनूँ।"

"उसे सुखी बनाने का क्या मतलब है ?"–रानी ने पूछा।

"पादरी कहता था कि मुझे फेंगमो के जीवन की धारा को समझना चाहिए।"–लीनी अनिच्छा से बोली, "और कहता था कि मेरा कर्तव्य है कि उस धारा में जो-जो घास-फूस, झाड़-झंखाड़ बहकर आए, उसे मैं साफ़ करती रहूँ और प्रवाह में बाधा और कमी न आने दूँ। मुझे उस प्रवाह में बाधा देनेवाली रुकावट नहीं बनना चाहिए...।"

रानी को विश्वास था कि वे आन्द्रे के ही शब्द हैं। भोली लड़की को उसने ऐसी सीधी-सादी उपमा से ही समझाया होगा। लीनी की ओर देख वह स्नेह से बोलीं–"बेटी, यह तो बहुत अच्छी बातें हैं, और क्या समझाया था ?"

लीनी के हाथ से केशों की लट छूट गई। याद कर वह बोली–"और कहा था मुझे भी अध्ययन करना चाहिए और फेंगमो के विचारों को समझने का यत्न करना चाहिए। यदि मैं उसके विचारों और काम में सहयोग न दूँगी तो फेंगमो का जीवन सूना हो जाएगा। उसे मेरी सहायता की बहुत आवश्यकता है।"

बहू ने रानी की ओर आँख उठाकर देखा। "मेरा तो नहीं ख़याल कि फेंगमो को मेरी आवश्यकता है।"–लीनी ने मुँह बनाकर कहा।

रानी ने बहू की आँखों में देखकर पूछा–"तुम उसे प्यार नहीं करतीं ?"

सास का बहू से ऐसा प्रश्न पूछ लेना असाधारण बात थी। रानी ही ऐसा साहस कर सकती थीं। लीनी की आँखें छलक आईं–"मैं तो प्यार करने के लिए तैयार हूँ, कोई मुझे भी करे।"

"क्यों, वह तुम्हें प्यार नहीं करता ?"–रानी ने पूछा।

लीनी ने इनकार में सिर हिला दिया। उसकी आँखों में छलक आए आँसू गालों पर से फिसलकर उसकी हल्की नीली साटिन की पोशाक पर आ पड़े।

"फेंगमो मुझे नहीं चाहता।"–लीनी ने रुँधे हुए कंठ से कहा।

लीनी ने दोनों हाथों से मुँह ढँक लिया और रो पड़ी। रानी चुप रहीं। जानती थीं कि नारी के दुखों का सबसे बड़ा उपाय रो लेना ही है। कितनी ही बार रोने की इच्छा उन्हें हुई, परन्तु कभी रो न सकीं।

लीनी रोती रही। पहले फफक-फफक कर रोई, फिर सिसकियाँ लेने लगी। रानी उसके रो लेने की प्रतीक्षा करती रहीं। लीनी का रोना रुका तो रानी बोलीं–"ठीक कहती हो बेटी। फेंगमो किसी को भी प्यार नहीं करता। यह बात अच्छी नहीं है। इसका उपाय करना होगा। बेटी, हम तुम्हारी सहायता करेंगे।"

रानी के शब्द तो संक्षिप्त ही थे, परन्तु परिवार में उनके शब्दों का मूल्य बहुत अधिक था। उनका भरोसा किया जा सकता था। लीनी ने आँखे पोंछ लीं और रानी की ओर कृतज्ञता से देखकर बोली–"अम्माजी, आपकी बड़ी दया होगी...बड़ी दया होगी आपकी अम्माजी।"

फेंगमो जब लौटा तो जाड़ा आरम्भ नहीं हुआ था, परन्तु गर्मी भी नहीं थी। फ़सल खत्तियों में आ चुकी थी। वू-हवेली, वह नगर और उसके समीप वू-परिवार की ज़मींदारी अभी तक परम्परागत शान्ति में वैसे ही बने हुए थे। पूर्व की ओर युद्ध की ज्वालाएँ भभककर फैल चुकी थीं, दूसरे नगर उजड़ रहे थे, मकान और हवेलियाँ गिर रही थीं, खेत उजड़ रहे थे और परिवार बिखर रहे थे, परन्तु समुद्र तट से बहुत दूर वह नगर और वू-हवेली अभी शान्त ही थे।

फेंगमो ने भी लौटकर नमस्कार और कुशल-क्षेम की बात कर इस शान्ति की ओर संकेत लिया। विस्मय से चारों ओर देखकर बोला–"यहाँ तो अभी सब वैसे ही शान्ति है, कुछ भी बदला नहीं है।"

"बदलने की ज़रूरत भी क्या है ?"–रानी ने पूछा।

परिवर्तन न होने की बात कहते समय रानी के अपने मन में आ चुके परिवर्तन की चेतना मौजूद थी। वह परिवर्तन उनकी बोल-चाल में, अपना आश्रितों के प्रति व्यवहार में, सभी बातों में था, परन्तु उसके विषय में वे क्या बात करतीं।

"परन्तु तुम तो बहुत बदल गए हो बेटा !"–रानी बोलीं।

रानी फेंगमो से मिलने के लिए पुस्तकालय में ही बैठी थीं। वे भूरे-रुपहले कीमखाब के साटिन की पोशाक पहने थीं। इसी स्थान पर वे और फेंगमो आन्द्रे से शिक्षा ग्रहण किया करते थे। आन्द्रे की कोई चर्चा न होने पर भी उसकी स्मृति तो रहेगी ही, इसलिए फाटक पर बेटे का स्वागत और उसके आगमन की प्रसन्नता में आतिशबाज़ी होने और बाजे-गाजे बज चुकने के बाद सब लोग चले गए तो वे फेंगमो से बात करने यहाँ आ बैठी थीं। सन्ध्या समय भोज होने को था। इसी बीच में उन्होंने बेटे को बुलबा भेजा।

फेंगमो ने रानी के आँगन में आने से पहले ही विदेशी पोशाक उतारकर घर के कपड़े पहन लिए थे और विदेशी जूतों की जगह काले मखमल के स्लीपर, परन्तु व्यवहार में तो परिवर्तन था। वह आकर स्वयं ही कुर्सी लेकर बैठ गया। किसी ने उससे त्सेमो की चर्चा नहीं की, क्योंकि तुरन्त घर आए आदमी से मृतक की चर्चा करना अशकुन समझा जाता था, परन्तु उसने स्वयं ही बात की।

"त्सेमो भाई के लिए बहुत शोक है मुझे। उनकी बहुत याद आ रही है।"–फेंगमो बोला।

रानी ने फेंगमो की नज़र बचाकर आँखें पोछ लीं। त्सेमो की याद उन्हें प्रायः आती ही रहती थी। याद उसके रूण-गुण की उतनी नहीं, जितना यह ख़याल कि उन्होंने अपने उस बेटे को ठीक से नहीं पहचाना था। अब पहचान सकने का अवसर भी कोई न आएगा।

"छोटी भाभी का क्या हाल है ?"–कुछ देर बाद फेंगमो ने पूछा।

"उदास रहती है बेचारी।"–रानी ने उत्तर दिया, "हम कोई उपाय सोच रहे हैं कि उसका जीवन बीत सके। अभी उसकी उम्र ही क्या है कि साधुनी बन बैठे।"

"विवाह तो वे नहीं करेंगी न ?"–फेंगमो ने पूछा।

"अगर करना चाहे तो हम जरूर सहायता करेंगे।"–रानी बोलीं।

फेंगमो के विस्मय का ठिकाना न रहा। वह यह आशा नहीं कर सकता था कि माँ परिवार की प्रतिष्ठा से अधिक महत्त्व एक स्त्री के सन्तोष को देंगी।

फेंगमो का आश्चर्य समझकर वे करुण स्वर में बोलीं–"इस उम्र में आकर ही हम भी समझ सके हैं। यदि सन्तोष का अवसर न हो तो जीवन विकृत हो जाता है। हमारा विश्वास है कि प्रत्येक व्यक्ति को सन्तोष पाने का अधिकार है।"

"आन्द्रे भाई भी तो यही कहा करते थे।"–सहसा फेंगमो बोल उठा। माँ-बेटे को अनुभव हुआ कि किसी अदृश्य शक्ति के माध्यम से वे दोनों एक-दूसरे की ओर खिंच आए थे।

"अम्माजी, आन्द्रे भाई की याद है आपको ?"–फेंगमो ने पूछा।

रानी ठिठक गईं। आन्द्रे के विषय में वे कैसे और कितनी बात कह सकती थीं ! पुराने संस्कारों ने आ दबाया। बुजुर्गों और बच्चों के बीच का अन्तर बना रहना उचित था। वह अन्तर तो प्रकृति का बनाया हुआ था और समय का था। उसे रानी कैसे मिटा सकती थीं ! रानी और आन्द्रे समय के इस व्यवधान के एक ओर थे और फेंगमो दूसरी ओर।

"हाँ, याद है।"–रानी ने इतना ही उत्तर दिया।

"अम्माजी, मुझे तो आन्द्रे भाई ने ही बदल दिया था।"–फेंगमो आन्द्रे भाई की खाली कुर्सी की ओर देखकर बोला, "उन्होंने ही मुझे बताया कि सच्चा सुख क्या है ! उन्हीं की सहायता से मैं अपने आपको पहचान सका, इसलिए मैं यहाँ लौटकर आ गया हूँ।"

फेंगमो के स्वर में गहरी अनुभूति की झंकार आ गई थी। उसने विक्षिप्त न करने के लिए मौन रहकर उन्होंने मुस्करा भर दिया। अपने दोनों हाथ गोद में रखकर वे फेंगमो की बात सुनने के लिए उसकी ओर देखने लगीं।

"लोग समझ नहीं पाएँगे कि मैं सहसा क्यों घर लौट आया।"–फेंगमो बोला, "मैं समझा भी नहीं पाऊँगा, परन्तु अम्माजी आपको बता देना चाहता हूँ, क्योंकि हवेली में आन्द्रे भाई को तो आप ही ने बुलवाया था।"

रानी फिर भी मौन रहीं। वे आन्द्रे को समीप ही बैठा अनुभव कर रही थीं। उसी के सामने उसकी बात कैसे करतीं।

"अम्माजी !" फेंगमो ने रानी की ओर देखा और कठिन बात को जल्दी से कह डालने के लिए बोला, "अम्माजी, मैं इसलिए लौट आया हूँ कि वहाँ एक विदेशी लड़की से मुझे प्यार हो गया था। वह भी मुझे प्यार करती थी। पर हम दोनों ने बिछुड़ जाना ही उचित समझा।"

कुछ वर्ष पूर्व ऐसी घटना से रानी को क्रोध आ जाता, परन्तु अब वह सहानुभूति से बोलीं–"यह तो दुख की बात है बेटा।" और वे उस दुख को अनुभव भी कर रही थीं।

"आप समझती हैं ?"–फेंगमो ने नवयुवक के विस्मय के भाव से माँ की ओर देखा।

फेंगमो काफ़ी लम्बा हो गया था। उसका छरहरा लम्बा शरीर अपने दादा की तरह था। रानी ने अनुभव किया कि उनका बेटा बाप पर नहीं, दादा पर गया है। चेहरे और आँखों का भाव भी दादा के अनुरूप गम्भीर था। वह देखने में सुन्दर था, परन्तु दृढ़ता की मुद्रा लिए। उसके चेहरे पर न तो लिआंगमो की तरह आरामतलबी का भाव था, न त्सेमो की तरह उग्रता। उसकी मुद्रा विचारक की थी।

"अनुभव से ही आदमी सीखता है।"–रानी बोलीं।

"अम्माजी,"–गहरी साँस लेकर फेंगमो बोला, "यहाँ आपके सिवा और कोई मेरी बात नहीं समझता।" माँ का भरोसा पाकर फेंगमो ने बात सुनाई–"वह लड़की हमलोगों के साथ ही पढ़ती थी। वहाँ लड़के-लड़कियाँ एक साथ पढ़ते हैं। उसमें बहुत जिज्ञासा और उत्सुकता थी। वह मुझसे बात करने लगी। हमदोनों के विचारों और भावों में गहरी सहानूभूति थी। वह मुझसे सैकड़ों ही प्रश्न पूछती रहती थी। हमारे देश, हमारे घर-परिवार और स्वयं मेरे विषय में भी। मैं उसे प्रत्येक प्रश्न का उत्तर देता था। उसने अपने विषय में भी मुझसे कुछ छिपाया नहीं। हम दोनों में शीघ्र ही गहरी आत्मीयता हो गई।"

"तब तो तुमने लीनी के विषय में भी बताया ही होगा ?"–रानी ने कोमल स्वर में पूछा।

फेंगमो का चेहरा उदास हो गया और सिर झुक गया। "हाँ, मुझे कहना ही पड़ा,"–वह धीमे से बोला, "इसीलिए मैं लौट आया हूँ।"

"आपस में समुद्र का व्यवधान डाल देने के लिए ?"–रानी फिर सहानुभूति से बोलीं।

"सभी व्यवधान डाल देने के लिए।"–पुत्र ने स्वीकार किया।

रानी मौन बैठी सोच रही थीं। उनके इस पुत्र के मन और विचारों पर आन्द्रे का प्रभाव था। वह अत्यन्त भावुक हो गया था। उसके औचित्य-अनौचित्य की धारणा अत्यन्त सूक्ष्म हो गई थी। उन्हें इस बेटे के लिए गर्व था। वह उसे सुखी देखना चाहती थीं। वह दूसरे लोगों से भिन्न व्यक्ति था। वह स्वयं अपने शरीर से अथवा स्त्रियों से संतोष नहीं पा सकता था। जब रानी ने आन्द्रे से पुत्र को शिक्षा देने के लिए कहा था, तब उन्हें क्या मालूम था ! अपने विचार में वे एक मामूली क़दम उठा रही थीं। शिक्षा का वह द्वार तनिक ही खुल पाया था कि उनका पुत्र उस मार्ग से दूसरे संसार में चला गया।

फेंगमो लौट तो आया था, परन्तु क्या वास्तव में ही लौट आया था। उसे घर से दूर ले जानेवाला द्वार क्या बन्द हो गया था ?

"बेटा, अब तुम्हारा क्या विचार है ?"–रानी ने पूछा।

"मैं घर आ गया हूँ,"–फेंगमो ने उत्तर दिया, "अब लौटकर नहीं जाऊँगा। यहाँ ही जीवन का उपयोग करूँगा।" वे दोनों परस्पर विचारों की सहानुभूति में मौन बैठे रहे।

"बेटा, तुम्हें लीनी की सहायता करनी चाहिए।"–रानी बोलीं।

"आप ठीक कहती हैं अम्माजी।"–फेंगमो ने उत्तर दिया, "मैंने इस विषय में सोचा है कि मेरा क्या कर्तव्य है।"

"बेटा, तुम्हें उसका ख़याल करना ही चाहिए।"–रानी बोलीं, "उसे अवसर दो कि तुम्हें सहयोग और सहातया दे सके। वह तुम्हारी पुस्तकें सँभाले, तुम्हारे लिए चाय बनाए–ऐसे सब काम उसी पर छोड़ दो। वह अनुभव कर सके कि तुम्हारे लिए कुछ कर रही है।"

"ऐसा ही होगा अम्माजी।"–फेंगमो ने विश्वास दिलाया।

माँ और बेटा मौन बैठे थे। सम्भव था अभी बहुत देर ऐसे ही बैठे रहते, परन्तु उसी समय च्यूमिंग आ पहुँची।

पिछले कई मास से च्यूमिंग रुलन के यहाँ ही रह रही थी। रुलन प्रायः ही अपने मृतः पति की बातें कर अपने प्रेम की कहानी उसे सुनाती रहती। च्यूमिंग जितनी ही रुलन की बातें सुनती, उतनी ही उसे फेंगमो की याद आती। जितनी अधिक फेंगमो की याद आती, उसका निश्चय दृढ़ होता जाता कि अपनी बच्ची को लेकर उसे इस हवेली से दूर चले जाना चाहिए। पर जाती कहाँ !

एक रात रुलन सो ही नहीं पाई। दोनों स्त्रियाँ अपने गहरे मर्म और रहस्य की बातें करती रहीं। उस दिन च्यूमिंग अपनी मौन प्रतिज्ञा को निभा न सकी और उसने फेंगमो के प्रति अपने प्रेम की बात रुलन को बता दी।

"मुझे इस बात के लिए बड़ी लज्जा है।"–च्यूमिंग ने रुलन के सामने स्वीकार किया, "मैं बहुत दुष्ट हूँ।"

रुलन अपने केशों में उँगलियाँ फँसाए बहुत ध्यान से च्यूमिंग की बात सुन रही थी। उसकी बात सुनकर बोली–"बहन, हम दोनों ही इस हवेली से चली जातीं तो अच्छा होता। हम इस चारदीवारी में क़ैद हैं। सारा परिवार हम पर चौकसी करता है। हमारा प्यार इनकी आँखों में बुरा है और हमारी घृणा भी इनकी आँखों में बुरी है। हम दोनों की ही एक साथ निभ सकती है।"

"यहाँ हवेली में हमें डर है ?"–च्यूमिंग ने रुलन से पूछा। वह रुलन का आदर भी करती थी और डरती भी थी।

"डर तो हमें आपस में एक-दूसरे से भी है।"–रुलन ने उत्तर दिया।

दोनों सहेलियाँ एक-दूसरे की ओर देखती सोचती रहीं। रुलन ही पहले बोली–"हमलोग हवेली में रहें क्यों ?"

"तो जा भी कहाँ सकती हैं ?"–च्यूमिंग ने पूछा।

दोनों सखियों ने मिलकर योजना बनाई–पहले च्यूमिंग हवेली से जाकर रियासत के गाँव में रहने की आज्ञा माँगे। च्यूमिंग का अपने पुराने गाँव में जाना उचित नहीं था। उसका अर्थ होता कि च्यूमिंग को हवेली से निकाल दिया गया था। रानी भी ऐसी प्रार्थना स्वीकार न करतीं। इसलिए च्यूमिंग रियासत के गाँव में ही रहने की आज्ञा माँगे। जब

रानी आपत्ति करें कि देहात में जवान स्त्री का अकेला रहना ठीक नहीं, तो च्यूमिंग कह दे कि रुलन भी उसके साथ रहने के लिए तैयार है। रुलन भी कहेगी कि वह अपने वैधव्य का समय काटने के लिए देहात में बच्चों के लिए एक स्कूल खोलना चाहती है। इस बात से तो सभी सहमत होते कि विधवाओं को पुण्य कार्य में सहयोग देना चाहिए। रुलन रानी से तुरन्त बात करने के लिए बहुत उतावली थी। च्यूमिंग ने यह उचित न समझा। सोचा, यदि बात रानी को पसन्द न आई तो उन्हें बहू को इनकार करना पड़ेगा। वह अच्छा नहीं लगेगा। वह पहले स्वयं ही बात करें। यदि बात रानी को न सुहाई तो वे च्यूमिंग से ही नाराज होंगी, सास-बहू में तो अनबन न होगी।

रुलन ने च्यूमिंग का विरोध किया–"यह सब पुराने लोगों के ढोंग हैं। इसकी चिन्ता नहीं करनी चाहिए।" फिर भी च्यूमिंग ने आग्रह किया कि शिष्टाचार के नाते यही उचित है; और यही तय पाया।

च्यूमिंग को भी यह मालूम था कि फेंगमो इस समय रानी के यहाँ होगा, इसलिए उसने वहाँ जाने का वही समय उचित समझा। उसने निश्चय कर लिया था कि फेंगमो से वह रानी के सामने ही मिलेगी, अन्यथा नहीं। उसने अपनी बच्ची का मुँह-हाथ धो कर नए लाल कपड़े पहनाए, माथे पर लाल बिन्दी लगा दी और लाल डोरी से उसके छोटे-छोटे केशों की चुटिया गूँथ दी। लड़की अब खूब मोटी हो गई थी और उसका रंग खूब गोरा निखर आया था। बच्चों को गोद में लिए और सूचना दिए बिना वह रानी के यहाँ जा पहुँची थी।

जिस समय च्यूमिंग रानी के कमरे में आई दोपहर बीत चुकी थी। आँगन में धूप नहीं थी, परन्तु प्रकाश खूब था। बच्ची को गोद में लिए च्यूमिंग बहुत सुन्दर लग रही थी। हृदय में सुलगती गुप्त प्रेम की आँच ने उसके सौन्दर्य को निखार दिया था। उसके चेहरे पर कोमलता आ गई थी। रानी का ध्यान फेंगमो की ओर गया कि वह च्यूमिंग की ओर किस भाव से देख रहा था। फेंगमो ने उसकी ओर देखकर भी ध्यान न दिया था।

च्यूमिंग ने विनय से सम्बोधन किया–"ओह, तीसरे कुँवर साहब ! आप आ गए।"

"हाँ, हाँ।"–फेंगमो ने उत्तर दिया, "आप ठीक हैं ?"

"हाँ मैं बिलकुल ठीक हूँ।"–च्यूमिंग ने उत्तर दिया।

च्यूमिंग ने दूसरी बार फेंगमो की ओर नहीं देखा। वह रानी से ही बोली–"जीजी, इस समय आना तो ठीक नहीं हुआ, फिर भी आज्ञा दें तो एक बात कहने के लिए आई थी।"

रानी जानती थीं कि च्यूमिंग विशेष कारण से ही उस समय आई होगी, इसलिए उन्होंने अनुमति दे दी–"हाँ, हाँ, बैठो। इस मोटल्ली छोकरी को क्यों उठाए हो; खेलने दो इसे।"

च्यूमिंग ने लजाते हुए अपनी बात कह डाली।

रानी ने सुनकर अनुमति दे दी–"बहुत अच्छा।"

रानी समझ गईं कि च्यूमिंग का वास्तविक अभिप्राय क्या है। वह रानी को बता देना चाहती थी कि फेंगमो के लौट आने पर उसका हवेली से चले जाना ही ठीक है, ताकि उसके कारण परिवार में कोई झगड़ा न हो। रानी को च्यूमिंग की सहृदयता के प्रति कृतज्ञता भी अनुभव हुई।

च्यूमिंग को अपनी बात के लिए अनुमति मिल गई तो उसने रुलन की बात कही।

"परिवार में शोक का समय तो पूरा हो गया। उस बेचारी का शोक तो जन्म भर का है। बेचारी चाहती है किसी भले काम में अपना समय लगाए।"—च्यूमिंग बोली, "वह गाँव में किसानों के बच्चों के लिए स्कूल खोलना चाहती है।"

फेंगमो फ़र्श की ओर आँखें झुकाए सुन रहा था। सहसा विस्मय से आँखें उठाकर बोल उठा—"मैं भी तो इसी काम के लिए घर आया हूँ।"

च्यूमिंग स्तब्ध रह गई और रानी विस्मित।

"बेटा, यह बात तो तुमने अभी नहीं बताई थी।"—रानी बोलीं।

"अभी बात पूरी कहाँ कर पाया था ?"—फेंगमो बोला, "उस घटना के बाद मैं यह सोचता रहा कि मैं क्या काम कर सकूँगा ?"

रानी ने हाथ उठाकर बेटे को चुप रहने का संकेत किया और च्यूमिंग से पूछा—"कोई और बात है ?"

"नहीं, जीजी।"—च्यूमिंग ने उत्तर दिया।

"बहुत अच्छा, तुम लोग चाहो तो गाँव चली जाना।"—रानी बोलीं, "हम एक दिन मुख़्तार को बुलाकर कह देंगी कि स्कूल के लिए और तुम लोगों के रहने के लिए जगह का इंतज़ाम कर दे। उसके बाद तुम जब चाहो चली जाना। तुम लोगों के लिए कुछ सामान भी तो भिजवाना होगा, देहात में किसानों के यहाँ क्या रखा है ! जो जरूरत हो तुम लोग बता दो, हम प्रबन्ध करवा देंगे। तुम लोगों के लिए दो नौकरानियाँ और एक रसोइए की भी आवश्यकता होगी। बाबरचीखाने में कई आदमी हैं, कोई एक चला जाएगा।"

फेंगमो फिर बोल उठा—"अगर यह लोग देहात में रहना चाहती हैं, तो इन्हें बहुत ज़्यादा रईसी ढंग से नहीं रहना चाहिए, वरना वहाँ अकेली पड़ जाएगी।"

च्यूमिंग ने एक नज़र उसकी ओर देखा पर चुप रही। उसे विस्यम भी हुआ कि सदा रईसी में पलनेवाला यह लड़का ग़रीब लोगों के मन की बात कैसे जानता है, परन्तु उसके बोलने का अवसर नहीं था। च्यूमिंग उठ खड़ी हुई। विनय से रानी के सम्मुख झुकी और बच्ची को उठाकर चली गई।

रुलन उत्सुकता से च्यूमिंग के लौटने की प्रतीक्षा कर रही थी। दोनों को गाँव चले जाने की अनुमति मिल जाने से उनकी प्रसन्नता की सीमा न रही। दोनों अपनी योजना बनाने लगीं।

च्यूमिंग के चले जाने के बाद रानी ने फेंगमो से पूछा—"हाँ, अब बताओ तुम क्या करना चाहते हो ?"

फेंगमो कुर्सी से उठकर सिर झुकाए चहलक़दमी करता हुआ बोला–“मैं जीवन को किसी काम में लगाना चाहता हूँ। आन्द्रे भाई ने मुझे यही मन्त्र दिया था। अम्माजी, धर्म से मुझे प्रयोजन नहीं; मैं पुजारी-पुरोहित तो हूँ नहीं। मेरा सम्बन्ध तो मनुष्यों से है, भगवान् और विधाता से नहीं।”

“ठीक कहते हो बेटा।”–रानी ने समर्थन किया और प्रतीक्षा में उसकी ओर देखती रहीं।

फेंगमो कुर्सी पर बैठ गया। “एक आकस्मिक घटना ने मुझे मार्ग दिखा दिया।”–फेंगमो बोला। उसने जेब से विलायती तम्बाकू और एक छोटा पाइप निकाल कर भरा और सुलगा लिया। रानी ने यह वस्तुएँ पहले कभी नहीं देखी थीं, परन्तु उत्सुकता में उन्होंने पुत्र की बात में विघ्न नहीं डाला। उसकी बात सुनने के लिए मौन ही रहीं।

“उस देश में मैं जिस नगर में रहता था, एक हमारी जाति का एक चीनी धोबी भी था। अपने कपड़े धुलवाने के लिए मैं उसी के यहाँ ले जाता था।”–फेंगमो सुनाने लगा।

“वह क्या दूसरे लोगों के भी कपड़े धोता था ?”–रानी ने विस्मय से पूछा।

“बहुत से लोगों के।”–फेंगमो ने उत्तर दिया, “वही उसका व्यवसाय था।”

“तुम्हारा मतलब है, विदेशियों के कपड़े भी धोता था ?”–कुछ ग्लानि और विस्मय से रानी ने अपना प्रश्न दोहराया।

“कपड़े धोने का काम भी तो कोई आदमी करेगा ही।”–फेंगमो हँसकर बोला।

रानी को हँसी नहीं आई। वे बोलीं–“हमारे आदमियों को विदेशियों के गन्दे कपड़े तो नहीं धोना चाहिए।” रानी ने अपनी विरक्ति प्रकट की।

“इसमें क्या है !”–फेंगमो ने रानी को शान्त करने के लिए कहा और बोला, “वह आदमी हमारे प्रान्त का नहीं, दक्षिणी चीन का था। एक दिन मैं अपने कपड़े उसके यहाँ से लाने गया था...।”

“तुम अपने कपड़े लाने खुद गए थे ?–रानी ने प्रश्न किया और पूछा, “क्यों, तुम्हारे पास कोई नौकर नहीं था ?”

“नहीं अम्माजी, वहाँ ऐसा रिवाज नहीं है। वहाँ बहुत कम लोगों के यहाँ नौकर होते हैं।”

“अद्‌भुत देश है!”–रानी अपना कौतूहल दमन करके बोलीं, “हाँ, तुम क्या बात सुना रहे थे?”

“मैं अपने कपड़े लेने गया था।”–फेंगमो सुनाने लगा, “उस धोबी के घर से एक पत्र आया था। वह पत्र उसने मुझे पढ़कर सुनाने के लिए दिया। बीस वर्ष से वह वहीं है। वह न पत्र पढ़ सकता है, न लिख सकता है। मैं उसके पत्र को पढ़कर सुना देता था और लिख देता था। धोबी ने बताया, उसके गाँव में कोई पढ़ा-लिखा आदमी नहीं है। जब भी उन्हें पत्र पढ़ाना या लिखाना होता, उन्हें मुंशी ढूँढ़ने के लिए शहर जाना पड़ता है। अम्माजी अपने लोगों की इस दुरवस्था की ओर मेरा ध्यान पहले कभी नहीं गया था। वह धोबी यों समझदार और बुद्धिमान आदमी था। स्वयं ही कहता था कि

पढ़-लिख न सकने के कारण मैं तो अन्धा ही हूँ। अपनी जगह लौटकर मैं खिड़की के सामने बैठा था। खिड़की के सामने ही कॉलेज की बड़ी-बड़ी इमारतें थीं। हजारों विद्यार्थी आते-जाते दिखाई दे रहे थे। वे कितनी ही बातें सीख और पढ़ रहे थे, परन्तु उस ग़रीब बूढ़े आदमी को घर से आया पत्र पढ़ लेना सीखने का भी अवसर न मिला था। याद आया, स्वयं हमारे गाँववालों की भी यही अवस्था है। वहाँ भी तो कोई आदमी पढ़-लिख नहीं सकता...।"

"उन लोगों की आवश्यकताएँ भी क्या हैं !"–रानी ने प्रश्न किया, "उन्हें कहाँ आना-जाना है ? उन्हें ज़मीन जोतने से मतलब है।"

"परन्तु अम्माजी,"–फेंगमो बोला, "अक्षर-ज्ञान ज्ञानचक्षु के समान है। शिक्षा आत्मा की आँख है, जिससे मनुष्य विश्व-ब्रह्मांड के सम्पर्क में आ सकता है।"

बेटे के शब्द रानी के हृदय में गहरे उतर गए। गहरी साँस लेकर बोली "यह तो तुम्हारे गुरु के शब्द हैं।"

"मैं इन शब्दों का कभी भूल नहीं सकता।"–फेंगमो बोला।

अब फेंगमो को शिक्षा-प्रचार के काम से रोकना, और इस काम के लिए हवेली छोड़कर गाँव में रहने से रोकना, रानी के लिए सम्भव न रहा।

"इस काम में रुलन बहुत सहायता दे सकती है।"–फेंगमो ने उत्साह से कहा, "पहले मुझे उसका ध्यान नहीं आया था। लीनी भी सहायता देगी और हमलोग काम में लग जाएँगे।"

उत्साह की उत्तेजना में फेंगमो फिर चहलक़दमी करने लगा और बोला–"अम्मा, यदि हम अपने गाँव में शिक्षा-प्रचार कर सकें तो यह मामूली बात नहीं होगी। उसका प्रभाव दूसरे गाँवों पर पड़ेगा। यह पूरे देश के सुधार का मार्ग बन जाएगा...।"

रानी को बेटे की आँखों में वही ज्योति दिखाई दे रही थी जिससे आन्द्रे की आँखें उज्ज्वल बनी रहती थीं। इस प्रकाश का विरोध वह कैसे करतीं ! उन्होंने अनुमति दे दी–"बेटा, तुम्हें जो उचित जँचे करो।"

रानी सेज पर लेटी हुई थीं, परन्तु नींद नहीं आ रही थी। कुछ दिन से उन्हें नींद कम आती थी, परन्तु नींद न आने से असुविधा या बेचैनी अनुभव न होती थी। वे सोचती थीं, नींद की आवश्यकता जवानों को ही अधिक है, वे परिश्रम करके थक जाते हैं। उन्हें अभी बहुत दिन जागकर काम करना है। बूढ़ों को इतनी नींद की क्या आवश्यकता ! उनकी अनन्त निद्रा का दिन कौन दूर है !

रात के सन्नाटे में रानी अनुभव करतीं कि हवेली में दिन के प्रकाश की अपेक्षा रात में कहीं अधिक सचेत और जागृति रहती थी। उनकी कल्पना दूसरे आँगनों का चक्कर लगाने लगती। दूरे के आँगनों में सम्बन्ध के बुजुर्ग लोग रहते थे। कुछ आँगनों में अस्थायी तौर पर आए हुए सम्बन्धी रहते थे। रानी की कल्पना चमेली और साहब के आँगन की ओर भी चली जाती। वे उस ओर से ध्यान हटा लेतीं। उस तरह की बातों

में उन्हें कोई रुचि नहीं थी। साहब शनैः-शनैः बुढ़ाकर शिथिल होते जा रहे थे। चमेली का भी शरीर भारी होकर सुस्त होता जा रहा था। वह दिन-रात सोया करती थी। उसके कारण हवेली में कोई परेशानी नहीं थी। वह बाँझ रही। इससे भी रानी को सन्तोष ही हुआ। उसका निम्न वर्ग का रक्त परिवार में नहीं मिला तो अच्छा ही हुआ। वह साहब को रिझाए रखती थी। साहब उसे गहने, कपड़े और तरह-तरह के उपहारों से सन्तुष्ट रखते थे। वह जवानी के आरम्भ में ही सब खेल खेल चुकी थी, अब हवेली की सुरक्षा पा जाना ही उसके लिए सबसे बड़ा सन्तोष था। सड़क किनारे उग आनेवाले फूल की तरह उसने आँधी-पानी के झकोरे बहुत सह लिए थे; अब वह इस बाग की चारदीवारी में ही सन्तोष पा रही थी। साहब की मृत्यु के बाद भी उसे किसी बात की आशंका नहीं थी। इससे अधिक उसे और कुछ चाहिए भी नहीं था।

साहब की लड़काई में माँ ने अपने लाड़ से जिन प्रवृत्तियों के बीज बो दिए थे, चमेली ने उनके लिए बहुत अनुकूल जलवायु प्रस्तुत कर दिया था। रानी की संगति से संयम की जो कुछ भावना आने लगी थी, वह सब जाती रही। चटोरेपन के कारण उनका शरीर बेडोल होता जा रहा था। शराब भी बहुत पीने लगे थे, परन्तु सदा चमेली के साथ ही पीते थे। चकले जाना उन्होंने छोड़ दिया था, वह आवश्यकता चमेली पूरी कर देती थी; वह उस कला में दक्ष थी। बल्कि अब वे गपबाजी के लिए चायखाने में भी कम ही जाते, चमेली यह आवश्यकता भी पूरी कर देती। वह नौकरों से सुनी हुई बातें साहब को सुना कर उनका कौतूहल पूरा करती रहती। उन्हें हवेली या परिवार के दूसरे लोगों से सम्पर्क ही नहीं रहा था, दोनों आपस में सन्तुष्ट और प्रसन्न थे, नशे में उन्मत्त पशुओं की भाँति। लोग भी उनकी ओर कम ही ध्यान देते।

रानी साहब के आँगन की अवस्था से परिचित थीं। वे अब उधर कभी न जातीं। चमेली भी रानी के आँगन में कभी न जाती। दोनों आँगन एक-दूसरे से बेखबर और दूर थे।

रानी रेशमी लिहाफ़ में लेटी-लेटी सोच रही थीं—क्या उनका विवाहित जीवन सफल रहा ? उसे सफल बनाने के लिए वह कर भी क्या सकती थीं ! उन्होंने अपने विचारों में यह प्रश्न आन्द्रे से पूछा। इस प्रश्न का उत्तर आन्द्रे भी तुरन्त न दे सका। उनकी स्मृति में अन्धकार के मखमली पट पर वृद्ध ससुर का चेहरा चमक उठा। चेहरा अब भी दुबला परन्तु तेजोमय था।

"बाबा, मुझे खेद है कि मैं आपके बेटे का जीवन सन्तुष्ट नहीं बना सकी।"—रानी ने वृद्ध ससुर के सम्मुख स्वीकार किया। मन में परिताप था कि यदि चालीसवीं वर्षगाँठ के अवसर पर वे साहब से पृथक् न हो जातीं तो उनका जीवन इस तरह बरबाद न हो जाता, परन्तु वृद्ध ने रानी के यौवन के दिनों की स्मृति सचेत कर दी।

एक दिन वृद्ध ने उन्हें पुस्तकालय में बुला भेजा था। रानी के आने पर वृद्ध एक पुस्तक के पृष्ठों में उँगली रखे कुछ सोच रहे थे। बहू के आने पर वृद्ध ने कुछ पंक्तियाँ उन्हें दिखाई। रानी ने पढ़ा—"किसी व्यक्ति को उसकी स्वाभाविक प्रवृत्तियों से बहुत

ऊँचा उठाने के प्रयत्न में हानि की आशंका ही रहती है। व्यक्ति का जीवन जल के स्रोत के समान होता है, जो स्वाभाविक मार्ग पर ही सरलता से बहता है। जीवन सदा अपनी स्वाभाविक प्रवृत्तियों के स्तर की ओर ही बहने की चेष्टा करता है। उसे बहुत ऊँचे स्तर पर उठाने से उसकी धारा टूट जाती है, इसलिए जीवन को स्वाभाविक प्रवृत्तियों से जुड़ा रहने देना ही बुद्धिमत्ता है...।"

यह पंक्तियाँ पढ़कर रानी ने ससुर की ओर आँखें उठाईं तो उन्हें अपनी ओर देखते पाया था। वैसे ही इस समय भी कल्पना में उनकी आँखे मिल गईं।

यदि मैं उनसे पृथक् न होती...।–रानी ने सोचा परन्तु आगे कुछ और सोच ही न सकी। दूसरा और मार्ग की कौन था ! कितने वर्ष तक आत्म-दमन कर के सब कुछ निबाहकर वे मानसिक विश्राम पाने की प्रतीक्षा करती रही थीं।

अचानक उन्हें लिआंगमो की याद आ गई। विस्मय हुआ कि बड़े बेटे की ओर ध्यान क्यों गया ? सोचा, वही तो अपनी प्रवृत्ति के कारण उनके बेटों में सबसे अधिक सन्तुष्ट है। फिर यह भी ख़याल आया कि मैं शायद उसे भी न पहचान सकी होऊँ।

फेंगमो की ओर भी ध्यान गया। उन्हें आश्वासन था कि इस पुत्र की चिन्ता करने की आवश्यकता नहीं। वह अपना मार्ग पहचान चुका है। सान्त्वना की वायु के इस झोंके से नींद में उनकी कल्पना क्षीण होने लगी, जैसे चाँदनी रात में कोई खाली बहती जाती नाव दृष्टि से ओझल हो रही हो।

"अब अंगरेजी की किताबें उठाकर लाओ।"–फेंगमो बोला।

लीनी दूसरे सन्दूक़ की ओर घूम गई। लीनी दो बार में वह पुस्तकें उठा कर लाई और बोली–"इतनी पुस्तकें लाए हो !"

"यह तो चुनी-चुनी पुस्तकें हैं।"–फेंगमो ने उपेक्षा से उत्तर दिया, "पुस्तकों के और भी सन्दूक़ अभी पहुँचनेवाले हैं।"

फेंगमो ने घुटने फ़र्श पर टेक दिए। लीनी पुस्तकें लाती जा रही थी और फेंगमो उन्हें अलमारी में सजाता जा रहा था। प्रकट में वह निरपेक्ष और निश्चिन्त जान पड़ रहा था, परन्तु मन में उसकी योजनाएँ उथल-पुथल मचाए थीं। सामान को इस तरह लगा देना चाहता था कि काम में असुविधा न हो।

"क्या सारा सामान आज ही लगाना चाहते हो ?"–लीनी ने पूछा।

"और क्या !"–फेंगमो ने उत्तर दिया, "घर बस जाना चाहिए, ताकि काम शुरू हो सके।"

फेंगमो का पूरा अभिप्राय समझे बिना ही लीनी को घर बस जाने की बात भली लगी। यह बात कहते समय फेंगमो की कल्पना में कोई दूसरा ही चेहरा था। उसकी आँखों के सामने था मारग्रेट का चेहरा, उसकी नीली आँखें, भूरे बाल और कोमल गोरा शरीर। उस त्वचा के स्पर्श को भूल जाना असम्भव था। समुद्र पार जंगल में घटी वह स्मृति ! मारग्रेट को आलिंगन में लेते ही उसने उसे छोड़ दिया था।

"नहीं, यह उचित नहीं है।"–फेंगमो ने कहा था।

मारग्रेट मौन खड़ी फेंगमो की ओर देखती रही थी। उसकी स्वच्छ नीली पारदर्शी आँखों में उसके हृदय का भाव स्पष्ट था। काली आँखों के पर्दे में मन की भावना छिपी रहती है, परन्तु नीली आँखें तो खुली खिड़की के समान होती हैं।

"मैं विवाहित हूँ;"–फेंगमो बोल उठा था, "घर पर मेरी स्त्री है।"

मारग्रेट चीनी समाज के विषय में बहुत-सी बातें सुन चुकी थी। उसने प्रश्न किया–"विवाह तुमने स्वयं प्रेम से किया या परिवार ने तुम्हारा विवाह कर दिया है।"

फेंगमो और मारग्रेट दोनों देवदार के विशाल वृक्ष के नीचे बैठे थे। फेंगमो दोनों घुटनों को बाँहों में जकड़े और ठुड्डी घुटनों पर टिकाए सोच रहा था क्या उत्तर दें। कह देना चाहता था कि विवाह परिवार ने ही किया था। वह झूठ भी न होता। मन यही उत्तर देना चाहता था, परन्तु कल्पना में आन्द्रे का चेहरा दिखाई दे गया।

"झूठ बोलना पाप है।"–आन्द्रे ने उससे कहा था।

"झूठ बोलना भगवान् की दृष्टि में उतना बड़ा अपराध नहीं है जितना कि वह स्वयं अपने पतन का प्रमाण है। झूठ के आधार पर बनाई गई बात कभी सफल नहीं हो सकती। झूठ बोलना दूसरों को धोखा देना नहीं, स्वयं अपने आपको धोखा देना है।"

फेंगमो का मन काँप उठा कि झूठ के सहारे प्रेम को सफल बनाने का प्रयत्न प्रेम को समाप्त ही कर देगा। झूठ किसी दिन तो खुलेगा ही।

"मेरा विवाह मेरी इच्छा के विरुद्ध नहीं किया गया था।"–फेंगमो ने उत्तर दिया, "उस विवाह के लिए मेरी भी इच्छा थी।"

मारग्रेट मौन और निश्चल बैठी रही। फेंगमो उसे समझाता रहा–"हमलोगों में विवाह प्रेम के लिए अथवा अपने सन्तोष के लिए नहीं होता बल्कि वंश और परिवार के प्रति कर्तव्य समझा जाता है। मुझे मालूम है, मेरी माँ ने कभी मेरे पिता को प्यार नहीं किया, परन्तु वे परिवार के प्रति अपना कर्तव्य सदा पूरा करती रहीं और करती हैं। चालीस की आयु हो जाने पर उन्होंने पत्नी का सम्बन्ध समाप्त कर दिया और पति के लिए दूसरी स्त्री का प्रबन्ध कर दिया। इस घटना से हम सभी को दुख हुआ, परन्तु हमें मानना पड़ा कि यही उचित भी था। अब वह परिवार में अपनी इच्छानुसार जीवन बिताती हैं। हम सबलोग उनका आदर करते हैं। इसी प्रकार मेरा भी परिवार के प्रति कर्तव्य है।"

फेंगमो अनुभव कर रहा था कि उसकी बात से मारग्रेट को दुख हो रहा है, परन्तु वह विवश था।

"मैं तो प्रेम के लिए ही विवाह करना चाहती हूँ।"–मारग्रेट ने कहा।

फेंगमो पर न केवल लीनी का ही बन्धन और अधिकार था, परन्तु उसकी सैकड़ों पीढ़ियों के पूर्वजों और भविष्य में आनेवाली पीढ़ियों का भी उस पर अधिकार और बन्धन था। इच्छा होने पर भी उसके मुख से यह शब्द न निकल सके–"...तो लीनी को जाने दो। हम दोनों प्यार करते हैं। हम विवाह करेंगे।" वह अपने संस्कारों और विश्वासों

से मुक्त नहीं हो सकता था।

फेंगमो की आँखें ज़मीन पर उगी घास से उठकर नीचे घाटी में नदी पर बने पुल की ओर चली गईं। मारग्रेट से आँखें न मिला सका। नदी की ओर देखते हुए वह बोला– "...यह हो नहीं सकेगा। मेरे विश्वास और संस्कार ऐसे ही हैं। मुझे केवल भगवान् ने ही उत्पन्न नहीं क्या है अपितु मेरे परिवार ने भी मुझे बनाया है। उस परिवार की परम्पराएँ अटूट हैं। मेरा जीवन केवल अपने ही लिए नहीं बल्कि पहले परिवार के लिए है। यह शरीर उसी परिवार की देन है। मैं स्वीकार करता हूँ कि मेरा व्यक्तित्व भी कोई चीज़ है जो मेरे परिवार से स्वतन्त्र होना चाहिए। उसे आत्मा कहा जा सकता है। वह मेरी अपनी चीज है। मैं तुमसे प्रेम करता हूँ और अपनी आत्मा ही तुम्हें दे सकता हूँ। यह शरीर तो मेरे परिवार की गत और भावी पीढ़ियों का है। यह मैं तुम्हें दे नहीं सकता।"

"नहीं, नहीं, यह बात ठीक नहीं है।"–मारग्रेट ने विरोध किया, "विवाह का अर्थ प्रेम ही है। प्रेम ही विवाह है।"

"सम्भव है, कभी ऐसा भी हो सकता है।"–फेंगमो ने स्वीकार किया, "परन्तु भगवान् की इच्छा या आकस्मिक घटना के रूप में। हमारे समाज में भी ऐसा हो जाता है। विवाह के बाद जब दूल्हा वधू के मुख से शुभ-दृष्टि के अवसर पर पहली बार घूँघट हटाता है तो उसे वही बहू दिखाई दे जाती है जिसे वह अपनी इच्छा से चुन लेना चाहता है, परन्तु यह केवल भगवान् की इच्छा और आकस्मिक घटना से ही हो सकता है।"

"हमारे देश में तो विवाह केवल प्रेम से ही होता है।"–मारग्रेट गर्व से बोली।

फेंगमो कड़वी बात कहने के लिए विवश हो गया–"नहीं, ऐसी बात नहीं है। विवाह इस देश में भी हमलोगों की ही तरह वंश-रक्षा के लिए किया जाता है, परन्तु आप लोग अपने आपको धोखा देने के लिए प्रेम का नाम लेते हैं। आप विश्वास कर लेते हैं कि यह आपके व्यक्तिगत सन्तोष के लिए है। आपलोग प्रेम की पूजा करते हैं, परन्तु हमलोग आपकी अपेक्षा अधिक ईमानदार हैं। हमारी धारणा है कि विवाह करना सभी स्त्री-पुरुषों का जीवन के प्रति कर्तव्य है। यदि प्रेम हो जाए तो यह भगवान् का आशीर्वाद है, परन्तु प्रेम जीवन के लिए आवश्यक नहीं।"

"मेरे लिए तो आवश्यक ही है।"–मारग्रेट ने धीमे स्वर में आग्रह किया।

फेंगमो अपनी ही बात कहता गया–"जीवन के लिए प्रेम नहीं सन्तोष आवश्यक है। सन्तोष होता है कर्तव्य पूरा करने से और आवश्यकताएँ पूरी होने से...। प्रेम की व्यक्तिगत आवश्यकता की पूर्ति से नहीं, बल्कि परिवार और वंश और सन्तान की आवश्यकता-पूर्ति से।"

फेंगमो को ऐसा जान पड़ रहा था कि वह स्वयं नहीं उसकी धारणाएँ, उसके विश्वास और निष्ठा आन्द्रे के शब्दों में बोल रही हैं और वही सत्य था।

फेंगमो और मारग्रेट बहुत देर तक मौन बैठे रहे। वह मौन उन दोनों को पृथक् करनेवाली जलराशि की तरह फैलता चला जा रहा था। फेंगमो यह अनुभव कर रहा

था और उसे यही उचित जान पड़ रहा था।

मारग्रेट ही पहले बोली। हाथ बढ़ाकर उसने कहा—"बहुत अच्छा, तो फिर हम दोनों का विदा हो जाना ही उचित है।"

फेंगमो ने मारग्रेट का हाथ अपने दोनों हाथों में ले लिया और कुछ क्षण मौन बना रहा। फिर उसने मारग्रेट की बात को स्वीकार कर लिया—"हाँ, विदा।"

पुस्तकें और कपड़े समेट और सहेज दिए जाने के बाद फेंगमो ने सन्दूक़ों को बाहर आँगन में रख दिया कि सुबह ही नौकर उन्हें ले जा सके। इसके बाद वह शयनागार में पहुँचा। लीनी कमरे के फ़र्श के बीचोबीच प्रतीक्षा और संकोच में खड़ी थी। फेंगमो ने आकर अपने दोनों हाथ निस्संकोच उसके कन्धे पर रख दिए और बोला—"देखो, तुम्हारी सहायता के बिना कुछ नहीं कर सकूँगा। मैं यहाँ अपनी रियासत में काम आरम्भ कर रहा हूँ। अकेला तो कर नहीं पाऊँगा, तुम्हें सामर्थ्य भर सहायता देनी होगी...।"

फेंगमो के निस्संकोच और उग्रता से लीनी कुछ सहम-सी गई, परन्तु पति का इस प्रकार अधिकार से बोलना उसे अच्छा भी लगा। फेंगमो का भय अब मधुर जान पड़ा। मन चाहा, ऐसा भय सदा बना ही रहे। धीमे से उत्तर दिया—"मैं सहायता करूँगी, जो कुछ तुम कहोगे सब करूँगी।"

फेंगमो ने अपना काम तूफ़ान की चाल से आरम्भ कर दिया। उसकी सब सुध-बुध इसी काम में डूब गई। सूर्योदय से बहुत पहले उठ जाता और दीए के प्रकाश में नाश्ता कर घोड़े की पीठ पर सवार हो खेतों के बीच की पगडंडियों से गाँवों की ओर चल देता। पहले उसने एक गाँव में शिक्षा का काम आरम्भ किया। उसका आदेश था कि गाँव के सब लोगों को पढ़ना होगा। उसने बच्चों के लिए, स्त्रियों और पुरुषों के लिए और प्रौढ़ लोगों के लिए भी स्कूल बना दिए।

गाँव के बड़े-बूढ़े लोग इस नई बात का विरोध कैसे न करते ! बिना पढ़े ही उनका इतना जीवन कट गया था। बुढ़ौती में आकर उन्हें दूसरे लोगों की लिखी बातें पढ़ने की क्या जरूरत थी! उन्होंने कहा—"बिना पढ़े भी हमलोग मूर्ख तो हैं नहीं। हमारे लिए हमारी अपनी समझ काफ़ी है। हमें ऐसे ही रहने दिया जाए।"

फेंगमो अपने उत्साह के आवेग में बूढ़े लोगों की बात सुनने के लिए तैयार न हुआ, इसलिए गाँव के बूढ़ों ने जाकर रानी के यहाँ दुहाई दी कि कुँवर साहब से उनकी रक्षा की जाए। रानी ग़रीब प्रजा के प्रति सदा ही विनय का व्यवहार करती थीं। उनसे बड़ा तो उस प्रदेश में कोई था ही नहीं। अपने समान स्थिति के लोगों की वे उपेक्षा कर जातीं, परन्तु अपने से हीन स्थिति के लोगों की नहीं। देहात के गरीब लोगों के आने पर उन्होंने हवेली के बड़े हॉल में उन्हें बैठने का स्थान दिया। इस अवसर पर साहब को भी बुलवा भेजा। वे स्वयं मेज़ के बाईं ओर बैठीं और साहब को दाईं ओर स्थान दिया। साहब भी ढंग से कपड़े पहनकर आए थे। शरबती रंग की साटिन की पोशाक पर काले मखमल की बिना आस्तीन की बंडी पहने थे। कपड़े बिलकुल नए थे। शरीर मोटा हो जाने के

कारण पुराने कपड़े अब अटते ही नहीं थे। रानी ने साहब को कई दिन बाद देखा था। उनका मोटापा देखकर उन्हें चिन्ता हुई कि ऐसे मोटाएँगे तो इस शरीर का जल्दी अन्त हो जाएगा, परन्तु ख़याल आया वे इसी अवस्था में प्रसन्न हैं तो रहें। दुखी रहकर कुछ दिन अधिक जीने की अपेक्षा प्रसन्न रहकर कुछ दिन कम जी लेना ही क्या बुरा है ! इसलिए उन्होंने कोई चेतावनी नहीं दी।

साहब और रानी के कुर्सियों में बैठ जाने के बाद किसानों ने भीतर प्रवेश किया। वह लोग नीले सूती कपड़े पहने हुए थे और पाँव में मूँज की बुनी हुई चप्पलें। बादामी काग़ज़ में लिपटी हुई मिठाइयाँ भी वे भेंट में लाए थे। मिठाई के बंडलों पर लाल रंग की चिन्दिया शुभ संकेत में लगी हुई थीं। साहब ने विनय से इतना कष्ट न करने के लिए कहकर वह मिठाइयाँ स्वीकार कर लीं।

किसानों ने साहब और रानी के सम्मुख खड़े हो अपनी प्रार्थना की। रानी ने ध्यान से और साहब ने उपेक्षा से उनकी बात सुनी। रानी चुप रहीं, परन्तु साहब ने किसानों का समर्थन किया–"इन भाइयों का कहना बिलकुल ठीक है। लड़के का दिमाग़ खराब हो गया है। हमारा हुक्म है कि इन्हें परेशान न किया जाए।"

रानी स्थिति समझती थीं। वे नहीं चाहती थीं कि साहब बनता काम बिगाड़ दें, इसलिए पहले तो उन्होंने साहब की बात का समर्थन किया और फिर किसानों को सम्बोधन करके बोलीं–"सरकार जो कह रहे हैं, वह बिलकुल ठीक है। सब लोगों को मालिक का हुक्म मानना चाहिए। आप सब लोग प्रौढ़ हैं। आपके साथ ज़बरदस्ती किया जाना उचित नहीं, लेकिन गाँव में कम उम्र के लोग भी तो हैं। वे लोग अगर थोड़ा-बहुत पढ़ जाएँ तो उनका फ़ायदा ही है। अपना हिसाब देख और समझ सकेंगे, बाजार और मंडी में ठगे नहीं जा सकेंगे।"

साहब की ओर देखकर रानी ने सुझाव दिया–"आपने ठीक ही फ़रमाया। लड़के को हुक्म दे दिया जाए कि चालीस साल की उम्र से ऊपरवाले केवल उन्हीं लोगों को पढ़ाया जाए जो पढ़ना चाहते हों।"

इसी बात पर समझौता हो गया। बूढ़े लोगों पर फेंगमो की शिक्षा का आतंक न रहा, न यह भय रहा कि जो लोग पढ़ने-लिखने से इनकार करेंगे उन्हें लगान और तकावी की सहूलियतें नहीं दी जाएँगी।

फेंगमो ने जब किसानों की हवेली में जाकर दुहाई देने की बात सुनी तो हँसकर बोला–"कोई डर नहीं, पहले जवानों को ही पढ़ लने दो। जवानों के पढ़-लिख लेने पर बूढ़े स्वयं ही पढ़ने की इच्छा करने लगेंगे।" वही बात हुई भी। कुछ ही दिन में दूसरे गाँव रो भी स्कूल खोले जाने की माँग आने लगी। फेंगमो काम में इतना व्यस्त रहता कि माँ को देखे महीनों बीत जाते।

फेंगमो का काम तो उत्साह से चल रहा था, परन्तु हवेली में उसके कारण कुछ बेचैनी भी हो रही थी। च्यूमिंग और रुलन भी गाँव में चली गई थीं, इस कारण रानी बहुत चिन्तित थीं। फेंगमो च्यूमिंग और रुलन से भी अपने काम में सहायता लेना चाहता

था। रानी को यही चिन्ता थी कि च्यूमिंग अपना स्नेह फेंगमो से कैसे छिपा सकेगी ! च्यूमिंग और फेंगमो की आयु बराबर ही थी, परन्तु उनका सम्बन्ध तो माँ और बेटे का हो चुका था। अब यदि किसी भी तरह की बदनामी उठती तो वू-परिवार के नाम पर बहुत बड़ा धब्बा लग जाता। तभी एक रात फेंगमो माँ से मिलने आया।

रानी जानती थीं कि फेंगमो अपने काम में ऐसा डूबा हुआ है कि उसे और किसी बात की सुध नहीं, परन्तु मन में आशंका भी थी कि वह च्यूमिंग के सम्बन्ध में ही बात करने तो नहीं आया है। उनकी आशंका ठीक ही थी। फेंगमो के स्वास्थ्य पर गाँव की ताज़ी, खुली वायु का प्रभाव अच्छा पड़ा था। चेहरे और स्वर से स्वास्थ्य झलक रहा था।

फेंगमो विलायत से लौटा था तो लम्बे-लम्बे कटे केशों को कंघी से पीछे की ओर सँवारे रहता था। अब उसने किसानों की तरह कटवा दिए थे। कुर्सी पर बैठते ही वह बोला–"अम्माजी, बहुत-सी ज़रूरी बातें हैं। समझ नहीं पा रहा हूँ कि कैसे कहूँ, फिर भी जैसे बनता है कहूँगा...।"

"हाँ, बेटा कहो।"–रानी बोलीं, "क्या तुम्हें च्यूमिंग के बारे में कुछ कहना है ?"–रानी ने पूछा।

"आपको सभी बातें मालूम हो जाती हैं, यह आपको कैसे मालूम हुआ ?"

"हो हो जाती हैं।"–रानी बोलीं, "हाँ, बताओ क्या बात है ?"

फेंगमो के लिए बात कर सकना सरल हो गया। बोला–"अम्माजी, आप जानती हैं कि मैं स्त्रियों की परवाह नहीं करता हूँ।"

बेटे के भोलेपन और चेहरे पर गम्भीरता से रानी के होंठों में मुस्कान आ गई। परन्तु हृदय में सूक्ष्म-सी वेदना भी उठ खड़ी हुई। ख़याल आया, सम्भव है कि विवाह और प्रेम की पुरातन परिपाटी में कुछ भूल ही रही हो।

"हाँ, हमें याद है।"–रानी बोलीं और कुछ सहम गईं। उन्हें याद आ रहा था–उस समय उनकी आयु फेंगमो के बराबर ही थी। एक दिन सुबह नींद खुलते ही उनकी दृष्टि पति के चेहरे पर पड़ी और उन्हें अनुभव हुआ कि वह उनसे कभी स्नेह नहीं कर सकेंगी, परन्तु उन्हें सन्तोष था कि उन्होंने अपने जीवन का कर्तव्य निबाह दिया और वे सन्तुष्ट भी थीं। वे फेंगमो के यौवन के उत्साह से भरे चेहरे को देखती रहीं।

"अम्माजी, आप ही बताइए क्या किया जाए ?"–फेंगमो ने पूछा।

"जो भी उचित होगा किया जाएगा।"–रानी ने उत्तर दिया।

"आप आज्ञा दें तो मैं गाँव में जाकर रहूँ और लीनी को भी साथ ले जाऊँ।"

रानी की दृष्टि में बेटे के साथ लीनी का जाना ही उचित था, परन्तु एक उदासी-सी अनुभव हुई कि हवेली में एक और आँगन रीता हो जाएगा। परन्तु बेटे-बहू को प्यार करते हुए देखकर भी अच्छा लगा।

"बहुत अच्छा,"–रानी बोलीं, "बहू को ले जाओ। पर यह बात है कि बाल-बच्चा होने के समय उसे यहाँ ले आना होगा। पोते-पोतियों का अपने घर में ही पैदा होना ठीक होता है।"

फेंगमो और लीनी कुछ दिन बाद अपने आँगन के किवाड़ मूँदकर गाँव के चारदीवारी से घिरे मकान में जा बसे। रानी भी सन्तुष्ट थीं। एक बार मन में ख़याल आया कि च्यूमिंग को बुलाकर उसके काम की प्रशंसा कर उसे कुछ सीख दें, परन्तु यही उचित जँचा कि उसे अपने अनुभव से स्वयं ही सीखने का अवसर दिया जाए। वह स्वयं समझे कि वह जीवन में क्या पा सकती है और क्या नहीं पा सकेगी।

पन्द्रह

च्यूमिंग अपने अनुभव से स्वयं सीखती जा रही थी, परन्तु अगले वर्ष जब लीनी के पहले शिशु का जन्म हुआ तो एक और अप्रत्याशित घटना भी हो गई। उस वर्ष पूर्वी द्वीपों से आकर आक्रमण करनेवाले शत्रु ने देश के बहुत बड़े भाग पर अधिकार कर लिया था, इसलिए समुद्र-तट के नगरों से हज़ारों-लाखों नर-नारी शरण के लिए देश के भीतरी भाग की ओर बढ़े चले आ रहे थे। वू-वंश जिस नगर में रह रहा था वह देश के मध्य भाग में था, इसलिए ऐसे लोग बहुत बड़ी संख्या में उस नगर से गुज़र रहे थे। ऐसे लोगों में एक विधवा प्रौढ़ा भी थी। प्रौढ़ा अपने बेटे-बहू और पोते-पोती के साथ कई दिन तक नगर की सराय में बनी रही थी। सराय के आदमी ने उनसे इतने दिन रहने का कारण पूछा तो बुढ़िया के बेटे ने उत्तर दिया–"कई वर्ष पहले मेरी बहिन यहाँ खो गई थी। उसका कुछ पता लग सकता है ?"

मुसाफ़िर अच्छी स्थिति के लोग थे, इसलिए सराय के आदमी ने पूछा–"बच्ची की उम्र क्या थी ?...जिन्दा भी बची होगी ?"

"बच्ची उस समय ज़िन्दा ही थी। मेरी दादी का मिजाज़ ज़रा गरम था। माँ के एक के बाद एक तीन लड़कियाँ हो गई थीं, इसलिए दादी बिगड़ गई थीं।"–नौजवान ने बताया।

"तब आप लोगों का आना यहाँ कैसे हुआ था ?"

"सुना है कि उस साल उत्तर में हमारे प्रान्त में भयंकर अकाल पड़ गया था। लोग पेट के लिए दक्षिण की ओर चले आए थे। हमलोग इसी शहर में आकर टिके थे तो माँ के एक लड़की पैदा हुई थी।"

सरायवाला कुछ देर सोचकर बोला–"तो यहाँ इसी सराय में हुई होगी। यहाँ यही एक ही तो सराय है। मेरी सारी उम्र इसी सराय में बीत गई। पहले यहाँ मेरे बाबा थे।"

"माँ कहती है, लड़की इसी सराय में हुई थी। मेरी दोनों बहिनें मर गई है, इसलिए माँ को उस लड़की की बहुत याद आती है।"–नौजवान बोला।

"बहुत अच्छा, मैं मालूम करूँगा।"–सरायवाले ने आश्वासन दिया और बोला, "कुछ पता लग सकता है तो रानी वू के यहाँ से लग सकता है।"

अगले दिन साँझ मुसाफ़िरों की सेवा का काम समाप्त करके सरायवाले ने साफ़ कपड़े पहने और हवेली पहुँचकर रानी साहिबा को सलाम भेजा। सरायवाले के पुरखे

हवेली में नौकरी कर चुके थे। रानी ने उसे बड़े हॉल में बुलवा भेजा। रात का समय था। उस समय रानी ने साहब को परेशान करना उचित नहीं समझा। युद्ध के कारण सराय में मुसाफ़िरों की इतनी भीड़ रहती थी कि सरायवाले के लिए किसी और समय आ सकना सम्भव न था।

सरायवाले से उस नगर में खोई हुई बच्ची की बात सुनकर रानी घटनाओं का तारतम्य मिलाती रहीं। अपने अनुमान की बात उन्होंने प्रकट न की और बोलीं–"प्रौढ़ा से कहना, आकर हमसे मिलें। उसी से सुनकर कुछ बता सकेंगे।"

"हुजूर ने ठीक ही फ़रमाया।"–सरायवाला रानी का सन्देश लेकर लौट गया।

दूसरे दिन बुढ़िया अपने बेटे को साथ लेकर वू-हवेली गई। रानी ने बेटे को बड़े हॉल में बैठने के लिए कहा और प्रौढ़ा को अपने आँगन में बुलवा लिया।

मुसाफ़िर प्रौढ़ा को देखकर रानी को कुछ विस्मय हुआ। उन्हें आशा थी कि वे लोग बहुत ही साधारण स्थिति के होंगे, परन्तु प्रौढ़ा एक नौकरानी का सहारा लिए हुए भीतर आई। वह सम्मानित घर की थी। उम्र ढल चुकी थी, परन्तु चेहरे पर कोमलता और रौब अब भी मौजूद था। रानी ने उनका उचित स्वागत किया और बैठने के लिए सम्मान का स्थान दिया। प्रौढ़ा ने विनय से सम्मान के स्थान पर बैठने के लिए अनिच्छा प्रकट की, परन्तु रानी के आग्रह से बैठ गई। चाच मँगवाई गई। इंग और बुढ़िया की नौकरानी दोनों कुछ दूर जाकर खड़ी हो गई कि बातचीत न सुन सकें, परन्तु आवश्यकता होने पर उन्हें पुकारा जा सके।

कुछ देर तक केवल विनय और शिष्टाचार के शब्दों का ही प्रयोग होता रहा। उसके बाद प्रौढ़ा बोली–"यह नगर हमारे रास्ते में तो नहीं था। भय से बचने के लिए इतनी दूर आने की आवश्यकता भी नहीं थी। दो सौ मील पीछे ही कहीं रह जा सकते थे, परन्तु एक विशेष कारण से ही यहाँ आना पड़ा...।" प्रौढ़ा ने रेशमी रूमाल निकालकर पहले एक आँख पोंछी फिर दूसरी।

"हाँ, आप वह बात बताइए न।"–रानी ने सहानुभूति से आग्रह किया।

रानी की सहानुभूति पाकर प्रौढ़ा बच्ची को उस नगर में छोड़ जाने की कहानी सुनाकर बोली–"मेरा मन सदा कहता रहा कि लड़की मरी नहीं होगी। वह बहुत स्वस्थ थी। हमारा और कोई बच्चा उतना स्वस्थ नहीं हुआ। बच्ची का बाप उनकी माँ के कहने पर बच्ची को मरवा देने के लिए तैयार नहीं हुआ। सास बड़ी निर्दय थीं, पर वे बहुत भले आदमी थे। सास से पहले ही वह देवलोक चले गए। सास के डर से हमें कुछ बता भी नहीं सके।"

प्रौढ़ा रोने लगी और फिर बोली–"उस पाप का फल भी हमें बहुत कठोर मिला। उसके बाद कोई बच्चा जिया ही नहीं। लड़के-लड़कियाँ सभी मरते गए। बस, यही मेरा सबसे छोटा लड़का ही बच पाया। इसीलिए उस लड़की को ढूँढ़ने के लिए हमलोग इतनी दूर आए हैं।"

"लड़की को मार नहीं दिया था, यह तो आपको मालूम है ?"–रानी ने प्रश्न किया।

"मारा नहीं था"–बुढ़िया ने उत्तर दिया, "प्रसव के बाद मैं अभी खाट पर लेटी हुई थी तो दीवार की आड़ में माँ-बेटे की बात सुनाई दे रही थी। बच्ची के बाप ने उसे न मारने के लिए बहुत प्रार्थना की, तो माँ इस बात के लिए तैयार हो गई कि बच्ची को नगर की चारदीवारी के बाहर छोड़ आओ।"

"बच्ची को लाल रेशम के कुरते में तो नहीं लपेटा था।"–रानी ने प्रश्न किया।

प्रौढ़ा विस्मय से रानी की ओर देखती रह गई और बोली–"हाँ, हमने लाल रेशम की अपनी पुरानी कुरती में बच्ची को लपेट दिया था। हमारा ख़याल था कि शायद लाल कपड़े की ओर किसी का ध्यान आकर्षित हो जाए और बच्ची को उठा ले। आपने कैसे अनुमान किया ?"

रानी अपने स्थान से उठीं और अलमारी की ओर बढ़ गईं। अलमारी में तहाकर रखे अपने कपड़ों में से उन्होंने पुराने, लाल रेशमी कपड़े का एक टुकड़ा निकाला। वही टुकड़ा जो च्यूमिंग अपने साथ गाँव से लेती आई थी। टुकड़ा प्रौढ़ा को दिखाकर उन्होंने पूछा–"क्या यही कपड़ा था ?"

प्रौढ़ा का चेहरा स्याह पड़ गया। "हाँ, यही कपड़ा था।"–वह बोली, "परन्तु बच्ची ?"

"लड़की भी है।"–रानी ने उत्तर दिया।

रानी ने च्यूमिंग की कहानी, हवेली में आ जाने तक का वृत्तान्त, सुना दिया। प्रौढ़ा आँसू बहाती सुनती रही। रानी के लिए भी यह बताना कठिन था कि वे च्यूमिंग को बहुत चाहती हैं, परन्तु लड़की साहब के मन में नहीं भाई और अब गाँव में है। प्रौढ़ा रानी के प्रति कृतज्ञ भी थी और उन्हें बेटी के दुर्भाग्य पर क्रोध भी आ रहा था। पूरी बात सुनाकर रानी बोलीं–"आप हमारे साथ गाँव चलिए। वहाँ अपनी आँखों देख लीजिएगा कि लड़की अब कितने आराम से है।"

रानी ने तुरन्त दो पालकियाँ लाने का हुक्म दिया और दोनों महिलाएँ गाँव की ओर चल दीं।

रानी बहुत दिन से सोच रही थीं कि किसी रोज़ स्वयं जाकर गाँव में फेंगमो का काम-काज देखेंगी, परन्तु पहले कड़ी सर्दी के कारण, और फिर भयंकर गर्मी के कारण, उसके बाद घुटने में पीड़ा के कारण सुविधा नहीं बनी थी। अपनी पुस्तकें और पुस्तकालय छोड़ने को भी मन नहीं चाहता था। अस्तु, गाँव पहुँचीं तो उनके विस्मय का ठिकाना नहीं था। गाँव में खूब सफ़ाई थी और लोग पहले की अपेक्षा समृद्ध और स्वस्थ जान पड़ रहे थे। बच्चे भी साफ़-सुथरे थे। किसानों ने एक मकान की ओर संकेत कर अभिमान से बताया–"यह स्कूल है।" फेंगमो माँ को गाँव में हो गए परिवर्तनों की बातें सुना तो चुका था, परन्तु ऐसे परिवर्तनों की तो रानी कल्पना नहीं कर सकती थीं।

स्कूल के साथ ही फेंगमो का मकान था। एक हरकारे ने पहले ही आकर रानी के आगमन की सूचना दे दी थी, इसलिए सब तैयारी थी। रानी ने यह तो सुना था कि लीनी गर्भवती थी, परन्तु यह अनुमान नहीं था कि बहू इतनी स्वस्थ हो गई होगी।

लीनी के गालों पर लाली थी और होंठ भी बिना सुर्खी लगाए ही लाल थे, वैसे भी शरीर पुष्ट दिखाई दे रहा था। लीनी ने अपने बालों में डाले हुए कुंडल काट दिए थे, इस बात से भी रानी को प्रसन्नता थी। सबसे बड़ी बात थी लीनी के व्यवहार का परिवर्तन। उसकी विनय और चुस्ती दोनों प्रशंसा के योग्य थीं। रानी ने फेंगमो को बुलवा भेजा। फेंगमो के आने पर फिर पूरी कहानी सुनाई गई और च्यूमिंग और उसकी बेटी को बुलवा भेजा गया। रुलन उन्हें लेकर आई।

च्यूमिंग के कमरे के भीतर पैर रखते ही माँ और बेटी ने एक-दूसरे को पहचान लिया। च्यूमिंग और बुढ़िया के चेहरे में इतना सादृश्य था कि माँ और बेटी के अतिरिक्त हो सकना सम्भव ही नहीं था।

"माँ !"–च्यूमिंग पुकार उठी।

"मेरी बच्ची !"–वृद्धा ने उत्तर में पुकारा।

माँ-बेटी एक-दूसरे के बाँहों में लिपट गईं और कुछ देर रोती रहीं। वृद्धा ने अपनी नातिन को गोद में लेना चाहा। च्यूमिंग की लड़की अब तक काफ़ी बड़ी हो गई थी और अपरिचित प्रौढ़ा की गोद में जाने को तैयार न थी। वह चिल्ला-चिल्ला कर हाथ-पाँव मारने लगीं। च्यूमिंग ने उसकी उद्दंडता के लिए एक थप्पड़ मारकर दंड दिया। बच्ची की नानी ने इस अन्याय का विरोध कर बच्ची को हृदय से लगा लिया। दुख भरी कहानी का ऐसा सुखमय अन्त देखकर सब लोगों की आँखों में हर्ष के आँसू छलक आए। रानी वू ही चुप रहीं, परन्तु सबसे अधिक सन्तुष्ट वही थीं। प्रौढ़ा च्यूमिंग और अपनी नातिन को अपने साथ ले जाना चाहती थी, परन्तु च्यूमिंग ने इसके लिए रानी से आज्ञा लेना आवश्यक समझा।

"जीजी, आप आज्ञा दें तो मैं माँ के साथ चली जाऊँ।"–च्यूमिंग ने संकोच से पूछा।

रानी एक ही नज़र में भाँप गई थीं कि च्यूमिंग गाँव में आकर प्रसन्न नहीं थी। गाँव की खुली हवा और शुद्ध-ताज़े भोजन के बावजूद च्यूमिंग का चेहरा उतरा हुआ और आँखें उदास जान पड़ रही थीं, मानो नींद न आती हो। वह यथासम्भव लीनी से नज़रें बचाए रहती थी। उन्होंने च्यूमिंग का वू-परिवार से चले जाना ही उचित समझा। बोलीं–"बहिन, तुम्हारी माँ ही लेने आ गई तो क्या करूँ, नहीं तो तुम्हें कभी न जाने देती। विधाता माँ-बेटी को मिला रहे हैं तो मैं कैसे आड़ बन जाऊँ। बहिन, जाओगी क्यों नहीं ! परन्तु ऐसे नहीं, तुम्हारे लिए और बेटी के लिए भी कपड़े बनवाने होंगे। यात्रा के लिए आवश्यक सब सामान करना होगा। हमारे घर से तुम ऐसे ही तो नहीं चली जा सकतीं।"

प्रौढ़ा ने विनय से विरोध किया–"नहीं, इन सब बातों की क्या ज़रूरत है।" और रानी ने वह सब आवश्यक होने का आग्रह किया। इसके बाद सब लोगों से आज्ञा लेकर और धन्यवाद देकर च्यूमिंग अपनी बेटी को लेकर माँ के साथ सराय में चली गई और फिर कभी नहीं लौटी।

प्रौढ़ा को विदा देने से पूर्व रानी ने उन्हें एक ओर ले जाकर बात की–"हमारा अनुरोध है कि अच्छा आदमी ढूँढ़कर जल्दी ही लड़की का विवाह कर देना। उसे ऐसे

ही मत रहने देना। बेचारी गृहस्थ जीवन पा सके।" कुछ सप्ताह बाद प्रौढ़ा च्यूमिंग और अपनी नातिन को लेकर नगर से चली गई। नगर से जाने से पहले च्यूमिंग रानी के यहाँ नहीं आई। रानी को इससे सन्तोष ही हुआ। वे जानती थीं कि च्यूमिंग के न आने का कारण धृष्टता या बेपरवाही नहीं थी। च्यूमिंग फेंगमो की माँ से क्या बात कर सकती थी ! इसी संकोच के कारण वह नहीं आई। वह अपने प्रेम की पीड़ा हृदय में लिए चली गई।

इसके बाद रानी की च्यूमिंग से भेंट नहीं हुई। वर्ष में एक पत्र च्यूमिंग का आता था। पत्र मुंशियों की पक्की लिखावट में होता। नीचे च्यूमिंग के हस्ताक्षर रहते। पत्र में कुशल-क्षेम के समाचार के अनन्तर च्यूमिंग और बेटी के विषय में समाचार रहते। युद्ध समाप्त हो जाने के बाद च्यूमिंग ने लिखा था कि पेकिंग के एक मृत पत्नीक दुकानदार से उसका विवाह हो गया। उस आदमी के दो बच्चे पहली पत्नी से थे। च्यूमिंग उन्हें भी स्नेह से रखती थी। च्यूमिंग की माँ का देहान्त हो गया। च्यूमिंग के एक पुत्र हुआ, फिर एक साथ दो पुत्र हुए और उसका घर भर गया।

रानी च्यूमिंग के पत्रों का उत्तर स्नेह से देती थीं। उसे आवश्यक शिक्षा भी लिखती रहतीं। पत्रों में परिवार का, विशेषकर फेंगमो का, भी समाचार रहता।

फेंगमो का परिवार भी बढ़ रहा था। मानसिक रूप से उसकी अवस्था चाहे जैसी रही हो, शारीरिक समृद्धि की कमी नहीं थी। लीनी के पहले एक लड़का हुआ, फिर एक लड़की हुई और फिर दो लड़के और हुए। प्रत्येक प्रसव के समय वह हवेली चली आती और प्रसव के एक मास पश्चात् गाँव लौट जाती। अब बालों में कुंडल डालने और नाखून रंगने के लिए उसके पास समय न था। फेंगमो का व्यवहार उसके साथ संयम और न्याय का था। रानी जानती थीं कि फेंगमो बहू को प्यार नहीं कर सकेगा, परन्तु प्यार की ज़रूरत ही क्या थी ! फेंगमो का मन प्यार से बड़ी चीज़ जनसेवा में लगा हुआ था। वह एक के बाद एक स्कूल खोलता गया। स्कूलों की संख्या काफी हो गई तो वह अस्पताल बनाने लगा। रेशमी कपड़ों का व्यवहार उसने छोड़ दिया था। क़ीमती कपड़े अलमारियों और सन्दूक़ों में पड़े-पड़े सड़ रहे थे। वर्दी के ढंग के कपड़े वह पहनता था, परन्तु ऊपर कोई चिह्न या संकेत न रहता था। उसके चेहरे की गम्भीरता और दृढ़ता को देखकर रानी को आन्द्रे की याद आ जाती। दोनों के चेहरे के भाव में समता थी, परन्तु फेंगमो में आन्द्रे की सूझ और कोमलता नहीं थी। वह स्वयं अपने प्रति भी कठोर था। समुद्र पार किए स्नेह की भी उसने कभी चर्चा नहीं की, न उसने उस लड़की को कभी पत्र ही लिखा। अपने चारों ओर के जीवन की थोड़ी-बहुत चिन्ता करते हुए या रस लेते हुए चलना उसकी प्रकृति में नहीं था। वह एक समय एक ही काम कर सकता था और एक ही रास्ते पर चल सकता था।

जनता और दूसरे लोग तो फेंगमो के उदार विचार और सेवा-भाव को प्रशंसा ही करते थे, परन्तु परिवार में उसका दूसरा परिणाम भी होता था। फेंगमो गाँव के लोगों

और अपने छोटे भाई येनमो को ही शिक्षा देकर सन्तुष्ट न हो जाता, वह बड़े भाई को भी उपदेश देना या मार्ग दिखाना चाहता था। यह लिआंगमो को सह्य नहीं था। फेंगमो को अपने काम के लिए इतने सहायकों की आवश्यकता थी कि उसका सन्तुष्ट हो जाना कठिन था। फेंगमो की भाभी निठल्ली बैठी मुटाती जा रही थीं। यह फेंगमो को सुहाता न था। एक दिन वह बोल ही पड़ा कि मेंग भी लीनी और रुलन के साथ ग्राम-सुधार के काम में सहयोग क्यों नहीं देती। वह प्रौढ़ा स्त्रियों को पढ़ना-लिखना सिखाने या सिलाई-बुनाई का काम सिखाने में सहयोग दे सकती है।

"मैं ?...मैं यह काम करूँगी !"–मेंग ने विस्मय से विरोध किया, "मैं तो कभी इस आँगन के बाहर भी नहीं जाती। अम्मा के यहाँ कभी हो आऊँ तो दूसरी बात है।"

"परन्तु भाभी तुम्हें बाहर जाना चाहिए।"–फेंगमो बोला, "यह तुम्हारा कर्तव्य है। तुम दिन भर करती क्या हो ? तुम्हारे बच्चों को दाइयाँ सँभाले रहती हैं, बड़े लड़के के लिए मास्टर है, घर के काम-काज के लिए नौकर-नौकरानियाँ हैं; तुम्हें चाहिए घंटे-दो घंटे के लिए आकर हम लोगों की सहायता किया करो।"

मेंग को बहुत बुरा लगा। "मैं तो नहीं करूँगी !"–वह बोली, "तुम्हारे बड़े भाई भी नहीं मानेंगे।"

"लेकिन तुम पढ़ी-लिखी हो।"–फेंगमो ने आग्रह किया, "तुम्हें पढ़ना-लिखना सिखाया गया है, तो तुम्हारा कर्तव्य है कि तुम दूसरों को सिखाओ।"

फेंगमो को कुछ ऊँचा बोलने की आदत हो गई थी। सदा उपदेश देने के ढंग से बात करता। बोलने लगता तो दूसरे की सुनता नहीं, परन्तु लोग उसके काम का आदर करते थे, इसलिए बुरा न मानते।

मेंग को देवर की बातें भली नहीं लगी। कोई उत्तर न पाकर बोली–"बहुत अच्छा, तुम्हारे बड़े भाई से कह दूँगी।" फेंगमो को सन्तोष हो गया कि भाभी पर उसके उपदेश का प्रभाव पड़ गया और चला गया।

मेंग ने रोते हुए पति से फेंगमो के व्यवहार की शिकायत की–"...वह तो मुझे निठल्ली, बेकार और बेईमान समझता है।"

मेंग की बात सुनकर लिआंगमो ने उत्तेजना में आँखों से चश्मा उतार लिया और मेज़ पर हाथ पटककर बोला–"फेंगमो तो रोज नई मुसीबत खड़ी करता है। किसानों को बिगाड़ रहा है। कल किसानों के मुखिया आकर बोले कि वे अपना ग़ल्ला खुद ही बेचेंगे, दलाल की मार्फ़त नहीं बेचेंगे। हमने पूछा खुद बेचेंगे तो दामों का हिसाब कौन गिनेगा, तो मालूम हुआ कि फेंगमो ने उन्हें गिनना और हिसाब करना सिखा दिया है। अब पूछो कि दलाल बेचारे क्या करेंगे ? उनके बाल-बच्चे भूखे मरेंगे कि नहीं ? उन्हें भी तो विधाता की इस पृथ्वी पर रहना है।"

लिआंगमो के तेवर चढ़ गए। उसने पत्नी को सम्बोधित किया–"देखो, तुम्हें फेंगमो से मुँह लगने की ज़रूरत नहीं, जो बात करनी होगी हम खुद कर लेंगे।"

लिआंगमो फेंगमो से बात करने के लिए गाँव गया। गाँव की अवस्था में परिवर्तन

देख उसे विस्मय हो रहा था, परन्तु उस परिवर्तन की उपेक्षा कर लिआंगमो माथे पर तेवर बनाए रहा और बोला–"देहाती और किसान भले आदमियों की तरह रहने लगेंगे तो दुनिया का काम कैसे चलेगा ? अस्पतालों की ज़रूरत क्या है ? लोग मरेंगे ही नहीं तो पैदा होनेवालों के लिए जगह कहाँ होगी ?"

लीनी की अवस्था देखकर लिआंगमो को और भी बुरा लगा। वह बोला कि रईसों की बहू मामूली स्कूल मास्टरनियों की तरह रहे, यह बड़े शर्म की बात है। लीनी को जेठ की सहानुभूति भली ही लगी थी, परन्तु रुलन बीच में बोल उठी। वह न्याय-अन्याय, समता और मानवता की बातें करने लगी। फेंगमो के आ आने पर झगड़ा और भी बढ़ गया। लिआंगमो बहुत क्रुद्ध होकर लौटा और निश्चय किया कि सारी बात माँ के सामने रखेगा।

रानी प्रायः अपने आँगन में ही रहती थीं। कभी निकलती तो केवल मन्दिर में बच्चों को देख आने के लिए। मन्दिर में बच्चियों की संख्या उन्होंने बढ़ाई नहीं। सम्भव है बच्चियों की संख्या बढ़ जाने में आन्द्रे की आत्मा को सन्तोष होता, परन्तु वैसा वे कर न सकीं। हाँ, एक बौद्ध भिक्षुणियों के मठ को दान देकर उन्होंने यह प्रबन्ध कर लिया था कि प्रतिदिन दो साधुनियाँ सूर्योदय के समय नगर की चारदीवारी के बाहर जाकर देख आया करें। यदि कोई फेंकी हुई जीवित बच्ची मिल जाए तो उसे उठा लाएँ और उसका पालन-पोषण करती रहें। रानी का आदेश था कि इन बच्चियों को भिक्षुणी या साधुनी न बनाया जाए, बल्कि उन्हें सांसारिक शिक्षा दी जाए और समय आने पर योग्य व्यक्ति ढूँढ़कर उनका विवाह कर दिया जाए। आन्द्रे के प्रति वे यह कर्तव्य पूरा कर रही थीं।

जिन बच्चियों को आन्द्रे छोड़ गया था वे मंदिर में रहीं। जिस लड़की की आयु सोलह वर्ष की हो जाती उसका रानी विवाह करा देतीं। इन लड़कियों की ऐसी प्रशंसा नगर में फैल गई थी कि इनसे विवाह करनेवालों की कमी नहीं थी। बहुत-से लोग इसके लिए लालायित रहते। ऐसे प्रत्येक अवसर पर रानी लड़की को वर का नाम उसके विषय में दूसरी बातें बताकर लड़की की इच्छा भी मालूम कर लेतीं। नगर में इन बातों की बहुत चर्चा होती थी, परन्तु रानी अपने नियम पर दृढ़ रहीं। वे न केवल वर के विषय में सभी बातें लड़की को बता देतीं, बल्कि वर का चित्र भी लड़की को दिखा देतीं।

यदि कोई उस विषय में विस्मय प्रकट करता तो रानी उत्तर देतीं–"पुरुष तो स्त्रियों के चित्र देखते ही हैं, यदि स्त्री भी पुरुष का चित्र देख लेगी तो क्या हर्ज है ?"

रानी के काम और व्यवहार की आलोचना कोई न कर सकता। नौजवान इस बात के लिए उत्सुक रहते कि विवाह के लिए उनकी प्रार्थना और उनके चित्र रानी स्वीकार कर लें। समय आने पर रानी विवाह के योग्य लड़की को वह चित्र दिखाकर अपनी पसन्द का नौजवान चुनने का अवसर दे देतीं। लड़की जिस व्यक्ति को पसन्द कर लेती, उसे रानी लड़की का चित्र भेज देतीं। ऐसा कभी नहीं हुआ कि लड़की के पसन्द कर लेने पर भी लड़के इनकार कर दिया हो।

रानी इन लड़कियों को अपनी बेटी ही मानती थीं। इन लड़कियों को सुगृहिणी बनाने योग्य शिक्षा देने में उन्होंने कभी उपेक्षा नहीं की। सभी लड़कियाँ अपने घरों में जाकर योग्य गृहिणियाँ बनीं और उनके कारण उस प्रदेश में रानी की कीर्ति घर-घर फैल गई। लड़कियों के विवाह वे उत्साह और समारोह से करती थीं और लड़की की माँ का स्थान स्वयं ग्रहण करतीं। विवाह के समय रानी की प्रसन्नता और संतोष को देख लोग विस्मित रह जाते। लोगों के विस्मय की चिन्ता तो उन्होंने कभी की नहीं। प्रत्येक विवाह के समय उन्हें जान पड़ता कि आन्द्रे की आत्मा उपस्थित है और वह लड़की का जीवन सार्थक होता देखकर सन्तुष्ट हो रही है। वे वर के विषय में सब आवश्यक जाँच कर लेतीं, सम्भव होता तो वर के सम्बन्धियों के विषय में भी। यदि लड़के की माँ झगड़ालू होती तो वे विवाह से इनकार कर देतीं। तीन अवसरों पर ऐसा ही हुआ। एक अवसर पर तो निराश वर को इतना क्षोभ हुआ कि वह कलहिन माँ से अलग रहने लगा।

इस घटना से भी रानी को खेद हुआ, क्योंकि वे माता-पिता को सेवा पुत्रों का कर्तव्य समझती थीं। इस विषय में एक बार आन्द्रे से भी बात हुई थी।

इन दिनों आयु बढ़ने के साथ-साथ आन्द्रे की याद भी उन्हें अधिक आने लगी थी। एक दिन जाड़े के दिनों में फेंगमो को पाठ पढ़ा चुकने के बाद वे दोनों बात कर रहे थे। आँगन में बर्फ पड़ी हुई थी और बर्फ़ पर आन्द्रे के पाँव के चिह्न दिखाई दे रहे थे। फेंगमो और इंग बर्फ़ से पाँव बचाने के लिए बरामदे में से होकर आए-गए थे, परन्तु आन्द्रे बर्फ में क़दम रखता आँगन से ही आया था।

"आपके पाँव भीग गए होंगे।"–रानी ने उसके आते ही चेतावनी दी थी।

रानी की बात सुनकर आन्द्रे ने अपने पाँव की ओर देखा। पाँव भीग जाने का ध्यान उसे न था और पाँव की ओर देखकर भी वह कुछ बोला नहीं। पुस्तक खोल ली और फेंगमो को पढ़ाने लगा। रानी चुपचाप समीप बैठी रहीं। फेंगमो के चले जाने के बाद उन्होंने प्रश्न किया था–"क्या यह उचित है कि पुत्र पिता का घर छोड़कर चला जाए ?"

फेंगमो जैसी शिक्षा पा रहा था, उससे रानी को आशंका हो रही थी कि उनका बेटा सम्भवतः बाहर जाने की इच्छा करने लगेगा।

आन्द्रे अपने रूमाल में पुस्तकों को इकट्ठा कर बस्ता बाँधते-बाँधते बोला–"पिता के घर से पुत्र का सम्बन्ध केवल इतना ही है कि वह वहाँ जन्म पा लेता है।"

"माता-पिता के प्रति पुत्र का कोई कर्तव्य नहीं है ?"–रानी ने पूछा।

"इस प्रश्न का उत्तर मैं क्या दे सकता हूँ !"–आन्द्रे ने उत्तर दिया और फिर रानी की ओर देखकर बोला, "देखिए मैं कितनी दूर-दूर घूम आया हूँ, परन्तु मैं यह तो कभी नहीं भूल सकता कि मेरा जन्म वेनिस नगर के एक घर में हुआ था।"

"वेनिस ?"–रानी ने दोहराकर पूछा। इससे पहले आन्द्रे ने अपने जन्म स्थान का नाम उन्हें कभी नहीं बताया था।

"वेनिस आपके नगर सूचाऊ की तरह ही है।"–आन्द्रे ने बताया, "वहाँ भी नहरें सड़कों का काम देती हैं। लोग पालकी के बजाय नाव से ही आते-जाते हैं। मुझे खूब

याद है कि वेनिस में सूर्योदय और सूर्यास्त के समय नहरें पिघले हुए सोने के समान हो जाती थीं।" बात कहते समय आन्द्रे की निर्निमेष आँखें सामने की दीवार की ओर लगी हुई थीं। रानी समझ गईं कि आन्द्रे कल्पना में वेनिस की सुनहरी नहरों को ही देख रहा है। इसके बाद आन्द्रे उठा और विदा लेकर चल दिया। ऐसी छोटी-छोटी घटनाओं से ही आन्द्रे रानी की मानसिक परिधियों को तोड़ता रहता था, इसलिए अब वे चिड़चिड़ी और अहंकारी माँ को छोड़कर पृथक् रहनेवाले पुत्र को भी क्षमा कर सकती थीं। नवयुवकों को भी जीवन का अवसर चाहिए; सभी को जीवन का अवसर चाहिए–उन्होंने सोचा।

जिस समय लिआंगमो क्रोध में मुँह बनाए फेंगमो की शिकायत करने पहुँचा, रानी कुछ ऐसी ही बात सोच रही थीं। पुत्रों से उनका साक्षात्कार काफ़ी समय बाद होता था, इसलिए वे उन्हें प्रति बार नए रूप में देख पातीं।

उस समय लिआंगमो उन्हें समृद्ध कारोबारी आदमी जान पड़ा, जो कुछ ही दिन में अपने परिवार का मालिक और सफल व्यवसायी बननेवाला था।

लिआंगमो आते ही बोला–"छोटा भाई तो बिलकुल सनकी होता जा रहा है। चाहता है कि मेंग भी जाकर देहातियों को पढ़ाने का काम करे। यह कैसे हो सकता है ! लीनी तो बिलकुल स्कूल मास्टरनी-सी लगती है। केश छँटवा दिए हैं और केश धूप से भूरे हो गए हैं; और रुलन तो बिलकुल कम्यूनिस्ट लड़कियों-जैसी दिखाई देती है। घर की इज़्जत मिट्टी हुई जा रही है।"

रानी मुस्करा दीं। "देखा तो होगा कि गाँव में कितनी सफ़ाई हो गई है ?"–उन्होंने पूछा।

"हम गाँव की फ़िकर करें या पहले अपने घर की ?"–लिआंगमो संतोष से बोला, "अम्माजी, आपका और पिताजी का बोझ तो मुझे ही सँभालना होगा।"

बेटे साहब से बात नहीं करते थे। घर में उनका जो कुछ भी महत्त्व कभी था, वह भी समाप्त हो चुका था। वे ऊँघते-से रहते और इसी बात से सन्तुष्ट थे कि उन्हें कोई चिन्ता न करनी पड़े। पोते-पोतियाँ अवश्य उनसे बहुत प्रसन्न रहते थे। बच्चे प्रायः ही उनके आँगन में आ जाते और खूब शोर मचाते। साहब उन्हें खूब मिठाइयाँ खिलाते। बच्चे खेलते रहते और वे ऊँघते रहते। चमेली का अपना कोई बाल-बच्चा नहीं था। वह इन बच्चों को बहलाकर आँगन में बुला लेती, ताकि साहब को बच्चों का अभाव न खटके। यह भी जानती थीं कि बूढ़ों को बच्चों से खेलना बहुत भाता है। इससे वे मृत्यु का भय भूले रहते हैं।

लिआंगमो बोला–"हमारे छोटे भाई येनमो का समय यों ही बरबाद हो रहा है। उसे स्कूल जाना चाहिए।"

"येनमो स्कूल जाना नहीं चाहता।"–रानी ने उत्तर दिया।

"उसके चाहने की बात क्या है ?"–लिआंगमो ने आपत्ति की, "उसे देखिए तो क्या भले घर का लड़का जान पड़ता है ? बिलकुल ऐसे लगता है, जैसे किसान का बेटा हो।"

रानी धीमे से हुँकारा भरकर चुप रहीं।

लिआंगमो माँ का संकेत समझ गया कि अब और बोलना उचित नहीं। चाय का एक बड़ा घूँट लेकर उसने क्रोध शान्त कर लिया और चेहरा गम्भीर बनाए बैठा रहा।

रानी चुप ही रहीं। उनकी चुप सदा अर्थपूर्ण होती थी। दिन बड़ा उदास-उदास-सा था। आकाश में भूरे बादल थे। दीवारें भी भूरी जान पड़ रही थीं। हवा कुछ गर्म ही थी, इसलिए आँगन के जलकुंड से कुछ कोहरा उठ रहा था। वायु में भीगी धरती की गन्ध भी थी।

बहुत देर तक मौन रहकर रानी बोलीं–"बेटा, तुम्हारे आँगन में तो सब कुशल है न ?"

"जी हाँ, अम्माजी आपकी कृपा है।"–लिआंगमो ने चाय का प्याला मेज़ पर रखते हुए उत्तर दिया, "वहाँ कोई मेरी बात टाल नहीं सकता। बच्चे तन्दुरुस्त हैं और समझदार भी। अम्माजी आपको मालूम है, मेरे बड़े लड़के ने प्राइमरी स्कूल पास कर लिया ?"

"अच्छा, बहुत अच्छी बात है।"–रानी ने प्रसन्नता प्रकट की और पूछा, "नगर का क्या हाल-चाल है ?"

"अच्छा ही है।"–लिआंगमो ने उत्तर दिया, "बाज़ार में कारोबार जो ज्यादा नहीं है परन्तु इस मौसम के ख़याल से बुरा भी क्या है। लड़ाई खत्म हो गई है, इसलिए विलायती माल भी आने लगा है। फिरंगियों के अस्पताल की नई इमारत बन रही है। सुना है, कुछ और विदेशी भी आ रहे हैं।"

"पर यह क्या अच्छी बात है ?"–रानी ने पूछा।

"फेंगमो ही खुश है।"–लिआंगमो बोला, "हम पर तो विधाता की कृपा है। मेंग को विदेशी डॉक्टरों की ज़रूरत नहीं पड़ती। बच्चे हमारे बीमार ही नहीं होते।"

"हमें याद है कि कांग सेठ का पोता खाँसी से परेशान था। उसे हमने दादी की बताई एक दवा दी थी, उसी से ठीक हो गया था।"–रानी बोलीं, "अब तो लड़का खूब बड़ा हो गया होगा !"

सेठानी की मृत्यु एक वर्ष पूर्व ही हो चुकी थी। रानी को इस समय सेठानी का कफ़न के सन्दूक में देखा चेहरा आ गया। सेठानी के लिए साधारण लोगों की अपेक्षा चौड़ाई में दूना कफ़न-सन्दूक बनवाया गया था। वे साटिन की पोशाक पहने कफ़न में लेटी हुई थीं। उनके फूले-फूले हाथ बाँहों के साथ सीधे थे। अब उनकी याद आने पर रानी को क्रोध अनुभव न होता था, बल्कि जवानी के दिनों का प्यार उमड़ आता। सेठानी उस समय बहुत खुश मिज़ाज थीं, चेहरा गुलाबी-गुलाबी प्यारा-प्यारा-सा लगता था। मन में यही खेद था कि उनकी नाक बैठी हुई थी और नथुने चौड़े थे। सेठ ने शीघ्र ही दूसरा विवाह भी कर लिया था। वह पत्नी झगड़ालू थी और घर में परेशानी खड़ी किए रहती थी, परन्तु इससे रानी को क्या मतलब था।

लिआंगमो अपनी बात का उत्तर सुनने की प्रतीक्षा में बैठा था। आखिर रानी मुस्कराकर बोलीं–"बेटा, प्रत्येक व्यक्ति की अपनी प्रवृत्तियाँ होती हैं। उसी के अनुकूल

उसे रूप लेने देना चाहिए। दूसरों पर बन्धन लगाने से स्वयं भी असुविधा होती है। बेटा, तुम अपने आँगन में अपने ढंग से चलो और फेंगमो को उसके ढंग से चलने दो।"

"तो अम्माजी फेंगमो को आप समझा दीजिए।"–लिआंगमो ने उत्तेजना से कहा, "वह भी हमारे यहाँ आकर दखल न दे।"

"हम कह देंगे।"–रानी ने विश्वास दिलाया।

लिआंगमो चला गया। उसके बाद जब फेंगमो आया तो रानी ने उसे समझाया। "बेटा, तुम्हें याद है, तुम्हारे गुरु ने एक बार कहा था कि किसी व्यक्ति को शिक्षा देने का अर्थ उसे स्वर्ग का मार्ग दिखाना है। स्वर्ग में किसी को ज़बरदस्ती तो नहीं धकेला जा सकता।"

फेंगमो को गुरु की बात याद आ गई। सिर झुकाकर वह बोला–"अम्माजी मैं समझ गया हूँ कि आप मुझे यह बात याद क्यों दिला रही हैं। कभी-कभी मैं अपने हृदय की आग को वश में नहीं कर पाता हूँ। मैं पागल होकर दौड़ पड़ना चाहता हूँ और चाहता हूँ कि दूसरों को भी साथ घसीट ले जाऊँ।"

रानी चुपचाप उसकी बात सुनती रहीं। वे जानती थीं कि फेंगमो को भी अपना मन हलका करने की आवश्यकता है। वह माँ के सिवाय और किससे बात कर सकता था। स्वयं भी इच्छा हुई कि आन्द्रे के विषय में बात करें। उनका यह पुत्र ही तो आन्द्रे को समझ सका था अैर उसकी भावना को चरितार्थ कर रहा था, परन्तु उन्होंने अपनी इच्छा का दमन कर लिया। फिर भी बोलीं–"तुम्हारे उस विशाल शरीर गुरु का इस घर पर क्या प्रभाव पड़ा ? हमारा यह परिवार सैकड़ों वर्ष से इसी प्रकार चला आ रहा है। हमें किसी से क्या सीखने की ज़रूरत थी, फिर भी उसका प्रभाव प्रकट में न मालूम होने पर पड़ा है। वह प्रभाव हमलोगों के द्वारा आया है, इसलिए समझना चाहिए कि यह प्रभाव क्या है।"

"हमलोगों को आन्द्रे भाई ने जीवन के अधिकार की शिक्षा दी।"–फेंगमो बोला।

"बहुत ठीक कहा तुमने।"–रानी बोलीं। रानी को ऐसा जान पड़ा कि आन्द्रे उनके पुत्र के समीप खड़ा मुस्करा रहा था और वे उसकी उपस्थिति का सुख अनुभव कर रही थीं। इससे पहले कितनी ही बार वे आन्द्रे की उपस्थिति अनुभव कर चुकी थीं, परन्तु सदा अकेले ही। पहली बार उन्होंने पुत्र के साथ आन्द्रे की उपस्थिति अनुभव की।

"यदि आन्द्रे भाई जीवित होते,"–रानी फेंगमो से बोलीं, "तो वह तुम्हारे काम से अवश्य प्रसन्न होते।"

"आपका ऐसा विश्वास है ?"–फेंगमो ने उत्साह से सिर उठाकर पूछा, "अम्माजी आपका क्या विचार है ? मैं चाहता हूँ कि फिरंगी अस्पताल के डॉक्टरों से कहा जाए कि वे हमारे देहात के लोगों को भी चिकित्सा की थोड़ी-बहुत शिक्षा दे दें। मेरा मतलब पूरा डॉक्टर बनाने से नहीं है अभिप्राय है कि मामूली-मामूली बीमारियों से हमारे हज़ारों आदमी मर जाते हैं, उनकी रक्षा हो सके।"

फेंगमो उत्साह से अपनी बात कहता गया। रानी उसकी बात सुन रही थीं, परन्तु

उनका ध्यान आन्द्रे की ओर था। कल्पना में उन्हें आन्द्रे के बड़े-बड़े सशक्त सुन्दर हाथ दिखाई दे रहे थे। एक हाथ साधारण अभ्यास के अनुसार सलीब को थामे हुए था। उसकी सुमिरनी टूट गई थी तो सलीब को एक डोरी से ही लटका लिया था। जिस समय गुंडों ने उसे मारकर गिरा दिया था सलीब भी पत्थरों से टकराकर रगड़ गई थी। रानी ने जब आन्द्रे को अन्तिम बार कफ़न के सन्दूक में देखा था तो रगड़ी हुई सलीब की ओर उनका ध्यान गया था।

"ठीक कह रहे हो बेटा, तुम ठीक कह रहे हो।"–रानी बोल उठीं।

फेंगमो माँ से पाए नए उत्साह से उठकर चला जा रहा था तो रानी को लिआंगमो को दिया हुआ वचन याद आया। उन्होंने फेंगमो का हाथ थाम लिया और बोलीं–"बस एक बात याद रखना। दूसरों के साथ ज़बरदस्ती न करना। लिआंगमो और मेंग के साथ..."

"आप उन लोगों की बात कर रही हैं।"–फेंगमो ने उत्तर दिया, "उन लोगों से मुझे कोई आशा नहीं है।"

फेंगमो चला गया और आन्द्रे भी चला गया। रानी अकेली बैठी सोचती रहीं।

वर्षों बीत गए, रानी अपने आँगन से बाहर नहीं निकलीं। अपने आँगन में ही बैठी वे प्रायः सब कुछ जान जाती थीं। उनके धैर्य और पैनी सूझ की चर्चा दूर-दूर तक फैल चुकी थी। लोग नगर और प्रान्त की समस्याओं के सम्बन्ध में भी उनसे परामर्श लेने आते थे। जाड़ों में मिस हिसा एक रात चल बसीं तो उनके अन्तिम संस्कार के लिए भी रानी से ही राय लेने आए। रानी ने हिसा का सूखा-सा मृतक शरीर हवेली के मन्दिर में ही मँगवा लिया और उनके कफ़न की व्यवस्था की आज्ञा दे दी। हिसा दूसरे विदेशियों से भी झगड़ बैठी थी। उनकी मृत्यु पर केवल उनका बूढ़ा रसोइया ही शोक मनानेवाला था। उसी ने आकर रानी को समाचार दिया था कि मिस हिसा रात में अपना फटा लिहाफ़ ओढ़े कुर्सी पर बैठे इंजील पढ़ती-पढ़ती चल बसीं।

हिसा का कफ़न देवताओं की मिट्टी की प्रतिमाओं और आन्द्रे भाई के चित्र के सम्मुख फ़र्श पर रखा हुआ था। अनाथ लड़कियों के विवाह हो चुके थे। केवल स्नेह रह गई थी। पुजारी इतना बूढ़ा हो गया था कि चलना-फिरना भी कठिन था। स्नेह ही उसे पूजा के काम में सहायता देती थी। यही अवस्था बुढ़िया दाई की थी। उसकी सहायता के लिए भी रानी ने एक नौकरानी रख दी थी। हिसा के कफ़न पर स्नेह ने ही मोमबत्तियाँ चलाई थीं।

रानी हिसा के सूखकर कंकालमात्र हो गए चेहरे की ओर देखकर सोच रही थीं–इस स्त्री ने अपना देश, अपना परिवार दूसरे लोगों को भगवान् का सन्देश देने के लिए छोड़ दिया था। उन्होंने हिसा की प्रार्थना याद करने की चेष्टा की, परन्तु याद न आई। अनावश्यक बात की तरह भूल चुकी थीं। उन्होंने एक धूपबत्ती देवता की प्रतिमा के सम्मुख जला दी और मन में सोचा, देवता इस ग़रीब स्त्री की भी चिन्ता कर लेंगे। हिसा

के कफ़न को कीलों से जड़कर मन्दिर के कोने में रख दिया गया। शुभ मुहूर्त देखकर रानी ने पहाड़ी ढलवान पर हिसा की भी क़ब्र बनवा दी। क़ब्र पर एक पत्थर, हिसा का जो कुछ भी नाम-धाम उन्हें पता था, खुदवाकर लगवा दिया कि भविष्य में कभी हिसा का कोई सम्बन्धी उन्हें खोजता हुआ आए तो ढूँढ़ सके। किसी के आने की आशा तो नहीं थी, परन्तु सोचा कि संसार में अप्रत्याशित भी तो होता है।

युद्ध के बाद देश भर में अव्यवस्था फैल गई थी। उस अव्यवस्था को दूर कर व्यवस्था क़ायम करने के लिए बहुत-से लोग राजधानी और समुद्र तट के नगरों से आते थे। वू-परिवार का नगर समुद्र-तट से इतनी दूर था कि वहाँ अव्यवस्था का प्रभाव पहुँच ही नहीं पाया था, फिर भी बहुत से देशी-विदेशी लोग किसी-न-किसी बहाने से उस नगर में भी पहुँच ही जाते थे। एक कारण यह भी था कि फेंगमो किसी भी विदेशी के आने का समाचार सुनता तो उसे अपने गाँव में निमन्त्रण देकर सलाह लेना चाहता। फेंगमो के काम और नाम की ख्याति भी दूर-दूर तक पहुँच चुकी थी।

रानी इन विदेशियों से नहीं मिलती थीं। वे उनकी भाषा नहीं जानती थीं। मिलने से कोई लाभ भी उन्हें न जान पड़ता था। सोचतीं, मेरा जीवन पूर्ण हो चुका, अब इसमें कुछ और जोड़ने की आवश्यकता नहीं।

परन्तु एक दिन फेंगमो ने सन्देश भेजा था कि समुद्र पार से एक विदेशी आया था। फेंगमो उसे एक विशेष कारण से माँ से मिलाना चाहता था। रानी ने अनुमति दे दी थी। कुछ समय बाद फेंगमो एक खूब लम्ब-तड़ंग पक्के रंग के विदेशी के साथ आया।

रानी ने उस विदेशी के गहरे पक्के रंग से विस्मित होकर फेंगमो से पूछा–"यह क्या यूरोपियन है ? इसका रंग तो बहुत गहरा है।"

"यूरोपियन ही है,"–फेंगमो ने उत्तर दिया, "परन्तु इसके माता-पिता आन्द्रे के देश इटली से आए थे।"

रानी के हृदय और शरीर में एक सिहरन दौड़ गई। वे भूल गईं कि वे अपनी भाषा के अतिरिक्त कोई भाषा नहीं बोल सकतीं। वे अपनी छड़ी की चाँदी की मूँठ पर बोझ लेकर आगे झुक गईं और बोलीं–"आप आन्द्रे से परिचित थे ?"

फेंगमो तुरन्त आगे बढ़ आया और नौजवान अतिथि और माँ के बीच दुभाषिए का काम करने लगा।

"नहीं, मैं उनसे परिचित नहीं था।"–नौजवान ने उत्तर दिया, "मैंने अपने माता-पिता से उनके बारे में सुना है। वे मेरे चाचा थे।"

"आपके चाचा ?"–रानी ने फिर प्रश्न किया, "आप उनके सम्बन्धी हैं। उन्हीं के वंश के हैं ?"

रानी उस पक्के रंग के नवयुवक के चेहरे में आन्द्रे की समता खोजती रहीं। उन्हें आन्द्रे की काली आँखें दिखाई दीं, परन्तु वे इतनी बड़ी नहीं थीं। सिर की बनावट आन्द्रे-जैसी थी, पर वह उतना बड़ा न था। नौजवान के हाथ भी आन्द्रे-जैसे ही थे, परन्तु